論創ミステリ叢書 69

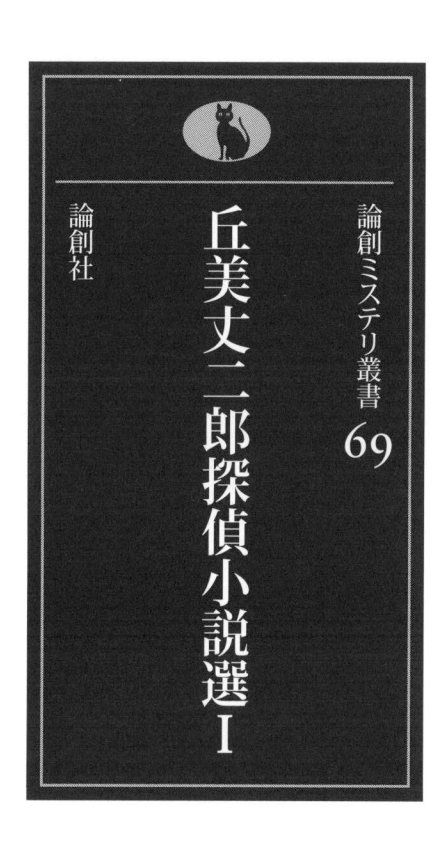

丘美丈二郎探偵小説選 I

論創社

丘美丈二郎探偵小説選Ⅰ

目次

創作篇

評論・随筆篇

凡　例

一、「仮名づかい」は、「現代仮名遣い」（昭和六一年七月一日内閣告示第一号）にあらためた。
一、漢字の表記については、原則として「常用漢字表」に従って底本の表記をあらため、表外漢字は、底本の表記を尊重した。ただし人名漢字については適宜慣例に従った。
一、難読漢字については、現代仮名遣いでルビを付した。
一、極端な当て字と思われるもの及び指示語、副詞、接続詞等は適宜仮名に改めた。
一、あきらかな誤植は訂正した。
一、今日の人権意識に照らして不当・不適切と思われる語句や表現がみられる箇所もあるが、時代的背景と作品の価値に鑑み、修正・削除はおこなわなかった。
一、作品標題は、底本の仮名づかいを尊重した。漢字については、常用漢字表にある漢字は同表に従って字体をあらためたが、それ以外の漢字は底本の字体のままとした。

創作篇

鉛の小函

昭和二十五年の春も闌《たけな》わのある日の朝まだき、奇友白嶺恭二が一年振りで門前に立った。

「よう、珍らしい。よく生きていたね」

白嶺は呆れたというように私の顔をまじまじと見る。

「大変な挨拶だね、動物は死ぬまでは生きているさ。今日は俺の誕生日、冥土へ旅の一里塚だ。それを祝って飲みに来た」

白嶺は瀟洒《しょうしゃ》な背広を着こんでいた。あちら仕立てと覚しい垢ぬけのしたスタイルに一枚皮のチョコレートの靴——だがあとがいけない。姿のスマートなのに似ず奇人らしい面目を発揮して、よれよれの赤鞄を右手に下げているかと思えば、裸の角瓶を小脇にかいこんでいた。

終戦後二回目の訪問である。たしか昨年の春頃までは鶴見にある某工場にいたはずだが、その後漂然として罷《や》めたらしいとの風の便り、どこをどうしているのかと案じていた矢先、彼らしい意表外の訪問であった。

白嶺の往歴は錚々《そうそう》たるエンヂニヤで戦時中は海軍に在職し技術者パイロットとしての華やかな体験を持つ異才なのであるが、時に利あらず、戦後の不安定な境遇のせいか生来の茫莫たる風貌になお磨きが掛って、今では完全にディレッタンチズムに生きるさすらいの男といった印象が濃厚である。

椅子に腰を降ろすや、ドカンと音を立ててテーブルに角瓶を置く。

「ところで丘美、世の中の事はどうだ?」

と禅問答まがいの珍問。私は彼の素頓狂《すっとんきょう》にはもう馴れているので、すかさずしっぺい返し。

「説破《せっぱ》！　マイト　イズ　ライト」

彼の顔をニヤリと癖の多い剽軽さが掠める。

「ウーム、話せる。マイト　イズ　ライトか。だが後がある。ライト　イズ　マネー、マネー　イズ　マイトと鼬《いたち》ごっこに繋がった腐れ縁だ。――で証拠は？」
「なんだア、証拠だと？　そう検事か探偵作家気取りの口をきくなよ」
「ハッハッハ――、探偵作家はよかったな。新聞の豆ニュース欄曰くだ。近頃の日本人の素質は向上したとさ。東京での調べによると外国人の落し物は一〇〇パーセント、日本人の物でも八〇パーセントは持主に戻るそうだ。持主の物が持主に戻るのが素質向上の唯一の証拠とは日本人も落ちぶれたものさ。強盗や殺人や万引きはまともな精神状態の人間のやる事じゃないそうだから――気のたしかな人間のうちで極悪な悪党はだね、
第一に我利党利のために大衆の利益と便宜を喰う政客、
第二に金力に物を言わせて大衆の迷惑そこのけに我利を押しまくる資本家、
第三にはこれと抱き合せの汚職官吏、
だということだ。
蓋《けだ》し名言だね。この連中の遣り口を悪いといってケチをつける勇敢な奴がたまにはあってもすぐミイラになる。自分がいい身分になればそれまでの話さ、結局は奴等の勝さ、ハッハッハ――正にマネー　イズ　マイト、マイト　イズ　ライトだよ」
「何だ。君はいつから共産党に転向したんだ。もっともその啖呵は駈け出しのアカッペエの一つ文句の域を出ていないがねえ」
「おいおい、馬鹿も休み休み言えよ。俺が何で共産党に――いやもっとも君の鑑識眼はそれが精一杯なのかな。だが見そこなうな。瘠せても枯れても俺は一介の技術者だ。理論を実際化し実用に移すことを本職にしてきた男だ。なるほど、共産主義は理論だけは立派だが、これが果して無理なく実際化出来るものかどうか判らぬほどの間抜けじゃないつもりだ。共産主義学者は確かに頭は良い。口もペラペラ達者で理屈を捏《こ》ねることは、なかなか大したものだ。だが惜しむらくは常識がない。彼等はもっと人間を研究すべきだね、人間を。――人間は動物であり、生きており、本能も欲望もあることをね」
白嶺の口調は真面目になったが眼には相変らず悪戯っぽい微笑を湛えている。本気か冗談か判らぬ男である。
「本能の衝動と欲望は修養によって抑制すべしという。机上の空論さ。むしろ衣食足って礼節を知ると喝破した古人の方がはるかに卓見を持っていたさ。人間がいざというときになって本能の衝動を抑えた例《ため》しがあるかってんだ。殷鑑《いんかん》遠からず、終戦時にあり。腹が減れば共喰い

でもやる。これが動物の悲しい本性さ。もっとも孔子は七十にして心欲するに従いて則を越えずと言ったが、まず孔子並の聖人でしかも七十過ぎのよぼよぼばかりが集った国なら理想的な共産主義が遂行出来るだろうよ」

白嶺の毒舌は今に始ったことではなく、また毒舌ながらも筋は通っているのが常であったが、この話にはちょっとおかしいところがあるように思った。

「もっともらしいことを言うようだが君は一体右なのか左なのか？　どっちつかずのことを言って、主義が一貫してないようだね」

白嶺は意外だという風に眼をむいた。

「主義だと？　阿呆らしいことを言うなよ。どっちにころんだって所詮手前味噌ばかり並べたてるのが所謂主義だ。どうせ地上の人間が地上の人間を相手に述べ立てる御宣託口上に過ぎん。要はマイト　イズ　ライトだ。吾々日本人が今日のところ一応は平和そうな面をして道徳を論じられるのもマイトの御蔭だよ。東京の民衆の徳性が揚ったというのも占領軍というマイトに保護された温床の中にいるからさ」

「おいおい、随分と思いきった事を言うじゃないか。その話は日本人には禁語のはずだよ」

「なんだア、禁語だと？　冗談を言うない。言論思想の自由あり、その自由を与えてくれた御本尊が他方ではその自由を束縛するというのかい？」

「しかり、その通り、現在の自由は君の言うマイトの中の自由だ。条件附きの自由だよ。悲しい哉、他力本願の自由――」

私はハッとなって口を噤んだ。語るに落ちて自分もその禁語を口にしようとしているじゃないか。白嶺の鼻先にフフンといった冷笑の影が漂ったのも当然だろう。

「なるほど、マイトの温床の中の自由か、結局マイト　イズ　ライトか。ハッハッハ、そうだともねえ。民主々義だろうが、共産主義だろうが、世界の二大勢力として対立しているのは背後に武力という後盾があるからだというわけか。武力の裏付を失った方の主義が亡ぶんだからなるほど、これほど明瞭なマイト　イズ　ライトの実例はないわけだね。――ところで俺はこんな人間同志の猿芝居がつくづくいやになっていたところ、珍らしいニュースの御入来に心機一転したところだ」

白嶺はポケットから一葉の新聞の切抜きをとり出した。一月五日附の英文毎日であった。

「ここをみろよ。面白い記事じゃないか。人間共の偸《とう》安《あん》の夢を破る――」

見れば昭和二十五年の正月早々、ニューヨーク、AP発の電報として入ったあのとてつもない記事だ。

曰く――米記者（旧従軍記者）フレッチャー・プラット氏の言によると、空飛ぶ円盤は人類の想像の産物でなく他の遊星より飛来したものであるという。さる科学雑誌社主催の会合の席上、フレッチャー・プラット氏は語って曰く、さる秘密筋からの情報によると、空飛ぶ円盤の一つが乗組員と共に――（全員死滅しあり）――アメリカ当局の手中に帰した。この外界よりの訪問者達は地球を取巻く大気圏に突入した途端に死滅したものである。大気圏が致命的影響を与えたわけでその屍体は目下解剖研究中である。なお同じ情報によるとこの遊星間旅行者達は身長一米《メートル》以下の奇妙な生物であるとの事。

「ウン、この記事は俺も見た。ラジオでも放送していたようだ。世の中には随分ふざけた事を言い出す奴もいるんだねえ」

「さあ、それだ！　それだ！」

白嶺は得たりや応との力みようで身を構え直して乗り出す。

「頭の働きの鈍い連中にかかってはいつもこれだ。この話がその後一向に問題にならぬのは世界中の人間共が皆君と同じ考えでいるからだ。君達所謂常識人は自分等の常識で考えられぬものは何でも作り話だと考えるらしい。甚だ不遜な考えだよ。原爆を広島に一発喰ったときはどうだったかね。あれがかねて噂のあった原子爆弾という新兵器だという事をのみ込むまでに、何日かかったろう。近くにいて目撃した者はさすがに百聞一見に如かず、いかに鈍重な頑固者でも唯事ではないと気付いたに違いないが、さて見なかった人間共はなかなか信用しなかったものだ。君達の常識なんて全く鼻持ちにならぬ思い上りさ。殆んど何も知っちゃいないくせに、ちょっと嚙っている古臭い間違いだらけの知識にダニのように喰付いて離れない。この話が眉唾というならそれでもよい。だがどんな根拠があってそう言うんだ？　エ？　君の大した常識が認め難いというだけのことだろう？

もっとも新聞なんていうやつは年中嘘ばっかり書いていやがるから、フレッチャー・プラット氏云々というのは附け足しかも知れぬ。だがこの記事に記されたような出来事自体があり得ない嘘っ八だという、どんな証拠があるんだ?」

「なるほど、僕が信用しない理由は君の言う通りだ。正直の話、とてもまともに考えられることじゃない。しかし仮にこれが本当であろうとなかろうとどんな違いがあるというんだ? そんなにむきになるほどのことじゃないだろう?」


白嶺はもう度し難いといったように顔をしかめた。

「君は長生きをするよ。もっとも問題が大き過ぎると却って盲点に入るというがそれにしても探偵作家的賢明さを誇る君らしくもないぜ。地球以外にも生物が居て既に地球に飛来するほどに進歩しているのに、地球人はまだ同じ仲間同志で広くもない土地の張合いに憂身をやつしている。民主々義がなんだ。共産主義がなんだ。他の宇宙からの外寇に対する備えはいいのか? 実力のほどの判らぬ敵を控えて仲間喧嘩にうつつをぬかしていいていいのかね?」

私はこんなとてつもない話を真顔になって詰め寄る白嶺に些か気味が悪くなってたじたじの態であった。

「ウン、だが彼等は敵ばかりとは限らないじゃないか」

「そう、だが敵である可能性も甚だ多い。その期に及んでこんな心算じゃなかったと愚痴っても始まらないぜ。また敵でないにしても遠来の生物がはるばる地球人に交渉を求めようとして来たのに、こっちとらは仲間喧嘩に夜も日も明けんようでは話にならんじゃないか。このお客さんは火星から来たものか乃至はもっと遠い世界から来たものかは知らないが、とにかく動力としての原子力利用法を知っていると考えなくてはいけないし、知識の程度は従って地球人より数等高いと思わねばならぬ。地球人共は原子力の火遊びの真似事をやっと始めたばかりで、まだ宇宙に出てゆくほどの才覚も能力もなく、この結構な資源を自滅用の爆弾に浪費しようとして互に相手を牽制しあってビクビクしている。その原因たるや資本主義といい共産主義といい、どっちに転んでも大差のない地球上の富の分配方法をめぐっての意見の喰違いだ。いや底を割ってみりゃ意見なんていう気のきいた代物じゃない。相手よりちょっとでも余計にとってやろうという狼根性だよ。万物の霊長なんて大きな面をしやがって、やっていることはオットセイや狐と同じようなものだ。猿の方がよっぽどましかも知れんぜ」


白嶺は火星人の飛来を事実ときめてしまったかのよう

な口ぶりでいかにもその事に自信がありそうだ。

「ところで君達探偵作家なんていう心掛けの悪い人種は証拠がなければ人の言うことなど金輪際《こんりんざい》信用しないから始末が悪い。どうせそんなことだろうと思って俺は証拠を持って来たんだ。見てくれ。何だかわかるかい」

白嶺は曰くあり気な赤いボロ鞄から二つの品物を取り出した。一つは部厚い紙の束で原稿用紙らしかったが、他の一つが全く得体の知れない薄汚ない代物である。それは辛うじて何かの容器といえる。縦横二寸角で、高さは一寸五分余り、薄黒くくすんだ金属で、上縁から三分ばかりに、蓋と身の境目らしい横条がある。私はヒョイと手をかけてみて驚いた。

「おやっ！　いやに重いね」

「当り前だ、鉛だもの」

「鉛？　フン、それにしちゃ軽すぎる」

「そのわけだ。中空だものね。パンドラの小函よりなお奇々怪々というやつさ。うっかり開けると何が飛び出すか判らないぞ」

白嶺の素頓狂の中には往々にして思いがけぬ真実が隠されていることを知っている私は馬鹿々々しいと思いながらも些か蓋をとるのにひるんだ。それを見て、ニヤリ、人を喰ったように白嶺の相好が崩れた。

蓋はしっかりと身に喰い付いていたので、ナイフでこじ開けた。中には黒ずんだ石ころが一つ入っていた。

「何だい。こりゃ？　大層なことを言って、子供騙しにもほどがある。これが君の今年の茶番第一号というわけか」

「いやいや」

白嶺は急に真顔になって私の放り出した小函を慌ててとり上げた。

「これは決して冗談でも洒落でもない。僕はこいつ一つを見付けるのに北海道中を半年も駈け廻ったんだよ。容器もわざわざこれを入れるために作らせたんだ。この石ころは、どこにでもあるという代物じゃない。君達懐疑派人種をへこます唯一の物的証拠だ」

「どれどれ、そいじゃもう一度よく見せてくれ給え」

私が取ろうとすると白嶺はあわてて引込めて、しっかりと蓋を閉めてしまった。

「あまり長く見ると眼が潰れる」

私はプフッと噴き出して、次にちょっと癪にさわった。白嶺は面白い男だが時に茶々がひど過ぎる事がある。私はちょっと不機嫌な顔をして見せた。

「いや、つい平生の癖が出すぎて失敬した。しかしこれは正真正銘真面目な話なのだ。理由は今は言わない。僕は思いあぐんだ末この真相をやっとのことで小説の形に仕組んでみたんだ。この原稿がそれで素人の僕が馴れぬ筆で書いたものだから、三文作家の君がみても随分まずいと思うだろうが、内容は充分に啓蒙的であると自負している。突拍子な話でも大部分が厳然たる事実に基いているんだ。面倒がらずに一度読んでみてくれないか。この鉛の函の正体も自ずとその中に説明されているんだよ」


私は白嶺の話はどこまでが茶番でどこからが真実なのか半信半疑であったので、まあよかろう、その話はあと廻し、ということにした。いつまでも瓢箪鯰《ひょうたんなまず》問答をしていてはうまい酒の気がぬける。とにかく無事に生きて迎えた再会を大いに祝えというわけで飲みに飲んだ。大いに語った。その夜遅くなって、泊ってゆけと引留める袖を無理に引き払って彼は行先も告げず蹌踉と立去った。鉛の小函と原稿の束を残して――。

「これは決して冗談じゃない。原稿を読み終って正体の判るまでは決して函をあけるな。眼を潰すから」

立去り際に彼はしつこいほどに繰返してそう注意した。

爾来約二年半の日が経ったが、白嶺より何の音信もなく居所も判らない。せっかくの再会を喜ぶ暇もなく再び不可解な失踪に面喰わねばならなかったのだ。

白嶺が残した原稿の束――出来るだけ早く機会を見付けて世に公表してくれと彼がくれぐれも頼んだその原稿――それは優に三〇〇枚近い大束であった。大した期待もなく眼を通し始めた私は途中で急に開き直らざるを得なかった。それは極めて奇異な取材を扱った他に類例を見ない科学小説であった。

否、筆者はこれを小説とは言うまい。世間に一般に行われている定義によると、小説とは人間社会と人間性を書くものだそうだ。白嶺はその冒頭でわざわざ次のような前書きをつけている。


「――この一篇のものされた相手は科学を愛好し、科学の価値を認め、自らも科学する心を持つ人達である。人間を偏愛し、人間味に溺れ、人間の感情ばかりを後生大事にかつぎあげ、科学的なるものが所謂小説の中に入りこむのをむげに忌み嫌い白眼視し、邪道と悪態をつく一群の文芸家と評論家——そしてこれと馴れ合いの読者層にとっては、この一篇は決して愉快なものではあるまい。その人達には閉じられた頁《ページ》である」

随所に現われる思いきった毒舌。それがこの一篇の著しい特徴であり、身上でもある。それは時としてある向きにはひどい差障りがあろうかも知れぬ。だが憤慨して頁を閉じることなく先を続けて下さい。読者が些かでも今日の世相に関心を持っておられるなら、唐突に現われる毒舌罵言の中に必ずやなるほどと合点する節があり有益な示唆を見出されるに違いない。白嶺の毒舌は決して無責任な悪口の放言ではないはずである。悪口を通じて何事かを世人に訴えようとする隠れた意図が筆者にはしみじみと感じられるのだ。

前篇　絶海の孤島にて

一、怪飛行艇に乗って

風荒ぶ北海の孤島は灰色の憂愁に閉されている。

俺は既に一時間も前から狂奔する濤頭が丈余の岩を嚙む断崖に立っていた。感懐また至る。既に人間の感情を失ったはず——、強いて失うように苦しい日々を努めて、やっと超人的な不動の境地に達したはずの俺——その俺がまた何とした事だろう。

俺は所詮は地上の人間か?

ふと胸に暖か味がこみ上げては峻烈な理性の一喝に逢って即座に冷却した。俺の顔は青かったに違いない。

顧れば防寒服に眼ばかり出した男の影が一つ。ピエール・ドニャックだ。その長身が、ゆらりと一揺れしてこちらを向いた。

「ミスター・シラネ、いよいよあと一週間だねえ」

彼も心に動ずるところがあったのか、仏蘭西《フランス》人特有の鼻に掛った癖の多い英語が呼びかけた。

「ウン、一週間――」

俺はあとの言葉が続かなかった。安っぽい感傷のためではない。後一週間に迫った厳しい現実の強圧がひしひしと身にこたえたのだ。

「吾々地球の、そして吾々人類のレーゾン・デエートルを決定する重大な門出だ。驚くべき試みだ。夢中で過ごしたこの一年、夢中の裡は一途に心は燃え目的に突き進んでいたのだが――さて第一の難関が終りいよいよというときにこの胸騒ぎはどうだ。吾々はそれほどに容易ならぬことを仕出かそうとしているのだ！」

暫らくは沈黙が支配した。

容易ならぬことがあと一週間後に迫っている！

将に前代未聞の出来事が！

何が起ろうとしているのか？

俺はこの質問に応えるためには、話を約一年ほど引き戻さねばならない。

……………………………………………

一九五×年の春まだきの頃であった。ある夜のこと、うらぶれた俺のアパートの部屋をコツコツとノックする者があった。

「どなた？　どうぞ」

俺はいつもの癖で寝そべったまま応じる。俺の部屋など訪れる輩にノックなど洒落れた真似をするほどの紳士はいない。どうせ悪童連中の神妙ぶった悪戯だろうとかを括って不精をきめこんだ。だが、――扉の外の人物は静かに立っていて入って来る様子がない。

コツコツ――またしてもノック。

「うるさいなあ！　勿体ぶるなよ」

俺は半分業っ腹で起き上りざま荒々しく扉を開いたのだが――

おやっ！　一瞬とまどった。思いもかけず、日本人に非ざる一人物の訪問を受けたのだ。相手は俺の乱暴な仕打ちに一瞬辟易して目を丸くしたが、直ぐに外人特有の肩をすくめるような身振りで口をきった。

"Excuse me! You are Mr. Shirane, arn't you?"

俺はちょっと鼻白んだが、ふとこの人物にどこかで逢ったような気がした。

"Oh yeah, I am, but......who are you?

And what do you want?"

この数年来の鍛練に口馴れた英語がすらすらと出た。

“You don’t remember? Eh! You gave me lots of favor, You took me down to a couple of reparations plants for my inspections and you were a splendid guide! Weren’t you? You don’t remember? ……”

“Oh, I...I see, I know. Surely I remember you, but... how come did you come up to me? What’s up anyhow? I don’t see……”

面倒だからあとは日本語に翻訳して続けるが、俺は終戦後止むなく勤めた工場を逃げ出してからは米軍の占領地軍政業務を司るさる事務所に通訳兼技術者といった資格で雇われており、接収された旧日本陸海軍の軍事施設の管理保全の仕事に携っていた。俺は戦時中は技術者として海軍に奉職した身であるため、日本政府からは物の見事に公職追放になっていた。ちゃんちゃら可笑しい話さ。

戦後の日本政府！　こりゃ一体何物だ？　気狂いに刃物を持たしたような戦争政府が崩壊し、一流二流どころの首が素っ飛び息の根が止ったそのお蔭で、うようよしていた腰巾着の三流四流のワンサボーイどもが、無能なるが故に辛うじて首が繋がった不肖の身のほども弁えず、同じ穴の貉《むじな》の毛並を急造えの毛染薬で染め替え、昔ながらの平和論者でございとばかり二枚の舌と二足のわらじで占領軍の鼻息を窺って右顧左眄《うこさべん》する。これがアプレ日本政府の正体だ。占領軍が何でその正体を知らずにいよう。知って知らぬふりするのは役者が一枚上で、彼等思わく——信用ならぬ輩なれど、どうせ木偶《でく》の坊代りに使うのなら能無し猿の集りの方が扱い易かろうとの意図に過ぎぬ。東条政府が来たら一斉に右向け右をした。マッカーサー政府が来て軍隊式号令を禁止した御蔭で、号令を掛けることだけは止めた。だが掛けたくてたまらぬオッチョコチョイがうようよしていようというもの。そのうちにスターリン政府でも来れば待ってましたと左向け左をかけるに違いない。すれっからしのパンパンでももう少こしは節操を持っている。いやな相手にはなびかぬ彼女だって居るものねえ。

悪政客と悪官吏のはき溜！　こんな政府の官吏や公務員などチャンチャラおかしくて——よし殺すと脅かされても、はた千万金を積まれても金輪際こっちから御免を蒙《こうむ》りたい相手からわざわざ追放に処すとの念の入った御挨拶、——呆れかえって臍《へそ》からお茶がこぼれるね。

さりとて口には理論家、理想家ぶって理想の社会形態を説き、その実、やる事なす事、無頼漢や盗賊と大差のない「赤ッペエ」に協力するなど尚更真平《まっぴら》な話。

占領軍――軍人となると洋の東西を問わず普通人より大分智能程度が落ちる。アメリカの軍隊は殊更この傾向がひどいと聞く、――がそれにしてもまずまず俺の納得のゆく相手、話のわかる相手としては米占領軍以外にはなかった。今ならいざ知らずその頃はね。またここ暫らくは食って生きるがまず日本人の力を入れねばならぬところ、米軍に直接協力することは日本にとって不為にはなるまいと職を求めたところ、皮肉なことに旧軍事施設に明るいという経歴を高く買って日本政府などではとても御目に掛れぬほどの良い待遇で雇傭してくれたのだ。

なるほど追放令は占領軍から指令されたものかも知れぬ。だがこれを至上命令とばかり鵜呑み丸呑み、ただはいはいと一顧の検討吟味もなく味噌、糞、一緒くたに放り出した日本政府と、味噌は味噌なり、糞は糞なりに適所に配しようという占領軍とは大分役者が違うようだ。何だって？　相手にはマイトがあるから万事自己裁量で巧くゆくんだって？

ウッフッフ、それもそうだろうが俺はマイトプラス何物か即ち頭だといいたいよ。頭は考えるためについているので帽子掛けの代りじゃないよ。ヒッヒッヒ。

この仕事の間、各国の代表団が賠償工場視察の目的で相次いで来日し、俺はこの連中の案内役を時々やったことがある。その時に見知った一人がこの男だったのである。国籍は記憶になかったが白人というよりも東洋人に近い皮膚と茶色の眼をもち中肉中背、まずオーストリヤ人とインドネシア人の混血といった感じだ。名を仮にRと呼んでおこう。

「非常に機密を要する重大な話です」

Rは俺の部屋に入りこみ扉に鍵をおろすように要求した。

この頃俺は充たされぬが故になお熾烈に燃えさかる不逞な希望を懐いていた。俺はもともとは航空技術者でかつ腕に覚えのあるパイロットでもあった。終戦と同時に to be と not to be の判断に悩み、辛うじて to be と決めたからにはどこか工場にでも就職して地道に技術者の道を歩むべき人間なのかも知れない。げんに一度は工場に就職したこともあるのだ。しかしシャープでスピーディーな航空技術に生命を託してきた因果な身は、日本に許された範囲の平和産業の粗雑遅鈍なテンポにはとても我慢がならず三月とたたぬうちに逃げ出してしまったのだ馬鹿丁寧な口の下から、右ポケットに冷たい銃口が光っているのは、想像に難くなかった。だが俺は一向に構わなかった。どうせいても面白くもない日本だ。よろしい。俺は全身の同意を示して右手を差出した。

何の準備も要らなかった。若干の手廻りの品と愛用のヴァイオリンだけをひっさげて彼のあとに従った。アパートの前には幌を降ろしたセダンが待っていた。扉が閉まると同時にR氏は俺の眼をしっかりと黒布で縛った。

「暫らくの辛抱です。悪しからず」

車から船へ――船から飛行艇へと荷物のように積みかえられ四日余りの後に俺はとある心も寒くなるような淋しい孤島に送られて来たのだ。船に乗り込むと目隠しは除かれたが、一室に軟禁され外界を見るわけにはゆかなかった。空中では盲目飛行に些か自信のあった俺も四日間外を見ぬ監禁生活にはどこをどちらに進んでいるのか判定するよすがもなかった。四日間といったのは、運ばれて来る素適な食事の回数から割出したものである。腕時計をしていたのも時日の判定に大いに役立った。アパートの部屋を出てから丁度足掛け四日目の早朝、始めて甲板に連れ出された。それは黒い海水がすさまじい深さ

が――

もう一度飛行機の技術に戻りたい――これが俺の見果てぬ夢であった。飛行機は既に二十世紀の交通機関である。世の進展に伴う必需性は人為的制限をいずれは打破り、日本が交通機関としての航空機を生産し使用するのを自他共に承認し承認させる時期はいつかは来るだろう。だがそれに先立って何とかその技術に接近するには？米軍に職を求めたのもその方面に僥倖を狙う気持が多分にあったわけだ。

この希望をこういった遠来の外国人達に冗談混りに喋ったこともあった。俺はこの男の話が必ずやそれに絡んでいるらしいと第六感で感じとった。それがこの種の男の訪問を受ける唯一の心当りなのだ。

話はひそひそと続けられた。R氏は実に思いがけぬ話を持ち込んで来たのだ。信じ難い点もある。だが半信半疑で振り捨てるには余りにも惜しい話であった。

「少し突飛過ぎると感じられるかも知れませんね。だが真面目な話です。真面目なればこそこんな秘密さえお話ししたのです。あなたの在来の希望、それにピッタリ当て篏まる仕事じゃないですか。こうまで言ったからには是非とも――さもないと――」

を思わせる大洋のさ中らしかった。ゆるやかにうねる舷側に一機の異様な飛行艇が浮んでいた。砲弾状のブツ切り胴体と著しくスウィープバック（後退角）のついた翼、流線型を通り越してむしろぎこちない直線の組合せに近い外廓の形、かつあるべきはずのプロペラが無い。言わずとしれた噴射推進機である。その形状からして、スーパーソニック（超音速）航空機であることが容易に首肯出来た。

白銀に塗られた怪物のようなその図体を放心したように見上げる俺をR氏はさも心地よげに見つめていた。

「貴君の国が航空機と縁を切ってからは僅か数年、だが航空機の進歩は早い」

彼の他意ない言葉にも深い意味がありそうに思えた。恐らくプラスチックと思われるすべすべした胴体の側面に僅かに人の潜れる扉がある。そこに一歩踏み入れた瞬間から俺は二十世紀の最高科学の粋が簇《むら》がる世界へと身を投じたのだ。俺は出発当時からの着たきり雀、R氏は既に軽快な飛行服に着替えていた。

機は直ちに離水した。モーターの唸りに似た滑らかなエンヂンの響きが急ピッチに上昇して果はかん高い超音波へと消え去る。こんな音を出す原動機は言わずもがな、タービン・ロケットである。

機はぐんぐんと上昇し目測では恐らく一〇〇〇〇メートルと覚しい高度を驀《がむしゃ》らに飛んだ。幸に座席の前方の壁に高度計があった。指度三四〇〇〇呎《フィート》、即一万メートルをすこし越えている。ピットの左右に硝子《ガラス》張りの窓があり外界はよく見えた。恐しい怪速で飛行しているらしいが島影一つ見えぬ大洋では判定する術がないと考えたが――ふと気がついて目をこらして波頭の目視速力を追ってみた。驚いたね。昔、手馴れた愛機を駆って、二〇〇〇メートル余りを飛んだときと同じ感じの動きだ。高度一万メートルでは速力はその五倍。ああ！　ギョッとした思いに胸を衝かれる。

「時速約一二〇〇哩《マイル》」

と、R氏が教えてくれた。恐るべし、この大型飛行艇にして音速を抜くこと既に三〇〇哩、この機は自己の発する音よりも早く前進しているのだ。

僅か二時間足らず、前方にポツリと島影が見えたと思うと見る見る近づいた。驚くべき怪速！　速力を感じる目標を得て、そのあまり想像を絶した速さに俺の胸は怪しく騒いだのだ。島に近づくにつれて機は著しく速力を落した。巨大なフラップがするすると降りると巨体が大きく一揺れして翼が二倍になったかともみえた。一面突兀《とっこつ》たる岩山に掩われた怪島、その一角、断崖に囲まれた静かな入江に機は畸形の白鳥のような姿を映して滑るように着水したのだ。

湾内は切立った絶壁で、岸に幾何《いくばく》の平地も残さず急斜面の岩山が迫り、妥協を許さぬ荒々しい輪廓と灰色一色に塗り潰された色調は世界の果の魔境に来たかと思わせるほどに厳しい。

ビューン、突然あたりの静寂を貫いて機はサイレンを鳴り響かせた。それが到着の合図であったらしく、岩山の蔭から黒い物が軽々と空中に舞い上った。竹とんぼのように飄逸《ひょういつ》な動きを見せてふらふらと近づいて来た。ヘリコプター機である。プルプルと軽くも懐かしいプロペラの音が耳朶を掠めて、黒塗りの機は奇怪な白鳥機とすれすれに並び、鮮明な黒白《こくびゃく》の対照を見せて空中に停滞した。

「足もとに注意して迅速に！」

俺はR氏に手を牽かれて素早く竹とんぼに乗り移った。俺と一緒に世界の果まで飛んで来たヴァイオリン・ケースがコトリと音を立て、中でビーンと絃が一本切れたらしい響きが起った。

竹とんぼは二人の新重量を抱え、今度はやや重たげによたよたと舞い上り、ゆるゆると岸へ向けて移動して行った。

何という荒寂たる眺めの島であろう！　樹木らしい物の影は見当らず、一面に視界を掩いつくした灰色の岩肌に斑点のように苔と地衣の類が冴えぬ影を見せているに過ぎない。行くこと十数分、標高一千米ほどと覚しい岩山の麓にやや開けた平地が見え、建物らしいものの形がちらほらと眼に映る。吾々の着陸点は恐らくあれらしい。機は次第に高度を落し、構えの一番大きい建物へと近付いて行くのだ。

ゆらり、大きく一揺れして進行を停めた機は、そのまますると昇降機のように降り始めた。コトリ、と軽いショックが下から伝わって着陸したのはあたりの岩にも見紛うほどに憂鬱な色をした建物の真正面であった。構えはなかなか立派だが、窓らしいものの見当らぬ奇妙な建物には俺をおびやかす無気味な雰囲気があった。

R氏は口を利かずに眼顔で自分に従いて来るようにと合図した。灰色の扉を潜る。

おお！　内部の何という明るさ、美しさ。俺はまずその廊下を見たのであるが、側面と天井とは美しいアーチ型の曲線で連なり、クリーム色の明るい色彩が太陽光を思わせる発光管に照り映える。壁に柱がなく継目がなく鋲跡もない。怪飛行艇と同じプラスチックで作られているのだ。クリーム色の壁に鮮やかな対照を見せてエメラルドの絨氈《じゅうたん》が廊下を蔽い尽している。そこにあるものは建物の外見から予期した陰惨な影ではない。近代文明の織りなす怪しくも妖幻な美しさである。

七曲り、八曲り、廊下の左右に幾つかの部屋があるらしく、扉らしいものを幾つとなく見た。扉と壁の継目は滑らかな面一となり飛行機の外面を思わせる設計である。

廊下を曲り曲って恐らく建物の深奥部と思われるあたりに達したとき、R氏は漸やく振返った。

「首領に紹介します」

「首領?・」

「この計画の指導者、ヴェー・アイゼンドルフ博士です」

「ナニッ!　アイゼンドルフ博士⁉」

俺はこの人の名をある筋から聞いたことがあった。極めて秘密に属するある計画に関連して彼の名を耳にしていた。

さては!　俺の胸は早鐘を打った。R氏の誘いの話で相当な企てであるらしいことは予期していたが——例えばデモクラシーとコミンの火花を散らす対立の地下にあって大隠謀を逞うするユダヤ人を中心とする秘密結社の如き——とてもそれどころの話ではない。夢物語として聞いていたアイゼンドルフ博士がこの秘境にありときいては夢が一瞬に現実に甦ったかと驚いたのだ。

俺は大変な仲間に入った!

人間的な驚愕を越えた感情が背すじを走る。恐怖ではない。むしろお伽の国に入ったかのような複雑な歓喜と興奮の交錯である。

R氏と俺は廊下の突当りである扉の前に立った。ドアの上方にあるマヂックアイが仄かに明滅したかと見ると扉は音もなく壁の中に引込み通路が開いた。豪奢な家具を備えた眩ゆいばかりの部屋。プラスチックの半金属的表面が織りなす新世紀的感覚の色調の真只中横長いテーブルの向うに巨大な人影がすっくと立っていた。

二、怪人アイゼンドルフ博士

驚くほどに広い肩巾、六呎を優に超える上背、衣紋棹のような怒り肩の上に、猪首を距てて炯々たる眼光を放射する四角い顔が載っている。半白の顎髯が高く頬を蔽い、頭髪は殆んど姿を止めていない。角度の鋭い鷲鼻の蔭に牛を思わせる巨大な眼があった。齢のほどは六十を少しく越したほどか。

彼は数秒間鋭い凝視を浴びせかけた。俺はこの巨人の前に身の竦む思いであった。やがて一文字に結ばれた唇が髭の間にほころびて、巨人の第一声が漏れた。恐ろしく固い英語であったが意外にもその語調は鄭重であった。

「よう来られた。貴下の噂はある筋よりよく承知しておりました。吾々の計画に賛同され、一員となられたことを衷心より喜びますじゃ」

テーブル越しに差出された磯蟹のように毛むくじゃらの手を俺は感激を以て握った。圧倒されるように強い握力が腕先から足先まで痺《しび》れよと伝わる。

「貴下の担当される部門その他詳細については後ほど御説明するじゃによって、ひとまず貴下に割当てられた部屋に引きとられて休息されたがよかろう。リンキェヴィツ氏、案内をされたい」

「リンキェヴィツ?」

俺ははるばる日本から護送の労をとってくれたこの東洋風の白人をしげしげと見直した。

「おお、まだ名前を御存じじゃなかったか。御案内したのはエドワード・リンキェヴィツ氏といい当社の高級幹部の一人じゃ。貴下が当社の様子に馴れるまで、いろいろと面倒をみてくれるじゃろう。ではまた後ほどお目にかかる」

俺はR氏——否、リンキェヴィツ氏に導かれて首領の居室を辞した。背後に五人の見据えるような凝視を痛いほどに意識しながら——

またしても廊下を七曲りし、今度はある大型の扉の前に来た。再びマヂックアイの明滅、扉が開いて現れたのは四角な小部屋、即ち昇降機であった。二階ばかり下って出たところは再び同じような廊下であった。但し今度は長い真直な一歩廊下で両側に多くの扉が見える。

「幹部社員の私室です」とリ氏が説明する。

「窓がないようですが？」

俺がここの建物に窓のないのに気がついたのはそもそもヘリコプターから降り立ったときである。

「窓ですか？　それは――」

リ氏の顔に初めて悪戯っぽい微笑が浮んだ。

「窓はあるのです。但し外からは見えない」

外からは見えない窓？　俺はよほど面喰った顔付きをしたらしい。

「不審はもっとも、これは当社の特殊な活動と重要な関係がある――まあ後ほどゆっくりと話します」

リ氏は俺を伴って何番目かの扉の前に立った。赤いマヂックアイが明滅するとみるや扉は音もなく開いた。

「貴方の部屋です」

リ氏がまず扉を潜る。俺が潜り終るや扉はすっと閉った。素適な部屋であった。中央に形の良い丸テーブルとそれを囲んで三脚の椅子、一隅には飾り棚、一隅には化粧台、その中間には書机があり明るい太陽光が天井の隅々より漂よう。寝室と浴室は別室になっているとのこと。カーテンに遮られた壁の一角がその通路らしい。

「ここは地下ですが換気と採光には特殊な装置があり健康的に設計されています。地上の気候の悪いこの島では室内の方がはるかに衛生的です」

俺は周囲を見廻してあれこれと吟味する。床は暗緑色のカーペットに蔽われ壁は反射色の明るいクリーム色――だが一つ妙なことには廊下に面した側の壁、即ち扉と並んだ一廓にシェードが降りている。窓はないはずなのに？

「あのシェードは何のため？」

リ氏はちょっと片目でウインクした。さも愉快そうにシェードの掛金を外す。スルスルとシェードが上る。

何と、壁には窓がある！　廊下は見通しである。外からは窓がなく内からは窓がある！　何としたことだ。俺のたまげた顔を見てリ氏は到頭噴き出した。

「ハッハッハ――吾々の首領は、あれでなかなか茶目気があるのです。ごらんなさい。この壁は特殊なプラスチックで出来ていて光を一方的に透すのです。即ち廊下からの光線は入って来るので外は見える。逆に内部の光は廊下に出ないので外から中は見えないというわけです。だから――ホラ、別に窓框があるわけでなく窓の形に特殊プラスチック材が嵌め込んであるだけなのです。映画のスクリーンでも見るように外が見えるじゃありませんか」

「なるほどねえ、しかし何の必要があってこんな事をするのです?」

リ氏の微笑は益々深くなった。

「必要といって何もないのですよ。しかし中から外が見えて外から中が見えないから私室としては差支えないわけでしょう。光の透過性が一方的なこの特殊材料を建築材に使ったのは首領の他愛ない茶目気に過ぎません。この材料は本来の目的に大いに有効なのです——宇宙艇の構造材料としてね」

「ナニッ! 宇宙艇?」

俺はまたしてもギョッとなった。アイゼンドルフ博士、宇宙艇——驚くべき夢物語との暗合がいよいよ現実性を帯びてきたのだ。リ氏は俺の顔が急に緊張したのをさり気なく眺めていた。当然のことと期待していた様子でもあった。

「まあ暫らく休憩していて下さい。昼食時、また首領と会見します。あと一時間半、その頃また迎えに来ますがこの部屋を出ずにいて下さい」

リ氏は飛行服に包まれたスタイルの良い中肉中背と褐色の頭髪に飾られた東洋風の容貌を扉の彼方に消した。それを待ちかねて俺は先ほどから気になっていた扉の開閉機構を調べてみる。果して光電効果を応用した自動開閉扉であった。扉の前の床に立ち留るべきマークが記されている。この位置にある時間以上(恐らく三秒以上)立ち留れば自動的にドアが開くのである。潜り終れば直ちに閉まる。マヂックアイの明滅はその作動開始を示すらしく思われた。

昼食は首領の公室と覚しいサロンで行われた。会食に参集した者は、首領、リ氏、俺の外に五名で総勢八名であった。各人の国籍はまちまちの模様で一亘り席の定った所で首領は徐ろに口を開いた。

「久しく懸案中で空席であった主操の席が、本日入社されたミスター・シラネによって充され、ここに全メンバーの完成となったわけです。氏の国籍は日本です」

初対面の五名の顔が一斉に俺に集中する。日本人が! 意外だといった表情が歴々の面上に浮び上ったのがまざまざと認められた。

「ミスター・シラネは旧日本海軍でテストパイロットの要職を経た老練の士でその資質は当情報部員の手で詳細に調査されています。当社の主操としての資格を責任を以て推薦する次第です」

拍手が起った。首領の紹介で一同の顔に和やかな微笑が浮ぶ。少くとも俺は皆に好感を持たれたと思った。

「ミスター・シラネ。当社の社員たるには普通の秘密結社で行われる宣誓儀式などは、必要でない。貴下の人格を信頼し吾々の目的に必ず協力されることを信ずるが故に何等の禁律も設けていない。今日のこの瞬間より貴下の全機智と胆力を傾けて目的達成に努力下さればよろしいのじゃ。吾々の目的は既に御察しの通り宇宙艇を完成し宇宙探検の第一歩に踏出すことにある。これは大変な事業じゃが不可能事ではない。二十年前までは科学者の夢の域を出なんだものが今では違う。根本問題であった動力に解決を見た以上、あとは資力と機会の問題であった。わたしは幸に機会を得てこの秘密の地に研究場所を定めたが実は秘密にすべき隠謀でも何でもない。秘密にしたのは、何でもかでも喰い物にするジャーナリズムが煩さかったのじゃ」

アイゼンドルフが本当に仕事を始めた！

俺はこの事実をアイゼンドルフその人の口から聞いて雀躍した。嘗てナチが誇った戦争科学者陣の首魁的人物、あれほど徹底的にユダヤ人を排斥したナチも彼のみは粗略に扱わなかった。大科学者にして戦争が極めて嫌いな平和論者であったア博士をヒットラーがいかに無理算段してドイツ国内に引留め戦争科学に従事させたかは想像に難くない。ドイツの科学者達の手によって実験室的に成功の萌芽を見た原子力利用——これが当然ドイツの手で物になるべくしてならなかった。俺はそこにア博士の戦争反撥へのある力を感ずる。俺が太平洋戦争中に得た情報によるとア博士はドイツの崩壊と同時に腹心の科学者を伴って聯合軍の包囲を脱出しどこともなく逃亡したと伝えられていた。当時聯合国の伊太利《イタリー》及び独乙《ドイツ》占領に依って抑えられた原子力の秘密が捕虜になった科学者や自ら志願した科学者と共に米国に送られ、その膨大な資力のバックによって広島への第一弾となった事は周知の通りである。

「それでは新幹部ミスター・シラネに他の幹部諸君を御紹介しよう。

まずこの方が物理学主任のピエール・ドニャック博士。氏は輓近《ばんきん》物理学の尖兵《せんぺい》でボーア教授門下の俊英です。目下は種々観測装置の準備中じゃが飛行が始まると最近の物理学で問題になっている諸々の理論の帰結を実際に観測されるのが任務じゃ。本計画の最も重要な目的の一つで、氏は吾々のグループにとっては甚だ重要なポストを占めておられることになる」

ピエール・ドニャックは長身白皙《はくせき》、いかにも天才的なフランス人を思わせる。ジャン・ピエール・オーモンに似た風貌――なかなかの美男であった。やや神経質らしい態度で指の細いスマートな手を差出して握手を求める。じっと見返えす青い瞳には芸術家の熱情が宿っているかと思えた。俺は一目でこの男が好きになった。三十をすこし越したかという年頃。俺と略々《ほぼ》同年輩か？

「次にイタリーのニコロ・マルティーニ氏、氏は有名なカプローニ航空機会社の、技師長を勤められた事もある。噴射推進式原動機の第一人者と称せられる御仁で、宇宙艇の動力装置は一切氏の学識経験に負っていますのじゃ」

五十を越したかとも見える年輩者で見事に禿げ上った頭に人の好さそうな眼をもち、甚だ好人物らしい印象を受ける。首領を除けば一座の最年長者であろう。

「日本のお方よ。よくみえた。これで画竜点睛《がりょうてんせい》、いよいよ本望達成も間近い事になりましたわい」

齢に似合わぬみずみずしい手先は熱情的な南欧人のそれらしく湿り気を帯びていた。

このようにして結社の幹部が次々に紹介された。金眼鏡をかけて鼻下に美髯を貯えたいかにも英国紳士らしい四十年輩のトマス・マックアレーン氏。氏は宇宙艇の眼ともいうべき触角装置、即ち電波探信儀、通信装置、自動操縦装置、殊に特殊な機構をもつ速度計の準備に身命を疲らせているとのことである。

ウィリー・タフナー氏の国籍はスイスで、万国赤十字社本部の高級職員であったが、特にアイゼンドルフ博士の懇望によってこの一団に馳せ参じたのであった。宇宙艇の乗組員は気密室に閉じ籠められたまま長時間生活しなくてはならない。酸素の補給は？　水は？　食事は？　排泄は？　地球を遠く離れた空間では重力の殆んど無い世界に住むことになる。また大気層に遮られて地上に達しなかった諸々の放射線を真向から受ける。こういった特殊の条件の許にどうして乗組員の健康を保つか？　この計画が成功するか否かはタフナー氏の努力に負う処が非常に多いと考えねばならぬ。タフナー氏も四十年輩の精力的な感じのする小肥りの男であるが眼に羊のような優しさがあった。

「貴下は主操縦士という健康には特に留意せねばなら

ぬ配置じゃによっていろいろと氏の指導を受けることがあるじゃろう。そのうちにおっ魂消《たまげ》るような変った実験をしてもらわねばならぬ。いや、これはあとの楽しみに伏せておこうじゃないか。——なあ、タフナーさんハッハッハ……」

いよいよ以て怪！　俺はだんだんと心細くなったが首領に笑われて黙っているわけにはゆかない。どうぞよろしく、お手柔かに、といった気持をこめてタフナー氏の肉着きの良い手を握った。

「貴下をここにお連れしたポーランドのリンキェヴィッ氏は副操縦士として貴下を扶ける一方、通信、航法の一切を担当せられる予定じゃ。ご承知と思うが無重力空間を飛行する宇宙艇は大気中を飛ぶ地球の航空機とは相当に変った操縦法が必要なわけです。この点氏は充分貴下の良き指導者となられる方じゃ」

俺はここで革《あらた》めてリ氏と正式の握手を交わした。僅かでも他の面々より馴染が古いだけに身近い人物としての暖か味を余計に感じたのは当然だろう。

「さてミスター・シラネを含めた六氏が各部門を担当され、それに儂が艇長という格式で乗込む予定になっております。もっとも艇長といっても各々方のお力によって搭せて戴く客分みたいなもんじゃがねハッハッハ……、艇長共に七名、これが必要最小限の人数じゃ。但し必要に応じて各部門に助手を加えることも考慮せねばならぬじゃろうのう——。

ところでもう一人重要な方を紹介せねばなるまいて」

その男は首領の左隣に坐っていた。

「ここに居られるのをカール・シュッツアー氏といい、艇には乗り組まれないが艇の建造方に万般の指揮を採っておられる、謂わば製作主任じゃ。ハインケル航空機会社随一の名設計者と呼ばれた方で、氏の指導によって宇宙艇の工事は着々と進んでいますのじゃ」

シュッツアー氏は褐色の頭髪がふさふさした赫ら顔の男であった。意志の強さを表わす大きい口と明皙な頭脳を象徴する見事な額、眼が鷲のように凄味があって人相は一同の中では一番悪いかも知れぬがそれだけに頼もしいとも思えた。

何という素晴らしい計画であろう！　宇宙旅行！　これは夢ではない。いや、ほんの一昔までは常識人は歯牙にもかけぬ夢物語であった。それが僅々二十年、二十世紀の半ばを越すとみるや、所謂常識人どもの偸安《とうあん》の惰性が追いつく暇も与えず一足跳びに現実の域に飛躍したのである。

各人の紹介を終って一同は乾杯した。香り高いシャンペン酒であった。大事業を遂行する人数が揃ったのを祝う意味と、最後の空席を埋めた俺を歓迎してくれる二つの意味が含まれていた。この午餐は極めて和やかなものであった。円卓を囲んで俺は首領の真正面に座り、右には介添役のリ氏、左には美男のドニャックがいた。会話は凡て英語で行われた。一時間にも満たぬ歓談であったが、お互に百年の知己のように親しくなったとさえ感じた。一つの目的のために家を捨て友を捨て国を捨て、凡てを超越して馳せ参じた人達である。この人達には真理探究への熱情のみが燃えたぎり全地球を巡っての人間同志の見苦しい対立などは対岸の小火ほどにも痛痒を感ぜぬかの様子であった。超人？　世捨人？　俺はこの時、そういった感じを受けた。しかしこれが誤りである事がずっと後になって判ったのだ。

豪放磊落《らいらく》、完全に地球人類の思想を超越しきったとさえ見えたアイゼンドルフ博士こそ、最も地球人類を愛し、その安否を気遣い、それに拘泥した人であったとは？

――

三、瀬木竜介の出現

会食中ア博士は頗る上機嫌であった。この人外の秘境に人間くさい駄洒落《だじゃれ》がとび、愉快な笑声の絶間がなかった。ところが宴半ばにして俺はア博士から意外な事を聞かされたのだ。

「ミスター・シラネ、当結社の首脳部は現在ここにいる八人じゃが無論準備や研究に協力してくれている人達が他に相当数あります。総勢であと五十人もあろうかのう。人種は正に様々じゃ。英国人、フランス人、ドイツ人、イタリー人、オーストリヤ人、スペイン人、トルコ人、ポーランド人、デンマーク人、スエーデン人、ノールウェイ人、スイス人等、まるで人種の展覧会のようなものじゃが、東洋人種は非常に少ない。マレー人と印度人が一人ずついる。ところがじゃ。日本人は貴下の外にもう一人甚だ優れた科学者がおられるのじゃ、どうじゃ、誰だか御存じかな？」

「えっ！　日本人が！」

俺はまたしても予期せぬ意外さに胸が高鳴った。

「そうじゃ。日本人じゃ。先方は貴下のことをよく御存じじゃ。否、種を明かせば、その御仁の推薦によって貴下を主操縦士として迎えたのじゃ。リンキェヴィッ氏も以前に偶然に貴下に逢ったことがあり貴下を記憶しておったのを幸便《こうびん》に早速迎えの使者に立たれたようなわけなのじゃ」

リ氏は俺に向って大きく頷いて首領の言を肯定した。

「で、その日本人の名前は？」

俺は思わず膝をのり出した。終戦後行方不明になった同輩達の顔が次々に浮んで消えた。一体誰だろう？　先方では俺を知っているというが。

「ミスター・セギ、リュウスケ・セギというご仁です。セギ氏は光学の大家じゃ。本宇宙艇に装備する種々の光学的観測装置の研究と準備を担当しておられる」

リ氏がまたしても肯いた。

「セギ！　瀬木竜介氏！」

俺は思わず叫んだ。

読者諸氏は記憶しておられるだろうか？　俺の友人に丘美丈二郎と名乗る男がいる。本業の傍ら売れもせぬ三文探偵小説を書いている変った男であった。終戦後久しぶりで尋ねてみると、相変らず不景気な顔をして面白くもなさそうな工場勤めの身を喞《かこ》っていたが、酒の話のついでに丘美がふと二年余り前に出くわしたという奇妙な事件の話を始めた。これに関して俺が心当りを話してやったことからこの男はこの事件を「二十世紀の怪談」とかいう妙な題で書いて何とか活字になったらしい（別冊宝石十六人選）。その中に瀬木竜介氏と俺の名前も見えていたようである。ところで丘美はこの小説の中で失踪した瀬木竜介という科学者は失踪当時の模様から推して無事で生きているのは疑わしいと書いていたが、その点俺も同感であった。

ところが如何せん。瀬木氏は生きていたのだ。この秘境に、そして伝奇の人、アイゼンドルフ博士の麾下《きか》に！

俺は宇宙飛行の話に夢が現実に甦ったのをまず驚き、今また三文小説屋、丘美の話の内容が現実に繋がりを持っていた事に啞然とした。

そのとき、リ氏が俺の驚きをとりなすように説明を加えた。

「首領の言われる通りです。あなたご自身の希望は以前日本でお会いしたとき直接に聞いたこともあって、私個人としても興味ある人物としてマークしておりましたが、瀬木氏の強い慫慂《しょうよう》が大いに役立って貴方をここにお招きすることが決定した次第です」

瀬木氏、瀬木氏、瀬木氏とはいかなる人物ぞ？　俺はこの謎の人物にむしょうに逢いたくなった。

「瀬木氏に是非共面会したいのですが、逢わせてもらえましょうか？」

「おお、それは勿論じゃ。瀬木氏も推薦した甲斐があって喜んでいることじゃろう。あの人は年中研究室に入り浸りじゃから、この会食の終り次第尋ねて行かれるがよい。リンキェヴィッ氏がご案内する」

リ氏は大きく頷いた。

会食が歓談の裡に進み、漸くデザートコースに近づいた頃、やおら立上ったアイゼンドルフ博士は急に真剣な顔付きになって一同を見廻した。何事かと一同は手を休めて魁偉な風貌を振り仰いだ。

「さて、いよいよ本日から全員揃って最後の仕上げに入ることになります。過去四年、我々の苦労は並大抵のものじゃなかった。原理はあってもこれを実験に移すのはなかなか困難な事じゃ。しかし方々の力添えで完成の目安もつき、あとは仕上げを待つばかり、だが仕上げといっても外ならぬ宇宙旅行という前代未聞の大試行です。あと一年は充分掛るじゃろう。各自せいぜい健康に御留意あって予定の期日には全員つつがなく地球を飛び立ち神秘の宇宙に挑戦出来ることを偏えに望みますのじゃ。ところでわたしは今まで、宇宙旅行の目的を公然と皆さんにお知らせした事はなかった。この席で始めてはっきりと申し述べてみたいと存じますのじゃ」

一息入れた首領はちょっと瞑目した。よほど重大な発表でも行うといった顔付きである。

「吾々の宇宙旅行が単に好奇心だけで計画されたものでない事は既にご存じの通りじゃ。それには大まかに言って三つの目的がある。目的の第一は地球上で実験の困難な理論の実証を摑むことにあります。殊にアインシュタイン博士の最近の研究に成る『綜合場』の理論の新しい展開――これは複雑な数式計算によって帰結されたものであり、大宇宙を形成する空間の性質を最も一般的に記述しておるものです。重力場が甚だ強い地球上、換言すれば広い宇宙の拡がりに比べると極めて特別な条件下にある狭い場所では公平で正確な実験や観測はとても望めない。実験観測に理想的な空間の位置を占めて先入主のない公平な第三者になる――これが一つの大きな目的です。例えば光粒子の重力場による曲り、即ちアインシュタイン効果も地上で観測するためには皆既蝕を追うて世界の不便な地を巡り歩き気紛れな天候に千載一遇の一瞬を賭けねばならぬ。この理論の正否は吾々の学問の根底を揺がし延いては哲学の根本にすら大革新を起さしめるかも知れぬというのに観測が不便なばかりに未だ絶対的な確証の成果は得られておらぬのです。観測者自身が宇宙に出ることが出来れば何を憚ることはない。元来皆既蝕が尊重される理由は普段は大気の拡散による空の明るさによって観測する事の出来ぬ太陽に近い場所の微光を容易に観測出来るという点に外なりませぬ。大気圏外に出れば拡散の妨碍は消失するので、皆既蝕を追かける必要はない。好きな時に好きな時間だけ好きな物が観測出来ようというのです。敢てアインシュタイン効果やコロナの観測ばかりではない。大気層の影響で地上からは正確に把握出来ぬ宇宙の諸現象に揺ぎない実験観測の根拠を与えることも出来ますのじゃ」

吾々の計画は単なる好奇心から行われるのではないという。何という真摯な態度であろう。これこそ真底からの科学者の心である。一同は粛然とした気持に打たれてしわぶき一つ起らなかった。

「目的の第二はやや俗っぽい。理論的な学者には大した興味はないかも知れぬ。だが一般には大いに興味のあるだろう問題――月に生物はいるか？　月の裏面はどうなっている？　火星に生物は？　土星の輪は？　その他諸々、即ち宇宙の探検旅行じゃ。俗な趣味じゃが全人類が興味と関心を向ける焦点とあれば、どうせ宇宙に出たついでだ、ゆるりと見物して来るのもよかろうと思っとりますのじゃ」

一同の顔に期せずして微笑が浮んだ。俺はむやみに愉快になってうっかり拍手をするところであった。前人未踏の大冒険を飄々《ひょうひょう》日常茶飯事のように語るその洒脱さは既に事の成功を呑んでいる気概があった。

「火星見物も面白かろう。もし生物が居れば何とか互りをつける方法もあろうというもの。小船で大西洋を渡ったコロンブスよりも吾々の方が愉快な旅が出来そうじゃて――、ところで諸君！　わたしは今までただの一度も口にせなんだが、もう一つ甚だ重大な目的がありますのじゃ。非常に重大な」

博士は、この「非常に」というところに、特に力を入れた。すわこそ！　一同は片唾をのんで謹聴した。宇宙探検は所詮探検に尽きるはず。それ以外に何の目的があるというのか？

首領の声と口調が急に革った。

「目的の第三は小遊星群に近付くことです。御存じの通り火星と木星の軌道の中間にある小遊星群にはヒルダ群、トロヤ群のようにおとなしく円に近い軌道を廻っているのがあるかと思えば、パラスやヒルダゴのように著しい楕円軌道を画いている特異小遊星群という一群もある。この研究が是非とも必要なのじゃ。地球の人類は是非とも知らなくてはならぬのじゃ。私と各々方がこの四年間、そしてあと一年余り孜々《しし》として努めるのは今こそ何をかくそう。この一事をつきとめることが主なる目的でしたのじゃ」

ア博士の語調は急に熱を帯び眼は異様な輝きを示した。

「理由は今は言えぬ。恐ろしい事じゃ。わたしはこの秘密を地球の上では漏らさぬつもりじゃ。吾々の艇が地球の引力圏を脱出し得て完全に宇宙の人となった後、その理由を諸君にはっきりと告げよう。それまでは伏せておくことを納得して戴きたい。さし当りは第一と第二の目的に向って一途邁進してもらいたいのじゃ」

一同は意外な話に些か鼻白んだ。ア博士はドッカと腰を降ろすや長年の溜飲が下ったようにぐったりとした。

何か容易ならぬ秘密がある。そういった圧迫感が重苦しく一座を支配し暫らくは誰も口をきかなかった。これはア博士が秘密を伏せたことに対して生じた気まずさではない。既に宇宙の人間になりおおせたかのように錯覚していた自負心が急に地上の人間という意識に引き戻されて生ずるちぐはぐな気持――何かしらそんなものであった。この白けかかった雰囲気をユーモアたっぷりの警句で吹きとばしたのはマルティーニ氏であった。

「皆さん、火星人のような顔付きをしてござらっしゃるぞ。ここはまだ地球、さあ働いたり、働いたり」

期せずして一同の顎がほぐれる。

「それでは成功を祈って最後の乾杯！」

スイス人、タフナー氏の音頭で午餐会は無事に終了した。一同は再び晴々とした顔で各自の仕事場に引きとって行った。

俺は予定通りリ氏の案内で瀬木氏を尋ねた。やはり邦人は懐かしい。世界人になって国家などというものを忘れる心算で来ても、結局俺は駄目なのかな、と自問自答していた。七曲り廊下を七曲りして建物の裏に出る。

「あれが瀬木氏の研究室です」

本館より約二〇〇ヤード、広場を距てた彼方、岩山を背に四つ五つの小建築物が見える。リ氏の指先はそのうちの一つに向けられていた。俺はリ氏と肩を並べて広場を横切りながら考えた。

首領の言った小遊星の秘密とは何だ？

俺の知っている限りでは思い当る節がない。ある軌道上に蟠《わだかま》った微塵のような小塊の群！　といっても宇宙の大きさに較べてのことで、大きいものはセレスの如く径五〇〇哩、優に月の四分の一はある。なるほど異様な天体ではあるがさりとてア博士をさように畏怖させるほどの秘密があろうとは思えぬ。しかしこれは俺の浅慮であった。この時はよもやそこまでは思い至らなかった。空恐ろしいばかりの大秘密！　地球人に対する大警告！

その真相はこの物語の最後に解明されるだろう。


俺とリ氏は瀬木氏の部屋の前に立つ。リンリンという電鈴の音。

「自動扉は内側から電気的にロックすることも出来ます。訪問者が外に立てばベルが鳴って居住者に知れる。居住者はボタン一つでロックを外すことが出来、扉は自動的に開くのです」

なるほど、それで判った。ロックする方法がないと誰が扉の外に立っても開くわけで、それでは私室の価値がないと思っていたがこの装置ある哉である。

ベルが鳴り止んで扉が開く。顔を出したのは明らかに日本人、徳大寺伸という俳優を一廻り小柄にしたようなやさ男だが、さすがに容易ならぬ頭脳を物語る理智の閃きが見えた。

「おお、あなたは白嶺大尉ですね。よくみえました」

白嶺大尉？　そんな呼び方をされると時世が戦時に逆戻りしたかと錯覚を起しそうだ。

「では一時間後に迎えに来て他の個所を順々に案内しましょう」

リ氏はちょっと右眼でウインクして立去った。

俺は部屋の一隅にある小テーブルに瀬木氏と向い合って腰を降ろすや聞きたくてうずうずしていた質問を早速飛ばした。

「私は貴方の推薦でここに招かれたとのことです。今が初対面と思うのですが、どうして私をご存じでしたか？」

瀬木氏はまず、オヤといった不審な表情を浮べ、次に、ナーンダという顔色になった。

「そいつはどうも失礼しました。実は私もお目にかかるのは初めてです。だがある方面から貴方のことをよく存じていたのです。ちょっと隣まで一緒にいらして下さい」

この部屋は控えの間で、一方隣は私室、他方は二室続きの研究室があるとのこと。

瀬木氏の私室も俺の部屋と同じ造りであった。

「これをごらんなさい」

彼が開いた書机の上の隠しにはぎっしりと書物が詰っていた。彼の指さす最下段は日本の書物のスペースで極く新しく刊行された単行本、雑誌の類までがあるのにはちょっと驚かされた。

――瀬木氏は既に一九四七年、早々に失踪したはず。失踪と同時にここに来たに相違ないのだが？　それより新しい刊行物をどこで手に入れた？

瀬木氏は俺の疑問に気がついたらしい。

「ああ、この書物ですか。わけのないことです。この島に来る途中白色の快速飛行艇に乗られたはずですが、あれが謂わばこの地と各国の文化を繋ぐ連絡機です。連絡員に頼んでおけば世界中のどんな土地からでも好きな物を取寄せることが出来るのです」

「なるほど、そうですか。僻地と思ったら豈《あに》はからんや、文化の中心ともなり得るわけですね」

「そうです。実際、事、技術に関する限りは世界の最高技術の粋が集っていると考えてよろしいでしょう。そんなわけで私は日本内地の近刊書をいろいろと漁っていたところ偶然私の事を扱った小説に出逢ったわけです。私の名も本名で書かれているし、宇川浩という後輩のあることも事実です。この作者はどうやら事実をそのまま小説の形で紹介しているらしい。それなら後篇で紹介される白嶺恭二という人物も恐らく実在の人物であり、その経歴と資質こそは当時まで空席となっていた宇宙艇の操縦士として打ってつけのものと考えたのです。アイゼンドルフ博士はどうしたわけか主操の人選だけはなかなか決めずにいたものです。そして出来れば日本人の中からという意向を折にふれて私に漏らしていたものです。私が貴方を推挙したのは実はこんな経緯があったわけです」

ははあ、これで些か納得がいったといえばいった。

――経緯だけは諒解出来た。が肝心の事は一向に判っていない。世界に名パイロットは少なくはなかろう。仮に俺のような技術者で同時にパイロットなる者を求めるなら尚更のこと日本には少ない。アイゼンドルフ博士はなぜ殊更に日本人を選んだのであろうか？　それがはっきりせぬ限りどうもすっきりした気分になれない。

「その事については些か心当りがあるのです。主操の地位に日本が指定された理由は、これを喜ぶべきかどうか——貴君自身がその当事者であるのに、けちをつけるような事を言って心苦しいのですが、貴君はそんな事で気を悪くせられる方とは思えません。この地にいるたった二人の日本人として一つ忌憚なくその辺の事情を吟味してみようじゃありませんか。日本人全体に関係ある問題ですから」

思わせぶりな前置きをして瀬木氏が語り出したところによると——嘗て全社員懇親会の席上で世界でどの国民が一番優秀かといった品定めが座談的に行われた。無論国を捨て国境意識を超越したと自他共に認め合った連中の話である限り、単に座興的な話題に過ぎなかったのだが——その結論はあまりにも真実を穿ち過ぎたと瀬木氏は考えた。

一同の一致した意見として、最も独創的で天才人種はフランス人であるという。古今独歩の進取性がある。が、勉励刻苦型ではない。あたら劃期的な大発見も、やり放しのままに放置されるきらいがある。

フランス人がやり放した新しいヒントをこつこつといじくり廻し理論の体系をつけ、実験室の中で見事に物にしてみせるのがドイツ人の特性である。しかし彼等はこれを迅速に工業化するには些か理屈が過ぎる。彼等が理屈に時を過ごす隙に金力に物を言わせ議論より実行とばかり極めて俊速に実用の域にもってくるのが米国人である。

以上の三民族がそれぞれの特質の代表的民族であるという。しからば日本人はいかん？

アイゼンドルフ博士はこの点の急所をいみじくも衝いた。日本人は独創性においては殆んど零に等しいが学者はなかなか優秀でむしろドイツ人的特性に近いといえる。だが自惚れてはいけない。偏狭にして狭量、その故に人の和を得ず、あたら成功すべき研究をも打ち毀している。かつあまりにも実際問題にうとく、研究のための研究を行う学者のための学者という感が深いとも批評された。企業化という点では桁違いの経済力を持つ米国の後塵すら拝し得ぬのは止むを得ぬとして、甚だ遺憾なのは企業家の頭の問題である。日本の企業家は先進国人の使い古した方法に後生大事と獅噛《しが》みつき、専ら私腹を肥やすための企業であり、大衆へ、広くは人類へ奉仕する精神はいうに及ばず、技術的良心乃至は向上心が露ほどもないと酷評され指弾された。どうです？

嘗て日本を引摺り廻してきた過去の財閥どもよ。対外的戦争責任と対内的敗戦責任においてA級戦犯に勝るとも劣らぬ卿等よ。日本人らしく恥を知るならA級戦犯が絞首台の露と消えたその日、当然自決すべき不肖の身を厚かましくも今日まで生き永らえている奴ばらがありとせば、その恥知らず共にこそ物申さん。

「とっくとアイゼンドルフ博士の言を聴くがよい。日本ほどの工業国でありながら日本ほど技術者を冷遇し、行政家が技術者を僕の如く奴隷の如くこき使った国は地上にはなかろうとア博士は喝破した。

同じ苦言でも同国人の識者に言われれば馬耳東風《ばじとうふう》、毛色の変った白人から言われると大騒動恐懼感激する卿等、誤った白人崇拝の内弁慶の卿等なれば学界の偉傑白人アイゼンドルフの前に潔よく恐懼叩頭《こうとう》するがよい」

日本人に果して世界に冠たり得る資質ありしや？

アイゼンドルフ博士はいみじくも戦後の日本人の盲点を衝いてその点を明瞭に指摘したのだ。嗚呼《ああ》、彼はそれを特攻隊を生み出した精神だと言った。生きる事の最も楽しかるべきあの年頃の若人達が自ら進んで生還なき道を泰然と歩み得た犠牲の精神だといった。

米人はこれをCrazyと呼ぶ。「気狂い」のことだ。

ところで諸君！　あれは果して気狂いであったか？

答は諸君が一番よく知っておられる。米人は万事につけて自国が世界一である事を誇る。彼等の人種の定義を認める限りはそれも正しい。即ち自国に大した人間は居なくても優れた人物を各国より招聘し優遇しアメリカに帰化させる。その強力な経済力と飾らない国民性がこれを可能にする。一旦アメリカ人としたからは自国人として誇る。元来が雑多な人種の寄合世帯で血に対する鈍感さがこの種の稚気に溢れた好人物的な自負心を作り上げ、しかもそれに作為的臭みが感じられない。持てる国の鷹揚さが生み出す功徳であろう。

ただ一つ彼等には絶対に真似が出来ず、かつ真似したくもなかろうものを日本人は伝統として持っていた。彼等はそれを理解しようと努める前に気狂いと呼んだのだ。さもないと、完全占領、完全指導を意識する彼等の強い自尊心の耐え得るところではない。完全勝者である限りそれも結構。しかし、心ある米人はこの点を見誤らなかった。マ元帥しかり。故に彼は日本人の取扱いを誤らなかった。

科学的にみれば猿真似の域を出ない憐れな日本人よ。その科学的意識の低調さは常に先進科学国の憫笑《びんしょう》の的となっている。だがその非科学的なるが故にひたむきな心から生れる盲目的な犠牲の精神は洞察力ある達識を瞠目せしめる。これこそアイゼンドルフ博士の眼に映った日本の特色であったのだ。

されば、戦後の日本人はこの精神を失ってはあとに何が残るのだ。咀嚼《そしゃく》せぬまま鵜呑にした自由主義が処置しようのない不消化物のしこりとなって悪性腹病に苦しむ吾々は思い一番、大いに反省すべきところではないか。偶々犠牲の精神が戦争途上に発揮されたればこそ悪い風評を受けた。しかしこの精神は平和の建設にこそ必要なものであり、教えられた民主主義を促進こそすれ、些かも抵触するものではない。

俺は初め光輝ある宇宙艇の主操に選ばれたと大いに意気軒昂したが、考えなきを得ぬ。日本ではパイロットを過分に優越視した傾向があったが、米軍では自動車運転士と大差あるとはみていない。パイロットの過度の自負心と我儘を抑えるために車牽きと侮蔑した言葉さえある。なるほど、単にパイロットというだけでは指揮者の意のままに機を飛ばせる運転士に過ぎず、客の意のままに労力を提供する人力車夫と大差なかろう。

俺は光輝ある宇宙艇の車牽きに指定されたのだ。日本人なるが故に。その日本人は非科学的ではあるが、ひたむきな犠牲の精神を有っていると考えられるが故に——、

「これは止むを得ないことです。吾々にはその断定を特定する資料はあっても否定する根拠がないのですからね。むしろ日本人自身が自嘲の中に捨て去ろうとさえしていた最大の美点を指摘してくれた事に対して感謝すべきかも知れません」

俺は瀬木氏の言葉をなるほどと思った。それにここは既に国籍を超越した人達の集合であるべきはずであった。よし、こんな事には心を乱されまい。車牽きでも何でもやるぞ！　それがなくてはならぬ配置である限りは——かつア博士が旺盛な犠牲の精神を高く買って特に日本人を主操に選んだものとすれば、俺はその期待に応えなくてはならないのだ。

俺達の話はこの精神の疲れる話題から転じて焦眉《しょうび》の関心事である宇宙艇自体のことに移っていった。

「瀬木さん、貴方は一体どの方面を受持っているのです?」

「私ですか。光学的触角装置が主でその他色々の観測装置です」

「光学的触角装置というと?」

「それを説明するためには宇宙飛行の本質についてちょっと述べねばなりません。動力は勿論ロケット噴射式原動機です。一昔前、ある科学者が当時の頭で考えて、火薬式ロケットを使って艇が引力圏を脱出するのに必要な火薬量を計算したところ約一万噸《トン》という値を得ました。これでは勿論問題になりません。従って宇宙旅行は所詮科学者の夢というのが当時の結論でした。ところが原子力の応用が発見された今日、夢は一足跳びに現実の世界に真実性をもちました。動力装置の詳細についてはいずれ動力主任のマルティーニ氏から詳しい説明があるはずです。

ところで世人は動力さえ解決つけば直ぐにでも宇宙に飛び出せると考え勝ちですが、実は更に二つの非常に困難な問題があるのです。その一つは宇宙塵の問題です。ある天文学者の推算によると、一昼夜に地球に飛び込む流星の数は無慮二千万個にも達するといいますよ。吾々の眼に触れるのはその極めて僅かな部分に過ぎないわけですね。真空で空っぽと考えられ勝ちの宇宙空間には無数の小破片が飛廻っている。停止すれば引力によって太陽に落ち込むのですから、とにかく静止していることは出来ない。全部が全部大速力で走り廻っているわけです。その密度——これは決して馬鹿にはならないでしょう。何しろ地球が一昼夜に出逢う宇宙塵の数が二千万にものぼるという点から推して恐らく雨霰のように、と考えるべきでしょう。その雨霰の中に宇宙艇が何の用意もなく飛び出して行ったら瞬く間に衝突して木破微塵《こっぱみじん》になることは推して知るべしです。この障碍物を事前に発見して避けるにはどうするかという問題ですがねえ。

太陽系の中であれば近接した破片は反射によって視認出来るはずで私の研究しているのは反射光を出来る限り早期に捕捉して必要に応じて視覚的にあるいは電気的に指示する装置なのです。もっとも場合によっては反射光を殆んど出さぬ完全黒体に近い破片もあることを予期して電波による捜索装置も研究されています。英人のマックアレーン氏がその方の担当です」

なるほどこれは大事だ。雨霰のように宇宙塵の来襲を受けるのでは主操縦士である俺には大問題というもの、そんな際どい役が果して人間業で勤まるのか？　だが瀬木氏の説明で安心した。

「無論、障碍物を一つ一つ操縦者の手で避けるなどというのではありません。触角装置が宇宙塵の映像をキャッチすれば直ちに自動的に回避の舵が取られる、所謂自動回避装置ですね。これもマックアレーン氏のもとで着々と準備されているのです。でなきゃ、貴方やリンキェヴィッツ氏がいくら交代で頑張ってみても、とても背負い切れる負担ではありませんよ。何分宇宙旅行は長い旅ですからね……。

　次にもう一つの難関――それは宇宙線即ちU粒子の来襲です。厚い大気層のお蔭で地上はこの点安全です。宇宙線の軟成分は殆んど電離層で喰止められ硬成分のU粒子だけが時たま地上まで達することもあるという程度です。だが一たび大気層を出ると宇宙線の仮借なき一斉射を四六時中受けるはずで、これに直射されたが最後生命のほどは保証し難いということで、このいかつい問題を研究しているのが衛生主任のタフナー博士です。何をさて措きこの二つの問題が解決せぬ限りは絶対に宇宙の荒波には乗り出せぬのですよ。いくら動力が解決してみてもねえ」

「なるほど、いざとなると色々面倒な事態が起るものですねえ。ところで貴方の研究は随分と進んでいるのですか？」

「もう一息というところです。予定の出発期日まであと一年余あります。それまでには無論完全に完成する見込みはありますよ」

　そのときベルが鳴り出した。リ氏が迎えに来たのだ。

「ではこれから各部門の主任を歴訪して色々と話を聞きます。また後ほど」

　実をいうと俺は瀬木氏ともっと話したかった。出来れば個人的な話なども――。彼が南大阪の墓地のほとりの実験室から異状な失踪を遂げた当時の模様などを。だがこの話は他日に譲って彼の許を辞した。瀬木氏は微笑を以て俺を見送った。

四、マルティーニ氏

二人は瀬木氏の住む建物を出て再び灰色の広場に立った。暗灰色の空は今にも大雪が降り出しそうな気配であった。恐ろしく冷たい空気、恐らく零下十数度と思われるその気温、この島は高い緯度にあることは当然としてー体世界地図のどの位置を占めているのであろうか。

「リンキェヴィッさん。貴君は副操縦士の他に航法と通信を担当するとのことですが、宇宙艇の航法や通信はどんな風にするのです」

「航法とは無論太陽系に準拠して宇宙艇の刻々の位置を把握し所定針路を逸せぬようにすることです。通信というのは島に居残った留守部隊に電信連絡をするという意味ですが、事によるとそればかりではないかも知れません。どこかの遊星に万一文化の進んだ生物がいるとすれば、それにもある種の連絡がとれるかも知れませんからね」

驚き入った話だが、ともかく各人はそれ相当に頭脳の要る仕事を担当している。俺だけが車牽き！　だが待て、そう僻むなよ。頭脳の要らぬ車牽きでも全乗組員の生命を預っているではないか。日本人と犠牲的精神、このお題目のような文句がまた頭に浮んだ。

動力主任の研究室は地下にあった。鉛で内張りをした物々しい部屋であった。マルティーニ氏は全身を鉛で保護したいかめしい扮装で研究室から出て来た。俺のために忙しい時間を特に割いて宇宙艇の動力装置について研究の経過を説明してくれた。

「まず一番重要な事は地球の引力圏を脱出するまでの事です。もっとも理論的にはどこまで行っても引力はあるわけですから、脱出するというのは引力が殆んど問題にならぬほどに小さくなるまでという意味ですよ。

噴射反力、即ちロケット効果は速力が遅いと非常に能率が低下するが大気中では空気との摩擦熱の問題があって理想的な大速力を出すことが出来ません。そこで構造が複雑になる欠点には眼をつぶって空気中だけはタービンロケットを使用するのです。ロケットメディアムは無論原子力によるエネルギー粒子ですからタービンブレードはその放射性に四六時中曝されるわけで、材質の選定には非常な苦心が要るわけです。大気圏を抜ければタービンは無用の長物となるので取除く仕掛になっています。あとは思い切った大速力にして噴射能率を良好にするわけです。私の計算によりますと地球の引力圏を脱出するのに約五〇〇瓩《キログラム》の活性ウラニウムが消費されます。だが一旦引力圏を出るとあとは慣性によって運動が継続するので動力は殆んど不要で、増速あるいは減速の際、若干消費される程度です。これは殆んど問題になる量ではない。ただ、大きい天体に近づくとその引力に抗するために余分な動力が消費されるので、用の無い限りはこれを避けることが秘訣です。主操たる貴方はこの点を充分に弁えておかれる必要がありましょう」

俺は動力装置の配置を示す設計図を見せてもらった。増速用ジェットは艇尾にあり、減速用ジェットは艇首に前向きについている。これは当然だ。噴射量を調整するスロットル・レバーは操縦席にあり操縦者が操作する点は普通の飛行機と同じである。俺は自分の手がこのレバーを握りしめて大宇宙を想像に絶した怪速力で雄飛する日が間近い事を考えて、ぞくぞくするほどの感激に燃えたのだ。

設計図には更に二つの噴射系統が記されていた。一つは艇体の略々中央、胴体の周囲に放射状に外向けて装備された三十二本の中型ジェットの一群であり、他は尾部に近い胴体の周囲に同じく三十二本放射状をなした小型ジェットの一環である。

「この環のように並んだジェットは何のためですか？」

「艇体の中心部にある方はサイドジェットといい進路を変針するためのものです。頂度重心を含む胴体断面上に並んでいます。たとえば右に変針したい場合は左舷に向いたジェットを数本噴射すると横向きの速度が加わって飛行径路が右に曲りますよ。但しそのままでは機首がもとの方向を向いているので横這いに似た運動になりますから、後尾の小型噴射管即ちトリマージェットのうち右舷にあるものを数本発射すると艇は重心を中心にして頭を右に振り新しい針路の方向に機首を向けるわけです。これ等のジェットは全円周に放射状に並んでいますから、上下左右、はすかい等、任意の方向に変針することが出来るのです。またこの図面ではわかり難いのですが胴体の中央断面の円周の方向に沿って四対のローリングジェットと呼ばれるものがあり、横転用として使われるのです」

なるほど、巧い機構である。普通の飛行機では操縦桿と足踏棒で舵面を動かし空気力で姿勢の変化を行うところを本艇ではジェットで行っているわけで、空気の無い空間を飛ぶ限り、これが唯一の方法であろう。

ところが俺は一つの大きい不工合に気がついたのだ。人間の感覚では目安になる近い目標があって相対運動が見えぬ限りは等速運動の方向と速さを感知出来ない。たとえば電車の中で眼をつむると走っている方向が判らなくなる。船なら尚更のこと。地球の自転や公転を身体に感知することは出来ないし、吾々の太陽自体が一族の遊星を引きつれて秒速二〇粁《キロメートル》の快速で宇宙のある方向へと突進している事など、知らぬ人の方が多いだろう。

すると——サイドジェットが作動して新しい針路についた場合、どちらに曲ったかということは操縦杷柄《はへい》を操作した方向と同じであるから判るとしても、いかほどの角度曲ったか、変針後の速力の大きさが幾らになったか、という事を近くに目標のない宇宙の真只中でどうして知るのか？　人間にその感覚は与えられていない。従って新針路に回頭しようにも回転角度が判らない。所詮は蟹の横歩きほどひどくはなくともスキーの半制動みたいに進む方向と身体の向いている方向が喰違って、みっともない恰好で飛んでいることになる。もっとも宇宙飛行は誰が見ているでなしスポーツでもないから恰好が悪いだけなら問題はない。困るのは操縦者は艇首の向いた方向に進んでいるつもりでも実はとんでもない方向に動いているかも知れない点である。これでは目的の場所に到達出来ない。たとえば頭を火星に向けていい気になっていたら、知らぬうちに横っちょの木星に到着しないとも限らぬ。要するに機軸と針路をどうして一致させるかという問題である。

空気中を飛ぶ飛行機の場合は簡単である。機首と針路が一致しない時は横滑りとなり、著しい横風を受けるから直ぐ判るし、旋回計という便利な計器もあって風の当らぬ風房の中でも、その鋼球の振れで横滑りが判定出来る。旋回計の鋼球は重力によって作動するのだから、遠い宇宙の中では使い物にならない。この不工合をどうして解決するか？

「それはなかなか穿った良い質問ですね。それこそ宇宙航法の根本問題で非常に難かしい事柄です。首領も特に心配して、この問題の専門に特に幹部席を設けたほどです。実は積算速度計というものを使うのです。艇が刻々に受ける加速度を大きさだけでなく方向も含めて即ちベクトル量として刻々に自動的に積分し、指針は常に瞬間瞬間の速度の方向を指し、目盛は刻々の速力の大きさを示すように考案されたものです。謂わば三次元的な加速度計の原理による立体的な積算ベクトル計ですね。原理も機構もなかなか難かしいものですが主操たる貴方は是非ともマスターしなくてはならないでしょう。詳細は担当者のマックアレーン氏に尋ねて下さい。私はあまり詳しくはないので」

いかさま、俺は速度計のことまで気が廻らなかった。自動車は車輪の回転速度から速力が割出せる。電車しかり、汽車しかり。船では、プロペラの回転数と対水速力の関係を予めカリビュレートした表によって速力を知ることが出来る。飛行機はピトー管あるいはベンチュリー管という装置によって対空気速力が出せる。

何れにせよ、地球上の乗物では頭の向いている方向が速力の方向即ち針路と一致している。

真空中を走る宇宙艇では速力を検出しかつ機首と速力の方向を一致させる手段が外界には存在しない。ここに考えられる唯一の方法とは。——

宇宙艇が地球上から出発する瞬間から受けた加速度を方向も含めて、即ちベクトル量として時間に対して刻明に積分してゆくことである。この操作を自動的に行うような器械を作り、適当な指針と目盛を設けて各瞬間の速度の大きさと方向を示すように工夫すれば、この指針こそ茫莫たる宇宙空間で己の動きを知るただ一つの指標となる。これこそ艇の運動の中枢ともいうべき重要な装置である！　この指針の方向に常に艇首を向けておけば艇は常に艇首の方向に進んでいることになる。

「ところでマルティーニさん。艇の進路が変る毎にベクトル速度計の針と睨めっこをして、これに艇の軸線を一致させねばならぬとしたら大変ですね。私など一時間で神経衰弱にかかるかも知れませんよ」

「ごもっとも、ごもっとも、だが心配は無用です。それは自動的に行われるのです。艇首が少しでも速度計の指針の方向からずれようとすると直ちに所要のトリマージェットを作動させて艇首を立て直し、常に艇首を進行方向に保ってくれるのです。その装置をオートマティック・トリマー（自動トリマー装置）といい、やはりマックアレーン氏の研究担当になっています」

これをきいて俺はほっと安心した。だが考えてみれば当り前だ。地上の飛行機すら自動操縦装置や電波操縦による無人機で離着陸さえ行われている。近代科学の枠を蒐めた宇宙艇ならこれ位のことは常識以外の事、余計な取越苦労などせぬものだ。

「マルティーニさん。今までのお話を要約しますと、ベクトル速度計、オートマティック・トリマー、触角装置とこれに聯動する宇宙塵自動回避装置、これ等の諸装置が艇の保安の中心になっているようですね。ところでトリマーと回避装置は仮に故障を起しても操縦者が自分で何とかやれるが、速度計ばかりは狂いがきたら処置なしじゃないですか。将に肝腎中の要というのは速度計だと思うんですが」

「そうです、そうです、全くその通りです。マックアレーン氏がこれに全力を注ぎ万々間違いのないように慎重を期していますからまず大丈夫でしょう。だが万が万一という時のための非常手段も考えられています。宇宙の一角で速度計が狂った場合、頼り得るただ一つの方法とは宇宙天測較正法なのです。艇から既知の遊星の視角や視認速力を測定して、艇の運動諸元を逆算する方法です。担当はこみ入った研究でリンキェヴィッツ氏が今全力を注いでいるはずですよ」

後日マックアレーン氏から積算ベクトル速度計の詳細な構造と作動を教えてもらった。スプリングと時計装置を利用した極めて精巧な仕掛であるが、その詳細など大部分の読者には興味もあるまいから省略する。

五、タフナー氏

次に訪れたのは艇の衛生・保全装備を担当するスイス人、タフナー氏の許であった。タフナー氏の担当事項は甚だ広範囲に亘っているために、地下工場に境した広い地域に数多《あまた》の実験室が設けられていた。

タフナー氏の研究は専門でない一般人にも一番興味が多い——即ち素人向きがするので、一つ詳細にご紹介してみよう。

タフナー氏は優しい目と澄んだ声の持主であった。書物をうず高く積んだテーブルから廻転椅子ごと身体をぐるりと廻して振返った氏の動作にはなかなか愛嬌があった。香の高い葉巻をふかしていたが俺にも一本すすめ、鄭重な物腰で座をすすめてくれた。

「いや、よくみえました。で、貴方は操縦もやられるが設計関係の技術者であったことも伺っております。そこでまず私の担当範囲で艇体の構造に関係ある方面をお話ししましょう。――問題は構造材料です。地球は保熱性のある大気層で覆われているため、太陽の輻射は緩和され保存される、従って昼夜の温度差は大したものではない。ところが一旦大気圏外に出ると昼夜の別がない代りに、太陽に面した側は生の直射を受け大変な高温になる。私の計算によりますと自然のままでは摂氏の五〇〇度ほどになり冷却法を講じてやっと二〇〇度位に抑えることが出来ます。一方、反対側は絶対零度、即ち摂氏零下二七三度に近い空間に曝されるので同じ艇体の両面で五〇〇度に近い温度差を生ずる。従って艇体の外殻構造材料はこの程度の温度差によって起るサーマルストレス（内部熱応力）に耐え得るか、あるいは構造そのものがストレスを起さぬように、工夫されなくてはなりません。

次に更に面倒な問題というのは――太陽直射の中に含まれている透過力の大きい有害な放射線への対策です。殊に宇宙線の硬成分であるU粒子は甚だ透過力が大きいため、これを遮るには極めて特殊な工夫が要ります。鉛の厚い壁を使うのではあまりにも芸がない。第一艇の重量がやたらに大きくなって地球の引力圏を脱出するまでの動力が大変です。外殻構造として納得出来る程度の厚みで強力放射線を完全に喰止めるような特殊物質――そんなものが是非とも欲しいわけです。

以上の二つの点を満足するようにと苦心惨憺の結果やっと発明されたのが特殊なプラスチック材で、これなど今世紀の合成有機化学の勝利といえるでしょうね。

次に問題になったのは窓でした。宇宙艇の航法は触角装置によって行いますから乗組員は強いて外を眺める必要はないのですが、せっかく宇宙に出たからには、その神秘な景色をテレビジョンだけに頼らず肉眼で眺めたいと思うのは人情です。といっても外界は絶対零度に近く艇内は常温ですから、下手な方法で窓をつけると室温はどんどん外界に放射され保温に法外なエネルギーが消費される。吾々は不時に備えて充分にエネルギーを節約せねばならぬので保安上困った問題になります。といって熱輻射を遮るような材料では外からも光線が入らないから窓の用をなさない。結局窓は止めようという結論であったところ、偶然な機会から一方的に輻射を透す奇妙なプラスチック材が発明されました。即ち外界からの光は入るが内側からの輻射は出ないというお誂え向きのものです。首領はあれでなかなか無邪気なところがあり、窓がつけられると決った時は子供のように喜んだものです。

これで宇宙の美観を心ゆくまで鑑賞出来るのだといってね。喜びのあまり吾々の部屋の窓にまでこの材料を使って悦に入っているわけです」

タフナー氏はこう云って呵々大笑した。超越すれば童心に還る。俺はこのほほえましい話につくづくとこのグループの人達が好きになった。

「呼吸用の酸素の補充はどういう風に行われるのでしょうか?」

「ああ、それは大した問題じゃありませんよ。勿論酸素補充用のタンクは準備しますが、原則として吾々の吐き出した炭酸ガスを炭素と酸素に分離し、炭素は外界に捨て酸素は回収する方式を採るのです。酸素は呼吸によって消費されるのではなく循環するわけですな。問題はむしろ飲料水の方でしょう。動力の関係上、出発時の重量を出来るだけ制限しますからあまり大きい水タンクは積めません。結局循環方式をとるわけで、吾々の呼吸や汗で室内の湿度が昇るのを吸湿剤で回収する一方、尾籠《びろう》な話だが尿からも回収するのです。尿の回収量が一番大きいので、これを逃すわけにはゆかず優秀な浄化装置をつける予定です。大きい目でみれば地球上の生活でも同じ事を繰返しているわけで、人工浄化装置の代りに自然が浄化してくれる、酸素回収装置は植物の同化作用に外なりません。

またいよいよ以て尾籠な話ですが屎《くそ》からも水分を回収するかどうかという話が出たとき、さすがに皆さんは辟易しましたよ。ハッハッハ。浄化すりゃ同じことですが、いかに冷静論理的な皆さん方もやはりそこは人間、あまりゾッとした話でもないらしく、結局大宇宙の中に糞を振り撒いてゆく、また愉しからずや、ということで梟《けり》がついたわけです。ハッハッハ……」

タフナー氏はたまらぬといった風に抱腹絶倒した。

「ところでシラネさん、吾々が不安に思う一番大きな問題は重力のことですよ。重力の消滅した中で生理的にどんな影響を受けるかということです」

タフナー氏はやや真面目な顔付きになった。

「血液の循環、消化、排泄、殊に三半規管による姿勢の知覚の問題は一〇〇パーセント重力の影響を受け、重力場の中でこそ順調に作動していますが、長期間無重力の空間に放り出されると、どんな不工合が起らんとも限りません。この影響ばかりは理論じゃ解決出来ない。実験してみなくちゃ判らないのです。殊に三半規管は中に耳石といって石ころのようなものがあって、それが重力の方向によりあちこちと転がり規管内部の特殊な末端神経を刺戟することによって姿勢の知覚が出来るわけですが、重力がないと全然作動しなくなります。作動しないだけならよろしいが、不規則にころころされると大変なことになります。動揺による姿勢の錯覚、めまい、船酔い、空酔い、エレベーターの始動時に起る不快感などは耳石の不規則な運動が原因になっています。気分が悪くなるだけでなく失神する恐れもあります。高所から飛び降りた人間は空中で失神しているそうですが、これが三半規管の麻痺であるとすれば、吾々には由々しい大問題です。どうですかな？　主操のあなたにとっては致命的な障碍ですよ！」

この時、俺はある日本の生理学者が発見したという「三半規管の悪影響の除去法」即ちアルカリ性薬品の注射で耳石を溶解し、不規則運動による不快感を除く方法を思い出した。この方法で問題を解決出来ないのかと尋ねてみたらこんな返事であった。

「それも無論可能です。だが耳石を溶かすのでは不快感と同時に姿勢知覚能力も無くなるんじゃないでしょうか。それに一カ月もすれば新しい石が生じるはずですよ。船酔いや空酔いを止める目的で保安に対して責任のない乗客に施すことは差支えないでしょうが常に鋭敏な神経を働かせる必要のある乗組員に施すことは出来ません。殊に貴方のように操縦の全責任を負うべき人には絶対にいけない――」

「なるほどねえ、困った事ですね」

俺は自分の立場が段々と心細くなってきた。上も下もない宇宙の中で艇を操縦しながら気を失う――考えただけでも厭になる。

「だがそう心配したものでもないですよ。私が最近いろいろと実験した結果によりますと、三半規管による感覚の乱れも謂わば重力場の中に住み続けてきた動物の習性で、馴れれば無重力場にもある程度順応出来るらしいのです。近い実例をとりますと、地上を歩くだけの人間には立体感覚が無い――即ち上下方向の運動に勘が鈍いわけですが、飛行機を操縦すれば自然にこの勘が生じます――というより飛行機の操縦訓練とは、つまる所この感覚を養うためのものなのですね。

宇宙艇の乗組員は全部、無重力場の感覚養成のための訓練が必要です。殊に貴方には職掌柄、人一倍の猛訓練が要求されるのですよ。これがなかなか大変にふるった訓練です。前代未聞でしょうな。先ほど首領からも、あとのお楽しみということで話だけはあったでしょう。貴方は明日からでも早速始めてもらわねばなりません」

おやおや、これは大変な事になった。無重力場の訓練！　正体の知れぬものは妙に底気味が悪い。

「無重力場の実験や訓練をやるには地上に無重力場を作らねばなりません。これがなかなか大変で理論上は今の処絶対に不可能なものを何とか近似的に解決しようというわけです。どうです、一つ実験室に行ってみませんか。実験の装置をお目に掛けましょう」

無重力実験室はいとも奇妙な部屋であった。天井一面を厚鉄板で覆い、窓の一つもない二十坪余りの牢獄さながらの部屋と、それに隣り合った恐ろしくいかめしい電気室で成立っている。タフナー氏と俺はまず電気室に入った。隣の無重力の間は厚いコンクリートの壁で、一部が腰高の覗き窓となり、厚い硝子が嵌っていた。丁度放送局のスタジオと調整室のような関係である。電気室の一壁は巨大な配電盤で占められ夥しいメーター類とパイロットランプの明滅で目もくらむばかりであった。絶間ない高圧トランスの唸りは地獄の釜鳴りを思わせるほどに異様な響きである。タフナー氏は仕切窓から隣室を指さして言った。

「あの部屋を仮に無重力室と呼んでいますが決して重力が無くなるのではありません。ご存じのように古典物理学では重力の正体を万有引力と考えてきましたが、相対性理論では途中の媒体によって力が伝えられるのでなく空間自体の歪みによる見掛上の現象であると解釈します。従ってこれを理論的に完全に消滅させるには空間の歪みを元に戻してやることです。どうして行うか従来までにこの理論と実際との絆が五里霧中の状態にありました。ところが最近発表されたアインシュタイン博士の『綜合場』の理論では重力場と磁場が同一の微分方程式に包括されて一般化された場の形で表されていますから、もしこの式を吾々の実用化出来る形式に解くことが出来れば無重力場を作る完全な方法が見付かるかも知れません。これは口でいうからこそ簡単ですが実はとてつもない難かしい高級な問題で、物理学主任のドニヤック博士が研究していますが、あの俊英にとっても一朝一夕《いっちょういっせき》の業でないらしく、未だに解決の見込み立たずというところだそうです。それで私は止むを得ず間に合せの方法をとったのです。即ち重力を消すのでなく重力と反対方向即ち上向きに同じ大きさの力を加えて釣合わせるのです。

ごらんなさい。この部屋の天井は鉄板を敷いたように見えますが実は大きい電磁石の磁極になっていて上向きに強力な磁場を作ります。あの部屋に例えば貴方が強磁性物質を織り込んだ実験服を着て入りますと実験服は貴方の身体を包んだまま上向きに引かれます。磁場の強度を適当に加減し磁力を貴方の体重に等しくすると貴方の身体は空中に浮きます。即ち擬似的な無重力場が出来上ります。擬似という理由はお判りでしょうね。本当に重力の無い空間では身体のどの部分にも力が働かず本当の意味で浮いているのに反し、この方法では身体全体に働く重力に抗して磁力で吊り上げている事になります。謂わば眼に見えぬ綱のブランコに乗ったと同じ事です。身体は宙に浮いていても脳や血液や三半規管の耳石は相変らず重力の作用で下に落ちようとしており、厳密な意味では無重力に対する衛生学的な実験にはなりません。とはいえ無重力場での運動の勘を養成するには大いに役に立つはずです。但し三半規管だけは是非とも実際に近い状態にして実験してみたいものです。この必要に迫られて私がいろいろと苦心した末、やっと物になりそうな方法を考案しました。耳石は元来カルシュウムを主成分とするのですが、適当な注射でこれに鉄分を含ませることが出来るのです。鉄分を適量に含んだ耳石はそれ自体が重力と磁力とに釣合って無重力空間と全く同条件になります。

こういった諸々の処置と訓練は貴方と副操のリンキェヴィッ氏には特に肝要なのです。どうです、一つ実験室に入ってみませんか？　なかなか愉快ですよ。

俺は益々不安になった。前代未聞の薄気味悪い実験に何が愉快なものか！　タフナー氏は俺の不安に気付いたらしい。

「いや、大丈夫です。それじゃまず動物による実験をお目にかけましょうか」

タフナー氏は壁上に装置した伝声管の蓋を外し、ルーシーを連れて来るように命じた。ルーシーとは何だろうかと思っていると、間もなく一人の男が入って来た。タフナー氏より五吋《インチ》は上背がありそうな大男で、右手に奇妙な色の猫を抱いていた。

ニャーゴ、この猫君は俺という珍客を歓迎するかのように白い髭をふるわして挨拶した。頭と手足が真白で胴体は茶色縞模様、全く妙な猫だなと思ってよく見ると、なんだ、猫がセーターを着ている。

「ハッハッハ、セーターではありませんよ。猫の実験服で、強磁性物質を繊維状にして織りこんであるのです。ところでこちらが私の助手のウォーナー君といい、オーストリヤの方です。貴方は明日から早速このルーシーと同じようにあの部屋で訓練を始めてもらわねばならないのですが、ウォーナー君が一切の面倒を見ます。――ウォーナー君、この方が日本からみえたミスター・シラネで主操縦士です」

俺はこの滅法背の高い瘠せ型の男と初対面の握手を交わした。その顔は少し猫に似ているような気がした。

ウォーナー氏が無重力室の小さい扉を開いてルーシーを追いこむと、奴さんはこの実験には馴れているとみえ、悠々として部屋の中心に進む。セーターを着た奇妙な恰好は猫というより天晴れ曲馬団の立役者である虎の面影がある。ルーシーは部屋のど真中でこちらを向いてチンと腰を据え、いつでも来れとばかりの面構えであった。あくびでもするように大口を開く。一声啼いたらしいが厚い硝子に遮られて声は聞えない。

それを見てちょっと苦笑したウォーナー氏が配電盤の片隅のボタンを押した。忽ちにブーンという唸りが起り、磁石装置が作動を始めた。二つのメーターの指針がぐんぐんと昇る。二〇〇――三〇〇――四〇〇、……一つは九八〇まで上りつめピタリと停り、他のメーターの針はなおも昇り続け一五〇〇〇を示した。

「磁束密度一五〇〇〇ガウス、相当磁力加速度、プラス九八〇糎《センチメートル》、パーセコンド、パーセコンド。この状態でルーシーの着ているジャケツに働く上向き磁力がルーシーの体重に等しくなっています」

ウォーナー氏はそう説明しながら扉の小窓を開けて手毬を投げこんだ。毬はゴム製で磁力の影響を受けぬため、何の変りもなくトントンと弾んでルーシーの眼の前に転げていった。ルーシーは避けようとしたのか、戯《じゃ》れつこうとしたのか、ヒョイと跳び上った。――

――さあとが大変！　奇態な見ものであった。ルーシーはくるくると自転しながら天井までせせり上って、いやというほど頭をぶつける――さっとはね返り今度は下向けに床へ――尻をぶつける――再び天井へ――ニャオニャオ、恐らく奴さん必死になって悲鳴を上げているらしく、髭をピンとはねて大きく開いた真赤な口から舌がだらしなく垂れていた。

「うっかり運動を始めたら大変で、空気抵抗で速力が減衰するまではあんな状態を繰返すわけです。もっともあれが人間なら天井や床にぶつかったとき手足を利用して運動を殺すことも出来るのですが、そこは畜生のあわれさ、ぶつかる毎に驚いて四肢をつっ張るものだから尚更運動が激しくなるのです」

ルーシーはぶつかる毎にあばれるので益々速力が大きくなり救いようのない状態に陥った。

「何度やっても懲りぬ馬鹿者奴、智恵の無い奴は困ったものです」

ウォーナー氏は扉をあけて中に入り中央に歩を進めた。今しも天井からつぶてのように降って来るルーシーを辛うじて受け止め、そのまま手を放す。

アララ、不思議、理屈は判っていても初めて見る現象は眼が納得しない。眼を廻してぐったり延びたルーシー君はいとも静かに空中に浮んで静止したのだ。それは全く奇術を見るよりも鮮やかな光景であった。

「どうです。無重力空間に浮んだ姿は今のルーシーの姿こそ吾々の地球が宇宙に浮んだ姿そのままなのですよ」

正気に戻ってルーシーは四肢を盛に動かしたが無駄な悪踠きで停った身体は停ったままであった。

「いくら踠いてみても一応静止したからには外力が加わらぬ限りは動けないのです」

ウォーナー氏はルーシーを横からフッと軽く吹いた。その僅かな風の力によってルーシーはゆらゆらと水平に動き出した。

「どうです。面白いでしょう。更にこの部屋を真空にすると物体の運動は完全にニュートン力学の法則に従って運動するわけです。だが差当っての目的にはその必要がないので、そこまではやっていません」

タフナー氏は中のウォーナー君にちょっと合図をしてスイッチを切った。スルスルとメーターの針が降る。磁力が減るにつれてルーシーの身体はフラフラと降り始め、遂にトンと床に延びてしまった。トランスの唸りが鎮まる。ウォーナー君が喜劇の主役を片手に抱いて出て来た。憐れな被実験体はウォーナー君の胸に完全に伸びていた。

「どうです、ミスター・シラネ、貴方も一つ実験服を着て入ってみませんか？　面白いですよ」

俺は泡を喰って辞退した。「たとえ淑女の前じゃなくてもあんなだらしないざまを見せることは紳士の体面にかかわりますからね」

「ワッハッハ、そうですか。今日はまあいいでしょう。しかし明日からは日課の中に繰り入れて是非とも訓練を始めて戴かねばなりません。お判りでしょうな、紳士さん」

タフナー氏は革めて念を押した。

それは無論俺も覚悟の上、今更後を見せるわけではないが、猫並の見世物は真平だ。大の男が水中の土左衛門《どざえもん》よろしくアップアップするのは見られたざまではない。いかに職掌柄とはいえ大変なことになったものだと大いに憂鬱であった。


タフナー氏の事務所に戻った吾々は明日からの無重力実験の件で打合せをした。初めは磁力を僅かに用いて訓練を始め、馴れるに従って漸時無重力状態に近づける。一方血液と耳石に適量の鉄分が含まれるような薬品を注射し最初は微量から始め次第に増量してゆく手筈などが詳細に計画された。運動的にも生理的にも実際に近い状態に身体の条件をもっていって訓練する、俺の身体は次第に宇宙人的な体質へと変化してゆくのだ。

——ところでタフナー氏に一つ尋ねてみたいことがある。先ほどの猫の実験を見て気付いたことだ。宇宙艇に積みこむ品物の凡て、就中《なかんずく》吾々が日常使う机・椅子・食器・書類・筆記用具その他のうち、艇に固定出来るものはいいとして、艇の中で動き廻る吾々自身とその使用器具類——こういった物があの猫のようにとめどもなくふらふらしていてはそれこそ芥箱《ごみばこ》をひっくり返したような大騒ぎになる。机上に置いた食器がちょっと手を触れたために食物ごとふらふらと動き出し天井や床にぶつかってはね返ったのでは始末におえない。地球上では、重力のお蔭で、「物を置く」ことが可能で一度置いた物は少々触れても相変らずその位置にある。無重力の場所では置くのは造作ない。支える物も要らない。置いた位置に静かに浮んでいるだろうがちょっとでも触れると直ちに動き出して止ることを知らない。何はさておき吾々自身の身体が雲のように宙に浮いているわけである。

これは全く不便だ!

床も天井も壁も区別する意味がない。上下左右すら問題でないのだ。

「その点、貴方の仰言《おっしゃ》る通りです、上下の区別もないような無秩序では地上の生活の浸みこんだ吾々には極めて不便です。そこで一つの方法を講じます。まず椅子やテーブルは床に固定します。床やテーブルは鉄製とし身の廻り品には必ず磁石の小片を貼りつけ所定の場所に吸着させて自由に動き廻るのを防ぎます。吾々自身も蹠《あしうら》に強い磁片を附け常に足は床に着くようにするのです。

結局人工的に見掛けの重力を作ることです。地上に住み馴れた人間が重力の無い世界に出ると全く思いがけぬ不便にぶつかるわけですよ」

「寝る時はどうするのですか？　ちょっと寝返りを打った途端に身体がフラフラ動き出し、艇の中を游ぎ廻るのではやりきれませんがねえ」

「ハッハッハ、これは面白い。そのためには背中一面に磁石片をつけます。いや実は磁性体を織りこんだ寝巻を着けます。寝台を永久磁石にしておけばクッションを距てても充分に背中が吸着され固定するわけです。但し上下という関係はないので寝台はどこにどう置いても差支えないわけです。天井から下向けにしようと壁に立てかけようと空中に浮かそうと勝手で重力が無い以上寝ている方向は生理的に無関係です。全く地球上では想像も出来ない珍妙な事ですね。しかしこのため、狭い艇の中で有効にスペースが利用出来るのです。後ほど工場でご覧になるといいと思いますが、一番スペースをとる寝台はあり合せの空所を利用して作られていますから、あるいは上向きあるいは下向き、あるいはつっ立ち、いやさまざまですよ」

俺は最後に極めて尾籠な話ながら馬鹿にならぬ問題に思い至った。

「タフナーさん、尾籠な話で恐縮ですが吾々の排泄物、――小便や大便ですなあ――、地上では吾々の身体を離れると重力で下に落ちてくれますが、艇内では体外に排出しても落ちてくれない。いつまでも身体の近くでウロウロされたんじゃやりきれない。まさか手で押しやるわけにもゆかず――」

「ワアッハッハッハ……」

タフナー氏は将に抱腹絶倒の形で俺も釣られて笑い出した。

「シラネさん、手で押しやるとは将に傑作ですなあ、――しかし貴方はなかなかユーモラスな方だ。ウッフッフ、――しかしその点はご懸念に及びませんよ。排泄とはただ漠然と体外に出るのでなく、筋肉の力で押し出されるのですから、方向さえ間違わねば――ハッハッハ、こりゃおかしい――その方向さえ間違わねば大丈夫ですよ。――何ですって？　せっかく出ても便器の底に当ってはね返って来るって？

いや、これは驚いた。話が随分落ちましたね。しかしご心配には及びません。先ほどもお話しした通り吾々の排泄物は水分回収の貴重な源泉になるので便器に特別な工夫が施されてあって、ご懸念のようなけしからぬ事は起らぬ仕掛けになっています。回収装置の構造は実物についてみられるといいでしょう」

俺は後ほど製作主任のシュッツアー氏からその実物について説明を聞いたが汚い話はこの辺で止めよう。

それよりもまだ一つ高級な話題が残っている。理論的には真面目な話だが、これをあまり現実に結びつけて仰山《ぎょうさん》らしく口に出すのが気がひけたため、最初から気付いていたのに躊躇して伏せてあった質問を切り出した。

「タフナーさん、取越苦労な奴だとお笑いになるかも知れませんが吾々の身体の寸法の問題はどうなるのです？　生理的に何か影響はないでしょうか？」

「身体の寸法というと？」

「いや、ローレンツの収縮のことですよ」

「ナニ！　ローレンツの収縮⁉　あ、あれですか。ひどく理屈めいた話ですな。——だが——なるほど——いや、こりゃ私もうっかりしてそこまでは考えてみませんでしたよ。少くとも収縮が生理的にどんな影響を与えるかということまではね。

——しかしこりゃ難かしい問題ですわい。実験しようにも方法がありませんからねえ。無重力実験と違って、近似的な方法でさえ望めそうもないですからなあ——、シラネさん、貴方に何かいい考えでも？」

「いや、これは恐れ入りました。僕はただ漠然と思いついただけで、実験方法などとんでもない！　宇宙艇がどれほどまで高速を出すのか知りませんが、光速度の何十分の一といったことになると、考慮に価するほどの寸法収縮が起るはずですから、あるいは研究すべき問題が生ずるのじゃないかと考えてみただけですよ」

こんな話を今更もっともらしく書くのもどうかと思われるが、相対性理論を全然知らぬ人達への便宜にもと、蛇足的に一言を費してこの問題の焦点をご紹介しておこう。

あらゆる有形物は静止しているときに一番寸法が大きく、動くと運動の方向に寸法が縮む。縮み量は速力が大きくなるほど著しくなる。その数量的関係はローレンツの収縮公式によって与えられており、この公式の妥当性は近代物理学の実験観測の分野で間接にではあるが立証されている。

例えば長さ一米の棒が光速の一〇〇分の一で長さの方向に動いているとき（毎秒三〇〇〇粁で地球を十三秒で一週する速さ）約〇・〇〇五パーセント縮む。即ち二十分の一粍《ミリメートル》だけ短かくなる。但し太さは変らない。

光速度の一〇分の一（毎秒三万粁、地球を一秒半足らずで一週する速さ）では〇・〇五パーセント即ち半粍縮む。

光速の二分の一（毎秒十五万粁、一秒で地球を約四週する速さ）では十三パーセント縮む、即ち一米の棒が八十七糎になり、光速の四分の三では六十一糎になる。遂に光速に等しくなると凡てのものは大きさを消失し点となる。これが所謂「局所論」と呼ばれるもので、宇宙の化物はこの境地に生棲する。近代物理学の一つの癌であり理論の不連続点でもあった。収縮理論の根本を打ち破ることなく「局所」という窮極の不合理な結論だけを是正して矛盾のない体系に仕上げようというのが、湯川秀樹博士の所謂、「非局所論」である。艇の主操に選ばれた真のいきさつを知って、非科学的な日本人の屈辱に心を痛めた俺もここに感激なきを得ぬ。喜びなきを得ぬ。かかる世紀の大碩学《せきがく》を吾々同胞の中に持ち得た事を。

正に奇怪なる哉、相対性理論の帰結！

「仮に艇が光速の半分で走ると、艇は勿論のこと、乗組員から器具類に至るまで運動の方向への寸法が八十七パーセントになるはずなのです。即ち艇が体軸の方向に動いておれば身体の太さは変らないが一米七〇糎の私の身長は一米四十八糎に縮み、また体軸と直角に動いておれば身長は変らず太さが八十七パーセントに痩せ細るのです。そればかりでない。身体の各部が同じ割合で運動の方向に小さくなる。こりゃ全く聞き捨てならぬ珍妙な事じゃありませんか」

「ごもっともです。だがそこまで心配される必要はなさそうですよ。いかに宇宙艇でもそんな大速力は出すはずはありません。理屈では動力を使いさえすればいくらでも速くなりますが、無尽に飛び交っている宇宙塵との衝突を避けて安全に飛行するには自ずと制限がありどう大きく見積っても地球の公転速力の三〇倍、即ち秒速一〇〇粁が精一杯だと考えられますがねえ」

俺はこの疑問を後になってマックアレーン氏に訊ねたところ積算ベクトル速度計を見せてくれた。目盛が最大二〇〇粁／秒まで刻んであった。恐らくア博士は場合によってはこの程度の速力を出す計画を秘めているのかも知れない。

秒速二〇〇粁では月まで約三〇分強、火星までは「衝」の位置のとき（地球に一番接近した位置）に出発して約一〇四時間、即ち四日と八時間で到着する。将に驚くべき怪速である。だがこの程度では寸法収縮はまだまだ問題外である。

「工場主任のシュッツアー氏は先ほど用件があって無線連絡所に出かけた様子です。私が代りにご案内しましょう」

親切なタフナー氏は自ら地下工場の案内役を買ってくれた。

宇宙艇建造工場は地下大工場の観を呈していた。普通の飛行艇や船舶を建造するのとは全く工程が違っている。艇体の全外殻は継目無しのプラスチック材で加熱圧縮整形加工による。敢て外殻といわず殆んどの部品がプレス工程を経て作られるために精巧なプレスが櫛比《しっぴ》している。一番目を惹く大型プレス、それは七〇〇〇屯《トン》ホットプレスだそうだ。

艇は工場の真中に殆んど外形を完成、巨大な弾丸そのままの異様な姿を横たえていた。全長四十米、つるつる磨き上げた表面には窓も出入口も見当らぬ、言葉通りのノッペラボーである。しかし外からは判らぬが半透性物質を嵌めこんだ怪しの窓があるはずであった。

胴体は径七米余りの完全な円筒形で先端の尖りから美しい流線を曳いて太い胴中に至り、後部は細まることなくそのままぶち切った形で終る。空中を超音速で飛翔する場合、この形が理想的で、これは輓近の超音速空気力学より得られた結論だそうだ。胴体先端に一本後尾に四本、ロケット噴射管が先を覗かせている。

現場では十人ばかりの男が黙々と働いていた。艇は外殻構造の工事を終了し艤装工事に掛っている模様であった。タフナー氏もリ氏も艇体構造の詳細を知らないから質問の相手にはならない。だが俺は設計構造が専門、嘗て採った杵柄《きねづか》で眺めているだけで主な構造と作動部分の機構は諒解出来た。

弾丸状の胴体に見事な引込式の主翼や降着装置があった。それもそのはず、出発はカタパルトで打ち出すにせよ、空中を暫くでも飛ぶからには翼がいる。帰って来た時の着陸あるいは着水用に降着装置も入用なはずだ。引込み翼と引込み式車輪、かつ水中に降りる時は艇体がそのまま水に浮き、横安定を保つためビルヂキールが舷側からとび出す機構——将に、水陸空と宇宙、あらゆる場所を自在に動き得るロケット機であった。

これだけ完全な降着装置があれば場合によっては他の遊星にも着陸出来る！

俺が暫し我を忘れて耽っていたこの考えは果して突飛な空想に留ったであろうか？

俺は胴体の真下に妙なものを見付けてはてなと首をかしげた。引込めたままでは何物とも判らぬが出したところはドリルのスピンドルに似ている。嘗て航空機に積まれたという話をきかぬ不思議な物——、俺は現場で働いていた男に尋ねた。

「何だね、これは？」

「さて何だか。私も知りませんよ。火星に行って土掘りでもするのでしょうよ」

男のぶっきらぼうな答は、全くふるっていた。

火星で土掘り？

この奇妙な機械は後になって全く夢想だにしなかった特別な目的に使われたのだ。そしてその事がこの一篇に隠された大きな秘密の真底を衝いていた。

六、ピエール・ドニャック

翌日から早速仕事が始った。俺の仕事とは外でもない、無重力場で運動神経と感覚を馴らせ、生理的に抵抗力をつけるための訓練であった。

午前中に一回三十分、午後に一回三十分、程度の軽い訓練から始めて次第に時間を延長してゆくのである。訓練は乗組予定の全員に行われると同時に出発間際になって乗組を指定される可能性ある者にも及んでいた。訓練度は配置によって違っており、主操の俺は七日のうち五日間連続で一番猛訓練、副操のリンキェヴィッ氏が三日、その他は七日に一回という割合であった。

訓練時には常にタフナー氏の助手のウォーナー君が介添えとして附き添っていた。タフナー氏自身も乗組員の一人であってみれば一週に一度の訓練を受けねばならない。彼の肥満した短軀が実験室の空間をまるで死にかけた金魚のようにアップアップと游ぎ廻る奇観には度胆を抜かれた。それは嘗て地上の人間に想像を許さなかった奇態な光景である。理屈は充分に納得していても、視覚がいっかな不思議に馴染まず見る度に新たな興奮を覚えた。

「私が計画し設計した装置で私自身がこんなだらしない恰好をせねばならぬとは思いの外でした」

タフナー氏は苦笑したが、さもありなん。首領を始め全乗組員は既に二年ほども前から訓練を続けているらしいのだが、それにしては御本尊のタフナー氏はあまりにも不細工であった。リ氏やドニャック博士は運動神経がなかなか鋭敏だとみえて、美しいフォームの空中游泳ぶりはあたかも水中に人魚を見るようで時には見事なアクロバシーさえ見せてくれるのに反し、タフナー氏のそれときたらまるで溺れる豚が藁を摑む恰好であった。

俺はといえば最初に実験室に入ったときのあの奇妙な感覚は終生忘れぬだろう。重さが無くなったというよりも、落ちようとする身体が身に纏った実験服で支えられる感じは当然として身体の自由の利かぬのには驚いた。水中で走ろうとする一足毎に足が浮いて焦れば焦るほど思うにまかせない。あのもどかしさに輪をかけたいらだたしさで、気の短かい俺は最初随分と困ったものだ。焦るの余り身を斜にして強く床を蹴ったのが運のつきであった。くるくると回転を始めた身体は防ぐ術もなく天井向けて突進して、見事に頭を打ちつけて延びてしまった。ルーシーの二の舞である。

しかし訓練の効果は覿面《てきめん》であった。最初は僅かの三十分でヘトヘトになりどうかするとひどい嘔気すら催したものであったが、次第に馴れて運動も自在になり、日に一度は爽快なアクロバシーを行わねば気持が悪いほどにさえなった。俺は漸時、三次元的空間感覚に生きる宇宙人の特性を具えてきたのだ。

首領も時々やって来て共に無重力場にあそび大いに歓を交わした。俺の上達は相当なものであったらしく、首領も大満悦の模様であった。

傍らリ氏は宇宙航法上の諸問題を色々と指導してくれた。彼は少年時代より鍛えた船乗りで就中《なかんずく》天測航法は得意中の得意、戦時中は聯合軍空軍に隷属して航法士として怪腕を振ったこともあるという、その道の達人であったそうだ。俺とても操縦士であったからには空から見た地形を頼りに行う地文航法や、風の測定と羅針儀だけに頼る推測航法なら知っていたしやれる自信もあった。しかし今度の相手は外ならぬ宇宙――天測航法だけが唯一の可能な方法として残されている。しかも船の航海で行われるようにある時刻のある天体の観測高度や方位から自分の地球上の位置を割出すといった手ぬるいものではない。天球座標に準拠して自分の宇宙的な位置を割出すという一つ桁の高い航法である。

俺は次第に様子にも馴れ、マスターすべき事項も身に着いてくると大いに心の余裕も取り戻した。無重力訓練ではいやでも他の連中と顔が合うので、各人との親しみはこの訓練を通じて急速に深まっていった。だが結局のところ一番顔のよく合ったのはリ氏はともかくとして物理学主任のピエール・ドニャックであった。他の連中は常に忙がしいので訓練時を除いてはあまり顔が合わない。瀬木氏は殆んど研究室に籠りきりでかつその研究は艇の最大保安に関しているため心なき訪問で邪魔することは憚かられた。それに俺もいよいよ国籍を忘れた超人となってきたらしく、瀬木氏を特に日本人として己に縁深く考える意識が遠のいて行った。

　リンキェヴィツ氏は仕事の性質上俺と交渉の多かったのは当然として、ドニャック氏と親しくなったのには理由があった。氏が地上では割に暇があったという事の外に、彼は優れた芸術的感覚の持主であったことだ。日本人の美に対する感覚と、フランス人の繊細微妙な芸術心には不思議に共通する点があって、彼の日本人向きな感覚のデリカシーに共鳴を覚えたわけだ。加之《しかのみならず》、ドニャックはヴァイオリンの名手であった。彼と同国人である巨匠J・T氏から親しく薫陶を受け、専門家以上の名手と折紙をつけられたほどだそうで、この話は本人の口からではないから信用してよかろう。否彼の素晴らしい演技が何よりも雄弁にその話の真実性を物語っていた。

大物理学者とヴァイオリンの取合せについてはアインシュタイン博士がまたヴァイオリンの名手であることを考えると、不思議な暗合が感じられる。相対性理論の四次元空間に画かれた映像は、現象の時空的存在であるべく、その存在の特性はリズムであらねばならぬという考えが、アインシュタイン博士自身の口から語られたという話を耳にした事がある。

　相対性理論の大物理学者と音楽という眼に見えぬ不思議な因縁の絆を想像していた矢先、ドニャック氏の存在はまたまたこの考えに拍車をかけた。リズムこそ物の時空的存在の根本的特性ではないかということを。

　俺もまがりながらヴァイオリンを弄る。また幸なことにリ氏はピアノが奏けた。ショパンを生み、パデレフスキーの治下にあった音楽の国ポーランドの血を享けたリ氏である。氏の謙譲振りにふさわしくないほど、存外達者な腕を持っていた。こうした三人が偶々仕事の都合からも接近する機会が多かったのだから忽ちに緊密な親しみで結ばれた。吾々は仕事の合間に音楽を楽しんだ。ただ聴くだけではない。自ら演奏する楽しみ――これはまた格別でディレッタントでなくてはとても味わえぬ境地である。

俺とドニャックが芸術的相互理解のもとに結ばれた親しい日々を送る間に起った出来事、交わされた会話、諸々の問題、それ等はこの一篇の主題である「宇宙艇の物語」には直接の関係はない。それを長々と紹介するのは一見ピント外れの冗舌とも響くだろう。だが俺は言わざるを得ない。書かざるを得ない。ピエール・ドニャックは驚くほどの日本通であり日本の理解者であった。彼の持つ世界観、人生観、芸術観は甚だしく諷刺と警告に富み、彼が何故仏国での高い地位と赫々たる名声を擲《なげう》ってまでこのグループに駆せ参じたかという心機をよく暗示している。彼の言葉は世の凡ての人にとって、殊に俺の気掛りな日本の人々にとっては一大警告であり教唆であろう。今しも宇宙人となり祖国を忘れようとする反逆者の俺が最後に同胞の方々にお伝えする苦言としてどうか聞いて下さい。順序もない雑駁な話題の寄せ集め、法外な紙数を費やし、くそ面白くもないピント外れの長談議、と憤慨されずに、ひとまず耳を傾けて下さい。雑駁な話題の中にある統一がある。余談ならざる余談がある。

まずドニャックの世界観――これは甚だスケールが大きい。世界観と言わず宇宙観と呼ぼう。それは普通人の思想といった定義では割り切れない。彼が深遠な物理学的蘊奥《うんのう》を通じて心象に把握した宇宙の姿の解釈――そう名付けるのが一番妥当である。

宇宙発生論では宇宙そのものが発生した機構を推察し議論しているが、ドニャックは「発生」という概念を採らなかった。発生という言葉は物事の始めを意味し必然的に終焉のある事を肯定している、人間は万象の中に自分の影像を誤認し勝ちなものだ。即ち自分の持つ規矩《きく》で他を側ろうとする。これはある程度まで人間の本能で避け得ないものかも知れない。人間は生物の一種で、生物は発生したものかも知れない。現に一個の生物体を観察すれば一つの細胞から始って発展を開始し、死によって亡びる。即ち始めと終りがあるかの如くである。個体発生は系統発生を繰返えすという。即ち生物が系統として長年月の裡に発生した道筋の雛型と梗概が個体の発生の中に見出されるといった考えを実証の一例としてダーウィニズムが唱えられた。この説の通り生物は無生物よりある偶然な機会から発生して次第に進化し最後に最高のものに達するものかも知れぬ。現在の人間はそんな考えを持っておりそれは正しいかも知れぬ。問題はその次にある。自分の身がそうであると他の森羅万象もそうであると考える。考えたくなる。考えざるを得ない。これが人間のドグマであり手前味噌である。神という人間以上のものの存在を信じたのはまず良いとして、神は人間と同じ形をしていると考えてみたり甚だしきは神は人間と同じ喜怒哀楽や倫理観を持つと考える。悪い事をすると天罰が当るという。ノアの洪水などという伝説も生じた。何のことはない。神は人間以上のものと称えておきながら、この神は、せいぜい人間の考えるほどの正義判断しか出来ず、人間並の復讐心と大差のない罰を下すと考える。要するにこんな神は人間の心が自然の中に映って捏《で》っち上げた虚像に過ぎず、人間には自分の規矩で以て万象を説明しようとする狭量な傾向があることを示す実例に外ならない。

生ある物は亡ぶという。そのモータルな宿命に閉じ込められた生物の一員である人間は宇宙の現象を見てすらそこに始めと終りがあると考え勝ちであった。否、そう考えぬことには気が済まぬのであった。

物事に端緒と終尾を認めることは、直ちに目的論的な立場を惹起するものである。何のために発生したのだ？　何のために生きているのか？　何のために進化するのか？　等、等、等。

レーゾン・デェートル（存在理由）という言葉が人口に膾炙《かいしゃ》された。

人間は何のために存在する？

宇宙は何のために存在する？——と。

ドニャックは物理学者であった。肩書がそうであるだけでなく彼の宇宙観は徹底した物理的見解の産物であった。

俺がこの見解をここで紹介すると必ずや哲学者諸士の鋭い攻撃を受けることを知っている。カントの流れを汲んで、吾々の認識の本質に時間、空間、相互関係という先験的なカテゴリーを設けるを以て事とされるカント派の哲学者諸士よ！　暫し待ち給え。諸君が先験的に神聖なものとして触れずにおられる時空の概念に人為的な概念の加味を行い、数式に載せ、新しい未知の結果を誘導して現存する宇宙現象を何とか矛盾なく説明しようとする相対性理論物理学者達を不遜と誹《そし》らるる前に彼等の得た客観的な新知識に一応は耳を傾けてみられよ。議論と反駁はまず相手の言い分をよくきき充分理解してからのことにして下さい。誤謬の指摘は非常に結構——だが一応は話を最後まで聞いてからにして戴きたい。——

ドニャックは宇宙という空間には——この空間という

意味は哲学者の言う認識の先験的形式として規定されたものと同一と考えて結構——無数の素粒子の群が存在しているという。プロトン、ニュートロン、エレクトロン、ポジトロン……等々。それ等は外見上は無秩序に雑然と存在し運動しているが、実はただ一つの力学的法則が支配している。古典力学ではこの正体を万有引力の法則と言ったし、相対性理論では物質が存在するために生じた空間の歪みによる影響であるという。

——何のために(目的で)そんな法則があるのか?考えたい人は勝手に考えるが宜しい。物理学はこの法則が仮に神の意志によって存在しようと、何の目的もなく偶然に存在しようと構わない。仮に質量そのものに備った性質、あるいは空間自体が有つ特性として法則自体を認めるだけで存在目的に触れない。よしんば哲学者気取りで触れてみたところで納得の出来る結論が出るはずもなし、判った心算でもそれは所詮証明の出来ぬ仮説でしかあり得ない。哲学者はこんな莫とした目標を逐う種類の人種らしいが、物理学者の仕事はそうでない。一つの根本法則を基礎にしてその上に自己体系を矛盾なく打ち建てることであり、その過程に関する限りは恐ろしく自らに厳格にして論理的峻厳、自己撞着を些かも仮借しない。

——ドニャック曰く——素粒子が宇宙の空間に万遍なく拡がっている平等平滑な状態も決して安定な静寂境ではないという。局部的に素粒子の集合である芯(コーア)が一たび生ずると、その塊は周囲の粒子を引きつけて刻々に生長し、急激に引力が増加してゆく。このような局部的生長が仮に宇宙の一個所に起り得るものとすれば、他のあらゆる個所も当然起り得る確率を持つ。こうして宇宙のここかしこに無数の素粒子の塊が出来た。塊は塊を惹きつけ合体し更に大きい塊にと生長する。そしてそのうちの幾つかは巨大な塊となったが未だ充分な熱を持たぬため暗黒であった。——暗黒物質は既に沢山実在を確認されている。——暗黒な塊は次第に自己の引力によって収縮する、即ち素粒子相互の間隔が縮まる。この時素粒子間のポテンシアル・エネルギーが放出されるが、それは必然的に熱の形となって蓄積され塊は次第に温度を上昇する。この過程が進むと中心部は自己引力のために膨大な圧力となり、それに抗するために恐ろしく高温度とならねばならない。分子運動論が圧力と温度との数量的関係を与えており中心部は数百万から数千万度という高温にさえなる。塊は益々自己引力による凝縮を続行して漸時小さくなり遂に驚くべき高温の熱塊、即ち恒星になる。

暗黒物質→星雲状ガスの集合→赤色巨星→白色恒星。これ等がそれぞれの凝縮過程に相当する実在物で何れも天空の中に無数に認められている。

一方宇宙のあらゆる変化流動によって生ずる結果にはその流動を阻止し結果を崩壊しようとする萌芽が含まれている。哲学の分野ではヘーゲルがこれを基にして弁証法を説き、自然科学では反抗律という法則に成文化されている。この場合すらその例に洩れない。自己の内部圧力に耐えんがため高温になった恒星は必然的にせっかく凝集せしめた素粒子を今度は輻射によって失わねばならなくなる。凝縮が進行して温度が昇ると輻射圧も著しくなり、遂に多量の素粒子を放出する、弁証法の機微を如実に示す限界現象がこれである。輻射が進むにつれせっかくの白色恒星も素粒子の大部分を光と熱輻射の形で失い、温度は降り形は小さくなって亡びてゆく。白色恒星より赤色矮星への推移がこれで、この過程を示す実物も宇宙には無数に実在する。このようにして輻射された素粒子が宇宙に万遍なく分布すると、再びある局部を中心に引力による暗黒物質の凝縮が始まる。即ち歴史は繰返しているのだ。

吾々の太陽は今や白色恒星から赤色矮星への過渡期にある。即ち太陽は集め得る素粒子を集め尽して、逆に盛に輻射を行い既に老境に入っていると考えてよい。熱力学的に言うと、全体として高温部より低温部へと熱の流れる時期である。有名な熱力学の第二法則、あるいはエントロピーの自然増大法則はこの時期なればこそ成立する法則であって、これがマイクロスコーピック（微視的）な量子力学の範囲では必ずしも真でないことも実証されている。換言すれば現在巨視的世界で成立っている古典的な熱力学の法則そのものの中にこれを否定する微視的な要素が含まれていることを意味する。即ち熱は場合によっては低温部から高温部へ逆流することもあり得るわけで、この事実は甚だ重大である。

宇宙物質の凝縮期――この時期には中心の温度が漸次上昇する、即ち外見上は低温部より高温部へと熱が流れたと観測される。――そういった事が可能であるのを示す。

将に不可思議な暗黒物質の凝縮！　これは宇宙の随所で起っており、その過程にあるらしい所謂暗黒星雲なるものを無数に認めるのであるが、さて相手ははるか彼方の恒星系の出来事で吾々は地上に住む限り実際の経過を直接に確認する術がなかった。

ドニャック氏が宇宙艇に乗組んで太陽系の空間に乗出し、まず第一に確認しようとするのは即ちこの事実なのだ。恒星系の中で起る出来事の雛型を太陽系のどこかで発見するかも知れぬという期待である。

もしこの事実が実例によって裏書きされたら！　知る人ぞ知る、物理学者にとっても哲学者にとっても、根本を揺さぶる大事件である。

見給え！　宇宙はただ一つの物理学的法則によって何の目的もなく宿命としての凝縮と輻射の歴史を繰返しているに過ぎないことになる。宇宙には始めもなく終りもない！　従って存在に何の目的も理由もない！　ましてこの歴史の反覆週期という測り知れぬ長い年月からみれば、地球という鼻糞ほどもない天体が生物の生存に適する温度にある期間など、一瞬にも充たぬ儚《はか》ない期間である。その僅かな時間を吾々人間は悠久なものと考え、アミーバから出発した生物が最高等な人類にまで進化しかつ永遠に続くなどとうつつをぬかしている。とんでもない誤算であり救いようもない不遜な考えだ。それのみではない。宇宙の黴菌ほどにも当らぬ人間や人間の考え出した神が宇宙の中心であり統御者であるといった誇大妄想狂的な思想が一般に流通して多くの者がそれを固執している。沙汰の限りである。宇宙にとっては人間など居ても居なくても全然無関係である。何が宇宙の主体であるか？　そんな野暮な議論は二十世紀を半ば過ぎた今日には通用しない。なおも人間が宇宙の主体であると高言する方は一つ胸に手を当て、人間の存在がどれだけ宇宙の姿に影響しているかを静思してみるがよろしい。人間が怒ろうと喜ぼうと、泣こうと喚こうと、または地球がひっくりかえるほどの大戦争をしようと、地球は相変らず力学の示す法則によって自転している。そして公転している。宇宙のかけらのそのまたかけらのまたかけら位にしか当らぬ地球すらどうしようもないのが人間である。逆に人間の側はどうだろう？　宇宙の示す法則に絶対に抗し得ない。地球上の一点に停っている限りは、いくら口惜しがっても二十四時間に地軸を一回転する。地球の引力が気に喰わぬといってもそれを消し去る事は出来ない。人間に対する宇宙の影響力や極めて大である。

否、宇宙の法則の中にやっと生きさせてもらっているのが人間だ。敢て云う。宇宙の力学的法則は人間が知ると知らざるとに拘らずそれ自体で存在する。

この点にまたしてもある種の哲学者の攻撃が集中するだろうことを俺は知っている。

その人達よ。まあ聞いてくれ給え！　今までの話は「物は物自体で存在する」という唯物論的な科学者の立場に立っての話で、これにけちをつけるのなら自ずと議論の焦点が変ってくる。俺はここでその正否の議論を闘わせる暇はないが科学者として次の事だけははっきりと言える。――唯心論的な考えで宇宙の法則を律する――即ち人間が認識したからこそ始めて法則も意味を持つので、人間の認識に上る以前にはその存在が意味をなさないというのでは自然科学は一切成立しないという事である。何故かというと、それなら人間が亡ぶと凡ては無になるからで、これは人間が宇宙の中心であると考えた不遜な思想と軌を一にする。――月は地球を廻っていた。人類がまだ法則を知らぬ遠い昔から廻っていた。その時代から既に月は何等かの法則に従って運行していたのであって、人間がそれを「所謂法則」として理解して後、肇めて「所謂法則」にのった運行を開始したのではない。繰返して言うが物はそれ自体としてある秩序のもとに実在した。人間は幸にしてその秩序を吾々に理解出来る形に翻訳して認識する能力を有していたためにこの秩序の存在を知り、これを仮に法則と呼んだのである――と。

こう考えなくては自然科学は成立たないのである。

――ここに至ってドニャック氏の人生観の結論が出る。

――

「宇宙はそれ自体の有つ性質によってサイクルを形成する。生物の存在はその長い過程の極めて僅かな時間をさいて起った全く偶然な出来事である。しかるが故に人生に目的はない。人間の間では『何かしら宇宙の真底を流れる大目的に適うようにと人間は生れてきた』と考え、その目的の正体を追求するために喧々囂々《けんけんごうごう》と議論が繰返されてきたし、また将来も続けられるだろうが、窮極のところ生物の存在には何の理由も目的もない。人間の存在は単なる偶然に過ぎなかった！　仮に目的ありとするも、それは人間が人間自身のために設けた目的であり、宇宙の事象とは関係なく人生そのものの瞬間々々の存在の中にこそあるべきで宇宙の悠久に亘り貫くただ一つの真理なるものにどう寄与するといった大それたものではない」

――恐ろしくニヒルな考えだと非難する人がいるかも知れぬ。それならニヒルとは抑々《そもそも》何物だと反問しよう。有るか無いか判らぬ目的を絶対にあるものと頭ごなしに決めているからこそ、これに抗する思想にニヒルという罵声を浴びせたくもなる。それは鼻持ちならぬ独善である。ドニャックは言った。「目的が無い事を知ったからといって人間の生存をなげやりにせよということにはならない。人間の生存の瞬間々々に必ずしもそれ自体としての意義がないとは云えない。意義と目的とは同義語ではない。元来無い目的をあるかの如く錯覚して自縄自縛の窮屈な制限を設けるのは馬鹿らしい行為だというのだ」

しかり！　今日の世界を見給え！　目的の無いものに対して手段を構える必要は毛頭なさそうなものを、世界の人間は二手に分れて己の考えこそ人間の目的を達成するに最良の方法だと言わんばかりの猿芝居を行っている。自然の流れの中に偶然に与えられた人生ならば長くもないその期間を個々の人間がもっと自由に欲するままにある間の生を享受出来るように考えればよさそうなものをと言う。

この思想には動《やや》もすれば刹那享楽主義の萌芽が見られるような気がしたが、この結論はドニャックの人生観をつきつめたところまで押しつめた時に出る一つの可能性であって、彼自身の思想は決してそんなものではない。グループ全体の持つ人生観はもっと地上の人間に近いものであった。

（筆者曰く、この話題の最後に当って読者の注意を喚起したい。この話題はピントの外れた余談ではない。ドニャックの宇宙観の一半をなす物質凝集、恒星生成の過程、これがこの一篇に隠されたサスペンスの中心に密接に繋がっている。読者諸士は最後になってこの点に思い当るだろうと期待している）

ある日のこと、――俺がここに来て既に一年に近い月日が流れ、完全に島のインターナショナルな雰囲気に馴染み切っていた――そんな日のある午後であった。無重力訓練を順次に終えた三人、ドニャック、リ氏、そして俺、珍らしく全部が暇で夕食まで三時間余りの自由な時間があった。早速アンサンブルをリ氏が提唱しピアノを備えてあるリ氏の部屋に集ったときであった。けたたましく電話が掛ってきた。リ氏を扶けて通信関係を担当している助手からで、内容は首領からマックアレーン氏とリ氏に緊急打合せ事項について即刻出頭するようにとの緊急司令であった。

「せっかくだがまた後ほど」

リ氏は何か期するものがあるらしく緊張した面持で匆々として立去った。あとに残された俺とドニャック。

「何だろう？」

ドニャックは六《むつ》かしい顔付きをしていたが俺の呼びかけに急に眉を開いた。

「マックアレーン氏とリンキェヴィッツ氏、どちらも電波装置や通信に関係のある連中だ。事によると？　だが詳細はあとで聞けるだろう。せっかくだから二人で合わせてみようや」

ドニャックも何か知っている、――だが彼の言う通りそれは後で充分な話、これから少時は音楽を楽しむ時間だと思い直して深くは詮議せず楽器を股間にかいこんだ。

俺は音楽は好きで自分でも楽器を弄るが大して巧くはない。いや俺はまず人並みだがドニャックのヴァイオリンが巧ま過ぎるのだ。その代り俺は自慢じゃないがディレッタント仲間がちょっとしたアンサンブルをやるときのメンバーとしては極めて重宝に出来ていて、ヴァイオリン系の擦絃楽器、即ちヴィオラ、チェロ、コントラバスは一通りは奏けた。今日はドボルヂャックのピアノトリオ、ドームキイをやることになって俺はチェロのパートを受け持つ心算であったが、ピアノが欠けてはピアノトリオにはならない。

「よしじゃベートーベンをやろう」

というわけで二人はベートーベンにしてはあまりにもベートーベンらしくない美しい曲三つの絃楽器のためのセレナーデを奏いた。一種の即興演奏で、自分のパートに加うるにヴィオラパートの重要な楽句は時にはヴァイオリン時にはチェロと交代で曲芸紛いに奏きながら、あの美しい曲を心ゆくまで楽んだ。

汗ばんだ額から乱れた髪をかき上げ一息入れたドニャックは次にフランスの音楽について語った、ラヴェルやドビュッシーに始まる準近代古典音楽から現代の奇異な音楽的キュービズムに至るまでの話などを。

私はしかしどうしても音楽そのものに没頭してゆく気になれなかったのは、先刻急遽首領のもとに呼ばれて行った幹部社員の顔ぶれから押して、緊急事態の内容が気になって仕方がなかったからである。ピエールは俺の浮かぬ顔付きに心中までを察したらしかった。

「確かに気懸りなことだ、しかしいずれ判明することだから今あまり気にしても仕方がない。それよりも、僕にとって未だに一つ納得の出来ないことがある――」

ピエールはこういって不機嫌そうに首を振った。

「我々のグループは既に国籍を超越した人間であると自覚しそのように心掛け今ではそうなりきったつもりだった。またこれが始めっからの首領の指導方針であったと思うのだが、その首領の遣り口としてこの原則に徹しない一点があるのだ——、僕は止むを得ずこれをア博士の茶気だと解釈している。そして以下そのつもりで話すわけだが——さて、シラネ君きみも恐らく気がついているると思うが、目星しい人種は殆んど集っているこの島にソ連人と米国人が一人もいないのを、不思議に思わなかったかい？　ソ連の思想は極めて独善的で他との妥協性が皆無だ。妥協融合が生命であるこの大事業には従ってソ連人は加えない。もっとも妥協性がないのはソ連全体としてみた傾向で、個人的にはこの企画に大いに役立つ人もいるはずだがア博士の芝居気によると、最初は個人に目をつけることなく、それぞれの仕事の分野に一番適切な国柄を割出してその国の適当な個人を迎える。即ち人為的にインターナショナルな性格を帯びさせて人選されているわけだ。君が主操に迎えられた理由も恐らく瀬木氏から聞いていることと思うが、ア博士はこんな芝居気の多い人なんだ」

俺はこのとき妙な腹立たしさを覚えた。憚りながら俺はこれでも科学を修めた人間で充分に科学的合理性を弁えているつもりだ。ア博士の言うような非科学的なれどひたむきな日本人の代表としては甚だふさわしくない人間のはずで日本国民的代表性格と俺の性格は一致せぬ。いや、そんな性格の代表者と見られるのは願い下げにしてほしいものだ。暫らく抑えていた虫が少しく居処をかえたらしい。

「ウン、そうとも、僕などどうせ非科学的で向う意気ばかり強い日本人の代表さ」

「ハッハッハ——そう僻み給うなよ。それは全く愛すべき日本人の美点なんだから——、で、アメリカ人がいないのは、何故だか判るかい？」

「アメリカ人は現実主義でこんな夢みたいな計画を馬鹿にするからだろう？」

「いや、それは違う。アメリカ人はむしろ突飛な事の好きな人種だ。誘えば喜んで乗組員を志願するだろう。だがア博士がアメリカ人は一切乗組員にも助手にも加えないのだ。その理由は——今に限らず昔からのアメリカのやり口を見給え。海外援助という名目で他国に資金や武器を貸し与え、それを自国の掩護《えんご》物乃至は緩衝物とする。この魂胆を米国は別に隠し立てするわけでなく時には堂々と公言する。論より証拠、日本占領中のマッカーサー元帥は嘗て、『対日援助は慈善ではなく米国にとって必要な極東政策の一環である』と、声明したのを覚えているだろう。ア博士は米人のこの性格を皮肉に計画に盛り込んだのだ。宇宙旅行の第一線及び直接に関係したグループには米人は一人もいない。ところが一切の資力は全部米国のさる筋から出ているのだ。どうだ、面白いだろう?」

「ホホウ、それは知らなかった。しかしあの宣伝の国がよくこれを宣伝の種にせず秘密を保っているね」

「それには無論ア博士との協約による交換条件でもあるのだろう。即ち宇宙旅行で得た一切の新知識と新情報はまず出資している筋に提供するといった風のね。この種のニュース・ヴァリューの多い試みには甚だ秘密を守り難い米国で、これだけ見事に秘密が保たれているのは出資しているバックが特殊なユダヤ系財閥に相違なく、同じユダヤ系であるア博士とは普通以上の黙契があると考えたらいいだろう。

ところが僕はその点に非常な疑問と興味を持つのだよ。ア博士は君を迎えた会食の席上で今度の企画の目的について思わせぶりなことを言っただろう。あれが曲者で、ア博士はああ見えてなかなか一条縄でゆく人物じゃない。彼は米国に利用されているとみせて大いに利用していると期する処があるらしい。恐らく吾々の得る知識はニュース・ブローカーの好餌になるには桁違いの、何か非常に特殊なものなんだ。ア博士が言った小惑星の秘密について、僕には些か思い当る節がないでもない。だが余りに突飛な考えなので僕もア博士自身の口から発表されるまでは口外しないつもりだ」

ドニャックもなかなか味な思わせぶりを言って人をじらすのが巧い。

「オーストラリヤという国は大きい。六大洲の一つを完全に占めていて人口は君の国の僅か十分の一に過ぎない。ところが滑稽じゃないか。世界の平和会議でも極東の会議でも彼等の代表の言う一つ文句が振っている。広い国土を僅かな人口で防衛せねばならぬことを理由に、好まぬ国、たとえば君の国などの復興を極度に恐れ警戒する一方、米国の援助はその受ける資格以上に要求する。まるで国土の広いことと人口の少いことが他の国の責任であるかのような口ぶりだ。人口が少いとこぼしながらこの国ほど、他国からの移民を嫌いきつい制限を設けている国はない。ある米国人がこれに対して、

『私の国はあなたの国以上に国土も広いが幸にして種々雑多な移民の集まりで充分の人口がある。国土の経営にも防衛にも事欠かぬのみか海外援助さえ出来る』

といって皮肉ったそうだ。

――広々として人口疎な土地に住むオーストラリヤの諸君は長さ五〇米に満たぬ狭い艇内に十人近く乗組む人口密度には耐えられぬだろう――というわけで、せめて助手にでもというオーストラリヤ人の申し出をア博士は一切断って、その代り南方の資料補給用の島にある農場と牧場の仕事をやってもらっている。カウボーイの国の人達はカウボーイにふさわしい仕事をという意味でね」

「中国人を一人も見掛けないじゃないか。この国の人口は世界の五分の一を占めるともいい、ア博士のインターナショナルな演出の上に一枚加わってもいいと思うんだが」

「中国は古文化の国だ。嘗ては東洋の最大文化国であったのに今はどうだろう。原因は他でもない。人文文化を偏重する国は必ず科学文化をおろそかにする。嘗ての君の国のようにね。いかに人口が多く国土が広く資源が豊富でも科学を尊重しない国は二十世紀以後に立ってゆかない。科学を持った国に喰われ喰われてなおも死なぬのは切っても切っても再生する下等動物に似て生命力は甚だ強いが、とても宇宙艇にタッチする柄ではないよ。

これに比べて印度は人文文化と共に科学も大いに尊重した。優れた数学者や科学者も出た。サー・チャンドラセクハラ・ラマン氏などラマン効果の発見によってノーベル物理賞を得たのは君の国の湯川博士に先立つこと二十年も前だ。マックアレーン氏の助手として働いているモーハラ・ラマン氏はチャンドラセクハラ・ラマン氏の親戚筋に当っているはずだ」

なるほど、そうだったか。英人マックアレーン氏のもとで彼を扶けて電気的触角装置とベクトル速度計の研究に余念のない凛々しい印度青年を好もしく眺めていたが、その名と容貌の類似からあるいはと想像していた通り、彼は印度が世界に誇る大科学者ラマン博士の縁者であった。

洋の東西を問わず由緒ある国は由緒ある国家性格をもちそれにふさわしい人物をグループの一員として送っている。俺はこのときまたしても日本のことが胸に浮んだ。マネキン政府と売国共産主義の板ばさみになって、心ならずも猿芝居をやっている憐れな島国根性まる出しの故国が！

この島に来てから殆んど一年、宇宙艇の主操縦士としての識見も技量もまずまず申し分なく一切の過去の経緯を清算して地球上の人種意識と国家意識を払拭し得たつもりでいたのに何故予期せぬときに古い残滓が意識にのぼって心を乱すのであろうか？　俺も所詮はけち臭い島国根性が心髄まで浸みわたった平凡な一日本人に過ぎなかったというのか？　俺はまず悲観し次に耐えられぬ自己嫌厭に陥った。

「ピエール！　僕は駄目だ！　とても宇宙艇などという大企業の主操たる資格などありそうもない。国境を超越し人間感情を抑制して行うべき超地球的な試みに参加する一員らしくもなく、俺の心底には未だにけち臭い人種意識が横たわっている！　恥かしい事だ。全くアイゼンドルフ博士のせっかくの信頼に応えられる人間じゃない！」

俺は自分に唾を吐きかけたいほどの気持になっていらいらと歩き廻った。椅子に立てかけたチェロが激しい音を立てて床に倒れ、ドニャックがあわてて引き起す。彼はちょっと俺の顔を窺ってからピタリと心の図星を指すような事を言った。

「ホホウ、君も同じようなことを言う。人間の本性には強い本能的な憬れがあるものだよ。自分を生み育みもり育ててくれた母国に対しての憬れは常に潜在意識になって残っている。人間の存在など全然問題外にして宇宙の流動に目的の無いサイクルを主張する僕でもここに来た当座はやはりフランスを忘れ難かった。いくら大きな事を考えてみても僕個人は小さい一人間だから仕方のない事さ。

僕の国の政府を見給えよ。まず聯合軍に加担して独乙に刃向い、敗れるや、『フランス敗れたり』の名著を以て己を自嘲し、政府は強制的に独乙に加担させられた。もっとも気持としてはこれを肯んぜぬ個人は多かったがね。肯んずる者と肯んじない者の比率は現在の君の国の有様と丁度逆だった。次に独乙は敗れ吾々は再び聯合軍の陣営に戻った。戻ったとはいえそこで大した発言権を得たわけでない。嘗て日本人が持っていたと思われる廉恥心からみれば、さぞだらしない無節操な態度と映るだろうよ。だが人間は動物である限り偉そうなことを言ってもマイト　イズ　ライトは現行の事実だ。この事実の前に翻弄されたに過ぎない。だがだらしない行為を通じて世界人類に一つの貢献をした。即ちマイト　イズ　ライトの完全な実例を示して人間の闘争心の醜さを証明したことだ。

君の国も敗れた。『日本敗れたり』だ。だが後半のドンデン返しがまだ起っていない。起るか起らぬかが、今のままでは起ると懸念する向きが相当にある。その時になって、君の国の政府はどうするのだね？　君達得意の廉恥心を発揮して全国民が愧死《きし》するのかね？　それとも全世界から稀にみる無節操な政府といって嘲笑された僕の国の政府――君達の今日の言葉でいえばパンパン政府だね――その轍を踏んでマイト　イズ　ライトの渦中に身を委せるつもりかね？」

嗚呼！　ドニャックは何という残酷なことを言うのだ。これこそ覆おうとつとめて覆うべくもない日本の苦悶ではないか？　誰しも心に懐いて口に出すのを懼れている最悪の事態ではないか。だが、――だが――、ドニャックの言葉は敢て日本政府だけに投げられた皮肉ではない。俺個人に対して言われた言葉でもない。彼の国の採った態度に対する反問なのだ。そう考えたとき俺は豁然《かつぜん》として心中に蟠《わだかま》っていたものの正体を見破った。それは「自尊心を持った敗者の苦痛」であった。どこにあるか診断出来ないしこりのようなものであった。これあるが故に宇宙人たらんとして常に心理的に失敗が繰返されたのだ。

打沈んだ俺にドニャックは更に言葉を投げたが、今度は劬《いた》わるような響きが含まれていた。

「だがねえ――よく考えて見給えよ。『フランス敗れたり』の名著は敗れてかつ人々に教訓を与えた。君の国の敗戦も良心的に反省し意識すれば有益な教訓を沢山含んでいるはずだ。よくきき給え。些か逆説的に聞えるかも知れないがこれは事実だ。君の国を嘗て掌握した軍閥とその取巻き連中は口々に大東亜共栄圏の確立と東洋民族の共存共栄を表看板にしていた。僕は東京裁判で論駁されたほどにはこの看板を全部が全部偽りであったとは考えない。軍のやり方は侵略主義と言われても仕方のないほどひどいものではあったらしいが、看板を掲げたからには最後には看板通り乃至はそれに近いことを行うつもりであっただろうと思うのだ。日本の軍閥は鼻持ちならぬ傍若無人横暴ぶりではあったがそれほどの悪人であったとは考えられない。むしろ考えの単純な善人だったかも知れないね。ところが皮肉なことに敗戦によって軍の横暴な面がペシャンコに潰された反面に、看板に掲げていた事が自然の勢で逐次実現してきたじゃないか。インドの独立、フィリッピンの独立、インドネシヤの独立、ヴェトナムの独立。君達の過去の指導者達は自分は絞首台に上り、自国民を塗炭の苦しみに陥れることによって、看板の公約だけは果したという珍妙な結果になったんだ。自国民の過大な犠牲による海外奉仕と言えないこともなかろう。些か虫のいい後文句じみた言い草ではあるがね。

こんなわけで僕個人としては過去の日本政府をそれほどに憎む気持はなかった。ところが今日の日本の状態を伝え聞くに第三者すら義憤を禁じ得ないようなけしからんことを日本政府はやっている！」

俺はドニャックの口調があまり激しいのに辟易したが、聞き捨てならじと問い返す。

「何だね？　それは」

「今の日本政府は本当の人道を知らない。最もみじめな白衣の傷病者や遺族の救済に何故もっと力を尽さないのだ？　何だと？　占領軍に対する遠慮だって！　冗談も休み休みに言い給えよ。憚りながら僕の国の政府は蝙蝠《こうもり》だ、二股膏薬だといって無節操ぶりを全世界から嗤《わら》われた。だが何を隠そう。国民の一人一人が最も幸福になるようにと穏当な方法を採ったまでだ。体裁をつくろう前に人道を感じたのだ。独乙の治下とはいえ独乙に刃向って傷ついた将兵は堂々と優遇した。当り前じゃないか。彼等とても好きこのんでやった戦争じゃない。万人に認められた人道を行うのに何の遠慮がいるものか。何の悪意もなく時勢に順応して最善を尽した正直な人達を何故自国の人達が保護して悪い理由がある？　エ？　こんな人達は同胞に見離されたらどうして生きて行けるのだ？」

「君の言うことはよく判る。だがねえ、ピエール、何分にも日本の経済は完全に占領軍の援助のお蔭で成立っているので政府としても余り強いことは言えないのだと思うが」

「強いことだって！　占領軍がそんな判りきった人道問題にさえけちをつけるというのかい？　自分を売って十字架にかけた男を一番憐れみ愛しんだキリストの教を旗先に掲げる国の人間達がかい？」

「いや、その話はもっともだが、何分にも政府予算の組み方は占領軍に多大な干渉を受けている。その使途にはなかなかの制限があるらしい」

俺は腰が抜けてる上に念入りにも間の抜けている日本政府など金輪際弁護するつもりはなかったのだが、一応はフェアプレーを期して事の真相だけは告げる義務があると感じたわけである。

「ウン、米国人は勘定高い国民ではある。彼等の所謂海外援助という政策を遂行するには法外な国費が入用であり米国人の払う税金も馬鹿にならぬものだろう。さりとて海外援助は慈善でなく緊急な対外政策であると揚言している以上は、その税金は当然の事で諸外国に恩を売った心算になっては筋が違うだろう。だがそこは人間だ。世界態勢の呑みこめぬ米人一個人の気持になってみれば海外諸国の救済のために自分達の懐を不法に傷めていると考え違いするかもしれない。まして援助の相手が嘗て自分達に刃向った国なら尚更のことだ。この気持は為政者個人の上にも当然反映するはずで、僕は思うに他の点では非常に日本に寛大な占領軍もこと税金に関しては情容赦をしなかっただろう。これは人情の当然だ」

「いかにもさよう、そればかりは全く言葉通りの苛斂誅求《かれんちゅうきゅう》だ。かつ取り立てられた税金も使途には様々な掣肘《せいちゅう》を受ける。表向きは日本政府の予算だが、何のことはない占領軍の建てた予算だよ。不幸な戦争犠牲者を第一番に救わねばならぬのは、心ある日本人なら既に久しく痛感しているはずだ。だが、しようにも出来ないのだ」

このときドニャックの温厚な顔に激しい表情が現れた。

「出来ないなどと馬鹿げたことを言うのは止め給え！　君達日本人は占領軍に要らぬお世辞を使い過ぎている！　一度断られたら二度、二度で駄目なら三度、執拗に喰下って、どこまでもやらないのだ。差し当ってやるべき人道を疎かにしては他に百の功徳を積んでも何にもならぬ偽善だ！　まして愛の教、キリスト教を真向にふりかざしている相手だ。よもや話のつかぬはずはない。そこまでやってどうしても駄目でもまだ手はある。今度は占領軍が定めた税金以上に君達が自発的に税金を払いその金で救済すべきだ。いかに現在の税金がきつくても生活能力を奪われた人の事を思えばまだまだ余力のあるはず。いかに占領軍がオールマイティーでもそこまでは人道上お節介は出来ぬはずだ。自分の懐を切っての慈善事業は個人及び団体の自由で、その自由を君達に教えたのがその占領軍ではないか。それにお節介をするほどにわからずやの相手なら既に君達が恭順を示して協力する相手じゃない。国民挙《こぞ》ってソ聯へでも亡命するんだね」

これは驚いた話である。驚きはしたがもっともな話でもある。もっともな話だが俺にも些か言い分はあった。

ドニャックは第三者であるからこそこんなきついことが言える。日本人も馬鹿や意気地なしばかりではない。現在の腰抜け政治家とその取巻き連中ならいざ知らず、少くともそれ以外の中にはなかなかの賢人達識もいるはずだが、言うべくして行えぬ事もある。理屈はそうだが占領軍下にある日本人にとってはなかなか思うに委せぬ点もあるものだ——と。日本の政治家の馬鹿さ加減に愛想をつかした俺でもやはり彼等の苦しい立場を責任のない第三者から糾弾された場合、同国人の誼《よしみ》としてこれ位の弁護はしてやりたくもなる。

「ピエール、君はさっきから白衣の傷病者といって、戦傷軍人ばかりを同情する口ぶりだが、戦争の犠牲者は他に幾らもある。働き手を失って窮乏のどん底に落ちた戦災者と戦災孤児、働く能力を失った戦災被害者自身などだよ。戦場に出た者はいかさま、戦闘員だったのだから ある程度は止むを得ない。非戦闘員の被害者こそまず同情し救済すべきだという考えを持つ日本人も相当にいるのだがねえ」

俺はこう言って些か彼の揚足をとったつもりであった。だがドニャックの眼がピカリと光って思わぬ反撃を受けたのだ。

「いかにもさよう、国境を超越して考えれば確かにその通りだ。しかしだよ、苟しくも戦争に従事した一方側の国民としてそんな事が言えた義理かい？

空襲被害は戦闘員、非戦闘員を問わず一様に受ける危険性があった。戦災を受けたか免れたかは運であって日本人同志が特に被戦災者を指定したわけではなかろう。大乗的立場からいうと非戦闘員の被害はむしろ相手国が償うべきものじゃないかね？ 僕は日本人の気骨なら些か知っているつもりだが、仮に君達が勝者になった場合相手国の非戦闘員が捲添えを喰って困窮に陥っていると知ったら、恐らく殆んどの日本人はありもせぬ財布の底をはたいてでも、いい処を見せるだろう。米国のように対外政策としてでなく心からの慈善を行うだろう。慈善よりも責任だと考えるかもしれない。どうかね？ 僕達フランス人もそんな気持を持っているよ」

強きを挫き弱きを扶ける男だての気脈——、民主主義を採り入れたという日本人の心にもこの伝来の英雄心は消えていないはず。悪くいえば一種の見栄と名誉心から来る子供っぽい自惚れとも言えるがこれは日本人の欠点でなくむしろ長所だ。ドニャックはいみじくもこの微妙な心理を知っているのだ。

「だからといってこの種の犠牲者の救済を図々しく相手国に委せて相手の同情を必要以上に期待せよというのではない。それは余りにも見苦しい。出来れば君達の手で何とかすべきだ。だがしかし、君達とその政府が本人の好むと好まぬとに拘らず赤紙一枚で死地に追いやって殺した人達の遺族や、大怪我をさせた本人に対する償いと何れを先にすべきかと考えるとき、解答はただ一つで迷うことはない。まず自分達が選んで行った行為の結果を償え、というに尽きるじゃないか。どうだい？　この断定に文句があるかい？」

読者諸士！　ドニャックの苦言に言い分ありや？　彼は内地の戦災者をおろそかにせよというのではない。日本人自らの手で直接に日本人に対して冒した罪と責任をまず償えというのだ。

耳の痛い話であった。

「シラネ君、君の心中に巣喰って時々君を憂鬱にするのはこの辺の事情じゃないかい？　それなら今の切開手術で治ると思うがね。人間達はお互にマイトを否定しながらマイト　イズ　ライトの渦に溺れてお互を危険に陥れ危険を感じあってビクビクしている。こんな猿芝居を高見の見物としゃれこむ心境になって初めて個人的な悩みは解決する。いいかい？　吾々は超越して非人間的なものになるのが良いのではない。一段と立場の高い人間になるんだよ。そして迷った人間を救ってやるのだ。救って――」

「救う？」

「そうだ。救うのだ。僕は近頃になって首領の本心が益々はっきり判ってきたような気がする。宇宙艇の試みは地球の馬鹿騒ぎを逃避して非人間的な世界に遊ぶことが目的じゃないんだ。地球人類を救うためになされるのだよ」

「おお！　地球人類を救う！」

吾々は世捨人でなく世救い人になるのだという。宇宙旅行が何故世救いになる？

「世界の人間は地上の蛙だ。井戸の中の蛙よりなお悪い。井戸の蛙は見ようにも周りが見えぬのだから仕方がないが、地上の蛙は見れば見えるのに見ようとしないのだ。このまま放置すれば世界は破滅だ。彼等にこの馬鹿らしい内訌《ないこう》を止めさせるような資料を提供する。口で言ってもこうなっては馬耳東風、証拠だ、証拠を見せるのだ。米軍が日本に原爆を見舞ったのはあまりにもひどい証拠の見せ方であったが、気の狂った日本軍部に戦争継続の不可能を示す最も有力な証拠だったわけだ。どんな証拠か――それはまだ判らぬ。だがア博士の言葉の割り切れぬ謎はきっとここにある」

ドニャックの口調は次第に熱を帯びて高潮してきた。そのとき再びけたたましい電話のベルが鳴った。ヴァイオリンを置いたドニャックが受話器をとりあげた。

一言――二言――

ドニャックの眼が異様に輝いて短い会話で受話器が掛けられる。

「シラネ君！　全幹部及び研究員に首領からの緊急召集だ。何か大事件か、大ニュースらしい。早速――」

俺とドニャックは楽器をそのままにしてあたふたと準備を整えた。

先ほどリ氏が呼ばれ今度は全員召集司令とは確かに唯事ではない。七曲り廊下を七曲りしながら俺の胸はあやしく震えた。

七、火星通信

首領公室には吾々二人を除いて殆んど全員が集っていた。搭乗幹部以外に各幹部の助手と主だった研究員の顔ぶれが見られた。マックアレーン氏の助手ラマン青年、タフナー氏の助手ウォーナー君、製作主任シュッツアー氏と副工場長のケント氏、それに、瀬木竜介氏――皆緊張した面持ちであった。意外であったのは無線通信部主任のパーキンズ氏が首領の真横に控えていることであった。俺はこの人を今までに紹介しなかったが、パーキンズ氏は本部から五哩ばかり離れた岩山の頂上にある無線連絡所に常住していて、吾々と顔を合わせる事は殆んどなかった。噂によると、第二次世界大戦中ナチドイツに無理に滞在を要請されたア博士と行動を共にした経歴をもち謂わば首領の半身といわれるほどに緊密な関係のある男だ。英国式の名だが人柄は明らかにドイツ人で豊かな顔と幅の広い顎がいかにも意志の鞏固《きょうこ》なドイツの学者らしい面影を匂わせている。

「さて――」

一同が席に着いたところで、ア博士は重々しく口をきった。彼の魁偉にしてあどけない容貌も、隠しきれぬ興奮のためにひどく落付きがなそさうに見えた。少くとも表面上はそうであったが、ア博士の心の底を知ることは吾々若輩にはとても不可能な事であった。

「今日ご一統にわざわざお集り願ったのは、情報部で甚だ重大な事実を結論するに至ったためです。全く途方もないニュースじゃが」

何事？　と身を乗り出した一同をぐるりと一瞥した首領は徐ろにあとを続けた。

「無線連絡事務所は今より約六カ月前から不思議な電波をキャッチして出処をあれこれと探索しておりました処、昨今に至りその出処が判明しましたのじゃ。皆さんはどこからだと想像されるかのう――何とそれは火星なんじゃ」

この話には一同アッとばかり仰天《ぎょうてん》した。冗談かと思って首領の顔を見る。いかに茶気の多い首領でも冗談を言うためにわざわざ忙がしい全幹部を集めるはずはない。首領の顔には些かも不真面目な色はない。

「方々もご存じの通りパーキンズ氏は無線通信主任として全世界の情報を蒐集する傍ら、有能な秘書役として色々助言を寄せられておった。ところが氏は約六カ月前に高層継信器に正体不明の電波が入って来るのを発見されましたのじゃ。元来高層継信器は地球外部から高層に飛込んで来る外来自然電波を捕捉するもので受信像は意味のない不規則なものであるべきです。太陽の黒点の移動や太陽面の爆発、内遊星の太陽面経過等の自然現象によって時に応じた変化を示す程度の単調なものです。ところが半年あまり前から約二カ月に亙って自然電波と著しく異った――即ち人為的な断続電波が間歇《かんけつ》的に受信されたのです。わたしはパーキンズ氏に引続き受信を実施する事と、その正体をつきとめる事を依頼しておきましたところ氏は昨日になって遂に驚くべきその正体を把握せられた。皆さん、これは種々の状況から判断して確実に火星から発信されたものですぞ。それだけでない。パーキンズ氏はその通信の意味を解読されたのです」

オーッ、とばかり一同の口から声にならぬ驚きの声が漏れた。

「火星通信の詳細のいきさつはパーキンズ氏自身から説明して戴きます」

首領に促されてパーキンズ氏はやおら立上った。大発表を前にして相当に興奮しているのは顔つきでそれとなく判ったが、態度は落着き払って堂々としたものだ。彼は眼の前に置いた数十枚のメモらしい紙片を繰りながら語り出した。

「私が不可解な宇宙電波に気がついたのは正確に言って一九五×年×月×日、即ち今より六カ月以前の真夜中で同時刻の火星の位置は天北緯二十四度三十二分、天径一五六度十五分で衝に近い位置でありました。その電波は間違いなく高層継信器より送られるもので、従来まで受信された自然の宇宙電波とは似ても似つかぬ規則的な――即ち人為的な点が顕著でありました。その後この種の電波は約二カ月間に亙って頻々と受信されたのです。その記録はこの表の通りです」

パ氏の手から受信記録が回覧された。

「私はこれを自記装置にかけて記録しました。最初の三日間の自記はミスしましたが以後の受信は詳細完璧に記録されています。

御覧の通りモールス記号に似ていますが、長短二種類でなく長中短三種類の符号が用いられています。そして二カ月間に受信した全符号を詳細に吟味して判ったことですが、同じ組合せの通信文らしいものが何度も繰返されているのです。この事から自然電波でなく何か人為的なものといった判断がなされるわけです。

そこで仮にこの電波を地球以外の天体に住む生物から来たものとして当時の各惑星の位置に注意しましたところ甚だ興味ある暗合を見るのです。即ち通信は火星の衝の一カ月前から始って一カ月後に終っているのです。

また各位も御記憶かと存じますが、三年ばかり以前、ニューギニヤ島の某所に設けられた大電探発信所から月に向って電波を送り反射波を受信し、その往復所要時間から月までの実距離を出す観測を行っていた際、観測隊は反射波以外に奇怪な電波を捕捉した事実があります。当時は月に生物がいて応答したなどと騒いだものですが、月には生物がいない事は他の方面の研究によって殆んど確実なのでその話は秘密を包んだまま立ち消えとなりました。私は期する処があって、当時の火星位置を調査しましたところ火星と月が殆んど会合に近い位置にあった事を知りました。即ちこの怪電波は火星より送られ、当時はペヴィサイド層の電離度が何かの影響で稀薄であったため、外来の電波をも通過せしめたと考えれば話が合うのです。

――ところで火星からの通信文が解読された――首領は私が解読したと申されましたが――」

パーキンズ氏は事問いたげに首領の方をちょっと見た。首領の眼は意味あり気に頷く。

「解読といえば相当詳細に亙って暗号の組織から意味までを摑むことですが、この場合はその意味で解読されたというのではないのです。何分にも相手は吾々と同じ思考方式や表現形式を持っているかどうかも判らぬ他界の生物です。事によると大きな誤算があるかも知れませんが、この通信文が持っているある重大な意味を何とか推定し得たと考えるのです。各位に御多忙な時間をさいてわざわざお集り願ったのは私が摑み得た意味というのが吾々の試みに重大な影響を及ぼし、この挙の必要性が一層明瞭に基礎づけられたと考えられるからです」

ア博士は再び大きく頷く。

「不肖私の力で推定し得たかぎりでは、火星人、いや火星に生棲すると考えられる高等動物が、地球に移住することを要求しているのです」

短かい言葉であったが一同の神経を貫いた。誰も口をきく者がなくパ氏の顔をまじまじと見つめて信じかねるといった面持ちであった。

「ご不審はもっともです。ところが一つの証拠、通信文に記載されていると覚しいある事実をお話しすれば各位にも充分御納得かと思います。通信文の一つは一九五〇年一月十六日に日本の一天文学者によって発見された火星の大爆発についてある記載をしております。あの爆発の正体が何であったかは不明のまま今日に至っていますが、当グループの天文観測班の意見としては、これを活遊星より死遊星に移る過渡期に起る噴火現象の一つと考えたいのです。

即ち遊星は冷却によって外殻が厚くなるにつれ次第に収縮し、表面に亀裂が生じます。この亀裂が進行して中心部近くまで達すると、高温高圧の熔融物あるいは瓦斯《ガス》は僅かに残された亀裂の先端部をつき破って大噴火を起すわけです。地球にも噴火はありますがまだ地殻が薄く、内部に高熱部が多分に残っていますので、ほんの噴火の雛型で将来起り得る大噴火の機構を暗示している程度に過ぎませんが、いざ死遊星に移り行く過渡期の大噴火となると、スケールがまるで違うはずです。地表の随所から一斉噴火が始って短時間に内容物が殆んど噴出し尽す。このようにして遊星は一気に冷却し死滅するのです。月の夥しい噴火口跡はこの痕跡と考えられ遊星死滅説の有力な証拠となっています。遊星の寿命は冷却速度の大小によるわけで大きいほど冷却が遅く寿命が長い。月は半径約一七〇〇粁で地球の四分の一強、火星は三四〇〇粁で二分の一強でありますから吾々に近い天体で月に次いで火星の死滅が始まると考えるのは極めて合理的です。

今、火星に死滅への第一歩が始った。大爆発はまず間歇的に起り始め次第にピッチを上げ終には一斉噴火となり月のようなアバタ面になって死滅する。今回のものが第一回の大爆発か二回目か乃至は数回目かは判りませんが、この不吉な死滅の初期兆候に直面した場合その上に住む高等生物が安全な遊星への脱出移住を企てることは充分考えられることです。こういった想定のもとに研究したところ、この通信文に私としては相当自信のある解釈が成立したわけです。

解読過程の詳細については今ここで発表する時間もなく、またその時期でもないと存じますので差控えます。但し興味を感ぜられる方は御希望により首領の許可があれば、私と希望者の時間的折合いをみて、別個に御説明するという方法をとりたいと存じます」

以上、パーキンズ氏の話は極めて意想外の事を一応は納得出来るように説明したのであって、話の内容に別に異存はないが、その説明態度が、甚だ不得要領であると、俺には感じられた。吾々の一番知りたいのは通信文解読の筋道であって、その点が納得出来れば、結果がいかに荒唐無稽であろうと信用する頭を持っている。この肝心な点を未だ発表の時期ではないと言い、首領の許可があれば希望の向きに個人的に話すという。他の連中は一体この説明で満足したのであろうか？

「パーキンズ氏の言葉をそのまま信頼したのではありません。この発表を指示したア博士を信頼しているのです。確実な根拠がない限りア博士が発表させるはずがない。肝心の所がぼかされたのはア博士に何かの考えがあるらしいと気を利かせて何等非難の質問もなかったわけです」

部屋にひきとってからリ氏は以上のように俺に説明した。

「地球の人間が作った暗号でも国語が異ると解読するのに相当骨が折れるじゃないですか。まして言葉を持っているかどうかも判らぬ相手の通信文などとても普通の方法で解けるわけはないと思うがどうでしょう？」

これはパーキンズ氏の話の最中にまず俺の胸にピンときた疑問であった。リ氏は片頬に不可解な微笑を浮かべて言った。

「首領はこの企てに関して一つの事柄を未だに伏せている。小惑星群の件ですね。一つの秘密に附帯して色々な疑問が生れるわけです。今日の曖昧な話も恐らくそこに関係していると僕は睨んでいます」

「ところでリンキェヴィッさん。君は航法通信を担当する以上はパーキンズ氏とも折衝があるだろうから今日の話の裏、即ち通信文が解読された事情を知っているんじゃないですか?」

いや、知っている、そのはずだ。俺はかまをかけたのでなく、リ氏なら当然知っており、俺になら話してくれると思ったからだ。

リ氏の不可解な微笑はいよいよ深くなって一癖あるふくみ笑いに変って行った。

「そう尋ねられると困るのですが――まあ感付いているといった方がいいでしょうな。パーキンズ氏がいくら暗号解読の名人でも火星人の通信がそう簡単に解けるものではない。これには一見甚だ突飛だが信ずべき筋の話があるのです。

二年ばかり前、カナダの東海岸に近い山中で見られたという円盤が――空飛ぶ円盤です――非常に低く飛び地面に落下したかとも見えた。ア博士はある事を予期して早速秘密の探検隊を派遣して円盤が飛んだ空路に沿って真下の土地を捜索させたのです。そうです。捜索隊がこの島を出たのは貴方の来られる二カ月も前でしたかな。最近になってその隊員からパーキンズ氏のもとに不思議な発見物が届けられたそうです。それは数葉の金属板の薄片で空中から地面に落ちたらしい形跡があり、円盤と共に外界から地球に持ち込まれたものと推定されたそうです。パーキンズ氏の助手から内緒に聞いたところによると、薄片の上には絵文字らしい図形が刻まれていて明らかにある意味があるらしい。かつその中に六カ月来パーキンズ氏が受信した怪電波符号を解読する鍵に相違ない物が記されていたためこれが大いに氏の助けになったというのです。

ちょっと眉唾じみた話ですが、私はその真実を疑っていません。するとこんな事が言えないでしょうか?

火星の生物は多分地球人類と発生経路が同じで思考力や感覚もよく似ている。意志を発表し交換する手段として言葉もあるだろうし文字に相当するものもあるだろう。彼等も地球に生物がいることを知っていて、交渉を求めるべくはるばると円盤状の交通機関に乗って地球を訪れ電信解読の鍵を地上に落した。一方電信では盛に呼びかけその解読を待っていると。

こんな風に結論出来ないでしょうかね。絵や図形の意味は他界の生物にも通用するだろうという考えは随分以前に地球人も抱いたことがあるようです。今世紀の始め、火星に生物がいるという話題が全世界を賑わし、表面に見える運河ようの縞を見て火星人が地球人に合図を送っているなどと想像してこれに応答することを真面目に考えたむきもあったのですよ。純正幾何学的理論や定理は恐らく宇宙の生物には共通であろうと考え、サハラ砂漠にピタゴラスの定理を示す大図形を作り火星人に観測させることなどを提唱したグループもあったというじゃないですか。

ところで空飛ぶ円盤のことですが、一九五〇年早々ニューヨークAFPから全世界に伝えられたフレッチャー・プラット氏の言明というのは、円盤が外界から飛来したものであるという点では正鵠を得ているが、乗組員は地球の大気圏に入ると気圧が高いために死滅したというのはどうも不合理です。気圧が高いといっても火星の気圧の四倍程度ですし、第一地球に来るほどに進歩した生物が地球の大気圧がとれほどか知らず不注意に飛込んで死ぬなどとはおかしい。入るつもりでなかった大気圏に誤って飛込んだというのなら別ですが。

要するに彼等は地球の大気圏の外側まで来て詳細に地球を偵察し通信用金属板を落して引返す予定であったところ偵察隊の一部が誤って大気圏に突入し流星状になって地面に落下するか、あるいは落下する前に燃え尽きた——と、そう考えた方がいいでしょうな」

俺はこの夢のような話を虚心坦懐に信じる気持になっていた。ここではどんな突飛な話にも必ず実証がつきまとう。そして俺はそのような科学的方法を信頼するが故に疑を挟む余地がない。そのために以上の話の中に艇の主操たる俺にひどい不安を与える一事がある。

即ち——地球を偵察に訪れ大気中に入る予定でなかった円盤が大気中に飛込んだのは、火星人の円盤操縦者がどんな原因で過失を犯したのか？　己の身につまされてこんな事を真面目になって考えてみたが、結論として二つの理由が挙げられそうだ。その一つは勝手の違う地球重力の大きさに錯覚を起したということ。

火星の赤道重力は地球の三分の一強、彼等は強重力に備えての訓練が充分でなかった！　俺の場合は？　木星や土星を訪問せぬ限り差当って地球より重力の大きい惑星はない。月、火星、小遊星が今回の目標であるから、俺にはその心配はない。但し無重力場の訓練はいくらやってもやり過ぎることはない！

次の原因は地球に接近した時の速力の誤算である。あまり大速力で接近し過ぎた。速力計が故障したか、馴れぬ大重力の加速度を殺す操作に手ぬかりがあったか？本意なくも大気圏に飛込んだ。

俺はあとの原因に慄然とした。重力による加速度を殺す操作。これは大重力に住み馴れた俺達にはよもや間違いはあるまい。恐ろしいのは速力計の狂いと故障である！

主操縦士の大責任！　速力計には寸厘も狂いがあってはならない。マックアレーン氏よ、そしてラマン青年よ。君達の手際に全艇の生命が掛っている。俺が速度計に急に関心を持って詳しい研究を始めたのはこの自覚が動機となっていた。

このようにして俺がこの島に来てから殆んど一年に近い月日が流れた。宇宙艇は僅かな艤装部分を残して完成しスマートとは言い難い奇怪な巨体を工場の中央に横たえていた。

瀬木氏の畢生の研究に成る光学的触角装置と諸々の観測装置、マックアレーン氏の苦心の結晶たる電気的触角装置、宇宙塵自動回避装置、艇の行動の中枢である積算ベクトル速度計。タフナー氏が考慮した諸々の衛生保安設備、等々、凡てが完成して装着を終っていた。一方天文観測班では大気圏外の宇宙塵密度が精密に測定され、宇宙旅行は比較的安全に行い得るという結論になり、自動回避装置の能力から制限される最大速力なども算出された。

出発予定日より二週間前に万端の準備は悉く終り艇は巨大なカタパルトの上に静かに横わっていた。号砲一発、推薬が点火されるや一行を載せた宇宙艇は火箭《ひや》のように宇宙にとび立って行くのである。

首領はこの二週間に充分の休養をとり精神を落着けるように一同に要望した。俺とリ氏は調子を保持するため、軽い無重力室の訓練をかかさなかった。

大事の決行があと一週間に迫った午後、俺はドニャックに誘われるままに、車を湾頭に走らせた。本部より約十哩、心地よいドライヴを続け三十分の後俺達は北海の風すさぶ孤島の断崖に立ったのだ。すさまじい荒涼な眺めでも俺達が当分見ることの出来ぬ地球の眺めである。

風すさぶ北海の孤島は灰色の憂愁に閉されている。
これがこの物語の冒頭に述べられた状景なのである。

……………………………………………

沈黙が暫らく続いて塑像のように立ちつくしていたドニャックが急に青い眼をこちらに向けた。チャーミングな瞳の色であった。

「ミスター・シラネ、僕達には休養に与えられた期間があと一週間ある。その四五日を利用してこの島で行われた事を君の眼を通して記録にしてみてはどうかね。幸に僕の仕事に関する限りは折にふれて詳細なメモがとってあるから助けになるだろう。万一この挙が失敗して地球に帰れない場合には、四年間この島で何が行われたかを後継者に知らせるのに絶好の資料になるだろう、少くとも冒険の前半は成功したものとして一応は締めくくりをすべき時期だと思うんだが」

言われて俺はハタと膝を打った。

「そうだ。是非ともその必要がある。僕がここで過ごしたのは僅か一年だが、その一年に随分色々の事を見聞して視野が広くなったようだ。殊に君の話には大いに啓発されたと思っている。この期に及んで未練がましいことを言うようだが、僕はまだ祖国の連中が気掛りだ。君が日本について述べた感想と苦言は甚だ耳の痛い点が多いだけに良い薬になるはずだ。お恥かしい次第だが日本人には妙な癖があって自分の国の賢人達の忠告は当然受けつけないくせに、外国人殊に文化の高い貴国の人達の言葉なら文句なく耳をかすといった傾向があるから、僕はこの島で見聞したことを諷刺の形で書き表す際に、君の思想や言葉を引用して挿入したいと思うがいいだろうね」

「ああ、よろしいとも。僕の話でお役に立つならばね」

……………………………………………

この記録は以上のようなきっかけで綴られた。従って我々の宇宙旅行が万一失敗すればこの一篇はここまでで終るはずである。

後篇　宇宙旅行

一、出発

一週間は事もなく過ぎた。少くとも吾々ドニャックやリ氏のグループは準備万端成って静かな虚脱の一時であるべきだったが、俺はドニャックの奨めで、手をつけた記録をまとめるのに結構忙しかった。タフナー氏とマルティーニ氏は助手を督励して最後の点検に余念がなかった。宇宙旅行の予定を約三カ月と見積り、安全のため食糧と水は一カ月分を、動力は三カ月分を余分に搭載することになっていた。出発の五日前に乗組員の最後的決定が発表された。当初の員数より三名が追加されておりその中に瀬木竜介氏の名も見えた。

艇　長　　ヴェー・アイゼンドルフ
主　操　　白嶺恭二
副操兼航法通信　エドワード・リンキェヴィツ
物理観測　ピエール・ドニャック
　　　　　瀬木竜介
触角装備及　トマス・マックアレーン
速力計管理　モーハラ・ラマン
動力管理　ニコロ・マルティーニ
　　　　　ロープゴット・サリヴァン
衛生保安　ウィルヘルム・タフナー

右の他にタフナー氏が助手のウォーナー君の愛猫ルーシーを搭乗させる許可を首領から得たのはほほえましいことであった。無重力場の動物実験に愛嬌を見せたこの美しい白猫は吾々のマスコットとして宇宙の果まで同道し時には憂さ晴しに愉快なアクロバシーでも見せてくれるだろう。

意外なのは瀬木氏の参加であった。マックアレーン氏担当の部門は特に艇の保安の焦点である触角装置であるため、事の重大さを慮って光学的触角装置の完成責任者である瀬木氏を増強したものであろうか？　しかしあとで思い当ったのだが、これも伏せられた一つの秘密から由来した当然の結果であった。

瀬木氏の専門は光学装置であるが、普通の可視光を透視して見る平凡な望遠鏡でなく、放射線を結像せしめて観測する特殊望遠鏡であることは容易に想像される。ア博士がわざわざ直轄の情報部員を駆使して好ましからぬスパイグループに捕えられ日本から拉致されようとしていた瀬木氏を救出して自己のメンバーに加えたことから押して瀬木氏の持つ特殊な知識と能力が今回の宇宙飛行の目的に重大な関係があるように思えた。瀬木氏は首領への信義を重んじて俺にすら多くを語らなかったが、伏せられた謎の真相は必ずやこの一点に関係がある事を俺は疑わなかった。

いよいよ出発の当日となった。それは一九五×年、×月×日、我々一行十名の人間と一匹の家畜を載せた宇宙艇は人類最初にして、しかも最後になるかもしれぬ大壮挙の門出に就こうというのである。出発は夜半の二時四十分、と決っていた。同時刻の月齢は一四・五六で、満月に近い月が中天に掛っているはずである。

この孤島の位置は北緯五二度二二分、西径一七五度四〇分、アリューシャン群島の一列に含まれた離れ小島である。北極星の仰角が内地で見馴れたより随分と高い。カタパルトの仰角は更に高くて六五度、同時刻に略《ほぼ》カシオペア座のベータ星を照準するはずで、俺達は美しいWの形に神話の夢をたたえる王妃のもとへと一路駒を走らせるわけである。

この夜盛大な壮行会が催された。ア博士を指揮者とする乗組の一行一〇名と、基地を守る四十数名の一行、縁の下の力持ちとなって地道な仕事に万端の準備を整えてくれた人達、人種は雑多であるが思いは一つに宇宙艇の大探検に幸あれと祈る人達である。

居残り組の責任者としてパーキンズ氏が我々に激励の言葉を贈ったあと、ア博士の言葉はまたふるっていた。はしなくもこの壮挙の伏せられた目的の片鱗を示したと考えられた。一同の数年来の努力を刻明に指摘して感謝した後、さて、といって口調を革めて語り出した首領の一語一語は聴く者総ての神経の奥底まで響き亙った。

「さて、火星人、火星に生棲すると信じられる生物は地球移住を計画しています。否希望しているといった方がよい。火星も死滅に近づいてきた。金星はまだ天地開闢《かいびゃく》期にあると考えられ数億年もたたねば生物の住める世界になりますまい。すると、太陽系の中で当分住める惑星は吾々の居る地球だけということになりましょう。

その地球上のざまはどうじゃ。仲よく分けあえば土地の広さも食糧も、まだまだ充分なところを、余計な争いでいよいよ狭く住み難くしている。同じ地球に住む同胞にすら垣を設けて共存を拒否するほどに考えの遅れた輩の集りじゃ、火星人の移住など快く容れるわけはないでしょう。彼等の意志を無視して争えば恐らく地球人など蟻のように殲滅されるじゃろう。今日まで色々説をなす者もありましたが、当グループが最近入手した証拠により火星人は地球人より数百世紀早く進化していることが判っていますのじゃ。今日辛うじて原子力を利用する初歩にたどりついた人間共が、これをこの上もなく悪用しあながち威し文句ばかりともいえぬ聯鎖反応警戒の峻烈な警告をも無視して地球そのものを破局的危険に陥れようとしていますのじゃ、気狂い共には口で言うても駄目なのです。今の世界支配者共の頭には嘗てコペルニクスやガリレオを断罪した中世紀のわからずや共と同じ悪魔が巣喰っていますのじゃ。彼等が地球全体を失うほどの愚行を仕出かす前にのっぴきならぬ証拠をつきつけるのです。そしてのぼせ上った頭を冷やしてやるのです。

私には生物は何のために存在するのか、その倫理的なまたは哲学的な意味は判らぬ。しかし現に存在して生命を完うすべき本能という不可思議なものが与えられている以上まず生命を継続する方法を第一に考えその方向に努力するのは間違った行き方とは思えぬ。さればじゃ。太陽系にここ暫らくはただ一つの生存場である地球を滅ぼすとは以ての外。彼等とても若干は懸念しているのかもしれぬが、目先の争いに夢中になってまるで他人事じゃ。そういう私も聯鎖反応が今の地球のあるがままの状態で起るかどうかは断言出来ない。フェルミ博士の報告によればむしろ起るまいと考える方が正しい。が、科学の法則にもどこにどんな例外があろうかもしれぬ。原子爆発の原理は所定量の原子に聯鎖反応を起させることであり、この方法を多くの学者が苦労して発見した。ところがどんな拍子で逆に反応を止めるに苦労する事態が発生しようとも知れぬ。私が恐れますのはこれです。嘗て火を作ることに苦心した人間が今日は火を消し止めるに大童《おおわらわ》になる場合が多い。今人類は苦労して第二の火の作り方を発見したばかりじゃ。あたかも原始人が木と木の摩擦によって第一の火の作り方を見出したようにです。彼等には第二の火の真の威力がまだ判っていない。いや判っているつもりで本当は判っていない。木と木で火種を作ることに精魂をすりへらしていた原始人達にはベルリン、ロンドン、東京の焼跡を眼のあたり見せぬ限り彼等の発見した便利この上ない火がいかに恐るべきものであるかを納得させることは出来なかったじゃろう。そこでじゃ。現代の原人共には第二の火の恐るべき力の証拠を見せてやるのです。よろしいか。これこそ今回の宇宙旅行の第一の目的ですのじゃ。なるほど、学問も大切じゃ。月世界や火星の探検も面白かろう。だが吾々自身の住家と吾々自身を失ってしまって何の学問じゃ、そして探検じゃ」

問わず語りとはこの事であろう。ア博士の真意はこれではっきりと読めた。我々は恐るべき第二の火の威力の痕跡を摑みに行く！

「私達の旅行は長くはない。円滑にゆけば三カ月、長くとも六カ月以内に帰るわけですが、せめてその間は地球の無事を祈りますじゃ。帰ろうにも帰る処がないのじゃ困りますからのう。ハッハッハ……」

冗談笑いが却って凄味を喚る。一同寂として声がない。

この送別の宴に漲るものは別離の情でもなく愛惜の念でもなかった。人間としての感情を超越した異様な雰気であった。送られる者の眼、送る者の眼は感激にうるんでいるようであったが、その感激は普通の意味の感激ではなかった。

出発の時刻は刻々に迫った。宇宙艇は地下工場のカタパルトのレールの上に息を潜めた怪物のように横たわりカタパルトは水平に仰角を下げて我々の乗り込みをいまやおそしと待ちかまえている。所定時刻十分前。一行十名はタフナー氏のデザインになる宇宙旅行服に包まれて地下工場に降り立った。一同が円陣を作って別れを惜しむ。俺はその一人々々と握手を交わした。日の浅い俺には見知らぬ顔も混っていたが、凡そあらゆる人種を網羅したグループも所詮は地球の人間、そして俺も、――こんな感慨が一入《ひとしお》身に泌みたが、俺は真先に艇に入った。

操縦席は最先端にある。前方には窓代りのレーダーのスクリーンが設けられ、同時に光学的触角装置のスクリーンの役目もする。前方に光を出すもの、あるいは暗黒でも電磁波を反射する物体があればこのスクリーンに映るのだ。

俺は出発時のショックに備えるバンドにしっかり身体を縛った。操縦桿、レバー、自働操縦装置、凡て好調である。隣りにリ氏が乗りこんできてニッと笑った。彼は電信機を発動して調子をみている。一人また一人、艇体の後部側面の小さい入口から入って所定の席に着く。最後にア博士が満足の面もちで乗りこんできて俺の真後にある艇長席におさまった。右手に重そうな小袋を特に大切そうに下げており、審かる俺を揶揄《やゆ》するかのように眼顔で笑った。

「この企ての伏せられた秘密です。これはそれを入れる鉛の小函、どうじゃ。大いに好奇心をもつがよかろう」

ここにはしなくも秘密の片鱗が姿を現わしたのだ。鉛の小函、それは何物ぞ。

ジェットの発動と共に出る放射性排気を警戒して外の連中はゾロゾロと立ち去って物蔭にかくれる。この艇の特殊な横窓、それは内からは外が見えて、外からは内が見えない。両舷に三つずつ六個、上に前後二つの天窓で〆めて八個の窓。

「艇体密閉、空気ポンプ発動」とタフナー氏の声に続いて、

「動力準備よろしい」とマルティーニ氏。

俺は首をねじ曲げて、

「操縦者準備よろしい」との合図を送った。

「速度計発動」と重々しい艇長の指令。

この日のこの時刻、地球の公転と自転より算出したこの地点の太陽に対する相対速度を初期値、初期方向として積算ベクトル速度計の指針と目盛が調速され艇の神経中枢である速度計の時計装置が遂に発動した。これより三カ月乃至四カ月、暗黒の宇宙に我々を安全に導く唯一の指針である！　この瞬間、遂に宇宙への挑戦の幕は切って落されたのだ。

「速度計発動完了！」と明瞭なマックアレーン氏の報告に、艇長がリ氏に合図を送る。

「艇、出発準備完了」

勇気凛々としたリ氏の声を無線機が外部に連絡する。地下工場の屋根が天文台のドームのように左右に開いて燦然たる星座が天窓の視野に現れた。皓々たる月にカタパルトはしずしずと仰角をとり始め我々の身体は徐々に後方に傾いてゆく。仰角六七度、殆んど真上に向いているほどの傾斜感である。

テレビジョン・スクリーンに映った鮮やかな月とこれに隣り合ったカシオペアの美しいW型。

「出発十秒前！」とリ氏が外部からの連絡を伝える。

「メーンジェット全開！」

力強い声と共に首領の手が俺の肩をトンと軽く叩いた。

俺は生涯を通じてこの時ほど緊張したことはなかった。息も詰る思いで敢然とレバーを一杯引いた。

ゴーッ——耳を聾するばかりの轟音と同時にガタンと身体が潰れるほどの激しい慣性力が後向きの圧力となって加わった。カタパルトの推薬が爆発したのだ。

すさまじい旋風をまき起して艇は中天高く舞い上ったことだろうが俺は無我夢中で、テレビ・スクリーンに映るカシオペアと月の姿を金輪際逃さじと必死に操縦桿を握りしめていた。

やがて些か落ち付きを取り戻した俺の耳には艇内の模様が刻々と入り始めた。タービンブレードのかん高い響きがやけに神経をいらだたせ、早く大気圏を抜けてくれと願う気持で一杯になる。対地測距儀にしがみついているラマン青年には大サワリの時期で彼が刻々に報告する凛々しい声がヒステリックなタービンの金属音を押えてビンビンと拡声器から響く。

「三分。五六・五　キロメーター」

「三分三〇秒。七五・八　キロメーター」

「四分。一〇八・〇　キロメーター」

驚くべし。出発後四分にして俺は既にヘビサイドE層に達し速力は益々増大してゆく。

「四分三〇秒。一五〇・四　キロメーター」

四分より四分三〇秒までの平均秒速は一・六三キロ、即ち音速の五倍弱である。

「五分。二〇二・三　キロメーター」

遂にヘビサイドF層も越えた。この層を越すと既に艇は宇宙線に含まれた各種放射線を満身に浴び始めたはずである。速力が大きくなりジェットの能率が上ったので俺はレバーを四〇パーセントまで絞った。恐ろしい怪速だろうが外界に目標がないので速力の感じはない。ジェットより来る振動を巧みに防音したキャビンはまことに静かになった。

十分の後、艇は地上を離れること既に七五〇粁、速力は毎秒二・〇粁、即ち音速の約六倍となった。これは宇宙艇としては決して速い速力ではないが、我々は既に大気圏を通過して宇宙塵の乱れとぶ塵界へ突入しているのだ。安全のため宇宙塵回避に馴れるまではこれ以上速力をあげない。これが当初からの方針であった。テレビ・スクリーンをレーダーに切換えたとたん、

「アッ！　宇宙塵！　前方五〇〇粁！」と、リ氏の魂《たま》切《げ》るような声がした。

スクリーンの中央にポックリ浮んだ近距離映像の距離

目盛が刻々に減る。十秒後には四〇〇粁になった。相対速度毎秒一〇粁で相手は恐ろしい速さである。俺は夢中で舵を右にとる。ズズズズ……急に横向きに激しい加速度を受けると共に艇は進路を右に曲げ、トリマージェットの作用で頭を右に振る。宇宙塵の映像がグングンとスクリーン面を左に動き横にそれた。再びあて舵で目標をカシオペア座のベータ星に戻したとき、後方でタフナー氏がけたたましく叫んだ。

「大きな塊が左舷を通過しました。アッ！　火をふいた！　大流星です！」

俺は驚いてふりむくと、紫電一閃、光跡を曳いて地球の大気圏にとび込んだ大流星の条痕が後部の窓からチラリと眼に入った。

「ああ、危なかった」

俺は寿命が百年も縮った思いで大きな溜め息をついた。

「大丈夫だ、ミスター・シラネ」

と落付いた頼もしい艇長の声が耳朶にとびこんで来る。

「だいぶん胆を冷やしたらしいが、なかなか衝突などするものではない。仮にスクリーンの真正面に現われた宇宙塵でも艇の進路線とピッタリ一致したコースに乗らぬ限り決してぶつかりはしない。宇宙塵の飛来頻度は相当なものじゃろうが、こちらは全長四〇米、最大断面直径一〇米に足らぬ小さい物体だから相手がよほど大きくない限り簡単に衝突するものではない」

悠々とした艇長の声は俺の緊張をグッタリとほぐしてしまった。なるほど、スクリーンが障碍物の姿を捕えてもあわてることはない。十秒ほど注意して中心線からそれるなら敢て回避運動をとる必要はないことがわかった。

その後数分の間にスクリーンに三個の小天体が現われ何れもはるか前方で斜めにそれて行った。瀬木氏は宇宙塵との遭遇を雨霰れのように、と形容したが、なるほどこの広い宇宙のスケールからみれば確かに雨霰の頻繁さである。しかし衝突の危険ある進路内に来るものは案外少ないことがわかった。

宇宙塵は殆んど一分間隔位に現われ地球に向って消えていった。その大きさのまちまちさと驚くべき数は地上の天文学者が推定で示した夥しい数字をありありと実証するものであった。これが宇宙旅行第一歩の収穫であったといえよう。

艇の秒速は二・三粁で既に地表より一五〇〇粁余を離れなおも遠ざかりつつあった。ふと身体が恐ろしく軽くなったのに気が付いた。これを裏書きして艇長が指令した。

「唯今の重力加速度五六五糎秒秒、これより地球を一週する」

　重力加速度は地上の六割弱で身体が軽く感ずるのは当然である。

　俺はジワリと操縦桿を前に倒した。上部のサイドジェットが始動し艇の進路が変ると共に下部トリマージェットの作用で艇は徐々に機首を下げた。機首線が重力線とピッッタリ直交したところであて舵をとる、タービンジェットは全閉にする。

「よろしい。自動操縦装置かけ」と艇長の指令に応じて自操を発動した俺はやっと解放された気持になって操縦桿を離した。気がついてみると全身に過度の緊張から来る冷汗が流れ肩先から腕にかけてひどい疲労感があった。出発後僅か二〇分足らずに全身のエネルギーを使い果したかのような虚脱状態に陥っていた。

　今や艇は地表より一六〇〇粁の上空を地球面に沿って飛行していた。それは人工衛星が地球を公転する形そのものであろう。重力は正しく床と直角に働き地上に居るのと同じ感じでであるが、著しく身が軽い。

「ミスター・シラネ、バンドを外し給え。窓によってみよう」

　乗組員は一斉に席を立って前下方に向いた窓に集った。

二、地球見物

　おお！　見える、見える。下方に巨大な地球の姿が朦《もう》朧《ろう》と浮んでいる。地平線が著しい弧状を呈し、眼下には夜の太平洋を挟んで左の地平線近く北米大陸の西岸を、右には日本列島を前哨とするアジア大陸の東岸が浮き上って見えるのだ。

　何たる雄大な眺め！　何たる神秘な姿であろう。艇の床下の死角には恐らく誰も全貌を眺めた経験のない北極の海が横わっていることであろう。

「秒速三・三五粁、約四時間一〇分で、地球を一週することになります」

　リ氏は航法計算盤を睨んで報告した。

　一同は我を忘れて雄大な地球の夜景にみとれていた。あるいは遠くあるいは近く流星が赤や紫の閃光を曳いて大気の中に落ちこんでゆく。俺にはこの美しさを表現する適当な言葉が浮ばないが、この眺めこそ宇宙の詩であり画であるに違いない。心を奪われた時間は短かく感ずるものである。艇は地球上の方位でいうと東南に向って走っていた。

音もなく飛ぶこと十数分、と、左前方に当ってギラギラとした弧線が現われた。それは地平線であり昼夜の境界線であった。一度現われるとそれはグングンと光の帯巾を増してあたかも輝やくカーペットを繰り拡げるように押寄せて来るのだ。それは北米大陸から南米大陸にかけて地球を袈裟がけにした大胆な一線で、いかに豪放な画家でも躊躇せざるを得まい思いきったタッチであった。細い帯状の薄明部を境にして手前は紫紺色の闇――そして彼方は眼まぐるしい輝きである。

半月、そうだ。半月の弦をグッと引き寄せ大望遠鏡でのぞいたらきっとこんな姿に見えるだろう。

十数分を出ないうちに昼夜線は我々の眼下に来た。何たる早さよそれも道理で地球は西に回転し、我々は東寄りに快走しているからだ。今や眼下の地球は真下で真二つに割られ、西は仄暗く東はギラギラと明るいも真下には南北両大陸の脊椎をなす西岸の峨々たる大山脈の連なりが愛らしい立体地図模型の形に浮上り長い山影を西の洋に落している。

艇はどんどんと東南に飛んだ。今日の地球は行けども行けども晴れ渡り、海面と陸地を我々の眼から遮る雲らしいものが殆んど見当らなかった。この下に二〇億を越す生物がいる――自らを万物の霊長と自負する勝手気儘な動物がウヨウヨしている。ある者は飽食しある者は飢え、ある者は喜び、ある者は悲しみ、ある者は愛し合い、ある者は憎しみ合いながら――、馬鹿々々しいことだ！

艇は紺青色の大西洋上空を一気に渡りつつあった。人間の歴史に波瀾万丈を極めたヨーロッパ大陸も未開暗黒のアフリカ大陸も手にとるような左舷側下に横たわり、白皓々たる南極大陸が右舷の地平線に浮んでいる。

「どうじゃな。ミスター・シラネ。これが我々の住んでいた地球じゃ。そして住まねばならぬ地球じゃ。幸に今日の地球は快晴、ここ暫らくの見納めじゃからとくと眺めておくがよろしかろう。そして我々が目的を果して帰って来るまで、地上の馬鹿者共が住家を失うことのないように祈ろうではないか」

「祈る？」

「ワッハッハッハ――そう妙な顔をせんでもええ。君達若い科学者は例外なく無神論者じゃからそれもよろしかろう。見当違いの神を抱いて似而非《えせ》宗教にこるよりはずっとよろしい。しかしじゃ、我々の知っている限りの科学の力ではまだ何も出来はしない。地球上の科学の粋を集めたはずのこの宇宙艇でも三カ月もすればまたこの地球に舞い戻らねば他に行くところもないのじゃ。水を渡る術を知らなかった原人が丸木の舟を考え出してやっと湖水の深みに出ることを知った位のことを我々は今宇宙に対してやっているに過ぎん。要するに人間などは居ろうと居るまいと宇宙にとっては取るに足らぬことじゃろう。しかし人間である我々にとっては人間はなかなか大切なものなのじゃ。その人間達の中でも特に聴き分けのない頑固者達が身のほども弁えず、薄氷を渡るよりなお無謀な危険を仕出かそうとしていますのじゃ。祈るといっても神に祈るのじゃない。何とか馬鹿な真似をせずにおいてくれよ、と切なる私達の心の願い、それを己の心に抱きしめるのじゃ。これが祈りというもので、人間を救うのは要するに人間自身なのじゃ」

しかり！　ア博士の祈る神は宗教家のそれではない。元来弱い人間は己の力の限界を自覚したとき、己の心を救う一つの拠り処を求める。これが宗教だ。そして限度と将来性を見透したア博士こそ真の科学の達人であり同時に宗教の正しい指導者であろう。この時俺の胸にきた感懐は地球を離れようとして始めて知る科学者の佯《いつわ》らぬ気持ちであった。

出発後既に二時間を過ぎ出発点の対蹠点を通過した艇は後半のコースにかかった。平面に描かれた世界の地図が先入している我々には錯覚を起しそうな方角に艇は進んでゆく。東南と思っていたのがいつしか東北に変り艇はアフリカ大陸を斜めに横断して中央アジアの上空にかかっていた。そしてもう間もなく黄昏の線が彼方に見えようというのだ。昼夜の長さに対する感覚がまるで狂った感じであるがこれは当然であろう。抑々昼夜とは我々が地球の日当りの良い側に居るか蔭に入るかというとるに足らぬ現象を誇張して感覚した相違に過ぎない。一旦地球を離れてそのピラミッド形に尾を曳く本影の影響範囲を離脱した者の身には既に昼夜の区別はない。強いて言うなら宇宙艇の太陽に面した側面が昼で反対舷は夜である。そして我々乗組員は昼夜の壁の中間に居ることになる。

ウラルの山脈を斜めに横断し北氷洋に出る頃、地球は再び夜の帳に蔽われた。いよいよ地球におさらばする時になったのだ。

「上げ舵！　二分間増速」と艇長の坦々とした指令に

続いて、

「タービンをジェットに切り換えます」というマルティーニ氏の報告が耳に入った。

俺はグッと操縦桿を引き寄せると、タービンの高い回転音の代りにジェットの軽い爆発音が起った。いよいよ本格的な宇宙飛行が始ったのである。中天には満月に近い月が掛っていた。ピタリと機首を月に向ける。と同時にジェットのレバーの開度を僅かに増すと、ジェットの音がやや高くなり艇は徐々に速力を増した。二分の後には秒速三・五粁、即ち三十八万五千粁彼方の月まで約十一万秒、即ち約三〇時間余りで到達出来る。この間、艇を等速運動下に置くには地球から遠ざかるにつれジェットを絞り地球の引力と常に等しい推力を艇に与えねばならない。僅か三〇時間のことであるから俺はこの際、自動操縦装置に頼ることをやめ、自ら操縦桿を握り通し、先々の長い操縦の仕事に備えて鍛練を行う決心をした。月と地球を連ねる線の上は引力の干渉帯であるため、宇宙塵のまぎれこむチャンスも少く、快適な訓練コースと考えてよかった。

リ氏は地球の留守隊との無線連絡に大童であった。艇は今地球の本影の中にあるために電信感度は上々とのことであった。ヘビサイドF層の上部に浮んだ継信器、それは重力に抗して噴き続ける小型ジェット筒に吊り下げられたラヂオ大の小函に過ぎなかったが、以後少くとも五カ月は滞空して艇と地球とを無線的に結ぶ、唯一の仲継地の役目を果してくれるのだ。

三、月へ

時間がたつにつれて身体の軽くなるのが益々顕著に感ぜられた。月の姿が風船玉を膨ませるように徐々に大きくなってくる。近づけば物は大きくなるのは当り前の事だが相手は地球の三分の一もある巨大な球である。我々の経験とは桁外れのスケールの相手であってみれば同じ平凡な現象にも予期せぬ凄味があった。

単調なしかし緊張した数時間の間、俺は一度も後をふりむかず去りゆく地球の姿を見ることが出来なかった。不馴れからくる緊張の時間を制限する心やりから、艇長は操縦をリ氏と交代するように命じた。

勢こんで席を立とうとした俺は身体の軽さに思わず仰天し艇長の逞しい腕に押えられた。無重力場で充分訓練済みの俺が危うくルーシーの二の舞を演ずるところであった。

それもそのはず、既に地球を離れること五万粁で重力は地上の僅か一〇〇分の一、即ち地球上で七〇瓩《キログラム》あった俺の体重が僅かに七〇〇瓦《グラム》しかなく、近似的には無重力場に居るのと変りがないのだ。俺は念に念を入れてソロソロと交代する。これはまた何という奇妙な心持ちだろう。体重を実験服の作用で吊り下げられた実験室的無重力の感覚とはまるで違って、身体の凡ての部分から重さが抜けた浮揚感は、幼い頃によく見た飛行の夢の感じに似ていた。靴裏の磁石が床に吸いつき辛うじて姿勢を保ってくれる。他は屁っぴり腰でソロソロと後部の窓に寄っていった。

ああ！　そこに見た地球の姿！　数時間前、一六〇〇粁の上空から見た地球はまだしも身近かい存在で母なる大地という表現もまんざらでなかったが——この姿はどうだ！　それは既に一個の巨大な天体であった。視野の全部を占める円盤の化物であった。

艇はまだ地球の本影を離脱していないために太陽は地球の裏側に隠されており、周辺の大気層を通過する拡散光の作用で輪廓に沿って薄紫の光芒が縁どり、その姿はまるで光の環で縫取りをした巨大な手毬の形であった。読者諸氏が地球上で眺める月の視角は僅か三〇分、この時宇宙艇から見た地球の視角は将に十二度強、即ち二十四倍も大きい暗い月の姿である。このうすでかい月が眼前の虚空にただ一つポカッと浮いているその単純な景色は、単純に過ぎるが故におぞましくも妖しい眺めであった。

顧れば傍目もふらず操縦桿にしがみついているのはリンキェヴィツ氏ばかりで、他の連中は怪しげな腰つきで席を立ち窓際にと漂って来た。

——ホホウ！　大変な眺めですなあ！　——とルーシーを小脇に抱いたタフナー氏が頓狂な声をあげる。

とうとう地球を離れた——という感慨が初めて親身に滲み亘り、乗組員の誰も彼もがむやみに懐かしくなる。ツンととり澄まして些か好感を持てなかったマックアレーン氏の金縁眼鏡も今はたのもしい限り、マルティーニ氏の禿げ頭も嬉しい。ああ、人間とはいいものだ、人間の群を離れて初めて知る人間の味であった。思いは誰も同じとみえて、ドニャックと瀬木氏が間もなく始まる観測に備えて席にかえり複雑な観測装置のテストに掛った他は、呆然と窓際にかじりついて遠ざかりゆく地球を見送っていた。

それから更に数時間、解き放された一睡の夢をむさぼった俺は再びリ氏と交代した。背後の地球は早や半分に縮まり前方の月は気味悪いほど膨れ上っていた。月面の山脈や噴火口の数々さえ既にレーダーのスクリーンに視認出来るほどであった。地球を去ること十万粁、艇は既に行程の四分の一を飛翔している。

操縦桿を握りしめたまま夢現《ゆめうつつ》のうちに数時間が過ぎてゆく。空気循環ポンプの軽い響きにふと眠気に誘われる。もう俺は興奮していない。宇宙の中でも家庭のように振舞えるという自信が勃々《ぼつぼつ》として湧いてきた。

継信器は地球の自転を追って裏面に隠れたため、先刻から地球との連絡は途絶していたが、約十二時間の後再び通信可能となるはずである。

更に数時間、行程の半ば頃でリ氏と交代する。その時艇はやっと地球の本影を抜け出したらしく、サッと後方から明るみがさした。タフナー氏があわてて後部窓のシェードをおろした。地球の蔭から顔を出した太陽に備えて放射線を遮る特殊プラスチックの厚いシェードである。

地上では大気の拡散現象により太陽が出ると空全体が明るくなるが、宇宙では相も変らぬ漆黒の背景の中に黄金を冠った黒い地球と燦々とした恒星の群がギラギラと眩しい太陽と並んでその明るさと形を喪うことなく各々の光度を守って輝いている。

マックアレーン氏が忙がしげに無電機をいじり始め、タフナー氏が放射線変圧計の目盛を凝視する。

「相当の電波障碍があります。しかし送受信不可能の程度ではありません」

とマックアレーン氏の報告に次いで、

「放射線密度極めて大、しかし艇内まで透過するものは殆んどありません」とタフナー氏。

ア博士は満足そうに頷いた。我々が地上で計算し予想した諸点が着々と実証されてくるからである。

「やれやれ安心しましたよ」

タフナー氏は額に汗をしていた。放射線遮蔽には万々の自信があったが地上では絶対に経験出来ぬ太陽の生の直射を受けるまでは気がかりで痩せる思いであったそうだ。万一艇の外壁の遮蔽力が不充分な場合は全員が直ちに危険に頻し直ちに地球の本影に逃げ込まねばならない。そしてせっかくの宇宙旅行も一時挫折の形にならざるを得ない。最悪の場合を慮って数だけ準備された鉛張りの遮蔽服も決して長期の宇宙旅行には耐え得ないからである。

　俺はタフナー氏の放射線の観測状況を傍観していた。ヘリウム核のアルファ線、電子のベータ線、粒子と覚しい宇宙線等、我々が地上で知っていたあらゆる放射線の反応が放射線計に現われていたが、タフナー氏の注意の焦点はもっと他にある様子であった。

　放射線計のスイッチを放射圧計に切りかえると、目盛りは見る見る上昇した。

「ミスター・シラネ、このすさまじい放射圧と屈曲度をごらんなさい。放射圧計の取入口には強力な小型サイクロトロンが装備されていまして強電磁場を作っていますが、ごらんの通り屈曲しない成分に大きい放射圧のものがあるでしょう。これは明らかに中性子の一種です。太陽の内部では強烈な圧力と湿度のために、水素原子の重合が起りヘリウム核を構成するときの質量欠損によって強力な放射線が出ていることが知られていました。地球ではこの原理により水素爆弾を作るといって騒いでいるわけですが、この現象は確かに太陽内部では自然現象として起っているのです。彗星が太陽に接近したときこの放射圧によって星体が吹きとばされ尾となるという解釈が下されていますが、これも正しいことは近づいて確かめるべきでしょう。しかし残念ながら今度の旅行期間中に近日点を通過する目星しい彗星はありませんなあ」

　俺は太陽から中性の強力微粒子が雨霰のように飛来する実証をまざまざと見て慄然とした。幸福なる地球上の生物達よ。君達を取巻く厚い大気層はこの恐るべき粒子の透過を殆んど上空で喰い止め膨大な熱として吸収する。大気なかりせば、あるいは大気にこれを喰止める力なかりせば、君達はこの放射線の直射を受けて瞬時に死滅するのだ。それと知ってか知らずにか、君達は自らこの危険物を水素爆弾の形で地上に再現し自らを滅そうとしているのだ。この大馬鹿者め！

　水素爆弾――と俺が思わず呟やいたのを、ア博士は耳ざとくも聞き咎めた。

「そうだ。シラネ君。今こそ我々は地球の人類に原子爆弾の争いの愚を声を高くして言えるじゃろう。こんな問題は政治家共が聞き噛りの知識でいくら叫んでみても無駄じゃ。科学者が叫ばなくてはならぬ。そして科学者の大警告に耳を傾けぬならもはや人類の破滅じゃが、さてそんな程度の悪い人類なら破滅しても惜しくはあるまいて、ハッハハッハ――科学者が物を言うのは必ず実証を握ってからのことじゃからのう」

ドニャックと瀬木氏はそれぞれの立場にあって本腰を入れて太陽の観測を始めた。太陽ならいつでも観測出来ると思うのは素人考えである。

ドニャックの大実験――それはアインシュタイン氏によって誘導された重力場と磁場を統一した「綜合場」の理論数式の帰結を宇宙の各所で種々の条件のもとに確認してゆこうというのだ。地球と月を結ぶ直線の径路は、両天体の引力と磁気が合成された複雑な場を形成しており、特異な観測位置として甚だ重要な意味をもっている。

俺と艇長とルーシーの三者以外はそれぞれの配置で忙がしく働いている。マルティーニ氏と助手のサリヴァン氏は交代でメーンジェットの監視と調整を行い、タフナー氏は放射線の観測をラマン青年に譲り自分は専ら艇内の空気密度、酸素分圧、湿度、温度の調整に余念がなかった。

俺はリ氏と五時間交代に操縦を続け艇は快調に月に向って驀進して行った。地球を出て二十八時間、既に行程の八割を飛翔し月は巨大な円盤となって視野一杯に立ちはだかっていた。すさまじい光景であった。どぎつい反射光にギラギラ輝く月面は大望遠鏡で見た姿そのままで、切り立った山と薄黒いのっぺりした海底のところ構わず醜いアバタの形に散在する噴火口の群は虫酸の走るようないやらしい眺めであった。

「対地球距離三十四万二千粁、後十五分で無重力点に到達します」

電波測距儀を操作しながらラマン青年が緊張した声で報告する。

「よろしい。メーンジェット　ストップ！」

僅かに開いていたレバーを一杯に絞ると、ジェットはピタリと停止し、完全な静けさの中を艇は慣性でグングンと進む。しかし理論的にはなお僅かながらも逆に働く地球の重力で徐々に減速しているはずである。

「三十四万三千五百粁。無重力点まであと四五〇粁」

と再びラマン青年の声。

「ブレーキジェット発動！」

艇長の声にグッとレバーを逆に開く。とたんに強い反動が来て艇は減速し、身体が前につんのめると同時に速度計の目盛が急激に降り始めた。

「速力零点一分前」とラマン青年の声。

「バックジェット停止用意！」

そのまま秒一秒が流れて、

「止め！」と再びラマン青年の声に思いきってレバーを絞る。

地球を去ること約三十四万五千粁、月より手前約四万二千粁の空間に艇は月と地球に対して完全に停止したのである。そこでは地球の引力と月の引力が完全に打消して僅かな太陽引力は地球公転による遠心力と釣合い、理論的に所謂無重力空間を形成したわけで、相対性理論上では場の歪みが完全に消去された原始的静止の空間である。

ドニャックの顔は物凄い緊張をみせ、観測装置のハンドルを握る手は小きざみに震えていた。何を発見しようとするのか？　この一瞬こそ近代物理学の大根本である「場の理論」の正否を実験観測により確認する貴重な瞬間なのだ。我々は観測の終るまで片唾をのんで待った。長い三〇分間であった。やっと所定枚数の写真を撮り終えたドニャックの顔に生色が甦った。宇宙の空間の形態と本質を捉えた観測資料は完全にフィルムに納められたのだ。写真の現像が出来上って更に詳細な検討から割出される結果如何によっては、どのような恐ろしい宇宙の運命が予告されるかも知れないのである。

艇長は全員に持場を離れて中央のテーブルを囲むように提唱したので、一同は地球上での訓練よろしく、フワリフワリと幽霊のような足どりでテーブルに集った。

「ウアッハッハッハ――これは妙な気持ですな。困った事じゃ」

訓練が嫌いで一番怠けていたマルティーニ氏の腰つきは見られたざまでなかった。

「訓練は伊達じゃない。怠けるとあのざまです」

艇長はマルティーニ氏の屁っぴり腰をさんざんひやかした後一同に向って云った。

「さて、艇は快調、我々の旅行も無事に滑り出し、あと成功の目安もついたというもの、滑り出しの成功を祝ってささやかな会食を行います」

憶えば出発以来既に三十時間余り、その間誰も食事を採っておらず気がついてみると腹が空っぽになっている。

ラマン青年とサリヴァン君が怪しげな足つきで配食の役目を果した。缶詰の肉とビスケットという簡単な食事である。それもそのはず磁石でテーブルに吸いついている食器類はともかく、せっかくの御馳走でもうっかり手を触れようものなら、フラフラと空中にとび出して戻って来ないのであるから複雑は極力避けねばならない。

乾杯ということになってシャンパンの口を割ったのは

よかったが「さて、困った」とラマン青年。

酒をどうして瓶から取り出すのだ。逆さにしても出てこない。

「ハッハッハ、これは困った、うっかりしていましたわい」とタフナー氏。

タフナー氏は水を飲む場合のために客人専用の大型水筒を準備し管で吸いこむことになっていたが、出発間際にパーキンズ氏から贈られた乾杯用の酒瓶は深く考えずそのままつみこんだのである。

「仕方がない。各人たらい廻しにストローで吸いこむのですな」

このようにしていとも行儀の悪い会食が始まった。読者の皆さん。この珍妙な光景を想像出来ますか？　艇は無重力空間に完全に静止している。眼近かに巨大な月、反対側に地球、そしてはるか暗黒の彼方には焦熱の太陽が君臨する。他はすべて真の闇、そして絶対零度に冷えきった死の空間の中にポッカリと浮んだ艇の中では一〇人の男と一匹の猫がいる。男どもは酒瓶片手にストローでこれを吸いこみビスケットを喰う。

「物を食う感じは重力がなくても変りませんなあ。私はまた、なかなか胃の腑に落ちないのじゃないかと気遣っていましたが、ハッハッハッハ」

愉快そうにマルティーニ氏が哄笑した。胃の腑に落ちぬという洒落が御自身で甚だ気に入った様子である。

俺はちょっと悪戯気を起し、一度口に含んだ酒をストローに逆行させた。ストローの先に押し出された酒は無論下には落ちない。シャボン玉のように丸い玉となってストローの先に成長する。中実の詰った正真正銘の酒の玉である。結構大きくなったところで軽くストローをはずすと、酒の玉は俺の眼前二尺の空間にポッカリと浮んだ。それは宇宙に浮んだ地球の姿そのものであった。

「おお、こりゃ面白い」

悪戯好きのタフナー氏が早速真似をする。無重力の空間に放置された液体はまず自己の分子凝集力によって塊となり四散することはない。その形状は同体積で表面張力のエネルギーが最小となる形、即ち表面積が最小である球状となる。敢て液体といわず流体はすべてこの法則に則る。天体が総て球状をなしているのはこのためと解釈されてきたが、全宇宙を貫く一つの普遍的原理である最小作用の原理の顕著な実例を見たのである。

俺はその酒玉を軽く斜上方に吹き上げた。それはユラユラと風力によって動き出し天井むけて昇る。そのときタフナー氏の膝にもの欲しそうに蹲っていたルーシーがニャオと一声、酒玉を追ってとび出した。畜生の浅ましさ、二の舞三の舞を演ずる。ルーシーはクルクル自転しながら床に吸いつけられて眼を廻した。強磁性体のジャケツが床の磁石に吸いついたのだ。

一同の注視の裡に酒の玉はペタリと天井にくっついてしまった。

「ワッハッハッハ」

タフナー氏がまず笑い出し一同がこれに釣られた。これは酒の分子の自己凝集力よりも酒と天井との附着力の方が大きいからだ。液体に触れて濡れるか濡れぬかの相違は、凝集力と附着力の大小による。大抵の液体は附着力が大きいから濡れるが、水銀は自己凝集力が非常に大きいため、物を濡らさない。

愉快な食事をすませた我々は二人ずつの不寝番をきめて休養をとることになった。月が動くにつれて艇は少しずつ無重力点を外れてゆくはずで、このために月か地球のどちらかに向けて僅かな運動が起るだろう。多分十時間やそこら放置しても大事には至るまいが万全を期して速度計を監視する意味の不寝番である。十時間の後、一同は一斉に覚めた。これより約十二時間、月の見物とも う一つ甚だ重要な実験が行われるのである。

俺は操縦席におさまって再び艇を発動した。メーンジェットは極微速に留める。やがては月の引力圏に入るのでジェットを大きく噴かすことは不要であるし、不馴れな天体に近づくときに、過大速力に陥ることは危険である。徐々に加速しても積算される効果は大きい。約一時間の後艇は再び秒速二粁に達してジェットを完全に絞りあとは月への自由落下に委せた。それから二時間、月は眼前に迫り全視界を掩い艇はその面に向けて真逆様に突込んでゆくのだ。ラマン青年が電波測距儀で刻々に距離を報告する。

「唯今二万粁!」

ああ、このままで突込めばあと一時間足らずで月に激突するのだ。月の山がグングンと大きくなる。艇長は、黙して未だ指令を出さない。月の重力で加速され既に秒速二・三粁になっている。

「七〇〇〇粁!」

「サイドジェット開始! 開度三!」

待ちかねた艇長の指令に俺はぐっと引き開けたい衝動を無理におさえて徐々に操縦桿を引きつける。サイドジエットが作動して艇は極めてゆるゆると回頭を始めた。大きな弧線を画いて月面に近づいているのだ。

「五〇〇粁！」とラマン青年が叫んだとき回頭角度はやっと四十五度、月面の峨々たる山の連峯がもう間近に見えるのだ。俺は冷汗をたらたらと流した。しかし艇長は些かもあわてない。この計算で充分なのだ。艇はジリジリと回頭を続けて約十分の後やっと月の面に対して水平飛行の姿勢になった。

「三〇〇粁」という報告。

速力計は秒速二・七粁を指しており、我々は三〇〇〇粁の上空からこの速さで月を一週するのだ。全行程約三万粁、僅か三時間弱で一週する。

月の表面は実に奇異な眺めである。海の痕跡はあるが水は無い。山はすばらしく高いと思われるがその色合いより完全な裸の岩で植物類は生育していないらしい。水も空気もないと考えられる世界であるから当然のことであろう。

空気は本当に無いのか？

この根本的疑問は精密外気圧計を覗いていたタフナー氏の報告により解明された。月の上空三〇〇〇粁にも僅かに気体の分子が存在し外気は極微圧を有することが判った。艇長の指示で外気吸入弁が開かれ絶対真空容器中に薄い外気が捕捉された。ラマン青年が直ちに分析に掛り僅か五分間でその正体を摑んだ。予期の通り水素が大部分を占め少量の窒素と微量の酸素とヘリウムが検出された。この組成は地球の高層大気と殆ど同じである。憶うに月の引力は地球の八十分の一に過ぎぬため、大気は表面近く密集することなく、高い上空に拡散して極めて稀薄な大気層を作っているのである。

艇ほどんどんと月を廻り進み、既に昼夜線を越えた。未だ嘗て地球に向けたことのない月の裏面――地球上からは永久に見ることが出来ぬ宿命にある待望の月の裏面――、生憎それは夜の半面であったが、朧気《おぼろげ》にその凹凸の模様を認めることが出来た。しかし表面と裏面がひどく相違する理由はなく相も変らぬ峨々たる山と海の跡、無数の火口跡、マックアレーン氏によって多数のレーダー写真が次々に撮影された。艇が無事に地球に帰還し次第この写真は一般に公表され千古の秘密も万人の眼前に曝露されるだろうが、この謎は素人を喜ばす開扉の興味に過ぎない。月に関する真に恐ろしい疑問は噴火口の成因である。これはやがて地球の至るべき末路の標本でもあるからだ。あれは火口でなく隕石落下孔であるという説もある。コペルニクス山及びその附近の大火口を望鏡レンズでフィルムに納め得たので、この写真で拡大された火口壁の形状を綿密に研究することによりその確答が得られるだろうが、これも地球に帰還後の仕事である。

待つほどもなく一時間は過ぎ、艇は再び月の昼夜線を越えて昼の側に現われた。さて、これから本宇宙飛行の最大目的の一つである待望の大観測が行われるのだ。ドニャック氏は装置の最後の点検に大童であった。艇長の命一下、俺は再びジェットのレバーを開き艇は月をあとにした。

四、大観測

ドニャック氏の大観測とはいうまでもない。アインシュタイン効果の確認とコロナ観測である。アインシュタイン効果の確認には太陽附近の微光星の位置を正確に観測するのであるが、普段は大気拡散の影響でその微光星を視認したり撮影することは出来ないので太陽光がきっかり遮られる皆既日蝕という千歳一遇の機会を逐うより手のないのが地球上観測の宿命である。我々は今や大気の無い宇宙に出ているので太陽周辺の微星もその存在を妨げられていない。即ち任意の位置でアインシュタイン効果の観測が出来るのである。

艇は速力をあげてグングン月を離れた。高速試験を兼ねて遂に艇は秒速三十二粁まで増速された。宇宙塵回避に粗漏のないよう既に自動操縦装置が発動され俺は却って手持無沙汰となった。行くこと約五時間、月より五十万粁、地球より約六十万粁の位置でア博士は再び停止を命じた。艇は約九十度回頭し側面を太陽に向けた。

そのとき我々の眼前に展開された奇観——それは地上の人間の観窺を許さぬ神秘のパノラマであった。右に、我々の同族の住む地球——それは地球上で見る月の凡そ二倍以上の巨大な円盤で太陽に面した半面が赤々と輝やく。その毒々しさ、まがまがしさ、悪魔の化身さながらのどす赤い半月形が闇黒の背景に浮彫りになる。その左手に深く黄色い大熱光を湛えた太陽、それは煮えかえる溶鉱炉の中心にも似て眼も眩むばかりにどぎつい輝やきである。その更に左手にこれはまた愛らしくも小さい月、地球でみる月の僅か半分の月が右半面を青白く輝やかせてつつましく控えている。その姿は太陽を親と仰ぎこれを左右からさし挟む大供と子供、恒星の宝石をちりばめたぬば玉の背景に華やかな一幅の絵幅を作る。

「この位置から見て太陽の周辺すれすれにあるのは乙女座のスピーカです」と、リ氏が教えてくれた。光輝あるアインシュタイン効果の確認に、かのロマンチックな乙女座の一等星が利用されようとは！

光の粒子は太陽周辺をすれすれに通るときその強大な引力によって進路が曲げられる。従って太陽周辺で見透した恒星の視認位置は正しい星図上の位置より若干変位しているはずである。この僅かな変位量を実測してアインシュタイン効果の有無及び理論で与えられた数式の可否を実証するのである。一九一九年、英国の皆既蝕観測隊が肯定的資料を把握して以来アインシュタインの名声は頓《とみ》に揚ったがこの観測にはあまりにも稀有の機会を必要とし、かつ極微量を観測する大困難事であるため、それ以来あまり思わしい資料が得られていない。

厚いフィルターをかけて念入りな写真が何枚も撮影された。写真の分析にはドニャック氏独特の甚だ迅速巧妙な方法が考案されており、従来までは優に一年を要した観測結果整理を僅か二時間で行うことが出来た。その結果、四次元時空に準拠した重力方程式によって与えられる空間歪の理論は見事に観測値と一致することが確認されたのである。この旨は早速地球宛に連絡され、パーキンズ氏よりは「了解」の応答があった。リ氏の話によると予期の通り太陽の輻射妨碍が甚だしく無線連絡は非常に困難な様子であった。ところが我々がまだ地球上にいた頃、火星から明瞭な電波を受信したことがあった。これは火星の発信器の桁外れな優秀さを意味するものでそこには一体どんな高等動物が生棲しているのであろうか？　我々の次の目標は無論火星であるべきだ。

ア博士の眼が例になくキラリと光って、

「火星へ出発！」

という緊張した声が響きわたった。

再びレバーが開かれる。

「自操発動！　ジェット全開！」

アッ！　俺は仰天して艇長をふり返った。無重力空間でジェット全開とは何事だ！　このジェットの全開度は極めて高くそんなことをすれば、艇は忽ち危険な高速に達し燃料をひどく消費するはずである。

「ジェット全開！」

ためらう俺を叱咤するような艇長の再度の命令に躊躇は無用と、敢然レバーを一杯に引く。轟然たる爆音がまき起り耳が破れるほど痛い。

「ミスター瀬木。観測用意！」

そのときまで観測機をいじくり廻していた瀬木氏の無表情な面が急に紅潮して華奢な身体にもはち切れそうな闘志が漲ったかと見えた。速力計の指度がグングンと上る。十粁、二十粁、三十粁――五十粁、六十粁、一〇〇粁。僅か二分間足らずの時間の長い事、長い事。艇長と瀬木氏以外は激しい爆音に耐えきれず耳を覆って頭を伏せてしまった。全開のレバーを右手に握りしめて気もそぞろ遠くなりかけたときに、

「ジェット停めっ！」

と破鐘のような艇長の声を耳にして、泡を喰ってレバーを一杯絞った。かき消すように爆音が消えてジーンと耳鳴りが残る。速度指度はまさに二〇〇粁、ああ！　艇は遂に許容最大の超速力でつっ走っているのだ。

俺はレーダーのスクリーンを睨みながら身もすくむ思いであった。速力は既にこの自動操縦装置でぎりぎり一杯辛うじて宇宙塵を回避し得る限度に達している。スクリーンに閃光のように次々と現われる宇宙塵を艇は瞬間的にきわどく身をかわしてすりぬけてゆく。ああそのスリルよ！　俺の臍は宇宙塵が一つまた一つスクリーンに現われる毎に一喜また一憂、絶望の冷却と安堵の弛緩とを反覆して、くたくたと萎え潰れる思いであった。

この間、瀬木氏の必死の観測が続いた。命を刻む思いの五分間が過ぎ、やっと観測を終った瀬木氏がちょっと右手を上げて合図をした。

「バックジェット発動！」

と落ちつき払った艇長の声に救われた思いでレバーをグンと倒すと再び爆音がまき起り、ひどいつんのめりのまま艇はみるみる減速した。ほどなくバックジェットの停止命令が来て艇は秒速一〇〇粁の巡航状態に入った。

爆音が止って一同は救われた気持で互に顔を見合わせたが期せずして、何のための気狂い沙汰？　という疑問の色が皆の面々に浮んだ。マックアレーン氏の眼元には明らかに艇長の無謀を審かり詰《なじ》る色があった。僅か五分間とはいえ許容最大速力までスピードアップするとは、あまりにも思いきった冒険である。

「皆さん。さぞ驚かれたじゃろう。私もこの実験を一番恐れておった。だが無事に済んで何よりじゃった」

さすがの艇長も額の汗を拭いながらほっとしたという顔付きであった。

「これは相当危険な実験なので皆さん方の反対を懼れる――というよりじゃ、皆さん方に危惧の念を起させる

ことを心配して私と瀬木の間に黙契として伏せておいたわけです。短時間とはいえ艇を危険な状態に置いたことは甚だ心苦しいが、何分この実験は今回の企ての最も大切な目的の一つで儂が出発間際になって無理に瀬木氏の搭乗を要請した理由はこのためなのです。ドニャック博士にははやその意味がおわかりじゃろう。この目的がおわかりなら私の無謀も納得して戴けようと思うのじゃが。何分身命を賭してもやってみる値打のある実験じゃで」

ドニャックは大きく頷いた。

「ご存じの通り一般相対性理論が最後に提示した結論はルメートル氏やドジッター氏の所謂宇宙膨脹の理論じゃ。その観側的根拠は恒星や星雲のスペクトラムが赤色偏倚を示していることで、原因はそうした恒星や星雲が地球から刻々遠ざかっているためのドップラー効果だと解釈されていましたのう。実測によると距離の遠い星雲ほど後退速度が大きい、しかも両者の間には美しい直線比例的な関係がある――この現象に理論的基礎を与えたのが膨張宇宙の理論であることは方々もよくご存じの通りじゃ。ところでこの理論が正しいかどうかを確認すること――即ち赤色偏倚が果して後退によるドップラー効果であるかどうかということを確認するためには地球上の観測だけでは決して満足ではない。これが従来までいろいろと議論の出た点で膨脹宇宙論の弱点でもあったわけです。ところで瀬木氏の観測中本艇は二〇〇粁の高速で走った。それでじゃ、仮にドップラー効果が実在するものとすればじゃ、地球に対し二〇〇粁の後退速力を示していた星を観測すれば本艇に対するドップラー効果は消失し正常なスペクトラムを示すはず。二〇〇粁より大きい後退速力の星でもそれだけドップラー効果が減少し、後退速力の小さいものでは逆にスペクトラムの青色偏倚が起るじゃろう。瀬木氏はあの危険にして貴重な五分間に、地球上の観測で後退速力が比較的正確に知られている星雲のスペクトル写真を撮影されたのじゃ。この結果は膨脹宇宙論の死活の鍵となるわけで延いては宇宙に関する哲学上の諸問題の根底にも大きな転機を与え得るものです」

読者諸賢よ！　今ア博士によって語られた話は通俗的にもよく話題に上る著名な事柄ではあるが真底は甚だ高度な難問である。二十世紀の人類の心に暗い影を落して蟠っている最も不可解な宇宙の構造と正体に関する根本問題である。話もここに至っては科学と哲学のけじめがつかないが、何れにせよある仮説、ある理論は実験と実測によって験証されなくては科学的根拠の上に立つ確実な知識にならない。だが期待して待たれよ。世紀の大問題にイエスかノーかの裁断を下す鍵は瀬木氏の撮影した貴重なスペクトル写真の中に秘められているのだ。これこそ正に世紀の大実験であり大観測である。

五、大珍事

艇は相変らず秒速一〇〇粁の怪速飛翔を続けていた。このままでゆけば火星まで二〇八時間、即ち八日と十六時間で到着するはずである。

艇は一路火星へと驀進して行った。後方の地球は著しく小さくなり、やがてそれは一個の星の形に縮小することだろうが、そもそも今見る地球の毒々しい赤さはどうだ。

火星は赤い星である。木星は白々と輝やく。同じ太陽の光を反射してどうしてこんなに色が違うのか？　我々はこれを遊星を覆う大気層の有無あるいは濃薄によるものと解釈してきた。太陽光が遊星の表面で反射し戻るまでに大気層を往復二度透過するがその際波長の短かい青色光は大気の微粒子のために拡散吸収され易く波長の長い赤色光は透過力が大きい。かつ拡散吸収の度合いは大気の密度が大きいほど著しい。この拡散理論は英国の古典物理学者レーリー卿によって唱えられたのであるが、理論をいみじくも裏書きしてここで眺めた地球の赤さよ！　それはあたかも熟れ落ちんとするオレンヂが虚空に浮んだ姿である。

不気味な時間が過ぎていった。地球が目に見えて縮まって行くのが言いようもなく心細く、太陽の輝きすら幾分は褪せて行く感じである。火星にピッタリと進路を狙い定め自操に万事を委ねた俺は些か退屈を覚えた。宇宙の神秘の姿も見馴れるとあまりにも単調である。

リ氏は対地球通信に専念していた。太陽を遠ざかるにつれ、次第に雑音度が低下し有効感度は良好になった由、今は地球と結ぶ唯一のよすがとしてこの無心の電信機にづきづきと愛着を覚える気持であった。

そのまま懶い何時間かが流れた。昼夜の区別のない宇宙の空間では時間への関心が意識の裏に薄れて、時の経過に勘が働かないままに思わぬ時を過ごしていた。火星までの行程の約三分の一即ち三十五時間ばかりたった頃である。俺は一睡の夢から覚めた直後であったが、相変らず神妙な表情で対地球通信を行っていたリ氏の顔面が突然驚愕に歪んで大事のあるを予感させた。

「何事?」と身を乗り出した艇長の鋭い質問の声にスッと睡気がひいた。

「首領! 地球では遂に米ソの国交が断絶した模様です。まだ原子戦に入らず両者は対峙したまま沈黙を守っているが、大衝突は既に時間の問題で、ソ軍は特に水素爆弾を使用する気配が濃厚らしいです」

「ウーム! それは基地の情報部員が探知した事柄なのかな?」

「そうらしいです」

「よろしい! それではいよいよ」

艇長はリ氏に受信をマックアレーン氏と交代するよう命じ、他は全員テーブルの廻りに集合するように指示した。

この企てには首領の胸に秘められたままの秘密があったことは周知の事実であったが、その一端がこの時はしなくも甚だ劇的な発展で暴露され、平穏なるべきこの旅程に予期せぬ大珍事が突発したのである。ア博士の沈着な処置とマルティーニ氏の力闘がなければ我々は艇と共に宇宙の果に永久にとり残されて、破滅するの憂目を見るところであった。思うさえ戦慄の極みである。

僅かに靴裏の磁石で床に足を根差した不安定な身体を大儀らしく操ってマックアレーン氏を除く全員がテーブルを囲んだとき、艇長は一同を一わたり見渡してから、ちょっと不気味なふくみ笑いを洩らした。

「我々の中にスパイがいる!」

低い声ではあったが力のこもった響きは一同の背すじを貫いた。同志ばかりが地球を遠く離れて隔離された狭い空間の中ではスパイという意外な言葉が意味をなさぬままに尚更凄味があった。

「そのスパイは――」

ア博士の指が徐ろに動いて誰かを指向しようとする。指先はゆるりと弧を描いてピタリと一点に止った。

「君だっ!」

ああ、指先はまぎれもなくリンキェヴィッツ氏を指しているのだ。何たる意外! だが、リ氏の顔はみるみる蒼白な痙攣にひきゆがんだ。俺は眩暈《めまい》のする顔を強いて立てなおした。

「儂はこの挙を極力秘密にしてきたつもりじゃ。そして秘密は保たれた。見事に保たれたと思っておった。だがそうではなかったのです。我々のグループにはスパイがいました。自分では大した知慧も分別もないくせに、他人事となるとむきになって詮索したがる癖の悪い奴ばらのもとから派遣された巧妙なスパイが混っておりましたのじゃ。リンキェヴィッ氏よ！　貴殿は既に地上にいる頃から我々の行動の遂一を貴殿の属するグループに秘密通報しておられた。艇に乗組んでからは対地球通信に託して宇宙旅行の模様を密告しておられたのう。パーキンズ氏宛に発した通信文の中に貴殿はそのグループに傍受せしめるべき暗号をとりまぜ見事に秘密連絡をとっておられた。どうじゃ、間違いなかろう？」

ア博士の一喝を喰ったリンキェヴィッ氏は哀れにも紙のように白ちゃけてガチガチと歯をかみ鳴らした。この緊迫した中にあってドニャック氏だけは一同を尻目に平然とかまえているのを俺はチグハグな気持で眺めていた。珍事はこの一瞬後に起ったのである。

リンキェヴィッ氏は絶望的な溜め息をついたかとみるまに、素早くポケットから短銃をとり出して、サッと己の額にあてようとした――そのとき、

テーブル越しに游ぐような形でとびついたア博士の手が一瞬早く辛じて銃先をリ氏の額から払い除けたが、同時に轟然と銃声が起り外れた弾丸は艇尾にとんだ。

カチン！　と金属音がして艇に異様なショックが起り、軽い爆音が起ったかと思うと俺の身体は不思議な力を感じて艇の前部にひきつけられた。否、押しやられたのか？　アララ！　不思議、それは俺だけではなかった。艇の中心部にあったテーブルを境目にして前部寄りにいた俺とドニャックと艇長は艇首へ向けて押しつけられ、反対側の連中は一斉に尾部へと流れて行く。あたかも艇の重心部に忽然と圧力が湧き上りもくもくと成長するかのようであった。

何とした事だ？　暫くは何が起ったか想像もつかなかったが、チラリと窓から見た外界の光景で万事が明瞭になった。艇は垂直軸の廻りに左から右に自転を始めたのだ。太陽の姿、星の姿が走馬燈《そうまとう》のように窓外を右から左に動く。我々の身体はその遠心力で艇の中心から遠ざかるように押しやられるのである。

「そとを見るな！　眼が廻るぞ！」

艇長とタフナー氏が殆んど同時に叫んだ。

「大変だ！　右舷のトリマージェットが猛烈に噴いています！」

と恐怖に上ずってサリヴァン氏が叫んだ。

しかり。リ氏の放った流れ弾が右舷のトリマージェットの非常弁に命中し自然噴射を始めたのである。自転速力は刻々に増す模様で遠心力が次第に強くなるのを感じる。艇は今火星に向って秒速一〇〇粁の怪速で飛びながら竹とんぼのようにクルクル廻っているのだ。

こうなると電探も自操も作動しない。危い哉。艇は石ころのように運動の自由を失い、いつ宇宙塵と衝突するかもしれない。俺は、もう駄目だ、と観念の眼を閉じた。そのとき艇長の落着いた声がビリビリと響いた。

「マルティーニ氏。左舷トリマージェット、応急噴射！」

おお！　そうだ。右舷が不時噴射したのだから左舷も噴射して釣合わせる――こんな簡単なことがどうして俺の頭に来なかったのだろう。

しかしこの名案も言うべくして実行には甚だ困難が伴った。マルティーニ氏は蛙を圧し潰した形で尾部にのびていたが、艇長の声に必死の気魄が張ったかに見えた。応急噴射弁は艇の中央、彼の常席の壁にある。マルティーニ氏はウンウン唸りながら手掛りの悪い床に爪を立てギリギリと中心に逼い寄ろうとしていた。強い遠心力に抗して力闘する氏の美事に禿げ上った頭は、うで蛸のように上気して額にモクモクと蚯蚓《みみず》腫れが浮んでいる。

「頑張れ！　早く！」

鋭い艇長の叱咤の声には今は悲痛な焦りの響きがあった。時を失って遂に遠心力が人力の限度を越したら？　こう思ったとき一刻も猶予ならじと俺も床にはいつくばり手掛りを求めながら中心に逼い寄っていった。それは想像以上に困難なことであった。

だが我々の渾身の力闘が勝った。俺が汗だくになってやっとテーブルの脚にとりついたとき、マルティーニ氏の指先が左舷トリマージェットの応急噴射ハンドルに届いて左舷のジェットが噴き出した。しかしこれで問題が解決したわけでない。左右が釣合って回転速度の増加はともかく停止したがなお等速回転が続いている。何等か手を打たぬ限りこの竹とんぼの姿が永久に続くのである。

右舷のジェットを停めればよいが、リ氏の一弾は応急噴射ハンドルを撃ち砕いていたために停止操作がとれないのだ。艇は遂に操縦不能に陥った。このままでは宇宙塵に衝突するか、さもなくばあと一〇〇時間余で火星に激突する！　絶望の感がヒシヒシと胸に迫る。

だがそのとき再び力強い艇長の命令がとんだ。

「全員左舷一杯に寄れ」

咄嗟の場合とてその意味は判らないが、一同は考える暇もなくピッタリ左舷一杯に身を寄せた。

「唯今よりメーンジェット全開にする」

艇の前部で身をよじらせたア博士は操縦席のレバーをグッと引いた。忽ち起る激しい爆音。艇長は遂に気でも狂ったのか。何をしようというのだ？

だが――次の瞬間から僅かながら遠心力が減ってくるようであった。回転が遅くなる。ああ助かる！　僅か数分の間に艇の回転速力は著しく鈍り窓外を走る太陽や星の運動が次第に緩やかになってきた。

「動かずに、じっとして！」

と艇長が大声で注意をする。このとき俺にもはっきりと理由がのみこめた。

八名の乗組員が一斉に左舷一杯に寄ると艇全体の重心は僅かながらでも中心線より左に寄る。従ってメーンジェットの推力は移動した重心に対してモーメントを生じ、それは現在起っている回転を殺す方向に作用するのだ。何という機転であろう！　理窟は何でもない易しいことだがあの緊急顚沛《てんぱい》のさ中に咄嗟に思いつき、敢然と行うとは当意即妙の極致というべく、かつこの場合、この方法こそ唯一無二の危機脱出方法であった。

外界の動きがピッタリ停った瞬間にア博士はメーンジェットをピタリと全閉した。左右のトリマージェットは相変らず軽い爆音を立てていた。小規模な補助ジェットではあるが一度故障するとこのように致命的大事を惹き起すジェットである。

「大至急、トリマージェット修理！」

という艇長の声に応じてマルティーニ氏とサリヴァン氏が忙がしく働きだした。砕かれた右舷の応急操作弁の附根をプライヤーで挟み噴射を停めると同時に、左舷も停止してやっと危地を脱したのである。

マルティーニ氏は懸命であった。幸に搭載していた予備品で右舷トリマージェットの基部を交換した。その所要時間三十分、思えば貴重な時間であった。甦ったように元気になった一同は再びテーブルに集った。ピストルをとり上げられたリ氏は白紙のようにふるえて艇長の前にうなだれた。

「ウアッハッハッハッハ……随分と肝を冷やしたが大した茶番劇でしたのう。リンキェヴィッ氏」

豪放な艇長の笑い声にアッと驚いてリ氏が顔をあげる。

「儂は貴下が私共の計画を探るために入社した第五列であることは無論始めっから存じておった。だが貴下の乗組員としての才能は得難いものじゃによって儂は貴下のスパイ行為を逆用することを思いつき、この瞬間まで貴下を利用してきたともいえる」

今度は俺達の驚く番であった。

「貴下は独力で二つのグループの間諜を見事につとめておられたがなかなかの役者だのう。二つのグループとはマントルー氏を領首とする民主陣営と、リンスター氏を首席とする共産陣営のことじゃが彼等は原子爆弾に次いで水素爆弾を完成したといい、互に他を牽制しながら、その実、実際に使用することを非常に懼れている風でもあった。世界中の原子爆弾学者からあれだけ威かされては止むを得まいて。しかしいつの世でもいざとなれば科学者の諫言《かんげん》を忘れとんでもない愚行を繰返えすのは科学を知らぬ政治屋どもの常じゃ。儂は彼等が向うみずな戦争を始めるのをどうしても停めねばならぬと思った。いや、少くとも引き延ばさねばならぬと考えた。そのために火星人が円盤に乗って来たらしいという作り話をもっともらしく伝えようともした」

俺はアッとばかり驚いた。

「では首領、ニューヨークAFP発、というあのまことしやかな新聞種も首領の差し金だったのですか？」

「さよう」

ア博士は軽く頷いて微笑した。

「すべては作り話じゃ。火星から来た電波の話、火星人が暗号を送ったという話、空飛ぶ円盤から暗号解読の鍵を記した金属板が投下されたという話、凡てが嘘じゃ。これを反間苦肉《はんかんくにく》の策というが、すべてはリンキェヴィッツ氏がスパイと知ってわざと企んだことであり私の腹心はパーキンズ氏とそれからここにいるドニャック氏じゃ」

リ氏は放神の状態でア博士の顔を見る。

「私のもっともらしい作り語がリ氏を通じて両陣営に伝わる。そこで彼等も簡単には兄弟喧嘩を始められなかったのじゃ。どうですかな。これが今の今まで各々方の前にふせてきた秘密の一つですが、甚だ見え透いた茶番ゆえ、彼等も早晩は気がつくだろう。要は彼等の争いを一時的に喰い止める間に合せの手立てじゃが、我々はこれを永久に喰い止めねばならぬ。いっかな頑固者、馬鹿者でも思い知るほどの材料を手に入れねばならぬ。そのためには是非とも小遊星の秘密を摑まねばならぬのじゃが、これはなかなかどうしてそんな子供騙しのかけひきでなく我々自身にとっても真剣な問題ですのじゃ」

そのときリ氏が口を挿んだ。

「では首領、火星には高等動物は居ないと仰言るのですか？」

首領の眼がちょっと意味あり気にドニャックを抑えた。些か気になるやりとり。

「その通り。水も空気もある上に気温は赤道で摂氏の二十五度余り明らかに生物が生存出来る条件は揃っているが、何分、赤道上の重力が地球の僅か三分の一であるところからみて酸素の量も気圧もその割合に少いはずじゃ。常識的にみてこれでは地球より高等な生物が生棲するとは考え難い。動物がいるとしても恐らく図体ばかり大きく、のろのろした未開な大味な下等動物――そういったものが住んでいると判断されますのじゃ。――ところでリンキェヴィツ氏と瀬木氏にお訊ねするが、あなた方は地球を出て以来、火星からの通信をただの一度でも受信したことがありましたかの？　ハッハッハッハ――どうです？　全くおかしいほどの子供騙しのトリックじゃ。自然電波捕捉用の何でもない高層継信器を火星通信の仲継器とは我ながら思いきった嘘をついたものじゃ」

ア博士は独りでしゃべって悦に入っており、その気分が一同を和げた。

「ところでリンキェヴィツ氏、貴下はその意味で儂の役に立ったわけで一向に悪うは思っとらんから気にせんでよろしい。むしろ以後は我々に協力してもらいたいのじゃがどうでしょうの。貴下は優秀な航法士でありその能力はこの艇の運用に是非とも必要なのじゃ。貴下の目指したところ、儂の企んだところ、道こそ違うが何れも人間達を愛し憐れみ救うのが目的であってみれば、結局は同志ではないじゃろうか？」

リンキェヴィツ氏の頰に滂沱《ぼうだ》たる涙が流れた。ア博士の真意とこの冒険の真の目的を悟ったらしい彼はア博士への協力を心から誓ったのである。但し通信の役目は自発的に辞退してマックアレーン氏と代ることになった。この内輪話が今地球の人間に知れては面白くないのだから、これは当然の申し出であり、また適当な処置であろう。

「さて、リ氏の第一の仕事は速度計の修正じゃ。回転騒ぎで相当狂ったと考えられるので遊星の運行を基にした宇宙天測修正法を施してもらいたいのじゃ」

それから約一時間、俺とリ氏は速度計の補正に余念がなかった。俺が艇を操縦し、リ氏が次々に運動方向を指示する。先方に豆粒大に見える火星のこの時刻の位置と運動方向及び速力は既に正確に算出されている。これを基準にして艇の現在の位置と速力を割出すのである。その結果速度計の相当な狂いが発見され直ちに修正された。艇は再び秒速一〇〇粁の快速で間違いなく火星に向って進み始めた。火星には高等動物はいないということになったが、我々はその実証を摑もうというのだ。

「次にリ氏にお願いしたいのは、貴下がマントルー氏やリンスター氏と交換された暗号用式の詳細をマックアレーン氏に伝授して戴くことじゃ。それによってマックアレーン氏は彼等に伝えるのじゃ。『一同はいよいよ火星に近づく。地球人に対する大警告あるものの如し。暫し事を中止するを可とす』

全く恥かしいほどの子供だましに過ぎんが、この子供だましが彼等の無謀の挙を当分は喰止めようというもの、彼等は必要以上に儂の名を買い被り儂の持つ秘密を懼れておった。妙なことが妙な時に役に立つものじゃて――」

マックアレーン氏の手もとからこの贋情報を暗号に載せた電波がとんだ。これが継信器を経て留守部隊のパーキンズ氏に受信されると共にどこかで傍受しているリ氏の相手にも捕捉される。裏の裏をかいたこの偽暗号はヘラヘラした愛嬌男と八髭の頑固親爺の耳にも達し、彼等に無謀の挙を当分躊躇させるだろう。全人類を茶番で救う。――何という愉快な構想であろう。リ氏をスパイと知ってわざと乗り組ませたア博士の頭には四年以前に既にこの劇を上演する構想が出来上っていたのであろうか？　ア博士は恐るべき人物である。

だが俺の心には一つの大きな疑問がむくむくと頭を擡《もた》げていた。火星には高等動物がいるのではないか？　出発前に首領は全員を緊急招集して火星通信を発表した。リ氏の話では円盤の通過した地域に既に二年越しに探検隊を派遣していたという。この大袈裟な膳立て全部が単にリ氏をあざむき延いては世界の大立物二人を欺くためのみに仕組まれた茶番に過ぎないのだろうか？　出発を間際に控えて「火星人は地球への移住を希望している。その意志を無視するな」と熱弁をふるったのも茶番の一つであろうか？

茶番にしては些か念が入り過ぎている？　この疑問はこの物語の終に至ってもなおあるサスペンスを残すだろう。

六、低温物質帯

火星への行程が略々四分の三を終った頃には背後の地球は単なる星の姿に縮まり、太陽の姿も目に見えて小さく、偉大なる君主より愛らしい王子に若返ったという感じであった。前方には既に視直径四十八秒に拡大した火星が毒々しい赤さに輝いている。

操縦席にいるリ氏、観測に余念のないドニャック氏、触角装置見張当直のラマン青年の三人以外はあるいは熟睡しあるいは夢幻の境を彷徨していたが、そのたるんだ空気をつんざいて思いがけぬ艇長の命令がとんだ。

「バックジェット発動」

タフナー氏はあわてて立上りざま過って身体をつっぱりすぎ、肥満した短軀を宙に浮かせて辛うじて椅子につかまった。タフナー氏の寝台に丸くなっていたルーシーも首をもたげてけだるそうに啼いた。リ氏の右手が動いてバックジェットの爆音が起ると強い前のめりが来て艇は急激に減速を始めた。

「艇速を十粁に保持せよ」

リ氏は速度計の指針を凝視しながら徐々にレバーを絞っていった。僅かに五分の後、艇は十分の一の十粁秒に減速された。秒速一万米――地球上で考えれば眼の廻るほどの高速も宇宙の広さの中では牛の歩みよりも遅い。この速力では僅か四分の一を残した火星までの行程も更に五〇〇時間、即ち三十一日余りかかるのである。艇が減速された理由は主操縦者たる俺にも知らされていなかったが瀬木氏やドニャック氏は知っている様子であった。

「火星まで約千八百万粁、そろそろ低温物質帯に掛ります」とドニャック氏が艇長に報告する。

「よろしい。ただ今より十分毎に観測開始」

俺には何の目的の観測か理解出来なかったが、十分間毎に真空容器が開かれて内圧が測定される模様である。外界は完全真空で圧力を生ずるわけはない――と思ったのは俺の間違いであった。最初の数十分間は外界圧が殆んど零であることを示していたがやがて真空容器の内圧が徐々に上り、同時に外界温度も僅かずつ上昇していった。艇速は毎秒十粁、即ち時速三六〇〇〇粁であるから十分毎の観測は六〇〇〇粁間隔に行われていることになる。その都度外圧と外温が測定されグラフの上にプロットされてゆく。完全真空で絶対零度であると考えられる宇宙空間も進むにつれ漸時圧力と温度が上昇するのは何故だろう。何回目かの観測を終えたドニャックは俺の不審顔に気がついたとみえ自分から説明の口をきった。

「艇は今小規模な低温物質帯に突入し中心部に向って進んでいるんだ」

「低温物質帯とは？」

「それは僕がいつか話をしたじゃないか。恒星から輻射エネルギーとして物質が放射され宇宙空間を万遍なく充満してゆく。即ち熱は高温から低温へと流れ宇宙のエントロピーは増大する。この変化は非可逆的であり、宇宙のどの部分にも温度差がなく全空間が一様になったとき輻射は止まり熱の流れは静止し、宇宙のエントロピーは極大となって大休止の状態になる。古典的な熱力学の思想によると宇宙はこのようにして終焉しなければならんのだ。どうせ我々の生きているうちに起ることじゃないからこんな議論を余計な取越苦労と笑う者が多いだろうが、それは大きな間違いだ。この問題は我々の生命の長さに直接無関係な哲学の根本問題に関聯しているのだ。即ち物に終りがあるという考えは、物の変化流動が何か終局の目的に向って動いているという目的論的あるいは理想論的な哲学の立場を作り延いてはその目的に沿うようにという意味で人間の生き方にも倫理規定のようなものが出来る。これ等は凡て錯覚であり誤りである。宇宙は何等目的もなく反覆変転するのであって終焉点もなければ目標点もない。その証拠に量子論的熱力学は宇宙物質の流動が可逆的であり得る理論を示し、かつ逆過程にあると信じられる暗黒物質が地球上からの観測で相当沢山認められていた。暗黒物質とは実は低温なガスの厚い層でありその中を輻射線が通過するとき大部分の可視部が吸収されるため反対側から見ると暗い塊に見えるわけだ」

「じゃ、我々がさっきから突入したというのがその暗黒物質なのかい？」

「そうだ。広い意味での暗黒物質なのだ。ガス層の性質は水の層によく似ていて浅い層は透明でも深くなると不透明になるように、小規模な薄いガス層は大して不透明じゃないために実際は名のように暗黒じゃない。我々は地球上での精密な観測によって火星軌道の遠日点と太陽を結ぶ半径上で地球軌道とこの半径の交叉点からの行程四分の三ばかりの位置に小規模な低温物質の塊があるのを知っていた。小さい塊なので従来まで地球人類に気付かれずにきたのだが、我々にはこのような物質帯の存在が甚だ重要な意味があるので、今回の宇宙旅行の行動範囲内で発見出来はせぬかと血眼《ちまなこ》の観測を続けてやっと発見したのだよ。薄い層だから輻射線を吸収することが少なく従って発見するには非常に苦心したものだ。我々は今その中心に向って進んでいるのだ」

ドニャックは再び観測を始めたがそれは一分もすれば終った。

「見給え。圧力と温度が急上昇する傾向が見えてきた。もう中心部に近づいた証拠だ」

引き続き約一時間の間、都合六回の観測が行われたが遂に艇は中心部に達したらしく圧力と温度の曲線が飽和して、外圧一二〇・五粍、外温零下四三度を示した。それまでの観測結果が直ちに図表に記入され圧力分布と温度分布がプロットされた。その後は圧力と温度が漸時降り始め艇は既に中心部を通過したことを示した。中心部までの行程四時間余、即ち、この物質塊は直径約三十万粁の極めて稀薄なガス塊であることが判った。

銀河系の中や星雲宇宙の中に頻繁に発見される大暗黒物質塊に比べると、これは全くお話にもならぬ微々たる存在である。だが――いかにサイズは小さくても生成した原因と経過は同じはずで、暗黒物質の成因について色々と臆測されていた機構の裏付けに我々は肯定的な確証を握ったのである。

嗚呼、科学者としての本懐これに過ぎるものはあるまい。しかしこの観測結果がいかに驚天動地のものであるにしても、今全読者に納得出来る説明をして、この事実の前に科学者が感じている驚愕と興奮と恐怖とを同じ共感にまで騰めることは不可能だろう。そこで理屈は抜きにして結論だけを述べてみよう。この観測こそさきに紹介したドニャックの唯物的大宇宙観を実験的に裏付けるものである。

曰く、「古典物理学の規定する熱力学の第二法則は、誤りである――従って熱は常に高温から低温に流れ果は宇宙は熱流動の無い万物が静止した状態になるという結論は誤っている。古典物理学者は現在の宇宙物質の大部分が行っている一方的な過程のみに注意力を奪われ、逆の過程が主として起る次の宇宙の姿に気がつかないが、逆過程は既に宇宙の各所で起っているのだ。何かの偶然である点を中心に塊り始めたガス体は自己の引力で周囲の物質をどんどん引き入れて生長してゆくが、それにつれて中心部の圧力は自己引力に抗するために上昇する。圧力とは気体分子の内部運動量によって生じその運動エネルギーは熱に外ならぬ故、圧力上昇と共に必然的に温度も上昇する。この過程が進むにつれ、漠としたガスの層も転じて凝縮した高温な恒星になるのである。即ちこの過程では熱は温度の低い側から高い側へと逆流している。

大問題は以上の事実より演繹される結論である。前述の如く宇宙の物質は凝縮と輻射拡散の過程を交互に繰返している。それはあたかも一つの円上を廻るが如きもので直線運動的終局点をもたない。即ち宇宙の変化と流動はサイクル（輪業）を形成する。サイクルはその瞬間々々の存在と変化に何等かの意味はあっても全体を通じての動きには何の目的もあり得ない。宇宙それ自体のもつ物理学的宿命に従って無心無意味の流動を永劫に続けるに過ぎない」と。

しからばその宇宙の中で全くの偶然によって生を得た生物なるものの存在に何の目的があろう。瞬間々々の存在には瞬間としての何かの意味はあるかもしれぬが、これを宇宙全体としてみれば意志なきサイクルのとるに足らぬ一環に過ぎないのだ。この原理を確立することによってまず宗教が意味を失う——次に宗教を基礎にした倫理の全法則が否定される。

これは人間にとってはそら恐ろしいことだ。だが事実に忠実ならんとする以上は、眼をみひらいてこの真実に直面しなくてはならない。

艇長は黙々として再び増速を命じた。

——火星は遂に高等動物を生ぜぬうちに死滅期に入った。外殻収縮の急激な進行による割目から内圧が迸る、あの急冷却への第一歩が始ったのだ。その死への姿を、見送りにゆく——

今となってはこれが我々の火星訪問の目的なのだが、何という寂莫な旅程であろう。

火星には珍らしい高等生物がいるに違いない。それは地球人と通信連絡を試みるほどに地球人に関心を持っており、従って我々が訪問すれば歓迎されぬでもあるまい——といった夢を奇異な現実と結びつけてひそかに楽しんでいた火星訪問であったが、その虚構がア博士によって暴露され夢は微塵にふっとんだ。地球の人間共に愛想を尽かした俺が宇宙の中に索めたただ一つの合理的な高い生命の通った場所を想定した理想郷、——そこは既に地殻の死滅期といういかつい最後に突入して宇宙の宿命の非情さを実証する一塊の巨球に過ぎないのだ。

艇はどんどんと増速し再び一〇〇粁の秒速に達した。あと五〇時間弱で火星に達する。

ア博士は火星には高等生物はいないと言った。生物の生理学的見地から稀薄な空気と酸素の中では高級な生物は生じ得ないという結論であった。しかり、ドニャックやア博士の如き宇宙生成の原理から解釈すれば生物も物質の一変形であり、地球であろうと火星であろうと、同じ原因は同じ結果を生ずるはずであるから地球上で正しい生理学の原理は火星でも通用すると考えるべきだろう。

しかし俺には些かロマンチックな考えがあって、生命だけは何かしら物質界の法則外に属するある泉から湧き出したものと考えたかった。宇宙の一切を支配するかに見える峻厳な物理法則の裏に愛らしい柔かい原理が人知れず芽生えている。生命はこの原理から生れたと考える、――青くさい思想である。――乳臭い少女の感傷に似た考えである。生物とは何か理論とは別の特殊な存在じゃなかろうか――、火星には運河がある、これを植物帯の影と結論するむきもあるが、自然物にしてはあまりにも人工味の多い線の形にむしろ高等な火星の生物を信じたい。太陽系で生物の住めそうな遊星は火星と地球だけであるのに、地球にいる自称高等動物共は身に迫った危険も忘れて他愛ない意地で恐ろしい仲間喧嘩を始めようとし、火星には頼みになる高等動物は居ない――と考えねばならぬのは心細い限りである。他遊星の高等動物が見るに見かねてやって来て、地球人共にその愚をさとし、馬鹿と気狂いが不用意に握った険呑至極な刃物をとりあげてはくれぬだろうか？

ア博士はリ氏が危険な刃物をもった馬鹿と気狂い共の諜報者であることを見破り、これを逆用して火星人の地球監視の虚構を喧伝し地球人の愚行を一時的にでも阻止しているという。

あな危うし地球人！　諸君のうちの小賢しい輩がア博士の深慮も知らずその虚構を見破った時――お前達の小賢しさを以てすれば見破るのは時間の問題だが――地球はお前達の愚行によって破滅する。

七、小惑星の秘密

何時間たったか、俺は深い眠りに陥っていたらしいが、突然リ氏のけたたましい叫び声に夢を破られた。

「艇長！　大変、大宇宙塵ですっ！」

グーンと激しいサイドジェットのショックが起ったのはリ氏が自操もそこのけに右舵をとって回避したからである。他ならぬ精巧鋭敏な自動回避装置だから捨てておいても気遣いなかったのだが、地球発進以来始めてのとてつもない巨大な天体の破片に出くわしてリ氏は胆を潰したのだ。艇の大きさと比較して恐らく直径三〇〇〇米はあろうという大塊が右舷先方から現われ左舷をすれすれに通過したのだ。否、すれすれに感じたのは相手が予想外に大きかったためで、実際には相当距離があったのだろう。

大宇宙塵はほどなく斜め後方の窓の視野に入った。キラリキラリと凸凹のはげしい表面から太陽光を五彩に反射して刻々に遠ざかってゆく——。そのとき、ア博士の眉間に鋭い緊張が漲ぎり数秒の間に百年の大計を決せんとするほどのすさまじい気迫がよみとられた。

「バックジェット一杯!　とり舵一杯」

仰天した驚きに口を開いたリ氏の両手はロボットのように艇長の意志通りに動いた。さあ大変、激しい減速と急激な左回頭が起り、油断していたタフナー氏、サリヴァン君、ルーシー、あれよあれよという間に艇の前部にすっとび次に蛙のように右舷の壁におしつけられた。食卓上にあった食器が磁石の吸着力を破ってとび出し激しく壁に衝突する。

艇がおよそ一〇〇度余り回頭したとき、バックジェットは停止され、艇は今度は太陽を左舷に見て新方向にどんどんと走り出したのだ。見える見える。今しがたすれ違った大宇宙塵が前方を月の三倍余の姿になって逃げてゆく。

「操縦者交代!　あの宇宙塵を追跡せよ」

俺は艇長の命令の目的をとやかく吟味している暇はなかった。リ氏と素早く席を入れ替るとグッと操縦桿を握りしめた。太陽に面した側がキラリキラリとあやしくも半月形に輝やくその不規則な形は球というよりむしろ金米糖《こんぺいとう》に近いひどい凹凸があった。相手は大した速力でなく、みるみる彼我の距離を縮めるので艇は当然減速せねばならなかった。

「同行運動!」と艇長の命令。これは相手と一定間隔を保って追跡する運動で操縦は編隊飛行の要領そのままであり、当方の運動方向と速力は完全に相手と一致している。

「リンキェヴィッツ氏、運動諸元を観測せよ」

ハハア——俺にもこれでやっと納得がいった。いやに大きい宇宙塵だと思ったが、果して不規則に飛び廻る塵でなく軌道諸元をもつ遊星らしいのだ。

俺は満身の操縦技術を傾けて狂いのない同行運動を続けた。殆んど三十分余り精密な観測が行われた。

「観測結果は?」と艇長が催促する。

やがて得意満面のリ氏が観測装置を片手に振り返ったが心なしか口許がふるえて大きな興奮を隠し得ない表情であった。

「報告します。平均軌道半径一・四三〇天文単位、公転速力平均二一・三四粁、軌道傾斜一四・四六度であります」

「新惑星か?」

「はい未発見の特異小惑星らしいです」

「よろしい。ミスター・シラネ。艇を慎重に操縦し、あの小惑星に着陸する」

俺は寝耳に水の意外な指令に仰天した。相手は小惑星とはいえ僅か直径三〇〇〇米の天体のかけらで、着陸などという言葉がピンとくる代物ではない。

「艇長。着陸といいますと?」

「いや、着陸ではない。あの傍に艇をピッタリと横着けにするのじゃ。そうじゃ。やっぱり着陸の一種じゃないか。ぶつけぬよう慎重にして」

何だ、そうか、と思ったものの俺には正に前代未聞の経験である。直径三〇〇〇米の宇宙の化物——破片にしてはあまりにも大きく惑星というにはあまりにも小さい中途半端さ故に却って底気味が悪いこの怪物の肌にピタリと身を寄せようというのだ。俺は速力を加減しながらおそるおそる近づいていった。神経が痛いほど張りつめて息も止まる思いであったが、そこは昔とった杵柄で飛行機の密集隊形編成の操縦要領が大いに役立った。それは巨大な山の岩肌に近づく感じに似ていた。太陽を避けて暗い側面に着陸するために岩肌の色合いはしかとは判らぬが周辺から来る乱反射の明るみに仄かに浮き上った感じでは黒灰色らしく思われた。艇があと一〇〇米に迫った頃からは全く骨身を削る思いであった。無理にサイドジェットを使用せず、艇と天体との引力に委ねた。極めて僅かな引力ではあるが艇を無理なく岩肌に横着けるには一番安全な方法であった。一〇〇米の距離を縮めるのに三十分弱を要したのだからその静かなること処女の如くである。これはとりもなおさず自由落下であり、引力の小さいこの小惑星の上では物体が一〇〇米を落下するのに三十分を要するのである。やがて艇は五〇米平方余りの平たい岩畳に着陸した形に床部を下にしてピタリと寄りそった。窓を通して見る眺めは恐ろしく荒涼たるものであった。凹凸のはげしい岩の重なり、ただそれだけである。

そのときタフナー氏が頓狂な声をあげた。

「艇長！　変ですぞ！　放射圧計がふれています！」

「ウーム、やっぱりのう！　放射圧計か」

艇長の眼に一瞬歓喜の色が浮び、次の瞬間には激しい緊張にひきつった。

「ミスター・シラネ、上部サイドジェットを発動し艇を岩に圧着すること。タフナー氏は鑿岩機《さくがんき》を発動用意」

俺は操縦桿を下向きに倒すと上部ジェットが発動した。間もなく鑿岩機のドリルがガリガリと小惑星の表面を噛る音が聞えたが、このとき俺は宇宙艇を地下工場で初めて見たときの一場面を思い出した。艇腹に突出した砕岩ドリルまがいの突起物は何だろうと審ったとき居あわせた男が「火星で土掘りでもするのだろう」と冗談まじりに言ったが、豈はからんや、小惑星の上で岩掘りをやっているじゃないか。

ほどなく岩を噛りとった大片小片が数個鑿岩機のマガヂーンに採取された。

「皆あまり近寄らずに」

一同の注意を促した艇長は席のかくしから小袋をつかみ出した。憶えば艇長が艇に乗りこむ折、冗談まじりに秘密の片鱗をのぞかせたかと考えられる鉛の小函の入った小袋である。中から三個の小函がとり出された。二寸角に深さ一寸五分足らずの小さい鉛製の容器である。艇長は厳重に手袋をした手でマガヂーンから岩の小破片を一個ずつつかみ出して素早く小函に納めた。

「地球人達への贈り物」

満足そうな呟きであった。

「タフナー氏。放射圧は？」

「大体飽和しました。艇内に浸透する危険はありません」

「よろしい。タフナー氏は放射観測を続行し他は全員集って下さい」

いよいよ最後まで伏せられた秘密が解明される時期が来た様子である。一同はややあわて気味に腰を浮かせて艇長を囲み何かを期待した心を躍ませていた。片唾をのむうちに艇長の唇は重々しく動いた。

「我々が今着陸しているのは小惑星の一つで地球からは未発見のものでした。儂はこんな幸運にめぐり逢おうとは全く予想外でしたので夢のような気がしますのじゃ——ところでリンキェヴィツ氏、火星軌道より内側にある小惑星は何個発見されていましたかのう？」

リ氏はすかさず航法円盤に附属した天体表を繰りながら答えた。

「現在までのところ三個です。まず小惑星四三三番、エロスと呼ばれ一八九八年ウイット氏によって発見されたもので軌道長半径一・四六天文単位。次はアポロ、一九三二年に発見され軌道長半径一・四九天文単位。それから一番小さいヘルメスは最近の発見で、軌道長半径は一・二九天文単位で、地球に一番近づく可能性のあるものです。現在着陸しているのは無論未発見のものです」

「よろしい。ところでじゃ。地球上からは小惑星の光度は極めて弱く観測はむつかしい。殊にその光の分析などは甚だ困難至極な観測に属しておった。ところが儂がまだドイツにいた頃の輩下で小惑星のスペクトラム写真に異状を認めた男がいて報告をよこしましたのじゃ。惜しいことにその男は戦災死してこの特殊な観測は途断えた。しかしこの事実は深く儂の心に遺り時にその不思議が神経をせめ虐《さいな》んだものです。死んだ男はスペクトル異状の原因について結論を出すまでには至っておらなかったが、後日儂がその資料を詳細に検討した結果小惑星のあるものまたは全部が太陽の反射光以外に自体で放射線を輻射してるらしいことが判明しましたのじゃ。現に今着陸しているこの小惑星も顕著な放射能をもっており、事実は今皆さんの眼の前で証明されたばかりじゃ。つまり儂の結論は見事裏書きされたわけです」

艇長の眼は放射圧計に移る。それは外界の絶えざる放射能を証明して余りがある。この小天体はいつのほどか放射能が附与されて以来絶えることなく放射線を輻射しつつ今日に至りなおも放射を続ける。何たる宇宙の神秘！　自然の不可解！

否！　否！　断じて否！　読者諸士よ。次に艇長の口から漏れる恐ろしい言葉を一語たりとも聞きもらし給う勿れ。それはいかに突飛に聞えようとも厳然たる事実である。諸君が今営んでおられるだろう平和な家庭と楽しい人生の上に突如として襲いかかろうとしている破滅的運命の予告なのだ。

「儂は何故小惑星という特別な天体だけが放射能を示し普通の大遊星にはこれが無いのかをいろいろと考えて

みたわけじゃが、あらゆる可能な説明から取捨選択してある戦慄すべき結論を得ましたのじゃ。それは恐ろしい結論じゃ。皆さん、不吉な言葉を許してもらいたいのじゃが――」

艇長は自分の言葉の効果を一つ一つ吟味するかのように荘重な口調になった。

「小惑星は現在までに既に二千個以上が発見され、またどしどしと発見される可能性がある。その総質量は未発見のものを含めて地球の百分の一程度のものと推算されてきましたが、なかなかそんな僅かなものじゃない。太陽系の中ですら相当数あると想像される低温ガス塊も元は小惑星と同じ原因で生じたとも考えられますのじゃ。現にその一つを我々はつきぬけて来ましたからのう。こういうもの一切を含めて計算してみますとじゃ、火星軌道と木星軌道との中間即ち太陽より約四天文単位の距離に嘗て一つの大遊星があったことを断言し得るのです。その質量は地球と同じかあるいは若干大きい程度であったはずです――小惑星とは要するにこの遊星が大爆発を起し木破微塵に粉砕されたものですのじゃ。それも、自然の爆発ではない――嘗てその遊星の上に住んだと考えられる高等動物が不用意にも原子力の使用を誤ったのじゃ」

この爆弾的な一言に一同の顔は忽ちに驚愕の表情にひきゆがんだがやがて不審の色に変っていった。ア博士の炯眼はジロリとその気配を見抜いた様子であった。

「原子爆発の連鎖反応はそうは簡単に起らぬというお疑いのようじゃ。皆さん方は一応は原子核物理学にも詳しい方々ばかりじゃによってそのお疑いは当然だが、皆さん方の知識には今一息の飛躍が足りないようですの。凡て物事には限度というものがある。よろしいかな。詰らぬ話に戻るようじゃがこの問題の根本はその詰らぬ天体進化論の中にあるのです。

火星でも木星でも土星でも同じ事だが判り易いように我々の地球を例にとって考えてみよう。天体はガス体の頃から既に中心部は高圧に耐えるために高温になっており、その状態では色々と珍らしい現象が起っている。たとえば水素原子が二つ寄って重水素となりまたこれが二つ重合してヘリウム原子が出来る過程などが一番代表的なものじゃ。即ち中心部では圧力と温度が高いために低級原子核の重合が起り易い。そのために高級元素が生成する機会も多いわけです。従って遊星が固形物に冷却する際の質量分布も中心部ほど重い物質が集中し勝ちなものです。例えば地球の質量分布を考えてみるとよろしい。地殻は比重が三か四の砂や岩石に水ばかりなのに平均比重は五・五二といい水星に次いで密度の大きい惑星です。この事は中心部の密度が著しく高いことを意味していますのじゃ。鉄や銅は勿論のこと水銀、鉛、白金などの高級元素は中心部に進むほど多くなる。殊に原子量の最も多いグループである放射性元素が稀有元素と呼ばれるのは地表近くに少ないという意味で、地球の中心部は殆んどこの種の元素の塊であると考えて大過ないはずです。一般の世人は勿論皆さん方も原子の誘爆現象を些か思い違いしておらるる様子で、連鎖反応というのは放射性原子の爆発が附近に存在する普通の原子、即ち水や空気や岩石類を構成する原子までを誘爆するものと解釈されているらしいが、儂が主張して危険を説くのはそうじゃない。水や空気等の安定な物質は決して連鎖反応など起さぬはずじゃから心配ないが調子が過ぎて余り大きな人工爆発を何度も地上で起したとき、高圧高温下にあっていつでも連鎖反応を起す可能性のある地球の中心部の放射性元素塊を万が一僅かでも刺戟してご覧《ろう》じろ。結果は明瞭じゃ。地球は瞬時にして木破微塵、それこそ幾百千ともない小惑星と宇宙塵の群になり下ってしまうじゃろう。これは想像でも作り話でもない。現にその一かけらの上に我々はいますのじゃ。この著しい放射圧を見られい。これは明らかに放射性爆発の名残りを留める重要な痕跡で、この小惑星の生因をあまりにも生々しく物語るものじゃ。下手をするとこれが地球の近い将来の姿を暗示しているとも言えましょうぞ」

嗚呼！　また何をか言わん。この恐怖の一言！

「儂のこの理論はこの通り明瞭な証拠の上に立っており、直接証拠である放射性岩石の数片は既に鉛の函に保存してあります。地球を出て幾日もたたず、火星の訪問すら終らぬうちに未発見の小惑星に見参ししかも予期通りの放射性岩片を手に入れようとは！　今回の企図はこれで大半成就したのも同様じゃ。全く有難い幸運に恵まれたことを感謝します」

鉄人アイゼンドルフ博士の両眼から滂沱たる涙が流れた。一同も感慨無量、粛然とうなだれる。

ややあって再び艇長の声。

「実験は一つでは不可じゃ。我々は片っ端から小惑星を訪れてその本体を摑むのです。彼等に喰付いて軌道諸元を摑み放射線の有無を調査することです。

もっとも、ミスター・シラネ、岩片採取はそう頻繁には行わぬ故、あなたに不当の荷重をかけることはなかろうと思います。ただ近寄ってあとをつければよろしいのじゃ。幸に放射能観測用の光学装置には第一人者であるミスター・セギが居られる。その記録こそ世紀の大記録、地球人は末永く栄えるか、一瞬に生命と住家を失うかの岐路で大決心を与えるべき切り札なのです」

そうか！　今こそよめた。放射線光学装置の大家であった瀬木竜介氏がア博士のもとにあって孜々として研究を進め、いざというときに秘密を懐いたまま艇に乗組んだ。その理由はこの旅行の第一目的たる小惑星の資料蒐集になくてはならぬ人物であったからだ。彼は今や一行中の立役者になろうとしている！

「さて、方々、地球では今大事件が起ろうとしている。儂が応急に一服盛った茶番薬も気の狂った奴等の理性をいつまで繋ぎとめておけるかわかりませんのじゃ。そこでどうじゃろう？　一つ予定を変更していきなりヒルダ群にとんでは？　地球さえ安泰なら火星見物などいつでも出来ることじゃ。我々は目捷《もくしょう》に迫った緊急事を急がねばならぬようですがのう」

誰も異論を挟む者はなかった。さすがに科学素養の高いグループである。彼等の誰一人として物見遊山的な旅程より緊急な学理の究明に数倍の熱情を感ぜぬ者はなかった。

「ヒルダ群は火星と木星との中間、軌道長半径約四天文単位のあたりですわい。秒速一〇〇粁にして今より一千時間、よろしいか、四十日の長い旅です。その間に多くの未発見の天体とも遭遇していよいよこの事実を裏書きする資料が手に入ることじゃろう。――ところで火星軌道内部で発見された特異小惑星の件は早速基地宛に打電しておきます。地球上の状勢が悪くなったときパーキンズ氏はこの事実をもとに能う限りの阻止工作をやってくれる手筈になっておりますのでな」

マックアレーン氏は直ちに無電機についた。感度は甚だ低下し対地球通信の可能な距離の限度まで来ている様子であったが、それでもこの重大ニュースは確実にパーキンズのもとに連絡されたのであった。

「さてと、小惑星が一つの大遊星の爆発によって生じたということを、別に力学的見地からも確認する方法がありますが、この方面のことは儂より瀬木氏の方が詳しくご存じじゃによって、同君より若干説明して載くことにしましょうの」

今まで終始黙々として多くを語らなかった謎の人瀬木

氏がこの時初めて口らしい口をきいた。落着いていかにも俊英な科学者を思わせる明晳な語調であった。

「小惑星は今の処、四つの種類に分類されています。特に大きいもの、または小さいもの、公転週期の並外れて大きいものや小さいもの、離心率の著しく大きいもの、軌道傾角の大きいもの等を一まとめにして特異小惑星と呼んでおり一つの種類とみなします。その他のものは軌道長半径が殆んど等しく従って公転週期も似たグループを一まとめにしてそれぞれ分類し、ヒルダ群、トウレ群、トロヤ群の三つに分けます。ヒルダ群とトウレ群の軌道長半径は約四天文単位附近で火星と木星の中間に位しトロヤ群は殆んど木星軌道に載っております。

ところで問題は成因で、現在までいろいろの説がありましたが完全なものは一つもない――しかし我々のグループはこれを一つの大遊星の爆発によるものと判断し、爆発力が原子崩壊であった実証を摑むことに成功したわけです。これが正しいとすれば、一方各小惑星の運動諸元にも一つの爆発体から生じた場合の特殊な力学的条件が備っているはずです。この事実は既に地球上でも部分的に観測されていました。小惑星の族と呼ばれるのがそれなのです。

今日では、テミス、エオス、コロニス、マリア、フロラの五族が知られていまして、同一族に属する小惑星の間では相互の運動諸元は極めて整然とした幾何学的法則にのっています。即ち同一族の小惑星の公転週期は殆んど同一で軌道面の中心が共円点をなす、即ち同一円周上にあり、かつ軌道面の極が天球上で同一円周上に並んでいます。同一天体の爆発によって生じた破片の運動諸元相互の間には丁度このような関係が生ずることは日本の天文学者平山清次氏によって力学的に究明されておりますが、私はこの理論を一歩進めて、各族の間には更に一般化した相関性があると睨んでいるのです。即ちただ一つの天体がまず破壊して各族の母体となるべき中間的天体となり、これが更に微塵に砕けて地球上から観測されたような族を形成したと考えるのです。私がこの旅行で行いますことは更に多くの族を発見すると同時に、族相互の間にも必ずや存在するはずの美しい力学的関係を究明して窮極は全小惑星は嘗てはただ一つの遊星であったことを証拠立てることなのですが、その目算は充分あります」

力強い言葉であった。平山清次氏、瀬木竜介氏、嘗て地球の緯度変化の理論にZ項というものを発見して一躍勇名を世界にはせた木村栄氏等、日本は天文学界には世界的人物を送った。物理学界には湯川秀樹氏がいる。その道の専門家となれば科学の分野でもなかなか大した日本人がいるが、一般人のレベルとなると何故斯くも非科学的であるのか？

俺は今天涯はるかな宇宙艇の中にあってもなお卿等を忘れることが出来ない。卿等のうちの二人、即ちかく言う私と瀬木竜介氏は宇宙艇に乗組んで人類の愚行を止めるべき資料の蒐集に血眼になっているのだ。

ああ、君達は生きた人間の頭上に加えられた原子力という人類の歴史に嘗てない異常の経験を持つ人達である。卿等は人類平和の一員たらんとする限り、最も強力にその点を主張し人類の愚行を阻止する立場と権利を有するはずだ。

愚行！　愚行！　またとなき愚行！　愚行の果には木破微塵になった地球が平山清次の説く族の理論に従って数知れぬ小惑星の群となり、永遠に地球人類の愚行の証拠を残すだろう。この恐ろしくも厳粛なる事実が起らぬ前に、君達こそこれを止める第一人者とならねばならぬ。君達の上を統治する腰抜け政府が相も変らぬ馬鹿言をほざくなら、世界人類のためにそんなものは叩き潰すべきである。我等の俊英ドニャックは言った「奴等は決して君達の指導者ではないはずだ、君達が選挙権を行使して選んだ君達の使用人だ。役に立たぬ使用人を馘首《かくしゅ》するに何の遠慮がいろう」

「それでは方々、用意はよろしいか。我々は嘗て生物が住んだ大遊星の一部分であったらしいこの破片に一掬《いっきく》の同情の意を表して去ろうではありませんか。これからが本格的な宇宙の旅で長い期間を狭い空間に閉じこめられるのですが、皆さんの健康を祝して――では」

一同はシャンペンをストローで吸いこんだ。

メーンジェットの爆音一閃、艇はみるみる小惑星を離れ、銀灰色に輝く姿は次第に凋《しぼ》んでいった。

嘗て栄えた巨大な遊星、その上に闊歩した生物諸君よ。君達は不覚にも己の能力を過信して瞬時に自滅した。だが君達より数千億年あとに栄えた地球人類も馬鹿者が指導者となったばかりに君達の轍を間一髪にふもうとしている。しかし我々少数の科学者はたとえその数は少なく力は微々たりとも、必ずやこの愚行を喰い止めて彼等にむざむざと君達の失敗の轍を踏ませないつもりだ。以て冥せよ。

「ああ、火星には生物はいない。されば地球の人間よ、君達は光輝ある太陽系で唯一の高等生物だ。須《すべか》らく自重し給えよ」

俺は思わずこんなお芝居もどきの言葉を呟いた。そのときドニャックがソロソロと近寄ってきた。俺の顔を長い指で悪戯っぽくつついて言った。「火星には素晴らしい高等動物がいるのだよ」

「エッ!」驚いた俺はフト艇長を見た。そして瀬木氏を見た。意味あり気な二人の眼は俺に向って頷いているのだ。

「暇があれば帰途に――」という表情であった。

このとき操縦席にあってジェットのレバーを握っていたリ氏がふと振り返ったのでドニャックはつと口を噤んだ。ああ、この期に及んでもなお不可解な謎が残った。リ氏の右手に力が入りジェットの爆音が一きわ高くなり艇はいよいよ増速する。一〇人の不敵の科学者を載せた異様な銀色の艇はなおも解けやらぬ謎を蔵したまま、キラキラと太陽の輻射を背後に受け真紅の原子焔を曳いて無限の虚空へと消えて行ったのである。

筆者の補足

白嶺恭二の膨大な原稿は以上で終っていて結末がないが、そこに深長な含みがあるようにもとれる。

これは明らかに小説ではない。空想であるかというに引用された科学的事実が余りにも事実すぎる。さりとて事実でもありようがない。この訳の判らぬ一篇を単なる悪戯か気紛れとして捨て去るにはかの鉛の小函の現実が甚だ暗示的である。白嶺はこの中に納められた一塊の石ころを見つけるのに六カ月間、北海道中の山中を駈け廻ったと言っていた。小函の中の正体は彼の小説?によると天体のかけらであるはずだが――しかり天体のかけらが地上に落ちたとき、それは隕石となる。私はここで重大な暗合に思い当った。

少年時代に天文観測に興味を持った経験ある三十才過ぎの読者ならあるいは記憶に留めておられるかも知れないが、今から二十年あまり前のこと日本で十月末から十一月にかけて著しい流星群が見られた。それは天文学的には獅子座流星群と呼ばれるものであった。流星群とは微細な天体のかけらが群になって地球の大気圏に突入するために起る現象であるが、小天体群の軌道が多くの場合、最近に地球に隣近した彗星の軌道と一致することから、流星は彗星の残留物とも解釈されている。ところが昭和の初年、時節外れの五月に異常な流星群が見られたことがあった。人々はその輻射点が獅子座附近にあったために最初は獅子座流星群と間違えた。しかしこれが極めて特殊な流星群であることが直ちに判明し専門家は無論のことアマチュア天文愛好家の間にも話題を賑わしたものである。

その正体は彗星の残滓でなく甚だ特殊な天体が流星になったという考えであった。地球からの観測は不可能であるが、大離心率をもつ特異小惑星の一群が近日点で殆んど地球軌道と交叉して公転していたという想定のもとに、この流星は極めて微細な小惑星が大気層に落ちこんだものと推定された。その証拠にこの夜の流星の群は殆んど全部が驚くほど大きく、鮮明な尾を曳いて地面に接近し、幾つかは隕石となった。そのうちの数個は附近に落下したという情報が当時北海道の確実な筋から伝えられたものである。白嶺の北海道探検はこの噂に基いて行われたに相違ない。天文学に夢を逐う少年の一人であった白嶺は当時北海道にあってこの天来の神秘を目撃した一人であったのだ。隕石落下の時に起るあの叩きつけるような激しい音に鼓膜が故障して医者の世話になったことなどを白嶺自身の口から聞いたことがあった。

事実は小説よりも奇なりというが、私の手もとには因縁つきの隕石と覚しいものが鉛の小函に入れて残されている。二十年を過ぎた今日になって白嶺が地中から探し出したのでなく、当時好事家によって既に探し出されていた隕石のその後の所在を白嶺が尋ね尋ねて持参したのかも知れない。私はこのもっともらしい小函の中味を由来記通りそのまま信じるほどの物好きではないが、この日の白嶺の態度には冗談でないある真剣さが感じられた。幸に知人にその方面の専門家がいるので小函の中味の鑑定を頼んだところ、その結果には大いに困惑した。石ころには僅かであるが放射能が認められ函の容器に入っているのも伊達でないことが判明し、また石ころの表面には鉄分の多い隕石に常に見られる条痕効果も認められたのである。白嶺の空想的一篇の内容がはからずもこの点で現実と一条の連繋をもったことは恐るべき暗合であった。更にこの一篇に盛られた諸々の物理学的事項のうち最後の小惑星族の理論は厳然たる事実で、最近特に天文学の知識ある人士の脳裡に不気味な黒雲となって暗い疑惑の影を投げている恐怖の源泉なのである。

翡翠荘綺談

まえがき

筆者は先だって某雑誌上で面白い記事を読んだ。T某と称する霊媒の心霊物理実験会に我が国文壇の大立物たる江戸川乱歩氏や長田幹彦氏が列席しその感想を述べておられるものであった。両氏ともこれは巧妙な奇術であるとし主催者が心霊現象であると主張するのを強く否定されている。ところが筆者自身も十五年ほども前にただ一度だけ同じT霊媒による実験を見た覚えがある。こういった活動の本拠である心霊研究所が偶々拙宅の近所にあったため、時々こんな会合が催され列席した信者連中から色々と噂を聞かされたものである。

が、一科学者である筆者は勿論かかるものを無条件に呑込むわけにはゆかなかった。T霊媒とは些か面識ある私として同氏にはお気の毒ながらこれを心霊の物理現象だと主張される言分には納得出来ない。しかし私はここに大きな註釈を加える必要を感ずる。

霊魂は有るものか、無いものか？　有るとしても肉体と共に滅亡するものなのか、不滅なものなのか？　といった問題は二十世紀の今日でも人類の中心に大きく横たわっている問題であろう。昔はむしろ霊魂不滅の思想が優勢であったのではあるまいか。何れの宗教の教義もこれが前提となり、学問の領域ではギリシャ以来の精神至上主義の哲学が知的活動の中心となっていた。精神至上主義即霊魂不滅説というわけにはゆかないが、もし生物に魂が無いとかあるいはあっても一代限り肉体と共に滅びるとすれば精神主義はあまりにも薄弱な根拠の上に立つことになる。ところが近代の科学文明が著しい変化をもたらした。人間の心の片隅にくすぶっていた唯物的な反抗心に火を点じたといえよう。この結果今では恐らく半数以上の知識人は霊魂の不滅を疑っているだろう。否、中には積極的に霊魂の必滅を信じている者すらいる。現代人には霊魂が肉体の死後残るだけでなく引続き物質の世界に大きな作用を現わすなどとはとても信じ難いに違いない。科学知識は霊現象に絡まる昔ながらの不合理にして不潔な迷信を一掃するには大いに役立ってきた。しかし心霊なるものの本体までを否定するほどの力があるだろうか？　この点筆者自身が一科学者として、あまりにも科学万能を盲信する科学者達に一矢を酬いたい所以である。先述した心霊研究所は、某大名の後裔で当時貴族の礼遇を受けていた一野人M氏によって主催されている。氏は心霊研究に財産を蕩尽したばかりでなく、T霊媒を中心とする物理実験が往時の警察問題にまで取上げられたりなどして遂に爵位剝奪の憂目を見たが、なおも屈せず自己の所信に進んだ人である。T霊媒の実験には大した興味のなかった筆者もM氏の持つ生命観、その主唱する心霊説には大いに心を動かされたものである。氏の思想はヘーゲルの亜流を汲む一種の生命哲学ともいうべきもので真底は甚だ難解なものであったがその論旨は現行の自然科学と何等牴触するものでなく、むしろ科学者の盲点を衝き、その解決と証明のために更に高度の科学的説明の要求を暗示する態のものであった。

それならばかの奇術まがいの物理実験はどんな意図で行われていたものだろう。この挙はたとえ真正な心霊現象であったにせよ却って知識人の疑惑を買うに過ぎない。知識人にあまりどぎつい実証は却って無用の逆効果すら生ずる恐れがある。この件についてM氏と話し合ったことはなかった。しかし私には確実な想定による一つの了解が存在したのだ。

抑々《そもそも》M氏の所論の重点の一つは近頃の科学者があまりにも科学知識の魅力に溺れ、知識とは自然現象の極く一端が知覚に投げた映像に過ぎないこと、換言すれば知識獲得の根本である認識作用は精神の作用に外ならず、自然の本来の姿を必ずしも正確に取り入れるとは限らないことを見落しているのを指摘するにあったのだ。哲学的思考力のある知識人には説明のみでこの点を納得せしめ得るのだが一般大衆にはどう働きかけたらいいだろう。大した思考力も理解力もないところに近代化した生活環境が力強く唯物的な観念を植え付けてきた。大衆の考えは思索によって得た知識でなく環境が長年月に亘って染色した謂わば習慣的な常識である。こんな過程による思想は信ずる所以に合理的なものがないために、甚だ頑迷であり合理的な議論のみで覆えすことは殆んど不可能である。ここに考えられる甚だ効果的な方法は実験してみせることだ。抽象的思考力の無い者には眼に見せるにかぎるのだ。現在人類のもつ科学的常識がいかに不完全なものであるかという筋書を盛った芝居を見せることとなのだ。心霊物理実験なるものはこういった意図のもとに行われてきたことを私は確信している。正しい哲学的思想は少数の哲学者の専有物であってはならないというのがM氏の持論であったことから推して、難解な氏の哲学の一端を一般に紹介しようという大仕事の手始めに打った芝居ではなかったか？　大勢の非知識階級のもつ根強い先入主をまず打破するために一時は知識階級の顰蹙も止むを得ぬとの考えではなかったろうか？

　ところで、話はいよいよ本筋に入るが、私は心霊研究所で磯田某という男と知合になった。私と前後して東京帝大の工科を卒業した男だが、この男がある動機からM氏の心霊哲学の大共鳴者になったのである。工学などという唯物論の最先端をゆくような学問を修めた男が――と一応は不思議に思われるかも知れない。が、知識に対する合理的な哲学の裏付けは知識人には専門の如何を問わず欠くべからざる欲求であることを考えると、この点筆者にはよく理解の出来る事情だ。磯田が何故心霊説の支持者になったか？　これには奇しき一場の物語がある。彼が嘗て話してくれた異様な内容を筆者はここに機会を得て、「翡翠荘綺談」という題目のもとに御紹介する運びになった。翡翠荘という山荘で九死一生の瀬戸際に追つめられ危く身を以て逃れた磯田が体験した事件そのものは昭和時代に起った一つの信じ難い怪談として読み捨てて戴くとしても、この事件で悲惨な最期を遂げた磯田の親友の志賀達也という画家が磯田に語った心霊に関する論理と解釈にはよく注意して戴きたい。一見荒唐無稽なペダントリーのようにみえるが、考えようによっては一つの斬新な示唆を含んでいることに気付かれるだろう。以下の文中「私」とあるのは磯田自身を指すのである。

一、謎の手紙

　昭和十三年の春、東京の大学に在学中であった私は軽い胸の病を得て用心のため大阪の両親の家に帰省しぶらぶらと気楽な日々を送っていた。その五月初旬のこと一通の思いがけぬ手紙が舞込んで来た。差出人は中学校時代の同級生であった志賀達也という男なのだが三年ぶりに見るとその名が耐え難い興奮と好奇心を私の胸に呼び起した――。

　志賀達也とは中学校時代に相当親密な間柄であった。

私の方は運動選手という派手な役柄上顔が広く、つき合う連中も少くはなかったが、志賀は私の外には友人らしい友人を持っていなかった。運動の関係のつき合いは概ねがさつな連中が多かったため、私の性格上他面に静かに語り合える心の友といった者を求めた。志賀はこの心の隙を満してくれるのに格好な男であった。病身がちであったせいか、何となく陰気で目立たぬ存在であったが頭は素晴しく良く、青白いながらも整った容貌と深い思索の影を宿した眼差は強く私の心を惹いた。彼は絵を能《よ》く描き将来もその方に進む希望を洩していたが、私はむしろ彼の鋭い厳密な頭脳に畏敬し学者になった方がいいのではないかと思っていた。

両親には早く死別れたただ一人あった姉も彼が中学校に入ると間もなく死んだ。肉親に縁遠い淋しい身の上であったが、九州の片田舎ながらも素封家であった両親から少からぬ遺産を受継ぎ、生活には充分のゆとりがある様子であった。大阪にただ一つある遠い親戚に寄寓し、そこから学校に通っていたわけである。中学校を卒業すると私はこの地の高等学校に志し彼は美術学校を志して上京した。以後も私との間には頻繁な文通が続けられた。美校卒業間際になって彼は姉と同じ胸の病が嵩じて九州の郷里に転地した。入れ代りに私は東京の大学を志して上京したがこの頃から彼の消息がぱったりと絶えたのである。

志賀が美校で病の昂進に気付き始めたと覚しき昭和十年の暮頃から手紙の内容に些か異常な点が現われ始めていた。彼はもともと生命哲学に非常な興味を持ち霊魂の有無あるいは不滅といった問題は特に関心の焦点になっていたようである。この点では唯物思想の勝った私とは常に考えを異にしはげしい議論の原因になっていた。が、志賀の態度は無智な盲信者達が無条件に霊魂の不可思議を信じ迷教に入れあげるといったのとは全く異り、どこまでも合理的に真相を究明しようという学究的態度であった。この問題についての文通は非常に多く美校在学の後半に私宛に送られた書翰は殆んどこれが中心になっており志賀独特の鋭い洞察と冷静な思索の跡が随所に伺われた。ところが病が重くなるにつれて生命に対する志賀の関心は急激に熱情的となり時には狂信的なひらめきすら感じられた。あれほど頭脳明晰であった男も事、自身の身の上に及ぶとやはり冷静を失うものかと私は些か裏切られた気持であった。そして最後の手紙を読むに及び遂に彼は極度な神経衰弱に陥りさあらぬ妄想を懐くようになったらしいと判断した。「生物にはすべて形体と幽体があり幽体こそ生命の本体であり不滅である。僕は近頃その証拠を見る」といった奇怪な文句が、綴られていた。私は憐れむべき親友のために長嘆息した。鋭敏に過ぎる頭脳は、往々にして失調する。志賀の頭脳は失調への紙一重にあると思えたのだ。

「身体の保養とこの問題の一層深い研究のために暫く郷里に帰る」といった簡単な文句で手紙は終っていた。

その後私は志賀の郷里宛、再三手紙を出したが一向に応答がなかった。それのみではない。約一年後に出した手紙は遂に符箋付きで戻ってきた。同窓生の誰も、また唯一の大阪の親戚すら彼の消息を知らなかった。それから更に二年、卒業を眼の前にして彼と同じく自宅療養の憂目をみた私に三年ぶりで志賀の懐しい筆跡が訪れたのである。私がこの手紙に異常な興奮を覚えたのは単に久しぶりであったからだけではなく、意外な事が記されていたからである。

表面上は文絶当時のなまなましい熱狂さは消え失せ昔ながらの静かさにあふれていた。——がその意味するところに私は慄然としたのだ。曰く——私が志賀と同じく卒業を間近かに胸を冒されたのを、単なる偶然と看做すか？　と彼は言う。幽魂の威力について常に彼の議論に反駁した私に身を以てその力を体験せしめるために何か超現実的な作用が働いたとは思わぬか？　と続ける。私を病に引き込んだのは実は志賀の意志の力だという。その証拠として私の運動で鍛えた健康な身体を讃え、私の家族には誰一人として腺病質で胸の病を持った者がいない点を指摘しているのだ。

何を馬鹿な！　と思いつつも得体の知れぬ戦慄が全身を走ったことを白状する。私自身すらこの度の病気だけは全然心外で納得に苦しんでいた矢先であったのだ。志賀の消息が不明になってから二年、手紙を一本も出していない。志賀はどうして私の病気を知っているのだろう？　手紙は坦々とした静けさのうちに奇怪な裏面を秘めてなお続く。

「僕は今、六甲山中腹の山荘にいるが、最近是非とも君の助力の必要な事が起った。三年も当方から御無沙汰しておきながら無礼な願いだと憤慨するだろうが、どうか昔の誼《よしみ》に免じてきっと尋ねてくれ給え。それで僕の悩みも解消し君の病気も全快の運びになるだろう。それで僕の悩阪急電車のA駅で降り駅前の果物屋で翡翠荘といって尋ねれば直ぐわかるはずだ」

これは全く思い設けぬことであった。阪急電車のA駅とは私の自宅の駅から三つ神戸寄りに過ぎない。九州にいるとばかり思っていた志賀はいつの間にか私の家の近くに来ていたのだ。

二、青灯の家

その翌日の夕刻、私は盛上る好奇心を抑えてA駅に降り立った。ここは関西の山の遊園と呼ばれる、六甲山登山口の一つに当っている。昨日まで降っていた雨が珍らしく晴れ、偶々土曜日であったせいか半日の行楽を終えて家路に就く人達で駅前は賑っていた。目指す果物屋は改札口の真向いにあった。二三人いた客の出るのを見計って店先に入りこみ来意を告げ四十がらみのおかみさんに翡翠荘への道筋を尋ねた。おかみさんは怪訝そうに私をじろじろと眺めて言った。

「翡翠荘というと、あなたは志賀さんという画かきさんをお尋ねですか？　ヘエー、では何か御親戚ででも？」

私はおかみさんの様子から志賀にまつわる秘密について若干知っているらしいとみてとったので事前に少しでも多く予備知識を得ておきたいと思い、志賀から来訪を懇願する手紙を受取ったことを話して安心させ、情報を仕入れたのだ。おかみさんも喜んでいろいろ話してくれた。それによると——志賀がこの山荘に移って来たのは二年ほど前で、私の手紙が符箋附きで戻ってきた頃と時期的に一致する。翡翠荘というのは登山道から谷川一つ距てた高地にたった一軒離れて建てられた平屋建ての別荘風の小山荘で名の示す通り屋根瓦も壁も緑一色に塗られている。禿山の多い六甲の山腹に珍らしく常緑樹で囲まれた瀟洒な建物であるが志賀が持主であるさる神戸市会議員の未亡人から買いとって住むまでずっと空家になっていた。噂によると、これより更に十年前、神戸に起った未曾有の猟奇事件、幼児誘拐虐殺事件の発覚以後絶えて住む人がなくなったと言われる。この事件は御記憶の方もあると思うが神戸市内の東部で五六才の幼児が頻々として行方不明になるのを地方検事局が必死になって探査した結果悲惨眼を掩わしむる大虐殺事件であることがわかったのだ。一刑事の鋭い勘によって当時港の南京街に鶏の胆と称し、難病に非常によく効くという生胆を密売していることを突止めた。これが誘拐された幼児の生胆であることがわかった。別名生胆事件とも呼ばれた。腹をたち割られた死骸は全部六甲山麓の大きな松の根元に埋められてあった。この松が翡翠荘の建つ台地の直ぐ下手に当っている。

翡翠荘に志賀が移り住んだ日から窓に青い灯がともった。十年この方人住まぬ山荘に怪光を認めた界隈の住民はまず好奇の眼を瞠った。土地馴染みのハイカーが夕暮に山を下って来て人住むはずのない荒屋敷に思いがけぬ青灯が仄めくのを認め息を切ってかけ下りて交番に届けたという逸話さえ生じた。

「――で志賀は独り住いをしているのでしょうか?」

これは私に一番気懸りな問題であった。身内の無い志賀がどんな方法で暮しているかというのはまず第一に起る疑問であった。

「おくにの方からついて来たという五十過ぎの女の方がずっと世話をなさっています。おたえさんといってとても良い方で、うちへもよく買物にみえるのでつい心易くなりいろいろお話も聞いているのです。志賀さんは随分変った人らしく二年間というもの絵ばかり描いて滅多に家を出られたことはないそうですよ。私もほんの一二度散歩に降りて来られたのを見掛けたくらいのものです」

おたえさんという老婦人には心当りがあった。志賀の母が幼い彼を遺して世を去ったあと数年に亘り当時居た年配の実直な女中が乳母代りをして面倒をみた事を志賀の口から聞いたことがあった。志賀もこの婦人を慕い、中学校当時修学旅行に出る毎に珍らしい土産物などが目につけば乳母に送るのだといって真先に買っていたのを覚えている。

「おたえさんの話では少し胸がお悪いのだそうですが、絵はとても一心に描いておられるというから大した事ではなかろうと思っていました。ところが一月ばかり前の事でした。真夜中になっておたえさんが真青になってかけ下りてきて、医者に直ぐ来て欲しいと言います。こんな事は初めてでしたが随分ひどいらしい話なので駅裏の先生に無理にお願いして往ってもらいました。あとできくと胃痙攣らしい様子でした。ところが妙なのですよ。四五日してまたおたえさんがみえたとき浮かぬ顔をして、どうもその後の志賀さんの様子がおかしい。そして気味の悪い事ばかり起ると、言っていました。詳しい事は存じませんが何でも今まで静物や景色ばかり描いていた志賀さんが、急に何か変ったものを描き出した。夜のうち

に描いて昼間は隠してあるので何だかわからないという
のです」
　私の受取った手紙には明らさまには書かれていないが
変った空気が感じられたのは事実である。三年の沈黙を
破って私の来訪を強く要求するのも唯事とは思われない。
「で、志賀を尋ねる来客といった人はないのですか？」
「それがまた不思議なのです。おたえさんの話でも二
年この方ただの一人も尋ねた方がないそうです。貴方が
始めてで御親戚の方かと思ったのもそのためなんです
よ」
　丁重に礼を言って果物屋を出た。翡翠荘までは約八丁、
夕暮の迫り始めた登山道を行くと帰りを急ぐハイカーが
時々急ぎ足でかけ下りて来るのに出逢う。生胆事件の死
骸を根元に埋めたという老松の梢を左に見て道は大きく
右に曲り、上りがやや急になる。——と左上、二丁ば
かりの所に、屋根の禿げた小鼻を背景にして緑一色の翡
翠荘が見えた。樹間に話の通り怪しい青灯が見える。左
下から谷川のせせらぎが逼い上ってくる。浸蝕され易い
花崗岩質の山肌が深くえぐられて谷となり底が小川にな
っている。翡翠荘の横手で谷の幅が急に狭くなり底も浅
くなる。道端から向うの崖縁まで十メートル余り——赤
味がかった、砂地に芝生と花壇をしつらえた庭の向うに
ヒマラヤ杉と樅に囲まれた小ぢんまりした建物が見える。
——だが橋がないのだ。谷をのぞくと朽ち果てた木片が
底に散ばっている。
「ホホウ、随分変っている」独り言を呟きながら更に
一丁ほど登らねばならなかった。果物屋のおかみさんの
話では正規の橋は随分前に朽ち落ち、志賀が移り住んだ
時は古い丸木橋が掛っていたが彼はそれを取払った。そ
の代り一丁ほど上手で谷幅が僅か二間《けん》ばかりに狭ばまっ
たところに自分で丸木橋を掛け、おたえさんはそこから
出入しているのだそうだ。この丸木橋の向う岸から翡翠
荘の台地までは灌木に掩われた恐ろしく急な山肌が迫り、
その斜面に幅二尺足らずの小径が無理につけられている。
人が近づくのを嫌ったせいだろうが、これではまるで隠
者の生活と大差なく郵便も新聞も配達されはしまい。私
は妙な秘密を包む緑色の建物の玄関に立ったとき我知ら
ず身の引緊るのを覚えた。

三、幽体論

翡翠荘の中はひっそりとして物音一つしない。玄関の扉の上方に古風にしつらえた板が額縁のように掛り緑の文字で翡翠荘と書かれている。「御免下さい」と呼んでみる。応えがない。もう一度声を大きくして呼ぶ。更に返事がない。仕方がないので庭へ廻ってみた。窓は全部閉りシェードが降りている。東南の角はフランス風の開き窓のついた二方硝子《ガラス》張りの部屋で窓の外にはヴェランダが張出し藤棚がしつらえてある。ヴェランダに出る窓も扉も閉り内側にカーテンが掛っている。――がカーテンを透して青い光が漏れてくるのだ。窓に近付いて中を伺ってみるとたしかに人のいる気配がする。窓を軽く叩いてみる。ちょっと気配が動いたようだが更に応えがない。思いきって志賀の名を呼んでみた――つと人の動く気配、そのままピタと気配が止る――一分ほどたった――鍵を廻す音がして扉が開いた。顔を覗かせたのは紛れもなく志賀だ。――が何という顔色だ！　そしてひどい瘠せようは！　青い病者のようなうつろな視線！　一瞬息をのんだ私は思わずかけよった。

「志賀君！　僕だよ、どうしたんだ？」

夢から醒めたように一息ついた志賀は始めて私の存在に気がついたらしかった。眼の色は正常に戻ったが顔色は気味悪いほど青かった。

「ああ、磯田君だったのか、よく来てくれた。さあ入り給え」志賀は隠しきれぬ喜色を現わして私を導き入れた。後手に扉を閉め鍵をかける。――だが一歩部屋に踏入れた途端、ふっと胸が重苦しくなった。生温かい初夏の夕暮に何と寒々しい湿っぽい部屋だろう。そしてこのぞくぞくする妙な妖気はどうしたことだ。二十畳敷は優にあろうという広い洋室で二方は硝子張り二方は壁になっている。壁にぴったりくっつけてソーファが二つ並んでおり折畳式の椅子が二つ真中に投出してある。フランス窓の内際に丸テーブルがあってスタンドが置いてあるのだが、シェードが青色をしているばかりでなく電球の表面も薄青い色に塗られていて部屋全体は緑に近い光線にあふれている。壁には一部分造附けの食器棚がある外は額縁に嵌めた絵が処狭しと掛けてある。皆風景や静物ばかりで青い光に照されて色調が定かでない。だが私の注意を一番惹いたのは隅の三脚にかけられた大キャンヴァスで白布が掛っている。「変った物を描き始めたらしい」という果物屋のおかみさんの話が無気味に胸に蘇ってきた。久闊の挨拶をするでもなく吾々はソーファに深々と身を埋めた。足もとの電熱反射式ストーヴが緑光と混って奇怪な色合いを帯びている。

「玄関で大声で呼んだのに返事がないので庭に廻ってみたのだよ。他に誰も居ないのかい」

「いや、それは失敬した。乳母が居るんだが今買物に出かけているんだ」

そのまま会話がとぎれた。どうも調子がおかしい。以前は彼と居るときは活潑に議論がはずみ話が中断することなど一度もなかったのに——別れてより既に六年余、文絶してより三年、その間の空白が二人の間の調子をすっかり狂わせてしまったらしい。早急な用件があるといって私を呼寄せておきながら一向その問題に触れてこないのだ。止むを得ず私が口火を切らねばならなかった。

「——で僕の助けが要るってのはどうなんだい？　そのためにわざわざ来たんだが大した事もなさそうじゃないか。もっともさっきは随分ひどい顔色で様子も変だったがね」

志賀は相変らず黙っていた。六年前に比べて顔の線は更に引きしまり以前には見られなかったとげとげしさが現われている。濃い眉と深い睫毛に隈どられた切れの長い眼は一層線が鋭くなり端正を通り越して凄味を帯びているのだ。

「僕の病気が超現実的な力によるというのは一体何の事だね？　昨日呉れた手紙は一向要領を得ないんだが」

志賀は始めて心を動かした様子であった。ぞっとするような薄笑いが口許に浮んで直ぐ消えた。ずっと冷いものが背すじを走る。

「君は幽体とは何だか知っているか？」

思いがけぬ言葉が彼の口を衝いた。人が違ったように強い語調であった。

「幽体？　何だね、それは？　ああ、あれか。たしか君の手紙にそんな言葉があったようだ」志賀の手紙に「生命の本体は幽体である」と書いてきたことがあったがこの気違いじみた文句を今度は直接彼の口から耳にしたのだ。訝しむ私に委細構わず志賀は滔々《とうとう》と喋り始めた。

「あらゆるものには形体がある。物質から出来ているから質体といってもいいだろう。生物にはこれに加うるに幽体があるのだ。俗に魂という奴だね。人間だって分析すれば、二十幾つかの元素に過ぎない。これを逆に人工的に組合せて寸分違わぬ人間を作ってみても——仮にそんな事が出来るとしてだよ——生命を持った人間になりはしない。『物質の組合せプラス何物か』という考えはまず万人の認めるところだ。この何物かをどう考えるかが各種の形而上学の岐れ目になる。宗教の中でも、神であるとして超人間的な力に帰せしめようとするものあるいは単に霊力乃至は念力として個体の力に含ませようとするもの等見解が異っている。巨人ゴーレムというユダヤ教の伝説では高僧の念力で生命を吹き込むという思想であるし、アダムとイヴは神の力によるものである。フランケンシュタインの怪物の如きは生命の本体が電気であるとする物理的思想だ。こういった考えを吟味もせずに虚構と笑う勿れだよ。物質に魂を吹込むことが目下のところ不可能だからといって、これを出鱈目出放題といい一方既に経験している現象の可能理由にはそれ以上に唐突な説明を与えられてもなるほどと感心するのは識者の態度じゃない。例えば電磁波媒介のエーテルなどはどうだ。大衆はラヂオと親しみ無線現象を経験しているからこそ、その存在理由にこんな仮説を持出されても『ハイハイごもっともです』と通用させるのだ。ラヂオの無い時代にエーテルなるものを仮想し無線通信などという当時では夢想も出来ない操作の可能性を提唱したらどんな結果になっただろうか？　恐らくマックスウェル先生は大物理学者でなく気狂いか山師と罵倒されただろうよ。大衆とは要するに無責任なものだよ。見給え！　この昭和の時代に幽霊など根っから信じなかった者でも奇怪な経験に遭遇すると直ぐ自信をぐらつかせるのだ。一度や二度なら幻覚だとか気の迷いだとかいってお茶をにごすだろうが三度四度と重なると完全に幽霊のとりこになるものだよ。人間の自信や思想などはたよりないものさ——」

志賀は嘲笑に似た薄笑いに後の言葉を呑み込んで暫し沈黙した。この種の議論は以前よく手紙で取交わされたのだがこうも具体的に所信をつきつけられたのは始めてであった。

「宗教家や精神論者達の議論は甚だ独断的で非論理的だよ。幽霊が存在し不滅だということを躍起になって主張するのは結構なんだが、主張の依って来る合理的根拠を説明することは出来ずにただ『真理』だとか『信念』だとかいって、話術で以て自説の正しさを認めさせようとする。これは学者の態度でなく政治家の議論だ。霊魂が有るか無いか、有りとせば必滅か不滅か、といった問題に対して人類はまだ正確な知識を持っていない。有りとする者、無しとする者、必滅を主張する者、不滅を叫ぶ者、彼等には真理とみえ信念と観ずるかも知れないが学問的には未だ単なる仮説に過ぎない。仮説を真正な知識に引上げるためには自然科学的合理的説明が必要だ。仮説の正否を検討する論理的及び実験的の検証を経なくてはならない。心霊学は須《すべか》らくこういった自然科学的方法の軌道に沿うべきなのだよ。信者を一人でも殖し我党の志を一人でも多く獲得しようといった連中の真似をしていたのじゃいつまでたっても知識層の支持は得られないさ。学問は正しい知識を得るためのもので他人を説服させるためのものではないからね」志賀は一息ついて私の顔をしげしげと見つめた。この点大いに私の心の琴線に触れるものがあった。宗教家やある種の哲学者どもが、「ただ信ぜよ」といい「真理ここにあり」といい高踏的な命題を強引に押付けようとする態度に極度の嫌悪を覚えていた私には志賀の曰う自然科学的合理的説明という一句が一服の清涼剤を盛ったのだ。彼はなお続ける。

「例えばここに一つの生物体がある。化学的にはありふれた元素の化合物の塊に過ぎぬものが生長し生活し自力で運動し自分の意志に従って活動する。時には甚だ複雑な精神現象さえ現わすことは経験的に誰も疑いはしない。何故か？　という質問に対し、それは生命力があり霊魂があり精神があるからだというだけでは説明にはならない。仮説を立てただけだ。物質でない霊魂がどんな径路で物質に作用を及ぼすかという因果的乃至は必然的な関係を確立しなくては霊魂の存在は正しい知識とはならないのだ。これを説明するのを僕は自然科学的方法というのだよ。ラヂオの場合でもただエーテルというものがあるためだと主張するだけでは宗教家や政治家の議論と大差はない。が、マックスウェル氏は科学者だったからちゃんと物理的径路を説明してくれたのだ。エーテルの中に波が起るのだとね。波！　簡単な話だが、最初に提唱するには大達見が要る。

『マックスウェルの電磁波論』として不朽の名声を博したのも当然だ。だから霊魂説が一般の支持を得て科学的根拠の上に立つ定説になるためには霊魂はこれこれの作用によって生物の細胞にこれこれの性質を与える。だから細胞は同化作用により栄養を吸収し生長し分裂する、といった論理の鎖を完成しなくてはならない。これで始めて『生長』なる現象の完全な説明が成立つのだが今では生物体の単位物質である細胞と物質でない霊魂を結びつける一番肝心の鎖の輪の正体が不明なのだ。一番簡単な生長現象ですらこの有様だ。まして生活力とか精神活動とかいった面では、幾つ輪が抜けているのか見当もつかず五里霧中の現状なのだよ。こういった困難が全部克服されて始めて霊魂という仮説を知識として認めることが出来るのだ。僕は勿論学者でもなしこんな困難な問題を解決する能力はない――が問題を極く狭い範囲に限って僕なりの仮説を立ててみたのだよ。即ち幽霊を見たという人の経験を仮に正しいものとして――仮にだよ――それを説明するのに必要でしかも無理のない属性を幽体に与えてみたのだ。だから幽霊が本当に存在し、経験した人の言うような形や作用を本当にもっているものならば、僕が仮想した属性はいずれ科学者に正体を暴露されるだろう幽霊が具えている諸々の属性の一部分に該当しているはずだよ」

志賀の満々たる自信も大したものだが、彼の科学者と称する考え方には更に驚いた。この男はもともと物理や数学に興味をもっていた事は知っているが所詮一芸術家としてみていたのだ。が、この調子では芸術家にあり勝ちな感性で知性をぼかすといった態度が微塵も見受けられない。なお以下彼が語るところによっていつの間に勉強したのか物理学に対する知識が並々ならぬのに驚いたのだ。

「僕の議論にも肝心の輪が抜けている。これは僕の能力外だ。だから事実だとは主張しない。ただ可能性のある一つの考え方としてきいてくれればいいのだ」と註釈して続ける。

「幽霊を見たという人の話を綜合してみると二つの著しい共通点がある。一つは幽霊は密室を自由に出入するということ、もう一つは目撃者は幽霊の現れている間身動きも出来ず声もたてられぬという事実でこれは恐怖が昂じたためばかりでなく他にもっと必然的な原因があるらしいのだ。前者を説明するのに僕の立てた仮説というのは――『幽体は質体と同時に同一空間を占め得る』というのだ。物理学ではエーテルは物質でなく宇宙を隅から隅まで万遍なく充塡し尽しているものと仮定している。即ち物体の中にも自由空間の中にも同じように存在するのだ。物質と同一空間を同一時刻に占めているわけだ。こうみてくると幽体とエーテルは非常に似ているじゃないか。が、僕は他の必要から幽体にもう一つの性質を仮想した。即ち『幽体同志はあたかも物質同志が同一場所に共存し得ないように同一空間を占め得ない』というのだがこの仮定で幽霊の作用を一層適確に説明出来るのだ。鉄や硝子やコンクリートなど完全な無生物質で囲まれた密室の隔壁は幽体には何の邪魔にもならない。丁度エーテルの波は何でも貫いて行くように。だが隔壁が生命を持った動物や植物で出来ているときは幽体は通れないのだよ」

私はこの時はその突飛な話に呆れたのだが後刻私の身に起った奇態な経験がこの仮定を肯定するのだ。植物の細胞は木材を製材してもなかなか死滅しない。だから真新しい木材で囲った部屋は隔壁がまだ幽体を有し他の幽体の通行を妨げることになるわけだ。四谷怪談蛇山の庵室の場で人垣を作って伊衛門をお岩の亡霊から保護する場面があったが、作者の鶴屋南北にこの説を聞かせたら大賛成しただろう。

「次にもう一つの現象、目撃者が身動き出来なくなるのは何故だろう。ここで幽体は物質体に支配力を持つという仮定、あるいはもっと物理的に具体化して、幽体はエネルギーを吸収し変形する能力をもつという仮定を導入してみる。目撃者は幽霊の姿を認め、時には声を聞く。姿を認めるにはこれが幻覚でない限り明かにそこには光を発する光源かあるいは反射する物質がなくてはならない。光を発するには光源のエネルギー、声を発するには音源のエネルギーが入用である。また光を反射する物質が存在するためにもエネルギーが要るのだ。古典物理学ではすべてのエネルギーは運動のエネルギーと位置のエネルギーに二分されていたが近世物理学の泰斗、シュレーディンガー教授やド・ブロウィ博士の提唱した物質波の理論が発展し物質が存在すること自体に既にエネルギーが必要である事、換言すれば質量そのものが既にエネルギーであることが明かにされたのだ。しからばこんなエネルギーはどこから補給されるのだろう？　いかに幽体でも無から有は生じない。今物理界で真理と認められているエネルギー不滅の法則を認める限りこの制限には従わなくてはならない。補給源はどこだろう？　目撃者自身なのだ。目撃者の幽体は自己の支配する肉体から異化作用に依り刻々にエネルギーを発生せしめ肉体の運動と保温を続行せしめる。生理学で言う生活現象だ。所が附近に肉体を持たぬ他の幽体が居て刻々に発生するエネルギーを横取りしたらどんな結果になるだろう。目撃者に動く意志はあっても動き得ないはずだ。そして体温は刻々に降って行く。幽霊を見ると寒くなるのはあながち恐怖ばかりのためではないのだ。一方エネルギーを横取りした幽霊はそれを利用して怪しい物質の再現をするわけである。あやめもわかぬ闇夜にも幽霊だけは薄ぼんやり見えるというのも声が聞えるというのも幽体が吸収したエネルギーを発光エネルギーや発音エネルギーに自由に変形するのだと考えれば何の不思議もないじゃないか」

「それじゃ今仮に犯人が幽体を分離し肉体は外に置いたまま密室に侵入し、相手のエネルギーを利用してこれを殺し、外に出て再び肉体に戻ればこれこそ本当の意味の密室殺人が完成するわけだね」

「うん、だがそういきなり探偵小説に飛躍しては困るよ。僕の言うことはまだ皆仮説だ。仮に正しい仮説であったにせよ誰も彼もが簡単に幽体を分離して意志通り動かすことは出来ないだろう。霊媒と称する連中はこの能力があるのだと自称するが疑わしいものだよ。だが嘘だという証拠もないわけだがね。

次に君の病気の件だが――日本の都会居住者は殆ど肺結核保菌者だと言われている。エネルギーが菌の跳梁を抑えているわけだね。この抵抗力を生理学者は自然の良能と呼んでいるが僕に言わせれば幽体が自己の肉体を保全せんとして無意識のうちに行わせるわざなのだ。結核菌に抗するには多量のエネルギーが要ることはよく知られている。この病にコンサンプション（消耗）という別名もあるほどだからね。そこで先ほど説明した幽霊現象と同じく保菌者が他の幽体のために刻々に発生するエネルギーの一部分あるいは大部分を吸収されたらどうなるだろう。抵抗すべきエネルギーが不足し病菌が活動を開始するのだ。結核にかかると極く軽くても甚だ疲労するものだ。この並外れた体力の消耗は生理学ではとても説明がつかぬはずだよ。僕は大部分の人の結核は悪意ある幽体の作用で起っていると考えたいほどだ。僕が仮に自分の幽体を分離して駆使することが出来れば君を結核病にするのはわけのない話さ」

真面目な話なのか、冗談なのか？　手紙にもこの厭な話が述べられていた。気味悪くなって志賀の顔色を伺ってみたが彼の眼は真剣な光が満ちているのだ。私の疑念など気が付かぬ風に続ける。あたかも自分の設けた仮説の効果に酔っているように――。

「幽霊の密室出入についてもう一つ変った考えがあるんだよ。僕の考えじゃないんだが、こういうんだ。地上を逼い廻るより知らぬ豚には低い垣で四方を囲めば密室を構成出来るだろうが一つ次元の高い空間に住む鳥類には効果がない。これと同じ関係を一つ次元の高い空間に適用してみると、人間は三次元に住む豚に過ぎず上下四方を囲まれれば密室に閉じ込められるが、四次元の鳥である幽霊には効果がないというわけだ。こういった空間概念の拡張を行うと幽霊の密室出入は極めて鮮やかに説明されるがあまりにも現実の世界と縁の遠い理論の遊戯といった感がある。とはいえ現実に存在しそうもないということは誤りを意味するものでもないし出鱈目だともいえない。が、こんな空間は科学的に実任の根拠を得ることは殆んど不可能と思われる。恐らくアインシュタイン氏が四次元複合という概念を導入して特殊相対性理論の絢爛たる華を咲かせ、その理論が現存する現象と矛盾せぬのみか、ある方面では実験的確証を得たという事実にヒントを得たものだろうが、これこそ似て非なる模倣の典型だよ。アインシュタイン博士は三次元の空間に時間という異ったエレメントを敷衍したのであって形式的には四次元であるが実は空間と時間が綜合した現象を演算形式の上でも綜合して扱おうといった意図である。組織に存在しないものを仮定したわけではない。従来までの解析的な方法ではエレメントが多く計算が面倒な現象をテルソン記号法によって綜合した概念のまま演算にのせるといった便宜的なやり方である。ところが幽体を四次元と仮定する場合に附加されたエレメントは既存の『長さ』のダイメンションだ。かかる空間は従来までの経験にも存在しないし、将来発見されるだろうと予期することも六ケしい。これを無理に主張すれば、宗教家が『あの世』といい、原始的な哲学者が『エルドラドウ』乃至は『イデー』なる空想の世界を想定して口角泡を飛ばした所謂近代的意味のイデオロギーと何等変りはしない。数学の概念でもっともらしくカムフラージュしているだけだよ、こんなものにだまされはしないよ。――ところで君、いやに神妙な顔をしているじゃないか。僕の話に何か意見でもあるのかね。あったら聞きたいものだね」

志賀はときどきこんな挑戦的な口をきく。私も負けずにやり返すのが常だったのだが、今日の話は意外な方向に進みどうも勝手が悪い。それに当方の持論である科学的方法をこうも見事に逆用せられたのでは反駁の余地がないのだ。

「生物体の霊魂すら信じなかった君に死んだ固体の幽霊などとても納得出来ないだろうけれど、今の科学でも幽霊の存在を否定出来ない事はわかってくれたと思う」

私はわかったというより若干煙に巻かれた形であった。

四、アトリエの怪異

この家には普通でない事が起っており、志賀の精神状態もまともではないらしいという予備知識をもってやって来たのだが、話を聞けばまともでないどころか極めて理路整然として相変らず鋭い舌鋒である。話の内容はなるほど尋常ではないが論法は合理的で精神異常でなく精神卓越といいたいほどでこの点は全く予期に外れた。ただこのアトリエに入った当初、急に胸が重苦しくぞくぞく寒気がしたのが変だといえば変だが、今では正常に復し青い光が心地よく目を慰める。雨が降り出したのに気がついた。この二週間ほど降りみ降らずみの空模様であったが、今日は珍らしく晴れたので好都合とばかり出掛けて来たのだが、天気は夜半まで保たなかったのだ――。

玄関を開ける音がした。続いて廊下を歩く音、そして扉をノックする音――顔を出したのは頭髪にはや白いものが見える中老の婦人である。果物を胸一杯に抱いていた。

「僕の乳母だよ」立上りざま紹介してくれた。上品な優しそうな婦人であった。

「磯田様でいらっしゃいますね。ぼんさまが手紙であなた様をおよびしたと仰言《おっしゃ》っていましたがようこそこんなに早くいらっして下さいました」朴訥な言葉であるが私の来訪を殊の外喜んでいる様子であった。おたえさんが茶の準備に去ったあと暫し沈黙が続いた。私は便所にことよせて席を立った。台所の前を通ったとき茶の仕度をしているおたえさんを捉えて果物屋で聞いた話を伝え何事が起っているのかをそっと尋ねてみた。それによると、一月ほど前に志賀は激しい腹痛を起し七転八倒の苦しみをするので大急ぎで医者に来てもらい沈静剤の注射でやっと本復した。医者の話ではすこし病状が違うのだがまず胃痙攣としか考えられぬとのことであった。それ以前は一風変った生活ながら普通に絵を描き書物を読み月に一度は写生に出るといった変哲のない調子であったのにこの病後急に尋常でない事が起り出した。まず昼間は一切絵筆をとらず一心に何かに読み耽り時々居睡りをしているらしい――夜になるとアトリエに鍵をかけ絵を描き始めるが、その時刻になるとおたえさんは急に胸がしめつけられるように重苦しくなり、家の中が急に寒くなる。夜中は絶対にアトリエに近付くことを禁じられているが朝方になって合鍵で扉を開けてみると志賀はパレットをほうり出してソーファの上で前後不覚に倒れている。例の大型キャンヴァスは既に白布を掛けられて見るよしもないが新しい絵具の香で、漸次塗り足されていることは間違いない――こういった事が近頃毎夜のように続くのだそうだ。

「あの画布は病気が起った翌日私にいいつけてわざわざ大きいものを大阪まで買いに行かされたものです。いつかアトリエを掃除しているとき、チラとまくれて見えたのですけれど、人の姿のようでした。――でも！」

「人の姿？　だってモデルも何もいないんでしょう？」

「ええ――でも」おたえさんは言い澱み困った表情を見せたが思いきったように続けた。

「私の気のせいかもしれませんが夜中にぼんさんが絵をかいているとき他に人がいるような気がするんですよ。見たわけじゃないんですけどぼんさんの独り言が人に話しているような調子なんです――とにかくぼんさんはだんだん瘠せてくるのでとても心配でたまりません。貴方様、今夜は是非ともあの部屋に御一緒に泊って戴きたいんです」

育て子の身を案ずる乳母の眼には必死の色があった。

「ようございます。何があるのか知りませんが今夜は志賀のそばを一刻も離れますまい。怪しい事の正体を見届け出来るなら取除くように努力しましょう」

おたえさんは私の言葉を信頼したらしくほっと安堵の色を見せたが私は大きな口をきいたものの甚だ薄気味悪いのだ。雨が一しきり強くなり屋根瓦を叩く音に混って川の音が急に高くなった。一面の禿山を水源にもつこのあたりの谷川は晴天には干上り、雨になるとみるみる増水するのだ。アトリエに帰ってみると志賀はソーファの臂掛けに倚りかかって物思いに耽っている様子であった。

「こんなひどい雨だし今晩は帰らないよ。君とこの部屋で一晩過ごすつもりだ。いいだろうね」私は高飛車に出てみた。

「うん、勿論僕もそのつもりさ。それにいずれ見てもらいたいものがあるんだ」彼の眼が意味あり気に隅の三脚に注がれる。

「ああ、あれか。あれは是非とも見せてもらう。君がいやだといっても見るつもりだったんだ。だが助けが要るといってわざわざ手紙を呉れたのは何のためなのだ。そいつをまず片付けようじゃないか」

彼はちょっと困ったように顔を上げた。

「君に助けてほしいというのは――僕にもまだよくわからないんだ。いやそのうちにわかるだろう。とにかくまず一杯どうだね」

呆気にとられている私を尻眼に戸棚からグラスと酒瓶をとり出した。

「アッ！　そいつはいけない！　二人とも胸の病気じゃないか！」

私は驚いて止めようとしたが彼はニッと笑った。

「大丈夫だよ。これなら」と、瓶を振って見せた。なるほど、ウイスキーと思ったのは葡萄酒であった。一二杯乾して雨の音をきいていると眠くなる。格別話すこともなく時間がたっていった。いよいよひどくなった雨足が瓦も破れよと叩きつける。川があふれやしないか？ふと不安に捕われた。そのときだ――急に胸が重苦しくなったのだ。頭から血の気がスーッと退き寒さが全身を走る。――と、志賀の様子が急変した。臂掛けを摑んだ右手がガクガクと痙攣し始め眼はポカンと夢遊病者のように視点を失った。青い光に色覚を失った眼にもそれと感ずるほど志賀の血色は失せた。――と、突然志賀はガバとはね上り絵具箱からパレットを取上げた。つかつかと三脚に歩みよってパッと白布を払い除ける。

「アッ！」私は胆を潰して飛上った。何という絵だ！黒髪を振り乱した女がスックと立ち肩から胸にかけ真赤な血の筋が一文字に走っている。今時見る服装でなく歌舞伎や芝居で見かける奥女中といった扮装だ。心もちかしげた顔にはキッと結んだ口と鋭い怒りの眼が威嚇するように睨みつける。それだけではないのだ。右手に小さい男の児の手をひいているが丸坊主に猿又一つの真裸身！　その腹に見るも無惨な切傷があるではないか。傷口は鬼女の唇のように大きく裂けどす黒い血が流れ出して下腹部を真赤に染めている。いとけない瞳は物おじたように上目づかいに女を見上げている。その酷さは二目とは見られない。私は歯の根も合わずへたへたとソーファに崩れた。こんな恐ろしい絵は全く見始めであった。

「キ、キ、キミ！」必死に呼びかけようとするが私の舌はもつれて声にはならなかった。志賀は気が狂ったように絵具をなすりつける。殆んど出来上って背景を塗っているのだ。ただの絵ではない。このぞくぞくする妖気は一体何事だ！　私は人心地もなく忙がしそうに動く志賀の右手を眺めていた。色調も何もない出鱈目に絵具をこね廻して背景一杯になすり終った志賀はいきなりパレットを放り出してソーファに倒れかかった。呼吸はひどく乱れ額は油汗でベットリしている。失神一歩手前にある様子であったがふと顔をあげ部屋の隅を指さして言った。先ほどまでの彼の声とは似ても似つかぬ声だった。

「君にあの女と子供が見えるかい？」

私はギョッと身体を硬ばらせた。

「ああ、あの絵ならもう沢山だ。どうしてあんな気味の悪い絵をかいたんだね」

「何だって！　いや絵じゃないよ。モデルだよ。三脚の横に立っているじゃないか」

私は生涯のうちでこの時ほどゾーッとした事はないだろう。身の内まで冷えきって大きく震えた。

「見えないかい？　じゃもっとこちらに寄るんだ。僕の頬に頬をくっつけて見給え」

私はもう自分の意志を失っていた。彼の言うままにロボットのように動いた。――私の頬が彼の頬に触れるや否や電撃のようなものを身に感じ手足の力がへたへたと抜けた。ふっと気が遠くなる。耳がジーンと聴力を失って雨の音が消える。水底に潜ると水圧に鼓膜を圧されて聴力を失いいい知れぬ孤独感に襲われるものだがあれに似た気持だ――暫くしてふと我に返って身を起した。ふわふわと軽い。志賀もしゃんと起き直っていて部屋の隅を指さした。

アッ！　女がいる。子供もいる。女は髪を束ねて清楚な様子で絵に描かれたような傷あとはない。――が、子供の腹にはまだ生々しい傷があるではないか。だが不思議に先ほどの恐怖感は失せている。美しい女だ。私に向って形の良い唇をほころばせてニッと会釈した。真白い歯が見える。――が着物の模様といい顔のつくりといいどうしても現代のものではないのだ。志賀がふらふらと立上った。私はあわてて抑えようとしたものだが――身体が動かないのだ。手足が腑抜けのように力が入らず、動こうとするとすると力が抜けてしまう。思考力を失った私の記憶にも幽体がエネルギーを吸収するという志賀の言葉が浮んできた。志賀は葡萄酒のグラスを持ってフラフラと女に近づいた。そのときである――彼はウーンと唸って床に倒れた。激しい苦悶の表情である。爪を立ててはげしく床を引掻きながらのたうち始めた。断末魔のようなうめき声が高まってゆく。胃痙攣の再発？　咄嗟にそう思った。――とモデルの女が近よって彼の上に蹲み込んだ。つと顔を私の方に向ける。

「大急ぎで六神丸を取ってきて下さい。あなたの机の奥に蔵《しま》ってあるでしょう」

女が言ったのか？　私は声を聞いたのではなかった。だが確かにそう頼まれたことを感じたのだ。

私は前後の考えもなく立上った。アッ！　身体が動く！　そして非常に軽い。高等学校時代に満洲旅行をしたとき、正真正銘の六神丸を買求め、そのまま自宅の机の中に蔵ってあったのを思い出したのだ。私は雨の降るのも忘れて、庭に面した扉から飛び出した。そのときアトリエの入口の扉が開いておたえさんが顔を出したような気がした。私は夢中であった。谷川には物凄い濁流が渦巻いているのも構わず一気に飛び越した。十丁の山道は滝のように水が流れていたが委細構わず走り続けた。駅に着いた。今しも電車が出ようとしている。改札口を風のように駈けぬけ動き出した電車にとび込んだ。電車は空いていた。二三人がつとこちらをふり向いたような気がしたが誰も私に注意せぬ様子であった。乗車券を買っていないのに気がついたがそれどころの騒ぎでなかった。机の奥にある六神丸の小函だけが大きくクローズアップされて他の事は一切頭に入らないのだ。電車が着いた。とび降りて改札口を走りぬける。駅夫が立っていたが意に留めぬ風であった。自宅は駅に近い。玄関からとび込む。靴も脱いでいない。「どなた？」女中部屋から女中が顔を出した。眼もくれず二階にかけ上る。自室に飛込もうとしてふとドアが閉っているのに気が付いた。幸に鍵をかけていなかった。六神丸の小函は直ぐ見付かった。とるより早く同じ道を引返した。何がこんなに私をせき立てたのか知らない。私の頭には早くこれを持って行ってやらねばならぬということだけがこびりついていたのだ。再び谷川を道から庭へ飛び越し庭の扉からアトリエにかけ込む。女の姿は見えない。おたえさんが必死になって志賀を抑えている。私は一瞬たじろいだが直ぐ近よって呼びかけた。おたえさんは驚いて振返った。そのとたん、雲に浮いたようなたよりない身体が急に重味を加えて正常に戻った。差出した六神丸の小函を見ておたえさんは魂消《たまげ》たように口をきった。

「おや！　もうおよろしいのですか？　大変なうめき声が聞えるので驚いて来てみますと、貴方様はソーファに倒れておられる。ぼんさまはひどい胃痙攣を起して転げ廻っている。私はもうどうしようかと思いました。けど本当にいいものをお持ちでした。これさえあれば大丈夫です」

おたえさんは五粒ばかり黒い丸薬をとり出すと無理に

志賀の口に押しこんだ。ふと三脚を見るとちゃんと白布で掩われている。再びゾッとした恐怖に包まれた。

「おたえさん！　あなたは私がここに倒れていたと言いました。それはいつのことですか？」

「エッ！　今し方まで倒れていらっしたではありませんか。いくら揺り起しても死んだように眠っておられるので気絶しておられるのかと思ったほどですよ」

私の頭から再び血の気が退いた。豪雨の中を自宅まで一往復したはずなのに洋服が全然濡れていない。靴も光っている。夢か？　否、机の中にあった六神丸の小函は確かにおたえさんの手にある。薬が効いたか志賀はソーファの上で安らかな寝息をたて始めた。おたえさんも私もホッとして腰を降ろした。私は今しがた起った奇妙な出来事を繰返して思い出してみた。確かに女に頼まれて夢中で庭にとび出した――そうだ！　私は扉のところに行って開けようとした。アッ！　鍵がかかっている。

「おたえさん！　あなたはさっきこの鍵をかけましたか？」

「いいえ、そこはいつも鍵をかけてあるはずですよ」

そういえば今夕この部屋を庭から訪れたとき志賀が後手に扉を閉め鍵をかけたことを思い出したのだ。それから――あの谷川を飛び越した。十米《メートル》ほどあった谷だ！　どうして飛び越せたのだ？　アッ！　それから電車！　動き出した電車に飛乗った。――が、この電車は自動扉なのだ。動き出す前に閉ったはずの扉だ。そして自宅の玄関の扉。要するに自宅の前に来るまで扉を開けた覚えが全然ないのだ。では私の部屋の扉は？　ここで始めて扉を開けたのを意識したが何とこの扉は二週間ほど前に取替えた木の香も新しいものだったのである。志賀の幽体論が不気味にも生々しく記憶に蘇ってきたのだ。

「ウーム」私は胸を抱えて考え込んだ。

「いかがなさいました。顔色がお悪いようですが」

何度見てもおたえさんの手には六神丸の小函が握られている。こんなものを始めから持って来るはずがないのだ。ああ、それから机の引出しの鍵！　引出しには鍵がかけてあって鍵は洋服ダンスの隠しに納めてある。私にはわけが判らなくなった。

そのとき志賀がふと口をきいた。

「あの女が君の助けが要るといったんだ。僕にも今始めて理由がわかった。薬を持って来てもらうことだったんだね」

明瞭な声だ。

オヤ！　と思って見ると相変らずスヤスヤと眠っている。おたえさんはそれを聞くとガタガタ震え出した。私は不安がるおたえさんを導いて自室に引取らせた。変ったことがあったら大声で呼ぶからといってアトリエに帰った。志賀はよく眠っている。私もぐったり疲れが出て隣のソーファに横になった。神経がたかぶって眠れそうもない。いよいよ激しい雨の音と狂ったような川の流れが気になる。怪しい出来事が走馬燈のように脳裡をかすめる。が、いつの間にかうとうととしていた。

「あの子供達は可哀想だよ。あんな酷たらしい殺され方をしてまだ迷っているのだ」

私は志賀の寝言とも本気ともつかぬ言葉を夢現《ゆめうつつ》できいたが立上る気力がなかった。いつしか眠りに落ち込んだらしい。

五、カタストローフ

何時間眠ったか？　私はけたたましいおたえさんの声にガバとはね起きた。灯は消えて真暗だ。廊下にかけ出した。

「たいへんです！　水が！　水が！」

「なにっ！　水！」玄関から外を覗いて、あっと息をのんだ。庭は一面の大洪水だ。そして刻々に増してくる模様だ。

「こりゃいかん！　直ぐ外に出るんです。アッ！　志賀君だ！　おたえさん、直ぐ起して来て下さい」

そのとたん、ゴーッと地鳴りを伴った洪水が押寄せた。みるみる膝を没しどんどん家の中にも流れ込む。膝から太股、腰、とどんどん高くなる。

「いけない！　おたえさん、すぐ逃げるんです。ホラ、あの松の木を伝って」

翡翠荘の裏にのしかかった急斜面の麓から中腹まで一面に松が生えており麓の一本は玄関際すれすれに枝を張っている。咄嗟に逃げ道と思いついたのだ。

「いけません！　ぼんさんが、ぼんさんが」

おたえさんは私の手を必死に振り切って家の中に引返そうとした。腰丈けの水に二三歩よろめいて水中に倒れた。そのとき、ゴーッ、またしても地軸をゆるがして大水塊が押寄せる気配！　私は夢中で松の下枝にとびつき必死に斜面を登った。将に危機一髪であった。次に来た水の一塊は軒に達した。メリメリと家のきしむ音。そして次の一塊は完全に屋根までを呑んだ。大鳴動と共に翡翠荘は志賀とおたえさんを道連れにして怒り狂った水中に没し、恐ろしい勢で下流に走り始めた。夢中で尾根までよじ登った私は眼下に恐ろしい光景を見出した。雨はすっかり上り月が洪水の上を一面に照らしていた。谷という谷が激怒咆哮する滝となり家も木も片っぱしから押し流し、鏡のように光る大阪湾に逆落しに落してゆく。この世ならぬノアの洪水を眼下に見て私の魂は宙外にとんだ。

あとがき

御記憶の方も相当あると思うがこれが昭和十三年初夏の頃、六甲山麓を突如として襲った大洪水である。恐ろしい豪雨は一夜にして六甲山腹にある数多の水源池を全部決潰せしめ溢れ出した水は狭い谷という谷に時ならぬ大瀑布を現出し家と樹木と多量の土砂を押し流した。ために神戸市東部の山腹の住宅は殆んど全滅し山麓から海岸にかけて鉄道線路、家屋は軒高まで砂に埋まり復旧に一年有余を要した未曾有の大天災である。

この事件がきっかけとなって磯田はM氏の主催する心霊研究会の一員となりそこで筆者と相知る仲となった。そして私に語ってくれたのが以上述べた翡翠荘の怪事件である。この災禍のさ中から磯田が脱出し得たのは全く奇蹟という外はない。彼の家はずっと東にあったため事なきを得た。洪水も治った翌日の昼頃、磯田は悲惨な災害の跡に胸を詰らせながら徒歩で自宅に辿りついた。そして昨夜の奇妙な体験を更めてたしかめてみたのだ。女中の話によると、ふと玄関から人が入ったような気がしたので覗いてみたが何も変った事は認めず、玄関の扉はきちんと閉っていたという。机の引出しは鍵がかけられ開けた形跡はないのに六神丸の小函だけは見当らなかったそうだ。

その後この事件について感想を述べ合ったとき磯田は一つの問題を提供した。彼は志賀達也の奇抜な幽体論に強い興味を感じかつ信じてもいる様子であったが、一つの大きな矛盾に気がついたと語った。六神丸とその函は明らかに物質であるが何故引出しや扉を通過し得たかということである。これをきいたM氏は、志賀氏の仮説をもう一段進めて意志を有った幽体は物質を必要な期間だけ非物質化し得る能力があると考えたらどうか、と言った。この意味は磯田の幽体が不可思議な力によって引出しの張板や扉をつきぬけてアトリエに持ち込むまで六神丸の函を非物質化した、即ち幽体化したというのである。私はM氏がこんな途方もない話を真面目に言い出したのか冗談だか知らない。恐ろしく手前勝手な都合の良い考え方のようだ。が、これをその場まかせの座興話と捨去っていいか？　志賀が述べた物理的な問題を次に筆者が敷衍してみよう。試みに光の正体に関する物理的見解変遷の歴史を辿ってみると、プラトンの霊火説に始ってニュートンの粒子説に至り更にホイヘンスの廻折実験により波動説が確固たる地位を得たかと思えば、光の進路が重力場によって曲げられるというアインシュタイン博士の劃期的な提唱により再び粒子説に立戻った。一方プランクに端を発した量子力学の実験的結果と相俟って光はエネルギー粒子、即ち量子に外ならないということになっている。しかもこの粒子は時には波動の性質をも示すのだ。そのため光は粒子性と波動性を共有するという奇態な結果を最近の物理学者は止むを得ず是認しているのだ。他方ド・ブロウィの提唱したマターウェーブ（物質波）の理論が実験的証拠すら得て物質が時には物質波と称する波動に変換するという今までの常識ではとても考えられぬような奇態な事情さえも物理学では認められているのだ。波動というのは非物質的な「現象」であって場合によっては他の物質をつきぬけて伝播し得るものである。物質が非物質である波動現象に変ずる――全く奇妙な考えだ。だが、M氏の話と不思議に一致するところがある。どんな機構で変るのか？　自力でか？　他力でか？　乃至はある未知の原因でか？　これは人類の最高頭脳をしぼっても未だに解き得ぬ謎である。そして現在人類がもつ物理的知識の限界である。

その後心霊研究会の一行が磯田の案内で翡翠荘の跡を訪れた。花壇も庭木も全部流されて僅かに建物の土台石だけが残っていた。ところが一行はアトリエの跡と覚しきところから数個の石塊を掘り出したのだ。これはM氏の予言によるものだった。石塊を集めてみると紛れもなく徳川初期の墓に見られる五輪の墓石であった。何者の墓と判ずる術はなかったが志賀も磯田も見たという奥女中風の女、何かの事情で一刀のもとに肩先を切られ恨みを遺して死んだ女の墓であろうとのことであった。この高台になった高地から松林が眼下に見降ろせた。土砂や木片で埋まり見る影もないが若干の松は折れずに残っていた。下枝を無惨に折られた一きわ大きいのが幼児虐殺事件の老松である。が、アトリエに現われたいとけない亡霊の面影は求むべくもない。志賀とおたえさんの死骸は磯田の懸命の探索も空しく遂に発見されなかった。五輪の墓は直ちに心霊研究所の庭に運ばれ、丁重に葬られた。磯田はその後完全に健康を恢復し三年後に始った太平洋戦争に軍属技術者として南方燃料採取のため出征中惜しくも戦死した。

以上が「翡翠荘綺談」の内容とその後日譚である。筆者が不馴れな拙文を駆ってとんでもない話を御紹介したのは決して奇を衒って幽霊の存在を宣伝しようといった野心的な意図でないことを御了承願いたい。終戦後の日本に起った思想の大混雑は特に筆者の心を悲しませる。極度に唯物的な共産党があるかと思えば相も変らず私腹を肥やすより考えぬ保守党がある。学問の世界では逸早く京大の湯川博士が米国に留学しその中間子論が原子物理界に高く評価されようとしているのに、一方には璽光尊が現れ踊り教が踊り歩く。この中に無責任な野次馬が与太を飛ばし無辜の善民は右往左往する。若き男女が夢を追うて自らの命を断ってゆく。宗教に救いを求めた人はまだしも幸福だ。志賀氏とは異りこういった意味で筆者は大いに宗教の意義と効力を認める。が筆者も一介の科学者としてこのてんやわんやを静視するとき一言なきを得ない。偶々一昔前に磯田の口を通じて知った不遇の画家志賀達也の思想にある示唆を見出したのだ。彼は独善的な思想の固定を嫌った。「真理を求めることに忠実であれ」これこそ吾々が今日のるべき正しい軌道ではないだろうか。その言葉の陳腐さを笑う前に何故こんな陳腐な警告が事新しく繰返されねばならぬのかを再思すべきであろう。

二十世紀の怪談

前編　焔蜘蛛の謎

序

私がこれから御紹介しようというのは、今から約二年ばかり前、ぼつぼつ復興を始めてきた南大阪の地に突如として起った世にも奇怪なる事件の記録である。事件の見掛上の奇怪さに拘らず被害は少く、ただ一人の不運な犠牲者が生命を奪われたに過ぎない。それも警察当局は殺人事件に非ずとして不問に附したため、実際上は事件というよりむしろ変った出来事として終末を告げたと考えられた。当時は事件の奇怪さに騒いだ人達も今日では生活の忙しさの中に往時の興奮を忘れてしまっているようである。

この事件を解決したのは私の友人、宇川浩である。否、彼が解決したと一般には信じられていると言った方がよい。私はさに非ずと敢て云う。その理由として彼は事件の真相らしいものを摑んだとみるや、私宛に一通の謎の手紙を遺して突然姿を消し、既に二年余を経た今日まで杳《よう》として行方が判らないのだ。事件の底流に吸い込まれた？　私にはそうとしか思えない。抑々《そもそも》私は宇川と共に偶然な機会からこの事件に引き込まれ、彼が独特の鋭い勘によって解決？　に導くまで具さに経過を目撃しその間測らずもパッとせぬワトソンの役を引受ける仕儀となったわけである。宇川という男は一介の理学士で勘の良い男ではあったが格別探偵の経験があったはずはない。それに拘らずこの事件で彼の示した手際は極めて鮮かなもので彼にこんな能力があったとは夢にも知らなかった。所詮私の考えの赴くところ、偶然の事件が宇川に依って解かれたのでなく、宇川が自分に関係の深い事件の上に行動し失喪の動機がその間に培われたのではないか？という疑問が胸中に拡っている。この事件——否、出来事は果して解決しているのか？　私は記憶の及ぶ限りその内容を詳細に披露して読者諸賢の良識に訴えようと思う。

一、井戸端の怪火

南大阪の大玄関といえば関西線T駅のことである。ここから南方へ下ること半哩《マイル》の位置に関西人なら誰でも知るほどに有名な大墓地がある。重油用大煙突のある焼場と寺院の本殿を思わせるような葬儀場を有ち甚だ近代的な墓地である。しかも一歩出れば戦災を辛くも免れた南大阪の繁華街が軒を並べようといった土地柄だ。昔ながらの幽霊などとても這い出る隙間もないほどのこの一角に驚くべき怪談が出来したのである。界隈の住民は鬼火が家を焼き人を殺すといって戦慄した。またある者はこれこそ大空襲に家と運命を共にした無数の亡魂の恨みがこの墓地に蝟集《いしゅう》し僅かに焼け残った附近の住民に嫉妬の炎を燃やすのだと言って恐れた。

昭和二十二年、十一月も押し詰った妙に寒い日曜日、私は友人宇川浩をアパート阪南荘に尋ねた。戦時中はお互に忙がしく顔を合わす機会もなかったが、終戦後急に旧交が復活し、月に一二度は顔を合わせてとりとめのない雑談に花を咲かすといった間柄であった。この日、話に実が入りうっかり時を過ごすうちに夕刻の五時を過ぎ、暮れ易い初冬の日はすっかり落ちようとしているのに気が付いた。「おや！　もうすっかり暗くなったぜ。どうだ、今日は夕飯を食ってゆっくりしてゆかないかい」と彼は誘った。私も何となく話足りぬ気持であったので帰りを七時以後に延ばす決心をし快く申し出に応じた。

ご記憶でもあろうが昭和二十二年の後半は全国的にひどい電力飢饉に見舞われた時期で甚しい時は二十四時間停電、良い時でも夕刻に二時間ほど点燈するのがせいぜいであった。阪南荘の一帯は日のとっぷり暮れ果てた七時に点燈し八時にはもう停電するのが例になっていた。このため、宇川を訪問した場合は明るいうちに引上げるか、さもなくば点燈を待って帰ることにしていた。停電中の独り歩きは男でも危険なほど、物騒な世の中であったからだ。

このアパートで独身は宇川一人だけで、食事洗濯等、身の廻りの世話は管理人の花谷文枝という戦争未亡人が引受けていた。この人は宇川の遠い親戚に当っている。

当時八歳になる遺児清治少年を抱えて、終戦を迎え唯一の縁者である宇川に身の相談を持ちかけたところ、彼は幸にこのアパートの経営者とは数年来の知合いであって、難なく彼女を管理人として推薦した訳である。戦時中から居た老人の管理人が鰻上りに跳ね上る都会のインフレに胆を潰し田舎の寄るべを頼って引上げたあとに移って来て以来既に二年の月日が流れていた。四十歳そこそこというのだが、一見老けて見えるなかなか愛想の良い婦人であった。この花谷未亡人こそ本事件の第一の犠牲者なのである。といっても生命に別条があったわけではない。次のような次第だ。

冷めないうちにというので豆球をともして花谷未亡人の手料理を食っている途中、未亡人はちょっと顔を出して、

「私はちょっとお風呂に行って来ますからお済みになったらそのままにしておいて下さい。帰ってからお下げしますから」と愛想の良い微笑を残して出て行った。清治少年も一緒に行ったらしかった。

食後ごろりと横になり満ち足りた腹に少し眠気がさした頃、パッと電燈の点った気配がした。裏通りの長屋の灯が窓に映ったのだ。私が起き上って部屋のスイッチを捻った。きっかり七時であった。

「やれやれやっと生き返ったような気がする。全くこいつばかりは閉口だね。僕などはこうして実験室の電池を借用して豆球生活だからまだ文化に近い方だが普通はまず蠟燭だ。中には行燈を引張り出して使っている人もあるっていうぜ。世の中が二世紀ほどあと戻りをしたわけだ」

宇川は面倒臭そうに寝転んだまま手を延ばして豆球を消した。

「フン！　原子力が世界をひっくり返そうというときは豆球だって大して文化に近くもあるまいよ」

私のこの頃の生活がまるで電燈の点滅によって支配されているのを一入《ひとしお》身に泌みて感じついむかっ腹が立ってきた。現に私がこの時間まで宇川の部屋に無為に寝転んでいたのもまたそれが原因になってこの事件に捲き込まれたのも点燈を待ってぐずぐずしていたために外ならない。

「電気文化の中に住む人間の生活が電気によって大いに影響されるのは判るが、配電会社のスイッチ一つで行動が制限される——いや制限される、などという生易し

いものじゃない。昼間は食うための本意ない下司仕事に逐われ、やっと自分に解放される夜に物が読めるでなし書けるでなしラヂオ一つ聴けるでなし文化生活は殆んど停止する。実に馬鹿げた話さ」

腹を立ててみてもぐずぐずすればまたいつ消えるか予測出来ない。私はそそくさと帰り仕度を始めた。私はこの不平を他意あって言ったわけではないが、充分に皮肉を利かせたつもりの原子力とか配電会社のスイッチとかいった言葉に予期せぬことながら甚だ重大な暗合があったことを後ほどになって知って驚いた次第である。

「どうだ、今夜は一そのこと寛りして泊ってゆかないか?」と宇川はなおも雑談に花を咲かせたい風であったが、私は明日の勤めもありそこまでは気が進まぬのでたって辞去することにしたのだ。

ところが部屋を出ようとしたとき――それは電燈が点いてから五分とはたっていなかったが――突然裏通りの方から魂消《たまげる》ような女の悲鳴が聞えた。――と同時にワーッと泣き叫ぶ子供の声――私は思わず聴耳を立てた。宇川もギョッとしたらしくむっくり起き上った。

「おい! あの泣声は清治だ! 君、こりゃ唯事じゃない。直ぐ行ってみよう!」

宇川はステッキを取るより早くスリッパをつっかけて飛び出した。私もあたふたと後に続いた。子供の泣声はアパートの裏通りを少こし東の方に寄った処らしかった。大急ぎで裏に廻ってみると果して裏角から二十間《けん》ばかり彼方に清治少年と覚しき子供が泣き喚いている。その声はひどく物に怯えた響きがある。二人は韋駄天のように馳け寄った。驚いた長屋の連中も二三人かけ出して来た。清治少年の足許には花谷未亡人が倒れており、タオルと石鹸は足許で土塗れになり金だらいは二間ほど先に転っている。何か非常なショックを受けて失神したらしいが負傷はしていない様子であったので長屋の人達の手を借りてともかくアパートまで運んだ。清治少年は顔見知りの大人が来てくれてやっと泣き止んだが私に噛りついた身体はぶるぶると震えていた。

「一体どうしたんだ?」と代る代る追求する大人の質問に答えようとせず益々固く獅噛《しが》みついてくるばかりであった。果は、

「おじさん、こわいよう! こわいよう!」

といって泣き出す始末であった。

花谷未亡人は暫くして正気に戻った。始め周囲を取巻く人の影にハッと驚いて身震いをしたが、自分の部屋に

居るのに気付くとやっと安心した様子であった。

「文枝さん、一体どうしたというのです？」

待ちかねたようにたたみかける面々を代る代る見ながら溜息と一緒に最初の言葉を吐き出した。

「ああ恐ろしかった。幽霊なんですよ。ホラ井戸端の！　私は今まで皆さんの噂を信じませんでしたがあれはたしかに本物です。妾、この眼でちゃんと見ましたもの」

またしてもその時の事を思い出したらしく身を竦めた。彼女の口から井戸端の幽霊という言葉が洩れるや長屋の連中は皆ハッとしたらしく妙に黙りこくって顔を見合せて首をすくめた。宇川も常になく眼を輝かせて興奮の面持ちである。この辺に幽霊が出るという噂があるらしいが私には初耳であった。

「そうするとやはり赤い火がボーッと出て――」と誰かが言いかけると、

「そうです、そうです、だがそれだけじゃないんです。赤い火の下にとてつもなく大きな鬼のような黒い顔が睨んでいるのです」

花谷未亡人は再び恐ろしさがぶりかえしてきたらしく息をのんだ。


今夜彼女は珍らしく外風呂に行った。本当の名を「松の湯」といいこの繁華街の東南外れの一角に位し、それより南は焼け跡、東は静かな高級住宅街になっている。花谷未亡人のこの夜の足取りを追いながらついでにこのあたりの地理的関係を述べてみる。

阪南荘の裏通りは二間足らずの細い路地で長さは西端即ち阪南荘の裏角から東に向って約半丁ばかり、両側には長屋の裏口がぎっしりと並んでおり東の端は空地に開いている。この空地は強制疎開の跡なのだが、空地の真中即ち路地の端から五〇米《メートル》ほどの所に井戸が一つ取残されている。屋根を構えつるべ車もあるという時代がかった代物だが水質が良く停電続きで水道の水すら不自由な附近の住民に非常な便宜を与えている。ここから更に東へ五〇米で空地は切れ先は垣根を距てて墓地になっている。垣根に沿って南北に通ずる細い道があるが、これを南に二丁ほど行くと墓地の敷地は切れ、それより先は東に高級住宅街西に繁華街が一丁余り続く。外風呂はその繁華街の南端にある。

風呂はもう一軒阪南荘の筋向いにあって内風呂と呼ばれていた。花谷未亡人は近い内風呂に行くのが常だがこの夜は髪を洗う心算で人が少なく湯の清潔な外風呂を選んだ。風呂屋に着いたのが六時半少し前、約三十分で入浴を終え門口で七時の点燈を待って帰途に就いた。急ぎ足であったから井戸にさしかかったのは五分とは経っていなかったそうだ。この時、井戸端に怪しい火が見えるという噂をふと思い出し何気なく井戸端を見た——と驚くべし、噂に違わぬ薄赤い火の条が幻のようにぼんやりと見えた。二尺ばかりの火の棒が地上二三尺の宙に水平に浮いておりその下に黒ずんだ鬼のようにもくもくとしたものを認めたのだ。二本の角がニューッと生えていたのも確かに見たという。見るなり彼女の鼓動はハタと停った。清治の手を夢中で握りしめると長屋へ向って一目散に走り出し、路地に飛込んで裏口から人影を認めるや夢中で大声をあげ、そのまま正気を失ったというのである。

宇川は聴き終って暫く腕を組んで考えていたが、いつになく真剣な顔付きになって言った。

「どうだ君、これから井戸端に行ってみないか?」

私は幽霊などを信じはせぬが、今の今あまりゾッとした話でもない。私の渋るのを見ると、おっかぶせるように、

「いや是非とも行ってみよう。——何だ、恐いのか。そんなら君だけは止めてもいいさ」

と言ってニヤリとした。

私をはじめ四五名の者が宇川に従った。路地は若干明るいが空地は滅法暗い。井戸端は屋根があるため尚更暗い。怪火は井戸端から二間余り墓地側寄りの古木材を積んだあたりに現われたというが、木材積みの廻りには塵芥や紙屑がうず高く捨ててある。既に怪しい物の影は見えなかったので恐いもの見たさでついて来た連中は些か拍子抜けの態であったが宇川は懐中電燈を頼りにあちこちと調べていた。暫くして宇川は不意に一人に話しかけた。

「横田さん、貴方も誰か見たといってましたね。そのときの話をしてくれませんか」

この男は路地の北側の並びの東端から三軒目に住む大工である。職人特有のひたむきな調子で答えた。

「えエえエ、見ましたとも、薄ぼけた赤い火の棒みたいなもんでしたよ。場所は——そうですなあ——わたしゃそんなそばで見たわけじゃないんで——が、やっぱりその辺でしょうな」

彼の指先は木材積みの手前あたりを指していた。

「それは何時頃でしたかね？」

「そうですなあ――何せ一ケ月も前のことなので ねえ――

ああ、そうそう思い出しましたよ。水道が一日中出ず水が一滴も無くなったので電燈が点いたら汲みに行こうと待っていたのでしたわい。点くと直ぐ裏口から出て空地に出ようとしたとき見たんですから七時ほんのちょっと過ぎってことになりますかな」

「それで貴方はどうしたのです？」

「どうしたって？　そりゃもう随分おったまげましたよ。お種さんからさんざん嚇かされていましたから驚くのはあたり前でしょうが。大急ぎでお種さんを呼びに行って戻ってみるともう消えて影も形もないのにまた一吃驚《びっくり》でした。ところで先生、一体ありゃ何です？　正体の知れないのはまともの幽霊より尚更仕末が悪いじゃございませんか」

彼の云うお種さんとは一番端の家に住む中老の婦人で怪火を見たと称する最初の人で、しかも三度続けて見たという張本人である。

「皆さん、今夜はいろいろとご苦労様でした。花谷さんに代って厚くお礼申し上げます。夜は暗くて駄目ですから明朝もう一度調べてみたいと思います。今夜はもう引き取りましょう」

噂を聞き伝えて長屋の住人が十人ばかり集っていたが、皆、なんだといって期待外れの様子で引上げて行った。

ところが帰途宇川は私にそっと囁いた。

「君、今夜ぜひとも帰らねばならないのかい？　これから一緒にお種さんを尋ねてみないか。僕も幽霊火の噂は聞いていたが全然問題にしてはいなかった。だが花谷さんの言う事は信用して良いと思うんだ。一つ僕と一緒に徹底的に調べてみる気はないかい？　幽霊とは傑作だよ。十一月の寒空のしかも宵の口に出るとは大分変った幽霊じゃないか、これが君の興味を惹かぬはずはないと思うがね」

私は仰せの通り、こんな事件には非常に興味がある。その夜は遂に帰らぬ決心をして宇川と行動を共にした。

お種さんを手始めに怪火を見たという界隈の人達を署蔓手繰りに片っ端から訪問した。お種さんが始めて見たという九月の下旬を皮切りに都合十人ほどが目撃している。各人の話には若干の相違はあるが要約すると著しい共通点が三つある。

その一つは極めて薄ぼんやりした赤い火で細長い棒状をしているという点である。拇指大の太さで地上二三尺の空間に水平に浮いているというのも花谷未亡人の言葉通りである。但し花谷未亡人が見たという鬼の顔についての証言はまちまちで、ぼんやりした黒い塊ようのものを見たと言う者もいるし火の棒の両端に柱のようなものがあったと言う者もいる。後者は花谷未亡人が見たという二本の角を暗示している。一方そんなものは見ないと頑張る者もいて、お種さんなどは三度続けて見ながら薄赤い火だけしか認めていない。

第二の共通点は現われた場所と時刻である。場所は一つの例外もなく井戸端の東寄りであるという。時刻は一人だけが十時頃見たと言う外は異口同音に七時を少し過ぎた頃であって、これは点燈時刻の直後になっており特に宇川の注意を惹いた点である。また後で判った事だがに十時頃に見たという男の記憶に依って日を辿ってみると、この日配電局の都合で十時が始めての点燈時刻であった。

第三の共通点は継続時間である。最後まで見届けた者は殆んどいないのだが大抵の場合現われて直ぐ消えるらしいと推測される。驚いて家人を呼びに入り出てみるともう消えているというから恐らく一分間継続するかどうか怪しい。ただ一人見付けてから消えるまで眼を離さなかったと称する男の話ではまず三〇秒そこそこのことであった。しかしただ一回だけ即ちお種さんが最初に見たときは随分と長く恐らく三分間以上も続いたそうである。

翌朝私は早く阪南荘を辞した。宇川と一緒にもう一度現場を見たかったのだが、朝早い勤めのある身にはそれは許されなかった。別れ際に宇川が言った。

「気が向いたらまたやって来てくれ。そのうちにまた面白い事が起らんとも限らないからね」

二、焔蜘蛛

一週間近くたった次の土曜日、風がいやに強い日であったが怪火騒ぎのその後が気になって再び阪南荘を訪れた。師走の声をきいた街には既に寒風が吹きまくっていた。着いたのが午後三時過ぎ、花谷未亡人がいそいそと出迎えた。

「その後、幽霊はどうなりました?」

今夜は泊る心算で持参した米袋と缶詰を渡しながら私

は真向から尋ねた。

「別にどうって事はありませんけど、ホラ、八号室の黒内さんをご存じでしょう。一昨日でしたかお風呂の帰りに見たと仰言っていました。大胆な方ですから消えるまで見ていらっしたらしいんですが色合いといいもやもやとした感じといいとても気味が悪かったと何度も仰言います。やっぱり七時頃だそうですよ」

「えっ！　七時頃？　宇川はそれをとても問題にしているんですけどね。ところで宇川はどうしました？　居りますか？」

「はい、いいえ、今朝方早くどこかにお出掛けですけど今日多分あなたがおみえだろうから、みえたら引留めておくようにとのことでした。お部屋でお待ちになるでしょう」

花谷未亡人は合鍵を取って先に立った。

宇川の部屋には旅行帰りらしい鞄が投げ出してあった。花谷未亡人の話によると火曜日の早朝出かけて一昨木曜の夜遅く帰って来たとのことである。

私はちょっと井戸端に行ってみる気になった。私に何かが発見出来るとは思わないが、何となく気を惹かれたからだ。井戸端では一人のおかみさんが水を汲んでいた。見覚えがあると思ったら先夜宇川と一緒に聴き込みに行った最後の家の主婦であった。先方も私を覚えていて愛想よく会釈した。

「またお調べですか？　全く嫌になってしまいますねえ。昼間は何ともありませんが夜になると水を汲むどころか近頃ではそばを通る人もありませんのですよ。ほんとに気味の悪いったらありゃしない。——で今日は宇川さんはご一緒じゃないんですか？」と意外そうに尋ねた。

井戸をみるとなかなか良い井戸だ。釣瓶綱も最近取換えたらしく新しい。ただ驚いたのは例の古木材の山とその廻りに処構わず積み上げた夥しい屑の量である。先刻から一層強くなった風が紙屑や芥を盛に吹き上げる。

「なかなか良い井戸のようですがこの屑は何とかならないものですかねえ。飲み水に近くこんなものを捨てるのはどうもまずいと思いますが」

彼女もさも同感だという風に言った。

「ええ、全くそうです。長屋の人ばかりでなく遠方からもわざわざ捨てに来るんですよ。私達区役所に何度も清掃を掛合っているんですけれど、ちっとも埒《らち》があかないんですよ」

この塵芥は全くの話もっと早く清掃されているべきだ

ったのだ。みよ！　この時は神ならぬ身の私もおかみさんも夢想だにしなかったが僅か三時間の後にこの塵芥を中心に幽霊事件が思わぬ大発展を遂げた。この世の出来事とは思われぬその奇怪な様相は界隈一帯の住民を恐怖のどん底に落し込んだのだ。

宇川はなかなか帰って来なかった。到頭六時になった。帰らぬ宇川を待ちそびれてあとで冷えた飯をぼそぼそ食うのもどうかと思ったので管理人室で花谷未亡人や清治少年と食事を一緒にすることにした。食事は六時半過ぎに終った。食事中はあれこれと弾んでいた話題も途切れると一際沈黙が続く。強い風が吹き過ぎてゆく音がして、蠟燭の灯がゆらいだ。もう間もなく電燈がつくな――と思った途端に急に背すじが寒くなった。花谷未亡人は尚更それを感ずるらしく私の顔をチラッと見て妙に黙り込み次第に落着きを失って行く様子であった。宇川が帰って来ないのも妙に気になった。

七時きっかり――パッと電燈がついた。二人共ただ何となく立ち上った。思わず顔を見合せ私が「何だか起りそうですね」と言おうとしたときだ――

キャーッ！　たすけてえ――、つんざくような女の悲鳴――紛れもなく井戸の方向で、電燈がついて三十秒とは経っていない。

花谷未亡人は一尺ほどとび上ってへなへなと坐りこんでしまった。清治少年は怯えて母親に獅嚙みつく。私は前後の見境もなくアパートを飛出し裏通りに向って走った。長屋のあちこちから駆け出して来る人影が見える。

何だ何だ、どうした、とうろたえる中の一人が、「大変だ！　火事だ！」と叫びながら走った。息を切って路地の東端まで駈けつけてみると前後して集った連中が四五人塊っていたが、その視線は痴呆のように、井戸端に集中している。

「ああ、あれだ、あれだ！」意味をなさぬことを大声で喚くばかりで誰も進もうとはしないのだ。

井戸の向うに真紅の焔がメラメラと燃え上っている。その明りで手前に火の塊のようなものが転げ廻っているのが見え、髪振り乱した女らしい人影がそれを必死に押えようとしている。

「みんな来いっ！」

咄嗟に心を決めた私は一目散に駈け出した。足の竦んだ連中も泡を喰ってあとに続いた。救援を知った人影はばたばたと駈け寄って来て地上をのたうっている火の玉を指さしながら必死の声を絞って叫ぶ。

「大変！　姐《ねえ》さんが大変！　たすけてえ！」

着物が焔に包まれ火達磨《ひだるま》になった女が転げ廻っているのだ。

「砂をかけろ！　叩け叩け！　いや早く水だ！」

思い思いに寄ってたかってやっと消し止めたが既に髪は焼け縮れ衣服は見る影もなく焦げ燻っている。女は下半身に大火傷をして息も絶え絶えに地上に横たわった。

「君、君、一体どうしたんだよ」

放心したように地面に崩れて泣きじゃくっている女の肩を激しくゆすぶると、弾かれたように顔を上げるや否や全身を痙攣させて金切声をあげたのだ。

「恐いーっ！　くもが、くもが、真赤なくもが火をつけたーっ！」

血迷った女は私にしがみついてきた。完全に逆上しているらしかった。一同は暫し呆然としたのだ——が、一方、人間の消火に気を取られているうちに紙屑を舐めていた焔は古木材に燃え移り折からの強風に煽られてすさまじい音を立てて燃え上っていた。

火事だ！　火事だ！　と騒ぐ声があちこちで聞え始めた。

吾々はとりあえず瀕死の女を安全な場所に移そうとして苦労して路地の入口まで担いできた時、向うから走って来る人影が目に入った。宇川だ！　私はほっとした気持になった。宇川も随分あわてている様子であったが私に気がつくと、

「オッ！　君か、一体何が起ったんだ?」とつかつか女の側に寄り一眼見るや驚いて叫んだ。

「こりゃ大変な火傷だ！　駄目々々、直ぐ降ろせ。担架だ。担架で運ぶんだ。でなきゃ戸板でも良い。誰か早く戸板を」

心得て誰かが直ぐ走った。宇川の出現で一同大分落着きを取戻したらしい。これは廓の女だと言う者がいて、早速、一人が見番へ走る。その後は宇川のテキパキした指図で事は順調に運んだ。幸に担架が間に合って屈強の男たちが肩を貸した。もう一人の女は取敢えずお種さんの家に連れ込まれて介抱された。

一方火勢は益々募り大変な騒ぎになってきた。水道は断水で役に立たず、肝心の井戸は火中にある。火の廻りは風に乗って恐ろしく早い。消防車がかけつけた頃には木材の山は焼け落ち、火は井戸の屋根廂を舐め尽していた。

この事件は一見単なるぼや騒ぎで、焼けたのは古木材と夥しい紙屑と井戸の廂だけである。もっとも出火時折あしく現場に居合せた女が焔に取憑かれ不運にも大火傷を負って間もなく病院で死亡したが、火事としてはとりわけ重要なものとは考えられない。ところが一応は型通りに出火原因を調査する段取りになって調査官はハタと当惑した。出火を目撃した証人達の証言は恐ろしく現実離れのしたものでありかつ誰もがその奇怪な証言を真剣に主張するのであった。しかし調査官としてはこれを真面目に取上げることはとても出来ない相談であった。無理もない話で私とてもまた宇川とてもいきなり斯様な証言を聞いたのではからかわれているとしか思えなかっただろう。結局、紙屑の中に不用意に混入された火の気が偶然に燃えついたものという常識的な当局の推断に終った。

宇川はこの間殆んど口を利かなかったが、ひどく考え込んでいる様子であった。何かある。彼の癖を知る私は直観した。次に調査官を呆気にとられさせた各証人の証言を順を追って追憶してみよう。

まずお種さんと大工の横田さんの話。

その夜七時少し前お種さんは井戸端で水を汲む音を聞いた。この時刻にはそばを通る人もない今日、不審に思って裏口から覗いてみると灯が見えたのでギョッとしたが、直ぐ懐中電燈の灯と判った。話し声で女が二人いるらしいと思った。聞き馴れぬ声なので界隈の連中ではないとは言い条、薄気味悪くなったお種さんは裏口から横田さんを呼びに行った。横田さんがちょっと手間どったが二人して裏口に出たのは五分とは経っていなかった。女達は未だ居るらしく灯はもとのままであった。横田さんも不審に思って一歩あるきかけた時に電燈が点った——その途端——、

ヒヤーッ！　と魂消たような叫び声に続いて

「アレーッ！　姐さん、大きなくもや！」

と上ずった金切声がとんだ。ガバと立上る気配——ボーッと焔が上ったとみる間につんざくような悲鳴が起った。私がアパートで聞いたのはこの悲鳴であったらしい。火の手はみるみる大きくなった。二人共足が竦んで呆然としている時に私が駈けつけたのである。横田さんは調査官に向って、

「あの火は絶体に吸殻なんかから出たもんじゃありません。何て云いましょうかな——いきなりボーッと燃え上ってめらめらときたんです。私もお種さんも確かにこ

の眼で見たのですから絶体に間違いっこありませんや」と極力常識説を否定していた。

次の目撃者は内原某という三十歳そこそこの会社員で現場にかけつけて吾々に協力した一人であった。当夜の七時頃帰宅の途上にあり墓地の垣根に沿って空地の東端あたりを歩いていた。声高な女の声に不審を抱き立止って井戸の方を透して見ると懐中電燈の灯で洗濯しているらしかった。そのとき電燈が点ってあたりが若干薄明るくなった——が同時に彼は見たのだ——屈んでいる女の腰のあたりにもやもやとした光り物が現われた。もう一人の女が大声で叫んだ。その声は、

「くもだ！」と聞きとれた——が次の瞬間には光り物がボーッと燃え上った。女は急にのけ反りかえり恐ろしい悲鳴をあげて倒れた。めらめらと急に焔が大きくなって忽ち大騒ぎが始った。彼は驚いて救援に走ったのである。惟うに横田さんやお種さんには井戸の蔭になって見えなかったものが正反対の位置に居たために見えたわけであろう。この男も発火の模様の異状さを証言すると共に紙屑の山より女の身体が先に燃え上ったことを強調して当局の推定には服しかねる様子であった。

最後に一番有力な証人である「たまえ」こと足立すみ子の陳述を紹介しよう。彼女は不運な同輩と共に井戸端に居て一番近くから目撃したわけだが、その話は恐ろしく奇怪なものであった。

この女達は近所の廓の女で死んだ方は堀田よしえ、芸名を千代松といった。たまえの方が妹分に当り共に所謂新顔であった。二週間ほど前に来たばかりで土地不案内、怪火の噂は全然耳にしていなかった。この夜廓の浴場が故障で休んだため、道筋を訊いて洗い場も湯も一番きれいであるという外風呂に行った。焼けた市内に今時珍しい古風な井戸は途中彼女達の注意を惹き思わず立停って眺めたほどであった。夕刻といってもまだ薄明るく誰かが水を汲んでいた。

こういった種類の女の入浴は甚だながい。一時間半ばかり経ってやっと二人が帰途に就いたのは前後の事情から推して六時半を過ぎていたことになる。帰途垣根沿いの道で千代松が下駄の鼻緒を切ってひどく転んだ。風呂桶を放り出したため、自分のタオルは勿論朋輩から頼まれてこっそり洗濯したハンカチーフの類が十数枚地面に落ちて泥塗れになってしまったが、近くに井戸のあったのを思い出し濯ぎ出してゆくことにしたのだ。洗濯をしている間、たまえは懐中電燈で手許を照らしてやってい

た。十分ばかりした頃、千代松が丁度最後の一枚を洗いあげようとした時だ。彼女の屈んでいる腰の真上にボーッと光り物が見えたのだ。アッ！　と息をのんだたまえが眼を控えてよく見るともやもやと赤い光を湛えた怪物である。巨大な脚を八方にふんまえた平家蟹そっくりの恰好だ。

「くもや！　姐さん、くもや！」

頓狂な声に千代松が驚いて顔をあげた。

その時だ――怪物がパッと一塊の火の玉になったかと思う間に千代松の着物がボッと燃え上ったのだ。仰天して立上った彼女は次の瞬間には必死の叫び声を立ててのけぞった。苦しまぎれに紙屑の上を転げ廻る。屑の山がめらめらと燃え上った。

調査官は些か逆上気味のたまえの証言をてんで相手にせぬ風であったが、宇川は後でそっと怪物の大きさを尋ねていた。彼女の言によると中央に手毬大の胴体がありの脚を張った形は径二尺はあったろうということだ。

私はあまり突飛な話に呆れ果てた。蜘蛛だか蟹だかの怪物が井戸端に現われ火の玉になる――私ならずとも正常な頭なら信じられた話ではない――が事実は事実だ。現に一人の女が焼け死んでいるのだ。怪物は仮にたまえの幻覚であったとしても発火の原因をどう説明するのか？　発火の模様の異様さは他の証人達も口を揃えて証言している。火はまず千代松の着物から出たのだ。当局の常識的な判定には私も真向から反対する気持であった。

その夜枕を並べて床に就いた時、私は今夜の事件について宇川の意見を糺してみた。宇川はむっつり考え込んであまり気乗りせぬ様子であったが重ねて意見を求めるとやっと口を割った。

「実は花谷さんの騒ぎのあった次の日、井戸端に待伏せてみたところ幸に怪火にお目にかかったんだ。近くで見たから僕には凡そその正体の見当がついたのだ。だから蜘蛛の怪物が出たのは予想通りで驚きはしない。むしろ僕の考えが正しかった証拠になる。明日は日曜だね、よし、天気が良かったら君にも納得出来るように一つ良いものを見せてやろう――

――けどあの火事はどうも気に喰わん！　いやだ！」

一瞬不機嫌になった宇川は急に口を噤んだが暫くして思い出したように呟いた。独り言に過ぎなかったがひどく気になる言葉だ。

「あの火事はいやだなあ――ウーム、けどもしそうだったら大変な事だぞ……」

驚くべし、宇川はこの怪事件の秘密を既に握っているらしいのだ。何かを見せてくれるという明日が甚だ待遠しい。

三、白昼の幻

明くれば日曜日、昨夜の疲れのせいか眼の覚めたのはもう十時で風は治って麗らかな日和となっていた。とび起きるや否や私は待ちかねたように尋ねた。

「例の種明しはいつ見せてくれるのだね?」

「ウン、だがちょっと準備が要るんだ。僕は直ぐ出掛けるが三時過ぎには帰って来る。その間映画でも見て暇を潰していてくれるかね、良い天気になってよかったよ。僕の考え通りなら夕方前の方が幽霊の正体を見るのに都合が良いんだ」

彼は昼食兼用の晩い朝食をソソクサと掻き込んでとび出して行った。

私はこの機会に宇川の身上を簡単に御紹介しておこう。宇川は私とは中学校時代の同志で大阪帝大の理学部出身、専攻は実験物理学で特に電気学と光学は最も得意とするところであった。戦争の始った年の春卒業するや直ちに某理学研究所に入所した。特に名を秘すが大阪と京都の間の景勝の地を占め、優れた所員を集めているという噂が高かったが、研究の内容は一般には知られていなかった。戦時中軍の依嘱で種々機密の実験研究を行ったといわれる。宇川は終戦後も研究所に居残り平和産業への基礎的研究の線に沿って仕事を転換した所の方針に従って研究の一部門を受持っていると自称している。傍ら翻訳のような内職もしていたが実際には内職の方がずっと収入多く、彼の生活費の大部分を賄っていたそうだ。

さてこの日、映画もあまり気が進まず半日百貨店や本屋を素見して帰ったら早や三時半になっており宇川は私を待ち構えていた。暮れ足の早い冬の日は大分傾いていた。

「さあ、直ぐ行こう。陽が家の蔭に入ると工合が悪いんだ」

井戸端に来てみると古材木の焼け跡はそのままであったが井戸の周囲は昨日の今日というのに綺麗に片付けられ露天になった井戸端には新しい綱をつけたバケツが釣瓶代りに用意されている。この井戸の一日とて無くては済まされぬ大きい効用を物語るものだ。

宇川はポケットから眼鏡のような物を取り出した。薄黄色の透明硝子《ガラス》ようの物が枠に嵌っているが二重になっているらしく普通の眼鏡玉より若干厚い。宇川はそれを眼に当てて問題の場所から一間ほど手前に進んだ。眼鏡の玉を静かに廻す。視線は地上二三尺の空間に注がれ何物かを見付けようとしているらしい。

なかなか予期通りの物が見えぬらしく二三歩進んだり退いたりあるいはその地点を中心に徐々に方角を変えてみたりしていたが諦めたように眼鏡を外した。私は大いに期待していただけに覗きからくりかオペラグラスまがいの眼鏡を見るや些か馬鹿らしくなった。

「何を見ようというんだよ。その眼鏡は一体何だね？それが幽霊の正体を見ようという代物なのかね？」

宇川はチラッと私の顔を見たが何も言わず考えこむ風であったが、

「ああ、何だ、そうか」と今度は地面に腹這いになった。顔を地面すれすれに下げ、空を背景に、地上二三尺の空間を透かして見ている。眼鏡の玉を廻していた彼は突然、オッ！　と嘆声を発した。私を見上げた眼には驚きと喜びと得意に満ちた複雑な表情があった。そばに来て腹這いになれと手真似で示す――私は早速腹這いになり教えられた通り枠の縁についた小さいつまみによって眼鏡玉を廻しながら透して見た。廻すにつれて空の明るさが僅かに変化するようであった。

「もっと静かに」と彼が注意する。言われた通り注意深く廻していると、急にもやもやとしたものが視界に現われたのに気がついた。眼を据えて見直すと、おお、見える見える、輪廓は甚だ薄いが紛う方なき巨大な蜘蛛の姿が視野一杯に拡がっているではないか。それだけではない。脚が悪魔の指さながらにもそもそと動くのをまざまざと見たのだ。それは将にこの世ならざる白昼の幻である。私は一瞬、ポカンとして宇川の顔を見た。

「どうだ、見えたろう。これが人騒がせな幽霊の正体さ」

「へえ――」私は二の句が継げなかった。

「一体この気味の悪い物をどこで手に入れたんだ？幽霊を覗く眼鏡なんて聞き始めだ」

そう言ってまた覗いてみたのだが――おや？　眼をこすって見直した。見えないのだ。怪物の姿はかき消すように無くなっているのだ。

「どれどれ」宇川が代って覗いたが彼にも見えない様子であった。だが彼は別段驚いた風もなかった。泥を払って立上った宇川は徐ろに説明を始めた。

「これは簡単な偏光格子さ。今日研究室で借りてきたのだ。ちょっとあの辺を覗いて玉を廻してみろよ」

宇川は冬の日を照り返している地面を指さした。玉を廻すにつれ著しい明暗が起る。

「どうだ。明暗交々といったところだろう。では空を透かしてみたまえ」

空の色は甚だ暗く玉を廻しても僅かに変化するだけであった。

「空の光は完全光に近いが、地面の反射光は偏光になっているのだよ。この偏光格子は見掛けは簡単だがうちの研究所自慢の選択能率の非常に高いやつさ」

宇川の説明を聴いているうちに私も昔習った光学をやっと思い出してきた。要するに偏光格子とは一方向の振動面をもつ偏光以外は通さぬ一種の濾過装置である。地面からの反射光は若干偏光性を帯びているために格子の目の方向が偏光の振動面の方面と一致すればよく通るが、他の方向では遮られる反射面が平坦なほど偏光性も著しくなるものだそうだ。彼の説明によると先ほど見た蜘蛛の影は完全に近い偏光であるが、そのままでは周囲の明るさに幻惑されてとても見えない。格子によって不用の光を遮ったため、その微かな存在が認められたのである。

私は不充分ながら彼の言わんとしているところは了解出来た。著しい偏光に包まれた蜘蛛の姿が井戸端に実在したという事は判った。――何故なのか？　どうしてこんな事が可能なのか？　二度目見たときに何故消えていたのか？　火の玉になった蜘蛛は？　薄赤い火の棒というのは？　そして鬼の顔は？　謎、謎、私には総てがまだ謎である。そして甚だ気掛りな事には話が最も奇怪な謎である火の玉になった蜘蛛に及ぶと宇川は急にいらいらと不機嫌になるのであった。

その夕刻、花谷未亡人の心尽しの夕食には銚子が一本ずつ附いていた。宇川は微薫を含んですっかり機嫌を直していたが、

「もう大して変った事は起りそうもないよ。赤い棒や蜘蛛を恐がることはないさ。暫くすてておくんだね」と事もなげに言う。

「何だ！　捨てておくって！　冗談じゃないよ。近所では人を焼き殺す蜘蛛の化物が出たといって大変な騒ぎじゃないか。僕はこんな馬鹿げた話を信用したくはないんだが現に一人の女が確かに焼け死んでいるのだからね。君はもう謎を解いているのだろう？　なら一つ説明して

早く皆の不安を無くしてくれなくっちゃ」

むきになって突掛ると彼はさも困ったように頭を掻いた。

「いや、大体は間違いないんだが一番肝心の事が一つ判らないんだ。これが判らないと怪火や蜘蛛を井戸端から追払えないんだよ。火の玉になった蜘蛛のことだがねえ、——こいつはどうも気に喰わないが心配することはないさ。こんな物は滅多に出やしないよ。あの女はよほど運が悪かったのだ。だが要心のために夜はあまり井戸端に近寄らぬことだね——

ところで僕は近々ちょっと東京に行って来る。今度はちょっと長くなるが二週間以内にはきっと帰るよ」

その夜も電燈が点いてから阪南荘を辞した。帰り際に花谷未亡人に宇川が東京から帰ったら葉書ででも知らせてくれるように頼んだ。でないと気紛れな宇川は私に知らせるのを忘れるかも知れないからだ。

四、怪火墓地へ行く

その後、仕事が忙がしく阪南荘の事も気になりながら遽《あわただ》しい日を送っていたが、十日余り経った十二月の中旬、珍らしく宇川から速達が来て東京から帰ったからまた尋ねて来いといった事が認めてあった。私は暦を繰ってみて次の土曜日に尋ねる事にした。ところがその前々日の木曜日、慥《たし》か十二月の十八日と記憶するが大阪地方には棚の物が落ちるほどの相当強い地震があった。この地震を記憶している人は大阪にも沢山はあるまいと思うが、これより丁度一年前、即ち昭和二十一年十二月の中旬過ぎ和歌山県下を襲った海南大地震の余震の一つで震源地が同じであった事を当時の新聞は報じていた。偶然はときに思いがけぬ働きをする。この地震に依って阪南荘附近に起った諸々の怪事件が急転直下解決したのであった。否、正確に言えばこの地震の副産物が宇川に事件解決の最後の鍵を提供したのである。

地震の起った翌々日の土曜日の昼過ぎに阪南荘を訪れてみると、玄関先で宇川と花谷未亡人と、もう一人見馴

れぬ男が立話をしていた。私の姿を認めた宇川は、

「やあ、いい処へ来たね。今面白い話が持上っていたところだ」と頗る上機嫌に言った。

その話というのはこの久米田という中老の男の体験談である。久米田はやはりこの並びの長屋住いで墓地の下働きに傭われていた。地震のあったのは一昨日の午後五時頃で冬至に近い冬の日は殆んど暮れていた。小半刻の後久米田は一人の同僚と共に境内見廻りに出かけた。墓石の倒れるのをひどく忌み嫌う当地の風習に応えて名ある墓地としてこんな場合には即刻復旧に奉仕することになっていたからだ。小さいのはその場で立て直しながら懐中電燈を頼りに西境の垣根近くに来たとき、薄赤い棒状の怪火を墓石の間に認めたのである。久米田は噂のみで見たことはなかったが直観的に井戸端に出たという怪火と同じ物であると思った。火は直ぐ消えたが時刻は六時を少し廻った頃らしいとの事であった。またしても動きのない符合だ！　十二月十五日以後この一帯の点燈時刻は六時に繰り上げられていたのだ。久米田は念のため次の夜、即ち昨夜同じ頃同じ場所に行って見た。そして再び怪火を認めた。墓地に勤め怪異を怖れない男の沈着が宇川に有力な資料を与えたのだ。


「怪火、今度は墓地に現わるか。フーム」

宇川は直面目くさって考え込んでいたが、やがてハタと膝を打った。

「そうだ。そうに違いない。実は久米田さん貴方がその話を昨日一日措いて今日になって知らせて下さったのは非常に結構なことでした。もし昨日その事を知っていたら謎の正体を摑み損ったかも知れません。怪火は新たに出現したのでなく、井戸端から墓地に移動しただけなのです。実はそうと知らず昨夜久しぶりで井戸端に待ち伏せてもう一度はっきり観察しようと思ったのですが、とうとう現われないのでがっかりして帰って来た訳です。無駄をしたようですがこのお蔭で墓地に移ったということがわかりました。もう井戸端には絶対に出ないでしょう。——で久米田さん、今から墓地に案内して戴きたいのですが……」

久米田は二つ返事で引き受けた。途中宇川は井戸端で立停ってあたりをキョロキョロと見廻した。北は空地が約三十間ほど離れた電車道まで続きその向うに廓の高い塀が見える。南は若干の空地をおいてみすぼらしい家の裏口が並んでおりその屋根越しに小さいビルの上半身が突き出しているのが見えた。宇川はこのビルに大層興味

を覚えた様子であった。墓地に入って久米田が教えてくれた場所というのは垣根から内側へ二〇米（十間）ばかりの処で低い玉垣を廻らした小さい墓石の横手に当っていた。例の井戸は垣根を距てて丁度この位置の外に当っており直距離にして七〇米ほどあることになる。どちらを見ても墓石ばかりで、墓地の外は垣に遮られて、何も見えない。その時久米田は墓石の曲っているのに気が付いて、玉垣の中に入って行った。——と宇川は南を指さしてそっと耳打ちをした。

「あれをみろよ。三階建のビルがここからも見えるじゃないか。あそこまでどの位あると思うかね？」

私は直距離三〇〇米位かなと判定した。

「三階の右端の窓をよく見給え。硝子が割れていないかね」

遠いのではっきりせぬがなるほどそのようにも見える。そのとき久米田が玉垣から出て来たので彼はあとでといった風に眼くばせをした。久米田に礼を言って墓地を出ると待ちかねたように言った。

「僕の考えではこの事件の源は総てあの窓の中にある。しかし真相を突き止めるまでは二人の間の秘密にしておいて欲しいのだ。——おや、まだ二時だね。よし、大丈夫時間はある。ちょっと帰って仕度をし直ぐ出かけるのだ。危険は無いはずだが念のため棍棒代りにステッキでも持ってゆくか」

五、貸ビルの探検

阪南荘に帰った宇川は本箱の中から古ぼけた地図を引張り出した。拡げてみると優に方四尺はあろうという大阪市の地図で縮尺は一万分の一とあった。墓地は一寸角余りの大きさに記されている。

「縮尺比が大き過ぎるが何とか間に合うだろう」と云いながら地図の上の三点に印をつけた。例の井戸と墓地の中の一点とビルディングの位置であることが直ぐわかった。宇川の顔に隠し切れぬ満足の色が浮んだ。

「この三点の関係をよく見給え。何かに気がつかないかね？」

それは細長い小三角形をなしている。

「二等辺三角形だよ。ビルディングが頂点になっているだろう。これで僕の推論はいよいよ確実となったわけだ。とにかく直ぐ出掛けるんだ」

出がけに「ちょっと大袈裟だが」といいながらステッキを取り上げた。

裏通りから井戸端に来た時、足を停めた。そのとき思いがけぬ真相の一端が宇川の口から洩れたのだ。

「僕は最初からこの怪火は投光器から投射された映像ではないかと睨んだのだ。自分の眼でも確かめていよいよその感を深めたわけだ。あのもやもやっとした感じは反射鏡の生ずる実像の感じと全く同じで見馴れぬ人には実に気味の悪いものだよ。

ではどこから投射されるのか？　ということだが、一応は単純にあのビルを疑ってみた。ここから見るとあのビルが一番格好な条件を具えているわけだからね。だが僕の知っている光学器械の常識ではどう考えても距離が遠過ぎるのだ。行って確かめればよかったのにと思うかも知れぬが、何があるか誰が居るかも判らぬ場所へまさか一昔の警官並に断りもなく踏込むわけにもゆかないじゃないか。迷っているときに怪火は墓地の中に移動して常識という盲点を打破ってくれたわけだ。墓地の中から見える疑わしい建物は正真正銘あのビル一つだけだったろう。しかもその位置が二等辺三角形の頂点にあるとなってはもう間違いはない。あそこには必ず僕の常識以上のものがあるんだよ」

何のこともなく語る宇川の言葉に私をゾッとさせるものがあった。投光器！　この物理的な解釈はいかにも宇川らしい。また証明されてみると至極もっともな事と思えるのだが——では誰が？　そして何のために？　と空恐ろしい疑問がもくもくと頭を擡げてくる。宇川も私の不審に気付いたとみえて尋ねるより先にその点に触れた。

「この事件の動機が判らないと云うのだろう？　目的が常識で考えられないのは気狂いの仕業か、さもなくば目的が無いのだよ」

「何！　目的がないって！」

さんざん人騒がせをし、一人の女の生命までを奪っておいて目的が無いというのはどうした意味なのか？

——が、僅か三十分の後、吾々が秘密の中心部に達した時、この疑問は自ら氷解したのであった。

このビルは墓地の南に続く住宅街の西北の角にあり北側は墓地の垣根に接している。北側の窓や屋上からは墓地の全敷地が見渡せようといった訳だ。近づいてみると三階の北側西端の窓ガラスの下半分が案の定われ落ちている。それを見て宇川はとても満足した様子であった。貸事務所になっているらしく商事会社らしい名の看板が三四枚入口に掛けてある。受付には古くから管理人をやっているという五十男が居た。宇川は私を目顔で制してさり気なく部屋借りの話をきり出した。闇ブローカーが会社名義で貸事務所を探し廻る例の多かった頃で疑われた様子はなかった。宇川が如才なく聴き出したところによると、戦時中は場所が悪く不便なため借手が殆んどなかったが今では一、二階は満員である。事務所に使い難い三階は空いているがただ西北角の一部屋だけは今だに貸出し名義になっているという。宇川の瞳がキラリと光った。その事情に甚だ深長な意味があるのだ――

戦争が始って間もなく三階の不便な部屋をわざわざ選んで借手がついた。桑田信一と称する若い男で実験研究室として使いたいとの事であった。前例の無い話であったが、この男は外ならぬA博士の紹介状を持っていた。A博士とは当時阪大理学部に在籍した著名の応用物理学者である。このビルの貸方に当る不動産会社の社長が博士と若干面識があったらしく貸借契約は直ちに成立した。

ここまで聞いたとき宇川は大きく頷いて言った。

「桑田信一というのは小柄な色白い男でいつも縁無しの八角眼鏡を掛けていたでしょう?」

「はあ、そうです。ご存じなのですか?」

「本名は瀬木竜介というのですが、これはご存知じゃなかったでしょうな」

管理人は宇川の顔を怪訝そうに見詰めた。

「ところで桑田氏は今居ないでしょう。いや、近頃ずっと見掛けないでしょうが」

「えっ! それもご存じなのですか? ではあなた方何か桑田さんの事について調べにみえたのですか?」

この男の話によると、終戦後も桑田信一即ち瀬木竜介はこの部屋を借りたままにしていて週に二三度は来ていたが、約十ケ月ほど前から何の断りもなく急に音沙汰が無くなって未だに姿を見せない。不審に思って、色々と心当りを問合わせても一向に消息が判らず困っているとの事であった。宇川は私にチラと目くばせをした。

「実は瀬木氏は私の今勤めている研究所の先輩で今日はその失喪の件でやって来たわけです。絶対に責任を持ちますからその部屋を私達に見せてくれませんか?」

管理人はちょっと困っ様子だったが宇川の出した名刺に○○理学研究所とある肩書を見て安心したらしく合鍵を探してみましょうと言った。そして瀬木氏は他人が部屋に近付くのをとても嫌がり管理人たる自分すら一度も中に入ったことがないのだと言い訳をした。

階段を上りながら宇川は私に囁いた。

「部屋に入る口実を心配していたんだが、巧くいった。もっとも瀬木氏が僕の研究室に居たことがあるのは本当なんだよ。戦時中さる筋の命令で秘密研究を始めるため姿を消したが、当時は誰も行先を知らなかったのだ。よほど大切な機密だったらしく同じ研究所の所員にすら厳秘にされていたんだ。従って終戦後の瀬木氏がどうなったか知らなかった。先日東京に行った際心当りを尋ねたところ、瀬木氏の近況について色々と収穫があったのだが、ふとこの事件の背後に瀬木氏があるのじゃないかという気がしたんだよ」

これは全然初めて聞く話であった。私は日頃宇川とは親しく附合っているのだが、彼の仕事の事はあまり知らずまた彼も語ろうとはしない。その意味では宇川も謎の男なのだ。

十ケ月閉されたままのドアの前ではさすがに胸の高鳴りを禁じ得なかった。この一ケ月私を困惑の底に陥れた怪事件の真相がドア一つ向うにあるのだ。宇川も些か興奮している様子であった。緊張裡にドアが開かれる。一歩部屋に踏込むとムッと黴臭い空気の澱みが鼻をうった。殺風景な二十畳ほどの広さで戦時中から手入れをせぬために窓はすすけ放題壁は幾個所か剝げ落ちている。家具としてはドアの右手に埃に覆われた机と椅子があるだけで、書類らしいものは何も見当らない。床に処狭しと得体の知れぬ器械類が置かれている。

だがまず驚いたのは、天井を一面に覆っているひどい蜘蛛の巣であった。盛に巣を張っているもの、天井からぶら下って足場を索《もと》めているもの等々、実に様々で数多い。この時節に蜘蛛が？　些か変に思ったが私の注意はそれどころでない大変なものに惹き付けられたのだ。

即ち問題の破れ窓から一間半ばかり手前に三脚に載った大きな幻燈器ようの物があった。

投光器！　私は直ぐそう思った。宇川はチラと一瞥しただけで却ってその後にある真黒な箱に注意を奪われた様子であった。

だが私の最大関心事は幽霊火の正体だ。投光器だ。生命なき器械が無人の部屋で何故あんな奇怪な現象を現わしたのだ？　たたみかけようとする私を彼は軽く制した。

「まあ、まあ、待てよ。それよりこの箱だ。何だが判るかい？　トランスだよ。電燈線の一〇〇ボルトを三〇〇〇ボルトほどに昇圧する普通の昇圧型変圧器だが変っているのは上に出張っているコイル装置だ。見給え。これはテスラーコイルだ。こんなものがあるんじゃないかと思っていたら果してその通りだ。これで六〇サイクルの電流を高周波に変換するんだ」

「――だがねえ――、優秀な昇圧式高周波装置の製作に瀬木氏が成功したことは聞いていたし、このトランスはそれに違いないんだが瀬木氏は何故投光器に高周波などを使ったんだろう？」

　こう言いながら宇川の顔はみるみるうちに恐ろしいほどの緊張を示した。この時、私には無論気が付かなかったが、これこそ謎の真底を衝く恐るべき疑問であったのだ。

　天井から電燈線コードが壁を伝って降りてきてトランスに配線してあるが途中にナイフスイッチがあって壁に取付けてある。

「見給え、スイッチが接の位置に入ったままになっている。今は停電だからいいが点燈時刻になると投光器に電圧がかかるのだよ」

　これは驚くべきことであった。また極めて不可解な事でもあった。瀬木氏は十ケ月前、この部屋を去るとき高圧を発生するトランスにスイッチを入れっ放しにしておいたのだ。

　よほどあわてる事があったのか？

　故意にか？

　とにかく第三者にとっては危険なことだ。宇川はスイッチを切って投光器に歩み寄った。

「ではいよいよ謎解きにかかるかな。何でもない事なんだよ。投光器の焦点に光源を置くと投射光は平行光線になるが、僅か前方に光源をずらすと遠い所に光源の実像が出来るのだ。それが怪火の正体だったんだ。この投光器はアーク燈式だが電極は焦点の僅か前方にあるはずだよ」といって幻燈函のような反射鏡体から三米近くも突き出ている水平支柱の先を指さした。見ると電極らしい二本の細い短かい金属棒が僅かな間隔で並んでいる。宇川は水平支柱の長さを目測しながら言った。

「反射鏡の焦点距離は約二米だね。すると、三〇〇米彼方の像の大きさは概略二対三〇〇だから実物の一五〇倍ほどになるわけだ。だから蜘蛛が蟹ほどの大きさになっても不思議はないはずだが――おや！　丁度良いものがある！　見給え」

　見ると、天井の二点と電極とを足場にせっせと巣を張り廻している蜘蛛がいるではないか。まだ張り始めたばかりで、するすると糸を伝って降りて来て電極に跨った。

「さあ、これで到頭幽霊蜘蛛の正体を見付けたようだね。今丁度午後三時だ。僕達が先日偏光格子を使って井戸端に蜘蛛の姿を見付けたのも今時分だっただろう。見給え。電極に西日が差している」

西側の廻転窓は透明で差込む日差が丁度投光器に落ち、電極と蜘蛛は明るく浮出している。蜘蛛の脚が微妙に動いて糸を捌く。この姿が反射鏡によって三〇〇米離れた井戸端に投射されたのだ。薄い影ではあったが理想に近い鏡面で反射し完全に偏光していたので、鋭敏な偏光格子によって捉えられたのだ。

蜘蛛は再びするすると上って行く。

「どうだい。蜘蛛の映像が直ぐ消えたのはこのためさ。巣を掛けている蜘蛛が同じ処にじっとしているわけはあるまい。もっとも一廻りしてまた戻っては来るがね。大体蜘蛛というやつは巣をかけるとき必ずこんな突き出た物を足場に利用するのだよ。この部屋で天井以外に足場になりそうなのはこの電柱ぐらいのものじゃないか。

ところでよく見給え。今の蜘蛛が電極の間に糸を渡しただろう。これに電圧が掛ったらどうなるんだ。無論蜘蛛の糸は導体ではないさ。しかし表面が湿っている上に三〇〇〇ボルトという高圧だ。僅かながら電流が通じるのだよ」

私とてもこれ位の事は知っている。宇川がこれで赤い火の棒を説明する心算であるのにも気が付いた。しかし解せないのだ――

「それで糸がニクロム線みたいに赤くなったというのかい？　冗談じゃないよ。それじゃ瞬間に切れるじゃないか。赤い棒は少くとも三〇秒は見えていたのだぜ」

「ウム、なかなか良い所に気が付いたね。だがそうじゃないんだ。電圧が非常な高周波だということに注意してくれ給え。話が少し専門的になるが高周波は物体の表面ばかりを伝って水銀燈みたいな放電光芒を発する性質があるのだ。表皮効果（スキンエフェクト）と云うんだがね。ニクロム線の発熱原理とは全然別物で大した熱は生じないんだが何分乾燥に弱い蜘蛛の糸だ。一分もすれば乾き切れるだろうよ。もっともお種さんが第一回に見た時は三分位、花谷未亡人が見たときは五分間位は保った勘定になるが、これは特別に太い糸が掛ったか、あるいは糸が二重に捩れたのだろう」

驚くべき解釈であった。怪火の出現が点燈直後に起った理由は、これで見事に説明された。糸を焼き切られた蜘蛛は翌日の昼間性懲りもなく再び糸を掛け、その度に怪火の原因を作っていたわけである。

「お種さんが始めて見たのは九月末で丁度昼間停電が始った頃じゃないか。それまでは電圧がずっと掛っていたわけだから蜘蛛は近よろうにも寄れなかったのだ。下等動物でも電気現象には本能的に敏感なものだからね。

また花谷さんは二本の角を見たといい、他に柱を見たと云う人もいたが、これは恐らく電極の映像だよ。普通のアーク燈のように太い炭素棒じゃなくて細い金属だろう。一五〇倍に拡大されたら鬼の角にも柱にも見えるだろうさ」

次に彼は電柱の後に顔を寄せて透かし見をしながら言った。

「ハッハッハ、見事に窓の割れ目を通してその中に照準点があるよ。この投光器は一昨日の地震で一〇度ほど右に頭を振ったのだ。それ以前は井戸端を照出していたはずだよ――いやわざわざ元に戻してみる必要もないさ。投光器から映像までの距離は一定だからこの位置が二等辺三角形の頂点になるのは至極もっともの話じゃないか」

私はすっかり感心して、思わず嘆声を発した。宇川はいとも得意気だったがニヤッと人の悪い笑を浮べて言った。

「君が驚いたり感心したりしている事は、僕にはここに来るまでに解っていたことばかりだ。事件の上べばかりだよ――実際はもう少し奥があるのだ。一例を挙げてみようか？　いいかい？　僕もこの点はここに来て始めて確信を得たんだが、反射鏡に普通の真球面を使うと三〇〇米もの遠方では球面収差の影響が大きく、鮮明な映像などとても望めないはずだ。だのに僕達の見た蜘蛛の像はなかなか輪廓の線がはっきりしていたじゃないか。脚が一本一本見分けられただろう。距離と球面収差という従来までの球面鏡の常識があるため三〇〇米という距離の大きさに邪魔されて投光器の位置をここだと断定する勇気はなかったんだ。だがここに来て始めてど忘れしていたことを思い出したんだ。戦前の事だからもう七八年も前の話だが、瀬木氏は苦心の末遠い距離まで収差の殆んど起らない反射面の製作に成功したのだ。真球面に近いのだが僅かに曲率分布が異っている特殊な面だ。製作が困難なために実験用として作られただけで実用の光学器械の反射面に応用されるまでにはなっていなかったらしい。この投光器は疑いもなくその面を使用しているのだよ。これにもっと早く思いついていたら、三〇〇米という距離は問題じゃなかった。東京に行ったり地震のお世話にならずとも、とっくにこの場所を発見していたはずだよ」

感心して聞いていた私はふと真先に聞くべきであった一番大切な謎を忘れていたのに気が付いた。千代松を焼き殺した怪しい蜘蛛の事である。この話を持ち出すと宇川の顔に忽ち困惑した表情が浮んだ——仕方がないといった風に説明を始めた。

「これだけがどうも気に喰わないのだ——だが一応は説明してみるか。蜘蛛が巣をかけるために電極に跨っているときに丁度点燈時刻になったとする。こんな事は稀で蜘蛛は夕刻になると巣の中心に屯《たむ》ろして動かないもんだがね。まら何かの拍子にこんな事が起ったとする。結果は糸の場合と同じ事で高周波は蜘蛛の表面を水銀燈のように光らせて放電する。たまえも内原という男も一瞬この映像を見た。——ここまでは自然な説明だが——ところで蜘蛛の身体は糸よりは良導体と考えられる。それでちょっとした機《はず》みに電極間に本当の電弧放電が起った——とは考えられぬだろうか？　ありそうなことだよ。電弧放電を起動するには始め電極をうんと接近させて火花を始動させ、電弧が生ずると直ぐ元の間隔に戻すわけだが蜘蛛の身体が電極接近と同等の効果を生じたと考えたらどうだろう」

宇川はちょっと私の顔色を窺った。その態度に何かしら割切れぬものが感じられた。

「その電弧の実像が井戸端に結ばれ一瞬にして火を発したとは考えられぬかね？　恰度レンズで日光を集中して物を焼くように——あの時は電弧は直ぐ消えたわけだがこれは当り前だ。この頃の低い電圧では電弧はとても継続出来ないだろうからね。配電局がスイッチを入れた直後の所謂初期衝撃電圧で短時間だけ放電したのだよ。些か不自然だが今の処、これより外に説明の仕様がないようだ。こうと知ったら無理をしてでも千代松の火傷を研究しておくべきだったんだ——」

そのとき宇川は、おお、と嘆声を上げて床から何か拾い上げた。

「見給え！　ここにも千代松と同じ憐れな犠牲がいる——いや、自らを犠牲にして千代松と心中を遂げた御本尊だ。不自然な説明の有力な物的証拠だよ」

見ると黒焦げになった蜘蛛の屍骸であった。見事な説明だ！　私はそう思った。

怪事件の正体が二十世紀の人間の知識で合理的に闡明し尽されたのだ。

この事件には動機も目的もなかった。瀬木氏が不注意に？（止むを得ず）切り忘れたスイッチと無心の蜘蛛が偶然に起した怪談だったのだ。投光器が偶々地上を照準し、窓ガラスが都合よく割れていたのも格好なお膳立てであったわけだ。

「だが几帳面一方の瀬木氏がスイッチを切り忘れるとはねえ？――普通では考えられぬ事だ」

宇川の声は憂鬱そうであった。瀬木氏の謎の失喪をこれに結びつけているのか？

帰途に就いた時、私の胸にはやはり割切れぬものが残っていた。

六、宇川浩の失喪

私の予感は正しかった。胸に溜った割切れぬ感じがパッと謎の花に開いたのである。

貸ビルの探検から五日経ったクリスマスの日、阪南荘を尋ねたら宇川の姿はなかった。気紛れに旅行をする男の事だから、それだけでは驚きはしないが、一通の手紙が私宛に遺されていたのだ。その内容から彼の失喪を容易に想像することが出来た。

爾後二年、未だに宇川の消息は不明である。また最近宇川や瀬木氏の恩師であるA博士も終戦以来ずっと所在不明であることを耳にした。三科学者の失喪！　私の胸は怪しくときめく。

宇川の失喪を知った翌日、私は念のために早速例の貸ビルを訪れたのだ。と驚くべし、僅か五日足らずの間にあの部屋は正式に瀬木氏の名で契約が解除され一切の実験装置は運び去られてあったのだ。当日、ビルの受付には例の男が居たのだがトラックで荷物引取りに来た男の人相を尋ねると明らかに宇川であった。

私に宇川の遺した手紙の中で直接事件の謎に触れた部分だけを御紹介する。大変な事が記されていたのだ。

「今度の事件は君が見たままを関係者に知らせて安心させてくれることと思う。是非そうして戴きたい。だが僕の説明にただ一つの大嘘があったことを君だけに告白する。即ち電極間に生じた電弧の温度はいかに高くても、三〇〇米彼方では線寸度で一五〇倍だから体積では三百万倍以上の空間に拡散されることになり、絶体に物を焼き得る温度にはならないのだ」

私は驚いたのだ。彼は一つの大嘘だといいかつそれは説明で判る通り確実な嘘に違いない。だがみたまえ。この事件の真相は投光器というたった一つの要素で説明されている。一つの矛盾は全部を否定する力があるのだ。

これに関聯してふと思い付いたことがあった。高周波放電の発する光芒は青白いのではないかということだ。うろ覚えながら慥か学生時代の実験で見た記憶がある。それに、みよ宇川自身が水銀燈のようにという言葉で説明していたではないか。水銀燈は青くはないかも知れぬが決して赤い光は出さない。

これは何たる矛盾ぞ！

——が宇川を信じよう。彼はただ一つの嘘より言わなかったとしよう。一体どこに話の喰い違いがあるのだ？

謎はそればかりではないのだ。

宇川はあれを単に投光器といい私もそう思っていた。——が実際は投光器以上の物ではなかったのか？　宇川の言ったただ一つの嘘の中にその正体の秘密があるのではないだろうか？　苟くも俊敏を謳われた瀬木竜介なる科学者が戦時中にさる筋の命令によって研究に没頭したという部屋に見出された物である。電源には普通の投光器には使わぬ高周波が使われている。宇川は反射面の特別である所以を説明して事件に奥のある一例だと言った。また千代松の火傷を研究すべきであったというのも思わせぶりな謎だ。火傷は火傷で殊更に研究などと大袈裟な事をする必要がどこにあろう？

私には多くの謎を残したまま時日は過ぎ事件は当時の関係者の記憶から薄れようとしている。皆一応はお座なりの説明で納得し安心した。この人達には怪事件が終焉すればよいので宇川の置手紙に記された驚くべき註釈などは知りもせぬし、仮に知ったとしても関心外なのだ。

最近のことであるが私の母校の同窓でやはり母校に残って研究をやっている男に逢ったときこの話を持出してみた。彼は始めは少年科学小説のような筋書だといってなかなか本気にはしなかったが、むきになる私の態度にやっと納得して彼としての意見を述べた。「君の懇望もだし難く、敢て仮説のための仮説を設けるのだ」といった皮肉な前置きをして語った。その話は頗る専門的なもので一般には理解し難い態のものであったが平易に説明すると大要は次のような事だ。

今世紀に入ってから発見された蛍光に関するストークスの法則やレントゲン線の反射に関するラマン博士やコンプトン教授の研究は従来までの光の波動説の不備を暴露し近代量子力学を生む動機となったのだが、その根本には皆、入射光と反射光の波長が異るという不思議な性質を考慮している。これは光を波動性のものとすると絶体に説明が出来ない現象であるが、この性質に着目して、今仮にあらゆる入射光の波長を長くする即ち赤部あるいは赤外部に偏倚せしめるような反射面があると考えたらどうだろう——というのが彼の仮説の骨子なのだ。

赤色部への偏倚！　意外な考えだが青い光源が赤い映像を結ぶ事の極めて合理的な説明ではないか。かつ赤部に近づくほど熱効果の著しくなるのは周知の事実である。電弧の有する全輻射エネルギーが赤光乃至は赤外線に転換されて集中したら？　その熱作用で女の着物を発火させ得るか？

否！　この仮説は単に可能な方向を示すに過ぎない。反射光に著しい赤色偏倚を与えるような物質はまだ世界中に発見されたという話を聞かない。それに加えて宇川の置手紙の註釈がまたしても千斤の重みで圧迫してくるのだ。

嘘がただ一つある——と。

この註釈は赤色偏倚を起そうと起すまいと発火の原因を集光レンズの作用と同様に考える事自体に誤りがあることを意味しているらしいのだ。私は総ての謎がまた第一歩まで後戻りしたような気がした。

しかし事件はかくかく起ったのであって、起った事には何の嘘もない。矛盾が起るのは説明が間違っているので事件自体に矛盾があるわけではない。

——全現象を矛盾なく説明するただ一つの鍵がある。それを私は未だ知らないが、宇川は知っていた。宇川の失喪もこの一つの真相から誘発された謎の一つだ——

結局以上が私の得た結論であった。

私は再び宇川に逢えるかどうか判らない。

だが万一にもめぐり逢ってこの謎の真相を問い糺すことの出来る日を待ち佗びていたのだ。

後篇　白嶺恭二の話

私は宇川の置手紙を入手した日、直ちに関係者に貸ビル探検の模様を話して怪火の原因が投光器であったことを説明した。スイッチを切ってきたからこれ以上怪事件は起らないことも附け加えた。一同は意外な話に驚きながらも安堵の胸を撫でおろした様子であった。なるほどこの時世に幽霊などあるはずがないなどと今更もっともらしく言い出す者もあった。私は怪火現象について宇川が与えた説明をそのまま正確に伝えただけで、この説明に嘘があることや私の胸に強い疑惑が湧上っていることは一言も喋らなかったはずだ。だがさすがに、噂を聞き込んだ当局は、この事件に釈然としないものを感じたらしく、その後私は二回ほど参考人として呼ばれた。訊問は宇川の失踪前後の事情についてであったが、私としては事件の発端から貸ビルの探検に至るまで宇川と共にした行動を一部始終話すより外仕方がなかった。その後当局の捜査がどう進んだか知らない。恐らく実験設備を運んだというトラックについて宇川の足どりを調べるといった常套手段がとられたに違いないがついぞ宇川や瀬木氏の行方が突き止められたという話を耳にしなかった。花谷未亡人の身になってみれば峻烈な社会生活の中で頼みになるのは宇川一人であるため、特に当局にも懇願して捜査方を依頼したが何の効果もなく遂に当局もこの事件を打切ったらしいとの事であった。私自身も日を逐うて厳しくなる生活に追われて他を顧る暇もない有様であったが、解決したとみえて更に謎を深めた事件の幻が胸を去りやらず折にふれて脳裏に甦えり心を悩ますのであった。

ところが宇川が失踪して既に一年半近くも経った昭和二十四年の春になって偶然な機会からこの事件の正真正銘の真相を鮮明に私の胸に暗示した出来事が起ったのである。謎が完全に解けたのでもなく物的証拠を得たわけでもないが、自信を以て真相を推定し得る根拠を摑んだのである。

げにこの真相はあらゆる謎と矛盾を極めて合理的に解明する。単に怪火事件の中に起った疑問に答えるばかりでなく、A博士を嚆矢《こうし》とする三科学者失踪の動機にも確実な根拠を与え、かつ科学者の失踪と怪火事件の関係をも適確に闡明する。

また一方この真相は今日の日本人の誰しもが心、平静ではおられぬある重大な事実を暗示する。私はこれを暗示の域に停めずもう一歩突込んで追求してみたい気もするが、推測が誤っていない限り、吾々としてはこれ以上の穿鑿《せんさく》を許されない事情があるのだ。その証拠に当局も一応は手を染めた。そして大して困難とも思われぬ宇川の足取りすら発見することなく手を引いた。これには明らかに特別の理由がある！　その理由は何だろう？

この疑問は科学者達の失喪の真因が明らかになったとき自から氷解するだろう。

例にない暖冬に引続いて例にない寒春が訪れた昭和二十四年の三月初旬、思いがけぬ珍客が拙宅を訪れた。白嶺恭二という旧知である。この男の経歴が謎の正体と浅からぬ因縁があるので一応説明しておこう。

私は戦時中兵庫県にある某軍需工場に勤めていた。中流の新興会社であったが、施設は相当に充実しており機械の精度も悪くなかったため、川西航空機会社の下請として精度の高い油圧操作装置の部品を製作していた。戦争も半ば過ぎると優秀な職工は次々と応召されて行くに反し仕事は山のように膨脹し、未加工素材の山が工場の倉庫に堆高く積まれ日を逐うて高くなって行った。止むを得ず大増員したところ入って来るのは未熟練工と動員学徒ばかりで最も加工の困難な精密仕上工場においてすら主力は素人工で占められるといった悲惨な状況となった。これでは良い飛行機が出来るはずがない。「機あれど飛機なし」という絶望的な前線の声を耳にし始めたのもこの頃であった。飛行機の死命を制する大故障はかかる下請工場の製品不良に基くものである事に気付いた軍部はこれではならじと急遽各地方の技術監督官庁を強化して大童《おおわらわ》の活動を開始した。このいかつい問題を引っさげてしばしば私の工場を訪れたのが海軍監督庁より派遣された白嶺技術大尉であった。白皙長身の美丈夫で自らは戦闘機の操縦士でもあった。私も一介の工場係官として何かと顔を合わせるうちに次第に心易くなった。彼には軍人に附き物の肩で風を切る風がなく一個の技術者として極めて協力的にかつ良心的に事態を処理しようといった態度であったので技師長を始め全技術者の信望は極めて厚かった。テストパイロットとしての自己の経験によって何でもないと考えられる一部分品の粗悪さがいかに恐ろしい結果を来すかという事を実例によって懇々と職工達に誡める物腰柔かい話は恐らく何物にもまして職工達の自覚を促したものである。自らその危険を体験し悲惨な事故を眼のあたり見てきた人の切々たる要望は、やたらに抽象的な精神至上主義を鼓吹して威嚇しようとする将軍達の獅々吼などよりはるかに効果的に吾々の心に迫るものがあった。事実、彼が来てからは工場の風が一変し製品の検査成績も急上昇したのだ。

私は大いに彼と意気投合し良い飲友達となった。しかし戦争もいよいよ末期に近づいて内地の航空基地が最前線の様相を呈してくると、この好漢も現地に出むいてしまって音沙汰が無くなった。鉄道は空襲によって機能を寸断され大阪東京間を手紙が一ケ月も掛るというすさまじい凋落《ちょうらく》振りであった。

間もなく終戦を迎え彼の生死も判らぬままに日が過ぎて行った。私の工場は幸に賠償指定を免がれ逸早く平和産業に転換したが資材不足と金詰りに四苦八苦で技術者たる私すら経営事務の面に狩り出され注文取り、材料のかり集め、金策とそれこそ東奔西走に身命を疲れさせていた。宇川浩との旧交が復したのもこの頃である。間もなく問題の井戸端怪火事件に相逢し、宇川が解決したかとみる間に彼は一層大きい謎を遺して失喪した。そして更に一年半、思いがけぬ旧知己白嶺恭二が元気な姿を現したのだ。

ビールも特価酒なら自由に手に入るほどに、左党には恵まれた時期であったのは有難かった。飲友達はいつ逢っても懐かしい。吾々は久闊の挨拶など抜きにして早速飲み始めたものだ。終戦後既にまる三年半、吾々の心境は既にこれを歴史の一頁として語り得るほどの余裕と落着きを取戻していた。話によると彼はその後九州南端の航空基地に出張し現地修理班の一員として活躍していたが終戦間際に本拠の横須賀航空基地に連絡に帰っていてそこで終戦を迎えたそうだ。技術者であり操縦士でもある両刀使いの彼だが、都合によって終戦前は技術者としてその仕事一本に従事していたために何とか命があったのだという。

横須賀航空基地は占領軍の先達である米第五海兵団が進駐軍最初の日本上陸を印した場所で、白嶺を始め在留した技術者の一行は急造の終戦連絡事務所に缶詰めになり、その後三ケ月に亘り終戦折衝の軍務に忙殺され殆んど眠る暇もなかったという。翌年早々やっと解放され京浜地方にある某工場に技術者として入社した。

当時を回顧して彼は云う。終戦を耳にしたとき死すべきか生きるべきかは彼にも一時、切実な迷いであった。だが彼はダンビラを振り廻す戦闘軍人ではない。無責任な自決を選ぶわけにゆかぬ。飛ぶ鳥はあとを濁さず、せめて技術者としての残された最後の責任を果すまではと終戦事務の処理に協力したのだが間もなく始ったのがあの浅ましいどさくさと物慾地獄の絵巻物であった。あれだけ清廉潔白を誇っていた軍人も大部分は要するに組織の圧力で慾望を一時去勢されていた他力清廉のロボットに過ぎなかったという証拠をあまりにもまざまざと見せつけられた。本当に国を思い家を愛した同僚は美しい心を抱いたまま激戦のさ中に散り果てていた。何くそ今は死ぬよりも生きる方がむずかしい。こう思った瞬間、彼の若干天邪鬼《あまのじゃく》な反撥心が勃然と湧き上り生きて日本の再建に尽力する決心がついたという。白嶺はこのときつくづくと述懐した。今は世を挙げての軍国主義排撃のマンネリズムだが軍人の独善、横暴、侵略主義と本当に洗練された軍人の持っていた純真無垢な自己犠牲の精神とを区別することさえ知らぬ無定見さである。犠牲の精神はまたの名、公益優先の精神とも呼ばれ人間が社会を営むからにはその社会形態と思想を問わず古今東西を通じて悖《もと》らない倫理の根本であるという。民主国米国でも自己犠牲の例は不朽の美談として沢山伝えられているのだ。日本軍人の自己犠牲はやや極端に失し殆んど死ぬことの代名詞になっており、また時には他から無理強いされた犠牲も起った例があるために全体主義という非難を受けたが、これは一部の強引な軍人共の間に行われた似而非《えせ》思想で真底はそんなものでない。良識を失った戦後の人心に一かきでも自己犠牲の気持があったならお互がもっと楽に気持良く耐乏生活を送れたはずなのだ。自ら進んで身を護国の鬼と化した勇士、動《やや》もすれば軍国主義のお先棒担ぎと誤解されるこの人達こそ今生きていて欲しい人達なのだ。正しいと信じた目的のために完全に私欲を捨てる事の出来た人達である。今生きておれば日本の再建に最も役に立つ人達で吾々が今日最も欲してしかも得られぬ種類の人達なのだ。

話は話を生み吾々の回顧談が弾むにつれてほど良い酔が廻ってきた。この時私はふと思いついて宇川に絡まる不思議な謎の経緯を話題に載せたのだが話半ばにして白嶺の態度が急に真面目になりひどく心を動かしている様子が見えたのだ。私の心は躍った。白嶺はこの事件について何かを知っている！　果して彼は勢込んで更に事件の詳細な説明を求めた。私は期待に胸を弾ませながら一部始終を語った。無論説明する傍、私自身が今まで智恵を絞って吟味して得ていた考えを参考までに附加えることを忘れなかった。

白嶺は知っていたのだ。驚くべき事を知っていたのだ。私が今まで懐いていた考えは白嶺の話によってある点は裏書きされある点は覆えされた。彼の話こそこの怪事件の底流を衝くものであったのだ。

では復習の意味で事件の重な点をもう一度振り返って吟味してみよう。

まず投光器であるが、これは瀬木竜介氏が戦争が始まると間もなくさる筋（軍と考えてよい）より機密の命令を受けて実験研究を開始したと考えられる部屋に見出された物である。外見は普通の投光器だが色々と変った点がある。即ち電源が他の光学器械類に例のない高周波であり、電極は炭素棒の代りに細い金属棒が用いられていた。反射面は真球面でなく収差を除くため特別に設計されているとの話である。かつ火の色に大きい謎がある。高周波電圧の表面放電の光芒は普通は青白いのだが、井戸端の怪火は薄赤かった。私は見なかったが、目撃者の証言が完全に一致している。この矛盾をどう解釈したらいいのだろう？　ある友人は入射光と反射光の波長が変化し得るという近代物理光学の理論をあげて反射による赤部偏倚という考えを紹介してくれた。これはなるほど光量子論の示す可能性と矛盾しないが、余りに理論に附会した感じが濃厚過ぎる。普通の物質例えば硝子質の鏡とか磨いた金属面が可視光に対して最も波長の短かいグループの青色から最も長いグループの赤色まで（波長にして約二倍）波長変換をせしめるほどの著しい作用があるとは考えられないし、未発見物質の中にそんな作用を有する物があるとも考え難い。そこで私は赤色偏倚説を放棄し、この電極に限り特別な理由で高周波放電が赤い光芒を発すると考えてはどうか？　と提示する。特別な理由というのが何であるか判らぬが変った電極がこの考えを暗示するのだ。投光器が宇川と共に行方不明である今日確かめようもないが、私はこの考えの方が自然であると思うのだ。

次に一番問題である怪火現象の事を考えてみる。これは少し頭を働かせさえすれば宇川の告白を見るまでもなく、その証明の不合理に気付くはずのもので、今頃になって馬鹿の後智慧をさらけ出すのも気がひけるのだが――吾々が集光レンズや凹面鏡で発火するのは、遠点にある太陽や大光塊の発する輻射線の一部をレンズまたは凹面鏡の経に応じて採取しこれを極く密に焦点に集中して高温度を得るのである。しかるにこの事件の場合は全く逆で焦点近くに小さい熱源を置きその拡大実像を遠方に生ぜしめる。即ち映像が光源に比べて線寸度で一五〇倍に拡大されるものとすれば体積は一五〇〇立方、即ち三四〇万倍ほどになる。光源に発生する熱量のうち反射や途中の空中で失われた残りがこの大きい空間に拡散されるわけである。いかに光源の濃度が高くてもこれではとても物を焼くほどの温度にはなり得ない。目撃者の話では着物は急激に発火したのだ。一〇〇〇度以上もある普通の焔ですら衣服をそうた易く発火することは出来ない。時節は十二月の末でしかも女の商売柄、厚地の合せ絹物であったに相違なく風呂帰りであったのとからしてさほど乾燥していたはずはない。大気温度と大差ない程度の電弧の影像がどうしてこうも急激に衣服を燃やし得よう。仮に赤色偏倚により電弧の全エネルギーが熱効果の一番顕著な赤外部に偏倚せられたとしても畢竟は程度の問題で三四〇万倍の体積比という根本的矛盾の解決にはならない。この意味でも赤色偏倚は価値が少ないのである。この説を樹てた友人の言った通り仮説のための仮説に終るべきものだろう。しからばこの秘密の正体は一体何であろうか？

白嶺はこれについて驚くべき解釈を下したのだ。その断定の理由は充分合理的であり多彩な将来を示す暗示である。白嶺がこの真相に思い至ったのは終戦直後、終戦連絡事務所に留め置かれた三ケ月間の仕事中に得た知識によるものであり、これなくしてはいかに聡明な白嶺といえども想定出来なかっただろう。彼の解釈は発火現象を説明するばかりでなく、A博士の行方不明、瀬木氏の異状な雲隠れ、宇川の遽しい失踪に関して具体的な道筋はともかく失踪の動機に確実な暗示を与えるのである。追て話が進むにつれ読者は白嶺という男が嘗ての軍人らしくもなく学問に深い知識を持っているのに不審を抱かれると思うが、これは当然で白嶺は職業軍人ではなく民間大学出身のれっきとした肩書を持つ工学士なのである。

白嶺は興奮した面持ちでグッと一杯あおって言い出した。

「まず発火現象だが、君の目をつけた疑問も正しいし、疑問を吟味する物理学的な考え方も正しいと思う。この秘密の正体は何だろう？　と君は言ったね。君もよく知っている癖に見落している説明法が一つあるのだよ。即ち特殊な発火能力を持った放射物が電弧から発射されたのだよ。今の科学的常識で考えるとこれより外に説明のしようがないじゃないか」

放射物という言葉を言われてはっと思い当った。電極が他に例を見ない金属棒であった事と、千代松の火傷を研究すべきであったという宇川の言葉を合せて考えてみると、現在の科学が可能の域に持ち込んだ恐るべき結論即ち原子力である。この方面の理論と研究は我が国でも相当進歩しており実験室的には終戦時既に成功していたとさえ言われている。

白嶺は私の驚きを尻目に言葉を続ける。

「それにつけて思い出すのは、第二次欧洲大戦直前にやかましかった殺人光線の事だよ。科学小説も盛に主題に使ったし、その頃独逸《ドイツ》では既に秘密兵器として完成していたとの噂もあったが結局近代戦に登場せずに終った。火焔放射器というちゃちな紛い物でお茶を濁した程度だったわけだ。

大体殺人光線の原理というのは、強力な光波か電波をある点に集中して生物を殺すとか発火せしめるとか云うのだが、何れにせよ光源と投射器が必要なわけで、瀬木氏がさる筋より命令を受けた研究というのはある特種な殺人光線投射器に類するものだろうと思うのだ。

だが宇川氏も告白し君も言った通り古典的な幾何光学原理によって光や熱を集中投射しても駄目なのだ。一昔の戦争科学者といえどもこれ位の理由は判っていたに違いないのに敢て殺人光線と呼び熱情的な研究を行ったのは別の原理によって充分の可能性を期待したからなのだ。即ち光波と電波の境目にある特殊な波長帯に生物に大危害を加えるような作用があるらしいので、これを光や熱線の代りに用いようという考えである。波長がミリメートル以下である光波や熱線は高温体を利用して容易に発生せしめる事が出来、一方波長が一メートルあるいはそれ以上は電波と呼ばれこれも無線技術によって人工的に発振せしめることが出来る。しかしこの中間即ち波長数粍《ミリメートル》とか数糎《センチメートル》とかいった範囲はどっちつかずで以前は人工的にも作れず従って自然界に存在しても受信出来なかったため、必然的に知識の空白な部分となり神秘性が捏造され殺人光線といった戦争科学者の夢を生んだわけだ。なるほど、この波長帯が生物に危害を加えるらしいことが不確実ながら実験されたこともあるそうで、こんな事情が更に殺人光線熱に拍車をかけたのだろう。しかしこれを多量に発生せしめて集中投射し敵を一挙に潰滅するなどというのは単なる空想に過ぎない。

要するに殺人光線科学者の夢は古典的輻射の原理に終始する限り使用価値のある実物としては成立しなかったのだ。宇川氏が指摘した嘘というのは自分の嘘にことよせてその実は古典輻射理論が吾々の想像するような素晴らしい兵器を作り得ないことを暗示しているのだよ」

言われてみると思い当ることばかりであった。宇川は私が事件のうわべより気付いていないと言って意味深長な笑いを洩らした。発火現象については渋った挙句、自ら不自然だと称する説明を行い果は嘘だと告白した。私は想像するのだが、宇川とてもあの部屋を探検して投光器やトランスを見るまでは発火現象の真相に確信を持っていなかったらしいのだ。しかし彼はその道の専門家である。部屋の実験設備を一目見て謎の正体を悟ったに相違ない。そしてこの謎には親友の私や、ただ一人の身寄りと頼られている花谷未亡人までに一片の断りもなしに失喪せねばならぬほどの力があったに相違ない。かつ白嶺の言によると、嘘だという宇川の告白には古典的光学をこの一言で否定し去ろうとするほどに重大な背後の意味があるというのだ。

白嶺の話は徐々にこの秘密の要点に触れてくる。

「波長の極く短かい部分の光は透徹力が大きいことはレントゲン線の例でよく知られている。レントゲン線程度ではまだ廻折縞が出来るところからして波動の性質を示しているがもっと波長が短かくなると次第に粒子性を帯びてくるんだ。放射性元素の崩壊のときに出るγ線などはレントゲン線よりよほど透通力が大きく、一頃喧伝された宇宙線などは物質の最小単位である光量子あるいはエネルギー量子に外ならぬというのが最近の物理学の定説だ。こういった事実から近代物理学は光の正体とは高速で飛行する光量子群であるという所まで押詰めてきたわけだ。こんな超々微粒子が飛行するときは波の性質も現わすということによって光の波動性と粒子性という奇怪な二重性を説明しているんだ。だがここでだよ。そこまで小さく考えず少し大きい粒子、例えば原子核の構成単位であるプロトンとか原子核内に含まれている所謂核電子が高速で運動しても、やはり光に似た性質を表わすわけである。前者がα線で後者がβ線と呼ばれる。原子の構造は一般的に言うと中心の原子核とこれを公転する若干個の軌道電子から成っている。原子核は若干個のプロトンと核内電子で構成されており、プロトンの数は軌道電子と核内電子の数の和に等しい。但し我国の世界的原子物理学者である湯川秀樹博士はプロトン同志の結合が恐ろしく固く結合している理由を合理的に説明するためにニュートロン即ち中間子というものがあってあたかもセメントが砂利を結合して丈夫なコンクリートを作っているようにプロトンを結合しているという有名な中間子論を唱え、これは今では不動の定説だ。だが最近の話ではこの中間子も核内に納っている時と、核の破壊によって飛び出して一種の放射線になった時とで示す性質の相違が実験観測の誤差とは考えられぬほどの値を示すところから、二種類の中間子を考えようという所謂中間子二元論が擡頭しているとの事だ。こんな立入った話はともかくとしてだね——元素によると堅く結合しているはずのプロトンのうち、一つだけが自然に核から飛出してゆく性質を有するものがある。これが所謂放射性元素なんだ。ところが放射性元素の自然崩壊は極めて徐々に起るもので一塊の放射性物質が放射をし尽して安定な鉛に変化するまでには、理論的には無限の時間を要し、実際上放射能が認められなくなるまででも、恐らく何十万年何百万年という長い年月を要するんだ。これを仮に人工的に一瞬に行うことが出来ればどんな結果が起るだろうか？

抑々《そもそも》原子核にはプロトンの結合による莫大なポテンシアルエネルギーがあるわけでプロトンがいかに頑丈に結合し莫大なエネルギーを蓄えているかという事は、僅かな原子核でも人工的に無理に破壊するには巨大なサイクロトロン装置が入用であった事でも想像出来よう。これをもっと手軽な方法である程度以上の規模に崩壊させることが出来れば、あとは飛び出したプロトンが次々に他の核を破壊して所謂自励作用により平衡が破れて大爆発を起す。即ち自然に放置されたら恐らく数千万年から数億年もかかって放出されるエネルギーが一瞬に放出され、その一部分は膨大な熱と圧力に変化する。これが原子爆弾の原理であって原理的には既に何等の秘密はない。要は自励作用を起すに充分な初期崩壊をどうして行うかという技術的な面が困難で、これが原子爆弾の秘密と言われるものなんだよ。専門家の話によると広島や長崎で使われた初期の原子爆弾では熱や圧力になって都市破壊に効果のあったのは全有効エネルギーの僅か数パーセントにも足らなかったそうだ。相当数の原子核は崩壊する暇もなく飛散し、また崩壊によってせっかく放出されたエネルギーも暴風や熱となって破壊に役立ったのは、極く一部であるとの事だ。最近米国のその筋から当時の原爆は今改良されて出来たものに比べると花火線香に過ぎなかったといった意味のことを報道していたがこれは法螺《ほら》じゃない。もっともな話なんだよ。要するに原子力も爆弾として使うと非常に無駄が多く非能率的なものであったと言える。これを爆発させずに必要に応じて自由に加減して使用すると驚くべき能率の良い動力が得られるわけだ。原子力の平和的使用とはこういった意味で二重にも三重にも人類に福音を齎《もた》らすものなんだ。

　この事件では残念ながらあまり原子力の平和性は関係無さそうなんだ。原子破壊の方法は実験室的な小規模な範囲では終戦時我国でも成功していたという事だが、噂ばかりでさて誰がどこでという疑問に適確に答えてくれた人はいない。だが火の無い処に煙は立たぬという。

　この事情を考慮してここで一つ大胆な仮定をしてみよう。

　瀬木氏の投光器は実は高周波電圧による特殊な電弧放電を利用して極く微少量の放射性元素の原子を投射し、これを映像点で発火させるような装置であったと考える。その元素は稀薄な合金となって、電極に含まれているとする。これこそ戦争科学者が夢見ていた殺人光線投射器じゃないか。映像点で原子崩壊と同時に恐ろしい高温を生じ何物といえども一瞬に焼き払う。これはわけなく想像出来る。千代松とかいう女の衣服が燃え上ったときの異状な有様を目撃者は口を揃えて証言したそうだがもっともな話だと思う。原子崩壊がどんな発火を起すのか僕も見た事はないが、きっと奇怪極りないものだろうと思うね。火傷を研究すべきだと言った宇川氏の真意は傷跡に放射性痕跡の有無を検するという意味なんだよ。

　どうだい君、これで失喪科学者が今どこで何をしているか見当がつくだろうが」

　白嶺はちょっと言葉を切って、私の顔を見詰めた。私には充分にのみこめないのだ。

　以上までの話によると、瀬木氏の研究は要するに小規模な発火装置に過ぎない、三〇〇米の彼方に火を発するという兵器だ。こんなものがどうして近代戦の役に立ったのだ。ただ火をつけるだけなら焼夷砲弾、焼夷爆弾等、はるかに簡単で強力な兵器があり近い処なら火焔放射器で沢山だ。何のためにわざわざ大袈裟な原子力等を使わねばならぬのだ？　何が故にこんな牛刀を以て鶏を屠すに類した研究が軍の大機密として行われ、また三人もの優れた科学者を失喪せしめるほどの魅力があったのか？

　白嶺は私の疑問に大きく頷いて言葉を続ける。

「うんそうだった。君にはそれだけでは判らないはずだな。では僕が横須賀の終戦連絡事務所にいた時の事を話そう。少し余談も混るが面白い話だから、まあ聞いてくれ給え。

　終戦になって半月にもならぬ八月の末頃だったと思うが横須賀航空基地に米軍の海兵隊が上陸して来て吾々は

皆逐い出され近くの小学校の建物を借りて間に合せの連絡事務所とし連絡の任を指定された者は殆んど閉じ籠ったような恰好で随分と忙がしい目にあわされたものさ。それというのは海兵隊と殆んど前後してＡＴＩＧ、即ち航空技術情報団というのが上陸して来て恐ろしくスピーディな調査を始めたんだ。海軍では横須賀の航空技術廠、陸軍では立川の航空技術研究所がまず槍玉にあがり、日本の陸海軍が有した航空技術に関する全資料を提出しろというわけさ。ところが終戦ときいて周章《あわ》てた軍令中枢部では戦争に関する一切の書類を焼き捨てるようにという逆上した司令を出したため、各関係ではただわけもなく書類という書類は片っ端から焼却した後であったため全く大弱りさ。要するに軍人の頭には終戦という感覚がピンと来ずに何となく敵対行動を続けようという惰性的な悪あがきの一例だったわけだ。だがいよいよ敗戦だという意識がはっきりしてくると、牽かれ者の小唄とでもいうか、日本にもこんな技術があったのだぞと逆に全部をさらけ出して誇って見せたい気持になってきたのだ。書類は焼いたけれど資料はそれぞれの担当技術者の頭の中に残っているわけだから場合によっては既に故郷に帰ってしまった連中までわざわざ呼び出して資料の再蒐を計った結果、指定期日までに何とか英文の報告書を纏めたんだけれど、いや全くの話大変な仕事だったよ。ところがだ、報告を出した後で僕は補足説明者の一人としてＡＴＩＧの本部まで召喚され色々と話をきいたんだが、いや驚いたね。ＡＴＩＧの連中の方が日本の航空技術担当者よりも全般の事情をずっとよく知っているのだよ。こんな事ならわざわざ面倒な報告書を要求するほどのこともあるまいにと些か業腹だったね。彼等は日本軍の防諜機関など児戯に類するものだと言って笑っていた。日本軍は軍機の保全をあれだけ喧しくいい、膨大な特高警察と憲兵の力で誰彼の見境もなく絞めつけていたわけだが、所詮頭のがさつな連中のやる事は緻密な国際スパイの敵でなく、日本軍の中でも特に一部の関係者より知らぬはずの機密中の機密までが筒抜けになっていたのには全く開いた口が塞がらなかったよ。大体昭和に入ってからの日本人は大分思い上り過ぎていたようだ。殊に職業軍人はその程度が甚だしく相手は常に自分以下だと手前味噌にきめて掛って頭脳より暴力を振っているうちに日本の機密を知らぬは日本人ばかりなりという醜体を全世界にさらけ出していたわけだよ。従ってこの報告は形式的に提出を要求したもので平均して大分米軍より水準の低かった日本の航空技術には大した興味もなかったらしい。もっとも特異な例外はあった。陸軍で使っていた高速偵察機と海軍で試作完成の域にあった高々度爆撃機と局地戦闘機は意外であったらしくこれには相当詳しい質問を受けた。陸軍の事は知らぬが海軍の爆撃機は速力と高々度性能でB—二九より一段と優れていたし局地戦闘機に至ってはその頃全世界に類を見ない強力なものだったんだ。しかしいずれも試作の域を出ていない。技術とは物を実用化することであって、一つ二つずばぬけた物があっても平均水準を高めることにならない。終戦時残っていた飛行機は全部破壊されたのだが、これ等の試作機は母艦に積んで大切に米国に持去られた。

ところでこの事件に関係があるというのは僕がATIGで始めて耳にした特殊兵器の事なのだ。僕達は全然知らなかったので報告に入れなかったのを逆に質問されて始めて知ったのでここでも知らぬは日本人ばかりという恥を曝したわけだよ。その兵器というのは、劃期的な飛行機撃墜装置だということだ。終戦時日本ではこの種の有力な防禦兵器が殆んど完成していたというんだ。このときプロフェッサーAという名が度々出て来たが、君の話に出て来るA博士とぴったり事情が一致するのだ。

この特殊兵器の価値を説明するために、原子爆弾についてちょっと認識を新にしてみよう。原子爆弾にいかに恐るべき破壊力があっても、これを目的地の上空まで運ばぬことには三文の値打もないわけだろう。だから運んで来る飛行機を確実に事前に落すことが出来れば、原爆恐るに足らずということになる。爆弾が自分でこっそり飛んで来ない限りは駄目で、これが爆弾に限らずあらゆる破壊性兵器の宿命的欠陥だ。あまり威力が大きいのに眩惑されてこの根本的欠陥を見落し勝ちなものだが、そこに防禦側としてもただ一つの救われる道があるのだ。

ところが簡単に敵機必墜と言っても実際にはなかなか難しいことなのだ。地上砲火の頼りにならぬことは皆既に経験済だから言う必要もないだろう。また戦闘機の空戦で撃落すというのも想像以上に困難なものなんだよ——敵機も動き自機も動く。自機の銃口を離れた弾丸が敵機に届くまで若干の費消時があり、この一秒足らずの僅かな時間が高性能機同志の戦闘では大きく物を言うんだ。高性能機は一秒間に二〇〇米、即ち自分の寸法の十倍近くも動くわけだ。敵機の運動方向と自機との距離による修正量の上に、弾丸の重力による落下量を射線の重力線に対する関係に応じて瞬間的に判断して加味し適当に修正した点を照準しなければならない。口で言えば大した事はなさそうでも、実際は甚だ困難である。修正点の方向と修正量は彼我の態勢によってそれこそ千差万別で時には照準器の視野からはみ出してしまうこともある。この狙いが確実に出来るのは全く神技に類する。そして幸に命中しても近代的防禦を備えた大型機は心臓部を貫かぬ限りはなかなか落ちはしない。これは僕自身が操縦士であった経験からしてもはっきり断言出来ることだ。日本の空軍はこの困難克服の対策として敵機に少しでも近接して射つ、所謂肉薄戦法を採っていたわけだ。近づきさえすれば修正量は小さくなり時には考慮の外となる事もある。かつまぐれ当りも多くなるのだ。半分の距離に近づけば命中率は恐らく十倍も良くなるだろう。

ところで自他の性能に大差のない場合に望み通りの距離に近づくことは特に当方が桁外れに優位（高所）でなければ不可能で、優位はいつでも取れるとは限らない。また仮に肉薄が出来たとしても大型機の防禦砲火は強力でこちらが先に落される公算がうんと多くなる。こうした困難を克服して仮に敵機若干を撃墜したとしても原爆を積んだ一機に間隙を縫われて投下の隙を与えたら万事がおしまいである。以上のような事情で彼我の飛行機の性能が向上するにつれて航空機は次第に行詰りに当面してきたのだ。そして行詰りの根本原因は機銃弾に費消時があるためと重力により落下するための照準修正量に外ならない。

ここで仮に先ほどの殺人光線投射器、即ち目標に瞬時に火を起させる装置を味方戦闘機に積んだらどうだろう。光は費消時と重力落下量を考える必要がない。修正量が零である。照準器の中心に敵機を認めた瞬間に投射すれば必ず命中する。彼我の距離と映像点の距離を一致させることだけを行えばよろしい。光源を僅かに動かせば映像点は大きく前後するから、これを利用してぴったり敵機に映像を集中することはさほど困難でない。恐らく新米のパイロットにでも容易に出来る程度の技術に過ぎないだろう。

それにもう一つ大きな利点！　軽合金製の飛行機は、一度発火すれば非常に燃え易いのだ。燃えれば占めたもので墜落は数十秒の問題だからこのため必ずしも心臓部を狙う必要はなく翼の一端でも胴体の先っ鼻でも充分効果があるわけだ。

どうだい君！　地上部隊や艦船部隊の攻撃兵器に使えば児戯に類するような物でも転じて航空機搭載兵器とし

て使うと絶大な防禦的価値が生ずるじゃないか！

仮に日本軍でこんな研究を完成していた事を知ったら戦勝国はこれをどんな風に扱ったと思うかね？　独逸の優れた戦争科学者のその後の動静を考えるとA博士を始め瀬木氏や宇川氏がどうなったか容易に想像出来るじゃないか」


白嶺恭二の言わんとする所は以上のような意外な事実であったが、私としては何等異議を挿挟む余地はなかった。なるほどこれだからこそ当局といえども宇川の足跡の追求を放棄したのだ。真相は吾々の追求の圏外にあったのだ。

やれやれ。私は三年越しの溜飲が下ったような爽やかな気持になってビールは一入《ひとしお》とはずんだ。


——・——・——

さて、以上のように白嶺の詳しい説明によって発火現象の真相と、何のためにこんな恐るべき物が存在したかという理由は明らかになったから、これを基にして次に附帯的な疑問を逐次解決してゆこう。少し話がくど過ぎると感じられる読者もあると思うが、後味の良いさっぱりした推理小説をお目にかけるのが筆者の真意でなく、この奇怪な事件の真相を一点残さず明白に示したいという意図を汲みとられて、もう一息辛棒して戴きたいと思う。


まず十二月という時候外れに蜘蛛が活潑に巣を掛けていたというのは常識的に知られている蜘蛛の習性からみて解せぬことであったが、白嶺の説明によると、電極の中には僅かながら放射性物質があるのだからこの部屋の中は、常時微細な放射能を受けていたわけである。下等動物はそのために大いに生活力を増進させ温室の花のように季節を誤認するのだという。真偽はともかく、もっともらしい話ではないか。何れにせよ蜘蛛がいて活潑に巣を造っていた事は動かせない事実である。

次に電極の映像を見て柱といい角と言ったのはまず良いとして、花谷未亡人がその下に黒い塊状の影を認めて鬼の顔といったのはどうかと思われる。いくら心理的聯想にしても些か飛躍が過ぎる。彼女は本当に鬼の顔を見たのか？

白嶺の解釈は相変らず物理的であった。

曰く——いかに収差の少い反射鏡でも遠方になると僅かな工作の狂いが大きく影響して映像のある部分は不鮮

明となり附近に暗い廻折干渉縞を生ずる事がある――というのだ。投光器の無い今日確かめる術はないのだが、私の意見としてはこの説明は若干附会に過ぎるような気がする。これほどまでに物理思想に徹底しなくても単に花谷未亡人の見た幻影と考えた方が自然だと思うのだ。もっとも花谷未亡人も自分の感覚の正確さを大いに主張して譲らないかも知れぬが――

怪光の色に関する謎は相当に難物かと思えた。私自身もこの問題は相当考え結局失敗したのだから。だが白嶺が与えた物理的解釈は見事であった。私もその考えには満腔の同意を示さざるを得ない。

白嶺はこれを、焔色反応の一種であるという。焔色反応とは誰でも御存じのように金属やその塩類をバーナーの焔に当てると、焔がその金属に特有な色彩（波長）の光を発する現象である。電極間に起る高周波放電があたかもバーナーの焔の如き作用をして電極を構成している金属のうち焔色現象の著しい物の個有色が光芒に現われたのである。電極は僅かな放射性元素を含む合金であると言ったが、その中に赤味がかった焔色を示すような金属が含まれていたのだ。察するところストロンチュームあるいはセレニュームのようなものらしいのだ。共に放射性元素の原鉱の中に往々に共存する金属である点がこの考えを裏書きする。

私は白嶺の話を聞く前から既に、この電極に限り特別な理由で赤い光芒を発するのだという考えを持っていたが、この想像は見事適中したわけである。

謎の物理的解釈は以上のように余す所なく解明せられたが、残った問題はこの事件に絡まる人為的動機、即ち三科学者の失喪の謎である。人の心は物理法則に則らないから各人が出て来て本心を話してくれぬ限りは単なる臆測に過ぎない。私はあまりはっきり断言したくもないし、出来もしない。だがいろいろと想像は出来る。私と白嶺の合作ともいうべき想定の結論を次に御紹介しよう。

まずA博士の場合は終戦直後に失喪が起っていること、この秘密兵器の創作者がA博士らしいこと、白嶺の話にあった通り博士の名がＡＴＩＧのメンバーによってしばしば問題にされていたという事情を綜合して、博士は無事であるのみか、米軍の庇護のもと今どこかでこの兵器を更に完璧なものとするために研究を続けているのではないか？　と想像される。この想定の可否判断は読者自身にお委せしたい。

一番多くの問題を含むのは瀬木氏の場合である。こんな大秘密を何故不用意に市中の貸ビル等で研究したのか？　実際にも極めて不適な場所ではないか？　といった疑問がまず起る。白嶺はこれを所謂機密保持に対する燈台下暗しの奇策だろうと言った。なるほど、これは本当だ。かつ奇策は見事成功したではないか。もしこの部屋の秘密が知られていたとすれば、占領軍によって何よりも先に接収さるべき第一級の緊急軍事目標に属しているはずなのに宇川が発見する昭和二十二年の末まで誰も気付かず疑った者すらいなかったのだ。またこの部屋は決して実際に不適ではないという。即ち北方に殆んど常時人気の無い墓地を控えている。実際に必要なのは部屋そのものではなく、投光器から三〇〇米ほど前方に人気の皆無な（あるいは稀な）空間が存在することであった。墓地は昼間はともかく夜間は完全な無人の空間である。生じっか山奥に隠れたりすると却ってスパイの眼を惹く。繁華な市中の広い墓地のほとりの貸ビル！　これこそ目的にぴったり適った絶好の隠れ家ではないか！

次に瀬木氏の異状な行動と異状な失喪の事情は一番吾々を不安にするものだ。日本が無条件降伏をした終戦後にまで引続いてこんな物騒な物を置いた部屋で一体何をしていたのか？　占領軍防諜情報団がこれを知ったら大変な問題を起しただろう。もっとも研究者としてはせっかくの苦心の結晶をおめおめと引渡すよりも自分一人の秘密にしておきたい気持になるだろう事は判らぬでもない。だが既に瀬木氏が終戦後も引続いてこんな物をただ秘密にしておくだけでなく何やかやといじくっていたとすると、そこには単なる学者の過去への感傷的な執着ばかりとはいい切れぬものがあるではないか。案の如くその失喪にはいろいろと謎がつきまとっている。即ちこんな大変な代物を置き去りにしたのみか、スイッチを入れ放しにしてあった。硝子窓が割れたままになっていたのも緻密な性格の科学者らしくもない無関心さである。前後の事情から推して瀬木氏がこれ等の事を故意にやったとは考え難い。所詮は非常にあわてたか、無理に拉致されたかといった穏当でない事情が頭に浮ぶではないか。しかも失喪後荏苒《じんぜん》十ケ月、この大切な秘密を放置して姿を見せなかった瀬木氏！　不吉な事を言うようだが吾々は瀬木氏の生死を疑っているのだ。仮に生きていても自由な身であるとは考えられない。——というのはどういう意味か？　私はこれ以上多くを言うまい。皆さんの推量にお委せする。ただ硝子が割れていた理由だけはその後ビルの管理人の話によって明かになった。事件より更に一年前に起った海南大地震の際に、このビルの窓ガラスが沢山割れた。硝子払底の折であったため、半年近くも掛ってやっと一応の補修はついたが瀬木氏の部屋は他人が近付くのを極度に嫌ったため最後まで割れたままになっていたらしいとの事であった。だがそれにしてはまた都合よく投光器の前だけが割れたものだという感じがせぬでもない。このお誂えむき過ぎる偶然が厭な方は適宜気に入った解釈をされるのも結構だ。例えば用心深い瀬木氏は窓を開けて実験することを避けるため、自然に割れたように見せかけて都合の良い場所に故意に割目を拵えたとでも考えたらいいだろう。

謎の大小はともかくとして私個人にとって一番の関心事は宇川の失踪である。彼は実験装置を一体どこに持去ったのだ？　白嶺の想像によると投光器の正体を見破った宇川は、A博士と瀬木氏？　の所在？　を悟ったのだ。そして自らもそこに飛込んで行った？　ありそうなことだ。戦後になっても未練らしく碌に収入もない研究所に残っていた宇川の気持になってみれば、万が一にでも同じ研究を続ける機会があると知れば何を措いてもそこへ飛込んで行ったはずだ。この結果を吾々は杞憂する必要はない。私は宇川の人柄をよく知っている。彼はどこにいて何をやっていようとも、決して吾々日本同胞の不為になることをする男ではないからだ。

以上、筆者が「二十世紀の怪談」と呼ぶ怪事件の真相を推定するに至った経緯である。げにこの事件は読んで字の如く、二十世紀ならでは起り得ない科学的怪談であった事には御異存ないと思う。だが推定は事情止むを得ず傍証や間接証拠ばかりによって組立てられているので絶体的真相であるかどうか断定出来ない。読者諸氏はその真偽をどうお考えになるか？　筆者の提供した資料によって他にもっと妥当な解釈方法があるならば是非とも伺いたいと思っている。

勝部良平のメモ

一、勝部良平の探偵小説論

　勝部良平は私の古い友人であった。驚くべき友人である。良きにつけ悪しきにつけ私の思想に強引な彩色と定着を齎《もた》らした強烈な性格的存在であった。僅か一年足らずの交際でこれほど他人の性格と思想に強い印象を焼付けるとは全く異常の例に属する。しかし勝部の思想がそのまま私に移植されたと考えるのは当を得ない。共に科学と銘打たれた道を歩み、物の考え方に相牽く共通点があったのは事実だが、彼の私に対する桁外れの影響力は彼の思想が常に私に一歩先んじ、これを畏敬する私の受入態勢が極めて積極的であった事が一番預って力があったようだ。私の心に常に燻っておりながら生来の不切れで気遅れ勝ちの性質に禍されて伸び得ず顕れ得ず悶々としていた思想と性格形態が恐ろしく切れ味のよい彼の影響を受け華々しく外部に現れてきたとみるのが至当だろう。

　勝部を喪って既に八年、回顧すれば懐しみというより心の疼くような強烈な興奮が甦ってくる。私が今日物を見、物を聴き、物を言い、物を批判するとき、果して私の言動であるのか八年前の勝部良平の言動であるのかふと怪しい錯覚を生ずることさえもある。私の胸中には常に勝部良平の蔭の声が生きているのだ。

　共に探偵小説の愛好家であり探偵小説を論じ合った日の思い出は一番印象深く脳裏に生きている。私が今日探偵小説に対して懐いている感想と批評は即ち勝部良平の探偵小説観から由来する。否勝部の思想が先で私は単なる口上掛に過ぎぬのかも知れぬ。八年前の勝部の思想を以て昭和二十四年の探偵小説の風潮を批判させたらどんな事になるだろうか？　勝部は相当な毒舌居士でその思潮は常に世のマンネリズムに反駁し時には為にするところがあって世間の通り相場である定説に反逆を示すことがあった。所謂拗れ者に類するのだろうが、果して彼が単なる反逆のための反逆者であったのか、あるいは附和雷同的な世のマンネリズムが彼に指弾されるだけの事があったのか、そこは賢明なる読者各位の良き判断にお任せする次第だ。では私が一つ憎まれ役の口上掛を務めてみよう。

曰く――探偵小説も小説というからには文芸の一部門でありそのためには文芸作品の有すべき形態、即ち深い人間性と人間社会相を根拠とした構成を修辞的な表現法によって描出し加うるに筋書を効果的ならしめる有効な背景と道具を以てするといった形態をとるべしというのが定説だそうだ。但し探偵小説では人間が本能として持っている好奇心を充分に揺ぶるような謎を呈出し、それに唯一無二の合理的解決を与えねばならぬ。思考遊戯的な興味を筋書に盛り込まねばならぬ。即ち探偵小説は文学的な面白味に加うるに思考的興味、即ち論理的乃至は科学的面白味を含まねばならぬというのだが――その何れに余計に興味を感ずるかは作者なり読者なりの趣味によるだろうが、探偵小説を興味本位を離れて厳正公平な立場で批判した場合、本質的にはどちらに重点を置くべきなのであろうか？　筋書構成に主力を注いできた所謂ヴェテラン探偵作家と、新興の文芸的探偵作家の勢力が伯仲している今日、これはさぞかし議論の多い所であろう。

日本の従来までの探偵小説には筋書の謎の構成に重点が置かれていたようだ。それかあらぬか探偵作家は作品の文芸的要素の取扱に余りにも無関心過ぎたと非難され、ひどい時には探偵作品は文芸には非ずとまで貶された。殊に最近は所謂文芸的探偵作家という一派が出現すると共に純文学畑の作家の若干が探偵的傾向の小説にも筆を染めるようになりかつこういった連中が正統派文芸家という自他共に許していた優位的自意識によって従来自他共にとかく卑下し軽視され勝ちであった所謂本職探偵作家の作品に言わずもがなの御節介をし一段と圧迫してきたようだ。このため、近頃は探偵小説の傾向が著しく変ってきたように見受けられる。彼等に言わしめれば探偵小説の視野を拡げたのだろう。だがこれが果して探偵小説の真の向上を意味するのか？　生粋探偵作家諸氏よ！　皆さんは生え抜きの探偵作家たる所以の特殊能力を些かも卑下する必要はない。探偵小説の生命である筋書の謎を構成するには文芸的感覚とは違った極めて特別なセンスを必要とする。それは卓抜した厳正緻密な思考力である。文芸家の情緒的直観的な感受性よりもむしろ科学者の論理的解析的な推理力に近い種類のものである。広く物を知っていなくてはならぬが往々にして見受ける生字引的な雑駁なペダントリーでは何にもならぬ。豊富な資料を巧みに分析綜合する思考の能力である。このような論理的思考の訓練に薄い純文学的文芸家が今急にこの能力を養おうとしても限りある人間の能力では多くの場合不可能ではないだろうか？　その証拠に現下の所謂文芸的探偵小説なるものの殆んど全部が筋の構成と運びに相当難点を示し極めて面白くないものが多い。多くの読者はごまかせても本当に探偵小説を愛好する良心的にして俊敏な読者の眼はごまかせない。時には文学が筋書の迷路の中をうろうろ戸惑いしているかのようなちぐはぐな感じのする気の毒な作品がある。即ち探偵小説的筋書と純文学的表現法の融合の失敗である。ここに生粋探偵小説家に声あり。文学的な醍醐味を創造し鑑賞したいのなら何も無理をして筋書の難かしい探偵小説的傾向を採る必要は毛頭なく、本来の文芸作品の御家芸の中で充分なはずだ。新しい試みも結構だがそれは生じっかな能力のなし得る業ではなかろう。融合の結果がこんなまずい事になる位なら、元来お高い処に居られる尊い御身の純文芸作家達が嘗ては下司にして文学に非ずと見下げておられた探偵小説の複雑怪奇な筋書の下界にわざわざ降臨遊ばして、かかずもがなの他国の恥をかかれる必要もなかろうものを、と心からなる忠告を言上したくなる生粋の探偵作家もいるのだ——と。

勝部良平の毒舌の提燈持ちをしてその皮肉を地でゆくわけでもないが、私がこれから御紹介しようという勝部良平に絡まる驚くべき一聯の事件はその性質上、これを文芸的ロマンチシズムの背景裡に叙述することはとても不可能である——と筆者は敢て言う。どんな冷厳無惨・兇悪無類な事件でもそれが人為的なものである限りどこかに人間味が漂っているはずだからその点に注目して盛立てれば事件の描写に豊かな文芸的雰囲気と嫋々《じょうじょう》たるヒューマニズムを添加出来るはずだという方々があるかも知れぬ。だが筆者はそんな作為的な演出によって事件の本来の姿が歪曲されるのを懼れる。この事件には普通の本格探偵小説にお定りのメロドラマ張りの華々しい舞台転換もなければトリックのヴァライエティーもない。い、い、い、性懲りもなく同一舞台に拗っこいほどに繰返して起る似たような事件の記録に過ぎないのだ。所詮は謎の発展のみに重点を置いて追跡する記述的な運びとなり、文芸的探偵小説に見るような豊かな情緒やヒューマニズムは薬にしたくとも見出されないだろう。だが、私は事件の真相に出来るだけ忠実にという意図のもとに敢てこういった方式をとる。それに筆者の趣味として、探偵小説の本当の興味はむしろ文学を解脱した論理性乃至は科学的合理性にあるとさえ感じている。そんなものを探偵小説とは呼べぬとなら推理小説と呼ぼう。推理小説とすら呼べぬとならば推理文とでも推理論説とでも適当な名前を付ければよい。それでいいではないか？　少くとも下手に文学崩れして筋の理論のなっていない中途半端な紛い物よりはずっとましだと感ずる筆者の意中に同意される読者も若干はあるだろうことを期待し敢て定説に逆う態度をとるのだ。亡き勝部良平の霊も却ってそれを喜ぶに違いないと確信するので——。

私の書斎のテーブルの上には黒皮表紙の手帳が置かれている。サイズは四六版よりやや縦長。背は処々摺り切れ表紙の隅はそり返っている。ＮＯＴＥ・ＢＯＯＫと表紙にプレスされた花文字の窪みには銀粉が振ってあったらしいのだが殆んど剝げ落ちて僅かに痕跡を留めているに過ぎない。外見のみすぼらしさがこのノートの数寄な運命を如実に物語っているようだ。頁《ページ》を繰ってみる。あまり美しくもない字で殆んど全頁が埋っている。内容は極めて専門的な事柄に属し門外漢の私には殆んど理解出来ない。だが処々の判る部分というのは事件に関係があったためであり、その部分の含蓄する意味は非常に重大である。この手帳が本来の持主である勝部良平から奇妙ないきさつで私の手に入った頃は、とてもその内容の一片すら他言する気持はなかった。だが終戦後のあくなき犯罪の渦を見るとき、そしてあれほど騒がれた下山前国鉄総裁事件が有耶無耶《うやむや》に葬られそうで、言いようのない後味悪さを感じている人々の多いだろうことを思うとき、思いきってこの手帳の一部の内容に絡まる恐ろしく奇怪な事件を一つの逸話として発表する気持になったのである。それはある意味で現在日本の科学的犯罪捜査法への挑戦でもある。この点で筆者は勝部良平の遺志を継いでいることになるかも知れない。私は今勝部良平の蔭の声に耳を傾けている。

二、蔭の声の鬱憤

都会は復興した。嘗ての問屋街には昔ながらの問屋が建ち食物屋の跡には相も変らぬ食物屋が軒並に蔓《はびこ》る。目抜の焼ビルは醜い張りぼてから新粧成ってオフィスの窓々には明るい灯が入った。ここかしこの崩れ果てたビル跡はならされてクリーム色も鮮やかな商事会社保険会社の木造ビルが歯抜けた跡を埋めてゆく。だが表通りばかりの復興なのだ。薄っぺらな新興ビルを一跨ぎ突き抜けてみれば裏はがらんどうの物悲しい焼野原で周囲を囲んでいるのは薄汚い裏口のオンパレードに過ぎない。大都会は嘗ての場末が中心となり目抜きは場末に転落した処が多い。だがあべこべになったのは土地柄ばかりではない。主人が傭人にいびられるのは日本式新興民主々義の功徳だそうだが、被害者の遺族が忘れられて加害者の家族が世の同情を得てみたり、善良な市民の基本人権より犯人の基本人権が尊重されたりするのは些か合点がゆかぬ。人を殺してもよほどの事でないと死刑にはならぬ。犯人を死刑にしてみたところで被害者が生返るわけではないが、犯人の人権をそれだけ尊重するなら当然それ以上に尊重されるべきであった被害者の人権――何の咎なくして蹂躙された尊い人権の代償をどうしてくれるのだ。不可抗力な交通事故で死んでやっと五万円、短刀で殺されたのでは一文にもならぬ。思えば罪無き者の人権は安い物である。

裁判ともなれば歴然とした犯人にも弁護士が附く。こ奴は無辜と信じる容疑者を保護するのが本職たるべく、時にはれっきとした犯人にでも犯行の前後事情を釈明して刑の軽減を懇願するといったしおらしい仕事ばかりが本業かと思ったら豈《あに》はからんや、罪ありと信ずる依頼者でも報酬が多く証拠不備とみるや直ちに信頼に応じ屁理窟並べて無罪にしようとする。否陪審員の心象を誑《たぶら》かそうとする。

曰く――有罪の証拠など糞喰え、直接証拠じゃない。被告は厭なら口を利かんでもよろしい。いや面白半分に白状してもいいさ。白状だけでは罪にならないから――と、人間としての人格を信用し尊重するからこそ認められた法律の寛大さを悪用する。全く巧く殺せば殺し得の殺され損だ。これでは昔の日本の方がはるかに公平であった。殺されれば遺族が必ず殺した相手に返報をする。仇討ちはその場限りのファインプレー。斃そうと斃されようと天下晴れての鬱憤晴しだ。はるかに公平だ。ヒューマニックだ。相互の人権の主張だ。法律の化物は秩序の名目のもと人間の本能的な平等意識すら抑圧し去った。抜目の無い奴。ずるい奴、口先の巧い奴は結局大儲け。口下手の正直者はいつも損をする。全く有難い法律だよ。――と。これは筆者が言うのではない。勝部良平が生きていて昭和二十一年以後の日本を見ればきっとこう云うだろうと思うのだ。――裁判は常に物的証拠――証拠――そしてまた証拠。これは良い傾向だ。物的証拠は常に事実に忠実で権威と情実と偏見に厳然と対抗する。生きた証人のあやふやな証言に較べて何と公平で真実なことか。物的証拠に第一の重点を置く――即ち科学的捜査法である。科学と聞くと頭痛を起すような連中、肚で物を言い肚で事を決め肚で道理を感覚し肚で論理を踏みにじる輩が牛耳ってきた日本――今でもそうじゃないかな？――こんな日本では科学的正論の力が有力者の人為的捏造《ねつぞう》力に時として圧迫されたのは当然であった。剣や銃は武器でなく三千年鍛え鍛えし大和魂が至上の武器であると豪語した日本人。単に豪語して魂の力を讃えるだけならよろしい。ついでに科学力を故意に軽蔑した日本人だ。否始めは虚勢を張って軽蔑する振りをして後に自己催眠に掛って本当に軽蔑始めたおっちょこちょいだ。今次敗戦の原因を今もって悟らぬ阿呆はまさか居るまい。科学力もさることながら頭の科学性が一番足りなかった。科学の判る人間なら馬鹿な戦争、見込のない戦争など始めから起しはしない。万一不可抗力で起ったにせよ、こんなまずい手際で無辜の大衆を苦悩のどん底に投げこみはしなかっただろう。だが物は考えよう、敗戦は手に余る悲惨事をぶちまけたが一方とてもの良薬を持って来てくれた。吾々が進んで薬とする心構えさえあれば。即ち科学的合理性尊重の精神だ。この精神は近頃人皆口にすると言い条果してどの程度自家薬籠中のものなりや？科学的精神とは怪しい神様などを信じない精神である。台所をいつも清潔に能率よく保つ精神である。三合配給などと先走った大法螺《おおぼら》を吹く前に三合の八千万倍の主食があるのかないのかをまず計算してみる精神である。千五百円ベースという前にそれで暮せるのかどうか実験してみる精神である。犯罪の前後事情がどうであろうと弁護士の口先が何を言おうとまず物的証拠の科学的示唆を尊重する精神である。この点政治面には零ならまだしも大きなマイナスらしい。数学的には低能に近い国会議員諸士に高等数学を使えなどと無理を言うのではない。三かける八千万位は小学校の算術で充分事足りるのだから。代議士は髭を生やして虎になるばかりが能じゃないのだ。何、生意気な奴だって？　名誉毀損だって？　それなら胸に手を当て考えてみたまえ。吾々は皆さんの選挙公約をよく覚えている。それによると皆さんは数学的低能に非ざれば詐欺だ。苟しくも吾々の代表を詐欺師とは考えたくないから低能と申し上げたまでの話である。低能では困るのだが悪人よりはましだ。それとも真実は我党の縄張り拡張に口舌を振う香具師《やし》かな？　科学者は政治屋になれない。否、頼まれてもならない。科学者ならずとも科学的良心ある人間はこんな下司な連中とは末代まで附合えない。

民主々義では大衆が政治家を選ぶ。その大衆が科学者の良心的な苦言より嘘でもハッタリでも景気の良い安直演説を好むのでは万事休す。科学の恩恵は永久に政治の面に浮び上って来ないだろう。そして日本は永久に四等国の域を出ないだろう。否、それどころか五等国、六等国に転落するかも知れぬ。戦前は独りよがりで一等国と威張っていたものの一体何が一等だったというのだ。自国の精神力が世界一であると自惚れることの執拗さは確かに一等であった。科学が嫌いならむしろ自ら未開蛮人の列に伍して実直に迷信でも守り、酋長まがいに宗家を祭り上げて未開人らしく控えているならまだまだ可愛いいところもある。口には科学々々といい一かどの文明人面を繕いながらその実自分達の不合理な行動に一番烟たい科学と科学者を実質的には冷遇し科学的正論を蹂躙する。その偽善者振りも恐らく世界第一の称を得るに充分であった。何と呆れた一等国よ！

だがそれほどに自負する科学者諸君よ！　君達の中にも科学的偽善者がいるのではないか？　躬一つはたとえ一世を風靡した大科学者でも、後進の俊英が己の地盤を危うすることを懼れて、敢てその萌芽を摘みとる例は古来少くはない。これでは党利我利のために大衆の血を絞る悪政客と何等選ぶところがない。否科学上の一進歩は単に一国だけの大衆の利害を左右する一国の政治よりはるかに広く遠く全世界のしかも爾後の世代まで及ぶことを考えるとき、その罪は更に大きいとも言えるだろう。

私は勝部良平の犯した異常な行為を決して弁護しようとは思わぬ。だが彼も俊才を摘みとられた天才科学者の一人かも知れない。この不遇な科学者の不遇にして不倫な生態を私は今こそ動議の資として叩きつけたいのだ。こんな男に誰がしたとね。

彼の専門は曰く法医学、また曰く心理医学。

戦後の日本では他はともかく犯罪捜査の面では科学尊重の精神が横溢してきたのは誠に喜ばしい。だが概念的に精神横溢と唱えるだけでは朝雨と女の腕まくりで問題はこの精神が末端の一刑事の行動の上にまでどの程度に浸潤しているかということだ。科学捜査の結果が尊重される所以は、往々にして信頼性の乏しい目撃者の記憶、証人個人の利害によって着色される可能性の多い証拠、乃至は真偽のほど益々怪しい容疑者の陳述等に比べて、絶対に客観的で当事者の利害や意志に無関係な事実のみを示すという点にある。だがこれだけの信をかち得るには科学的捜査の原理と方法が充分精確であり一〇〇パーセントの信頼性を持つという前提条件が要るのだ。新憲法による刑事訴訟法は科学的捜査の帰結に絶対の重点を置けばこそ容疑者の人為的取調べには驚くほど寛大なのである。従って万一科学捜査にも信を措けず無力ということになるとこの寛大さは全く犯人を利する以外の何物でもなくなるわけだ。勝部良平の髀嘆も宜《むべ》なる哉ということになる。

三、鉱物の加工品

私は勝部良平の蔭の声が言うあべこべに復興した都会をよく歩き廻る。戦後の都会では全く奇遇が多い。五年も前に戦地で別れ別れになって生死の彼方へ消えた戦友の顔がカストリ屋ののれんを潜ってぬっと現われる。これはこれはとばかり話し合ってみれば何のこと、この男も一年前に帰って来て目と鼻の先に住んでいたのだ。奇遇は豈人間のみならんやだ。焼跡に麦畠が出来て田舎の雲雀《ひばり》までが都会に来る。鳩でも鶏でも犬でも猫でも思いがけぬところで妙なやつに出くわして勝手の違うこと夥しい。私はある日、例によって例の如く焼跡の彷徨を試みていたとき妙なものに奇遇した。それは一塊の鉱物である。かつ加工品である。日本の人口を仮に八千万とすれば私を除いた七千九百九十九万九千九百九十九人にとっては眼にも留らぬ路傍の石である。偶々私であったからこそ気が付いた。私が勝部良平の秘密を相当よく知っていたからこそ路傍の石ではあり得なかった。蓋しこれは数ある奇遇の中でも最大傑作の部類に入るだろう。

事の次第というのは――大阪市を南の郊外へと結ぶ某私鉄（N電車電鉄と呼ぶ）が市の南端を劃するY川の鉄橋を渡る少し手前から線路は上り勾配になる。私はその勾配の麓に位したS駅の北一号踏切を通り掛った。市心から来る下り電車がS駅の構内に入る約三〇〇米《メートル》手前にある小さい踏切だ。時は昭和二十二年の初旬、踏切近くでは数名の線路工夫が枕木の交換とバラスの地固めをやっていた。御存じのように戦争中の酷使と資材不足に傷め尽された軌道はどことといわず戦後になって恐ろしく危険な状態を暴露した。レールの内壁は磨耗して断面は楔形になり犬釘はがたがた枕木はぼろぼろ列車が通る度に二三本の枕木がふわふわと浮上りレールの接目がぎしぎしと異様な音を立てた。知らぬが仏の乗客を定員の二倍以上も孕んで張切れそうになった電車がおっかなびっくり薄氷の上さながらに走っていたものだが何とか大きな事故なしで済んできたのは慶賀の至りである。国鉄は官庁の威力によってまず復旧を始めた。何のかのと言っても要は丸公の資材と金であったから――そのうちに私鉄でもやや裕福なところは半分闇資材を使いながらもぼつぼつ復旧に取掛った。この私鉄は勤め人と遊覧客の断然多い大阪南郊の運輸を一手に引受けているのに復旧が存外遅く沿線住民の不興を買っていたが、この頃やっと何とか眼鼻がついたのだ。金があっても物の高いインフレ盛りの世相を反映して逞しかるべき工夫の肩も気の毒なほど骨ばっていた。ところで私が踏切の中ほどまで渡ったとき、下り線の枕木の横を掘返していた一工夫の鶴嘴《つるはし》に当って小さい硝子《ガラス》ようの破片が足許に飛んできた。硝子にしては少し変っているなと思って拾い上げた。意地汚い奴と思召す勿れ。拾い上げたからこそこの物語は始まるのだ。私の注意を惹いたようにはそれは単なる硝子の破片ではなかった。二糎、三糎角に厚さ一糎余りの小片で上面と下面は透明、側面に曇研磨が施してある。何だろう？　拾得場所が場所だけに私の性格としてちょっと見過し難い気がした。瓶のかけら、眼鏡の玉というなら話がわかる。鉄道沿線にあるべきでない物の存在は異様に私の好奇心を唆った。否本当はある潜在意識の上に微妙な不審の影を投げたのかも知れない。ある重大な暗合がふと胸に浮んだのだ。早速ポケットに仕舞うと小片のあったらしい場所に注意した。何事も気付かぬ工夫は穴を拡げるのに余念がなかった。踏切の敷板から北へ、約五米、枕木の数にして十本目あたりの下り線の軌条の略《ほぼ》中間に埋れていたらしい。ははあん！　私の胸にぐっときた記憶！　そうだ！　あの事件のあの地点に相当するではないか！　恐ろしい事件の数々が走馬燈のように甦った。

人は誰も知らない。あれを事件と呼ぶのは私だけなのだ。何という奇怪さだ！　その顚末は逐次紹介するとして、この意味深長な小片の正体だけは今お目にかけておこう。私は帰途S駅の出札所の窓ガラスに寄ってそっと小片の角で引っ掻いてみた。ギリギリという不快な微音を立てて鮮明な掻き傷が生じた。硝子よりも堅い硝子ようの物質！　即ち小片は水晶を加工したものだったのだ。

四、科学的合理主義

勝部良平と知合ったのは私の学生時代であったから昭和十五年頃だろう。大阪帝大の医学部に医学生の解剖実習を見学に行ったことがあった。見学団の十数名一行が到着した時は未だ始っておらず地下の霊安室から数体の貯蔵屍体が次々と担架で運ばれて来るところであった。解剖実習室は十間《けん》に五間四方、即ち五十坪は優にあろうという大部屋であったが屍体が入ると急にフォルマリンの強臭とこれに混って微かな腐臭？　が立ちこめてむせ返りそうになる。腐臭でなく醱酵臭なのだろう。初めての吾々は些か嘔気を催した。木偶《でく》のように生気はないがそれでも結構気味の悪い屍体が次々と解剖台に横たえられた。主任教授の采配のもと実験用屍体に心からの黙禱が献げられる。ある者は十字を切りある者はじっと頭を垂れる。だが解剖が始まると医学生達には既に一個の物体でしかあり得ない。一体に三四人ずつ配置され気の早い連中は早速メスを取上げる。吾々は近寄るのさえ気味が悪いのに彼等は屍体に倚りかかりあるいは馬乗りになって無雑作に切開を始めた。あな、無惨！　と叫びたくなるその場の光景であった。まず首を鋸で切り離し頭蓋骨は上部を輪切りにして腐敗し易い脳味噌を取り出す。頭部は顔面神経、視神経等の専攻学生の手に委ねられる。屍体とはいえ馴れぬ者の目にはあまりにも残虐に映り思わず面を逆けたくなる。それでも暫くすると若干気持にゆとりが出来て数名の者は一団となって今しも胸廓を剝ぎとられようとしている一屍体の周りに集った。鋭利な鋸がボゴボゴ音を立てて黄褐色に色ずんだ胸の前面を切りそいでゆく。切口に鮮明な灰色を見せて肋骨の断面が並んでいるのが異様な感覚を唆り、切り離された首には眼蓋が半眼にまくれ上り魚の鱗を思わせるような鈍い半白の眼球が冷たい戦慄を誘う。若干切り残した胸廓をぺりッと引き剳くと内臓が視界に躍り出た。期せずして皆の眼が集る。さっと睡気が込上げてくるような感じだ。私はまず胸廓狭しとその内肛を埋め尽した二つの肺臓の大きさに驚いた。その異様に鮮明な色合いはどうだ。左肺の蔭に赤黒く覗いているのは心臓だ。見学者一同の眼には言葉に絶した表情が浮ぶ。

「どうだい、美しいもんじゃないか」と誰かが突然口を切った。見ると先ほど胸廓をはぎ取った男だ、未だ片手に肉体の一片を握っている痩せぎすの色白な印象的な眼を持った男である。白い上っ張りの下からは学生服でなく背広が覗いているのは解剖助手かなんかであろう。見学者には彼の言った「美しい」という意味がよくわからない。一同の怪訝な面持に追かぶせるように、またしても突飛なことを言う。

「世の中にこれほど美しく清潔なものはないよ。舐めたって大丈夫だ」

といったかと思うと前かがみになって異臭の漂う肺を、本当にペロリと一なめ二なめした。一同はアッとばかり仰天した。

「これが何で汚いものか。君達は恋人の唾を平気でなめているじゃないか。それに比べたらお話にならぬほど清潔なものさ。死んだあと身体の外面は勿論内臓から完全に汚物を洗い出して消毒し防腐剤を注入してフォルマリン液に一ケ月も浸けてあったんだよ。そして今貯蔵槽から出して来たばかりだから完全に一匹のバクテリヤも附いていないのさ。君、この美しいことを見給え」といって私の眼の前に切っとった胸廓の内面を示した。なるほど、ゴム膜で上張りして磨き上げたような肋膜の外面は美しい光沢をたたえ、指でこすればキュッキュッと鳴りそうに見えた。

「人間の感覚なんて不合理なものだよ。口移しなら恋人の唾を平気で呑み込むくせに、一度吐いた唾は自分のものでも嫌がるのだ。たった一分前までは自分の口中にあったものをだよ。君は完全に消毒した湯呑に君の唾を一杯溜めて今度はそれを逆に飲めるかい？　僕なら平気だ。むしろ恋人の唾の方を御免蒙《こうむ》るね。ある人には免疫になっていても他の人には有害な病菌があり得るわけだからね。――何だって！　僕がまともじゃないって？　冗談じゃない。これが科学者の合理主義というものだよ」

私がこの男に異常な興味を抱いたのは最後の言葉「科学者の合理主義」という一句故であった。ただ聞き流せば何でもない陳腐な用語だ。だが彼の徹底した実践振りと並べて聞かされたとき、大きく胸に応えるものがあった。陳腐なるが故にそれだけ真実である事実を、革《あらた》めて思い知らされた感じがして今までの自分の迂闊さに驚いた次第であった。

これがきっかけとなって解剖見学中私はこの男と親しく口を交わした。彼は予想通り実習教室の助手で名を勝部良平といった。三年前にこの教室を卒業し助手として居残っているというから、この解剖実習に際しては、学生達の指導者格であったことは言うまでもない。

この日の見学が縁となって私と勝部の親交が日々深まって行った。彼の専攻は法医学と心理医学であるといい、私の専攻の機械工学とは同じ科学といっても相当懸隔があったわけだが吾々の間を結び付けたのは科学的方法論に関する完全な意見の一致であった。社会的正義観が強く無理が通れば科学的正論が引込む世情に憤激する純情は特に私を惹きつけた。勝部もなかなか飲ける口なので、ある時はおでん屋の屋台である時はビヤホールのテーブルを挟んで色々と議論を取交わしたものである。私はまず彼の頭の良いのに驚いた。頭が良いといっても色々ある。記憶だけの良い生字引型や推理力の旺盛な思考型、勘の鋭い直観型等々――私はむしろ彼の頭を解析型と評したい。普通人の観察ではそれ以上に突込めそうもない単純な原始的現象にすら彼独特の解析的な見地から巧みに一段と掘り下げた分析的な研究方法を発見するといった有様でこの例は敢て彼の専門の医学の分野ばかりでなく、彼の思い付くままに各方面に亘っており、そのメモを瞥見した私は大いに驚かされたものである。この特殊な能力は研究対象の分析的把握の困難な心理学では特に必要なものに違いなかった。だが若干の欠点として――これを欠点と言ってよいかどうか疑問だが――研究に熱中する余りに時に度外れに一事狂《モノマニヤ》に陥る傾向があった。憶えば科学的合理主義の実践として屍体を舐めてみせた、あの誇張的ヂェスチャーもその片鱗だといえるだろう。

私だけが知っており私だけが事件だと称するこの秘密も彼の一事狂《モノマニヤ》的傾向が極端な線まで逸脱して描き上げた戦慄すべき悪夢である。――と私は考える。この犯罪？の動機としては彼の天才を不当にも無視しようとした人達にもその責任の一半があるといえる。私が先に述べた科学的偽善者とは後進の俊英科学者の活動を圧迫しようとする政治家紛いの非科学的態度をいうのだ。

五、奇怪なる挿話

私は今手許に勝部良平の遺稿ともいうべきメモを開いている。この豊富な内容から何を選び出しどう組立ててこの事件を説明しようかと思い惑っている。だが、その前に是非ともお伝えしておかねばならぬ二三の挿話がある。若干あくどくて筆者とてもあまり述べたくはないのだが、話の性質が事件の核心に触れるが故にどうしても省略出来ぬ事情を御了解願いたい。

勝部良平は大学の独身寮に住んでいた。場所は先ほど御紹介したS駅北一号踏切を西へ渡って約三丁、右側にあるアパート式の小ざっぱりした建物である。大学の助手や若干の独身助教授のために自炊用として建てられたものである。住もうと思えば選り取りの住宅に事欠かぬ時代ではあったが比較的繁華な界隈の一角にあって便利な割に環境の静かさを買われて利用者は相当多かったらしい。現に解剖実習教室の主任であるK教授も夫人を喪って以来子供の無い気易さからこの寮に住んでいることを勝部の口から聞いた。

ある日のこと、忘れもしない残暑厳しい初秋の夕刻であった。私と勝部は涼を求めて母校の高等学校に近い高台に散策を求めた。S駅の市心寄の隣駅から軌道線が分岐しているが吾々はこの軌道電車に乗替え高台の上の某停留所で降りた。降車客は吾々二人だけだったので電車は碌に停りもせずに発車した。だが数秒の後、吾々は魂《たま》切《ぎ》るような母親の悲鳴を聞いた。ガタン！　ギイギイ、身の内まで凍るような不愉快な音と共に電車は停った。子供を轢いたのだ。不注意にも母親のあとを追って無理に線路を横断しようとしたのだ。吾々が真先に駆けつけた。何というむごたらしさだ。石甃《いしだたみ》を真紅に染めて小さい下半身が衣服も皮も剝け果て屠肉さながらに転っているのだ。切口からゴムホースのように伸びた腸がうねり出してピクピクと蠕動《ぜんどう》の名残を留めながら車輪の間に消えている。上半身は捲き込まれているらしい。あまりの惨状に呆然とした母親は屍体に取縋りもならず放心して石甃に座り込んでいる。

「牛肉みたいじゃないか」と勝部の声。何という奇態な言葉だ！　言われて見直したがとても正視するに忍びなかった。表皮が全部ペロリと剝け真赤な筋肉と所々残った脂肪層と腱の白さ！　なるほど、肉屋にぶら下っている牛肉塊そのままである。昼食に食った中味の赤いビーフステーキを思い出してぐっと嘔気が込上げて来る。だが驚いたことに勝部はつかつかと近寄って血の滴るその下半身に手を触れようとするのだ。

「あっ！　君、何をするんだ」

私の声に驚いて彼もハッと手を退いた。眼の色が尋常でない。運転手や乗客も降りて来てあたりは人垣となった。

いやなものを見て気分をこわし散歩する気持はなくなったので、何となく未練のあるらしい勝部を奨めて帰途に就いた。

「血を少し欲しかったんだが、あんな子供じゃ仕方がない」

勝部は不機嫌を吐き出すようにポツンと一言喋ったきりであった。

次の出来事はこれより約一ケ月ほど後のことである。学校終業後、無理におでん屋に附き合わせて二人共ほろ酔気分で帰途の電車に乗り込んだ。座席は混み合っていたので連結部に近い窓際に立って暮れてゆく大阪の街景色にみとれていた。三駅ばかり来た頃電車は急に徐行を始め暫くして停った。窓から覗いてみると上り線にも電車が停っている。向うはヘッドを消しているのでこちらのヘッドでよく見える。急行車のマークがついている。

「どうした?」こちらの運転手が大声で呼びかける。

「飛び込みだ」と向うで答える。

「ナニッ！ 飛び込み?」勝部の眼が異様に光った。事情が判明してこちらの電車はゆるゆると動き出してすれ違った。そのとき私も勝部も両電車の間に首も手足もない胴体が俯伏せに転がっているのを夜目にもはっきり見たのだ。それを見るや勝部は乗務員室のドアを開けて脱兎のように跳び降りてしまったのだ。あっという間もない早業であった。だが私は見たのだ！ 彼の左手にはカプセル、右手にはメスが握られていたのを。

電車はこの出来事に気付かずそのまま速力を早めた。この日は勝部を私の家に招び一晩飲み明す心算であったのに思いがけぬ物別れになったのである。

その次の事件は母校の開校記念祭を見物に行った帰途であったから同じ年の十一月の初旬ということになる。校門を出て、広い産業道路をぶらぶらと南へ三丁ばかり来たときであった。前を自転車に乗った四十男があやしげな腰付きで、よたよたとペダルを踏んで行く。酔っているのか？ いや新米だな？ と思った時、後方にけたたましい爆音を聞いた。一台の大型トラックが恐ろしいスピードで疾走して来るのだ。自転車の男は驚いて頭を後に捩じ向けたがそれがいけなかった。その拍子にグラと腰が砕けて却って道路の中央へとよろめいた。ピーッ、悲鳴に似た警笛が通り魔のように行き過ぎて巨大な重量の塊はのしかかるように自転車に突進して行った。瞬時の出来事であった。腸に滲透るようないらだたしいブレーキの音と共に、トラックは大きく右にハンドルを切ったのだがあまり急であった。ふわりと右車輛が浮いたかと見るや凄じい勢で横倒しとなりこの男を自転車諸共に左の側面下に圧し潰したまま、車道を三〇米以上も横滑りしたのだ。積荷が軽ければ大事に到らなかったのかも知れぬ。ザーッ、バリバリ、四噸《トン》積のトラックに積みも積んだり十噸は優にあろうというほど山積みにされたバラスが機関銃のような咆吼を上げて雪崩《なだ》れ落ちた。あたりは蒙々とした砂埃の雲で暫しは眼も開けられぬ位であった。真先に駆け出したのは勝部であった。私は今までこんな凄惨な場面を見たことがない。顚覆地点から約二〇米に亘っての舗道は一面にはみ出した内臓と紅の条で彩られていた。アスファルトの所々に嚙じりとられたような小肉片が衣服の破片とごっちゃになって摺り潰したひき肉さながらにこびりついている。

「ウーム！」グロテスクな場面なら見馴れているはずの勝部もさすがに面をそむけてたじろいだ。——だが彼の態度は忽ちに豹変した。またしても一事狂的《モノマニヤ》な眼光が爛々と輝き出したのだ。

吾々は案外永く現場に留っていた。検屍も済み屍体——くしゃくしゃになった自転車と共にトラックの下敷きになっていた——やバラスの取片付けが始まるまで居たのだから二時間近くも頑張っていたわけだ。この間勝部は何を探しているのか、始終キョロキョロして落着かず人々の隙を窺っている様子であった。トラックの乗員の方は奇蹟的に無事で、相当な打撲傷や擦過傷を負っていたが生命に別条はなかった。運転席に数挺のシャベルを積んでいたので、これが道路一面にのたくった内臓を掬い取るのに使われた。勝部は物好きにもわざわざその役を買って出たのだ。まるで油気の無いフライパンから生焼けの臓物をこそぎ取っているかのようであった。勝部は何のためにこんな余計なお節介をしたのだろうか？　彼の一挙一動を眼を皿にして見張っていた私には解ったのだ。勝部は人々の眼を盗んで素早く何物かを拾い上げ大型のカプセルに納めた。手品師のような早業であった。血にまみれた小肉片あるいは内臓の一部らしかったが、わざわざ彼が探し当てた特別な部分に違いなかった。ただの肉片でよいのなら別に苦心せずともいつでも拾えたのだから——

　以上の三つの例はいとも猟奇的な色彩に溢れ彼の仕業はまるで血妖変質者の異物蒐集癖の観がある。一方お誂え向きの事件が妙に私と一緒の時ばかり起ったようにみえるがそうではない。交通の激しい大都会ではこんな事故は毎日のように随所で起っている。都会人の神経は交通事故に食傷麻痺して気に留めぬだけのことである。勝部がもしこの変った蒐集を平生心掛けていたものとすればその数は相当数に達しているはずである。しかし彼は変質者ではない。私にもよくわからぬ特殊な理由があってのことに相違ない。だが勝部良平にまつわる本当の謎はその後約一ケ月、昭和二十二年も押詰った頃から私の注意を惹き始めた。

六、謎の発端

　二学期の講義や演習も終了していよいよ冬休暇に入ろうという日、私は久方振りで寮を訪れてみた。勝部の部屋は相も変らずごった返している。広くもない部屋を衝立で二つに仕切って一方を自家研究室にし、分析用の器具類が処狭しと並べてある。居住区の方にはテーブルと寝台兼用のソーファが無趣味にほうり出してあり衣類は乱雑にソーファに投げ出してある。勝部は身の廻りには相当不精な男なのだ。ウイスキーの瓶が床に倒れている。勝部は憂鬱そうな顔をしてソーファに寝そべっていた。普段は色白い顔が妙にてらてらと火照《ほて》って目許がいつになくきつい。私の顔を見るとちょっと顔色を和げたが、ひどい屈託でもあるらしく直ぐ難しい顔付になった。

「全く馬鹿にしてやがる！　法医学なんて糞喰えだ！」

悪酔をしたらしくいつになく呂律が怪しい。

「俺はもう研究がいやになった。日本の警察なんぞ時代遅れの法医学に血道をあげて世界の笑い物になってりゃいいんだ。フン！　せっかくここまでやっても水の泡か。ああ、嫌だ！　馬鹿野郎！」

　何を憤慨しているのか大変な見幕である。彼はテーブルにあった黒皮表紙のノートを取上げてパラパラと繰ってみて、

「何だ！　こんなもの」と荒々しく放り投げた。だが直ぐ思い返して拾い上げると、バラバラになった頁を揃えながらノートの背を愛しむように撫でた。泣き笑いの複雑な表情をたたえた眼には不可解な涙があった。こん

な荒れ模様の勝部を見るのは始めてなので私はなす術を知らなかった。その後何を訊いても不機嫌に黙りこくって、うんともすんとも言わない。これでは取付く島もない。だが一つ方法がある。上戸には酒だ。もう一度飲ませるに限ると思ったので、空のウイスキー瓶を拾い上げながら、

「どうだ？　これから俺とつき合わないか？」と誘いの水を向けると案外素直に同意した。

「俺はもう学校を止すよ」出がけにポツンと吐き出すように言った。

その日の夕刻から深更にかけて二人は大阪の南の盛場をあてどもなく飲み歩いた。その間、彼の言うことは支離滅裂で意味をなさなかったが要するに教室主任のK教授と何かいざこざがあったらしく教授を罵倒する荒々しい言葉を何度も耳にした。

二人共ベロベロに酔ぱらったが、それでも私の方が些か正気であったらしい。正体のない勝部の身体を抱えるようにしてやっと終電車に間に合わせ寮に連れ戻した。勿論私も帰る足がないので勝部の部屋に雑魚寝《ざこね》をした。

翌朝眼を覚ましたとき、彼はまだ前後不覚であった。起こす必要もないので宿酔にふらつく頭を抱えて辞したのだが、これが勝部を生きてまともに見た最後であったのだ。いや、その後一二度は見掛けたような気もする。だがそれは悪夢の中の幻影のような姿で果して勝部であったかどうか？——

年の暮から正月にかけて私はひどい感冒に見舞われ二週間ばかり寝込んでしまった。その間勝部からの何の消息もなかった。知らせる暇はなかったから私が病臥しているのを知るはずはなく、それにしては飲み助の彼が正月に一度も顔を見せないのはおかしい。ふと嫌な不安が胸をつく。正月の中旬、私はまだ少し外出には無理な身体に鞭打って寮を訪れてみたのだ。だが待っていたものは——勝部は昨年末辞表を叩きつけて寮を出てしまいそのまま消息が知れないという芳ばしくないニュースであった。大学はまだ新学期が始っておらず大部分の助教授、助手連中は帰省して姿がなく医学部では常住のK教授ともう一人勝部の同僚の倉田という助手が居残っているだけであった。勝部と附合ううちに倉田とも自然に面識が出来ていたので色々と事情を尋ねてみたのだ。倉田も単なる傍観者で詳細な経緯は知らないし、あまりその事情に触れたくもない様子であったが根が親切な男なので特に私が勝部と親しくしていた間柄に免じて出来るだけの

ことは話してくれた。

それによると——悶着の起りは昨年、即ち昭和十五年の暮、勝部が自分の実験用として施療入院患者を手術したときの血を少し採取したい旨をK教授に申し出たことに始まる。元来手術をすれば大小に拘らず相当の出血はあり、これを処分する前に少量採取する位はわけもないことで、別段その都度患者に断るほどの事ではない。勝部が自由に手術室に出入出来る立場であったならわざわざ断るまでもなく、黙って採取しても何の問題もなかったはずだ。だが、施療患者の手術室は臨床学教室の管轄であり所轄が違うため一応は自分の主任を通じて了解を求めようとしたわけである。一方K教授はこんな些細なことにも非常に神経質で厳格な人であった。血液の使用目的や実験方法について詳しい説明を勝部に要求したのだ。ところが意外にも勝部はこれを拒み、ただ血液採取の許可だけを強引に要求した。これではK教授がうんというわけはない。すったもんだの挙句結局勝部が負けてこの話は沙汰止みとなった。土台、助手が何か研究しようというのに内容を主任教授に話さないなどという法はない。この点誰が見ても勝部に理がない。だが実は勝部にははっきりと告げ得ない止むを得ぬ理由があったのだ。助手の研究に秘密があって主任教授に打開けられぬ！こんな例をあまり聞かぬ。この異常な事情こそ実は次々と起った怪事件の主動因なのだ。挿話として御紹介した変死体の血液蒐集の奇行は時期的にみてこの後に起っていることから推して、勝部にとってはこんな無理をしてまで血を採取せねばならぬよほど重大な理由があったに相違ない。ただの血では駄目で変死者あるいは被手術者という条件が大いに意味があるのは後ほどに明らかになったのだが——

倉田の話はなおも続く。二学期の終近くになって勝部は何を考えたか再び手術患者の血液採取をK教授に願い出た。そして今度は実験目的をはっきり話したらしいのだ。だがこれが遂に破局を来した。K教授と勝部は師弟の関係さえ清算せねばならぬほどの決裂に直面したのだ。この辺の事情は倉田もあまりよく知っていない。ただ当時の勝部の口振りから綜合して倉田が判断したところでは大体次のような次第らしい。

K教授の専攻は生理医学で殊に内分泌腺の研究は有名で、斯界《しかい》の泰斗と言われている人だ。内分泌腺とその分泌液即ちホルモンの中には性ホルモンや脳下垂体ホルモンのように相当に研究が進んで正体の判明しているものもあるが、一般に不明なものが多く甚だ困難な研究とされている。勝部が提出したのは最も困難な問題とされている副腎ホルモンに関することであったらしい。ところがK教授の学位はやはり副腎ホルモンの生理学的研究によって得られたものであり、偶々勝部の考えはK教授の主張の基礎を危くする正反対のものであったらしいのだ。勝部の説が正しいとすれば、明らかに出藍《しゅつらん》の誉なのだが教授にしてみれば飼犬に手を噛まれそうな気がしなかったともいえまい。こんな点でK教授はとかく噂のある狭量な人物だということであった。もっとも倉田も勝部と同じ弱き助手の立場にあり、彼の話は勝部に肩を持ちがちになるかも知れぬ事情を考慮して幾分割引きして聞かねばならなかったのだが——

ところで副腎というのは——読んで字の如く腎臓の附属物ででもあるかのような位置にある内分泌腺でその分泌するホルモンはまたの名アドレナリンとも呼ばれる。驚愕恐怖激怒著しい緊張といった精神的強刺戟によって直ちに排出され心悸亢進、血管収縮、発汗、瞳孔拡散等の生理現象を現わすホルモンである。一見大して有益とも見えぬこの分泌液の生理学的作用と効用を究明したのがK教授の研究であるが、一方この現象が犯罪捜査上、心理試験や嘘発見器に応用されているのは周知の事実である。法医学と心理医学の専門である勝部がこの問題を取上げたのは当然のことであろうが、血液蒐集と結びつけて考える時、そこに前人未踏の新しい研究の進路が窺われるではないか。心理試験や嘘発見器の原理はアドレナリンによる二次的効果、即ち心理的動揺の外部的表現である表情や態度の変化を観察したり心臓電流を測定したりしているに過ぎないのだ。

私は一応はK教授にも面会して勝部のその後の消息について心当りを尋ねてみようかとも思った。だがK教授は第一印象から陰険な感じがして少しも温か味がなく虫が好かなかった上に倉田の話を聞いて一層気遅れがして遂に出そびれてしまった。勝部の失踪の動機だけはどうにか摑めたものの何となく胸に滓が残ったような後味の悪い思いで寮をあとにしたのであった。

だが事件は目睫《もくしょう》に迫っていた。僅か二週間の後、突然切って落された第一事件を嚆矢《こうし》として次々に起った奇怪な事件の連続は、私を嘗てないめまぐるしい困惑に引摺り込んだのだ。

七、第一事件起る

この年の二月二日の大阪毎日新聞の朝刊はその第一事件を次のように報じている。

「昨夜午後九時一〇分頃、N電鉄第三〇一急行電車。難波発午後九時、運転手赤沢捷一（三三）がY川鉄橋北詰堤防道路の踏切にさしかかったとき線路上に横臥せる人体を発見、急ブレーキを掛けたが間に合わず轢断した。四〇歳前後の男なるも一糸まとわぬ裸体にして身元不明。轢断後上半身は線路上に残りたるも鉄橋下に落ちたと推定せられる下半身が発見されず。上半身に消毒剤の臭気あるところから病院関係の者ではないかと考えられる。なお当局では尋常の轢死に非ずとみて目下真相調査中」

簡単な記事ではあったが新聞に出たというのは相当関係者の注意を惹いた証拠である。何故かというに当時は支那事変の経過や日米外交の緊迫したニュースなどが華々しく報道されて世の視聴を集めていた頃で人が一人轢かれた位のことはとても貴重な新聞面を占めるほどの出来事ではなかった。ましてN電鉄というのはこの時分轢死事故の多いので有名になったほどである年などは飛込自殺と過失轢死を合せて一年間に二〇〇件以上に騰《のぼ》ったというから、将に二日に一人半近くの割合で轢死していたわけである。

私はこの記事を読んだとき妙に勝部と結び付けて考えている自分に気がついた。四〇才位というから無論勝部が轢かれたのではないが妙に相関性を感ずるのだ。大した理由があったわけでない。第一に現場が大学の最寄駅であるS駅から僅か六七丁の近い場所で病院の者らしいという暗示がある。身体を真二つに轢断されているというのが勝部と最初に出くわした子供の轢死事件と一脈の類似を通わせている。だがこれ等は全くのこじつけで合理的根拠でも必然的類似でもない。ただ私の意識に偶然浮び上った相関に過ぎないのだが、この直観は果して意味のない感じ過ごしに止ったであろうか？　記事にもあった通り、当局はこの轢死を相当臭いと睨んだらしくまず残った上半身に法医学的な探究のメスを加えるべく大学に解剖を依頼した。時局柄もあってジャーナリストはこれ以上に事件に興味を持たず屍体が大学に送られたことだけを報じたに終ったので世人は後日譚を知っていない。私は屍体が解剖に附せられるのを知るとこれ幸と倉田を訪れた。倉田の紹介で出来る限り調査にも立逢う事が許された。そして以下のような不可怪極まる事情を知ったのだ。

以下倉田から聞いた話と私の見聞したところをそのまま綴ったものである。

八、第一事件の矛盾

解剖を担当したのはK教授輩下で法医学を専攻するYという老練な助教授であったが、その結果驚くべき奇妙な事実が次々と明るみに出た。まず屍体の胃にも腸にも内容物が皆無である。幾ら空腹で死んだ人間でも若干食物その他の痕跡が残っているものだが少くとも上半身に残った胃と腸の上半部には、まるで洗い流しでもしたかのように完全に残留物がない。それのみか口腔、胃壁に相当強い消毒剤の臭気が残っている。長期の絶食のあとでクレオソート錠その他の消毒内服剤を服用したことも考えられるが、この屍の胃は若干萎縮症状らしい傾向が見える他、非常に健康な胃で少くとも消毒錠剤を服用せねばならぬような下垂症状は皆無である。大腸部や膀胱は下半身と共に未発見であるため、糞尿の有無は判定出来ない。一方死後経過時間の測定にはY助教授が独特の新方法を発見しその利用による赫々たる成果によって既に一家の名をなしていた。原理は下山国鉄総裁事件で東京大学法医学教室が初めて実用に供したという筋肉中の乳酸測定法と全く同じで、今日のものほど解析的に完璧に近い資料が得られていたわけではないが、今を去る既に十数年前にこの原理による方法を発見し非公式ながら実用の域に進めていたことは特筆されるべき事に違いない。ところがY助教授の自信満々たる試験結果がとんでもない不合理な結果を示した。最初肋間筋のサンプルによって試験された結果は一〇時間という値を示した。何と馬鹿々々しい話だ！　解剖が行われたのが轢断の翌日の午後だ。即ち少くとも死後一五時間以上の値が出なければ屍体は轢断後も生きていたことになる。Y助教授はこの結果をそれこそ心斎橋で幽霊にでも逢ったような顔をしたと倉田が面白そうに語っていた。Y助教授とは他の学部へも名の売れた有名な存在でずんぐり小肥りの短軀の上にピカソを思わせる蛸入道のような毬栗《いがぐり》頭を載せた特徴のある風貌で鶴のように痩せ細って長身な教授とは好一対である。四〇才を出て間もないというのに頭は既に半白である。

驚いた当局は即座に再度の試験を要請し今度は念のため肩部三角筋の表面部と深部の二ケ所について実験したところ何と前者は二〇時間、後者は約八〇時間という大輪をかけた妙な結果になった。これは一体どうしたことなのだ？　一方轢断直後検屍に立会った係官や屍体を翌朝まで保管した最寄警察署の話によると、遂に死後硬直が起らなかったという重大な証言である。それのみか老練な者の眼には明かに死後相当時間が経過しているように見受けられたのだ。しかしそれならば冬とはいえ既に腐敗の始まる時期であるのにその兆候は全然なく外見は生々しい。以上のように表面に現れた推定の資料は互にバラバラの矛盾だらけで死亡時刻の推定は全然不可能であった。この前代未聞の怪現象に出逢ったK教授を始めY助教授の狼狽振りは見る眼も気の毒な位であった。彼等の奉ずる解剖学・法医学の根拠が一挙に崩れたかのように感じたのだろう。「例外の無い法則はない」という諺があるが、科学的法則に関する限り、ただ一つの例外でもそれが当該法則と無関係の他の原因による影響でない事が確実に証明されるならその法則は直ちに一般性を失い時には無価値にさえなるのだ。ある法則を固持する保守的科学者にとってはこの例外が一番恐ろしいのだ。古来絶対的真理と考えられていた法則がただ一つの例外のために覆った実例は少くない。否、自然科学的法則樹立の歴史は常に法則の建設と破壊の反覆ではなかったか？　人間の知識は不完全なものであるため、ある時期には不完全な法則を樹立するかも知れない。だが間違いに気付けば、潔よく捨て去る勇気を持つ事だ。

「まず法則を慈しみ育て、次にこれを批判し嫌悪する。そして捨てる」とは蓋し名言である。Y助教授の苦心の栄誉たる乳酸式死後時間測定法もこの期に及んでは捨て去らねばならぬのだろうか？

さて一方この轢死体の発見された現場の事情は明らかに死後轢断を思わせる。いくら自殺者とはいえ厳寒の二月に全裸身で死ぬとは合点出来ぬ話であるし轢断面には生体轢断に見られる柘榴《ざくろ》状破裂がない。現場に著しく血が少い事は同じ死後轢断でも死亡後相当経過してからの轢断であることを暗示する。それでは他殺？　当局は色めいたが上半身に関する限り薬物的にも暴力的にも全然他殺の痕跡が認められない。轢断個処は臍の真上あたりだが、それより下半身に致命傷を与え得る個処があるだろうか？　運転手の証言では轢断前両脚は確かに完備し大きな傷はなく完全な人体であったというから大腿部を切断された出血致死でもない。結局下腹部をひどく切られたか射たれたか乃至は睾丸を蹴り潰されたかという結論になる。従って下半身の見付からぬのは致命的な捜査の行詰りを示す懼れがあるので事件当夜の下半身捜索状況が改めて再検討された。だがこの方面にも解き得ぬ謎が待ち構えていたのである。上半身は踏切から僅か数メートル先の線路の間に殆んど無疵で残っており電車も急ブレーキによって相当速力が落ちていたから下半身は遠くにはね飛ばされたはずはなく常識的には直ぐ真下に落ちたと考えられるのだが――

　この川の堤防の内側には約二〇米巾の緩やかな傾向になった草地帯がある。堤防と川原の中間の高さに位している。常識的には鉄橋の下のこの草地に落ちたと考えられるのにどうしても附近に見つからない。だが念入りな捜索の結果、物が落ちて草を圧し倒したらしい痕跡が微かに認められ附近の土に僅かながらも血痕らしいものが発見された。その位置は踏切で轢断された下半身が落下した位置としては極めて妥当であった。では下半身はどうしたのだ？　誰かが持去ったのか？　誰が？　何のために？

　この川は常々水量の乏しい川で殊に事件当時は冬枯れの渇水期で流れは僅かに川巾の四分の一にも足らず堤防から水際までは一〇〇米近くもあったのだ。踏切から水際まではね飛ばされたとはとても考えられないし鉄橋上を引摺られた形跡もない。第一、電車は轢断後三〇米ほど走り、水際まで達していないのだ。しかし大事をとって川原や下流も捜索された。五〇〇米ほど下流には木杭を川巾一杯に打ち込んでしがらみを渡してあって水は一応この線で堰き止められている。当時の僅かな水量がこの堰を越えて大きい物体を押し流したことはとても考えられぬとのことであった。所詮は誰かが持去ったということになるではないか！　轢断後検屍官が到着して下半身の捜索を始めるまでの僅かな時間に！　しかも運転手、車掌、乗客の目を掠めて！

　一方動機にも著しい難点がある。殺した屍体をわざわざ裸体にして人気の無い踏切に運び轢断させて下半身だけを持って逃げる？　意味をなさない。犯人は一体何を企んだのだ？　他殺を自殺に見せかけるためにやったものとすると何のために疑惑を招くような裸体にしたのだ？　警察官は物盗りが目的で衣服を剥いだのだろうという。この点で一歩譲歩しても下半身を、無理して隠した理由が不可能である。他殺の痕跡を暗ますために外傷のある下半身を持去ったものとすれば、この犯人は下半身の無い事がそれ以上に疑惑を招くことに気が付かなかったのであろうか？　運転手の証言に依ると屍体は俯向けになり、頂度腹部をレールの上に載せ、上半身はレールの間に完全に納まり下半身は完全にレールの外にあったというから明らかに轢断するために置かれたと考えていいだろう。だがどうせこんな手間のかかることをする位なら、他殺痕跡の部分を轢断せしめて抹殺する方が下半身を隠すより思いつきとしてもずっと自然で成功率も多い。では下半身に轢断だけではとても抹殺しきれぬ大きな外傷があったのか？　それなら轢断直前に屍体を間近かに見た運転手が異状を認めていなくてはならぬ。運転手は完全に無疵な身体であったことをはっきり断言している。彼の言葉は信ずるに足りるのだ。なるほどヘッドライトは近くにはあまり効果がないが、うんと近い前方の地面は車内燈と運転台燈の照り返しで結構明るいのだ。彼は人体を発見してからは一瞬も眼を離さず必死にブレーキをかけていたので速力を落した電車がこれを轢断する直前にはっきりと見る余裕があり、五体が完全で外傷らしいものがないのみか血さえ認めなかったことを確言しているのだ。

以上のような大学関係者の議論を聴いていた警察側の係官はこれに抗議した。

「先生方は少し犯人を買い被っておられるようです。あなた方は御自身の鋭い頭で判断し犯人も同じように抜目のない頭で完全犯罪を企んでいることを勝手に仮定されています。この犯人はそんな深く企めるような智能犯ではありませんよ。といっても無論残虐犯人にあり勝ちな馬鹿に近い野獣のような男ではなく少しは気が利くという程度ではないでしょうか。物盗りの目的で殺し大した考えもなく衣類まで剝ぎとったものの屍体の始末に困ってふと鉄道自殺に見せかけることに思い付き電車に轢かせた。だが下半身の外傷をそのままにしておくと結局は他殺を疑われることに思い当って大急ぎで持去ったか隠したかのどちらかでそれ以上のこみ入った事を考える暇はなかっただろうと思うのです。だから殺人は現場に近い処で行われています。兇器ですか？　恐らく匕首《あいくち》で下腹をぐさりとやるかピストルを数発射込んだといったところでしょう。当局としてはこの見解に従って踏切を中心に捜索して殺人の現場を発見する方針です。犯人か被害者の遺留品を発見出来れば事件は一挙に解決しましょう」

これはもっともな話であった。もし殺人が行われたものなら犯行現場が近い事も、轢かせたのは屍体を処置するための咄嗟の思い付きであった事も充分同意出来る。犯人が物盗りならば変質者でない限りは四十男を殺したあとの穴が開いたり血糊のついたりした商品価値のない衣類を剝ぐことは常識で考えられない。従ってまず裸にしてから殺したと考える方が自然だがそんな無抵抗な相手を何故殺す必要があったのか？　犯人は殺人淫楽者か？　あるいは被害者の顔見知りか？　後者の考え方が自然である。殺人狂のような変質者は咄嗟の激情で殺してもあとの処置まで詳細な注意を払ったりせぬものなのだ。警察官が遺留品によって一方の身元さえ判れば一挙解決だといったのは恐らくお互が面識の間柄であるという言外の推理判断を既に持っていたわけでなるほど専門ともなれば味なことを考えるものだと一応は感心した次第である。だが警察側の考えは下半身の持去りや隠匿が簡単に出来るようにきめてかかっている所に難点があるようだ。私は現場の地形をよく知っている。かつ運転手その他の証言に依ると当夜の事情は犯人に大きい荷物を人目に触れずに持去る隙を与えたとは思えない。前以て周到に企まれた事ならともかくとして屍体を轢かせたのは咄嗟の思いつきだというではないか？

次に運転手の証言をやや詳しく調べてみよう。屍体を轢いて約三〇米の後、鉄橋上に電車は停った。四輌連結車で最後の車輌は鉄橋にかかってはおらず前部が頂度踏切の上に停った。運転手は早速運転台から降り、鉄橋の縁伝いにレールを点検しながら、あと戻りをして、第三輌目の下に上半身を発見した。車掌も最後部から降りて来て踏切のところに蹲んであちこちと見廻していた。そのうちに変事を知った乗客が車掌室の出口からぞろぞろと降りて来た。下半身が車輪に捲き込まれていないかと思ってもう一度各車輌の下を点検したが暗くてはっきりせぬが、あるようには思われない。しかし肉体の一部が車輌に捲き込まれた懸念のあるときは絶対発車してはいけない規則になっているので止むを得ず折よく来合せた上り電車を停め、その運転手に託してS駅から当局へ連絡し至急現場臨検を要請したのだ。こんな場合は検屍官は何を措いても飛んで来るはずだが、それでも小一時間はかかった。憤慨する乗客に事情を話してなだめ車輪の下を再点検すると共に乗客の協力を得てあたりを一通り探してみたのである。

この間に犯人が逃去る余裕があったかどうかを時間的に検討するため時間の関係をもう少し詳しく調べてみよう。

轢断後運転手と車掌は直ぐ車外に出た。乗客が降りて来たのはそれから五分とは経っておらずその後は皆堤防の上に並んで鉄橋の下などを覗き込んでいたのだからもし犯人が逃げ去ったとすると是非と乗客が降りて来る以前である。だが車掌はそれも不可能だと証言している。彼は急ブレーキが掛ると、そこは直感で咄嗟におかしいと思って窓から顔を出して前方を凝視していた。運転手が降りるのを見ていよいよ事故だと確信し、早速踏切まで駈けつけた。彼は姿勢を低くして路上や線路を見透していたから、車台の下から反対側もよく見ることが出来た。当夜は月夜で大きな荷物を担いだ人間が道路あるいは草地帯を走るのを絶対見落したはずはないという。運転手は鉄橋上の枕木と線路の点検に気をとられて周囲に意を用うる暇はなかったのでこの点の証言は出来ない。小一時間ほどたって検屍官一行が来て鉄橋下の草地に物の落ちた跡を発見して下半身の行方不明が確認されたわけだが車掌の証言を信ずると下半身の消失したのは将に怪談ものである。ただ一つ、無理すれば下半身が落下してから車掌が踏切に駆付けるまでの僅かな時間——恐らく一分位で二分とはかかっていない——に草地を走って車掌の視野の外まで逃げ失せたと考えれば理窟としては成立つが実際問題としては不可能に近い。視野を遮る障碍物の無い草地を重い物を担いで僅か二分足らずの間にどれだけ走れるというのだ。かつこんな機敏な行動に万が一にでも成功するには最初からの特別な計画と準備が絶対に必要なはずで、咄嗟の屍体処理方法であるとはとても考えられぬことになる。警察側の見解もこのように最後の難関に突当って説明する術がないではないか。

では総てを御破算にして振り出しに戻り、考え難い不自然な動機ではあるが、屍体を轢断後に下半身を隠匿することと自体が主目的であったと考えて、何とか筋の通る解釈はつかぬだろうか？　これなら殺人の現場は必ずしも近所であると考える必要はなくなり、殺人から轢断を経て下半身隠匿に至るまで周到に計画された犯人のトリックが存在することになる。それならば何もこんな不便な川を選んで魔術師じみたトリックを弄せずとも、他にもっと適当な場所は幾らでもあるのだ。例えば淀川の鉄橋などは絶好で四六時中洋々と流れる水量は誰の目にも触れずに易々と下半身を海まで運んでくれるのだ。

九、驚くべき狂言

さて読者各位よ。この複雑怪奇な捜査の結果を何とお考えになる？　推定の資料はお互に矛盾だらけで何一つとして共通な焦点を抽出することが出来そうもない。完全に吾々の常識を馬鹿にし法医学の権威を嘲笑しているかのような怪事件である。調査関係者一同は呆然としてしまった。だが世の中に理窟で割切れぬものがあるはずはないのだ。不可解にみえるのは理窟が至らぬまでのことである。完璧理論と考えられるものにも思わぬ抜け目があり人間の智慧の頼りなさを暴露する。この事件は当に吾々の盲点に隠れていたのだ。この点さすがに老練なY助教授はコロンブスの卵を思いついたのであった。学者には一番痛い論理的打撃にひどく自尊心を傷つけられ目を血走らせて屍体をあれこれと調べていた助教授が不意に歓声をあげた。

「見給え！　この屍体の皮膚は防腐の臭いがする」

これは驚くべき発見であった。倉田も鼻をすれすれまで近付けて嗅いでみると全表面に微かながらフォルマリンの臭気を感じたという。消毒剤の香というのではまだ漠然としているが防腐剤となるともう話は決定的だ。

曰く、貯蔵屍体の轢断である！　随分と唐突な考えで動機的には色々と疑問も起る。しかしY助教授にとっては焦眉の急務である法医学的矛盾の解決に有力な説明を与えるのだ。かつこれがきっかけとなって事件の動機や下半身の消失にまでも合理的な解決がついたのだ。貯蔵屍体があるのは大阪広しといえども僅かな特定の場所に過ぎない。中でも大学の解剖教室は一番目星しい個所だ。それ！　とばかり早速貯蔵槽が調べられた。

ああ！　無いのだ。事件前二三日以前に入れたはずの屍体が一体紛失しているのだ。さあそれからが大変であった。こんな不詳事には偏狂的に神経質で癇癖の強いK教授の憤慨は大したものであった。

解剖教室で使われる実験用屍体は刑務所で病死した無縁屍体、死刑囚、無縁施療患者及び身元不明の行路病者あるいは浮浪人の屍体等である。事件より二日前、即ち一月三十日の昼頃市の衛生局から一個の屍が届けられた。この日の早朝路傍で凍死しているのを発見されたもので所謂ルンペンの屍体であった。当日は月曜であったが実験用屍体は変質を嫌うため早く処理するのが例なので屍体係の当直員の手で早速処理された。即ち外部は水洗、内部は消毒を兼ねて希薄なクレオソート液でポンプ洗滌して後フォルマリン液槽に貯蔵するのである。終ったのは午後三時頃であったという。早速この屍体係が呼び出されて首実験をしたところ始めて蓬髪不精髭が無くなっているが紛れもなくこの日に処理した屍体であることが判った。

盗難の時期、方法、推定犯人について色々と論議されたが要するに学校の事情に詳しい者でなければならぬという結論に達し大学内にはそんな動機のある者は全然無いところから疑の目は俄然失踪中の勝部良平の上に振り掛って来たわけである。中でもY助教授は勝部が犯人であることを最も強硬に主張した。その理由は一通り一遍の状況判断によるものではなく歴然とした証拠があるのだという。げにその証拠というのは驚くべきものであったのだ。勝部を屍体窃盗の真犯人に指定する一方、驚嘆すべき勝部の研究の成果をも裏書きする痛し痒しの証拠である。

轢断屍体が全裸体であったことも、胃腸に内容物が無く代りに消毒剤の臭気が残っていたことも貯蔵屍体なら当然である。胃に萎縮症状のあったのは食に飢えて栄養失調気味のルンペンであったことからこれまた当然である。Y助教授を躍起にしたのは死後経過時間測定における奇妙な矛盾であった。筋肉中の乳酸醱酵は死後硬直が解けて腐敗が始まるのと殆んど同時に起るが醱酵と腐敗は全然別物である。腐敗は腐敗菌の作用でまず表面に起り漸次内進する、蛋白質が尿素、その他プトマイン等の有毒物質に分解する現象であるに反し、乳酸醱酵とは筋肉内の乳酸醱酵々素という純化学物質の作用によって各部分一斉に起る現象で筋肉の蛋白質からアミノ酸の一種である乳酸が遊離生成される現象で蛋白質の自己融解ともいわれる。防腐剤を表面に潤沢に塗布すれば次第に深部に滲透するから腐敗を常に一歩先んじて抑制することが出来るわけだが、防腐剤が乳酸酵素系に対してどの程度抑制力があるかはまだ分明でない。普通に使用されている防腐剤は腐敗菌の活動を抑制出来ても醱酵を抑制出来ぬ場合が多い。特にこの目的のため醱酵防止剤、例えばモノヨード醋酸のような有機剤やある種の水銀性無機剤もあるが、これを筋肉内の醱酵々素系に適用するときは滲透速力等に問題があり完全な阻止作用を期待出来ないのだ。即ち滲透速力が遅いと薬品が全筋肉の細部まで行き亘るまでに部分的に相当な乳酸醱酵を起してしまっているわけだ。即ち醱酵は全面的に起る自己融解現象であるため、表面に起って漸次内進する腐敗に較べて甚だ阻止困難なわけである。

人体の解剖研究に際しては屍体を腐敗も醱酵もないままに保存出来ればあらゆる点で非常に便利である。殊に法医学では屍体を発見当時の状態そのままに長期に亘って保存出来れば捜査上大いに便宜がある。この点に着目した勝部はある無機剤を使用して研究の結果、腐敗菌を抑制する上に滲透速力が非常に大きく乳酸醱酵の阻止力も充分ある完璧な防腐剤を発見したと自称しその研究結果を報告したところ、K教授もY助教授も彼を山師扱いにして報告を見ようともしなかったという。あるいは勝部の態度もよくなかったのかも知れぬ。だが科学者なら科学者に対して一応の度量は示すべきであったと惜しまれる。

（筆者註　屍体を腐敗や乳酸醱酵の模様に関して発見当時のままに長期保存することは捜査上大いに有効であると述べたが、その好適例を下山前国鉄総裁事件にとる事が出来る。下山氏が無抵抗の状態で殺害されたものなら死亡時にはどの筋肉にも常時存在する僅かな乳酸量だけが存在しこれを初期条件として死後の乳酸生成が全身均一に起っていたはずである。また格闘の末殺されたとすると格闘時最もよく使う筋肉、即ち腕や肩や背の筋肉には死亡時既に疲労による乳酸が多量に存在し、これを初期条件とするから他の部分より乳酸量がうんと多いことになる。

また自殺説が示すように現場近くを深更までうろつき廻っていたものならむしろ脚の筋肉に他の部分より多くの乳酸生成を見たはずである。だがこのような死亡時の初期条件は時間の経過と共に平均化される。即ち初めから乳酸の多かった部分は死後の乳酸生成も緩慢で他の部分の進行と歩調を合わせる傾向がある。凡ての化学的あるいは物理的反応は、爆発的燃焼とか自己触媒作用のように自励式に変化の進行が激しくなるものと、飽和曲線的に反応が次第に鈍くなるものとの二つに大別することが出来る。吾々の周囲に普通に起っている大部分の反応は後者に属するのである。物質の変化流動の一般的性質として、反応によって生じた結果は常に反応の続行を抑制する方向に働くことを表わすル・シャテリエの法則を想起し、また熱力学で言うエントロピーの自然増大法則の示すようなエネルギー平均化の傾向から類推してもこの事実は容易に合点出来ることである。即ち下山氏の身体も死後あまり時間が経過するまで放置すると死亡時の特殊な乳酸生成の状況が不明になる。だから最も早い時期に即ちあの場合には轢断屍体発見と同時に死後経過時間測定に必要なだけの筋肉のサンプルを採取した残り全部を勝部が発見したと称するような完全防腐剤で処理して、それ以上の乳酸生成を抑制しておけば、あとで各部分の乳酸生成状況を一つ一つ念入りに測定することが出来、それによって死亡時身体のどの部分に乳酸生成が多かったか、あるいは均一であったかという事情を知り得るわけだ。これは勿論死因のきめてとはならぬが相当に有力な推定資料になることは確実である）

Y助教授の推定によると勝部は屍体を盗み出しフォルマリン臭を除くため相当洗滌した上彼の発見したという防腐剤を軽く塗布した。無機剤にはあまり臭気がないので解剖時は誰もこの事に気付かなかった。元来防腐剤は表面から漸次深部に滲透してゆくものだから、表面に近い薄い筋肉は直ちに乳酸醱酵を停止する。充分な分量を塗布すれば滲透速力の大きいこの防腐剤は直ぐ深部まで達し表面と深部に大差を起さないが分量が充分でないと勿論あまり深部には達しない。肋間筋のように表面に近い部分は殆んど塗布直後から醱酵を停止したと考えられるので、この部分によってY助教授が算出した十時間という結果は屍体が凍死してから、この新しい完全防腐剤が塗布されたまでの時間を表わすことになる。屍体の凍死を常識的に考えて一月三十日の暁方六時とすれば勝部が防腐剤を塗布したのは十時間後即ち同じ日の午後四時となる！　おお！　この屍体がフォルマリン槽に入れられたのは午後三時だから、盗み出されたのは僅かの後でフォルマリン槽には殆んど入っていなかったことになる。しかり！　刺すようなフォルマリンの強臭は一旦滲み込んだが最後水洗い位で簡単に除かれるものではない。屍体に微かな臭気しか残っておらず貯蔵屍体という事実の発見の遅れたのはこのためだ。かつ時間的事情から推して勝部は学校の中に潜み機会を狙っていたことになる。そして総ての手続を学校の設備で御膳立てしたのだ。屍体の蓬髪や髭を手入れしたのもこの時で恐らくルンペンである事を隠すためだろう。幸に日曜日で当直以外誰もいない、夜蔭に乗じて裏門から屍体を運び出す。経済取締りのある今日とは違い自転車あるいはリヤーカーを使えば怪しまれずどこへでも運べたはずだ。これが本当なら勝部は犯罪の実行にも天才かも知れぬ。

勝部は偶然にか故意にか薬品を軽く塗布した――Y助教授は故意だという――従って深部まで薬品は達しない。深部の筋肉が示した死後経過時間は八〇時間であった。一月三十日の午前六時から試験の行われた二月二日の正午過ぎまでは正しく八〇時間余！　見事な一致だ。Y助教授の発見になる乳酸測定による死後経過時間は全く正確だ！　屍体表面の腐敗せぬ生々しさもこれで説明出来た！　Y助教授の得意を思うべし。ところが何たる皮肉！　何たる滑稽！　何たる傑作！　Y助教授は自己の立場を護るために敢て勝部を犯人と名指して証拠を挙げたのはいいが、その証拠たるや嘗て山師と呼んで相手にしなかった勝部の発見による完全防腐剤に外ならぬ。己を護らんすれば相手を認めざるを得ず、相手を認めざれば自説を危うす。将に天才勝部の痛烈な無言の竹篦返しである。この見事な狂言の筋書を見給え！　屍体は盗み出し準備は整った。それは電車に轢かれねばならない。鉄道自殺ではなく謎の死と疑われねばならない。そして解剖されねばならない。死後経過時間にとんだ茶番劇が演じられてK教授やY助教授が周章狼狽しなくてはならない。最後に真相が判明して嘗ては屈辱に泣いた自分の研究が屈辱を与えた人々の手によって明るみに出なくてはならない。どうです？　一分の隙もなく組立てられた皮肉この上ない名狂言というべく、かつこの狂言は筋書通りに運んだではないか！　但し最後の一番肝心な部分だけを除いて――即ち彼の研究はY助教授によって否応なしに承認された形にはなったが、勝部の希望通りに学会に発表されたわけではない。

以上のように屍体盗難と謎の轢断事件の動機は勝部を犯人に仕立てることによって見事に説明されるがまだ確実に断定する直接証拠がない。即ち屍体から所謂完全防腐剤なるものが実際に検出されてかつこれが勝部の報告に示された物と同一であることが証明されるまでは当局側は納得しないだろう。Y助教授は早速この点の確認に取掛ったのだが、嗚呼《ああ》！　勝部は失踪と同時にあらゆる研究資料を持去っていたのだ！　だが当局は何と言おうとこの事件は勝部の仕業であることに疑いはないと私は思う。この事件には一事狂《モノマニヤ》的な勝部の臭いがするのだ。

しかしちょっと疑問が湧く。ただそれだけの目的でこんな手数をかけたのだろうか？　皮肉の茶番劇も面白いが、単に自分の研究を認めさせるならもっと手取早い確実な正攻法がいくらでもあるのだ。この茶番劇では個人的に

Y助教授の鼻をあかすことは出来ても希望通り研究が勝部の名で発表されるとは限らない。(現にこの事に絡んで一悶着が起ったのだがそれは後の話)

即ち勝部が敢てこんな方法を採ったのは他にもっと深い企みがないとはいえぬ。しかり！　勝部の書いた狂言はまだ終っていなかったのだ。これは私の愚痴だが狂言はこれだけで終って欲しかったのだ。そしたら勝部に稀にみる名演出家という名誉を呈上して、ハッピーエンドになっていただろう。勝部に罪ありとしてもせいぜい屍体遺棄の程度に過ぎない。だが読者もお気付きのように謎はまだまだ終っていない。勝部がK教授と衝突して失踪の原因となったのは副腎ホルモンに関する確執で完全防腐剤の話ではなかった。そうだ。完全防腐剤は勝部にとっては単なる余興に過ぎなかったのだ。大詰はまだ残っているのだ。大詰は陰惨だ。不倫だ。私の推定が誤りでないなら大詰は勝部の親友であった私にとって将に千歳の恨事だ。この故に私は最初に勝部の行為を弁護しようとは思わぬとさえ公言したのだ。

また一番最初に御紹介した曰くありげな水晶の小片は大詰でどんな役割を演じているのだろう？　謎はいよいよ深まり吾々の心を魅惑する。

では貯蔵屍体轢断事件の残された謎、即ち何故に下半身が雲隠れしたのかという謎が大詰への導火線となるのでまずその絵解きから――

勝部は何故下半身を隠さねばならなかったのか？　またどんな魔術を振って隠したのか？　単に隠すだけなら何故もっと水量の多い便利な川を選ばなかったか？　この疑問に対しては下半身に謎の消失をさせることによって当局の不審を確実にするという狙いが考えられる。万一裸の自殺者というだけで死因を疑われず下半身も流れ去ったということで済んでしまえばせっかく企んだ完全防腐剤の狂言上演がふいになる。わざわざ水量の少いY川を選んだのは下半身消失によって起る疑問を確実にするためであったのか？　それも一つの狙いだが真相はそればかりではなかったのだ。下半身は一度は地面に落ちて後隠さねばならぬ他の重大な理由があったからこそあの川が選ばれたのだ。謎の解決の緒は今度は警察の方がもたらしてくれた。

十、第一事件の真相と残された謎

大学では轢断屍体の正体判明の報を当局に知らせようとしているとき逆に警察側から思いがけぬ知らせがあってこの事件が勝部の仕業であるらしい証拠を更に附加した。

咄《やあ》！　下半身が発見されたのだ。しかも現場の直ぐ近くで！

当局では最初の見込通り踏切を中心に殺人現場の発見に捜索を続けていた。大学でY助教授が屍体の正体を解明したと同じ頃、現場を根気にまかせて忠実な犬のように綿密な調査を行っていた一刑事はふと不思議な現象に気が付いた。冬鴉数羽に多数の五位鷺が鉄橋北詰の附近を飛翔しあるものは川原に降りている。このあたり普段はこんな鳥の集る場所ではない。さては――と刑事の第六感――だが鳥も漠然と蝟集《いしゅう》するだけで焦点を示さない。早速警察犬の出動となった。効果覿面《てきめん》、鉄橋の真下川原の砂と草地帯の境目ぎりぎり一杯のところで、犬は激しく砂を掻いて吠え立てた。刑事のシャベルがぐっと砂に潜る。余り深くない処に確かに手答え。一同勇み立って掘りたてた。出て来たのは砂に塗れた紛れもない下半身。だが、ああ、刑事の顔は見る見る曇った。下腹部にあるべきはずの他殺傷が全然無い！　かつ轢断後四日も経っているのに皮膚の生々しさはどうだ！　だがこの忠実な愛すべき刑事を笑う勿れ。彼は貯蔵屍体の謎も完全防腐剤も知らないのだから――

下半身は早速大学に送られ念入りに調査された。表面は生々しいが相当に腐臭が漂う。防腐剤は表面浅く固着して深部に達していないからだ。屍体は切口の内部から腐り始めていたのだ。もっとも切口から内部に防腐剤を振りかけた形跡（轢断後行ったものと推定）はあるのだが充分でなかったらしい。Y助教授は仇にでも巡り合ったように、綿密な調査を始めた。だが下半身には驚くべき事実が発見された。

腎臓がない！　従って副腎も共に！

やったる哉、勝部！　副腎切取こそこの奇怪な屍体轢断の主動因であったに違いない。禁断の目的は副腎採取と完全防腐剤の狂言上演を同時に狙った一石二鳥の大トリックであったのだ。屍体からある部分を切り取るためにこそ下半身は一応地面に落ちなければならなかったのである。水のある川では工合が悪かったのだ。単に採取するだけなら流れる下半身を下流で待ち受ける手もあるが、採取目的を想像するに当然実験用と考えられるから水に濡らすことを避けねばならなかったのだ。

　当時の状況を推定してみよう。下半身は暗い鉄橋の蔭に落ちる。闇夜よりも月夜の物蔭の方が人間の視力と注意力に対しては安全な死角なのだ。運転手が鉄橋の枕木をこつこつと戻ってくる。車掌も当然降りて来るだろう。勝部は素早く副腎を腎臓諸共切り取り持参の容器に詰め込む。屍体は既に死後三日、凍てつく夜寒に血など殆んど出はせぬ。手馴れた彼には三〇秒とはかからぬ――（腎臓は轢断前に抜いてあったという考えは捨てる、腎臓を抜き取れるほどの傷口を運転手が轢断直前に認めぬはずはないという意味で）――屍体を担いで草地から飛び降り川原の端ぎりぎりに予め用意された浅い穴へと投込む。大急ぎであたりの乾いた砂をかける。土に物を埋めると新しい湿った土が痕跡を残すが、乾いた冬の日の川原の端っこの砂の上層は乾燥しきっており浅い穴位では痕跡を残さぬ。川原との境目の草地の急斜面にぴったりと身を寄せる。暗い鉄橋の蔭の下でしかも堤防の上からは幾何学的死角である。穴を埋めているとき車掌は既に堤防の上に現われていたかも知れぬがそこから穴の位置は死角だ。待つこと小一時間検屍官一行に乗客も混ってうろうろ始める。隙を見てこっそり一行に紛れ込む。万一紛れこむのに失敗したら？　この時は誰も単なる轢死事件と思い見当らぬ半分を探していただけで、それが隠されたとは思いも及ばない。妙な奴が居る位のことで済んだろう。

　以上が下半身消失の真相の推定である。吾々が車掌の証言を信じ下半身の消失を極めて不可解であると考えたのは、それが犯人によって持去られたことを無意識に仮定し、現場に隠されている可能性を見落していたからである。

　捜索隊の中に現場に隠されている可能性を考慮する程度に頭脳を働かせた者があるいはあったかも知れぬ。だがそれは必然的に埋められたことを意味する。そのためには埋めた痕跡が残らねばならぬと考える。実際には何の痕跡もないところから惜しくも真相の一歩手前でこの考えを捨ててしまったのだ。盲点は痕跡を残さずに屍体を埋める方法があることを見逃した所に存在した。冬の乾いた川原に掘った浅い穴。ちょっと注意すれば屍体は目と鼻の先にあったのだ。これは人間の思考力の不完全さを示す一例で世の中の不思議とはすべて吾々の知識の間隙か圏外にあるもので、判ってしまえば何のことはない。これが探偵小説の作り話ならば名探偵が現れて筆者が今述べたような推理をして「これこそ唯一の可能な消失方法だ」と公言して下半身の所在を指摘するくだりになるのだが実際はそう都合よく話は運ばぬ。実在する人間の頭はまことに雑なもので探偵小説家が苦心して捏《でっ》ち上げた架空の名探偵のような理想的頭脳の持主などなかなか実在するものではない。即ちここは屍体隠匿に不便な場所どころか絶好の場所だ。かつこの事件は時と場所と人間の心理を巧みに利用し綿密に計画された大トリックであったのだ。

　以上で屍体轢断事件の真相は完全に明らかになった。――果してそうだろうか？　炯眼な読者にはまだ大切な謎があるのにお気付きだと思う。頭の良い男が企んだにしてはあまりにも廻りくどい点を、――下半身を隠したのはこの轢死事件に疑いを起さしめるためであると判断したが、それだけの目的なら現場で腎臓を抜いたり穴を掘って隠したり捜査隊に紛れ込んだりする必要は毛頭ない。腎臓が入用なら予め抜いて他殺痕跡を捏造しその痕跡が轢断時に抹殺されぬように屍体を置けば充分で敢て自分が現場でとやかく小細工を弄するに及ばぬ。詮ずるところ勝部には下半身を隠さねばならぬもう一つ重大な理由があったはずだ。何だろう？　この謎はただ一つの焦点を指向する。即ち腎臓の抜取りを是非とも秘しておかねばならなかったのだ。そのために彼は慎重にも慎重を期しているではないか？　私には次のような推定を自信を以て建てることが出来る。

　まず轢断位置はＳ駅から線路が緩い上り勾配になり堤防に上りつめた場所だ。コンヴェックス（凸型）の坂の頂上に置かれた低い物体は坂を上る者からは視線の関係で視界に入り難い。近くに来て始めて眼に入る。一方Ｓ駅に停車する普通電車は坂を上りきるまでは速力が遅いことを嫌って、Ｓ駅には停車せず連結車輛が多くて惰性も大きい急行電車を狙うなど、轢断の確実を期している。しかし予め腎臓を抜き取っておくと万が一早期に発見されてブレーキが間に合えば、裸体で横たわっている屍体は必然的に当局の注意を惹き内臓の抜き取りも暴露されよう。一刻も争う貴重な時間を割いてまで轢断後の抜き取りを敢て行ったのはこの用心のためであったのだ。下半身の内部に防腐剤を振りかけたのもこの際どい瞬間になされたに相違ない。目的は無論腐敗臭気による露見を恐れたからで、後で隙をみて更に安全な場所に移すつもりだったのだろう。だがこの点がこの緻密な計画の唯一の難点で、あまりにも切端詰って施した不完全な防腐が蟻の一穴であった。それは心なき鳥類の嗅覚本能を呼び思いがけず早く発見されたため、他に移す機会を逸したのであった。勝部は何故轢断前にゆっくり内部防腐を施さなかったのか？　これは至極明瞭だ。それでは上半身までが完全防腐されてK教授とY助教授を揶揄すべくせっかく企んだ死後経過時間の茶番劇がおじゃんになる、おじゃんにならぬまでも効果半減する。何ですって？　下半身の内部だけを予め念入りに防腐すればよいってわけですか？　冗談じゃない。液状の防腐剤で以て滲透性の横隔膜だけによって仕切られている体腔の下半分だけを都合よく防腐するなどという器用な芸当が誰に出来よう。勝部は科学者であって手品師ではないのだ。

さて以上のようにこの事件は止むを得ぬ一欠陥を除けば狂言・腎臓抜取・下半身隠匿という三つの狙いを円滑に運ぶために非常にがっちりと計画されており些かの隙もない。一方廻りくどいかとみえてその実一点の無駄もないのだ。所定目的完遂に必要にして充分な最良の方法で、所謂科学的合理主義を地で行く好例である。勝部ならではの感がある。

ところでただ一つ残された未解の謎がある。勝部は何故これほどまでに手を尽して腎臓の抜取りを極秘にする必要があったのだ？　他の点では自分の仕業であることをわざわざ見せつけようとしたほどの彼が何故この点だけを隠さねばならなかったのか？

私はこの疑問を胸に秘めて倉田にも話さなかった。いや、倉田も気付いていて私に話さなかったのかも知れぬ。当局は無論これが謎たる所以すら気付いていなかった。K教授のみは腎臓と共に問題の副腎までが無くなっているのを知って大いに心を動かした様子であったとのことだ。副腎の問題は勝部失踪の直接原因であるだけに教授としては平静でいられないのは当然だろう。この経緯についての穿った事情は当の勝部とK教授以外は誰も知らない。否、K教授さえもこの問題が根を延いてこの後に起ってくる無気味な事件に関しては何も予知しなかったに違いない。

十一、憎むべき剽窃

この事件も一段落して後二週間ほどたった二月の中旬のことであった。午前の講義を聴き終って昼食を食いに工学部の門を出ようとしたとき倉田にばったり出あった。市電で二十分もかかる医学部からわざわざ私を尋ねて来たのだ。興奮した面持でけしからぬ話があるという。近くにちょっと食えるカツレツを食わせる食堂があるので共にカツレツ附きの軽便ランチをパクつきながら彼のけしからぬ話というのを聞いたものだ。聞いているうちに私もついむかむかと腹が立ってきて、飯が不味くなってしまった。

その話というのは――K教授は今度の事件にはかんかんになって怒ってしまい、始めは勝部を屍体窃盗遺棄罪で訴えるといって敦圉《いきま》いていたが周囲の忠告もあってさすがに帝国大学としての名誉にかかわると思ったか、その点は思い留った。だが次に学校当局は勝部の辞表を正式に受領したのではないからといい勝部を失踪者として捜索願をその筋に呈出したのだ。これは止むを得ない。勝部にも非はあり現に彼の仕業は屍体遺棄という罪名を構成するのだから当局としても彼を捜し出す義務があるわけである。

だが吾々がどうしても許し難いと感ずるのは――この日の午前に医学部で月例部内会報があったが、その席上でY助教授が「完全防腐剤に関する新研究」と題して勝部が発見したという無機性防腐剤の説明を行ったのだ。事件後助教授が屍体に残されたサンプルに依ってこの防腐剤の正体を摑むべく色々と分析実験を行っているのを知った倉田は、これで変人なるが故に不運であった俊才勝部良平の名も挙って彼の苦肉の狂言も効果があったわけだと内心大いに喜んでいたところが、何とY助教授はそれを全部自分の研究として発表してしまい、勝部の名などはおくびにも出さなかったのである。何たる卑劣な剽窃であろう！　胸糞が悪くなって会場を飛出したが忿懣やる方なくせめて私にでもぶちまける心算でやって来たというのだ。

「僕も辞表を叩きつけたくなったよ。勝部は少し軽卒だなと思ったこともあったがこれじゃ誰だって我慢が出来ないよ。世の中には弟子の優れた研究を自分の名で発表して名を売っている学者は少くはないが、多くの場合悪意による剽窃ではなく研究の成果に権威と箔をつけるため、自分の教室の名を貸して勿体をつけるといった場合で勿論適当な時期にはこんな優れた弟子には名誉を得る機会を提供して充分その功績に報ゆるといったやり方である。昔の名工とその徒弟といった関係に似ていて随分と封建的な因習には違いないがね。だが勝部の場合は始めはさんざんけちをつけて見向きもせずにおいてだよ、あとでこんなことをするのだからね。全く学者の風上にも置けないやり口だよ」

「ではY助教授は防腐剤の正体を完全に解いたわけだね」

「いや、それならまだしもだ。銀イオン例えば硝酸銀のようなものを主体とする無機配合剤ということが判った程度なんだ――この研究は未だ未完成だが一応中間報告をします――には全く沙汰の限りさ。ところで君も僕も道こそ違え科学者の端くれなんだが、これは良い前車の轍だ。学者は名誉欲の虜になったらもうおしまいだね。Y助教授も、もともとは優れた法医学者なんだが自分の地位を護るため新しい学説の攻撃を恐れて愚策を弄するようになったものさ。類を以て集るというか主任教授も似たようなものだぜ」

こんな点には人一倍潔癖性の強かった勝部がこれを知ったらよもや黙っているはずがないのだ。Y助教授のこの愚行は他人事ながら全く耐えられぬほどの恨事だ。恐らくY助教授の悲惨な運命を決定したのもこの愚行の故と私は確信している。

十二、第四事件起る

大学では若手の助手や薄々事情を感付いた学生の中には教室に対する疎遠な感情が募ってきた頃、悲劇の舞台は刻々に整えられていた。否、幕は既に切られて前場が始っていたのだ。悲劇の第一幕である第二事件は既に起ったあとでもあった。第三事件は間もなく起ったために気が付かなかった。第四事件になって初めて私の知るところとなった。もっと正確に言うと第四事件になってやっと新聞がこれを取上げたのだ。憶えば第一事件即ち屍体轢断事件の時は新聞記事によって不思議に勝部良平との相関を感じこれが倉田を尋ねる動機となり、驚くべき真相に触れ得たのだが、今度の第四事件では普通の轢死事件が新聞に出るとは妙なこともあるものだといった軽い気持で読み捨てたが二三日の後、勝部の失踪後頓《とみ》に親しくなった倉田を大学寮に尋ねての帰途、ふと見た幻影が俄然私の探偵本能を揺り起したのだ。では前例に準って第四事件を報じた二月二十一日の大阪毎日新聞の朝刊の記事を御紹介する。「魔の踏切」と題して内容は次の通り。

「昨二十日午後九時十分頃、N電鉄S駅北一号踏切に難波発午後九時第三〇一急行電車、運転手赤沢捷一（三三）がさしかかった時、三十歳前後の玄人風の女が飛込み自殺を遂げた。大阪市南区宗衛門町カフェー黒猫の女給ゆきさえ事、本堂由起子（二九）で原因は発作的精神異常によるものと考えられる。なおこの踏切は無番人で最近一週間に三件轢死事故が発生し魔の踏切と恐れられている。当局では踏切警手の配置を要望した」

ご覧の如く通り一遍の記事で何の変哲もない。大阪市内では少し見透しの悪い踏切なら大抵は「魔の踏切」にふさわしい過去があるはずだ。これより二日後だから二月の二十三日だろう。夕刻になって倉田を訪れた。寮はこの踏切を西へ渡って三丁ほど行った右手だ。

四方山話《よもやまばなし》の末私はふと新聞記事の「魔の踏切」事件はこの近所の踏切であった事を思い出して話題に載せた。このとき期せずして倉田の顔色がふとかげった。

何かあるな？　私は素早くその表情を見てとって早速たたみかけた。不躾のようだが勝部の失踪以来妙に敏感になった私の神経は常にその足跡を追うべく研ぎ澄まされ、何かにつけて心が尖るのであった。倉田の秘密が必ずしも勝部に関係あるわけではないのだが、この際何となく見過ごし難い気がしたのだ。倉田は元来無口の性で殊に個人的な問題を口にするのは好まぬ性格らしいのだが、この時はよほど思い余るものがあったらしい。私の半ば詰問めいた不躾な口吻を却って歓迎するかのように口を開いた。

「実はあの女、本堂由起子は直ぐ近所の緑風荘アパートにいた女で、僕とは心易い間柄だったんだ。いや相当深い馴染だといった方がいいかも知れない」

何だそうか？　私にはやっと記憶が甦ってきた。うっかり見過ごしていたが新聞にカフェー黒猫とあったではないか。黒猫なら勝部と二度ばかり行ったことがある。その時は勝部が冗談まじりに倉田医学士の彼女だといって紹介してくれたことがある。もっとも二度共梯子飲みの挙句に流れ込んだ上の話なので、詳しいことまでは覚えていないが、肥り肉《じし》のなかなか美しい、むしろ妖艶といった感じのする女であった。勝部は女に極めて無関心な男であったが、この女のことは悪しざまに罵っていたのを覚えている。年齢は二十九というから倉田より一つか二つか上のはずだ。

本堂由起子の居た緑風荘というのは大学寮から、僅か一丁ばかり北方の公園の入口にある。表玄関の左右に小園をしつらえて棕梠の木の四五本も植え、道路との境は見事な生垣を張り巡らしたなかなか瀟洒なアパートなのだが近所の評判は甚だよくない。即ち住人の大部分が玄人女で、いかがわしいカフェーの女給、ダンサー、料亭の通い酌婦といった連中で、皆それ相当の情夫や旦那を持ちアパートの風紀は乱脈を極め一名妾アパートの名称もある位だ。妾や商売女だからといって必ずしもだらしないわけではないが類を以て集るというかここの連中は揃いも揃ったあばずればかりなのだ。こうした多情な女達に目と鼻の先にある大学の独身寮の存在が問題にならぬはずはない。何しろ相手は医学博士か少くとも医学士の肩書を持った将来ある有能な独身青年達ばかりだ。ちょっと悪戯気を起しておちょっかいをしてみたくなるのも彼女達なら当然だろう。仲には相手を本気に誘惑してあわよくば未来の医学博士夫人に納まろうなどという不埒な考えを持った者もなかったとはいえない。この女達と独身寮の若い青年達との交情は倉田ばかりでなく他に二三の例があったらしく勝部はこれを常々苦々しく思っていた様子だ。勝部は男女間の真面目な恋愛までを否定するほどの機械人間ではなかったが、科学者たるものがくだらぬことで時間を消費するのは科学的合理性に反するとでも言うのだろう。ところが酒を飲んで時間を潰すことは彼の説によると合理性に牴触しないらしい。その理由は彼の研究の斬新な着想はすべて酒を飲みながら得られたというから恐れ入った次第である。

倉田は本堂由起子から積極的に誘惑されて受身の形にあったらしい。

「僕の恥をぶちまけるようだが、最初あの女のなかなか魅惑的な容貌と派手な性格に興味を覚えてただの女友達ぐらいの心算で附合っているうちに女の方がだんだん強く出るようになり最近は同棲してくれとまで詰め寄られていたんだ。だが僕はまだ故郷の親から仕送りを受けているような始末なのでとてもそんな事は出来ないし、女はなかなか強硬なのですっかり困ってどうしようかと思っていたところだ。こんな事を言って甚だ悪いのだが死んでくれてほっとした気持だよ」

こういいながらも心底では女の死をひどく悲しんでいるらしく力なく落した肩は暫らく見ぬ間にがっくり瘠せこけたかのようだ。倉田の眼がうるむ。言葉だけを聞くと女を一時の弄み物にしてもて余した気の弱い男の狡い逃口上のようにもとれるが倉田とはそんな男ではない。

「じゃ君の煮えきらぬ態度を悲観して自殺したわけかね？」

私はちょっと茶目気もあってこう言ってみた。勝部の話によるとこの女はなかなかそんなしおらしい代物ではなかったはずだ。女に本当の愛情があったかどうか疑わしく、倉田の実家の資産と倉田の将来の地位を目当に女から強引に誘惑したのが実情らしい。倉田は暗い顔を一層曇らせて言った。

「いや、そう言われると困るんだが、あの女はとてもそんな性格じゃないんだ。僕に自殺をさせても自分は絶対に死にはせぬほどの気の強い女なんだよ。身体も丈夫だし自殺するような理由が全然思い付かないんだ。新聞には発作的精神異常なんて書いてあったがあれは嘘で気が強いといっても決してヒステリー性ではない。多分新聞記者がアパートの他の女達の中傷を真に受けて書いたものだろう。だがねえ——君。実はあの女が轢かれたとき僕は丁度現場に居合せたんだよ」

「何だって！」これは全然予期せぬ話であった。私は思わず膝を乗出して先を促したが、このとき一つの考えが胸に浮んだ。

倉田の口吻では本堂由起子の自殺を否定しているが私もそうに違いないという気がしたのだ。私は別に統計をとったことはないが、一般に恋愛に破れて死ぬというほどのロマンチックな自殺者なら事情が許す場合には出来るだけ住み馴れた土地から離れて死所を選ぶものだ。屍を知人に見られたくないという気持が無意識に働くのだろう。またそれほど遠くに行く余裕がないにしても出来るだけ自宅から遠い場所に死場所を探すのが普通ではないだろうか？　本堂由起子の場合はどうだ。近くも近く、通勤のため日に二度ずつ通らねばならぬ踏切である。死後の屍の醜い鉄道自殺は若い女の自尊心からも一番縁遠い自殺方法だ。それこそ発作的精神異常とも考えたくなるではないか。だが倉田の口から次のような驚くべき奇怪な事実が語られたのだ。

「それが実に妙なんだよ。あんな轢かれ方って世の中にあるだろうか？　まるで夢遊病者だよ、あれは。一昨々日《さきおととい》の晩だったが僕は九時ちょっと過ぎ買物があって駅前まで行ったのだ。勿論あの踏切を通らねばならぬわけだが僅か二〇米ほど手前に来たとき踏切の向うを歩いて来る人影が見えた。君も知っての通りあの踏切の手前の一角に古い廃工場があるが他の人家は皆線路に接近していないから魔の踏切らしくもない見通しの良い場所なんだ。それに踏切際の電柱に街燈があるから向うの人ははっきりと見えた。由起子なんだよ。早帰りの日だったんだね。向うでも僕に気がついたらしい。ちょっと手を上げてウィンクした。そして小走りに足を早めた。君、これが三〇秒後に自殺しようという女の仕草だろうか？不可解な事はこの後に起ったんだ。由起子がもう数歩で踏切に掛るという時だ。下り線に轟々《ごうごう》と電車の音を聞いた。駅を通過する警笛の音がしたから急行だったわけだが、そのとき由起子はふと足を停めた。そしてふらふらと幽霊のような足どりで歩き出したんだ。脇の下に挟んでいたハンドバッグは放り出してしまって手は夢遊病者のように前に宙ぶらりになっているんだ。僕は大声で『危いぞ』と叫んだが全然反応がない。電車の音はいよいよ近くなってくる。驚いて駆け出そうとしたとき由起子は下り線路の真中に立ったままクルリと電車の方向に向き直って線路伝いに二三歩ふらふらと歩き出したんだ。まるで気狂い沙汰だよ。僕は勿論泡を喰って駆け出したんだが一〇米も進まぬうちにひどい眩暈がして足がよろけ辛うじて工場の塀につかまったんだ。そのとき由起子はまだ電車に向ってふらふら歩いていた。電車はもう随分近くに迫っていたらしくヘッドに照らされた由起子の外套が赤く見えた。急に気狂いのように警笛を鳴らしブレーキの軋る音が聞えたのは女が線路上にいるのに気が付いたのだろう。だがとても急停車の間に合う距離じゃない。僕はとても正視出来ずに眼を掩ったよ。だが電車が踏切を通過する直前、だから由起子が轢かれたかあるいはその少し前につんざくような由起子の悲鳴を聞いたのだ。決して空耳じゃなかった。君！　自殺する人間が悲鳴などをあげるだろうか？　電車は物凄いブレーキの音と火花を散らしながら踏切を五〇米余り通り過ぎて停った。僕は震える足を踏みしめて現場に駆けつけたのだ。僕が踏切に来て電車の方を見透したとき三〇米ほど南方の線路際に黒く横たわっているのは引摺られた由起子の身体らしかったが、もう一つの黒い影がその上に蹲っているらしいのだよ。最前部の乗務員室のドアが直ぐに開いて運転手が降りたのが見えたが、それと同時に黒影は脱兎のように上り線路を横切って家の蔭に姿を消した。その時は由起子が轢かれたことに気が転倒して顧みる余裕がなかったが今考えてみるとどうも腑に落ちぬ出来事だ」

私はこれを聞いてギョッとした。私のみが知る勝部の奇行がまざまざと脳裏に甦ってきたのだ。倉田は続ける。

「由起子は右腕と右太股から下が飛んでいたが他の部分に割合怪我が少なかったのは引掛けられて引摺られたんだね。線路の真中に突立っていたのだから所詮バラバラ事件だろうと思っていたのに案外な気がした。しかしひどい出血で気を失ったままとうとう生き返らなかったんだ。ところで驚いたことにこの時の運転手が赤沢君なんだよ。ホラ、勝部が持出した屍体を轢いたときの人さ」

これもまた意外な事であった。私は新聞記事を見ていながらその点はうっかり見過していた。赤沢運転手ならこの前の事件のとき警察署で一度ならず顔を合わせ面識のある間柄なのだ。しかしこれはよく考えれば当然の事だ。偶然にも前と同じく難波発午後九時の第三〇一急行電車が轢いたわけで、N電鉄では運転手によって受持ちのダイヤが定っているのだから同じ時刻の同じ電車である限り同じ運転手が乗っていてもちょっとも不思議はない。不思議はむしろ轢かれた側にある。急に夢遊病者のように歩き出す。わざわざ電車に向って歩く。轢かれ際に悲鳴をあげる。線路の真中にいたはずが電車の角に引掛けられて死んだ！　この方がよほど不可解だ。

「赤沢君も僕を覚えていて、大層驚いたらしい、この前も妙な事から僕達と係り合いになり、今度轢いたのは僕の彼女だったのだからね。赤沢君は目を丸くしていたよ――」

平生は無口で訥弁《とつべん》な倉田も今宵は興奮に乗って過分多弁である。珍らしいことだ。倉田は更に続ける。

「もう一つ妙に気掛りなことがあるんだ。新聞記事にこの一週間の間にこの踏切で三件も轢死事件が起ったと書いてあっただろう。あれは本当なんだ。しかも驚いちゃいけないよ。あとの二人共緑風荘の住人で、一人は由起子と同じ女給でもう一人は素性のはっきりせぬ二号らしい三十年増なんだ。名前は何といったかな。大学寮に何のかの言ってよく遊びに来ていた女だよ。いやに色っぽい女で勝部にも言い寄って手荒くはねつけられたことがあるらしい」おやおやこれは面白い。

三十女が勝部に言い寄った？　私には初耳であったが勝部の芸術家風な色白な端正さは脂ぎった三十女の情慾

の対象には打ってつけで当然ありそうなことだし、勝部のあの女嫌いを以てしては一言のもとに臂鉄を喰わしたのももっともだ。

「ではその女達は飛込自殺をやったわけなのかい?」

「それがよくわからないんだ。僕は緑風荘の管理人と心易いのでいろいろと噂を耳にするのだが二人にも全然自殺の動機などないらしいんだよ。一番始めに轢かれたのがマルタマキャバレーの女給で名はたしか君子とかいった。やはり寮の誰かと関係があるらしい話だったが十日ほど前勤めからの帰途あの踏切で轢き殺されたんだ。夜の十二時を少し過ぎた深更で、轢いたのは終電の廻送車だったそうだ。それからあの厚かましい二号が轢かれたのは由起子が死ぬ丁度二日前の晩だ。風呂帰りだということだが、いやとてもひどい轢かれ方で、二目と見られぬバラバラ事件だったそうだ。この日僕は当直だったので明る日帰って始めて聞いたのだ」

「で、その年増が轢かれたのは何時頃なんだろう?」

「さあ? それは聞き忘れていた。案外九時過ぎの急行電車で運転手は赤沢捷一君と出るのじゃないかな。そうなるとこれはいよいよ因縁物だよ。だがおかしい話だね。揃いも揃って同じアパートの女達で大学寮の連中と些か関係のある者ばかりが同じ踏切で奇怪な轢死を遂げしかも誰にも自殺の動機らしいものがないのだからね、偶然にしては少し暗合が過ぎるようだ。始めの二人の事情は知らないが由起子の轢かれ方はどうしても合点がゆかないのだ。全く不思議だ。この数年間、事故らしい事故もなかった踏切に急に続けざまに起ったのだからなあ」

十三、勝部良平の幻影

倉田は漠然と事件の暗合に驚いているだけで積極的な推定や解釈を有っていないようであった。本堂由起子が轢かれた直後現場に忙しい人影を認めておりながらその謎の示す重大さを全然意に介していない。私には判然と事件の臭いがして来たのだ。怪しい人影はどうも勝部のように思えてならないのだ。第一事件で新聞記事を直観的に勝部と結びつけて考えた程度以上に、この三つの轢死事件には強い勝部の色彩を感じるのだ。

怪しい胸のときめきを覚えながら倉田の許を辞したのは午後九時少し前であった。恐ろしく風の冷たい夜寒であったが奇怪な謎は胸一杯に燃え上り夢中になった神経は寒さすら感じない。第一事件は腎臓抜取りという測り知れぬ大詰を残して一層深い謎の尾を曳いている。その尾から織り出されたかの如き怪しい轢死事件の続出。だが勝部が今度の事件にどんな糸を操っているというのだ。まさか生きた人間を屍体のように電車に投げ込むわけにもゆくまい。彼は例の通り偶然現場に居合せて異常蒐集をやってのけたに過ぎぬのだろうか？　それにしてはこの夜寒にあまりにもうまく現場に居合せたものだ。これには偶然ならぬ作為がある?!

私はいつしか魔の踏切近くに来ていた。三人の女が普通でない轢死を次々に遂げた場所だと思うと急に背すじが寒くなる。線路の両側には空地帯があるため家並は手前で切れ見通しはさして悪くない踏切である。道の右側は小さい溝川《どぶがわ》を距てて、普通の人家が並んでおり、左側は処々に空地を挟んで小ぢんまりした料亭風の家が点々とあるがどの家も寒風に雨戸を立てきって僅かに隙洩る灯が淡い縞状になって道を横切っている。繁華な二業地の中の淋しい一角の風景である。左右とも人家は踏切の三〇米ほど手前で切れるが、右側の端の家に続いて土地柄にふさわしくない工場風の古い建物のある敷地が盲塀を張り巡らされて線路際一杯に張り出しており道に面した側は事務所らしい建物になっている。私の前を一人の男がトンビマントを風に弄ばせて飄々と歩いてゆく。蹌踉たる足どりに寒さも感じていないらしい。その男の影が踏切を渡り終った頃、私は踏切の四五米手前に達し何ということはなしに街灯に照らされた古工場の建物を見た。その時私の心臓がドキンと大きく波打った。見たのだ！　廃工場の事務室の破れ窓から一つの顔が覗いている。

あっ！　私は思わず叫んで窓に走り寄った。確かに勝部の顔に違いなかったのだ。窓に達したときには顔は消え失せてぷんと黴臭い冷気が鼻先に触れた。硝子越しに淡い街灯の光が部屋の造作を照らしているが鼠一匹見えぬがらんどうで人気など鵜の毛ほどもない。

ではあれは何だったのだ？　薄暗い光線の綾なした幻であったのか？　いや、そんなはずはない。自慢じゃないが私は幻を見るほどにうわついた神経の持主でなくこの二つの目でしかと見たのだから。とはいうものの勝部という男に測り知れぬ神秘性を感じ始めていた矢先、事によると彼の幽霊では？　と生れてこの方考えた事もない奇妙な想像がもくもくと湧いてきて背骨の心までがぞくぞくと寒くなった。どうもおかしい。こういう不思議は科学的と自負する精神を甚だしく刺戟する。この工場の中を探検してみてやろうか。恐怖心を押し殺していつもながらの好奇心が頭を擡げたが事務室に通ずるらしい外塀の潜り戸は内側から閂《かんぬき》止めになっているらしいのと、折からの痛いほどの寒風がその気勢を挫いた。諦めて帰途に就くべく踏切を渡った。踏切の北方五〇米のあたりから線路は大きく左にカーヴしそのまた五〇米ほど先で上下線とも分岐して複々線になる。S駅にはN電鉄の主車庫があり上り線は踏切の直ぐ近くから分岐線が南方に沢山派生している。そのためこの附近は上下線共信号灯が多く、色とりどりの光が錯綜して附近一眺のレールは極彩色の光の帯となって反射している。

私はS駅のプラットフォームの端にあるポツネンとした照明燈を見たときふと赤沢運転手のことを思い出した。S駅の車庫には運転手の詰所がある。時刻は恰度九時五分過ぎだ。たしか運転手は一日置きに昼夜交代勤務のはずだからもし直に当っておれば彼の運転する難波午後九時発三〇一急行電車はそろそろこの辺にやって来る時分だし非直であれば詰所にいるはずだ。よし、無駄足を踏むつもりで尋ねてやれと心を決め線路沿いの道を車庫に向った。S駅近くまで来たとき丁度三〇一急行電車が通過した。運転台からチラと見えたのは確かに赤沢ではなかったようだ。占めた。彼は詰所にいる。私は足を早めた。

十四、赤沢運転手の話

赤沢運転手は風邪気味だといって首に繃帯を巻いてストーブにあたっていた。尋ねて来たのが第一事件で知り合いになった因縁付きの私だったので些か妙な顔をした。だが私がこの一週間ばかりのうちにS駅の北一号踏切で起った轢死事件について話を聴きに来た旨を述べると、待っていましたとばかりの顔色になった。当局では三件とも自殺あるいは過失轢死と簡単に片付けており問題はないのだが、赤沢運転手は別の意味でひどく心を痛めていたのであった。この夜私が聴き出した話は結局倉田の話を補足するものだが、補足事項の中にただ一つ倉田が見落していた甚だ重大な点があった。彼が正視に耐えず思わず眼を俯せた――といったがその僅かな空白時に起った出来事で将にこの奇々怪々な一聯の轢死事件のクライマックスを形成する怪現象であり私が事件の真相を推測するのに役立った貴重な推理の出発点でもあった。赤沢運転手の話を綜合してこの三つの轢死事件の全貌を整理してみると次のような事になる。

最初に轢かれたのは緑風荘に住むキャバレーマルタマの女給大塚君子であった。年齢は二十三。第一事件の貯蔵屍体轢断に次いでこの事件を第二事件と呼ぼう。起ったのは二月十三日深更で正確には十四日早朝といった方がよい。赤沢運転手の後輩の藤原という若い男が上りの終着電車をS駅の車庫へ廻送中の出来事だから十二時を少し廻っていた頃だ。大塚君子は下り終電車でS駅に着き帰路踏切に差掛ったとき偶々この廻送車に相逢して奇禍にあったものらしい。否自殺したのかも知れない？と言っておこう。踏切の北方五〇米あたりはカーヴになっているため、カーヴを曲りきるまではヘッドライトがそっぽを向いていて踏切附近は運転手の視野に入らない。藤原運転手はこの時まで未だ無事故であったがカーヴを曲りきったとき彼の運転経歴に最初の黒星を印した黒い人影が踏切上に突立っているのを認めたのだ。深夜の廻送車であるため、帰りを急ぎフルスピードに近かった。驚きに逆上した藤原運転手は警笛を乱発しながら必死にブレーキをかけたが、人影は動こうとしない。それだけではなかった。あと二〇米に迫ったとき人影は手をあげて二三歩電車の方へ進み寄ったように見えた。このとき始めて黒オーバを着た女と解ったが、次の瞬間両手をあげてのけぞるように線路から逃げ出そうとして横倒しになり、下半身を車輪に引掛けられそのまま約五〇米ほど引摺られたのだ。両脚は大腿部で轢断されていたし上半身には引摺られたときに出来たらしいひどい擦過傷と打撲傷があった。

赤沢運転手は藤原からこの話を聞いたとき少しおかしいなとは思ったが、あまり気に留めなかった。赤沢の経験によると自殺者は例外なく線路上に寝転ぶか間際になって飛び込むかの何れかに決っているが過失轢死には色々な場合があるそうだ。見通しの悪い踏切などで急ぎの余り出逢頭にとび出して来て避ける暇もなく轢かれる場合が断然多く、その他上の空で線路を渡り電車が間際に来るまで気の付かぬ者、踏切近くで上下の電車がすれ違ったとき片方だけに気をとられて他方に気が付かずに轢かれる場合も相当にある。だが稀に精神に異状があるのか線路上にポカンと立っていて轢かれるまで全然知らずにいるようなお目出たいのもあるという。赤沢はどうせそんな事だろうと多寡をくくって藤原がむきになって不思議がるのを初会運転手のとりのぼせと軽くあしらっていたのだ。ところがどうだ！　間もなく第三事件、第四事件と僅か二日の間隔を措いて奇怪な轢死事件が、今度は赤沢自身にふり掛ってきたのだ。

第三事件が起ったのは第二事件後五日過ぎた二月十八日の午後九時過ぎだ。かつ轢いた電車は赤沢運転手が操縦する難波午後九時発の第三〇一急行電車だ。何たる符合！　倉田が冗談ついでに言ったことが将に適中していたのだ。二日あとに起った第四事件がまた同じ電車の同じ時刻だ。倉田の言った通りこいつは因縁物かも知れない。魔の踏切では最初に轢かれた者の亡霊が友を呼び次々と奇怪な轢死が続くという。私はこの種の因縁話を信ずる者ではないがあまりに符合する偶然の一致は何となくうすら寒い気持を起させるものだ。

第三事件の状況は結局第二事件とよく似たものであったらしい。カーヴを曲り切ったとき赤沢は踏切の真中に人影を認めたので急ブレーキを掛けたが無論四輛連結の急行が停車し得る距離ではない。止むを得ずけたたましく警笛を鳴らしたが一向に反応がないのみか人影はフラフラと電車に向って歩いて来るのだ。だがこのあとが第二事件と些か違っていた。それは和服を着た大柄な女であったが手を両側にだらりと下げ頭を俯せて線路のど真中に立っており遂に電車が恐ろしい勢でぶつかるまで全然何も気付かぬままあの世に往ってしまったのだ。こうまともに轢かれては石仏だってたまったものじゃない。無論完全なバラバラ事件であった。被害者は緑風荘の住人で色好みの定評ある第二号根津芳枝（三二）と称する女であった。

さていよいよ問題の第四事件であるが、電車がカーヴを曲って赤沢運転手が本堂由起子の姿を発見するまでに起ったことは既に倉田自身が目撃していた。踏切に掛る手前で急に様子が変り夢遊病者のように踏切の真中に歩み寄ったという。第二、第三事件ではこの時期の目撃者はいないのだが、これより後に起った状況がぴったり一致することから推して仮に同じ状態であったと考えておく。踏切の真中でクルリと電車の方へと向きを変えて歩き出す。気狂いのように警笛を鳴らして電車が迫る。倉田はここで見るに耐えず眼を掩ったという。赤沢運転手はこの後に起った事を一部始終はっきりと目撃したのだ！　驚くべき奇怪な出来事であった。藤原運転手が第二事件で見たと主張する不思議な轢死者の行動を赤沢はまざまざと確認したのだ。電車が僅か一〇米に迫ったかと思われる瞬間、由起子は夢から覚めたように危険に気付いたらしい。顔面一杯に驚愕の色を表わすと必死の金切声をあげて横っとびに線路から飛び出ようとした。老練な赤沢運転手はこの際どい瞬間にはっきりと彼女の表情を読み叫び声も聞いたという。倉田が聞いたという悲鳴はこれなのだ。彼女は危うく逃げおおせたか？　とも見えたが僅かに及ばずオーバーを車体の角に引掛けられて引摺られたため右腕右脚を轢断されるの憂目をみたのである。

絶対に自殺ではない、これが赤沢の直観であった。そうするとどういう事になるのだ。この三つの轢死事件は第二第三事件の目撃者の無い前半の部分を仮定した以外はあまりにも酷似し過ぎている。自殺の動機の考え難い三人、同じアパートに住む同じような性格の女達、同じような轢死！　これでは誰が考えても無関係に起った自殺あるいは過失とは首肯し難いではないか。怪しい。怪しい。全く怪しい。当局はこれを自殺や過失と考えて澄ましておられるほどに無神経なのだろうか？　だが彼等は極めて常識的な連中であるから常識として外に考えようのないときはいかに不思議でもそう断定するわけで、私のような取越苦労はしない。だがそれでは常識の間隙に隠れた意想外の真相は把握出来ない。しかしよく反省してみると、私には勝部に対して私だけの知る予備知識がありそれをこの事件と結びつけいかにも謎らしく解釈するからこそ不可解にも映るのであって、白紙の連中にいきなりこの三つの轢死事件を提出したのでは背後に隠れた謎を感知せよという方が無理かも知れない。

赤沢は気の毒なほど萎れていた。屍体轢断事件に始まり嫌な目に逢うこと再三、その度に警察に呼ばれるは被害者の弔問に行かねばならぬはで惨々な為態《ていたらく》であった。こうも事故が重なると因縁付き運転手という芳ばしくない噂もたつ。赤沢は礼を言って辞去する私を送り出しながら、もう一度こんな目に逢う位なら潔よく運転手を罷めると悲壮な顔付きで言った。帰り際に念のために訊いてみたが倉田が見たという怪しい黒影は両運転手共気がついていない。状況から推してこの影は前二件の場合にも現れたに違いないのだが何れも運転手の目を掠めて消え去ったのだろう。

私の自宅はS駅から更に南に下ること五つ目の駅で降りる。なかなか来ない夜の電車を待ちながら今聞いたばかりの話をあれこれと吟味していたが、一つだけどうも気掛りになることがあった。あれほど酷似した三つの事件の中で一個所だけはっきり違った点がある。即ち第二、第四事件では被害者が轢断間際に電車に気付いて逃げようとした形跡があるのに第三事件だけにはそれがない。この相違は被害者の精神状態のちょっとした気紛れで大した事ではないのか？　あるいは何かを意味しているのか？　この謎は最後まで解けなかった。だが解けたあとで驚いた。馬鹿の後智慧ながらこの何でもなさそうな相違こそ勝部がK教授と決裂して以来続々と起った怪事件全部の根底を流れる驚くべき真相の性質上必然的に生起すべき当然の現象で、謂わば事件の鍵ともいうべきものであったのに気が付いた。もっと頭の良い人が私の立場にあったなら、逆にこの相違点から出発して真相を究明したかも知れない。

十五、大詰の悲劇

二月という月は短かい。私はこの三月に卒業するので学生時代の総決算ともいうべき学年末試験の準備と卒業論文の作製に忙殺されているうちに瞬く間に日は経って早や三月に入っていた。憶えば第四事件が起ってから早や二週間近くの日が経過していたわけだ。この間、事件の魅力が私の念頭を去っていたわけではないが、あまり他事に熱中しては卒業出来なくなる。卒業試験が済むまではあまり突飛な事件が起ってくれるなよと虫の良い願望を懐く私の心中に応えてくれるかのようにこの二週間は何事なく過ぎた。だが事件は私の予期通りこんな中途半端で終焉したのではなかった。最も悲惨なかつ奇怪な大詰が目の先に迫っていたのだ。

三月十日の午後である。卒業試験の最後の課目は午前で終った。私の手許には卒業論文の草稿が既に出来上って清書するばかりになっているし、卒業実験のデータは略々《ほぼ》完成しあと僅か一二回の実験を残すのみである。呈出期限の三月二十日までまだ相当期間があるのでほっと肩の荷が降りたような気持で製図室でゆっくり実験データの整理をしていた。そのとき医学部から電話が掛って来た。倉田医学士からである。今夜寮に遊びに来ないかという。大学では教室別に学年末慰労会を行うところが多い。教授、助教授、助手連中は学年末試験が終って学生が暇になる頃から急に忙がしくなる。試験答案の採点、卒業論文や実験報告の審査を行う傍ら、入学試験が行われその整理に日夜忙殺されやっと終った頃にはもう新学期が始まるのだ。一年を通じて恐らく一番多忙な時期である。そこで学年末試験と入学試験の僅かな空白の時間を割いて上は主任教授から下は助手、事務員、小使に至るまで一席を設けて一ときの歓談を尽して慰労会を兼ねるのである。一応は席が開けた後でも気の合った二次会を計画し、好きな方面へと延ばすことは他の例に洩れない。解剖実習教室でもこの日の夕刻早々から慰労会が行われるが勝部の事件があって以来どうも教室の気分がちぐはぐでしっくりしないのであまり乗気はせぬが、ひとまずは礼儀として顔を出し早目に退散しあとは寮に帰って水入らずでゆっくり飲みたいとの意向であった。元来二次会というものは、一次会で気分よく調子が進み、そのままでは何となく名残惜しいときに行うべきもので、ちぐはぐな気持のあとでしけ込んだ二次会は得てしてお互に悪酔をして収拾がつかなくなるものだ。倉田はこの辺の事情をよく心得ているとみえてこの意向は倉田らしい周到さである。私にも卒業と同時に大阪の地を去るという感傷がある。この期を逃しては明日からでも忙がしくなる倉田とは当分ゆっくり話す機会もあるまいと思ったので快く招待に応じた。

約束の七時に少し遅れて難波駅に来てみると倉田は首を長くして待っていた。日暮から降り出した雪降りの氷雨がしょぼついていて三月にしてはひどく寒い夜だった。宴会帰りにしてはあまり飲んだ形跡はないが両手に一本ずつ下げているのは十二年ものらしいサントリーの角瓶であった。

「こりゃ凄い！　こんな寒い夜にはお誂え向きだね」

根が好きな私の相好は独りでに崩れる。勝部も居ればなあとふと思った。

「教授組は一足先に気を利かせて退散してくれたので僕も続いてドロンをきめこんだわけさ。若手の連中はまだ盛にやっている頃だよ。さあ、早く帰ろう。君の好きなチーズは昨日仕入れておいた。それに温室物のとっておきのセロリもあるんだよ」

これは全く素晴らしい。セロリは勝部も大好物であった。酔ぱらって飛込んだ十銭スタンドでありもせぬセロリを寄越せといって管を巻いていた勝部の姿が眼に浮ぶ。彼も酔ぱらったときは極めて俗人らしく振舞った。恋人の唾が汚い勝部には十銭スタンドの不潔は耐えられぬはずじゃないかな。あるいは強いて俗人を粧っていたのか？　それともウイスキーは消毒剤だとでも言うつもりか？　科学的合理性と俗人的不合理性、彼はこのヂレンマに深く悩んでいたようにも思える。

二人が大急ぎで危うく間に合ったのは折よくS駅止りの普通車であった。飛び込むや否や扉が閉って発車した。七時二十分である。電車は空いていて端まで一望に見通せた。と、同じ車の前の方にK教授とY助教授がいるではないか。倉田より一足先に料亭を出たというから大分早くから乗込んでいたとみえる。こちらで気が付くと同時に向うでも気が付いたらしい。倉田は軽く会釈し向うでもこくりと頷いた。何等他意のない自然な目礼のやりとりである。幸に向うもぺヤならこちらもぺヤだ。わざわざ傍に行って話相手になるほどのその場の空気ではなかったので吾々は飛乗った後部扉の直ぐ横に腰を降した。

「主任はY助教授を招待したらしいね。珍らしい事だよ。やはり誰でも同年輩級で同じような考えを持った相手が良いんだね。主任しかり僕しかりだ。僕達も楽しむつもりだから先生方も充分御歓談のほどをだ」

倉田は上機嫌であった。私も小半刻後には素敵な小宴が開かれる予定の居心地良い倉田の部屋を思い浮べて北叟笑《ほくそえ》んでいた。勝部の部屋と違って常に整頓された小ぢんまりと気持の良い部屋なのだ。

だが運命はこの心楽しかるべき小宴を吾々に与えるの寛大さを示さなかった。僅か三十分の後遂にこの一聯の事件の大詰ともいうべき最大の奇怪事が突発したのだ。

電車は終点のS駅に着いた。難波から十五分だから七時三十五分頃であったはずだ。線路の東側に沿った細道を約三〇〇米戻れば北一号の踏切――それを西へ渡って約三丁で寮に着くのが帰りの道筋である。一足先に改札口を出た教授達は約二〇米先方を低声で話しながら緩くり歩いてゆく。吾々は間隔を保って同じような速力で続く。別に他意あったわけでないがその場の成行として当然こうならざるを得なかった。氷雨はまだしょぼついていたが暗くて危い足許を無理して急ぐほどの事ではない。傘を持っていないが厚い外套に手を突込んでソフトを眼深に冠っていれば春の氷雨など問題でない。

「濡れてゆく春雨にしては少し無風流な恰好だな」

倉田はウイスキーで膨れ上った外套のポケットを押えて苦笑いをする。全く暗い夜だが足許は数多い信号灯の反映で何とか見分けがついた。

殆んど踏切近くに来た時であった。下り線に近付いて来る警笛を聞いた。隣駅もこの踏切からさして遠くはない。通過した模様だ。急行だ。吾々の乗った電車より十分遅れて七時三十分に難波を出る急行がある。急行ではここまで十分余り、もう来る時分だ。こう思って見直したとき、教授達の話声がぱったり途絶えて二つの影がよろよろと縺れるように踏切によろめき出た。

「おやっ!」私の心臓がギクリとした。倉田が大きく私の肩をつっ突く。表情は見えぬがただならぬ気配!電車はカーヴに掛ったらしい。さっと一閃、ヘッドライトの光芒が斜に視界を追って線路に平行な家並を横薙ぎにして近付いて来る。轟々たる車輪の響き。倉田が駆け出した。私も続く。電車はカーヴを廻り終った!踏切まであと五〇米、ヘッドがさっとこちらを向く。あっ!大変だ。踏切の真中に棒立ちになった二つの黒い影が射るようなヘッドの閃光を背景に鮮やかなシルエットの尾を曳く。

「大変だっ!」二人は悪魔のように迫る電車に魅入られたかのように縺れながら走った。どうという分別があったわけでない。咄嗟の場合助けねばならぬという無意識に近い動きである。けたたましい警笛が鳴り出した瞬間、倉田の身体はひどくよろけてどっと道端に倒れた。そのとき私も急に得体の知れぬ眩暈を覚えて倒れそうになった。いや倒れたのかも知れぬ——そのとき私ははっきり見た。間近に迫ったどぎつい光の中で二つの影が躍り上って線路の反対側に逃げ出そうとしたのだ。跳び出したか?轢かれたか?強いヘッドに眩んだ私の目には見分けがつかなかった。下り急行が咆哮する怪獣のようにブレーキを軋ませて眼前を通り過ぎた。車輪から花火線香が迸り鉄の焼ける臭がプンと鼻を衝く。急行は最後部が踏切から五〇米ほど行き過ぎたあたりで停った。

文字で書けば長いようだが実際はアッと思う間の出来事である。カーヴを廻り終って踏切までは恐らく十秒足らず、踏切を過ぎてから停車するまで二十秒前後で、僅々三十秒ほどの間の出来事に過ぎない。吾々はそのとき踏切から二〇米ばかり手前にいた。私と倉田は先を争って線路にかけ上る。

「おい!　あれだ!」と倉田の上ずった声。下へ約二〇米の上り線の上に黒い塊が蟠《わだかま》っている。大急ぎでかけよる。上り線の青い信号灯に照らされて伸びていたのは紛れもなくY助教授であった。坊主頭から滾々《こんこん》と溢れ出る血が顔面半面をべっとりと染め青い光の作用で気味悪い紫色に映える。オーバーがずたずたに裂けて下半分がちぎれているが五体は完全で肩が大きく痙攣している。

「ああ、生きている！」思慮を失った私は思わず抱き上げようとして、倉田の一喝を喰った。

「無茶をするなっ！　どこの骨が折れているかもわからないじゃないか！　担架に移してそっと運ぶんだ」

運転手と車掌が息を切って駆けて来た。閉め切っていた電車の窓が片っ端から上って乗客の顔が鈴成りになる。車内燈であたりは少し明るくなった。

「一人は無事に線路の外に転がり出し、一人は引掛けたようです」と運転手はかすれ声でおろおろと言う。新米らしい若い男だ。

「これは転がり出した方ですか？　引掛けた方ですか？」と倉田の鋭い反問。運転手には判定がつかぬ様子であった。

吾々はこちらばかりに気をとられてもう一人の所在をうっかり忘れていた。

「主任教授はどこなんだ。轢かれたんじゃないだろう？」

倉田の声に驚いてあたりを見廻したが人が轢かれた様子はなく電車の附近にも線路の上にもそれらしいものが見当らないのだ。

だが何の気なしに踏切の方を振返った私は思わず声を立てるところであった。黒い影が蹲っているのだ。約四〇米の彼方信号燈の淡い光では何者とも見分けがつかぬが紛れもなく人が半腰になって蠢《うご》めいている様子だ。倉田もそれを認めたらしかった。

「くそっ！　あいつだ！」倉田に続いて私も走り出す。その時黒い影は脱兎のように跳躍して線路から消えた。驚くべき素早さで二人が踏切に達したときは既に影も形もなかった。逃げ去った方の側は小さい路地を縦横に巡らした小住宅の一劃である。その迷路に逃げ込まれたのでは追跡の仕様がない。

K教授は踏切の直ぐ北側の上下線の間に細長い長軀を横たえていた。怪しい黒影が蹲っていた場所の直ぐ傍である。足高蟹のように長い両手を頭の前方に投げ出して俯伏せっている。薄っぺらな胴体は踏切の敷板に遮られて下の方からは見えなかったのだ。前額部に相当な打撲傷があるだけで他に外傷はなく単に失神しているだけであった。奇蹟的に線路からとび出し倒れざまに命拾いをしたわけであろう。

遠眼であったから、しかとは言えぬが怪しい影の蹲っていたのはK教授の上でなく下り線路の間であった。倉田が以前に見た黒影を私は勝部の奇矯な血液採取と結びつけて考えていたがこの度はそうは考えられぬ。K教授の身体からは殆んど、血が流れていなかったのだ。私は附近の下り線路の間を探して一つの異状を発見した。踏切から北へ約五米、枕木の数にして十本目のあたりのバラスに一度掘り返してあわてて埋めたらしい形跡があるのだ。その跡の雨に濡れ方の少いのを見るとたった今掘り返されたものらしい。（註、謎の水晶片があった位置である）さきほどの怪人物は血の採取をしたのでなくこの地点を掘返していたのだ?! これは非常に重要な発見だったのだが、この時はあまり問題にする余裕がなかった。吾々は何を措いても二人の負傷者のあと始末を急がねばならなかったからだ。

もう一つ附け加えたい事は、踏切の端に下り線用の信号機が北向きに立っているのだが、その赤い光を追って怪しい影が消え去ったとき、その男？ が小さい箱のようなものを小脇にしていたように見えた。瞬間に網膜を横切った影の話であるからあるいは眼の誤りであったかも知れぬが私の先入眼を以てすれば勝部であったような気がせぬでもない。

またあの眩暈は何としたことだ？ 私は軽い貧血症で眩暈を起すことは時々あってその感覚はよく知っているつもりだが、こんな奇妙な感じの眩暈は未だ嘗て経験したことがない。意識よりも身体の自由を先に奪われるあのもどかしい不快さは唯事とは考えられない。

S駅から応援に来てくれた駅員の扶けを得てひとまず負傷者を寮へ運んだ。応急手当をするのには外科の助手連中も居り一通りの応急薬も揃っているからだ。附近に碌な病院はないので大学病院に電話して救急車の来援を得て二時間の後には無事に大学病院に運ぶことが出来た。教授は前額部に打撲傷を受けた外は大した負傷はなく一時は失神から覚めたが、精神的疲労甚だしく再び昏睡に陥った。危険は全然無いとのことであった。

一方Y助教授の側頭部の裂傷は存外に大きく頭蓋骨をつき破って脳まで達していた。その他全身に二十数個所に及ぶ打撲傷が発見された。吾々の目撃したところと運転手の話を綜合して判断すると事故の模様は次のようなことになる。

二人共踏切間際で例の無意識状態に陥って夢遊病者のように電車に惹き寄せられてゆく。電車が目前に来て始めて気が付き周章《あわ》てて逃げようとするK教授は間一髪逃れ得て上下線の間に倒れそのまま失神する。Y助教授は電車のどの部分かに――車軸外側のベアリングケースの角、あるいは車体フレームの突起部——オーバーの裾を引掛けられ横倒しになって引摺られ身体がすっ飛ぶと同時にオーバーの下半分がちぎれたため轢かれるのは辛うじて免れたがひどい打撲傷と裂傷を負ったものと考えられる。

吾々はこの夜病院につききってまんじりともしなかったが、Y助教授はその明方に遂に息を引取って四十二年の生涯を閉じたのである。

昨夜は事が急を要したため詳しい状況を当局に説明する暇もなく負傷者の手当に忙殺されていたので、今日は状況を事故調査官に報告しなければならなかった。本堂由起子の時は倉田は不可解な前後事情を胸に秘めていたがこの時は一部始終を詳しく話した。しかし吾々が期待したほどに係官の注意を惹いたとは思えない。少くとも自殺という見解は全事件を通じて影を薄めたが、所詮は過失致死ということに落着くのである。

今夜はY助教授の通夜が行われる。倉田は疲れた身体に暫しの休息をとるべく寮に帰ると言う。私は彼を送ってゆくことにした。私も彼に劣らず疲れている。意地汚い話であるが寮に置き放しになっているサントリーに無上の魅力がある。気付けに一杯ひっかけてぐっすり眠りたいのだ。電車で帰る気力はとてもないのでハイヤーを拾った。午後一時を少し廻った頃であった。だが完全に祟られた昨日今日であった。運命は暫くの休息すら吾々に与えようとしなかった。寮ではまたしても思いがけぬ怪事件が待受けていたのだ。

ハイヤーが寮の前に横着けになったとき、管理人の妻君が転がるように飛出して来た。今年たしか五〇歳になる物静かな老婦人であるが平生の落着きに似合わず顔色を失って逆上しているのだ。

「倉田さん、大変です。勝部さんが自分の部屋で死んでいるのです。皆さんは留守ですし主人は今警察に届けに行っております。私は怖くてどうしてよいか判らず困っていたところでした」

倉田は一尺ばかりとび上り私は腰が抜けたかと思うほど驚いた。三ケ月ほど前に無断失踪した勝部が今頃自分の部屋で死んでいるとは何事だ。吾々は人気ない廊下をどたばたと走って勝部の部屋に駆けつけた。勝部はソファの上に眠るように横たわっていた。ソーファもテーブルもきちんと片付いた位置にあり勝部にしては珍らしいことだ。覚悟の自殺？　一眼見て、そんな気がした。

黒い背広の上に白い上っ張りを羽織り手足を揃え下半身には羽蒲団を掛けている。ざんばら髪が痩せ衰えて一段と線の鋭くなった白い印象的な頬にまつわりついて凄惨な感じを与えるが何等苦悶の表情はない。屍体の外観や手足の模様を逐一調べていた倉田は、自殺らしいこと、時期は昨夜深更であることを確認した。いくら法医学士の倉田でも検屍官の到着までは勝手な真似は出来ないのでこれ以上の詳しいことは判らなかった。

K教授の言った通り大学当局では勝部の辞表を正式に受諾していないため、在籍者として取扱われ部屋は鍵をかけてそのままにしてあったのだ。部屋は、昨日までは異状はなかった。昨夜負傷者の応急手当でごたついていた隙に入り込んだか夜半遅く忍びこんだかであろう。勿論勝部は鍵を持ったまま失踪していたのだ。この部屋の扉は、建てつけが悪く柱との間に隙間があるので外から一見して鍵の開閉がわかる。今日の昼過ぎ管理人の豊川老人が勝部の部屋の前を通りかかった際、鍵の外れているのに不審を起して屍体発見となったものである。

勝部の死は医学部の各方面に大評判を惹き起した。外見の自殺らしさに拘らず遺書らしいものが見当らぬので一応は型通り解剖に附せられた。法医学教室のスタフは総倒れの形なので臨時に病理学教室の責任下で行われ、遺書のないところからまたしても奇態な問題があるのではと期待したが案に相違して睡眠剤嚥下による平凡な服毒自殺であることが判明した。カルモチンのような睡眠剤で死ぬことは往々にして失敗する。量不足では睡眠に陥るだけであるし過ごすと生理的に吐き出してしまう。だが彼はその辺には心得のある医学士だ。見事に適量の服用によって一番苦しみが無いと言われる死に成功したわけである。

勝部は何のために自殺したのだ？　嘗てはK教授と悶着があって失踪し、偶々K教授が不慮の災禍に遇った夜に自殺するこの暗合は誰しも一応は疑ったに違いない。しかし誰がその背後の秘密に気付き得よう。勝部の失踪後ばたばたと起った一聯の怪轢死事件の真相を大いに怪しんでいる倉田さえもこれが勝部と関係があるとは思ってはいまい。教授達の奇禍が過失と断定されたのと同程度の不用意さで勝部の死は単なる自殺として動機を克明に追求されることになしに終ったのだ。

私は事件の都度々々常に謎の中に勝部の姿を結びつけて解釈してきたのであるが、これは私の先入主にする附会であろうか？　私はそうとは思わない。第一事件の顚末などはY助教授が指摘したように勝部と切離しては解決がつかぬはずでこれは既に当時の関係者も斉しく認めている。これに反して第二事件以降は若干不鮮明な点を残しながらも結局は常識的な解釈が与えられた。私を除いて勝部との関聯性を疑っていた者はいない。

だがみよ。勝部が死んで八年、S駅北一号踏切にはその後運転手に疑惑を起させるような轢死事件は一度も起っていないではないか。

だが私も科学者の端くれだ。直観や状況証拠ばかりで勝部と事件の関聯性を主張するのではない。直接証拠とまでは言えなくても相当な物的証拠があってのことだ。例えば八年後の今日北一号踏切の現場で偶然発見した水晶の小片は有力な物的証拠の一つで私の解釈の正しかった事を裏付ける結果ともなった。いよいよ八年間も陽の目を見せなかった秘密についてお話しする時期が来たようである。

十六、勝部良平のメモ

三月十二日、医学士会の主催でY助教授と勝部医学士の合同葬儀が行われた。三月十日の夜から始ってまる二晩私は家を空けたことになる。葬儀が終ると私は疲れた身体を引摺ってやっと自宅に辿りついた。ところが思いがけず私宛の郵便物が二つ来ていた。一つは部厚い書籍ようの物の入った書留特殊郵便で他は普通の封書であるが共に「親展」の朱書が入っているのだ。差出人は共に勝部良平となっている。私は大きな驚きに打たれたが封を切る前にスタンプの受付時刻を見ることを忘れなかった。特殊郵便の方は三月十日の午後四時から八時までの間にS郵便局（一等局）で受付けており中味は黒皮表紙の部厚なノートである。勝部良平の発見した諸々の新事実や研究結果を書き留めた虎の巻であって彼が甚だ大切にしていたものである。何故こんな重要なものを私の手に？　この理由は今でも判ったようで判らぬ。私がこのノートの驚くべき内容に長い間陽の眼を見せなかったのは実は勝部の魂胆を測りかねたためでもある。今私が想像しているのは、勝部はこれをうっかり医学士学会に託した場合、再度の剽窃の起ることを嫌って第三者たる私に託して適当な時期に発表するの労を暗々裡に依頼していたのではないかということだ。勝部は必ずしも死後の自分の名誉を欲したのではない。そんな点には恬淡《てんたん》な男であった。彼には剽窃という醜い事態そのものが許せなかったのだ。これが事実なら私は勝部の期待を大いに裏切ってきた結果になるのだが——

ノートが発送されたのは二教授が奇禍に逢った同じ日の午後四時と八時の間である。事件の起ったのは七時半過ぎで現場に現れたのが勝部であると仮定すると（この仮定が間違いないことは、後ほどの研究で判った）時間的にみてノートはどうしても事件より以前に郵便局に受付けられたと考えなくてはいけない。かつこれを送ったということは既に勝部が自殺を決心していたとみてよい。即ち勝部は二教授の遭難を予期していたにしてもよし、企んでいたにしてもその成否とは無関係に死を決していたものと考えられる。この点については他の郵便物即ち封書の内容によって一層明確な根拠が与えられる。封書の内容は明らかに遺書に類するものであったが僅か数行の短い一行をさいてY助教授の死が自分の自決と無関係なことを明言しているのだ。勝部は遺書すら他人には残そうとせず私だけに親展文書で送って来たのだ。恐ろしく簡単だが極めて意味深長なものであった。有り合せの便箋の端くれに前書も後書もなく次のような短い文章が書き撲ってあるに過ぎない。

——事件の真相は君なら正しく判断してくれることを信じる。君に知られるのなら一向差支えはない。Y助教授は気の毒なことをした。御冥福を祈る。だがこれは僕の自決の理由ではない——

全くの走り書きである。スタンプによると三月十一日の午前八時の受付けになっている。勝部の死んだのは十日の深更か十一日の早朝の真夜中だ。すると彼が死ぬ以前、それも十日の最後のポスト開扉の行われた午後八時以後に投函し翌朝の最初の開扉によって受付けられたことになる。それはともかく、「Y助教授の御冥福を祈る」という奇怪な一句を見逃してはならぬ。Y助教授が死んだのは十一日の早朝で勝部よりも後だ。この事はY助教授の負傷がとても見込みのない重傷であることを勝部が知っていた事を意味する。勝部が事故の現場を目撃したか、寮で応急手当中にこっそり状況を探知したかのどちらか、あるいは両方ということになり、何れにせよ事件前後勝部が吾々の極く近辺に潜んでいたことの証拠に外ならない。即ち現場に現れた黒影は恐らく勝部だったのだ。

　こう考えて再び遺書に注意してみると、極めて乱雑な走り書が気になる。始めから書くつもりの遺書ならもっとちゃんとした紙や封筒を用いて何とか勿体をつけそうなものだ。いかに不精な勝部でも死に臨み最後の言葉を遺す厳粛な瞬間にそぐわない態度だ。かつ文面全体から受ける感じではY助教授の重傷という予期せぬ事態に直面してあわてて書き遺した言い訳状とは考えられぬだろうか？　Y助教授が寮で応急手当を受けたのが八時過ぎなのだから書かれた時刻が丁度符合する。そうするとY助教授に生命の別条がなかったらこの遺書さえも書かなかったに違いない。研究成果の虎の巻だけを何の註解もなしに私宛に送って死後を清算しようというわけだ。あまり世にある例ではない。私は最初は勝部がわからぬままにこの黒皮表紙のノートを手にして途方に暮れたものだ。だが勝部は往々にしてこの種の茶気を弄したことに思い到ってやっと彼の求めた点に気付いたのだ。要するにこのノートを読めというのだ。かつ研究してみろというのだ。そうすれば私を悩ました謎の真相がわかるだろうという事を暗示しているのだ。私は読んだ。読みに読んだ。極めて特殊な専門的事柄が多く理解出来ぬ点が多かった。文字で書かれた部分より数式や化学記号で書かれた部分がはるかに多く謂わばこの方面の知識ある者にだけ通じる暗号に変りないのだから——

　内容は単に理論と実験成果の羅列でどの部分が今度の事件と関係があるかを格別に示してはいないが、私も方面こそ違え一個の科学者だ。遂に驚くべき暗合を数ケ所探り当てたのだ。私はその個所に、大きいマークを施した。勝部は何故胃液採取をしなければならなかったのか？　何故腎臓を抜いたのか？　第二事件以降の奇怪な連続轢死事件の正体は？　こういった鍵の解決を暗示する部分をはっきりと抽出することが出来たのだ。就中《なかんずく》、連続轢死事件は最も悲惨なかつ不倫な出来事で私はその真相を口にするのも恐ろしいのだ。私の推定に誤がなければこれは恐るべき連続殺人事件である。だが果してこんな事が可能なのか？　可能だからこそ起ったのだが当時は半信半疑であった。その後八年、途中に恐るべき戦争が挟まり私も一技術者として従軍し種々経験と見聞を重ねるうちに略々確信を得るに至った。就中、終戦後巡り合った水晶片がいよいよ私の推定を確定的なものとしたのだ。あの水晶片こそ絢爛たる連続殺人傷害事件の中心をなしたものであった。読者諸士は果して今これを信じ給うや？　遺書の中の一句、「君に知られるのなら差支えない」という婉曲な部分が妙に気になって他言を差控えてきたが真相の推定に確信もついたことであるし、世は民主々義となって勝部良平の奇矯なる思想と隠れたる恐るべき犯罪も明るみに出て輿論の批判を仰がねばならぬ時期になったと考えられる。では順を追って私が推定し得た結論を一切ぶちまけてしまおう。

まず総ての事態は副腎ホルモンについてK主任教授と勝部良平の間に起った激しい確執に端を発している。彼のメモによると勝部が取上げたテーマというのはアドレナリンの持続性に関する研究であった。アドレナリンは副腎より排出されて後どれほどの時間血液中に保持されているかという点である。アドレナリンによって惹起される生理現象即ち心悸亢進、発汗（冷汗）、瞳孔拡大等は短時間で鎮静するが、効果の持続性の短いことをどう説明すべきであろうか？　常識的に次の三つの場合が考えられる。

第一にアドレナリンは存在する限りは持続的効果を有するが血液中にては非常に不安定で短時間に分解消失するという考え方。

第二にアドレナリンはさほど簡単には消失しないが作用が衝撃的で排出された瞬間に急作用を示し後は惰性のみが存するという考え方。

第三にアドレナリンは持続性作用を有しかつ新陳代謝によって体外に排出されるまでは持続的に存在するが人体は直ちにこれに対して麻痺状態となり効果を持続的に感知しないという考え方である。

K教授に学位を冠した有名な論文は一見無益であるかの如き副腎ホルモンが生理学的にどんな価値を有するかという謎を解明した一つの学説である。この問題は全面的に学会の支持を得た定説とまではなっていなくとも甚だ卓抜した着想が見られる。人間の身体には不用なものは一切無い。退化器管である盲腸も嘗ては必要であったことを示し、今日でも人によっては未だに盲腸が消化作用を営んでいる例も相当沢山見出されている。このような人体完全有用説の立場に立って、副腎ホルモンの効用を常識的俗説の域を越えて解明したのがその学説の骨子だそうだが、教授はこの説を樹立する際アドレナリンの存在と効果の持続性について第一の場合を採用している。

科学的論説には出来る限り仮説が少なくなければいけない。根本に窮極的な仮説を必要とするのはあらゆる学問の常であるが、特に自然科学はこの点が重要で仮説を立てれば出来得る限り実験によって確認しなければその学説の価値は低い。この意味でＫ教授の学説も根本仮定であるアドレナリンの持続性の実験的確認について未だ多くの余地が残されているのだそうだ。無論Ｋ教授も出来るだけのことは行ったに違いない。しかし一見して判る通りこの実験には生きた人体をサンプルにする必要がある。薬品の効果試験でないからモルモットや兎では役に立たぬ。類人猿等は大いに利用価値があるだろうが、これは生きた人体より更に得難いものだ。所詮は施療患者の臨床実験に頼るのが唯一の方法でそれもあまり思いきったことは出来ずせいぜい血液採取が関の山である。かつ血液採取に先立って患者をアドレナリンを排出する状態に置く、即ち驚愕その他の精神的刺戟を人為的に与える必要があるが、これは言うべくしてなかなか簡単に出来ることではない。無理に行えばいかに施療患者とはいえ人道問題を惹起する。この事情を考えるときＫ教授も根本仮定の験証に充分の実験が出来なかったのは当然で、これがその学説の一大弱点になっている公算が大きい。勝部が着目したのはこの点であった。といって決してＫ教授の学説にけちをつけて挑戦を行ったのではないのだ。むしろＫ教授にも更に突込んだ研究の便宜になる巧みな血液採取方法を思いついたに過ぎない。被手術患者は手術の大小に応じて全身麻酔あるいは局部麻酔を受ける。全身麻酔の場合は自分の身体が切開されるのを知らないのだから神経の興奮によるアドレナリンの排出を見ないが局部麻酔の場合は如何？　経験者ならご存じのはずだ。自分の身体が切開されようとしている。痛みこそないがメスがヒヤリと肌に触れた瞬間、ギョッとして身を竦め心悸の亢進を覚えぬ人があるだろうか？　即ちアドレナリンが排出されているのだ。この血を即座に採って間を置かず実験する。一方全身麻酔患者の血も併せて比較実験すれば益々理想的だ。労せずして行える簡単な資料の蒐集方法で人道問題を気にしながら施療患者に驚愕を与える必要など毛頭無い。勝部がＫ教授に願い出た被手術患者の血液採取の意味はここにあったわけだ。しかしこれだけの事なら、勝部が口を緘した理由が判らない。極めて巧妙な思いつきでＫ教授にも大いに助けになる着想なのだ。畢竟、勝部が実験内容の説明を拒否した理由は別にある。即ちK教授の採用した仮定がもし間違っていたとしたら便利な実験方法を提供する事はとりも直さず教授自身の手で自説の破壊を促進させるに等しい。理想をいえば科学者は自説の正否自己の名誉等には虚心坦懐ただ真実のみを追求すべきである。だが人間であってみれば名誉心、偏見、意地も湧く。K教授はこの点些か度外れて自尊心が強いのだ。K教授の仮定が間違っていることに自信のあった勝部は、この事情を考慮して口を噤んだに相違ない。

即ち勝部はアドレナリンの存在と効果の持続性については前述の第二乃至は第三の立場をとっているのだ。実験結果の一部がメモに記されているが、それによると勝部の結論は第三の場合になるらしい。即ちアドレナリンは血液中に相当長く存在し効果も持続するが人体の方が直ぐ麻痺状態に陥る（嗅覚神経のように）という見地である。日常にあまり経験することでないが大驚愕や大恐怖が短時間に続けざまに起ったような場合、神経はその都度興奮しているに係らず肉体的現象は最初に起るだけで刺戟の度毎に更新されはしないという事実はこの見解の肯定的資料となる。

（註　この現象を肯定的資料と考えるのに対して次のような反駁が当然期待される。

連続的に排出されるアドレナリンの量には限度があり最初の一二回の刺戟で全部が排出し尽されるためあとが続かず若干の後、再び副腎中にアドレナリンが生成蓄積されるまでは刺戟が起っても排出不可能である。即ち肉体がアドレナリンに麻痺するのでなく連続排出するだけの分量が無いのだという反駁論である。この反駁論の正否を確かめるには平常時副腎中に貯えられているアドレナリンの総量を是非知らねばならぬ。一回の刺戟で排出される分量と総量の関係から反駁論の正否が判定されるわけである。勝部が轢断屍体から副腎を抜取った不可解な動機は将にこれに違いない。勝部の立脚体の正否を検する上に是非とも必要な貴重な資料だったのである。自然凍死したルンペン。死の直前にアドレナリンを消費するような事態が起ったとは考えられぬ。その副腎中には普通の成人が平静時に有するべきアドレナリンの総量が正確に存在したとみるべきで当《まさ》に絶好のサンプルである。

さて以上が副腎抜取りの動機であってみれば極めて良心的な学究的追求心の現れとみるべく、あれほど秘密にする必要はなさそうだ。屍体轢断事件の手のこんだ廻りくどさは副腎抜取りを隠蔽するために勝部が智慧を絞って企んだ作為であったことはまだ記憶に新しい。何故そんなに発覚を恐れた？　以下追々明白になるが、全事件を通じて総ての謎はアドレナリンにある。「勝部は失喪後隠れてアドレナリンの研究を行っている」――副腎抜取りはK教授に直ちにそう断定させるに違いない。これが導火線となってその後の怪事件が総て勝部の仕業だと暴露される――勝部はそれを恐れたのだ）

勝部が以上のような立場に立脚して研究しようとしたのはK教授の生理学上の問題とは全然別個の方面であった。

血液中には相当長時間アドレナリンが残留する。生体中では新陳代謝によって割合に早く体外に排出されるが、新陳代謝の無い屍体では死亡時に存在したアドレナリンが自己分解を完了するまで残存するわけである。アドレナリンも一種のホルモンである限り他の例に洩れず自己分解をするにしてもさほど不安定な物質ではない。メモによると勝部は相当適確なアドレナリンの検出方法と定量測定法を得ていた様子だ。勝部はこの現象を法医学上の見地から犯罪捜査資料獲得の一助にすることを思いついたのだ。即ち次のような工合に利用するのである。

謎の屍体が発見された。他殺か自殺か過失致死か？　死亡時刻は？　死因と死亡時刻の確定は犯罪捜査の二大出発点である。

まず死亡時刻について。死亡と同時にアドレナリンの生成は停止する。従って体内のアドレナリンの総和は時間の経過と共に自己分解によって減少してゆく。この自己分解量を測定して予め実験によって確かめられた「自己分解量対経過時間対照表（カリビュレーションと呼ぶ）」と照合すれば所要の経過時間を得るわけである。このカリビュレーション・テーブルを作製するために勝部が轢死体から採取した血を利用して血液中のアドレナリンが時間の経過と共に減少する模様を測定したらしい資料がメモの随所に見出される。記録の日附は彼の失踪以前になっているからこの驚くべき斬新な研究は彼の乱雑な部屋の半分で行われたものなのだ。

（註　死亡時刻推定の原理は説明すれば以上のように簡単だが実際行うとなると色々と問題が起る。まずある屍体についてアドレナリンの自己分解量を知るためには死亡時に有していた総和と屍体発見時の総和の両方を正確に知って差を求めねばならぬ。死亡時あるいはその直前に体内にあったアドレナリンの総和は副腎の内容量と一致するはずである。即ち全量が排出にあってもあるいは一部分が既に血液中に排出されていても総和には変りない。従って要は副腎の容積を測定することである。この測定を出来るか出来ぬか論より証拠、実際にやってみる――勝部の副腎抜取りはこんな処にも一つの狙いがあったわけだ。

次に屍体発見時のアドレナリン総和である。これには色々と厄介な問題があるがよく注意さえすればさほど困難ではない。静かなる死（覚悟の自殺等）の場合はアドレナリンは副腎の外部には出ていないから屍体の副腎に残った分量を測ればよい。波瀾を起した死（他殺の大部分）ではアドレナリンの一部分あるいは大部分が血液中に排出されかつ死まで若干時間があったとするとその一部は既に新陳代謝により尿中に移っているかも知れぬ。しかし被害者が放尿さえしなければ、（他殺の場合はこんな余裕は恐らくないだろう）副腎に残った量と血液及び尿中にある量の総和が求める値である。他殺の場合は血が大分流れてしまっているから血液中の総量は測れないと思う方があるかも知れぬがその心配は御無用だ。馬鹿正直に総量を測るわけでない。一定分量の血液中のアドレナリン量をまず測定し、次にその屍体の全血液量を推算してあとは計算で求める。（全血液量の推定は心臓の大きさや血管の太さをもとにして相当正確に推算出来る）

さて死亡時刻推定には老練な検屍官の目子法も馬鹿にならぬし、科学的正攻法である乳酸測定法もあることだから手数の掛ることと正確度の上では大差のないアドレナリン法は必ずしも出色の着想とはいえぬ。勝部の註釈によるとこの方法はY助教授の乳酸法に比べて死後経過時間の長い場合に精度が良好というからこれが特色といえば特色で両者を兼用すれば理想的な結果が得られるだろう。だがアドレナリン法は死亡時刻よりむしろ死因推定の上に極めて斬新奇抜な方法なのだ。その論法は物質科学的でなく、心理科学的である。

勝部は実験心理学的な立場から血液中のアドレナリンの有無と自殺、他殺あるいは過失致死の関係についてなかなか突込んだ達見を持っていたようだ。彼は色々な場合についてこれを論じている。

まず原則として自殺の場合は方法いかんによらずアド

レナリンは排出されていないと断言して差支えない。その理由としていざ死ぬという間際に自分の運命に興奮して神経を張り詰めたり動悸を打たせたりしていては絶対に自殺出来ないというのだ。ピストル自殺でも鉄道自殺でも投身でも縊死でも瞬前の心境は極めて平静なはずだ。平静というよりも夢遊状態に近い自意識喪失即ち虚脱状態であるという。読者の中に自殺を試みて思止ったり失敗未遂に終ったりした方がもしあればこの辺の事情はお判りのことだと思う。死の瞬前に急に恐怖に襲われ中止したが間に合わずに死んだような場合は精神動揺によってアドレナリンの排出を見るかも知れぬが、これでは自殺とはいえない。むしろ過失致死だ。依てここに一つの命題を作る。

「自殺の場合はアドレナリンを排出せぬ」

論理的命題の逆は、必ずしも真ではない。実際問題としては逆の成立せぬ法則の方がずっと多い。この命題でも実概念が周延していないため当然逆は不真だ。

「アドレナリンの排出なき場合は自殺なり」とは断定出来ない。一例として被害者が危険を自覚する暇もなく一撃で殺されたような急激な他殺の場合はやはりアドレナリンの排出なき場合に包含されるからである。しかもこんな他殺は決して少いとはいえないのだ。

従ってアドレナリン法は自殺他殺の判定に用うるときは、慎重に注意しなくてはいけない。本命題の対偶はそのまま採り、逆には条件をつけ選言的結論によることによって次の二つの判定法則を得るのだ。

対偶「アドレナリン陽性の場合は自殺に非ず」

（註、自殺に非ずとは他殺あるいは過失致死を意味する）

逆「アドレナリン陰性の場合は、

一、自殺であるか

二、被害者の気付く暇のない地殺か

三、被害者の気付く暇のない過失致死か

の何れかである」

勝部は覚悟の自殺であるのか過失による災禍であるのか不明な轢死事件の科学的判定法としてこの法則を利用しようとしたのだ。この当時は轢死が覚悟の自殺でない事が明らかな場合はたとえ本人に若干の不注意があったにせよ電鉄会社は遺族に弔慰金を出したものだ。当時としては相当多額な金であるため、自殺か、過失致死かは常に悶着の種となった。公平な第三者が目撃していることは少く唯一の目撃者が会社側に属する運転手である。運転手としても自分の不利になる証言は当然避けるだろうから死人に口無しで轢かれた者の立場は不利になることが多い。当局でもこの傾向には充分気付いていて適確公平な判定方法の確立を要望する声が相当に高まっていた時期であった。この実用的要求に刺戟されたため許りではなかろうが勝部の一事狂《モノマニヤ》的な熾烈な探究心がこの問題に集中されていたのだ。

　勝部は自分の樹立したこの法則を轢死事件に応用して誘導した結論を実際の轢死事件の結果に照らして法則の正否を確認しようとしたのだ。ある仮定、学説あるいはそれより誘導された結論を実験あるいは実例によって験証する。科学の常道だ。

　鉄道自殺者は例外なく精神虚脱状態にあるため血液中にアドレナリンは見出せぬに反し、過失轢死者は電車を間近に見た瞬間あるいは轢かれる直前の驚愕によって確実にアドレナリンを排出しているのであって、自分が轢かれた事も知らぬほどに急激な轢死は恐らく有り得ないという主張である。この主張の正否は轢かれた死んだ者に尋ねるわけにもゆかないから血液実験を行うより外に確認の方法はない。勝部が轢死者の血を求めて血妖変質者さながらの異物蒐集を行ったのは実験資料を得るためで猟奇趣味ではない。尊いまでの科学者の熱情だ。

（註　アドレナリンによる死因と死亡時刻の判定法を下山事件にも応用していたら更に有力な推定資料が得られたに相違ない。下山氏の場合、本人に気付かぬほどの急激な他殺は状況としては考えられぬから血液中のアドレナリンの有無はそのまま自殺他殺の判定資料となったはずだ）

　勝部は轢死体の血液分析によってアドレナリンによる判定法の有効なことを大体確認し得たが何分資料は偶然に遭遇する轢死体に俟たねばならない。広い都会で交通事故は日に何件となく起っていても、頂度その場に居合わすことは稀だ。勝部の研究に対する熱情は更に豊富な資料の取得を是非なくし遂に被手術患者の血液採取の件を再度申し出たのだ。予てより知るK教授の狭量さを以てしては教授の学説の根本仮定を危うくする実験を行うことを知らせれば必ず悶着を起すことを懼れて最初のときは口を緘したのであったが、既に自説に対する実験的根拠を得た勝部にとっては眼前にある絶好の実験資料が無為に放棄せられるのを黙過するに忍びなかった。敢然と真実を告げてK教授の反省を促したのであるが、これが遂に救いようのない大衝突を来したのだ。

　私は科学的真理追求の途上に起ったこの不祥事を知ったときK教授個人の狭量を責める前に暗澹たる法医学の前途に胸塞がる思いであった。科学者は往々にして視野が狭く包括力が無いと非難される。私は曩《さき》に勝部の思想を藉《か》りて政治家の悪口に言語を極めたが、科学者の正体がもしこんなものなら五十歩百歩で決して大きな口を利けた義理でない。

　予期した以上にK教授の峻拒に逢った勝部は科学的正道の逼息に心頭より怒を発したのだ。激情ではない。よしそれならばこちらで勝手に資料を製造する！　熱心な余り良識を逸した一事狂《モノマニヤ》の冷静に狂った頭脳の水も洩らさぬ猪突振りであった。辞表を叩きつけた勝部は驚くべき犯罪へと突進して行ったのだ。そして畢竟はY助教授及び勝部自身さえを滅ぼす悲惨な結果となったのだ。勝部の異常な性格もさることながら、この時K教授に一掬《いっきく》の寛大さがあったらこの悲劇は全部避け得られたものをと惜しむことと切なるものがある。

　偶然の轢死体を漁ることのもどかしさに業を煮やした勝部は人工的に轢死事件を発生せしめる驚くべき方法を思い付いたのだ。恐ろしい企みだ。悪魔的な智慧だ。

　このメモに超音波の神経及び知覚中枢に及ぼす影響を論じた恐るべき心理医学実験の一くだりがある。ある特殊な波長帯の超音波、（電波ではない）によって生物の知覚神経、感覚中枢、運動中枢等を麻痺して夢遊状態乃至は被催眠術状態になし得る実験の記録である。多くの動物実験の結果に加えて僅かながら人間を使用した実験の資料すら見えている。勝部は、実験に使った特殊な超音波発振器をS駅北一号踏切の下り線路の間に装備したのだ。バラスの中に埋めたのであろう。位置は踏切より北へ約五米、枕木の数にして十本目あたりだ。踏切際の廃工場の建物に身を潜めた勝部は手ぐすねひいて格好な獲物が近づくのを狙っていたのだ。

　だが彼は発振器をどんな方法で管制したのか？　私はこの疑問を究めんものとその後踏切現場や工場を内密に調査してみた。発振器は最後の事件の起った直後、勝部によって持去られたのだが、――私も倉田も怪しい人影が箱状の物を小脇に信号燈の光の下を通ったのを認めた、――もし遠隔管制用の配線がしてあったとすると、あの夜の短い時間にそれまでを外して持去る時間はなかったはずであるし、工場にも配線を引込んだ形跡が全然ない。ただ工場の塀の線路に面した側の一個所が人間一人出入出来るほどに壊れている。否、壊されている。そこで私の推論は所詮次のように落着く。

発振器は小規模な無線管制によって操作された。小型ながら甚だ巧妙な装置のある発振器に相違ない。工場に隠れた勝部が獲物が来るのを見つけて手許にある発振管制器のスイッチを入れる。放送波を感知した線路の中の超音波発振器が作働を始める。獲物は意識を失ってフラフラと音源に吸寄せられる？　ここに私の想定による甚だ重大な問題がある。ある者は電車が間際に来たとき正気に戻り（大塚君子、本堂由起子、K教授、Y助教授）ある者は最後まで無意識であった（根津芳枝）。これは勝部の手許にあるスイッチ一つで任意に加減出来る現象ではないか！　勝部の実験目的を見給え！　完全な虚脱状態で死んだ自殺者と、瞬前に死の恐怖に襲われた過失轢死者の比較研究ではないか！　勝部には両方の資料が必要であったので、獲物が轢かれた後、直ちに塀の割目から跳び出して轢死者から血を採取する。運転手に見咎められぬうちに姿を消す。第四事件の際は偶々現場近くに居た倉田によって彼の姿が目撃されたのだ。私が寮からの帰途、工場の窓に見たのはやはり勝部の顔だったのだ。新しい獲物を狙っていたのか？

さてそうすると一つの疑問が湧く。即ちK教授やY助教授をこんな目に遇わせたのはどうしたわけだ。三人の女達と同じく血液採取の資料にしたのではない事は明瞭である。勝部が予てからこの世に存在する必要のない牝豚共といって悪態をついていた緑風荘の住人を次々に屠ることは一応は理解出来ても、いかに忿懣の末とはいいながら先輩の科学者を殺そうとは考えられぬのだ。普通人並の怨愛感情によって勝部の行動が羈定されるとは考えられぬ。人を殺してまで実験の資料を得ようというほどに科学に打込んだ勝部が意志疎通せぬ相手とはいい条、やはり優れた科学者であり、結構、世のためになり嘗ての恩師でもある先輩の教授に殺意を抱くとは考えられぬ。勝部が常時口にしかつ実践していた科学的合理主義に依ると感情に左右された判断は事情のいかんに拘らず絶対に許されない。科学的存在価値のある物を個人的感情に圧されてこの世から抹殺するほどの不合理を行うわけがないのだ。この辺の事情は人間の情緒を尊重せられる多くの文芸作家たる読者にはあるいは不可解かも知れぬが同じ穴の科学者である私にはよくわかるのだ。更に勝部の遺書を思い起してみるとき、短い中にもY助教授を殺害する心算がなかった事がはっきりと判る。

　では何のために？　このままでは意味をなさない。その解決はメモの中に見出されたのだ。「超音波の神経及び知覚中枢に及ぼす影響」と銘を打った驚くべき一節の最後に記された短かい註釈が凡てを氷解した。勝部はこの研究の結果をK教授及びY助教授に報告したところ完全防腐剤の場合と同じく一笑に附せられたらしいのだ。「闇に葬られる研究」という絶望的な一句でこの一節を結んでいる。完全防腐剤の研究も勿論このメモの一節をなしており掉尾《とうび》に同じ一句が入っているのを見れば俄然思い当るではないか！　K教授及びY助教授に超音波の神経に対する影響を身を以て悟らしめる二度目の狂言なのだ！　もっとも今度のは一歩間違えば死に到る甚だ危険な茶番劇だが、Y助教授の剽窃は当然勝部も気付いていたとみるべく、こんな点には普通人にもまして潔癖であった勝部をひどく刺戟したに相違ないので、勝部には茶番劇の範囲を越えて無言の制裁を加えるといったきつい気持があったためであるとも想像出来る。

　勝部はK教授がY助教授と一緒に帰って来る絶好のチャンスを逸しなかった。この日には教室の学年末慰労会が行われるのは周知の事実であったからこれを知った勝部は多分このチャンスあるを予期して待伏せたのかも知れない。とにかく二人にこれみよとばかり超音波を浴びせかけたのだ。あとを歩いていた私と倉田は難は免れたが、半分ご相伴にあずかって、得体の知れぬ眩暈だけは頂戴したわけだ。勝部の考えでは二人が充分逃げ出す暇のあるうちに発振器のスイッチを切る心算であったのを、手許が些か狂ったか、二人が期待したほど迅速に正気に戻らなかったの何れかで遂にY助教授が逃げ遅れるという始末になったのだ。


　ところで吾々科学者にとって一番の関心事は勝部がこんな奇妙な研究をした真の目的である。彼は所謂研究のための研究を行う純理科学者ではない。法医学といい心理医学といい目的を人間社会への応用に置いている部門である。それを専攻する勝部であってみればその研究は何等かの実用的意味があるはずだ。人の神経を誑かして時に殺人をするなどという怪しからぬ目的のために敢てこんな手数の掛る研究をしたのか？　いやいやそれは彼がちょっと思いついて応用したまでの話で本当の目的はメモの中に明瞭に歌ってある。彼の狙いは極めて人道的で、「薬品を使用せぬ麻酔方法」であったのだ。薬品による全身麻酔は被手術者に甚だ悪い影響を与える。殊に心臓の弱い人や幼児には危険で悪くすると覚醒しないことがある。それ故中耳炎や骨膜炎のように恐ろしく痛い手術でも幼児の場合は不完全な局部麻酔、時には麻酔無しで行い、手術台に縛りつけられた幼児が死ぬほどに泣き喚いている残酷な状景をご存じの方も多いと思う。勝部はある波長帯の超音波を麻酔薬の代りに使用出来るという想定のもとに動物実験と小規模な生体実験を行って大体の確信を掴み、これを本格的な生体実験にまで持込む段取まで来てあとは実験生体の関係で勝部一人の手に負えぬため、教室主任に報告をして葬られたものだ。

さて次に「音波で神経や知覚中枢を麻酔する」という事が私の作り話で所謂科学小説的虚構であろう、従って勝部良平の話も始めから終まで出鱈目話であると非難されるかも知れぬ方々のために些か紙面を割いて註釈する必要があるようだ。その方の専門でない私が音響物理学者や実験心理学者にでも納得出来るような説明を与え得るかどうか疑問だが、この話が虚構でないことを満天下に示すためにも緊褌《きんこん》一番せねばならぬと勇猛心を振い起そう。

まず勝部は超音波が神経に影響を与えるという着想をどこから得たものだろうか？　偶然に思いつくような性質のものではないのだ。人間の耳には一五〇〇〇サイクルまでは音として感じる。犬は二〇〇〇〇サイクル位まで感ずるそうだ。経験者は御存じだろうが、聴覚能力の限界点にある高い鋭い音、例えば高圧の蒸気が小孔から噴出するときの音などは確かに吾々の神経を病的に刺戟する。あれがもっと高くなるとあるいは神経を麻痺させるかも知れないとは誰でも一応は考えつく。果してそんな現象があるだろうか？　あるとすればどの程度の振動数であろう？　ここまで思い至れば万難を排して実験してみるのだ。これをやるかやらぬかが科学者としての秀逸と凡俗の分岐点になるのだ。実験するのにまず入用なのは超音波発振器だ。未知の現象を求めるためには広い振動数の範囲がなくてはならない。大抵の者はここで辟易する。勝部は敢然とこの困難に挑戦しただけのことなのだ。

超音波がまず実用されたのは潜水艦兵器である水中音波探信儀である。音波でも高周波になると指向性を現わすので、これを利用して、水中に備えた発振器から出た超音波が対象物に衝突し反射して帰って来るまでの時間と方向を測定して、障碍物あるいは敵艦船の所在する方角と距離を知る装置である。発振器は結晶性鉱物のピエゾ現象を利用した所謂水晶発振器と普通の硅素鉄心の電磁振動を応用した電磁歪式の二種類がある。水晶発振器の方が脆弱な嫌いはあるが性能がはるかに優秀だ。

　これで読者も納得されたであろう。勝部が何物かを持去ったと考えられるあとに、明らかに発振器に使用されたに違いない水晶片が発見されたのだ。どんな発振器でも水晶片は自由に振動出来るように軽く挟むだけの構造になっている。急いだ拍子に水晶片の一つが抜け落ちそれが八年もの間、陽の目を見ずに埋もれていたが、偶然に線路工夫の鶴嘴によって掘出されたものである。この発見は大きい。勝部良平から送られたメモを基にして、事件の真相を間違いなく推定し得たという自信はあったがこの水晶片の発見までは物的な直接証拠が一つもなかったのだ。今では私はこの事件の解釈に殆ど決定的な感じを持っている。

　最後に世の実験心理学者各位に問題を提供する意味で是非とも述べておかねばならぬ事がある。私も倉田もはっきり目撃したように超音波の魔術に掛った憐れな被害者は夢遊病者のように踏切まで歩き、踏切の真中でわざわざ向きを変えて電車に？　向った。神経を麻痺されたばかりでなく、木偶のように操られたのだ。この奇怪な現象の真相は？　ただ一度のことならば偶然ともいえる。だが私も見、倉田も見、運転手も見ている。四つの場合に例外なく起っているのだ。勝部が催眠術を弄したのか？　勝部がそんなものを心得ていたはずはないしよしんばそうにしても勝部の位置が遠過ぎる。これを説明するただ一つの合理的な解釈法がある。即ち各被害者は全部音源に惹き寄せられたという解釈である。音源は下り線路の中間で踏切より北へ約五米、被害者の奇怪な運動の焦点とピタリと一致するではないか！　彼等は必ずしも電車の方を向いたのではなかった？？　音源に向ったのだ。しかり。そして電車の方向と音源の方向が一致していたのだ？　否、人為的に一致させてあったのだ？何のために被害者のある者は轢死直前に電車を視認して驚愕せねばならない。即ち勝部が超音波の発振を止めて実験生体を正気に戻らせたときに、彼女達は是非共電車の方を向いていなければならなかったのだ。恐るべき勝部！　どこまで抜目の無い企みであろう。——

　ところで超音波には知覚中枢を麻痺するだけでなく運

動神経を操って音源に動物を惹き寄せるお誂えむきの作用がある？　あまりこの話はうますぎはしないか？　作り話のように都合が良すぎはしないか？　だがこの作用が無くては勝部の殺人計画は成功しなかったはずだ。勝部はこの現象を知っていたからこそ、こんな殺人計画を樹てたに違いない。これは非常に重要な点である。もしそうでないとすると勝部の殺人計画は随分と僥倖まかせのだらしないものとなり科学的合理主義を主張する彼らしくもない粗雑さである。四回も続けて成功するはずがない。そこで妙な言い方をするようだが、屍体轢断事件であれほど巧みな計画をした勝部が今度の事件でそんなに雑駁な計画をするはずがないから、彼の人柄から推して超音波にはこのような不思議な作用があるのだろうと因果の逆立ちをした迷論で一応は気持の上の鳧《けり》をつけているのだ。人の性格を基にして科学的真理を推定する――恐ろしく非科学的な暴論だ。詩人の世界ならこれで通るかも知れぬが、科学の世界はそう甘くはない。

私は今の世の音響物理学者と実験心理学者にこの問題の正確な解答を求めて戴きたいのである。そこで参考のために私が超音波の動物吸引力という不思議な作用を近頃支持する気持になった一つの経験を述べておこう。

最近大規模な漁場では魚を所定範囲の海域に閉じ籠めておくために垣綱の代りに海中に一本の針金を水平に張り巡らして所定海域を囲み、その針金から超音波を発生せしめる方法が有効であるという話を聞く。魚は非常に音に鋭敏で、音の来る方向には恐れて近寄らぬため、一本の針金で垣綱の効果を果すわけでこれなどは音響を利用した極めて頭の良い方法の実例だ。ところで私はこの度の戦争中、機会を得てある新式大型潜水艦の各種搭載兵器の実験航海に便乗して音波探信儀の試験を見学することが出来た。探信儀には普通は所定振動数の超音波を用いるのだが、この時の実験はある特別な目的のために広い範囲に振動数を変えて行われたのだ。試験は浮上状態で行われたので私は甲板から水中眼鏡で逐一を観察することが出来た。場所は内房総の外れで岸近くにある目標を利用するために岸から一〇〇〇米と離れない浅い海であった。発振器が作動始めると附近の水中を游いでいた小魚共は一斉に逃げ去ったが次第に周波数を上げてあるサイクル以上になったとき極めて珍らしい現象が起ったのだ。無数の小魚が先ほどとは打って変った鈍い運動でフラフラと発振器に引き寄せられ鼻先を打つけて驚いて逃げて行くのである。そのときはただ珍らしかっただけであるが、あとで数年前に起った忘れもせぬ勝部の事件を思い出してギクッとしたことを憶えている。魚と人間とを同一視出来ないが、共に動物で同じように神経を持っているのだから超音波に対して同じ麻痺吸引現象を示すかも知れないと思い当ったのである。これは余談だが今でも遠海漁業は魚の群を追い廻したり待ち受けたりして魚まかせで行われそのアイディアは十年一日の如く進歩しないのだが、誰か超音波を利用して積極的に魚群を寄せ集め一網打尽にするような頭の良い漁業を試みる者は居ないのだろうか？　垣網を超音波の針金に置換えるだけの智慧があればもう一息なのだが——

さてその不思議な吸引現象を現わす音波の振動数はいかほどの値であるのか？　勝部のメモには明示していないが私は色々な資料を綜合してある腹案は持っている。しかし私がここでそれを言ってしまったのでは面白くない。ピエゾ現象による発振の振動数は発振体の厚さだけによって定る。勝部が使った水晶片の寸法は二粍三粍角に一粍厚だと申し上げたはずだ。興味のある方はこの寸法から水晶のピエゾ個有振動数を自分で計算してごらんになるといい。私はそれが皆さんの想像以上に大きい値になるだろうということだけを申し上げておく。

十七、結び

さて勝部良平に絡まる怪事件の経緯と、私がメモを基にして真相を推定した筋道を長々と述べてきた最後の締めくくりとして、いよいよ頭初に目論んだ動議を提出せねばならぬ時期になった。私の意図はこの事件を通じて科学者の思想の極端な一片を示して読者の再認識に訴えると共に人間研究家の参考資料に供することにある。但しこれを典型的科学者の代表例と考えられては困るので、色々と問題を含んだ極端な例であることをお忘れなく。多くの温厚篤実な中道科学者の名誉のためにこの点は特にはっきりとお断りしておく。

世の人道主義者、感傷主義者、浪漫主義者、宗教家、浪漫的経済主義者（普通の資本経済主義の意）は文句なしに純唯物的思想を排撃されるが、その動機は必ずしも言い分を完全に理解し論議した上の欠陥指摘でなく、ただ、自分の主義と利害相反するためであったり時には所謂感情的毛嫌いであることを往々にして見受ける。否、九〇パーセントまではそうだと私は断ずる。私はここで勝部良平の軌道外れの行為を弁護するのでもなければ純唯物思想を宣伝して現行の思潮趨勢に反撥を試みるのでもなく、知識人らしくもない感情的毛嫌いの偏見を理性的判断の結論に置き換えて戴くための資料を提供するに過ぎない。勝部良平の怪事件は単なる逸話に過ぎないが、彼がこの犯罪を犯し最後に自殺するに至った動機と心情の動きを詳さに推量して研究すると一つの大きな人間問題が構えているのに気付くであろう。私は勝部の思想には特殊な名称を与え科学的唯物主義、あるいはもっと適切には科学的節約主義とでも呼んだらいいと思う。

　私は以前に勝部良平は社会的正義観の強い男であると言ったが、この意味は社会に科学的に合理的なもの以外の存在を許さぬという特殊な正義である。彼が科学的合理主義の提唱者であり実践者である限り当然こう考えるべきだ。これを科学者の我田引水と非難されるのは、些か当を得ぬ不公平というべきだろう。その理由としてあらゆる種類の主義者は各自の正義を定義してそれに反する者の存在を許していないではないか！　例えば人道主義者は非人道的なものの存在を許さずこれを罪と呼び罰することを要求する。罰の目的は罪人に返報的苦痛を与えるのが目的でなく、罪を無くするための手段であると公言している。即ち罪――非人道的なもの――の存在を許さないのだ。宗教家は神の意を迎えぬ者の存在を許さない。彼等は罰する代りに救うと称し自分達の構えた正義の範疇に総ての人間を嵌め込もうとする。即ち布教だ。罪とか救いとかいった外見上の体裁はともかく真底は要するに自己の正義以外のものを許さぬやり口に外ならぬ。許さぬからこそ他にも及ぼそうとする。これが所謂思想活動でいかなる種類の思想にも公平に許されるべき行為である事を殊に民主主義の今日では万人が認めているはずである。

「働かざる者は食うべからず」というのは勤労正義主義者のこの傾向を端的に表現した言葉であるが、勝部なら「科学的に不合理なものは存在すべからず」と主張するだろう。科学者ばかりが自己の正義を主張してはならぬ理由はないのだから。元来科学は物事を人間に強いるという事はなく、科学者が主義を主張するという事もあまりなかった。これは科学に自己主張の能力が無かったのでなく、科学は孜々《しし》として謙譲に自己体系の完成に余念がなかったためである。人間に譬えると不言実行の士である。世人は科学の見掛上の大人しさにつけこんで些か勝手気儘を言い過ぎてはいまいか？　科学の効果が自己の主義と牴触しない場合には科学の恩恵と言って称揚し、牴触する場合には科学の冷酷さ、非人情さ、融通無さと貶す。つかぬ融通を無理してつけようとしてわかりきった科学的障碍につき当り、己の非を忘れて科学にけちをつけるなどとは凡そお門違いの難癖だ。科学に情実はない。一貫した合理的節約の原理を追って進歩しているに過ぎない。科学はこの世から冗長なもの不経済なものを駆逐する。これを見て時には便利で能率的であると重宝し時には殺風景で無趣味と非難する。常識を失しない我儘なら時にはそれもよかろう。だが余りなめるとひどい目に逢う。大和魂も日本精神も八百万《やおよろず》の神の加護も神風も原爆一閃、三界の果まで散りぢりにすっ飛んだ事をお忘れなくと言っておこう。

科学的合理主義の主張を経済学の原理に応用してみると極めて面白い結果になる。物質の有するポテンシアルエネルギー（利用価値のある）と、これを使用可能な状態に加工したり便利な場所に運搬するのに消費された労働即ち運動エネルギーの総和がその物の価値であると解釈する。（これは科学者の主張で、経済学者は物本来が有するポテンシアルエネルギーを認めていないようだ）物質科学の定説であるエネルギー不滅の理を認める限り物の価値は絶対にこれ以外に加減することが出来ない。ところが浪漫的経済ではこれに人為的な架空の価値を加減する。需要と供給の相関性という何等自体はエネルギーを有せぬ無形無質の現象によって実用上の価値が複雑怪奇に変化する。その窮極の動因を尋ねると畢竟は欲望という動物的な本能を互に利用し利用されることによって行われる投機的な作為に外ならぬ。こんな動機は科学的合理主義の一大禁律である。「実質のある所以外に実質はあり得ない。エネルギーを加えることなしには実質は増加しない」――という科学的原理を以て律すると、「価値が価値を生み見掛上の価値が増す、同一物が通商という手続によって次々と価値を増して行く」といった風に実質的価値を無視して人間同志が勝手に決めた八百長の価値などは不合理にして存在を許すわけにはゆかないのだ。即ちここに極めて原始的な唯物的経済学の思想が生れるわけで、これは古典的共産主義が誇るマルキシズムの最初の形に酷似している。これを原始的であるという理由だけで馬鹿にし給う勿れ。原始的なものが常に劣り変化したものが常に改良されているとは限らない。世の中には改良している心算で実は改悪に外ならぬ場合が幾らもあるのだから。

今日の共産主義は当初の形からみると随分変っている。資本主義に近付いた点もある。共産主義者達は恐らくこれを進歩発展と言って威張る心算だろうがまあ待ち給え！　何を基準にした進歩であり発展であるというのか？　そんな基準などありはしない。従って変化は単なる思想の流動に外ならぬ。ヘーゲルの達観は仮にこれを「合」への発展という言葉で表わし、「思想はより高くより善きものへ」と動くことを暗示しているが、科学者流の厳密な吟味を以てすると、形式的にはより進化したものへと変化したとみえても実質が進歩しているとは断言出来ないのである。

ヘーゲルは奇しくも思想の流動を「正」と「反」との対立、「合」への止揚という生命ある形態として表現した。だがこの過程は一朝一夕に起るのではなく幾百幾千の個々の思想の中に有為転変する一般的の動きを概括して眺めた場合に観察されるのであって、個々の思想の経過を追跡してみると過程の途中で遂に合に達し得ず正と反との板挟みとなって悲惨な破滅に終焉する場合もあるだろうし、恐ろしい相剋にのたうつ場合もあるだろう。

私は以上のような相剋終焉の絶好な実例を勝部良平個人の思想の中に見るのである。その事情には同じ感覚を持った同志でないと感受出来ぬかも知れぬ「曰く言い難き」特殊な色彩がある。形式的に敢て言葉で表わせば、科学的合理主義と科学的矛盾と不合理に満ちた人間主義、人道主義の間に起った恐ろしい葛藤の記録とでも言おうか。冷厳な科学的合理主義から見るとロマンチシズム、ヒューマニズムは矛盾と不合理の上に寄生し、不合理が含有する甘さと温かさに溺れている遊弱怠惰な思想としか映らなかったに違いない。しかも勝部自身はその不合理な世界の住人であり、彼自身の存在の中にも随分と矛盾がある。勝部はそれに耐え得ぬ性格であったのだ。吾々は普段相当合理的な行動をとっている心算でも、結構気付かずに不合理を行っているものだが、この点勝部は些か徹底していたのだ。恋人の唾を汚いといい貯蔵屍体の肺臓を平気で嘗める。もっともこれは若干誇張したチェスチャーであったにせよ、彼の思想の正体を端的に具現した行為の典型である。勝部の日常起居は大小総てこの流儀の色彩があった事は確かだ。

勝部がひどく女を敬遠したのは女の思想は一般的に不合理だからである。というより、女には思想（理性）が少く感情が精神活動の大部分を占めているからだといった方が語弊が少い。感情は科学的合理主義の禁律である。女の物の考えよう、感じようは常に感情的でただの一度すら冷静に理性によって事態を考慮することをしない。涙と鼻声で通らぬ無理も通そうとする。極端な言い方をすれば感情に走った判らずやの女は（女ばかりではない）科学的社会正義上許しておけぬ不合理な存在なのである。ヒューマニストなら時にはこれを女らしさ、女の柔か味として讃えもするだろうし、その媚態に眼尻を下げるかも知れぬ。しかし勝部にとってはそんなものは合理性を蹂躙する有害無益不潔極りない存在でしかあり得なかったのだ。殊に緑風荘に居たいかがわしい女共、僚友倉田に心の重荷をかけ、彼の科学者としての活動にマイナスを与えている有害な女、いやらしくも自分に言い寄った女、こういった女達は勝部の眼中には常々存在価値の無い者として映っていたに違いない。彼の心が冷静に狂った一事狂《モノマニヤ》の熱情を傾けて悪魔的企みを実行するに当って——彼の始めの考えでは不用な物を除く節約の原理に適った合理的企みであった？——犠牲をまずこの女達に求めたのは自然の成行きなのだ。こんな女達はこの世に存在するよりもむしろ貴重な実験のサンプルになった方がはるかに意義があるとさえ考えたのかも知れぬ。

これを聞けば人道学者は「以ての外」と憤慨されるだろうし、「まさか、いくら冷酷な科学者でもそんな馬鹿なことが？」と信用せぬ常識的温厚主義者もおられるだろう。だが結構あり得る事なのだ。実例があまりに手近にあるとうっかり見落しがちなものだ。論より証拠、吾々日本人は近い過去においてこの種の科学者？によって人類の歴史に嘗てない前代未聞の実験サンプルにされた経験があるのをよもや忘れた人はあるまい。その苦い経験を生かせと人々は言う。あたかもその悲惨な実験のデータが実験によって失われた幾十万の人命よりも貴重であるかのように——

この理窟が通るのなら勝部の行為は堂々たる科学実験である。彼の実験結果が活用されれば法医学には著しいプラスである。恐らく三人のぐうたら女の生命の損失とは較べ物にならぬほどの利益である。人間性を物質並に評価した唯物的合理性の上からは明白な利益である。だがヒューマニズムは人間の価値を物質化する事を許さない。勝部の行為は許すべからざる事態であると宣告する。彼は自分で正しいと信ずる科学的節約の原理に従った。だが現世の掟はこれを許さぬ。その矛盾が勝部を滅したのである。勝部はこの異常な実験を行っているうちに冷静な一事狂《モノマニヤ》の精神がふと正常に戻りまともな勝部が頭を擡げた。そこで己の行為に愕然とし、不合理なヒューマニズムの上に打樹てられた人間の住む世界に徹底した科学的合理性を遂行することの無理を悟ったのかも知れない、こう述懐すれば人道主義者は「それみたことか」というだろう。だがこの問題はそんな悪態をつくだけで簡単に片付け得る事ではないのだ。

要は機械人間勝部の中にも充分の人間性があった。人間本体にすら矛盾する二面を含む。人により場合によって強く表現される面が異るだけの違いである。私はこの達観に対して文句なしにヘーゲルに頭を下げる。勝部は極端に理性的存在から漸時変化しつつあった。（私はこれを必ずしも進歩とは言わない）その証拠に彼が最後に行った自殺という行為はヒューマニズムの不合理の典型ともいうべき行為で、勝部も最後は俗中の俗人に還元していたのだ。彼は「正」から「反」へと常に相剋して遂に「合」を見なかった。ヘーゲルは人間に含まれた二つの矛盾した面がいかなる「合」へと止揚すると言うのだろうか？　宗教家は得たりや応と「より神に近きものへ」と高言するだろうし道徳家は無論「より人道的なものへ」と手前味噌を並べるだろう。だがお生憎ながら科学者はその話には簡単には同意しない。科学者は弁証法的な流動過程そのものは実例に依って験証出来るからひとまずは承認しても、その結果がどの方向に動きつつあるかは信ずべき基準がない限りは何とも言えぬという慎重な立場を採るからであり、この立場には先入主や自画自讃が無く極めて公平妥当であると確信している。

勝部がこの犯罪を続行する心算なら十人でも二十人でも行って実験資料を豊富にし得たはずだが三人にして止ったのだ。実験の上からは、辛うじてデータを摑み得る最小限度である。かつ人を選んだ。この点により少くとも彼は見境のない精神病者即ち殺人鬼に転落したのではない事だけは断言出来る。彼は思想の重圧に潰れたのだ。俗人に還った勝部は自分の行為を人間的な判断により断罪し一身の処置を自分の手で行った。三人の女と自分の命を貴重な実験データと交換したのである。

相剋！　「合」に達しかねた思想流動の犠牲！　この表現が彼の最後に一番適わしい餞《はなむけ》であろう。

勝部は自分の思想と行為の動機について何の説明も遺さなかったため、総ては推定の域を出でず彼の心事の証拠を見ることは出来ないが以上のような私の推定に相違ないという自信はあるし、かつ彼のためにもそう望むのである。

三角粉

三角の粉とは一体何だろう。この文字のままでは意味が判らない。これこそロマンとリアルの分岐点であったといったらなお判るまい。その意味のいわれを語るには、次のような奇妙な物語りを始めねばならない。

浅海醇一は神志山直と一緒に砂地を歩いていた。夕暮である。薄暮を過ぎて闇の垂れそめようとする頃、それでも波の穂頭は仄白くうるんで見えた。

海辺の砂丘にも花は咲く。はまひるがおがあった。浜木綿《はまゆう》もある。高い芳香が官能に迫るはまごうがあり防風がある。しかし初夏の砂丘に咲き乱れて甘酢っぱい感傷をそそるのは、月見草のささやかな色であろう。

二人の歩く道端のそこここにも月見草のむらむらがあった。日を畏れ月に恥らう可憐な花。香りはなくても淡い黄色に幼い頃の夢を誘う花である。道は細々と続いた。軽く草いきれのする土手に沿っていった。そして嫩松《わかまつ》のまばらな下蔭を潜っていった、右手の一つ家の灯が遠くなる頃、波のざわめきが手にとるほどの渚が行手を塞いだ。

「初夏の海だね」

「オゾンの匂いがするよ」

「月はないね。だが三十分もすれば出るだろう」

波頭の白さが鱗のように沖向けて重っていたが、漁り火の見えないのが淋しかった。

「妙だね。この海は」

「いさり火のことだろう?」

「あるべきものがない不調和は不気味な感じさえするじゃないか」

浅海の言葉通りこの海辺はいつになく不気味であった。松籟《しょうらい》の弱さに比べて海鳴りが強過ぎるかとも思えた。

砂丘から砂丘へと起伏するその一角に墓地があった。

海辺の墓地——それはまた常ならぬおもむきがある。大きい砂の浜の一うねり、その海に面した緩かな斜面に一むらの松の林があった。ここばかりは色の黒い老松がヒトデのように根を張っていた。風にいためられた背丈は高くなかったが、地低く逼《せま》った下枝の伸びと、とげとげしい樹肌が松の古さを思わせた。白砂の斜面の狭からぬ一帯が、あたかも砂中に突出した巨岩の露頂に似て黒味がかった土であった。それなるが故に選ばれた墓地——

貧しい半農半漁のこの土地の住民には、乏しい耕地をさいて墓地を設けることが出来ない。砂丘の松蔭に日除けた不毛の土、松露と浜草より生い出ないこの一角は、文字通りの選ばれた墓地であった。その墓地にもしかし月見草が処を得がおにはびこっていた。精霊の供奉——仄暗い松蔭に点々とする黄色い塊りが、ふとそんな印象を与えた。

砂丘のある海辺は濡際が広い。即ち波のうねりが高く、海岸の傾斜が緩かで、一波一波の濯う距離がながいのだ。

浅海と神志山が濡れ際ぎりぎりに立ったとき、次のうねりは随分遠い彼方に盛上り音もなく押寄せんとの姿であった。

「生きているものはいないようだね。僕達と植物の外は——浜蟹さえ姿を見せない」

「蟹が夜に出て来るものか。だがあの音を聞けよ。風が生きている。波も生きている。水に潜んだ魚もだね。だがまだ生きているものがあるよ。魂——そう、魂さ。あの墓地に葬られた人達の魂だよ」

「おいおい、よしてくれよ。僕のロマンとフィクションを馬鹿にする君らしくもないじゃないか」

神志山は口をとがらした浅海を顧みてニヤニヤと笑った。

「僕も近頃幽霊信者になったのさ。ある意味でね」

浅海醇一は好んでフィクションものをかく詩人作家、その親友と称する神志山直はおよそ得体の知れぬ男であった。戦後の流行の波にのって実録物を二三書いて名を売った男、だが本職は私立探偵、そういった油断のならぬ種類の男である。

浅海が生きているものがいないといった海辺に、ふと動くものの姿が現われた。それは白いものであった。人のような影であった。いつどこから現われたのか知らない。二人の気が付いたときには、波とも砂ともわかぬあたりを、ふらふらと左右に揺れながら遠ざかってゆく。墓地の松林が背景に小高く黒々と蟠《わだかま》っていた。

「何だい。あれは」

浅海の声はちょっと動じた気色を見せた。

「人だろうよ。白い着物を着た人間らしい。あるいは幽霊かもしれない」

「冗談じゃない！　だが人にしてはおかしいね。それに一体あれは砂の上を歩いているのか、それとも——」

浅海の声が驚きに呑まれた。

「おい、あれは足がない！　あまり左右に動きすぎる！」

浅海が驚いたのも無理がなかった。白い物の姿は明らかに宙に浮いていた。それは打ち寄せる波に漂っているかとも見えた。波が寄せれば共に動き退けば共に従う。

「一体何だい？　あれは」

今度の浅海の声は、恐怖の中の叫びに似ていた。

「多分幽霊だろう。あとをつけてみるか」

とリアリスト神志山の奇怪な一言。

神志山がまず大股で歩き出し、浅海がおそるおそる従う。サラサラと足許から崩れる斜面の砂は歩きづらい。大急ぎで追跡すること二丁余、やっと怪物を最初に認めたあたりに来たが、彼我の距離は縮ったとも見えなかった。墓地の林は咫尺《しせき》に迫りざわざわと葉ずれの音が聞きとれた。白い影はそのとき急に方向を変えたとみると、渚を背にしてするすると墓地の松蔭に消えたのだ。

神志山はなおも追いかけようとする浅海を制して、つと波打際に懐中電燈を向けた。波の濯い残した濡砂に微かに残る二の字二の字の跡、それは意味もなくひどいジグザグに印せられていた。

「この幽霊は下駄を穿いているぜ。もっとも足が無かったがね」

つじつまの合うような合わぬような神志山の言葉に、浅海はひどい恐怖を感じた様子であった。

「だがしかし——この下駄跡は本当にさっきの怪物のものなのかね」

「なるほど、それもある——」

砂に印した跡は桁外れに浅い。よほど目方の軽い人物？　によってつけられたか？

「軽いといってもほどがあるぜ。この細歯じゃ赤ん坊が歩いても、もっと深い歯型がつくと思うが——」

「じゃいよいよ幽的だね。幽霊の目方は一〇匁八分だよ」

神志山の唐突な所断にも一応根拠がないではない。彼は嘗て真面目な話として語ったことがあった。小鳥を止り木に結びつけ密閉したガラス器に入れ精密天秤にかける。ガラス器に徐々にシアンガスを送りこんでやると小鳥が死んだと覚しい瞬間に目盛りは僅かながらも急にふれて小鳥の目方の減ったことを示す。その急激な段階的変化は明らかに死の瞬間に若干の重量が突然失われることを示す。心霊学者達はこの事実を根拠に霊（彼等はこれを幽体と呼んでいた）が死の瞬間に肉体を離れるものとし、その場合幽体は若干質化（マテリアリゼーション）されているために目方があると考えた。小鳥の実験値を基にして、寸法を人間に拡大した場合、幽体の目方もそれに応じて拡大され成人では一〇匁八分あるという。はてさて全く奇態な話である。

西空低く赤い半月が漸やく姿を見せ、異様な明るさが蘇った。二人は注意深く下駄の跡を追った。それは千鳥の跡のようにひどいジグザグで、ふらふら左右に揺れたとみたのはこのためであった。

足の無い怪物の足跡——しかもそれが月並な下駄の跡であるところに、一層底知れぬ恐ろしさがあった。

「このジグザグに何の意味があるんだい？」

浅海の眼はこんな疑問を語りながら、忙し気に千鳥型のあとを逐っていった。それは濡れ砂の上ではあったが、辛うじて波の届く範囲を越えていた。

墓地は既に真左にあった。疎らな石塔が、ここかしこ松の根方におぼろげに添い立っていた。怪物が方向を変えたと覚しいあたりから、同じ下駄の跡が墓地を目指して急ぎ足に続いている。あるものはくっきり鮮明に印せられ、あるものは斜面に崩れた砂に埋もれて明瞭でない。

「神志山君、怪物はここで急に目方が増えたらしいぜ。普通の人間並にね」

これは当然の事のようで重大な発見である。この位置で幽霊が人間に甦ったのか？　二人は更に下駄の跡を追って墓地に入った。浅海が息を切って大股に進み、神志山が二三歩遅れて続いた。墓地の中は砂ならぬ黒土で跡はいよいよ鮮明になる。

「何だ。やはり人間じゃないか」

浅海は気抜けたように呟いたが、この呟きは間もなく恐怖のうめきに変らねばならなかった。

下駄跡は点々と墓地を横切り緩やかな斜面を上る。そして上りつめたところに何があったか？　枝もたわわに繁った老松の根方に近く、木の香も新しい卒塔婆が立っていた。下駄跡はその前でふっつり消えていた。

他に何の跡もなかった。人の滅多に訪れない見捨てられたような墓地である。紛れようもない明瞭な怪異である。念のためにと懐中電燈を頼りに神志山の行った綿密な探索で、いよいよその感が深められた。

新仏の仮卒塔婆の前に消えた足跡。昔噺の怪談そこのけの怪異が現実に起った——新しい恐怖がさしもの二人を打ちのめしたかと見えた。

浅海が灰色の恐怖に歪んだ顔を神志山に向けた。

神志山の遠縁に当る葉子——星葉子といったが——その少女が死んだのが僅か三日前であった。胸の病でやせ細っていたが美しい娘であった。この海岸にほど近いサナトリウムに一年以上も淋しい日々を送っていた。南国に近いサナトリウムの庭には、椿の花が盛りであった。

葉子は椿が好きであった。椿のトンネルの垣根を潜って行く彼女の部屋には、たわわの枝が活けてあった。葉子の頭には椿の花かんざしの見られる日が多かった。

葉子がみまかった日、浅海は折あしく遠出をして不在であったが、神志山が居合わせたことは、彼にとっても死にゆく乙女にとっても幸であったろう。神志山ほどのリアリストにも、この非実用的な乙女を愛するロマンがあったとは誰にも不審に思えたが、それが思案の外なる愛情の不思議さであろう。

納棺に立会ったのは神志山と掛りの医師と附添いの看護婦で、野辺の送りもささやかになされた。顔見知りの村人数人の他は神志山に浅海、それに附添いの看護婦だけであった。この地の風習に従って、親戚の顔が揃って行われる本葬までの数日間を、最寄りの墓地に仮埋葬された。痩せおとろえた葉子の臥棺は涙ぐましいほどに小さかった。小さい臥棺はこの海辺の墓地に本葬に備えて浅く葬られていたのだ。

浅海の声は震えを帯びていた。

「君、ではあれが葉ちゃんの……」

「そうだったかもしれないね。君も覚えているだろう。この内股の足あと、右足が左足より歩幅の広いところなど、葉子にそっくりじゃないか」

現世が幽境に飛躍する。ひどい膚寒さを覚えた浅海は、友を促がして逃げるように墓地を出た。彼の額に浮んだ冷汗は、一刻も早く墓地から遠ざかりたい表情を添えていた。

だが更に新しい怪異が行手に待ちかまえていたのだ。四角い白い封筒であった。それは墓地と渚の中間に落ちていた。彼女の下駄跡に沿った片傍であった。

「さっき、どうして気付かなかったのだろう?」

「月を背に受けていたし、それに先に進むことばかりに注意を奪われていたためだろうよ」

浅海は神志山のその言い訳めいた説明に、些か不自然な作為の響きを感じた。あれほど足跡に注意して下ばかり見ていた俺が、この封筒を見落すわけがないのだが——と妖しい疑問のしこりがわき上ってきた。

月あかりに表書きを見た浅海は思わず驚きの声をあげた。

浅海醇一様

おもとに

葉子まいる

神志山の眼が異様に輝いてさっと頬がしまる。

「開けて見給え、何とかいてあるか」

葉子が生前に好んで使った薄い花模様の透かしの入った便箋に奇妙な色のインクで乱れた文字が綴られていた。

「——浅海様、私は生きている間はどうしても申し上げられなかったことを今告白致します。もう今は自由な身ですもの。私は貴方を心からお慕い申し上げておりました。先生のおかきになる数々の美しい詩と物語り、どんなに私の心を惹きつけ胸をときめかせたことでございましょう。でも葉子は内気な子でございました。淋しい子でございました。私の気持など他愛ないものでしょうけれど、奥さんもお子さんもあって幸福に暮しておられる先生にこんな事をお話するなど、思いも及ばぬことでした。言えないやるせなさに葉子は独りで泣いていたのでございます。

先生、私は死んだのでしょうね。でもここはとても暗くて窮屈ですわ。それに土の匂いがします。私は天国に行く代りに地獄に墜ちたのでしょうか。でも私嬉しゅうございます。今になって先生も私を愛していて下さったことがはっきりわかりましたもの。暗くて少し息苦しいような気がします。わたしこれからもっと明るいところにまいりますわ」

浅海はジーンと疼くような懐かしさと底気味悪さに衝たれた。何とした手紙だろう。

神志山の照らした懐中電燈の灯先が、彼の心の動揺を示す如くにあやしく震える。だが神志山の関心を捉えた怪異の核心はさあらぬところにあった。

「浅海君、内容はともかくとしてこのインクの色を見給え、唯事じゃないぜ」

それは得も言われぬ色合いであった。黒ではなかった。赤でもなかった。紫のようでもなかった。何かしらそんな色を混ぜ合せて魔法でも使えば出て来そうな色であった。

「何だろうね」

「さあね。古びた茜の皮の色が少し似ている。一つ帰ってゆっくり研究してみるかね。これは将に噂にきく幽界通信だよ」

月がやや昇って白ちゃけた光に変っていった。海鳴りが妙に気になる。渚に沿って同じ道筋を引き返した二人が、渚を背に立去る前に神志山はちょっと墓地の林を振り返った。

「葉子は自分のように悲しい淋しい花だといって月見草を好まなかったね。葉子の部屋では椿の外に花を見たことがなかっただろう?」

こういって彼は行手に点々と咲き乱れた月見草の群をみやった。このとき、ちょっと誇らしいような、見方によっては揶揄するような微笑がスッと彼の片頰に浮び上ったのを浅海は印象深く意識した。

帰途、浅海は神志山のもとに立よって、奇怪な幽界通信についてあれこれと調査し臆測した。考えれば考えるほど不思議な出来事であった。一見したところ明らかに葉子の手蹟らしく思えた。浅海にはむしろ葉子の手だと断言したい気持であった。仮埋葬の棺の中で書かれた手紙とその妖しいインクの色——耐え難い哀愁と感傷の中に、そら恐しいまでの妖気ある出来事、浅海の背条に氷のような戦慄と痺れるような温かさが交歓した。

二日の後、本葬の日であった。棺は一旦掘り出され、しずしずと式場にあてられた民家に運ばれた。そこで屍は改めて用意された正棺に移しかえられる。

浅海と神志山は息詰るばかりの興奮と期待をかけてその瞬間を待った。叔父なる人の手で仮止めの蓋が開かれた——

「オーッ」という驚きの叫び。

美しく合掌しているはずの葉子の亡骸は思いがけぬ姿態を示していた。亡骸にあるまじき下駄穿きであった。右手にペンを握り、左手は便箋の端を摑んでいたのだ。天女のように白い美しい顔であったが、心持ち弛んだ唇から頰へかけて黒ずんだ一条の流れは、紛れもない固形した血糊のあとであった。

目を丸くして騒ぐ人達と、紙のように白ちゃけて震える浅海——、だが神志山は不思議な位落ち着いていた。リアリストは既にこの怪奇をときあかす鍵を摑んでいるかとさえ思われた。

「皆さん、驚かれる必要はありません。仮納棺に立会ったのは私です。紙とペンとを与えたのも私です。詩を書くことの好きな葉子でした。せめて死後のつれづれにもとの思いやりからでした。下駄も生前庭の散歩が自由に出来るように恢復することをとても憬れていたので、不憫に思って穿かせたのです」

浅海と神志山が見た怪異を知らぬ人々は彼の言葉の魔術のとりこになって、その不合理に気付かなかったが、浅海にはその妥協は成立たなかった。もっとも世間並の幽霊話をそのまま信じれば、一応の考えとしては成立たぬこともない。棺に入れられた葉子は間もなく息を吹返した。ペンを握り紙を摑んだが再び襲った喀血に生命の最後の炎を断たれた——と。

この考えには恐ろしい罠がある。真実を掩いかくす安直な気休めがある。仰臥した姿勢の人間が、狭い真闇の棺の中でどうして手紙を書き得よう。浅海は知っていた。少くとも仮納棺に立会った医師の話を覚えていた。病衣のまま臥棺に横たえられた葉子の手は美しく合掌の形に組み合わされ、額と頰には軽く化粧を施して僅かに香水が振り撒かれたのだ。一輪の椿が髪に挿された外は一物とて封入されなかったのだ。

神志山は何故あんな嘘をつく。だが浅海にはその疑問よりも目に見た現実の怪異の恐ろしさがひしひしと身にこたえた。美しい形で仮埋葬したはずの屍体がいつの間にかペンと紙を握りしかも血を吐いている。かつ屍体の認めたと覚しい自分宛の手紙さえ現実に入手している。

ああ、あの手紙の文字は彼女の口から流れた血で認められたものではないか。浅海の気持は遂に恐ろしさを脱して空想の中に生れたロマンに溶けこむかとさえ感じられた。

腑に落ちぬままに、再び形を整えられた亡骸は新しい木棺に納って本葬は続けられた。神志山はこのときも自ら進んで納棺に手を貸したが、この行為には些か為にするところがあったかも知れない。

今度こそ葉子は本当の灰になった。もう怪異は起るまい。だが浅海の心は淋しかった。気味の悪い経験であったが今となってはしみじみと懐かしい思い出を残した。

彼を人知れず愛した葉子は死んで魂の自由を得た。彼女の霊は埋もれた棺を抜け出してペンと紙をとり、流れる血潮で生前口にし得なかった愛の告白を綴った。次の夜浅海の前に白い姿を現わして注意を惹き、彼の前に恥かしげに告白の手紙を落した――。

それは美しいロマンである。いとおしい空想である。浅海も感傷的な詩人であった。この怪談の中に含まれた耐え難い感傷に誘われ涙ぐむ気持を抑え得なかった。

次の日、町から帰った神志山は浅海にこんな話をした。

「君の美しい夢にあまりに現実的な楔を打ちこむ事になるが、決してその夢をうち壊しはしない。却って夢の根拠を固めることになるんだよ。

あの不思議な手紙の字の色だね。あれは君の夢に描いた通り葉子の血で書かれたものだったよ。一つの方法で割り出した血液型が同じでも同一人のものとは云えぬだろうが、種々の判定法を順々にやってみて、どの方法でも一致するという場合、同一人の血である確率は非常に大きいと考えてよい。

不可解な出来事だったね。しかし美しいロマンだと思うよ」

一週間の後、神志山はこの鄙の地を去って悄然と都会へ帰っていった。彼を暫らくでもこの地に引き留めたのは葉子への強い愛着であったと思えば、浅海にも涙ぐましいものが感じられた。

浅海は相変らず詩作を続けていた。

葉子の思い出を最初は後生大事に懐きしめそれが彼の詩境への動機とさえなっていたが、彼にもやがて冷静な反省が起ってきた。俺は見たまま言われたままを信じてきたが、果してあんな事があり得るものであろうか?

一度現実に側した疑問が起った場合、夢は既に夢ではあり得なかった。ロマンはロマンとしての価値を失った。

神志山は本当の事を知っている——、ふと思いたった浅海は夢の破れることに悔を残さぬ気持になった。神志山が去った三ケ月の後、意を決した彼は神志山に事件の真相の説明を求めたのである。

間もなく返信が来た。予期した如く夢のもつ美しさを無慙にも打破る結果になったが、彼には親友神志山直のもつ生真面目な、そして見方によっては空恐ろしいまでにリアルな一面をはっきり認識させられた思いがして、この事は友を一層よく知り得たという点で必ずしも悲観する気持が起らなかった。

便箋の他に薄い硝子《ガラス》板が同封されており、その内容は次のような意外な事実に触れていた。

「浅海君、僕達は親友とはいいながら今まで宿命的な対立を余儀なくされていた。君はロマンを愛し僕はリアルを索《もと》めた。そしてこの点がいつも論争の基になっていたね。今度の事件は僕の試みた挑戦の一つと考えてくれていいのだ。君のロマンの破れたことはその意味では僕の勝利を意味するのだが、僕も本当は淋しいのだよ。葉子は本当に良い娘だったからねえ——。

そんな気持を意識してこの手紙を書くのは心の進まぬことだけれど、君から進んで求められた以上は、悲しい勝利の憂鬱を無理に抑えて事の真相をお知らせするのだと思ってくれ給え。

——ではまず同封したプレパラートを一度覗いてみてくれるといい。顕微鏡はサナトリウムのをちょっと借りればいいだろう。何だと思うかね。花粉なんだよ。本葬で葉子の亡骸を移棺したとき僕がわざわざ手を貸したのを覚えているだろう。あのとき葉子の頭髪からそっとはたき出して手に入れたんだ。

実際に覗いてみるとよくわかるんだが、大部分が椿の花粉で中に僅かに月見草の花粉が混っている。これが曲物なんだ。そしてこの怪異の正体をときあかすただ一つの鍵なんだ。

葉子は椿を四六時中身辺から離さなかったから、その花粉が頭髪に附いていたのはあり得ることで、附いていなければ却って不思議な位だが、何故月見草の花粉がついたのか? 葉子の重態では外を散歩することなど許されていなかったし部屋に月見草を活けたこともなかったね。仮納棺したときには僕も看護婦も医師も立会った。墓地まで送る道すがらは君も立会っただろう。途中で棺の蓋が開かれた事がないのは君も知る通りだ。では本葬のとき月見草の花粉が附いていたのは何を意味するのだろう？　恐ろしいことだ。考えるだけでも嫌なことだが、ただ一つの可能な説明方法がある。仮埋葬の後何者かによって、秘かに棺があばかれたと考えるより仕方がないのだ。あの墓地には沢山月見草があったね。現に葉子の卒塔婆の近くには大きい一叢があったじゃないか。風に散り易い月見草の花粉がそのとき降り込んだと考えるのは極めて自然だろう。

この推定から出発すると怪談は直ちに人為的な作為として可能になる。あばいた亡骸に下駄を穿かせ、ペンと便箋を握らせる。血を口に含ませる。わけのない話さ、あとは推して知るべし。

渚を歩いた下駄跡は蓋し傑作だね。予じめ用意された歯型が波先の僅かな流れに洗われて消えかけた頃を見はからって、素足の人間が足あとの残らぬように波打際の水の中を走ったのさ。そのとき打寄せる波の深みを避けると同時にしかも足あとの残らぬ程度の深さを常に走るには、波の動きに応じて必然的にジグザグコースを取る結果になる。これと歩調を合わせるカムフラーヂとして予じめ用意された歯型もジグザグに印してあったのさ。一〇匁八分よりない幽霊の足あとをもっともらしく作るにはこんな苦心も要っただろうじゃないか。裾半分が黒い白衣を着た人影なら月の無い夜の遠目には足の無い幽霊にも見えただろうよ。この幽霊はある地点まで来ると、懐に持っていた下駄を穿き一散に墓地にかけ上った。この間は普通の体重ある人間としての歯型の深さを隠し得なかった。卒塔婆に達した幽霊は下駄を持ったま、松の下枝にとびつき梢の繁みに姿を隠した。僕達があとを追って卒塔婆の前に来たとき、この幽霊、否犯人はまだ松の上にいたのだね、きっと。

まあ以上のような次第だが、最後に親友たる君に一言忠告をしたいと思う。君の頭に描いた幽霊事件のロマンと僕の説明したリアルな犯人のどちらに君は余計興味を覚えるかね。君がこの解決を完全に割り出さぬ限りこれは永久に意味のない事件に過ぎなくなる。失われた時間に外ならない。ロマンとリアルと。これは実に真剣な問題だよ」

浅海はこの突拍子もない話に腹を立てる前にしみじみとある事を考えさせられた。神志山の恐ろしいまでの真剣さに完封された思いであった。彼の説明は問わず語らずに事件の真犯人を指摘しているのだ。

　幽霊のあとを追って墓地に急いだとき、浅海が神志山の二三歩前を歩いていた。急ぎとはいえ下駄跡を唯一の目印に進んだのだ。既に月が出ていた。下駄跡に近く落ちていた白い封筒を二人共が見逃がしたというのは普通ではない。むしろ浅海が進んだ後方に故意に落され、帰途に発見されたとみるのが至当である。ここに犯人を指摘するのっぴきならぬ証拠がある。神志山なら葉子の筆跡を真似ることが出来たはずである。あるいはうまく頼んで所定の文句を書かせ、あとで透して転写する方法もあっただろう。

　白い幽霊の正体は？　神志山の共謀者でかつ葉子の歩き癖を良く知っている者、インク代りに使用した葉子の喀血を神志山に与え得る人、即ち葉子の附添いの看護婦であるべきであった。

　ではこの奇妙な事件の動機は一体何であっただろう。普通では考え難いことであったが、平素神志山の人となりを知る浅海には理解出来ぬでもなかった。ロマンとリアルと――、浅海は神志山の物凄いほどの闘志に更めて身の竦む思いがした。神志山が文学そのものに対してさえ大きな挑戦を試みた心情も理解出来るのであった。

　翌日プレパラートを携えた浅海はサナトリウムを訪れた。鏡下に見たものは、細い糸に珠数繋ぎにされたような形の粘り気の多い椿の花粉の合間に点々と散在する三角の粒であった。

　月見草の花粉は三角形をしている。この事件のロマンとリアルの分岐点は、げにこの三角粉であった。

ヴァイラス

神志山探偵は、細菌学の権威と云われた仁礼博士の変死事件を調査していた久能刑事に、突然の訪問を受けた。

到々来たか！　神志山は予期していたものの、恐ろしい想像が適中したらしいことに、ひどい不安を覚えたのであった。

—・—・—・—・—

仁礼博士の死、それは実に奇妙極まるものであった。

——僕はこんなことは金輪際《こんりんざい》始めてだ——

さしも剛胆の久能刑事が唇をふるわせてその模様を語ったときのただならぬ様子に、神志山も思わず釣りこまれて背すじが寒くなるほどの鬼気を覚えた。

以下が久能刑事の話の内容である。

「それは一週間ほど前、僕はある殺人事件らしいものの解決のため、警察に協力していた仁礼博士と、最後の打合せがあって夜遅く訪問したが、博士は不快でもあるらしく、不機嫌な様子でソファにもたれていた。

——ちょっと気になることが起ってね——

博士はそっと隣の実験室を顧みた。僕が用件を切り出そうと乗り出したとき、博士はちょっと手真似で制して、隣室とのドア、入口のドアを閉して鍵を掛けた。窓も掛金をおろしてその部屋は少くとも人間に対しては完全な密室となり中には仁礼博士と僕が閉じこめられた恰好になったのである。

——立ち聴きされるといけないのでね——

博士がヒソヒソ声で言ったのが合点がゆかなかった。通いの家政婦は夕刻にひきあげ、門番の老人以外は人気なく二階の部屋など誰一人立ち聴きする者などいないはずの研究所である。

怪異はあまりにも早く起った。掛金をおろしおえた博士がソファに戻ったその時——

ウッ！　呻き声も長くは続かず博士の身体はあたかも

巨大な力で前から押しひしがれた形に弓なりにのけぞり、苦痛にひき歪んだ顔はみるみるどす黒い紫にむくれ上った。僅か一分足らず、激しい音を立てて安楽椅子が押し倒されたのが最後であった。

何かを言おうとして博士の口は空中に水を索める円口魚のように二三度空しく上下したがそのまま簡単にこと切れてしまった。最後の努力を絞って何かを訴えようとした博士の最後の姿態が多くの謎を含んでいた。右手は隣室に通じる扉を不自然に指す恰好で硬直し、クワッと見開いた両眼は心なしにか天井に近い壁の煙突孔に向けられているかと見えた。眼に見えぬ幽霊に押し倒され絞殺されたとでもいいたい死に態《ざま》であった。

突然の、あまりにも突然な死、しかも密室の中で起った何とも判定の出来ぬ怪死、自殺でない、他殺でない、無論心臓麻痺等のありふれた病死でもない。

検屍の結果は何の外傷もなく首を絞めた窒息死に近い状態を示していた。死の瞬間に同じ場所にいたただ一人の人間という理由で僕にさえ一時疑いがかかったのも情況証拠判断の常道からいって止むを得ぬとさえ考えられるのであった。

――まるで悪夢みたいだ。何が何だかさっぱり判らない――」

老練かつ俊敏という令名の高い久能刑事さえがこんな素人臭い感嘆詞で告白している。

何か特に気がついたことは？　という質問に対し久能刑事はあれこれ思い出そうと苦心した挙句洩らした言葉は救いようのない妖しさであった。

――そういえば何かチラと薄い色を見たような気がした――

――よく思い出せないが紫だったようにも思うし、ことによると茶色だったかもしれない――

――それに煙草の匂いを嗅いだような気もする。何か非常に原始的な葉の匂いをね。仁礼博士愛用の葉巻とは全然違うもっとずっと粗野な感じのする――

――僕に疑いがかかるなんて以ての外だ。もっともあの状況では第三者として僕を疑うのは止むを得ないだろうけどね。断じてこの事件は独りで解決してみせるつもりだよ――

そう決意を洩らして大童《おおわらわ》の調査に取り掛った久能刑事が疲れきった様子で神志山探偵を訪れたのであった。

――いかんな。結局面倒なことになったらしい――

久能刑事を見た瞬間の印象が、そうであった。

——あれ以来寝食を忘れてこの事件と取っ組んだ。僕が夢を見たんじゃないかと思って正確な死亡時刻の推定も鑑識係で文句を言ったほど再三やってもらった。博士は間違いなく僕の訪問した時刻に死んでいる。訪問した事自体が夢じゃないかとさえ疑って自分の行動を人から確認してもらう始末さ——

——僕と博士の間には君も知る通りちょっと面白くない個人的問題もあった。それで僕に疑をかける巧妙な自殺じゃないかとも考え色々と可能な方法を想像してみたがどうしても駄目、癲癇の一種ではないかという見込みも専門医の判定で全然成り立たない——

——博士の遺品を片っ端から整理してみると妙なものが見つかったんだ。メモというか日記というか、あるいは手記というかね。博士の死と確かに関係がありそうでこれはシメタと思った。けどやはりいけない。読み終ってみると結局何のことか見当がつかないんだ——

こんな話の末、久能刑事が神志山に見せた博士の手記、それには日附が入っていないが死の一ケ月余り前からの記録であると推定する充分な理由があった。

○

（第一の手記）

今日偶然に高田光江が事故で死んだ場面を目撃したが、あまり良い気持のものじゃない。横町からとび出して、あの交通のはげしい大通りを傍目もふらずに横切ろうとするから、危いな、と心配したとたんに疾走してくる自動車の前に自分からとび出してしまった。逃げればいいものをよほど驚いたか腰でも抜けたように大通りにつっ俯したではないか。あれでは運転手も処置の仕様がなかったろう。人間もとまどうと身が竦んで動けなくなるものらしいが、この出来事には何だか腑に落ちぬ点もある。いい娘だったのに可哀そうなことをしたもの。明日早速弔慰の方法や代りを備う手だてなどを打合せねばなるまい。

○

（第二の手記）

今日の出来事には大いに首を捻らされた。あれはたしか見たことのある男だったが、誰だったか。

　私の前を行く後姿にふと先日の光江の無惨な死に方を思い浮べた。何故そんなことを考えたのかわからない。

　だが到頭起ってしまった。何となく不安になったので追い付こうと足を早めたが及ばなかった。踏切りが近すぎたのか。遮断器のないのがいけなかったのか。いきなり踏切りでぶっ倒れて背中を丸くしたまま動かなかった。動けなかったのか？　警鐘は点打し赤燈が明滅していたのに。押えられた瀕死の蟋蟀《こおろぎ》のようにかすかに手足が痙攣していた。

　あの動作、あの姿勢は高田光江の死の前後にそっくりであった。私があの男の死の直前まで考えていた光江の死に態と寸分違わなかった。これが偶然か？　偶然以外に何の理由もなさそうだが、全く不思議な腑に落ちない偶然だ。ただ倒れたのでない。何かに突き倒されたとしか思えないあのぎこちない顛倒。羽交絞《はがいじ》めにされたように窮屈な姿態。もしや？　ふと不吉な考えが頭に浮んだが、まさか！

　けれどあのときチラと紫の色を見たような気がするのだ。

○

「——先のは仁礼博士が講師をしていた教室の助手高田光江が自動車事故の犠牲になった日の記録で、新聞にも小さい記事になっていたので日附を調べてみると博士の死の丁度一月前だった。後のは観光ホテルの給仕頭をやっていた気の利いた男、何て名だったかな、あの男が鉄道自殺をした件に相違ないんだが、ちょっとおかしいと思ったんだ。だってこの一ケ月にこの辺で起った交通事故はこの二件だけでどちらも仁礼博士が眼近かに目撃していることになる。しかも亡者は二人とも生前博士と面識があったはずだ。高田光江とは教室でいつも顔が合っただろうし、観光ホテルで時々夕食を採った博士は無論給仕頭を知っていたに違いない。博士の言う通り偶然としても全く不可解な偶然だ――」

久能刑事は冒頭の二つの記録に以上のような註釈をつけた。

○

（第三の手記）

どうも無気味だ。この二三日、怪しい物が身辺につきまとっているような気がしていけない。あるかなしかの影が読書中にヒョイと肩越しに覗いて軽く背中に触れるのだ。ふり向くと何も居ない。居ないのに確かに何物かを感ずる。

かすかに残る匂いは何だろう。嗅ぎ馴れた心易い匂いらしいのにどうしても思い出せない。

○

（第四の手記）

奴は確かにいる。いつも私の身近かにいるに違いない。そうでなくて今日の出来事をどうして説明出来よう。鍵をかけた部屋に煙みたいに入りこんで――、

ああいやだ！　あの形、あの色、あの匂い。あいつの正体は一体何だろう。

神経が少し疲れているが私は気が狂ったのでもなく幻影を見ているのでもあるまい。

壁の煙突孔から出て行ったように感じたが、さては煙だったかしら。しかし研究室に煙が来る理由がない――。

○

（第五の手記）

今日はいよいよ奴の正体を見届けたと思った。奴の仕業は身の毛もよだつ残忍なやり口で、拱手傍観するより

手のなかった私は耐えられぬ自責に虐まれる。眼をかけてやった教え子夫妻を完全に見殺しにしたのだ。

今日の夕刻、といってつい四時間前だが、海岸の公園で新田夫妻に逢った。新田は慇懃にそして親しげに挨拶をしてくれた。妻君は相変らず美しく、羨ましいほど仲睦じげであった。私は二人のために大いに祝福してやりたい気持で一杯になった。

近日中にホテルで晩餐を共にする約束をして別れた僅か一分の後にどうしてあんなことが起ったのだろう。

何気なく振り返ると、二人は殆んど抱き合うほどに寄りそって、崖縁に後姿を見せて立っていた。対岸の美しい夜景に見入っているのだ。この公園は海岸端の平地を渚の崖縁まで幅一杯にとり、低い石手摺の向うは水面まで二十尺余の石垣であった。

憎い！　何故かふとそんな気持が動いた。独り者とはいえ既に半白を交えた私には我ながら理解の出来ない嫉妬の感情であった。

そのときサッと紫の――いや、そう感じただけでしかと見定めたのではない――紫のもやもやした影が二人を包んだかとみる間に、ツンのめりの恰好で二人は海に落ちた。棒ぎれを投げこむのと変りないあっけない水音が聞えてそれっきりであった。

地についた私の足は動かなかった。否、吸いつけられた形に動けなかった。

微かな匂いが漂っている。

何だ、何だろう？　呆とした私の頭に突然天啓の閃光がひらめき匂いの正体がチラと姿を見せた。

ヴ、ァ、イ、ラ、ス、だ。いや、進化ヴ、ァ、イ、ラ、ス、だ。そ奴の匂いだ。

○

「――仁礼博士が変死する一週間ほど前に新田助教授夫妻の水死体が発見されたことは君もよく知っているだろう。新進若手の偉材という令名の高い順境の新田氏に夫婦心中の動機も考えられないので、過失死と判定されたんだが僕には少し疑問があった。というのは僕が今まで水死体を沢山見てきた経験から判断して、呑んだ水の量が過失死にしては心持ち少ないんだよ。心持ちね――

――この手記をここまで読んで、博士は正気で書いていたことを確信する気持になった。実を云うとそれまでは博士ちょっと神経を病んでるなと考えていたけれど――

――博士も紫の色だの得体の知れぬ匂いなどと書いている。博士の死の床に現れた幻まがいの感覚は本物らしいという自信が出来た。僕は幻を見たのじゃないのだ――

――ヴァイラスなんていう聞き馴れぬ名前など気にせずまあ次を読んでみたまえ。大変なんだから。いかに君でも驚くに違いない――」

これに続く手記、それは最後の記録であったが久能刑事の言葉通りさすがの神志山もあまりの奇怪さにタヂタヂとなった。

手記の内容は、仁礼博士と筈見教授が主催した少人数の臨時教授会の席上で突然筈見教授が斃れた出来事について述べてあった。

○

（第六の手記）

今日、筈見君と相談して緊急教授会を開いている最中に到頭私の一番畏れていた事が起った。奴が到頭最後の兇刃を振ったのだ。極秘内容の会議であったからドアも窓も閉じてあった。

重苦しい胸騒ぎは正しい予感であった。反対意見の筈見君が二度目の発言に立上ったとき、私は朝靄の裾よりも淡い紫の色が扉の鍵穴から流れこむのを見た、いや、感じた。それはみるみる膨れ上ったとみるうちに、腹立たしいほど嫌味な輪廓を画いた。のたのたと摑み所のない鏡下のアミーバ、あの不愉快な形であった。

そ奴はのらくらした姿に似ず、山猫のような素早やさで筈見君に突進したとみたが――、筈見君は一たまりもなくのけぞって朽木のように倒れた。

大騒動を始めた教授達、理由もわからず右往左往する。その時、紫の影はもやもやと崩れて一条の煙となり窓の上部の煙突孔から蛇の魂さながらに逃れ出るのを私はまざまざと見た。後に残る奴の不可解な匂い。

奴だ！　私は今こそ、はっきり正体を摑んだ。奴こそヴァイラスの化物なのだ。精神の空白な新しい動物。おお！　そうだ。奴の精神には、私の悪い意志が移植されたに相違ない。それは私の悪の面だけを原動力にもつ私自身の影武者なのだ。

私も近いうちに、あ奴に殺されるかも知れぬ。殺される？　そうだ、きっと殺される。殺されることは結局自分が自分を殺すことになるのだが……。

◯

（最後の手記）

今日、久能刑事がやって来た。筈見君の死は顚倒衝撃による脳振盪であり、顚倒した原因は癲癇でも卒中でもなく、単なる眩暈いか失神だろうということで一応覘《けり》がついたと思ったのに、この刑事は疑っている。屍体に微かに窒息症状があったというのだ。恐ろしく敏感な男だがこの真相はとても判るまい。私に向って解決に協力してくれという。仕事熱心な愛すべき男だがその協力はちょっと困る。元来なら筈見君の次にあ奴の兇手に斃れるのはこの男のはずだが今となってはよほど機会がない限り手遅れかも知れぬ。協力するとみせてこの真相はヒントを与えるにとどめ墓場へ持って行こう。アーメン。

◯

「――どうだ、神志山君、驚いたろう――

――この事件は一体どんな結末に落着くのだろうか？　僕には判ったようで結局さっぱり判らない。博士は一体全体自殺したのかね？　殺されたのかね？　――

――気に喰わないのは最後の文句だよ。僕までが何とかいう化物に殺されるはずだったとは何事だ。それに仁礼博士は何故筈見氏の死の真相を僕に教えるのを渋ったのだろうか？　協力するとみせて真相を墓場まで持ってゆくとは全く聞き捨てならぬ話だよ――」

久能刑事がこの得体の知れぬ手記を神志山のもとに持ちこんでから一月近くの日が流れた。その間、神志山は一心不乱にこの事件に没頭していたのである。

――久能君、仁礼博士の死は自殺であると同時に他殺であるという古今未曾有の怪事件だったよ――

突然久能刑事を訪れた神志山がこんな変な事を云いだした。

――君は博士の遺品をしらみ潰しに調べたといった。けど一つだけ見落したものがありやしないか。これも一種の盲点で、自殺他殺を追及するため君は常識的に手紙日記の類を漁ったり、友人知人との交際や感情関係などの聴き込みに手一杯追われて、博士の研究内容までを検討吟味するのを忘れたのだ。こんなところに鍵があろうなどとは普通では考えられないから無理はない。

博士は細菌学者として有名だが、近頃の研究はヴァイラスに集中していたのだ――

「――ヴァイラスて何だい？――」

――おや、君は知らないかい。では――

神志山が久能刑事に懇切に説明したヴァイラスの話の概略――

（ヴァイラスとは煙草の葉などにモザイク病を起させる一種の寄生菌ようの超微小生物であるが、その正体を慎重に観測すると、実に驚天動地の大問題が提供されるのである。一口に言えば人智の限界の彼方にあるものとして神聖視されてきた生命の問題に科学的解決の緒を彷彿させる。

ヴァイラスは菌であるから無論生物で、宿主の植物から栄養を吸収する。即ち、鉱物（無生物）には絶対にない生活作用を営む。この作用の有無が従来までは生物と無生物の絶対限界と考えられてきた。その間には越ゆるべからざる深淵があり、そのギャップこそ神のみが知る生命の不思議と呼ばれ、人智の尽し得ぬ永遠の謎とあがめられていた。それを豈《あに》はからんや、奇怪なるヴァイラスの発見によって深淵の底がチラリと片鱗を見せたのである。

ヴァイラスは結晶する。結晶！　それは鉱物のみに許された自然現象である。この事は驚くべき発見であった。ヴァイラスこそ無生物から生物が生じた過程を実証する貴重な中間物である。神のみが知る業として不問に附せられていた「生命の起源」という大神秘を人類が自らの手で発見する第一ヒントが与えられたのである）

ヴァイラス

――仁礼博士はヴァイラスの研究に没頭した。野生のヴァイラスの生態を観察するばかりではない。これを培養して種々な方法で刺戟を与えて進化させることを試みた。そして鉱物と生物の間に介在する色々の段階にある中間物を創造することに成功した。その一つ一つが生命の秘密の見えざる鎖の輪を一つ一つ解き明してゆくのである。――

――この驚くべき実験の途中、偶然に恐ろしく進化した奇妙な生物が生れたのである。それはヴァイラスの微粒子が漠然と集合した煙のようなものであった。微粒子であるため、短波長の光を分散し全体が透明でしかも薄い紫色を帯びている。生物であると同時に煙草の葉に寄生した結晶性鉱物でもあるため、その葉の生葉の香りに外に浸透していた。怪しい匂いとは煙草の生葉の香りに寄ならない。

進化ヴァイラスはガス体に似ていてしかも動物的な生物であった。そのため、己の意志通りにふるうことも出来たし、時には怪力を圧力の形でふるうことも出来た。人間の表面に吸血蝙蝠ばりにピタリとまといついて肺呼吸皮膚呼吸を停めるのは得意であった――

――ここまでは博士の研究メモに記載されている。即

ち進化ヴァイラスは博士にとっては正体のよくわかったもので驚くに足りないはずだのに、手記に見るように博士はこの生物をひどく恐れていた。何故あんなに恐れたのかという理由が一番深刻なそして恐ろしい謎なのである――

――これ以上は僕の推定だが、そして実に重大なそら恐ろしい想像だが――

神志山はちょっと言葉を切った。顔は緊張に青ざめていた。一心に耳を傾けていた久能刑事が顔をあげて続ろと目顔で云う。

――動物は何でもそれ本来の意志をもつ。のみが生じた動物に個有の意志が移り住んだと考えることは不自然じゃあるまい。単純な動物に人間の複雑な精神活動が全部複写されるはずはなく、結局一番低級な本能から発する原始的意志だけが共鳴し、博士の本能的な意志と感情を即座にむき出しに反映して活動する手先になったのである。謂わば博士のハイド的半面を受持つ奇怪な動物になった。

303

博士は自分の目前で次々と怪しい死に方をした人達が嘗て自分とどんな関係にあったかに気付いたとき、始めてこの動物を支配する意志が誰のものであるかを知り、ひどい恐怖に襲われたのだ。自分の意志の分身の残酷な振舞を拱手傍観する恐ろしさは想像に余りがある。――

――博士と犠牲者達の関係は君が一番よく知っているはずだが、念のために一度列挙してみようじゃないか。

仁礼博士の夫人は素晴らしく美しい人だった。自殺されてもう三年になるはずだが、夫人の自殺の真因は、もう公然の秘密になっている。夫人が筈見教授の巧妙な誘惑に陥って博士の慈愛と信頼を裏切る結果になったことが自殺の原因であったし、温厚な仁礼博士もそれ以来筈見教授と犬猿の間柄になった――

――愛情深い人は嫉妬心も強い。この両者は表裏一体さ。第一の犠牲高田光江は筈見教授の姪じゃないか。仁礼博士もこの娘には好感をもっていたはずなのに姪という血縁関係のために悲劇が起ったのだよ。意識の下に埋もれた人の心の本性はこんなにも恐ろしいことを仕でかすものだ。――

――筈見教授と仁礼夫人の逢引きをとり持ったのは観光ホテルの給仕頭でこれが第二の犠牲者だけれど、高田光江さえあんな目に逢ったことをおもえば当然すぎる結末である。この種の職業の功利的な人間のもつ幇間《ほうかん》的卑屈さと老獪《ろうかい》さはそれでなくてさえ博士には嘔吐《ヘド》の出る思いだったろう。――

――新田助教授、この人は学生時代に仁礼博士の門下に薫陶を受け大層可愛がられて博士宅には常に出入していたときいている。この美青年は優しい仁礼夫人からも随分寵愛されたに違いなく、時には博士の眼に余ることもあったと想像するに難くない。いかに愛情を注いだ相手でもこの道ばかりは別、博士の心の片隅に鬼がいたとすれば充分過ぎる動機となろう。

新田夫人までがどうして？　という疑問に対しては止むを得ぬ巻き添えだったと答えよう。ヴァイラスの化物は抱き合うほどに寄りそった二人のうち一人を選んで突き落すほどの器用さを持合せていなかった、と考えればいい――

――筈見教授の死は以上の出来事の集大成というべきで、徹底した復讐に燃えた仁礼博士の悪魔の心がカラカラと凱歌をあげた瞬間だったであろう――

――仁礼博士は殺人魔ではない。人間には誰にでも若干は悪魔の心があり常時は理性がそれを意識の下に隠しているに過ぎぬ。仁礼博士の場合は不幸にして自ら創造したヴァイラスの怪物に魅入られ、ハイドが出現したのだ。この経過に気がつき罪の意識に愕然とした博士は次に殺されるのは自分だと言った。これは博士の引責自殺の意志を意味し、外見はヴァイラスの化物による他殺の形で現われたのである。劇的な博士の屍の形はヴァイラスの入って来た鍵穴を指で示し、出て行った煙突孔を眼で示した。手記の掉尾《とうび》に書かれた真相へのヒントがこれであった。

自殺にして他殺という一見矛盾した表現がこの事件には一番ぴったりするのだ――

――それから久能君、これは君には大変重要なことだからよくききたまえ。

博士の手記の最後の三四行によると、筈見教授のあとで機会あれば君が殺されることになっていたのだ。わかるかい？　動機は明瞭で、君も自分のことだから承知しているだろう。何故って君もあの美しい仁礼夫人には大分恩寵を蒙《こうむ》った一人じゃないか――

――君は幸運にもあやうく危険を免れたのだ。何度も博士に逢っていながらよくもヴァイラスの化物に襲われなかったものだね。

機会がなかったんだね。機会が――

これを聞いた久能刑事は鼻白んだ顔をひき歪めて淋しく笑った。

――・――・――・――

筆者註（ヴァイラスの話はあながち筆者の空想虚構でなく、現実の裏附けある事柄です。この方面の研究は今日一般の想像以上に進んでおり、生命や霊魂の神秘が解明される日がやがて来ることを真面目に期待してよいと考えます。心霊学者達が質化された霊魂、あるいはエキトプラズマと呼ぶものの正体は、畢竟ある種の進化ヴァイラスなりと考えればよく話の辻褄が合うのです。

従ってこの一篇はここで結びとしても充分の意味を有ち、ある種の読者はその方が魅力が多いのでしょうが、筆者は敢てそれを採らず、短かいけれども重要な結尾を続けます。

普遍化されていない特殊知識に解決を託することを極度に忌み嫌う常識的な読者層の絶対多数に敬意を表して、この事件を平凡穏健な常識で納得出来る範囲内で解決せんがために——）

——・——・——・——

久能刑事の割切れぬ表情をじっと眺めていた神志山は急に語気を革めた。

——よろしい。君の気持、考えていることはよく判る。では僕もざっくばらんに打ちあけてしまうぞ——

——君にはヴァイラスに殺される機会は充分にあった。もっとはっきり言おう。ヴァイラスにではない。仁礼博士にだ——

久能刑事の顔がみるみる色を失った。

——君が筈見氏の死因の調査に仁礼博士の協力を得ようとして最後に尋ねたという夜だ。部屋は完全な密室だといったね。仁礼博士が勿体をつけてわざと密室にしたのだ。この時がいい機会なのさ。君が殺されるためにも君が殺すためにもね。

どうだい！　仁礼博士は君を殺すつもりだったし、君はそれを承知で行ったんだろう？　事態はどう運んだかは当事者の君の方がよく知っているはず。——

久能刑事は顔をあげなかった。

——ヴァイラスなら無論実在するが進化ヴァイラスの怪物なんて馬鹿々々しい話さ。もっともこの筋書を書いたのは君じゃないけれどね。次に僕がこの一ケ月苦心して組立てた真相を紹介しよう。これが本当の真相だという自信を以てお話しする——

——高田光江のは、本当の不慮の事故だろう。急ぎにまかせて不注意に道を歩くと起りがちの出来事で、手記にある通り仁礼博士が偶然現場に居合わせたとしても別に意味はない。もっとも手記自体に大分作り話が入っているのだから本当に博士が目撃したのかどうか確実とはいえない。仇敵の血縁であるにせよ何の罪もないしかも気に入りの娘を殺す動機などそれこそヴァイラスの化物でもない限り考えられないし、第一あの大通りは人目につかず殺人のやれる場所柄じゃない——

——ホテルの給仕頭、このときは本当に殺人が行われたかも知れない。光江の場合と違って場所が比較的人気の少い踏切りである。顔見知りの二人が踏切りで立止って待っているとき、あたりに人気がないのを見済まして相手の隙を覗い間際に迫った列車めがけてつきとばす——あの見通しの悪い踏切では汽車の運転士や乗客から目撃されるおそれもない。即ち殺人は可能なのだ。僕は幸にそのときの運転士に逢うことが出来た。「普通の飛込み自殺と様子が違ってつんのめるようにとび出して倒れた」という証言が有力な資料になる。動機は充分とはいえないまでもまず考え得る程度はある――

――新田助教授夫妻、動機はあるような、無いような、場所柄は殺人可能。

僕はここでどっちだとはっきり言いたくない。幸福そうに見える夫婦にだって死の途を選ぶ動機がないとはいえないし、逆に幸運そうな相手に嫉妬を感じて殺意を抱くことも間々実例のあることだ。殊に仁礼博士の場合は自分の不幸の一因を作った相手でもあり、既に一度殺人を犯せば二度目は比較的簡単に犯し易いという心理的条件も加わっている。またあの公園の手摺りは低くて子供が誤って落ちた例もあることから過失死とも考えられるが二人が同時に死んでいることからこの線は一番薄い。

要するに事故発生の真因は摑み難いが、僕がはっきり言えるのは、化物が飛びかかって云々という点は博士の作り話だということだ――

――筈見教授の場合は動機が一番濃厚で博士が殺人の機会を狙っていたことは確実と考えてよい。しかし数人の目前でそう巧妙な殺人が行えるはずがないからこの事件ははからずも偶然に起ったと考えるのが一番至当だ。窒息死氏の死因は単に強打による脳振盪だろうと思う。窒息死の形跡があったというのは多分君の思い違いだろう。延髄に強い衝撃を受けた場合不随意筋が麻痺して往々そのような症状を起すことがあるそうじゃないか。

この結果を見て仁礼博士はどう感じただろうか。一番肝心の狙いが計画者をさしおいて勝手に進行し、しかも計画者の目前でこれみよがしに起ったんだから、実に皮肉な成り行きさ。博士が髀肉の嘆を喞《かこ》ったか天の配剤に快哉《かいさい》を叫んだか、それは僕の知る限りじゃない――

――要するに博士はその頃起った事件、あるいは自ら起した事件を題材に一つの芝居気を盛ってヴァイラスの化物にことよせ、自分の犯罪を――仮に犯罪があったとすればだよ――美化し神秘化しようと試みたわけだ。それを解釈するかがこの事件の中心の興味だと思う。博士が誰を殺し誰を殺さなかったなどという穿鑿《せんさく》は博士の既に亡い今日どうでもいいさ。何なら警察の犬に呉れてやってしまえばいい。――

――幸か不幸か、君にとっては恐らく幸なことに、筈見氏の死後協力の名をかりて仁礼博士の研究室に出入するうちにあの手記を見つけた。賢明な君に事態の判定が出来ぬはずがない。手記に書かれた真相を察すると同時に君は対策を考えた。自首を薦めるつもりか乃至は詰問するつもりか、とにかく君は身の危険も忘れて最後の打合せに行ったのだ。

そこで起った事は君の方がよく知っている。思いやりの深い君だった。博士の名誉を保護しその遺志を遂げさせてやるつもりで君もそのお芝居を続けたのだね。そうだろう。

神々も照覧あれだ。僕は君の行為が絶対に正当防衛であったことを信じるよ――

神志山探偵はこう云って久能刑事の肩を叩いた。

久能刑事の眼蓋は真赤にうるんで感激の涙があふれた。

佐門谷

——思いがけぬ豪雨に見舞われて、ちょっとした土砂崩れなどがあったため、私が駅に降り立ったのは定刻より二時間も遅れた真夜中の十二時という大変な時刻でした——。

そこは全く見るかげもない山間の小駅で、寝呆け眼を擦りながら出て来た駅員が、たった一人降りた私をひどく怪訝そうに見ていました。

改札口を出てハタと当惑したことに出迎えているはずの馬車が見えないのです。私がこの汽車で来たのは先方の希望によったもので、夜の山路は大変だから必ず迎えを出すという鄭重な手紙を受け取っていましたので、仮令《たとい》汽車が遅れても待っていてくれるものとばかり思い込んでいたのです。

これは困った——歩こうにも不案内の山道などを、それもひどく難路と聞いているものを、この秋雨けぶる真暗な深夜にどうして辿れましょう。見渡したところ駅の他に建物らしい物の見当らないひどい僻地です。こんな事なら、もう少し先の町まで足を延ばして、そこで泊り明朝引き返してくればよかった、と後の祭に暫らくは呆然としていました。

そのとき列車を無事に送り出し転轍《てんてつ》を終えたらしい駅長さんがタブレットのフープを肩に戻って来ましたが、私を見ると驚いて声をかけました。

「もしもしお客さま、これから部落へおこしですかね？」

「いやあ——、それで実は困ってるんですがね。来ているはずの馬車がいないのでね——、といって今更引き返すことも出来ませんから無理しても行こうかと考えてるんですよ」

赤線の古ぼけた帽子の下からゴマ塩をのぞかせ、羊のように小柄で柔和そうな駅長さんは益々驚いた顔になりました。土地の人らしく朴訥《ぼくとつ》な言葉にはひどいなまりが、ありました。

「いやいや――お客さま、あなたここは始めてらっしいですの。おやめなっさい。いまどきこの雨の中をとても越せるもんじゃない。部落まではたかが二里ばかりじゃが、途中は佐門谷といいましてのう――大変な難所ですけん――馬車一台がやっとこさ通れるばっかあの狭い嶮しい路でしての、よくおっこちるんじゃ、あそこは――明るいうちならええが、今どき越そうなんて、そりゃあなた気狂い沙汰じゃて――あさになっせい、あさに――むさいとこじゃが、こちらで朝までゆっくりなっさいましよ。寝床までは無理じゃが、椅子と毛布ならありましょうほどに――」


親切な人でした。私を部屋に導き入れて囲炉裡ばたの椅子をすすめてくれるのでした。まだ秋口とはいえ山間ではひどく冷えこみます。チョロチョロ燃えるホダ火の暖かさは、たえられぬほど嬉しいものでした。

「汽車あ、えらく遅れてお疲れでしょう。おもてなしも出来んが日の出るまでゆるりとお休みになって――」


茶でもふるまうつもりでしょう。子供のように愛嬌のある小さい眼をしょぼつかせながらホダ火をかき立て、冷えた薬缶などをかざすのでした。

「馬車は一度来て帰ったんじゃありませんかね？」

私はまだ迎えの車の仕打ちに釈然としないものがあり、つい愚痴っぽく尋ねてみました。

「いや、とてもとても――、夕方頃のあの降りじゃ無理でしょうの。三十年御者をやった男でも雨の降る夜には誰も越え手のない佐門谷じゃ。月はなくてもせめて星晴れじゃったらのう。――いくらお約束じゃというて、お迎え参上もなりませんでしょう。それに御存じもなかろうがつい四五日前、また不吉なことが起りましての――」

駅長さんはふと気がついたように火を立てる手を熄めて私を見上げました。

「ところでお客さま、あなた曾根の郷の誰をお尋ねなのじゃな？」

「村長さんからお招きにあずかっているのですが」

「おう、さようですか、村長の甚三郎さまのお客さまでござっしゃったか、それはそれは」

もともと親切な駅長さんの態度が今度はうやうやしい

ばかりの態度に変りました。

「甚三さまをはるばる尋ねてみえたとならもしや神辺先生じゃございまっせんでしょうか？　それならいろいろとお噂をきいておりまっした」

この気の毒なまでに素朴な駅長さんはだいぶ躊《ため》った後、人違いじゃないかとひどく遠慮をしいしい尋ねます。

当時私はある新興宗教普及会の一員という名目で全国を股に行脚行を続けていました。山陽道のある都会の有力な保護者の家に厄介になっていたとき、曾根の郷の村長、曾根甚三郎氏より非常に急ぎの招聘状が舞い込みました。まだ見ぬ山間の僻地らしいですが、この招きにはひどく私を魅きつけるものがありました。ありきたりの宗教講演の依頼ではなさそうに思えたのです。町から支線に乗ってゆけばそう遠くもないことに気が付いて、その夕刻から手紙に指定された迎えの馬車に間に合わすべく、早怱《そうそう》と出かけて来たわけなのです。

「先生、曾根に暫らくご滞在なら、暇をみて是非一度お話を伺わせて戴きたいですの。こんな山中の小駅でも駅長となりゃこれでおいそれと手を放せませんのでなあ――」

それから寸時《しばら》くは話がはずみました。駅長も曾根の出で土地の歴史、伝説などには詳しい様子でした。

私には佐門谷という峠の難所の名が何か曰くあり気に思えましたので訊いてみますと、案の定、駅長さんは得意になって、その来歴を話してくれました。

「――私が子供ん頃ですからもう四十年もなりますかな、むろんこのあたりまだ鉄道なんぞ敷かれちゃおりません。そりゃひどい山里だったもんで――。

曾根の郎党で佐門ちうて腕っこきの馬喰がある夜、娘のお鈴ってのを馬車にのっけて帰るさ、誤ってあの谷に落ちそりゃひどい死に態だった。わたしもこわごわ見に行ったもんですが、娘のお鈴など馬喰の娘には惜しいほどの器量よしが潰れて死んでいるなど、二目と見られたもんじゃなかったです。佐門といえばその頃、郷で名うての名馬手で酒を喰っていたわけでもあるまいに何故あんなことになったかとだいぶうるさかったものですわい。お鈴に懸想して親爺に逆ねじ喰った奴が馬をけしかけて落したのかもしれぬなど噂が出たりして騒がれたものです。同じ夜、佐門の先を行った馬車の御者が後の方で馬があばれる気配を聞いたことは、本当らしゅうございますよ。何も証拠のないことなんでそのままになりまっしたけどさ――、それからというもの、雨の夜にあの谷の道を通ろうものなら、下から佐門の怒った恨みの声とお鈴がシクシクと悲しげに泣く声が聞えるようになったのです。——いや嘘じゃありません。それから誰云うともなくあの谷を佐門谷と呼びだしたわけで、そういや私も近頃二度ばかりその声を聞いたことがある——そりゃひどいところで——そうさなあ——佐門以来かれこれ二十人も人死にがあったでしょうか」

私はきいているうちにぞくぞくと寒くなって来ました。

「——それに、つい四五日前、またやったらしいんで。力蔵っていう役者上りの馬手とおさよって若い女がおっこちたが、男の屍骸が流されてみつからぬので、やれ心中だろうとか、いや死んだのは力蔵じゃなくて久作だろうなんといってややっこしい噂になっとりますのじゃ。おさよの死に態がさ、お客さま、お鈴のときにそっくりなんだそうで——

ああ、ツルカメ、ツルカメ、いやな晩ですな、こんな夜にお客さま、御存じないから佐門谷を一人で越そうなどと仰言《おっしゃ》るんで——こりゃ誰にせよお止めせにゃなりますまいよ」

話しながら身を竦める駅員さんの寒さが私にもゾクゾクと伝わって来ました。うっかり行かなくてよかった。親切な駅長さんに逢ってよかったと大いに喜んだものです。

——しかし——、私をあの恐ろしい体験に引き入れた不吉の使者は、このときヒタヒタと間近かに迫っていたのでした。

「寝づらいでしょうが夜明けはまだ遠い故、一眠りなさいまっせ——」

駅長さんが戸棚から毛布を出して持って来てくれたそのとき、私達はカラカラと遠く山路を下って来る輪鉄の音を聞いたのです。

駅長さんの面に不安気な色が浮び、私は何かしら鳥肌が立つ思いでした。

それは馬車らしく蹄が岩路を嚙むカツカツという響が高くなってカンテラの灯が次第に大きくなり、やがてそれは駅前の仄暗い光の中にピタリと停りました。灯をさげた男が御者台に蠢《うごめ》いています。

「駅長さーまよ、お客さまござってはいないけえ——」

キンキンするような声でした。

「おお、久作さんじゃないか！　お前無事だったのけ」

た。

駅長さんの声は溜息まじりに驚きの色を含んでいまし

「無事ともさ、この通りピンピンしてらあな」

「よかった、よかった、そりゃよかった——兄妹しておっ死んだんじゃ、第一お前のとっつぁん草葉の蔭でも浮ばれまい。——実はおっこったのはやれ久作じゃ、いや力蔵じゃというてややこっしくての、心配しとったけん——」

「そうじゃっての——、おいらちょっとわけがあってこの二三日姿を見せなんだところに、力蔵どんの屍骸は上らんしするのでそんな噂になったらしいんじゃ。それにしても力蔵どんは気の毒したの。第一女房のふささんが可哀そうじゃて、おさよのやつ、ふびんにはふびんじゃが馬鹿者奴よ」

久作の声が少し湿りを帯びます。

「全くそうのう——でお前、お客さまを迎えに来たのだろ?」

「そうとも、そうとも、是非今晩中にお連れしろとのきついお達しじゃ。危いにも危いが二みちの山路を二ときもかかってよ——

——いやあ、これはこれはお客さま、ようこそ、久作めにございます。ながい事お待たせしてすんませんでしたのけ。汽車遅れて大変でござったでがしょう。直ぐまいりますけにチョイと一服つけさせてやっておくんなされや」

久作という御者は濡れこぼれた菅笠と蓑をつけたまま御者台の上からペコリと大仰なお辞儀をする。顔など暗くてよく判りませんがその態度には田舎者らしい朴訥さが溢れるばかりで何となく頼母し気に見えるのでした。

スパスパとつけ終った久作は早速手綱などとって身仕度を始めました。

「久作さん、ほんとに行くのかな。あさまで待ってはどうかね。お客さまもそのおつもりじゃ。力蔵どんやおさよさんにあやかると大変じゃけん」

「いやいや、そうはいかんぞ、お客さま、村長さまから手紙を預ってまいりやした。おあらため下さいまっし。何せ一ときも早く、おつれしろとのきつい御執心で」

久作はそれでも御者台から降りようともせず、私が歩み寄るのを待っているのです。口が鄭重な割に横着だな——彼の態度にふとそんなちぐはぐな印象を受けたものです。その手紙は明らかに前のと同じ筆跡で甚三郎村長のものに相違なく、火急の用があるので夜分恐縮ながら迎えの馬車で直ちに来てくれるようにとの簡単な文面で その理由など何も書いてありませんでした。

「幸い、雨も小降りになった模様、ゆるゆる行きます ほどに、お客さま御安心なすって――」

駅長さんは随分と引きとめましたが、手紙のこともあって結局久作のすすめに従って夜道の山越えを決行することにきめたのです。それは旧式な箱馬車で入口には粗末な幌の掛け布が下っているだけで扉はありませんでした。

「ではお客様、お気をつけて。久作さんたのみますぞ」

駅長さんは馬車が動き出しても不安げに首をかしげて雨の中に立って見送っている様子でした。

馬車は雨のそぼふる闇の山路をガタガタゆれながら進んでゆきました。坂にかかったか馬の喘ぎが大きくなり速力はグンと鈍った様子です。天井の前寄りに吊した石油ランプの鈍い光が時々大きく揺れ、その度に隅々の物の影が物の怪のようにゆらぐのです。

これから越そうという佐門谷の気味悪い話も無論ですが、私にはさっき久作が何気なく喋った言葉の中のちょっとした不合理が気になってたまりませんでした。

十二時半頃駅に着いた久作は曾根の郷から二みちを二ときもかかったと言いました――がそれが言い違いでなければ実に腑に落ちぬ話なのです。二ときといえば四時間で、こうした片田舎ではまだこんな時間の呼び方をしているところはいくらもありました。久作は八時半頃曾根の部落を出たことになり、それは汽車の延着を知らぬものとすれば十時着の迎えに当然のことですが、その口で直ぐに汽車が遅れて大変でしょうと言っているのです。汽車の到着は十二時でしたから、その頃まだ三十分ばかりの道程を山の中にあった久作の耳にも夜の静けさをついて汽車の轟きが聞えたものでしょうか？　それにしても二みち二ときとは随分非常識な遅さです。いくら注意して徐行したにせよ馬車の動く速力ではない。現に今走っている速さなら二里の山路を楽に一時間ばかりで乗り越せるはずなのです。

そんな事を考えているうちに単調な動揺に眠気が出て、ついうつらうつら始め、到頭寝入ってしまいました。そしてどれほどたったか？　私には随分眠ったように思われましたが、実は三十分足らずだったのでしょう。

ふとゾクゾクする寒気を覚えて眼が醒めました。入口の垂れ幕が、少し出た風にハタハタゆれているのです。そして私がもたれている側と反対の左舷の窓框に、一人の女が頭を両腕の間にかかえるようにして眠っているのに気がつきました。瞬間ギョッとなりましたがそれは確かに息の通った人間——しかも若い女でした。荒い矢絣の銘仙に単衣帯という田舎娘にあり勝ちな簡単ないでたちに頭髪は無雑作にくるくると束ねてあります。横顔の一部分と白い頸より見えないのですが、この鄙には珍らしい、美しい女という感じがしました。ほのぼのと馨ってくる甘酢っぱい髪の匂いさえ嗅ぎとったのです。

こんな事は田舎にはあり勝ちのことで、道行く車は顔見知りの間柄なら誰彼の別なく便乗の便宜を与えてくれるものです。御者の久作が恐らく私が眠っているのでわざわざ起してことわるほどのこともなく無断で同乗させたものに違いありません。もう若い女に気を惹かれる年齢ではありませんでしたが、それでも何か身近かにはれがましいものを意識した感じで静かに眼をつむり、じっと車の揺れるに委せていました。土地不案内の私にはこの山路でこの時刻に若い女に行き逢う不自然さが全然ピンと来ていなかったのです。

そうして五分もたったでしょうか——、上りつめたとみえ、荒々しい馬の息づかいと鞭の音が消えて車は急に徐行を始めました。はるか右下からゴウゴウと雨に膨れた渓流の響が湧き上って来ます。

このときが、世にも不気味な出来事の発端だったのです。

私は女が急に居ずまいを正した気配を感じてそっと眼を開きました。

ああ、その時、私は毛穴という毛穴が一斉に痙攣して、身体が氷になったかと思うほどの凄い物の怪をそこに見たのです。

中腰になって上半身を斜めに私の方にねじ向けた女の周りからは凄じい妖気が立ち騰っていました。力なく前方につき出した両腕の附根からはだけた胸にかけては二目と見られぬ無惨な血糊の海、青ざめて、むくんだ口もとから糸を引いた二条の線がみるみる太ってゆきます。

「ああ、佐門谷、佐門谷——、もう直ぐ佐門谷です。わたしいやです！　もうおろして頂戴！　とめて頂戴！」

地の下で喘ぎ呟くような金切声——それは何とすさまじいものでしょう。

眦《まなじり》がヒクヒクして女の口が動く度にドクドク唇から流れる真紅の条が顎からのどに、のどから潰れた胸元の血糊に吸い込まれてゆくのをまざまざと見たのです。

「いや！　いや！　妾《わたし》は降りる！　早く停めて！　おおこわい！　佐門谷！」

よろよろと立上った女は黒い幌をかきのけるや馬車の外に身をひるがえしました。留める暇も何もあろうはずがありません。私は金縛りにあったように、身動き出来なかったのです。

やがて我に返った私は大声をあげて前のガラス窓を激しく叩きました。窓の外には御者台に坐った、久作の腰のあたりが見えています。

「久作さん、久作さん、御者さん、大変だ！　とめて下さい！　女がとびおりたんだ！　ひどい怪我をした女が」

久作からは何のいらえもありません。私はもう一度はげしく窓を叩きました。

「とめろ！　とめろ！　女だ！　女がとび降りたんだ！」

そのとき叱りつけるような大声が戻って来ました。

「お客さーま、危いから静かにして下さいよっ！　今が一番の難所ですけん」

よくみると車は蛞蝓《なめくじ》のようにのろのろと屈曲の多い絶壁径を這い進んでいるのでした。久作の必死の手綱捌きが調子の鋭い振動になって座席までヒクヒクと伝わって来ます。

ヒヤッとしてそのお蔭で冷静に戻った私は努めて身体を左舷ににじり寄せて外を覗こうとしました。

アッ！　窓から首を出そうとして思わず身を退きました。岩壁が五寸とない鼻先に迫りあやうく額をぶつけるところだったのです。私の身体は再び氷のように、緊く縮み上りました。

五寸の幅に飛び降りた女！

たった五寸の幅に！

あれは何物？　幽霊か？　狐狸の類か？

しかし女の遺した生々しい血の滴りは鮮かに埃にまみれた床に残っているのです。

「お客さーまっ！　じっと動かずにいて下さいよーっ！　右は一尺の余裕もない崖っぷちですけん」

久作のわれるような叱咤の声に私は身体を石のようにこわばらせているより仕様がなかったのです。

ゴウゴウという急流の音につれて千仭の谷から吹上げる風が右舷をスウスウと掠めて通ります。

息詰まる十数分が過ぎ馬車はやっと停りました。

「やれやれ、お客さま、一番むつかしいところはやっとこさ過ぎまっしたけ。大声でわめいてござらっしゃったが一体何がどうしたんで?」

天井の前の揚げ蓋が持ち上って久作の汗ばんだ顔がのぞきました。

「女ですよ、女！　君が載せた若い女がさっき飛び降りたんだ——、アッ！　けど、幅が狭すぎる！　幅が！」

こんな奇妙な言葉を吐いたのは私の短くもない生涯にも恐らく始めてだったでしょう。

久作の顔はみるみるこわばって恐怖の表情が現われましたが、声は案外落付いていました。

「女ですって！　お客様、滅相もない！　女なんど乗せやしません」

「だって君、矢絣の銘仙を着た女でえらくひどい怪我をしていて——」

「矢絣?　——チッ！　とうとう出ましたか」

「エッ！　出た?」

「そうでさあ。矢絣銘仙ならお鈴に違いないです。わたしゃ始めてですが、チョクチョク出るって噂は前からごぜえやした」

久作の顔も口ほどになく青ざめてゆくのが手にとるようにわかりました。

私には今の出来事がとても数分前に起ったとは思えず、悪夢にとまどったようにぼんやりしていたのです。

そして更に何分かがたちました。馬車がなかなか動き出さないのです。何度目かの我に返った私はたまりかねて声をかけました。

「御者さん、久作さん、どうしましたか?　もうそろそろ出掛けなきゃ——」

そのときです！　全部を言い終らないうちでした。

「ヒッヒッヒッヒッヒッヒ……」

それは箱の中で笑っているような含み声の不愉快な響きでした。

「お客さん、お客さん、あなたもこの辺で降りたがええ」

ガラリと変って陰にこもった声色と横柄な口調——、ギョッとした私の両腕は無意識に戸口を摑み、足はステップに掛っていました。

「地獄に落されたんじゃ。地獄へ。この佐門はな、地獄につき落されたんじゃ。口惜しいがそうなんじゃ！　仇へは末代まで祟ってやりますぞ！　この馬車は地獄行きじゃ。お客さま、あなたには恨みはない。さっさと降りたがええ」

その幽々とした言葉の冒し難い威厳に操られて私は五寸の幅も忘れ、夢中で車を離れ、はげしく岩壁につき当り蹌踉《よろ》めきました。そこは若干径幅にゆとりがあり、車のすれ違う袋だったのです。

御者台の人影は影絵のように浮上り、カンテラに照らされた半顔は柘榴《ざくろ》さながらに砕け、見るもむごい面相でした。

佐門！　佐門の幽霊！

思わずゴクリと唾をのんだとたんに車はキイと軋ってゆるゆる動き出しました。私は不気味さに完全に圧倒され壁に身を寄せて息づまるような数分をじっと耐えていました。まだ輪鉄の岩かむ音が渓音に混って微かに聞えていましたが、突然遠くでザザーッとはげしく物の滑る音に続いてヒヒーンと悲しげな馬の嘶《いなな》き、——数秒の後、バチャーンと激しい水音が谺してあとは沈黙《しじま》にかえりました。

馬が落ちた！　佐門の馬車が落ちた！　四十年前の出来事をまざまざとこの耳できいたのです。

私は気が遠くなってヘタヘタと壁に倒れかかったのでした。

手さぐりでみつけた岩の窪みに霧雨を避けて啾々《しゅうしゅう》たる妖気の名残りに身をこわばらせながら、それでもいくらかうとうとしたとみえます。気がついてみると雨はすっかり霽《は》れて暁の薄靄の中に佐門谷のすさまじい全貌が豁《ひら》けておりました。

私の居た場所は目もくらむような懸崖の八合目あたりを横棚になって通じている岩径の袋でした。突兀《とっこつ》とした岩場を縫って怒り狂った激流が縦横に飛沫を上げている目まいのしそうな凄絶な光景が眼下一望にくり拡げられているのです。

——ともかく行かねばなるまい——

気を取り直した私は滑っこい岩ボコ道を一歩一歩注意して曾根の郷向けて踏み出したのです。

三丁ばかり行くと径は絶壁に沿うて大きく右に迂曲し新しい視野が開けます。

そのとき、私の眼に映りました。はるか渓底の怪獣の牙のような巨岩の間に顚覆してへしゃげた馬車の残骸が横たわり、激しい水勢に今にも押流されようとしてグラグラと揺れているのです。

昨夜の馬車があれでしょうか？　いや、あれは佐門の幽霊に御せられた幻の馬車であったはずです。四五日前に事故があったという馬車の無惨な末路があれなのでしょう。

だが――その残骸の真上あたりの径の縁に大きな物がずり落ちた痕がまざまざと残っていました。しかも昨夜つけられたとおぼしい生々しい傷あとです。あの激しい水音。決して幻聴や夢ではなかったはずです。完全に臆病風に憑かれた私の足は、径の危険さも忘れ果て逐われるように宙をとびました。

どこをどう歩き、どう走ったかも判らぬままに朝日の昇る頃、私の足は曾根の郷らしい人里に踏み入れておりました。早起きの里人達が仕事に出る姿もチラホラ見受けられ、この見馴れぬ早朝の訪問者に好奇の眼を注いでおりました。

教えられて辿りついた、村長の家の前で私は、また見るはずのないものを見てしまったのです。

何と驚きの多い旅行でしょう。

それは紛れもなく昨夜見たのと寸分違わない馬車だったのです。馬も黒い幌の掛布も窓の工合もそっくり昨夜のままです。

案内に応じて出て来たのはもう相当な年輩の人品卑しからぬ中老人でした。

「村長さんでしょうか？　お招きにあずかった神辺ですが」

その人は私をまじまじと見て驚いて大声をあげました。

「おう、おう、神辺先生でござらっしゃるか。お早いおつきじゃ。今から馬車をお迎えに出そうとしておりましたのじゃ。――ところで――はてね？」

老人は何か非常な不合理に気が付いたとみえて眼をパチクリしております。

「はてさて、先生よりは都合により今朝ほど駅にお着きとの御返事でござったが、さてさていつお着きになりましたのかな？　しかし？　はて、これは妙じゃ。こんな時刻に着く汽車はないはずじゃに――」

「何ですと？　曾根さん、私は今朝着くなどと手紙を出した覚えはございませんよ。お招き通り昨夜の終でまいったのですが二時間ばかり延着しました。しかし遅まきながらお迎えを受けましたが、たしかこの馬車だったと思います。久作さんという御者の方がわざわざ村長さんの直筆らしい手紙をもって乗っておいででした」

村長の顔色はみるみる変わりました。

「ナナナンと言われる。久作が迎えにあがりましたと？　私めの手紙をもって？　この馬車で？」

老人は暫し瞑目するように青ざめた顔を伏せました。

「そうでしたか。さようでござったか。なるほど、そうもあろう。出ましたのじゃ。迷ったのじゃ。先生、あとでゆっくりお話も致しましょうほどに、こんな事を申しても気持を悪くなされませぬように――

実は久作め四日前の夜、佐門谷の崖からおっこちて死にましたのじゃ。妹のおさよも一緒で全く可哀そうなことをしたものです。おさよと馬の屍骸は引上げましたが、御者の屍骸は流されたか、二日間も見つからなんだもので、誰の牽いた車かわからず、私方の下男力蔵と、間違えられたりしたものでございます。

おい、力蔵や。お前もあとで来て先生にお話し申し上げろや」

駅長が佐門谷で落ちて死んだと話していた力蔵という馬喰は涼しい顔をしてせっせと馬の手入れをしていましたが、馬喰には勿体ないような垢抜けのした好い男です。だが――私が力蔵から受けた第一印象の中に、昨夜逢った久作の幽霊？　の面相を、フッと見た感じがして、思わずゾッとしたのでした。

×　×　×

神辺道行先生はここまで話して突然口をつぐまれた。

「私の話はこれだけです。佐門谷の怪異とでも云いましょうか、私が今までの短かくない生涯でたった一度だけ経験した幽霊なのです」

片唾をのんで聞いていた一同もホッと一息入れた。夏の夜の一ときに話好きが神辺先生を囲んでせがんだ昔語の一つにこんな物凄い幽霊話がとび出して来たのだ。その話は何か尻切れとんぼみたいな気がせぬでもなかったが、幽霊の出て来る場面など、なかなか物凄く、皆、結構涼味を満喫して散会したのであった。

だが私はそれに満足しなかった。これは作り話でなく先生の体験談であることが、ありありと窺えたからであった。

先生は当時ある新興宗教の普及宣伝員といふ名目で全国を行脚しておられたというが、それは文字通りの名目で、本当は新興宗教の内幕を摑むため、警視庁から極秘に内命を受けた探偵であり、スパイであったことを私はよく知っていた。このような人が幽霊などまともに信じるはずがないのは判りきっている。そうと知って先生の話を丹念に思い返して吟味してみると、いろいろ腑に落ちぬ節に気が付くのであった。

私は今度は独りで日を改めて先生を尋ね、数々の疑問を提出して曖昧な点を追求し、突込んだ御説明を願った。

「なるほど、さすがに探偵小説を書かれる方は眼のつけどころが違いますね。では、お望みによりお話ししましょう。けど貴方がたが小説で結末をつけられるようなズバリとした解決を望まれては無理ですよ。あの事件にはまだまだ判らぬ点が多かったのですから」

こう前置きして、先生は、言葉を続けられた。

「無論私には幽霊などを単純に信ずることは出来ません。しかし人間が特殊な心理状態のときに幻影を見たり、幻想を懐いたりするのを幽霊というのなら充分幽霊もあり得ると思っていますよ。だが私の場合は幻影などという生易しいものではありませんでした。第一に馬車と久作の姿は駅長さんも見て話さえしています。見たというだけでなく私の身体は実際に一里の山径を佐門谷の峠まで運ばれ、翌朝は自分で歩いて曾根の里に入っているのです。幻想でも夢でもない、現実の出来事なのです。こうなると無論私の持前の探偵癖がだまっているわけはありませんでした。実をいうと始めは確かに吃驚《びっくり》もし、気味悪くもありましたが、佐門谷の峠にとり残されたとき、それが夢でも幻でもないことがわかるや否や直ぐ探偵意識に覚めていたのです。翌朝になって馬車が落ちたらしい個所に生々しい痕跡を見付けたと申しましたね。確かに跡はありました。だが、それは痕跡判定に馴れた者の眼から見れば他愛のないトリックで大きい石塊を転がし、無理にずり落した跡だったんです。私が聞いた水音の謎も、これで解けましょう。恐らく久作に化けた誰かが私を迎えに来るとき、馬車に積んで途中で仕掛けて来たものでしょう。それにあの径は殆んど岩ボコですが、処々に若干の砂地もあって明らかにあの夜、往復した馬車の轍が残っていましたよ。あれは幻の馬車でなく、現実の馬車だったわけです」

「フーン、とんでもない事をする奴がいるものですね。じゃあ馬車が迎えに来た時刻などはどうなのでしょう。先生もあのお話の中では疑っておられる口振りでしたが」

「ああ、あれですか、あれも久作が替玉とわかってみればわけのないことです。その男は汽車の延着など予期しませんから当然十時の迎えの間に合うように向うを出たのです。駅近くまで来て待期していたが汽車は来ない。到頭二時間待ち呆けというわけです。本当の久作なら駅に来て待つのが自然でしょう。それをしなかったのは無論変装を顔見知りの駅長に見破られることを恐れてのからくりですし、万事に鄭重な田舎者らしくもなく手紙を渡すときでさえ御者台から降りなかった不自然さも明るい場所に出るのを嫌ったためと考えればよく辻褄が合います。延着の汽車が着いたので、頃合いを見計らってノコノコ姿を現わしたのはいいが、出発した時刻を咄嗟にごまかしきれず二みち二ときなどと非常識なことを口走って私の疑を招く結果になりました。察するにこの男は才気走ってなかなか気の廻りが早いが、やり過ぎて却ってボロを出す類の男でしょうね」

「女の幽霊など、どうでしょうか?」

「あれもこうまで種が割れてみれば何でもない事です。来るとき一緒にその辺までのせて来た女だけを降ろして待たせておき、私を乗せての帰り途に、女をソット御者台に拾い上げ、私が寝入るのを待って客席にすべりこませたのでしょう。万一私が眠らなければ佐門谷近くなって、不意にとびこんで来て、やるだけお芝居をやってとび出せば、それだけでも結構効果はあったでしょう。

女が五寸と隙間のない岩壁と馬車の間にとび降りた事――、そのときは私も随分これには度胆を抜かれたものですが、種を明かせばおかしいほど簡単なことでした。実は曾根甚三郎の招きの用事――それは結局ありふれた提灯持ちの講演に過ぎませんでしたが――それも済んでの帰途、村長の馬車で同じ道を送ってもらったわけですが、その際色々な事を発見したのですよ。私が佐門の幽霊に驚いてとび降りた袋を過ぎて少し駅寄りに行ったあたり、即ち女がとび降りた附近にも袋があったのです。何のことはない。私があとで気がついて首を出そうとしたときはもう狭い幅一杯の径に乗入れていたわけです。ハッハッハ……あまり簡単で落し話にもならないでしょう」

「全くですね。で、飛び降りた女はあとどうしたのでしょう?」

「さあ、そりゃ——、駅へ引返したか、私が眠っている前をこっそり通って部落へ戻ったか、あるいは朝までその袋に隠れていたか、私の知る限りじゃありません。朝までいたのじゃ私に見付かる危険もありましょうから、まず夜のうちにそっと引きあげたというのが本当のところでしょうね。

次に面白いのは女がお芝居中に滴らした血の痕跡ですよ。あとで念入りに拭きとったつもりでしょうが、頭隠して尻隠さずというところです。赤絵具を使ったか、ペンキを使ったか、または本当の血を使ったかは知る限りじゃありませんが、拭きとったという痕跡を遺すこと自体がとりも直さず拭う前に何かがあった事の証拠じゃないですか。

それに私が女がとび降りたのに驚いて御者に知らせようとして叩いた前のガラス窓に私の指紋が残っていましたよ。ハッハッハ、全くふざけた話で私があの夜乗ったのは紛れもなく村長さんの馬車だったのですよ」

「とすると？　村長さんが——その——」

「馬車が村長さんのものなら事件の張本人も村長さんじゃないかというのでしょう？

そうです。そう考えりゃ自然でしょうね。私が出したとかいう手紙は村長さんがそう言っているだけでこの眼で見たわけじゃありません。また御者が駅まで持参した手紙が村長さんの手であったとすりゃ少くとも村長さんがこの事件に一役買っていることになります。それにしても翌朝のとぼけ振りなど村長さん、あれでなかなか大した役者じゃないですか」

「全くですな。また久作に化けたのは当然力蔵だろうということになりますが、久作に化けたり佐門の幽霊に化けたり力蔵めもなかなかの役者じゃありませんか」

「その点はぬかりのあろうはずはありません。力蔵はちょっとあかぬけした面相をしていましたが想像通りドサ廻りの成の果だったそうですから扮装や声色はお手のものだったでしょう」

「お鈴の幽霊の方は誰でしょうね」

「力蔵は女房のふさとドサ廻り時代に一座の中で出来あった仲だそうですから、ふさも芝居は得意のはずで、あの幽霊は当然ふさの仕業でしょうよ」

こんな事で幽霊事件の正体は一応納得出来たのだが、さてこれではまだ肝心のことが抜けている。即ち動機の追求である。

「村長さんに何の魂胆があってこんな手数のかかる芝居を謀んだかという理由がお知りになりたいんでしょう?

実は私もあとでその真相に気がついて随分驚いたわけです。私としたことがマンマと利用されていたのですからね。

あの朝、早速村長さんに前夜の体験を話したところ、村長さん大いに感動して、一つ今月の講演には是非その事を教義の実例として話してくれというわけです。御存じの通り、その新興宗教というのは幽霊とか霊魂とかを扱う種類のものであり、私は宣伝員という名目で大のパトロンである甚三郎村長に招聘されていたのです。

私の講演の効果は覿面《てきめん》でした。久作、おさよ兄妹はやはり佐門の呪いにかけられたのだという噂がパッと村中に拡がり、もう動かぬ事実とみなされてしまったのです。

私はあとで村長の老獪《ろうかい》なやり口に気がつきましたがもう遅かったのです。力蔵とおさよが死んだのなら過失とか情死とかで別に村民に疑惑を起さずに済むのです。そこで久作の屍骸を永久に水中に沈め、力蔵に姿を消させてこの筋書きを進めるつもりでいたところ、久作の屍骸が上ってしまったので当が外れたのです。久作とおさよは誰かに殺されたらしい――素朴な村民の心に映った直観からそんな噂が立ってしまいました。それを打ち消すために私の立場がマンマと利用されてしまったわけです。犯人は村長自身であるかあるいは村長が誰かを庇っているのか、それは判りません。

この村では四十年も前に起った佐門墜死事件が糸を引いて歴史は繰返しているらしいのです。殺された佐門の身内が犯人を知っていてその子供達にまで復讐したと考えられるのです。佐門を殺した犯人と噂された男が久作とおさよの父、佐門の身内とは一粒種の力蔵であったといえばいよいよこの事件の真相がはっきりするでしょう。

ともかくあの村はそれ以来犯罪者にとっては理想郷になったはずです。大ていの事件は佐門の祟りということになって地下の佐門が罪を背負ってくれるのです。人間が幽霊を怖がるどころか利用しているのですよ。

この事は今でも私が大いに責任を感じており苦々しく記憶に残っているものの一つなのです。前年の幽霊噺だけはときには座興のつもりで話すこともありますが、その真相はそんなわけであまり言いたくはないのを今日は他ならぬ貴方のお需めに応じて特にお話ししたのです。あまり小説に書いたりせずにおいて下さいよ」

その口緘めされた話を先生の一回忌もすまぬのにこんなところに発表するのだから、筆者は大いに不肖の弟子としての非難を免れまいと覚悟している。

評論・随筆篇

探偵小説の立場と討論・評論・所感

今日の探偵小説は二つの顕著な立場に別れて宿命的な論争が続いています。その立場とは、

A、文学的要素を主流とし、所謂探偵的要素は文学的要素の中に咀嚼《そしゃく》し文学作品としての完成を期待しようとするもの

B、謎、手品趣味、トリックを厳然として中心に置き、これを損わぬ限り文学的なものを導入しようとするもの

Aは木々氏を急先鋒として今日一番支持者の多いと見受けられる立場、Bは江戸川氏が代表する生粋探偵作家のグループで、所謂探小の鬼共はこの立場の弁護者でしょう。

ところで立場の自由選択性と平等性を首肯する人々の中には次のような立場もその良し悪しはともかく存在する権利があることに思いつかれた方はありませんか？

C、完全に非文学的で謎やサスペンスの理論的価値のみが扱われるもの

これは勿論従来までの意味では小説にはなりません。むしろ科学や論理学の論文に近いものです。坂口安吾氏が嘗てこの種の要素が主流となっている探小を酷評した挙句、「数学は数学者に、物理学は物理学者に対して価値を問うべきもの」と、一本きめつけられたことを覚えています。Aの立場の方々は、これにヤンヤと喝采を贈られたことでしょう。氏の言や将にしかりで小生は大いにこれを納得し何ら反駁するものではありませんが、筆者がこれに対して言いたいことは小説というものの「定義」の本質的な問題に関することなのです。氏の言われる如く同じ専門家に価値を問うにしても、これを厳めしい論文の形式にせずちょっと小説の形を拝借して表現するとまた一風変った意味の効果が現われると思うのです。これをも広義の小説の分類に加えることが出来るのではないかという意見です。

ここで筆者は一つ大胆な提唱をしてみましょう。文学といい美術といい科学といい哲学といい人類の文化活動

の一種で、思想を提示し伝達することが根本要請である以上、畢竟は大差あるものではありません。二十世紀も後半に入った今日、お互の立場が狭い器に入った蛙のように他を排する必要を毫も認めません。人間の諸々の精神活動のうち好奇心という面に訴える人工的謎を文章に書いて提出し、その整然とした合理的解決の美しさを鑑賞せしめようというのです。美学では「美を四つの型」に篏め、「視覚的に美しいもの」、「滑稽なもの」、「悲劇的なもの」、「崇高なもの」に分類していますが、これに「謎的（不可解）なものの解決」という論理的美しさを加えてみたらどうでしょう。この形式を仮に探偵小説と名付けてみると、その分野は非常に広いものになり、文学好みの方々が目の仇にされるBの立場も堂々と包含されるだけでなく、まだまだ吾々の気付かない新しい立場も発見されるはずです。即ち従来までの意味での小説という羈絆《きはん》を抜け出して、文学とか音楽とか絵画彫刻といった所謂芸術に科学や哲学といったあらゆる精神活動の分野を綜合した「ある大きな文化活動」の中の一環として「謎を楽しむ」一面をとり上げるわけです。小生が宝石誌の百万円懸賞のC級とB級に応募しました動機は単なる懸賞応募でなく以上のような考えの一端としてCなる立場を強調してみようというのが主目的でしたが、類を似て集まるの譬えに漏れず、科学的サスペンスのよく理解出来る同じBグループの方々からは、「なかなか面白い」、とお賞めを戴き、Aグループの方々からは、「怪しからぬまでに詰らぬ愚作」、とこき降され、これを予選に入れた宝石編集部や投票下さった選者までが巻添えを喰うといった形にさえなりました。

そこで小生は拙作に些かでも関心を寄せて下さった方々に報いる意味でも、この種の辛辣な評論家（放言家）に対して次のような反駁をしてみましょう。

まず拙作に対する誹謗家だけに限らず一般に他人の作品に対して悪口放言される諸士の中で果して評論と討論と所感の区別をはっきり弁えた方が居られるでしょうか？　と質問致します。

前述のA、B、Cといった立場にある各自が自己の立場の美点と特色を主張し、他の立場の非を指摘する活動が平等な発言権と質疑応答の機会ある日時に起った場合（例えば討論会の席上で）これを討論といいます。従って例えばAなる立場の者がCなる立場を非難した記事が一方的に掲載された場合、これは応答のない討論の片割れであって読む人を利するに至らず、夢にも評論などと名付け得るものではありません。討論とは立場の異った群雄が互に自己を主張し合っている姿であります。この割拠した群雄の各々が時に蹉跌し時に自己矛盾に悩みながら成長し、結局は一つの大きく高い立場を作ろうとします。大乗的にはその終局の方向を示唆し、小乗的には各立場の活動が自己の奉ずる主義と悖《もと》るような間違ったゆき方（自己撞着）を犯してはいないかと監視し助言する。これが評論の真の姿です。従って評論家とは存在を許される凡ての立場に理解を持ちまた理解するだけの度量と知識がなくてはなりません。

例えばAに対してもCに対しても評論家たり得る人は相当な文学者であると同時に相当な科学者でなくてはならず、ユークリッド幾何学と非ユークリッド幾何学の是非・利害得失を正常に判断出来る人は両方共をよく知っている人であるべきです。

その意味で探偵小説に本当の評論の出来る人は、似而非《えせ》者は多けれど日本には五指に足るまいというのが筆者の観測です。正しい評論こそ各立場を各立場において真に進歩推進せしめるものです。

今日行われている所謂評論の大部分は、自分の立場によって他を誹謗しているか、自分の好みだけを述べて好みに合わぬものをこきおろしているに過ぎません。前者を「討論の片割れ」といい、後者を「所感」というのです。所感ならその人の感じたことだけを書くのですから何を感じられようと随意です。所感的評論のあまりに多いのをかこつのは敢て小生ばかりではないでしょう。所感を読んだら、「なるほど、あの人はあんなのが好きなのだな」ということが判るだけで、その人に阿諛《あゆ》し自分の作品をその方向に向けるつもりならともかく、普通には自分の作品に一向影響もなければ向上の役にも立ちません。執筆者が著名人である場合、初心者はついその名に幻惑されて評論なりや所感なりやの区別がつかず盲信に陥る転向があります。名実共に斯界《しかい》の指導誌たらんとする宝石誌にあっては以後この点にははっきり境界線を設けて評論なり所感なりを掲載されるべきではないでしょうか。

ディクソン・カーに対する不満

筆著の言う不満は最近カーの翻訳物四五篇を読むうちに生じたもので、これは特にカーに限ったことでなく、最近宝石誌を通じて紹介された英米の長篇物一般と近頃我国で流行の所謂文芸的探小に共通して見られる現象である。

一口にして言えば「冗長に過ぎる所作事の説明描写」である。

一人の登場人物の口上あるいは叙述体にすれば僅か数行で説明し描写しつくせる事柄を、二人三人、時には四五人もの登場人物のとりとめのない会話として表現し、かつ会話の合間合間に各人物のちょっとした所作などを挿入して優に一頁《ページ》や二頁の紙面を消費する手法などがその適例である。

事件が実際に吾人の日常に起るときは多分その通り冗長な状態でやりとりせられるであろうから、そのように筆を運ぶことはなるほどより自然であり、彼等の言う如く、より文芸的なのであろう。

ある種の読者にとってはこれが迷惑千万なのである。登場人物の動きの微妙巧緻な描写から醸される雰囲気の効果を楽しむのが目的なら、普通の純文芸作品や大衆小説の優れたものを読めば事足りるのであって、読者が殊更に探小を読みたいと思って繙くときには、それとは別のセンスを索めている場合が多いことを忘れてはならない。謎、不可解趣味、怪奇趣味、何でも結構、目下の筋書きの狙いである要素の盛入れと修飾に必要なもの以外、無関係な冗長さは省略してもらいたいと言いたくなるのである。

これに対して一つの駁論が手にとるように聞えてくる。「不要、冗長と見える所作事や会話、あるいはそういったものの描写が作り出す空気中に、謎を解く微細な手掛り、時には思いがけぬ重大な鍵が匿されている場合が多々ある」と。心理的トリックを主体とした作品にはよくこのような手が用いられ、筆者もその種の作品の優れたものにお目に掛った記憶もあるが、最近紹介された翻訳探小に見られる冗長さは果してこんな条件を備えたものであろうか?

「前号までの概筋」を読むような粗雑な描写は勿論いけないが、それかといって本筋の謎にあまり関係のないことを作家の趣味のおもむくまま牛の歩みの如く盆踊りのステップの如く遍々くどくどと読まされるのは、よほどその作者の趣味に共鳴している読者でない限り閉口する。

筋書きを追う速度と合の手に入る描写の精度の釣合い、調和感の点から言えば、最近宝石別冊で紹介された所謂世界の傑作よりも横溝正史氏あたりの作品の方が小生にはずっと面白く気持よく読み得たと感ずる。「カーなどちょっとも面白くない」と率直に言うある種の素朴な読者の声は恐らくこのあたりの事情に根差しているに相違ない。

論文派の誕生

「わが女学生時代の犯罪」が完結しました。木々氏がこの作品によって世に問うべく企画された所は読者各自の見方によって色々と解釈の方法がありましょう。小生は日頃から書く側としてまた読む側として探偵小説のとり得る方向についてある考えを持っており、それを以前にこの欄を借りて抽象的に述べたこともありましたが、抽象論では真意を伝え難いものです。このお誂えむきの好実例を中心に再びその話をむし返えすのも無駄ではないと考えました。

小生はかねてより、戦後日本の二流派、即ち、

「木々氏を代表とする文学派――虫」

「江戸川氏を代表とする謎々派――鬼」

以外にも幾つかのカテゴリーが可能であると考え、自

らもその一つを採り上げて強調して来ました。

「中心テーマの学問的意味と価値を世に紹介し愬《うった》えかつ啓蒙するのを主眼とする」

即ち手取り早く言えば、論文を小説風な形式で表現したものです。これは既存の「ドキュメンタリー」とも大分意味が違うので、仮に論文派とでも名付けてみましょう。

論文派なんてとんでもない、そんなものを小説の部類に入れられるものか。と一応は誰でも反対されるでしょう。その反対に応えて、論文も書き方によっては面白いサスペンスが生れることを実例で示そうにも、小生が過去数回宝石誌に投じた数篇以外に実例がなく、まさか未熟な自作を麗々しく引用するほどの心臓を持ち合せなかったために抽象論倒れになっていたところ、ここに「わが女学生時代の犯罪」という好例を得て大いに意を強くしたわけです。これは木々氏がどこまで意識的に意図されたかは別として、私の考えていた意味の論文派に相当するのです。

私は親愛なる宝石の愛読者に率直にお尋ねします。

「わが女学生時代の犯罪」は面白かったでしょうか？

そしてどの程度に面白かったと思いますか？

――大家木々氏の作品だから何かの意味があるだろう。だから面白いに違いない。いや面白かったよ――といった負け惜しみや作家の名に眩惑され阿《おもね》った不正直な答えは戴きたくありません。本当に感じたままを言って戴くものとして、さて、「あれは非常に面白かった」と言う人が何人ありましょうか？

この作品はさすがに木々氏のものだけに、晦渋な学問的蘊奥《うんのう》がテーマであるに拘らず、充分に文学的でありサスペンスもあり虫や鬼の要求をある程度まで充たしています。だが、この作品を本当に面白がる人、あるいは面白がりはしなくても作品の意味がピンと神経にこたえる人は、他でもない、木々氏と同じ専門の道を歩む精神病理学や精神分析学者の歴々なのです。この作品には作者自身がそういう相手を意識して筆をとっていた証跡を処々に見かけます。だから精神分析学を全然知らぬ人や、少しは知っていても興味を持たぬ人にはこの作品は全然面白くないはずです。面白くないのは要するに作品の意味が判らないからです。

俊敏な読者はこの作品に普通の文芸小説としては何かしら割り切れぬ異常なものを感じられたはずですが、その原因たるや宜《むべ》なる哉で、この作品は精神分析学の分野に一つのオリヂナルなアイディアを提唱し世人を啓蒙すると同時に同業者への挑戦と求批判さえ意図した野心的な論説を小説の形に化けさせたものなのです。学理の世界でのオリヂナリティに対する興奮と憧憬、その垂涎《すいぜん》的魅力は将に知る人ぞ知るで、この面白味は秀逸な探偵小説の面白味以上のものであり、敢てその一範疇に参加し得ぬ理由はないはずだと考えるのです。

　精神分析学は同じ自然科学でも物理学や数学と違って「人間の心理解剖」という文学とは切っても切れぬテーマを取扱うこと、及び作者が文学の達人木々氏であるという二つの理由のためにこの作品では論文のもつ鋭さと非情さが巧みに擬装され、普通の文芸小説との差が殆んど見出せません。これが逆効果となってこの作品が単に新傾向の木々文学位のつもりで上滑りに読み過されてしまい、一介の文芸評論家が不用意に批判を下すと、とんでもないピント外れになる懼れがあります。この作品の正しい批判は木々氏の学問的先輩、あるいは優れた同僚によってなさるべき筋合いのものです。

「斯く論文派は誕生せり。これを探偵小説乃至は推理小説の一分野として大いに認めるべきではないか」

　これが筆者の言いたいことで、お粗末ながらも自作を以て今日まで愬《うった》えてきた真摯なる提唱であります。

　以上の小生の所論に対し、「木々氏の許しも得ずその作品を勝手に引用し我が田に水を引く解釈をしているのだろう」と攻撃せられる向きも相当にあろうと想像しますが、私としては、木々氏から、

「それは手前味噌な解釈だ、僕はそんなつもりで書いたのじゃないよ」

と、つっぱねられることはあるまいという自信を以てこの小論文をものしました。

探偵小説の鑑賞方法について

凡て人間が物を鑑賞するやり方には二つの方法があります。一つはアミューズメント（娯楽）あるいはリクリエーション（保養）としての鑑賞でもう一つはテースト即ち趣味としての鑑賞です。

一般に娯楽と趣味は非常に混同されていますのでここにはっきり区別をしておきますと、娯楽とは人間が本職の仕事の合間に息抜き気休めに求めるもので所謂気分転換や保養位の意味ですが、趣味とはこんな無責任なものでなくその人の人格と教養の一部とをなしていて本職の仕事と同じ位あるいはそれ以上に大切なものです。

探偵小説の読み方にもこの二通りがあるのです。前者の読み方をするのにふさわしい作品は所謂「探偵読物」で、「妖奇」という雑誌は毎号全巻がこれであり、「探偵実話」や「探偵クラブ」にもこの目的のために読む大衆層を狙った「読物」が若干掲載されます。これを一概に下等とか愚作とかいってこきおろすのは些か残酷でしょう。これ等は始めっからその目的のために書かれており、書かれた目的に応じてそれ相応の役目を果しているからです。娯楽として読み捨てるなら難かしいことを考えるに及びません。自分の好みに応じて好きなものを勝手に好きといい、嫌いなものを嫌いと放言すればよいので、作者も誰に嫌われ誰に好かれようと相手は様々ですから問題にしていないでしょう。これに反して「宝石」はどこまでも後者の読み方をすべき高級な作品のみが載る雑誌ですから、この小論文では後者の場合だけについて述べます。

趣味的に探偵小説を読む人は読んだあとで必ず批判的意見を持ちます。それを口や筆にすることもあり、心に蔵しているだけのこともありましょう。その意見には必ず三つの型があります。これを順に挙げますと、

（一）、その一つは「読者の好みだけによる好悪の表現」です。これは一番幼稚な批判態度で、自分の好みだけで作品を採点し好き嫌いだけを述べているもので作者の身

にもなって公平に吟味しようという注意に欠けています。名ある評論家の批評でさえも煎じつめればこの種の批判に過ぎない場合が往々にしてあるのですから、まして批判に不馴れな読者の批判は殆んどこれであると言っても過言ではありません。ところが悲しい哉、読者の好みだけで云々される批判は幾ら戴いてみても作者が以て己の指針とするに足らないのです。

例えば、ある作者が一つの本格探偵小説を書き、血生臭い糞むつかしい事件が起り、それが機械のように正確で理窟っぽい探偵によって解決されるだけで、人間的な愛情や暖か味のあるプロットを全然除去したとします。しかも作者はこれを故意に信念を以て行っており、ヴァンダインの本格探偵小説戒律二十則の中にある「恋愛興味を用いてはならない」という条項を厳格に適用したものとします。この場合に不用意な読者が自分の好みに委せて、

「この作品は小説になくてはならぬ人間性や愛情が扱われていないから愚作である」

と批評したらどうでしょうか。小説に人間性の追求が要るものかどうかさえ知らないほどに未熟な作者が不用意にあるいは力足らずして人間性を描くのを怠ったのならともかく、この場合にこのような批判は全然ピント外れで作者の参考にも指針にもなりません。即ち作者の方が読者より一枚上に居り読者のピント外れな読み方を遺憾に思うだけです。以上は幼稚な例ですが、私の知る限りでも批評や評論と銘打ったものの中に、これに類するものが非常に多いのです。こんな迂闊な批判が出るのは作品を不用意に読むからで、ちょっと注意して読めば、たとえ読者の気に喰わぬ点やその作品の一大欠点と感ずる点を見付けても、果してそれは作者の未熟さと怠慢によって生じたものか、作者の思想による作為が働いているかを見分けることが出来るはずです。

(二)、この見分けのついた読者の批判は一段と進歩しています。即ち作者の考えによって恋愛興味や人間性を除き去ったことに気付いた読者は、「恋愛興味が扱われていないから愚作」だなどと軽はずみな批判をしません。反駁を加えるにしても次のように言うでしょう。

「君が既に古い時代に入ったヴァンダインに盲従するのは時代遅れである。須《すべか》らく新角度を生み出すべきだ」

と。しかし作者もさるもの、

「否、ヴァンダインは本格を集大成した人だから簡単に捨て去るべきでない。その戒律は聖典の如く守るべき

だ」と主張して譲らないでしょう。即ち華々しい討論が起るわけで、これが読者の批判的意見の第二ともいうべき、「問題（討論）提起」であります。この際、作者と読者の力は対等で、本格探偵小説に恋愛興味を入れることの是非がもっと多くの実例と議論によって正確に決定されるまでこの討論は雌雄が決しないでしょう。

（三）、ところがこの作者より更に進んだ読者なら次の事を知っているのです。即ちヴァンダインの二十戒の問題の条項は、

「恋愛興味を用いてはならない」でなく、

「大きな恋愛興味を取入れてはならぬ」（幻影城九頁）

であってヴァンダインは恋愛興味の方が主目的となってはならぬことを戒めているのであって、恋愛が補助的興味で入りこむのまでを禁じているのではないことをこの作者に向って教えるでしょう。即ちこの作者は自ら正しいつもりでも実はヴァンダインの戒律をすこし解釈違いしていたのです。即ちこの賢明な読者は自分の好みでもなし、水掛論の討論でもない、誰が聞いても納得出来る客観的（これが大切です）普遍的な理屈で作者が気付かずにいる誤謬を是正してやるのです。これが一番高級な批判でありまた批判される側には一番有難く有益なものです。これが読者の批判的意見のその三で、私は仮にこれを、忠告（アドヴァイス）と名付けます。即ち、

（一）、好み的批評——読者より作者が上、作者の役に立たず

（二）、問題提起——読者と作者が対等、両者の切磋琢磨に役立つ

（三）、忠告——読者が作者より上、大いに作者が啓発される

さて「宝石」を読まれる読者諸君諸嬢よ。皆さんは「宝石」を娯楽として読み捨てるのでなく、趣味として鑑賞し教養の一部にされている方々ばかりです。従って私の庶《こいねがわ》くは御自分の好みだけに固着して読まないで、各作者によって異った思想と気分にその都度同調して作者の精神を読んで下さい。人間はお互に個人では不完全なものです。人の思想に触れ、それを親身に批判することにより、また感情をぬきにした、理性的な討論と意見交換を行うことによって作者も読者もお互に自己の内容を豊かにし教養を membersめるのです。そしていつかは全読者が忠告者となり得るほどに探偵小説の鑑賞が高度に洗練される日が来るでしょう。

私の好きな探偵小説

私はこのような標題に使われた「好き」という言葉を必ず二様に解します。

その一つは俗にいう好き嫌いの「好き」で、食物の好き嫌いとか誰彼が好きだといった嗜向の問題乃至は対人的感情に似た好悪です。この好悪の感情は何故好きか何故嫌いかという固くるしい思想の裏づけから出たものでなく、本能的直観的情緒的な心の衝動から発した感情です。

この意味で好きな作品といえば、文句なしに城氏の珠玉のような小品群を第一に挙げます。あれは私の最も心酔する情緒と雰囲気を描き出した詩であり絵であります。頭を使って読むのでなく文字を通して胸に感じとり、時に涙しまた微笑ませられる感情の娯楽ともいえましょう。

次に好きなのは水谷氏の作品に見られる軽妙洒脱ぶりです。フランス風に洗練されしゃれていてピリッとしたところのあるあの微妙さです。悪い意味での所謂アプレ、ズンドコ連中がアメリカ趣味の悪い面ばかりを後生大事に見習って、あの鼻もちならぬ下俗趣味で日本の津々浦々を彩った頃、水谷的作品にお目にかかるのはまさに塵中慈雨の思いがしたものです。ユーモアの中にも時々鋭い皮肉があってピリッとこたえますが、それは頭脳でカッキリと受け止める皮肉でなく心でフワリとくるみ共にニッとほほえみたいような皮肉なのです。

城氏にしろ水谷氏にしろ、私もいつかはこのような作品を書いてみたいと思っていますが、なかなか書けそうもありません。わけもなく好きだということは、自分の方が作品に負けている——即ちほれた弱味みたいなもので、こんな作品をグッと膝下にふんまえて思うままに書きまくるなどという芸当は到底出来そうもありません。

こんなことを云うと、自信を以て書ける作品は自分の気に入っておらず、本当に好きな作品は自分では書けない、という奇妙な逆説的結論に聞えますが、実際はその通りかも知れません。

次に「好き」のもう一つの意味は、所謂知性で作品を読んで感ずる面白さということです。私はこのような読み方を前述の情緒的な感じ方と峻別していますが、この場合何はさておきその作品に使用されあるいは紹介された事実の合理性乃至は学問的価値が興味の対象になります。例えば詰将棋に似ているという本格物なら、詰手が長く変化が複雑であるのに余詰めがないというただ一筋の合理的な推理の味が興味の中心になっていますから、幾ら文章が見事で小説的構成が完全でも詰手順が不完全であれば論理的価値は完全失墜です。従って知性に愬《うった》える興味も半減ではすまないでしょう。これこそ唯一無二の合理的解釈だという作者の自作に対する大見栄も往々にしてその作者だけの唯一無二に畢《おわ》ることが多いのです。推理遊戯の一種である虫喰算が手掛り不足のため三つも四つも正解を生じたとしたらこんな詰らないものはまたとないでしょう。本格探偵小説またしかりです。

一方、思想小説、科学小説と呼ばれる分野では、主題になる思想や科学の学問的価値が生命となっていますから、いかにもっともらしくうまく書かれていても間違ったことが書いてあっては読む側の興味は完全に喪失されます。

この意味で私を「これは大好きだ」と思わせてくれた作品に殆んどお目にかかったことがありませんが、クロフツ、ヴァンダイン、クリスティーの作品中のあるものは確かに優れていると思います。横溝氏の作品中では「蝶々殺人事件」や「探偵小説」がこの意味で一番「好き」な作品です。

人間に生一本な純真さは、尊いものですが、あまり自分の一すじの好みに突進すると往々にして度し難い頑冥に陥る危険があります。これを自ら警戒する意味で私は常に心に二重の活動性をもたせることを心掛けています。一種の二重人格ともいえますが、これが悪い意味の極端な二重人格まで発展せぬ限りは、趣味や思想が中庸《ちゅうよう》を逸しないための合理的な手段の一つだろうと自讃していますす。ただ一筋に己の好みだけに執着し他を顧みない人間の取扱い難さとつきあい難さを経験せられた方ならこの意味は充分判って戴けると思います。

「好き」という心の作用の二面性を意識的に私が実践しているのは以上の理由によるものです。

私は作品をよむ前にいつもパラパラとあちこちを拾い読みしてみて、どちらの態度でよむべき作品かをまず判定します。その判定に従って予め心のスイッチをその方に切り換えてからよむのです。最初はよく判定を間違えて途中であわてたものですが、最近は直観的に判定を下して殆んど間違わぬようになりました。

鑑賞方法の二面性、そんなところでお茶を濁したことにしておきましょう。

或る新人の弁

《新人以前派》
《探偵小説たる前に小説たれ》
《一作二作で作家気取》
《小説も書けぬに小説以上を狙う僭上者》
等々、近頃、評論家や先輩既成作家各位から所謂星の屑ほどあるという新人及び新人以前派共に戴くお叱言は、右のようなものです。今は功成り名遂げた先輩方の既形を襲ってえらくなりたい新人には至極もっともかつ有為な忠告ですから大いに挙々服膺《ふくよう》したらいいと思います。
だがある種の新人にはこれが納得出来ずに反問します。《小説小説とのご意見なれど、その小説とは何ですか?》と。
これは決して売言葉でもなく思い上った揚足取りでも

ありません。真摯な懐疑の叫びなのです。十束一からげに未熟者呼ばわりされている新人のはしくれでも、金にもならぬ時間を潰して書くほどの物好きをやっている以上は、読むことには数倍の力を入れており、小説専門屋の喜びそうな小説の書き方ぐらいは先刻承知しているはずです。判っていてなおその通りにせず懐疑を叫ぶのは、ある魂胆《こんたん》がありある事を愬《うった》えているのに外なりません。

この種の新人にとって抑《そもそも》同意出来ないのは小説屋が金科玉条にするあまりにも独善的な人間中心主義です。人間が一体何ほどのものだというのです。なるほど人間にとっては人間が一番魅力があり一番興味深い存在なのでしょう。しかしこの種の新人にとってこの事は、「人間の男には犬の牝より人間の雌の方が興味深い」のと同じ位の意味にしかとれません。人間性を深奥だと云い不可解だと云い、これを探究し解剖すると云いますが、人間のくせに人間が判らないでどうなりましょうか。自分を深奥いものだなどと自惚《うぬぼ》れるから判りきったことまでが神秘臭く見えるのです。人間が自分で作り出す影を謎と見立てて不可解呼ばわりして騒いでいるのを人間以外の眼からみれば、さぞおかしな独り芝居であり鼻持ちならぬ自画自讃、身内贔屓に見えるでしょう。人間が己より下等だと考えている動物、植物、果は山に転った石ころですらが彼等は彼等なりの深奥を有っていないと誰が断言出来ましょう。

宇宙のサイズと宇宙の時間のスケールからみると、蚤のきんたまほどもない線香花火の一瞬にも似た儚《はかな》い生命の地球のその上で、またその地球に比べて鼻糞の中の黴《ばい》菌《きん》みたいな人間の存在が宇宙のスケールにどれだけの意味をもっているというのでしょう。人間自身の謎などはまだまだ謎の序の口にも達しません。本当の謎は、人間の外にあります。よしんば人間礼讃《らいさん》家に一歩譲って人間をある程度深奥なものとしても、その人間が湧いて出た外界そのものは人間の深奥をも含めてまだまだ広い謎を包含しているわけです。

人間の有史以後今日まで数千年か数万年か知りませんが、仮に小説や文学が専ら人間探究に中心を置いてきたからといって、これから先もそうばかりでなくてはならない理由がどこにあるでしょう。小説を狭く定義し、「まず小説」を固執する指導者の姿をある新人は次のような寓話の母鶏の中に見るのです。

――鶏の母親が新しく孵《かえ》ったヒヨコを集めて申しました――

「お前達は鳥ですよ。立派な鳥になるには、まず立派な鶏にならなくてはいけません。鶏は泳げません。だから水に近よってはいけませんよ。鶏はあまり飛べません。だから無理して高い木に止まろうとしたら怪我しますよ。食物はやたらなものを食べてはいけません。穀物と虫だけにしておくのですよ」

鶏のヒヨコは皆云いつけを守って立派な鶏になりました。

だが中に家鴨《あひる》と烏《からす》の雛が混っていました。家鴨の雛はどんどん水の中に入ってゆきすいすいと泳ぎながら泥鰌《どじょう》を漁って食べました。そして言いました。

烏の雛は高い木の梢に危なげなく止って柿の実をつつき、鋭い嗅覚で腐肉を狙いながら言いました。

「僕達は鶏じゃないよ。けど立派な鳥だよ」

謎解き興味の解剖

本格謎解きの真諦《しんたい》は与えられたデータから論理的に可能な唯一の結論を見出してゆく推理過程の妙味にありその味は詰将棋に似ているということをよくききますが、これは近似的な比譬で謎解き全般を尽しているとは云えません。詰将棋では駒の種類、数、能力、活動場面の広さ等のデータが規約によって一義的に明確に与えられるので、データに不備な点さえなければ万人に共通な普遍的正解がただ一つ求められるのに反し、謎解き小説ではデータそのものの種類や性質や与えられ方にもっと伸縮自在性があり、かつ十人十色であるべき人間心理の綾までを織りこむために、厳格な意味で唯一無二の解答を有するものは極めて稀なのです。同じデータでも解答者が一ひねり二ひねりすれば二つ三つと違った解答が合理的に構成される場合がよくあるのです。この場合謎解きの本質は推理興味というよりむしろデータを矛盾なく組合わせる積木細工あるいは構成の妙というべきで、作られた三つか四つかの解答のうち一番素直でスッキリしたものが、正解と指定されるわけです。「犯人は誰だ」の大部分はこれです。

従って謎解き興味は明らかに次の二範疇に区別されるべきです。

㈠与えられたデータから論理的に可能な唯一の解答が割り出され、これ以外の解答は全部間違いであるような謎解き――論理的（分析的）推理。

㈡与えられたデータをもとに筋道の通った解決篇を創作する謎解き――構成的（創作的）推理。

「データ」という言葉も区別して正確な用語を使用するなら、㈠では条件とよび、㈡ではヒントと言うべきです。

一概に本格謎解き愛好家といっても人によって好みがどちらかに偏していて、㈠が好きならより科学的な人であり、㈡が好きならより文学的な人です。

㈠では問題の出し方に特に入念な数学的正確さが必要で、条件が不足したり不適であると解答が余詰早詰だらけになるし、条件が多すぎると過剰な条件が他の条件と矛盾して正解が無くなる場合もあって、何れにしろ生命である論理的興味が殆んど失われます。代数の連立方程式と同じで、未知数と条件方程式の数が一致して始めて一義的な正解が出るわけですが、このことは㈠の場合ほど覿面《てきめん》でないにせよ、㈡の場合でも、与えるべきヒントの数や性質についてある程度言えるのです。

以上の抽象論を判り易くするため、次に虫喰算の一例をあげ、データと解答の関係を具体的に例示しますから解いてみて下さい。三桁の数を二つ掛け算し図のように三つの数字を残して全部消しました（☆印）。この三つの数字を手掛りにして他の数字を全部求めて下さい。

この虫喰算には唯一の正解が存在し、二十分以内に解

ければまず鬼初段級でしょう。
　この問題のデータと解答の関係を述べますと左の通りです。
（読者各自で試みられよ）
（イ）右上の６も消して、１と８の二数字だけにすると条件不足のため正解七個となる。
（ロ）６の代りに他の数字を使うと
Ａ―５４３２１０では条件不適で正解なし。
Ｂ―７ならよろしく正解一つ。
Ｃ―８なら条件不適で正解三つ。
Ｄ―９なら条件不適で正解二つ。
（ハ）この三個以上に数字を残すとその数字が正解で求められた数字と偶然に一致しない限り条件過剰で正解なしとなる。

　虫喰算を娯楽雑誌の色刷頁専用の謎々と思ったら大間違いで確か昭和七年か八年頃、第八高等学校（名古屋市所在）の入学試験に右に掲げたのとよく似た問題が出てセンセイションを起したことがあります。但し出題者の故意か過失かは不明ですが、条件不適により正解が四つであったため些か混乱し、秀才が受験する点では当時一高や三高と並び称せられたほどのこの学校の受験者にも正確に解答した者は甚だ少なかったときいています。

　本格探偵作家は提出条件あるいはヒントと解答の間の諸関係について論理的訓練を充分に積むべきで詰将棋や虫喰算などは訓練を兼ねた遊びとして格好なものだと思います。現状をみますと残念なことに論理的に未熟な作家の手になった不完全な謎解き物でも一応は本格作品として通用しており、その不備を指摘して、作者の独りよがりの解決篇に反駁をするほどの能力ある読者は多くないようです。

授賞の感想

昭和二十八年度の探偵作家クラブ賞授賞の作品が詮衡された際、拙作「鉛の小函」が一応は詮衡の対象となり、結局奨励賞を受けることになったことは意外ながら一つの新たな感激を覚える。本作品は元来昭和二十四年に募集された宝石誌の百万円懸賞作品のA級に応募する予定で同年の十月に執筆始めたが締切に間に合わず、翌二十五年の五月末に脱稿したものである。朝鮮の三十八度線をめぐる米ソの衝突が始めて起ったのが僅かに数日後の六月で「空とぶ円盤」がやっと噂になり始めた頃であり、「月世界旅行」「地球の静止する日」「物体X」等の米映画が紹介されるずっと以前である。執筆の動機は一般人の思想がまだ宇宙とは全然結びつかぬ頃に万人に魁けて虚を狙おうという大それたものであったが、誌上に発表された時期が遅かったのでこの目的には必ずしも沿わなかった。空想は一つもなく全部科学的な事実であるがそこは一応小説の形式にするため、厳密にいえば大分事実と喰違う点もある。しかしこういうものが日本の探偵作家クラブで一応は注目されるようになったということは、他方既に空想の域を脱して厳存する世界宇宙旅行協会の日本支部のメンバーに日本探偵作家の巨頭の一人である木々高太郎氏の名が見えることと思い合わせ、日本の作家グループも一つの新しい面を開き得るのではないかというのが小生の感激の正体である。

奨励賞受賞の感想

卒直に白状するならば、極めて不遜な態度で書かれた拙作、「鉛の小函」が授賞作品の候補にあげられたということ自体が非常に意外なことであった。

あの作品は書かれた際に、これが雑誌に掲載されるとか、探偵小説を愛好する多くの読者の眼にふれることなどは全然作者の念頭になかった。同好の科学マニヤに通ぜかしと祈るのみで、これをもっともらしい小説の形にまとめることには全然意図が向けられていなかった。

しかし苟《いや》しくも現在日本の中枢をなす探偵作家連の注意をこの作が些かでも惹き得たということで日本の探偵小説の範囲の広さを見せつけられた思いがする。これを機会に今後は筆者も従来は若干意識して反撥していた反小説的な態度を革めるべきであろうと思い至った。

S・Fと宝石

最近、S・Fを大いに取り上げようとする傾向にある宝石誌に対して、御参考までに申し述べたいことは、次の通りです。

FICTIONという言葉の実態は、小説は小説でも、架空の話、作り話、お伽話、のことですから、S・Fを正しく翻訳すると「空想科学小説」となります。これについて若干、愚見を披露してみます。

一、空想科学小説

登場人物の動き、心理、社会環境に起る万般諸々の事件が本筋である点では普通小説と同じだが、時代、背景、大道具、小道具に科学から割出した空想の産物を使うことにより「科学小説」と銘打ったものである。今、米国で盛んなS・Fは全部これで、科学本来の立場からみると噴飯《ふんぱん》的に不合理なものが多い。そのお伽話的出鱈目《でたらめ》さが科学的ミーハー族には大いにうけるのだろう。米国の大科学工業文化は第二次大戦後に、欧洲生れの大科学者達がアメリカの金を利用して築き上げたもので生粋《きっすい》のアメチャンという奴は、金だけもったオッチョコチョイ、乃至は科学的ミーハー族に過ぎない。この程度のものなら小説を書ける人にはわけないことで、ちょっと科学を勉強して取入れたら直ぐ出来上るだろう。米国で名をなしたS・F作家は皆この種の人で、日本でも香山滋氏のような優れた小説家がお得意の異境ものをちょっとひねって科学道具を利用すれば、すばらしい空想科学小説が出来るだろう。ミーハー族にうけるだけでなく、文芸家にもうけるなら、この種の小説の逸品といってよい。

何事にせよ、先人の模倣に始まり、逐次独創的なものに達して、遂に出藍《しゅつらん》の誉をなすのが成功の常道だろうが、生れつきひねくれ者の筆者は、とっかかりにおいてすら、人の真似をして既設された道に入ることを拒否し、新しいことをやろうと考えた。それが次の科学論文小説である。

二、科学論文小説

論文小説という呼び方の可否にはふれないことにする。科学に興味のない人なら頭痛を起し眼をそむけるむつかしい科学真理を一般に紹介する手段の一つとしてこの方法を考えた。科学の教授が学生にノートさせる講義録や、学者の研究論文には言葉が非常に少く、高等な数式と曲線図表の羅列にすぎないが、人類の将来を支配する一大科学原理の一齣乃至は数齣を含んでいるのが常である。その科学原理から由来する環境や、背景に根本を置き、登場人物の動き等は小道具なみに扱って、一見したところ、小説みたいなものにまとめたのがこれである。正しい科学を素人わかりさせるのが、目的であるから、架空、虚構、空想は全然入っていない。

これにも二つの種類が生じる。

（イ）未来環境

現在の科学知識から推して若干年後にはこの程度のものになる、という推測に基いて作り上げた環境で、拙作「鉛の小函」はこれである。推測といっても科学的合理性をもとに、Exterpolation（外挿法）で得た結果であるから前述の空想とは全く似て非なるものだということを強調しておく。この種の論文小説は長篇にならざるを得ない。また空想ではないから科学の進歩が一飛躍しない限り根本の新しいものを書けない。但し同じ根本の上に小道具類を置き変えたものなら書けるが、これは筆者の趣味ではない。

（ロ）現在環境

現在の科学で充分解決され、日常身の廻りで見受けるありふれた事の中に、盲点に入って案外気づかずにいる現象がある。これを取り上げて小説みたいな形に仕組み、探小的意外性を感ぜしめると共に正しい科学知識を紹介しようというのがこれである。拙作「竜神吼えの怪」はこの一例で、知らなかった人には意外かもしれぬが、知っていた人には「ナーンだ！」とといった感じのものである。この種のものは、普通の小説なみにはどんどん書けないにしても、種が案外沢山ころがっていることを御紹介しておく。

筆者が、取り上げている「科学論文小説」は当分の間、一般にはうけないでしょう。日本人一般大衆の科学レベルが向上しないかぎり、永久にうけないかもしれません。注目し興味を持たれるのは科学者乃至は科学愛好者という狭い読者層に限定されるのは、止むを得ないことです。日本探偵作家クラブが、これを承知の上で取り上げられるなら、是非はともかくとして、世界に未だ例をみない英断だろうと愚考します。

科学的ミーハー族にも、もてはやされる空想科学小説とは歴然と質の違うこの種のものを取り上げると、営業雑誌社としては明らかにマイナスになるに相違ないが、岩谷書店に本当にその勇気ありや否や、を再確認したいものです。

作家の希望する評論のあり方

ひと昔前なら、小さい機織り工場の親方は、織姫さんや機修理職人の仕事を、自分でもやれた。番頭より、帳簿のつけ方は上手だし、小僧や女中より、顧客の応待は手馴れていただろう。万事に親方がオールマイティーで自分でやらないだけのこと、やれば、やとい人より巧くやれた。

現在の大紡績工場の社長は、渉外部長、総務部長、営業部長、技術部長等の上層幹部から一会計員、一販売員、一技術員、一修理工の仕事までを、全部、自分でやれるだろうか？

神ならぬ人間の身、どんな秀才乃至は天才でも、能力には限度あり。世の進化発展に伴って、各々の分野はいよいよ深遠困難となり、一人の人間の能力で賄い得る間口と深さは、反比例する。

全般を把握しようとすれば、個々の分野の知識は浅くならざるを得ない。浅く広く知るか狭く深く知るかは、当事者の性格なり智能の種類傾向によって左右されるもので、昔は前者を優とし後者を劣としたが、今日この考えは、妥当でない。社長は広く浅く知る人、技術部長は狭く深く知る人で、配置としては、止むを得ず社長を部長の上に置くが、人間としての能力は、必ずしも上でない。間口と奥行の相乗積が、智能の優劣を測る尺度になる。

湯川博士は、京都大学の教授で、官職は文部大臣の下である。狭く深く知る博士と、日本並びに世界の文教学術の広い面を浅く知る文部大臣と、どちらが人間として偉いのか？　官職が上ならば文句なしに偉いものときめてかかり、本人もそうだと、錯覚を起す。これが、ややもすると人類の陥る誤謬であり、日本も古くからこの誤を冒してきた。

繰返して言う。優劣に大差のない二人の人間のうち、一人は広く浅く、従って統合屋さん、全般調整屋さんになり、他方は狭く深く、従って専門屋さん、研究屋さんになる。指揮系統の便宜上、前者を上の配置にする。これが近代の世相で、二者は優劣の差でなく、性格の差である。

全般調整屋さんが、自分の統括範囲に全然知識のない面、知識はあっても浅すぎる面があれば、落第である。統合屋さんの資格を失う。

作家と評論家の関係も、全くこの通り。今日、文芸の分野は既に広い。古典あり、準古典あり、現代文学あり、歴史文学あり、紀行文あり、戯曲あり。小説あり、随筆あり、貴族文学あり、大衆文学あり。恋愛小説あり、社会小説あり、探偵小説あり。探偵小説ですら、本格あり、変格あり、倒叙あり、スリラーあり、怪談あり、怪奇あり、ハード・ボイルドあり、S・Fあり。文学全般はおろか、探小一つをとっても、包含される分野は、刻々に拡大している。

評論するつもりなら、浅くてもいいから広く知った上で、ポイントを外さぬ有益なアドヴァイスを行うべきである。そのためには、知らぬ分野がないようによく勉強することで、知らぬことをいい加減、生半可に批評すると、有害無益なピント外れになる。それのみか、評論者自身の不勉強を見すかされることに留意すべきである。

S・Fの二つの行き方

S・Fは「空想科学小説」と翻訳され、「何かしら、科学的なもの」を種にしたものなら、科学が主題であろうと小道具であろうと、一緒くたにS・Fと呼ぶ現状ですが、よく観察すると、厳然として二つの種類があることがわかります。

私はこれを次のように分類し命名しています。

(一)**第一種空想科学小説**(あるいは**幻想科学小説**)

S・F(サイアンティックフィクション)とは、語源的に、もともとこの種のものを意味するようです。普通の文学に科学の空想(あるいは虚構)を小道具として取り入れたもので「正真正銘の空想」が主体になっています。孫悟空や一寸法師の話はS・Fじゃないけれど、たとえば物理学を無視して「雲に乗って飛び小槌の一振で、大きくなる」という程度の荒唐無稽な空想を駆使して手前勝手な器械を発明するの類です。文学的な立場だけがお伽話的興味を評価し得るもので、科学者乃至準科学者が科学小説として鑑賞するものじゃありません。

(二)第二種空想科学小説（あるいは科学予想小説）

「空想」という言葉が誤解を招くので、「予想」あるいは「予見」と置き換えるとよく意味がわかります。科学が主題、文学が小道具となり、ある科学的事実を説明しているものです。科学の現象や実績を縦軸に、年代（時間）を横軸にとってカーヴを画いてみると、現在までの進歩の傾向を示します。この曲線に外挿法をほどこして「何年、何十年、何百年後には、この程度のことが期待される」ということを「仮に小説の形にして、紹介したもの」が、これです。「海底二万哩《マイル》」がこの好例で、ウエールズの「宇宙戦争」はややこれに近いものです。

この種のものは相当に科学的教養ある人が読み批判しないことには、第一種のものと混同され勝ちです。

例えばライト兄弟が初飛行する以前、あるいはもっと以前の凧さえ考案されていない時代に、人工遊星を利用して宇宙に出かける小説を書いたとしたらどうでしたか？　先見の明ある科学者ならともかく、文学者は、文句なしに科学幻想あるいは怪奇小説として、第一種の函に投げこんだでしょう。この種の小説では「科学的予想力」を評価する立場が八〇―九〇パーセント、「小説としての文学価値を云々する理由」は一〇―二〇パーセントあるかなしです。

いずれにせよ、読者や評者にある程度の科学素養がなくては意味をなさず、「どこが重点なのか」、「どこが意外なのか」「何を言おうとし、どこが重点なのか」、「どこが意外なのか」がわからず、第一種の空想小説と混同するようじゃ、話になりません。「科学の小説化手法」でなく「科学そのもの」に興味をもつ読者を目標に書かれたものです。

「第一種は小説だが、第二種は小説じゃない」と反駁する人がいるでしょう。小説の定義を従来までの枠にはめておくなら、いかにも、その通りです。「小説」と呼んで悪ければ、それでも結構。私は「小説機構的、科学予報（あるいは科学紹介）」とでも、名をつけましょう。今までにない、新しい分野で、もし相当数読者の注目と興味を惹くことが出来れば、従来までの所謂「文学小説」と似た効果と実利のある新生面になるのじゃないでしょうか？

探小の読み方

宝石クラブの皆様方、探小の読み方の変った型を御紹介しましょう。

私達は、過去の学校生活を顧みてクラスメートの能力をよく観察しますと「論理的な人間」と「情緒的な人間」に、大別され、自分もそのどっちかに分類されることに、気がつくでしょう。この区別はすでに小学校時代から現れ、算術や理科（今では算数と物理）の好きなクラスメートと、国語や歴史の得意なクラスメートが、あったはずです。中学校ではこの差が若干顕著になり、高等学校ではいよいよはげしく、将来の専門をきめる色分けが決定的なものになります。前者が面白がる謎を仮に「論理謎」、後者が興味を持つ謎を「情緒謎」と、命名しましょう。

日本という国、日本人という性格は、いわゆる東洋（中国）の精神文化偏重思想がぬけきらぬため、情緒的・精神的なものが論理的・具体的なものよりレベルが高い、と考えがちです。心理的トリックを文句なしに高級品、機械的トリックは文句なしに低級品——子供だましときめてかかる風潮がそれです。

今はこの是非にはふれませんが、探小の誕生したいきさつをよく考えてみますと、「情緒謎」のみを取扱ういわゆる文学者の中の変り種が「論理謎」をちょっとばかり入れてみたところ、案外にうけた——うけただけじゃなく、筆をとるのが本職じゃない「論理謎」の追求者までがどんどん筆をとりだした——というのが実情じゃないでしょうか？

当然、仲間喧嘩が起ります。「探小は、『論理謎』を主題にするのだから、文学であろうがなかろうが、俺達のものだ」という論理派。「文学が突然変異を起した産物だから、やはり俺達のもので、まず文学になっていなきゃならぬ」という情緒派の互に譲らぬ議論がそれです。乱歩先生は二つの立場を、「水と油」と割りきった便法で、探小を元来の文学と切り離して認めようとされ、木々先生は「水と油」を何とか融合した新しい化合物が作れるはずだ、と主張されるわけです。我々、若輩の探小マニヤは、「どちらが正しいか」などと判定する力量も識見もないので、自分の「好み」に応じてどちらかの陣営に馳せ参じています。この「好み」という言葉は「好みにしかすぎぬもの」という意味であることを銘記しておきましょう。

　私がここで提唱する「変った読み方」とは、出来るかぎり、「好み」の感情から解脱することです。論理派にとって「情緒謎」はあまり面白くないでしょうし、情緒派にとって、「論理謎」は全然面白くない——あるいは何のことか判らぬ——場合もあるでしょう。ある作品を読んで、「非常に面白いと思った」あるいは「全然つまらなかった」では、「好み」の域を脱していません。宝石は三文雑誌じゃないですから、掲載されたものには何かの意味があります。自分にはつまらないものでも面白がる人がいるから活字になったのですし、面白いと思っても、一方つまらながる読者もいるはずです。自分にはなぜ面白いのか？　どこが面白いのか？　なぜつまらないのか？　作者はどんな狙いで書いたのだろう？　編集者は、なぜこれを取り上げた？　等、いろいろと分析して考えてみるのです。

　結局、自分の「好み」と作者及び編集者の好みが一致したかしなかったか、という点に帰着するでしょう。次に、評論家の批評をみます。評論家もよほどの人でない限り、「好み」によって云々しているのに気がつくでしょう。

「この作者はこのタイプの人」「編集者は、このタイプの人」「評論家はこのタイプの人」と地図模型でもみるように、形が浮び上ってきます。人形芝居を楽屋裏から眺めているような興味が起ります。

　宝石クラブの皆さん！　公平厳正な読み方、従って正しい批判力は、こんな読み方をして、始めて養成されてゆくのじゃないでしょうか？

批判の批判

この判じ文のような首題の意味を説明するのにたとえ話をとってみましょう。

○　○　○　○　○

ある学校の寄宿舎で今夜の献立をきめる相談をしています。テンプラ、スシ、スブタ、のうちどれかに決めなくてはいけないのです。

「そりゃスシだとも。スシが一番うまい。油っこいものにはそろそろあきた」

「いや、テンプラだ。僕は酢っぱいものは大嫌いだ。テンプラなら大いに食慾をそそる」

「ちがう！　支那料理が一番安上りでうまいし、栄養価も高いのを知らないか？　断然スブタだ！」

ガヤガヤガヤガヤ。

テンプラが好きな寮長が採決をとりました。

「僕はテンプラが良いと思うけど一応賛否をとります。賛成者は起立！」

総員一五〇名中一一五名が一斉に立上る。

「参考のため、スシの希望者は？」

二〇名が起立。

「残りはスブタで一五名ですね」

○　○　○　○　○

このとき寮長のとる態度に次の三つがあります。

(イ)の場合

「過半数の賛成によりテンプラにきまりました。今夜は外出禁止だからテンプラ嫌いの人も我慢して下さい」

(ロ)の場合

「過半数の賛成によりテンプラにきめます。どうしても厭な人は随時外出して町の食堂で好きなものを食べて下さい」

(ハ)の場合

「それではテンプラ一一五、スシ二〇、スブタ一五、を作らせましょう」

○　○　○　○　○

国の施政方針なら一本にきめねばならぬから民主的に(イ)の方法になるでしょうし、料理場では一種類しか同時に作れず、さりとて少数の反対者に強いたくないというだけなら(ロ)の方法になるでしょう。料理場の設備がよい、というよりぜいたくの出来る寄宿舎なら(ハ)の如く、みんなの思い思いのものを作る方法も可能です。

○　○　○　○　○

何十年か、何百年か、何千年かの将来、人智が物凄く進歩して、生活行動は理論のみに支配され感情の割りこむ隙がなくなった時代には次のようになるかもしれません。

(ニ)の場合

寮の料理場を指揮している栄養調理主義博士が立って説明します。

「過去一週間の献立表による栄養価曲線と嗜好曲線から出る結論として今度の献立はこれでないといけません」

博士は賛否を求めず誰も反対しません。

「x2を微分すると2xになる」、という説明をきいているような顔で全学生が頷きます。

さて、ふり返って探偵小説の世界の批評、評論をみますと、程度の差こそあれ学生達が、やれスシだ、テンプラだ、いやスブタだ、と言い争っているのと大差がないのじゃないですか？　テンプラ好きの寮長という文芸派探偵作家が、「過半数の賛成によりテンプラにきめた」、といっている場合がなきにしもあらず、これにあきたらぬあるグループが寮の夕食を断って外に食べに出ているのが現状のようです。

私は幾人かの同好の皆さんとともに差当っての問題として(ハ)の場合に推進したいと思っているのです。そしていつの日にか(ニ)の場合まで漕ぎつけようと大それた希望も抱いています。

○　○　○　○　○

以上のように批判と論評が動く有様を上から眺め、その動き方を批判する。これが「批判の批判」の意味です。

「鉛の小函」の頃

私の推理小説来歴は、読むだけの時代と自分でも書いた時代を合せると、相当に長い。第二次世界大戦が日本の降伏で終了してから今年で丁度三十二年目である。

その頃、私のように社会に出たがまだ日の浅い人や、出る間際にあった人達は、人生経験の第一歩で、敗戦という滅多に体験できない世相にいきなり出くわした特殊な世代である。あんなみじめな日本が、今日のように経済的には世界先進国の仲間入りをすることなど、当時は誰にも想像できなかったことである。日本人の一人一人がまず自分が立ち直るために、延いては日本がすこしでもよくなれかしと努力したことは事実だろうが、総員が意識して経済的に世界一をめざしてもくろんだわけではない。しかし結果的にはそうなったところをみると、日本人は相当に活力のある優秀民族である。

これを頭においてもう一度終戦当時を振り返ってみると、敗戦のひどい環境にもへこたれずに、生活を立て直そうと必死になっていた人が多かったことに思い当る。しかし、その頃の日本人を統制した法律は、まともに守っていたのでは生きられそうもない不合理が多く、馬鹿正直に守って死んでいった人も若干あったが、殆んどの人はこれを要領よく潜り抜けて、何とか生きながらえ、今日に至ったのである。私の経験によると、終戦の混乱時期ほど、要領よさとわるさの差がむきだしになった世相はない。私は馬鹿正直に世渡りした一人だが、当時はまだ若かったので、自分の要領わるすぎを棚に上げ、要領のよすぎるグループに非常ないきどおりを覚えたものである。下手をすると過激グループに走ったかもしれない私を救ってくれたのが、推理小説であった、とも言えそうである。

終戦後の数年間は、何もかも不足だらけであった。一番大切な食糧が不足なのであるから、他は推して知るべしで、紙が不足なため新刊本がなかなか出ない。知識に飢えた青少年が蟻のように本屋を漁る姿がよく見られた。

私もその一人で、昔から愛読した推理小説本がなかなかみつからない。昭和の二十三年頃と思うが、ある日やっと見つけた高価な探偵小説本をなけなしの小遣いで買い求めた。読んでみると、用紙もお粗末だが、その内容たるやすこぶるお粗末である。――「紙が悪いのは時節柄止むを得ないとしても、中味までお粗末にすることはあるまい。敗戦で頭脳の質が低下したはずもあるまいに――、こんなものでも売れるなら、おれだって書ける」――、と元来怒りっぽい私は大分憤慨して、そのうちに自分も書いてやろう、と決心した記憶がある。

その頃、私の食うための職業は、いわゆる進駐軍勤めで、しかも行く先が、ミリタリー・ガバメント（軍政府）という米軍付属のお役所であったため、占領軍の方針や思想がよくわかる一方、応対する日本政府側の動きもよくわかる立場にあった。今思えば、日本政府の自主性とは名ばかりで、実質的には占領軍が完全に押えており、日本のお役人としても方法がなかったのだろうが、私には同じ日本人として政府の態度がはがゆくて仕方がない。米国の進駐車は、占領地で起りがちな感情的無理難題を強いてくるわけでなく、きめられた占領作戦行政通り正確に事務的にやっているだけなのだが、日本政府側の受け方があまりにもだらしない。同じく敗れた側の枢軸国独・伊がとったと想像される態度に比べ、あまりに卑屈すぎるように思われ、原爆を喰わされた相手にそこまでへり下ることはあるまい、と叫びたい気持で一杯であった。しかし、態度が卑屈がすぎるだけなら、「さわらぬ神にたたりなし」、という東洋流の外交方針だろう、と善意に解釈する気持もあったのだが、我慢できないのが日本のお役人のムードであった。日本全体のためという意識でなく、応対している自分個人と自分達のグループの保身を第一にという色の濃いのが目について仕方がない。また、お役人も、まじめ一本では食って行けない世情の影響もあって、いつの世でも官公吏にはつきものの汚職的な動きが、半ば習慣的に公然とまかり通る世の中であった。若くて、あまり融通のきかない私は、怒りの向け先に困ったものである。

このような諸々のストレスのはけ口として、――「小説の形を借りて、世間にぶつけてやろう」――という強い発意が動機になって書いたのが、今回紹介された、「鉛の小函」である。

私の好きな科学小説の形態をとっているが、執筆の動機は政治に対する若者の憤りで、内容や筋書きにも三十年ほど前の私の気持が随所に現れている。そして驚いたことには、年の功で婉曲さを身につけたとはいえ、同じ政治批評の動機と、時によってははげしい憤りが、今でも私の心中に鬱勃しているのに気がつく。

同じ頃に書き始めたらしい人達の作品には、私ほどに露骨ではないにせよ、執筆の動機が私と同じらしいものを散見した。この人達の大部分は、今日では筆を絶っており、そのまま専門作家となって今日でも活動している人は、ほんの僅かである。

推理小説の本来の使命は、社会批評でもなければ怒りをぶちまける場でもない。精神的にゆとりをもって生活している人達が、知的な遊戯または教養を求める手段を提供することであるから、作者もそれを意識しないと好感をもたれる作品にはならない。探偵小説でも空想科学小説でも、命脈の長い傑作は全部この条件を備えている。但し、空想科学小説、SFは、いくら物語としては面白くても、これを支える科学的な根拠が荒唐無稽すぎると、心ある読者には厭きられてしまう。着想が突飛で意外性の強いほうが魅力があるのは、本格探偵小説と同じであるが、その意外性が近い将来の科学の成果で充分に裏付けできる根拠がなくては、インテリ層の興味を呼び起し、読者の教養増加に役立つ作品にはならない。いわゆる読み捨て作品になるだけである。

私は読者の感銘をそそるような科学的根拠のしっかりしたSFが沢山世に出ることを望み、自分でも書きたいと心掛けている。科学がものすごいほど進歩してきた今日、ネタは豊富にあるようで、いざまとめる段階になると、科学的に予想される正しい成果の将来像を描くのが容易ではなく、良心的な作品はなかなか生れてこない。

この半世紀ほどの間、世に出たいろいろなSFを吟味してみると、若干の名作を除けば、ストーリーの大道具や小道具に万人の注目する科学トピックを取り上げていても、科学的には根拠の薄弱な単なる空想の産物にすぎない作品が多いのに気がつく。

こんな作品でもいいのか、よくないのか、どんな作品が本当に望まれているかは、読者層の多数決できまる問題であるが、結局のところ、――将来実現性が強い、または確実に実現する意外性をもった作品がこれから先の

ＳＦの傑作で、多くの読者に末永く愛読されるだろう、というのが今の私の見透しである。

アンケート

１　今年お仕事上の御計画は？
２　生活上実行なさりたい事？

間合せ事項
１　今年のお仕事の上では、どんなことをお遣りになりたいとお考えですか。また何か御計画がおありでしょうか？
２　御生活または御趣味の上で、今年にはお遣りになってみたいとお思いの事乃至は御実行なさろうとすることがございますか？

一、従来心掛けて来ましたように寡作なれど高級な読者に思想で愬《うった》えるような力作をものしたいと考えます。文筆を生計の資にする必要のない愛好者はこのような方法で斯道《しどう》の内容の充実に大いに協力する義務と特権を有すると考えますので――

二、特に取立てるほどの計画はありません。

（『宝石』第七巻第一号、一九五二年一月）

解題

横井司

1

日本のSFは、戦前は推理小説の変格派の一分枝として、海野十三らが細々と水脈を伝えてきたにすぎないが(その水脈をさかのぼると、矢野龍渓『浮城物語』、押川春浪『海底軍艦』などにたどりつく。一方、上田秋成『雨月物語』、泉鏡花『高野聖』などの遺産を受けついだ幻想文学の系譜がある)、戦後、海外のSFの紹介が活発になるとともに、その影響下に育った新しい作家が生まれ、安部公房の芥川賞受賞の刺激もあって、本格的SF専門誌『SFマガジン』の創刊(一九五九)をきっかけに、急激な成長期に入った。

右の文章は、石川喬司『SF・ミステリおもろ大百科』(早川書房、一九七七)の巻末に収録された「ミニ推理・SF史」の、SF編における日本のSFについての記述である。非常にコンパクトにまとめられているが、探偵小説史の視点からは海野十三に次いで蘭郁二郎の名前を補足しておけばいいだろうか。

石川はこれとは別のエッセイ「日本SF史の試み」(福島正美編『SF入門』早川書房、六五)において、戦後の日本SFの流れとして、『SFマガジン』登場以前は、「日本では、SFと西部劇の出版はどうしても成功しない。手を出せばかならずつぶれる」という「奇妙なジンクス」があったことに触れ、様々な企画が中断し、雑誌や同人誌が三号にも満たずにつぶれたことを紹介している。ファンジンである『宇宙塵』が五七年に創刊され、同じ年にハヤカワ・ファンタジイ（のちのハヤカワSFシリーズ）の刊行が始まり、五九年の『SFマガジン』創刊はそれらに続くトピックスであった。そして「さすがのジンクスもついに消え去った観があった」六三年になって、日本SF作家クラブが設立されるのである。その「奇妙なジンクス」が囁かれていた時期に、SFテイストの作品を精力的に発表していたのが、ここに初めてその作品が集成されることになった丘美丈二郎であった。

2

丘美丈二郎は、一九一八（大正七）年一〇月三一日、大阪府に生まれた。本名・兼弘正厚。東京帝国大学工学部を卒業。東雅夫・石堂藍編『日本幻想作家事典』（国書刊行会、二〇〇九）によれば、戦前は大日本陸軍の航空部隊に所属していたという。何年からどのような資格ないし階級で所属していたのか、詳細は分からない。手許にある丘美のエッセイ「空中漫歩」（『密室』一九五三・一〇）に、「昭和十五年の春、自ら操縦桿を握り、始め《ママ》て空を飛び立つた」と書かれているのが、僅かに軍隊時代をしのばせるくらいだ。戦後になってからは、進駐軍に勤務し、その後、自衛隊のパイロットになった。

戦前から探偵小説に親しんでいたようだが、創作に手を染めようと思ったきっかけは、エッセイ「『鉛の小函』の頃」（『幻影城』七八・三）で次のように書かれている。

終戦後の数年間は、何もかも不足だらけであった。一番大切な食糧が不足なのであるから、他は推して知るべしで、紙が不足なため新刊本がなかなか出ない。知識に飢えた青少年が蟻のように本屋を漁る姿がよく見られた。私もその一人で、昔から愛読した推理小説本がなかなかみつからない。昭和の二十三年頃と思うが、ある日やっと見つけた高価な探偵小説本をなけなしの小遣いで買い求めた。読んでみると、用紙もお粗末だが、その内容たるやすこぶるお粗末である。――『紙が悪いのは時節柄止むを得ないとしても、中味までお粗末にすることはあるまい。敗戦で頭脳の質が低下した筈もあるまいに――、こんなものでも売れるなら、おれだって書ける』――、と元来怒りっぽい私は大分憤慨して、そのうちに自分も書いてやろう、と決心した記憶がある。

これが一九四八（昭和二三）年ごろだという記憶が正しければ、その翌年に『宝石』が創刊三周年事業として行なう「『百万円懸賞』探偵小説募集」の告知を目にして、すぐに応募しようと考えたのも頷けよう。このときは、長編を対象としたA級、中編を対象としたB級、短編を対象としたC級と、三部門に分けて募集されたが、丘美はそれに対し、C級に「翡翠荘綺談」を、B級に「二十世紀の怪談」と「勝部良平のメモ」を投じている。実はこのとき、A級に「鉛の小函」を投じようとしていたことが、後に「鉛の小函」が探偵作家クラブの奨励賞を受賞した際の「授賞の感想」（『探偵作家クラブ会報』五四・三）で「本作品は元来昭和二十四年に募集された宝石誌の百万円懸賞作品のA級に応募する予定で同年の十月に執筆始めたが締切に間に合わず、翌二十五年の五月末に脱稿したものである」と書いていることから分かる。実に旺盛な執筆力だといえよう。

「翡翠荘綺談」は、宮原龍雄「三つの樽」、須田刀太郎「自殺殺人事件」と共に、三等に入選。また「二十世紀の怪談」と「勝部良平のメモ」の内、後者が、高林清治「市議殺人事件」と共に、二等に入選した。

このように、短編・中編の各部門でダブル入選を果たしてデビューしたこともあってであろう、期待の新鋭として本誌への執筆が求められ、「三角粉」（五一）、「ヴァイラス」（同）が掲載された。さらに同年『宝石』が募集した「二〇万円懸賞短篇募集」に「佐門谷」を投じているが、このときは選外佳作にとどまった。

その後も、「汽車を招く少女」（五二）など、怪奇譚に合理的な解決を与えるという作品を発表してそのスタイルを印象づけたが、五三年には長編SF「鉛の小函」を発表。原子力利用への警鐘と占領下政治体制への批判を、綿密な科学的知識の裏付けを基に描き、第七回探偵作家クラブ賞の奨励賞を授賞した。これをきっかけに、探偵作家クラブに入会。その頃には、航空自衛隊のパイロットとして勤務していたようで、『探偵作家クラブ会報』五四年三月号に載っている「奨励賞授賞式記録」には「藤沢からパイロットの仕事の合間に駈けつけた」と記されている。「空坊主事件」（五四）や「種馬という男」（五五）などは、こうしたパイロット勤務の経験を踏まえて書かれた作品といえる。

ちなみに、「パイロットの仕事」といっても具体的に何をしていたのかは、様々な作家事典類を繙いてみても、はっきりとはしなかった。ところが、そのパイロットとしての仕事内容にふれた珍しい文章がある。探偵作家クラブ会員の親睦会的な集まりである土曜サロンに参加して、推理小説について語っていたグループの中から、土曜サロンが解消されて後、渡辺啓助邸に集まっていた仲間たちが、「おめがクラブ」という科学小説の研究グループを結成した。それがいつのことか、詳らかではないが、その「おめがクラブ」に丘美丈二郎も参加しており、一九五七年に刊行された機関誌『科学小説』の編輯委員として名を連ねている。その『科学小説』の、一九六〇年新春に刊行された第二号誌上「Omega & Oraga Corner」欄において、パイロットとしての仕事内容について語っているのだ。以下にそれを引いておくことにしよう。


　私の本業はテストパイロットですが、テストにも大きく分けて二つの種類があり、一つは飛行機を空とぶ機械として技術整備の状況を試験する分野で、これをやるパイロットをエクスペリメンタル・テストパイロットと呼びます。もう一つは飛行機を使用目的に応じた道具として実用上の問題点を取り上げる――即ち偵察機なら偵察機として使いよく視野が広いか、速力が充分で行動範囲が要求通りか、等、戦斗機なら空戦運動や射撃照準が容易かどうか等を審査し検討する分野で、これをやるパイロットをタクテイ《ママ》カル・テストパイロットと呼びます。

　私は航空工学を専門に修めた技術者ですから、否応なしにエクスペリメンタル・テストパイロットの分類に入りますが、自分ではパイロットだと意識していません。空とぶ機械の良否は地上だけでは判定できないので自分で空まで運んで検査する技術者だと宣言しております。

　名人パイロットと自称するグループの中には自分のあやつる機械の正体など殆んど知らぬくせに何でも知ったオーソリティーのつもりでいるおめでたいのが沢山おります。これを私は『空とぶ車曳き』と敬遠していますが「私はパイロットじゃない」と宣言する裏には「こんな連中と一緒にしてくれるな」という強いレジスタンスを含めております。Ｓ・Ｆを書く場合にも、やっぱり同様なレジスタンスを持っています。

この文章を書く二年前、一九五七年に岐阜市内に転居しており、さらに五九年の春には航空自衛隊の岐阜基地内官舎に移っている（『探偵作家クラブ会報』五七・五＝六、五九・三）。それに伴って入会したのか、名古屋探偵作家クラブの作家会員としてその名簿に名を連ねている（『月刊中京』五八・一二）。

以後も勤務の傍ら、「宇宙の警鐘」（五八）、「怪物『ユー・エム』」（同）などを発表したが、六一年の「空とぶローラー」以後は創作が途絶えた。その一方で、香山滋との共作で東宝映画『地球防衛軍』（五七）のシナリオを執筆。これがきっかけとなって、以後『宇宙大戦争』（五九）、『妖星ゴラス』（六二）、『宇宙大怪獣ドゴラ』（六四）など、一連の特撮映画の原作や原案を担当した。その後、時期ははっきりしないが、航空関係会社の重役に就いたと伝えられている（中島河太郎編のアンソロジー『血染めの怨霊』ベストブック社、七六の「解説」による）。

鮎川哲也は鉄道ミステリーのアンソロジー『急行出雲』（光文社カッパ・ノベルス、七五）に「汽車を呼ぶ少女」を再録するにあたり、「岐阜県の各務ヶ原《かがみがはら》で飛行学校の教官をしているという話を聞いたことがあり」、そこで「岐阜の自衛隊基地に問い合わせた結果、現在は藤沢市に居住していることが判明した」と、その解説で報告している。その際、「昨今は創作意欲がしきりに湧いており、ふたたび筆をとりたい」と話していたことを伝えているが、それが実現することなく、二〇〇三（平成一五）年一二月一一日に歿した。

3

本年は丘美丈二郎が没してちょうど十年目に当たる。また日本SF作家クラブが創設されてちょうど五十年目の節目の年でもある。そうした年に、海野十三や蘭郁二郎の活躍期と、日本SF作家クラブに参加した作家たちの間をつなぐ、いわばミッシングリンクともいえる丘美の作品集が編まれるのは、まことに時宜を得たことであるといえるかもしれない。

『丘美丈二郎探偵小説選』は全二巻で、現在確認されている丘美の創作とエッセイのすべてを収録するように構成した。第一巻は、創作篇として、デビュー作である「佐門谷」までの中短編を収め、今日代表作と目されている「翡翠荘綺談」から、併せて時期的には同じ頃に脱稿したと目されるSF長編「鉛の小函」を巻頭に配した。

また随筆・評論篇には、確認されているエッセイのうち、一般誌に掲載されたものを中心にまとめた（例外は『探偵作家クラブ会報』に発表した「授賞の感想」のみ）。

以下、本書に収録した各編について解題を付しておく。作品によっては内容に踏み込んでいる場合もあるので、未読の方は注意されたい。


〈創作篇〉


「鉛の小函」は、『宝石』一九五三年七月増刊号（八巻八号）に掲載された。その後、雑誌『幻影城』一九七八年三月号に一挙再録されたことはあるが、単行本に収録されるのは今回が初めてである。

本書収録作中では発表年度が最も遅い作品だが、先にもふれた通り、『宝石』が主催した「『百万円懸賞』探偵小説募集」の長編部門（A級）に投じる予定だったが、「締切に間に合わず、翌二十五年（一九五〇年―横井註）の五月末に脱稿したもの」（前掲「『鉛の小函』の頃」）だという事情と、探偵作家クラブ賞の奨励賞を授賞したことを鑑みて、代表作という扱いで巻頭に配することにした。

一九五三年度の探偵作家クラブ賞は十五編の候補作が挙げられ、これを江戸川乱歩・大下宇陀児・木々高太郎、香山滋、高木彬光、大坪砂男、山田風太郎、島田一男、水谷準の九名で討議された（水谷は書面で参加）。各委員が意見を述べ、最終候補作五編を選出したところ、選ばれた上位五作の中に未受賞者は鷲尾三郎「雪崩」のみであり、これを授賞することには選考委員間でかなりの異論が出たため、残念ながら、該当作なしという結果に終わった。その後、二票以上を集めた未受賞者の三作について検討した結果「各々傾向を異にした三作品が候補作中の上位にある点に注眼《ママ》」し、「三氏の廿九年度の活躍を期待する意味に於て、本年は特に奨励賞を三氏に贈り、奨励すること丶なつた」と、『探偵作家クラブ会報』五四年三月号で経緯が報告されている。このとき奨励賞を受賞したのが、鷲尾三郎「雪崩」、氷川瓏「睡蓮夫人」、そして丘美の「鉛の小函」であった。

右の会報紙上には、木々高太郎を除く八人の選評が掲載されているが、その内、丘美の作品に言及したものを以下に紹介しておく。

大下宇陀児は「丘美君の『鉛の小箱《ママ》』は、よく努力してあるが生硬であつて」「次の傑作に期待したい」と述べた。水谷準は「謎があまりにも稀薄であつて、クラブ賞の対称《ママ》として資格がない。予選者の取上げ方に異議あり」、ただし「新人であるという点で、今後の発憤を促すところだけを買う」と述べている。また、香山滋は「丘美さん、もつとロマンを」という餞《はなむけ》の言葉を送っている。

　江戸川乱歩は、次のような、やや長い評を書いている。

丘美君の「鉛の小函」は今度の全候補作の内で一番面白く読んだ。所謂「文学」になつていないし、人物の人生観など甚だ通俗だが、科学の部分が面白く書けているので、往年の押川春浪ぐらいには褒めてもいいと思つた。これほど科学興味に富んだ科学小説は従来日本になかつた。西洋にも珍しいだろうと思う。そういう意味で私はこれを強く推したが、高木君一人しか賛成者がなかつた。

　その高木彬光は、「寸感」の全文を「鉛の小函」についての評に費やしていて注目される。

　今年の受賞作品の中で、私は「鉛の小函」を第一に推す。作者とはまだ一面識もないがこの小説はある方面に新境地を開拓したものとして、私は予選委員会の席から、常にこれを推賞しつづけた。

　もちろん、この小説が未完成であることは私も認めざるを得なかつた。たとへばプロローグは不要であり、エピローグは蛇足である。作中の人物の人生観なり性格にも納得出来ないところは多い。しかしさういう欠点をぬきにして、この小説はあるずぬけた大きさと、人の心をうつ荒けづりな力とを持つている。その未完成の大きさを私は非常に買つた。

　科学小説として、これは大変な作品である。これだけの大問題——宇宙旅行というテーマに挑戦して、これだけ精緻に、これだけ雄大に、しかも相当の迫真性を以て、描き出したものは、日本はもちろん、欧米諸国の作品に於ても私は類を知らない。

　香山氏などの描く幻想科学小説に対して、これはリアルな科学小説であり、従来殆ど顧みられなかつた部門であるだけに、将来この方面はもつと開拓されて然るべきだと思う。正直なところ、私はこの作品にクラブ賞を授与するというのは一寸首をひねるが、今年のやうな形式では、当然推賞されていいものだと双手をあげて賛成する。たゞクラブ賞の授賞方法が毎年浮動する傾向があり、年によつて運不運を生ずるのには一考の余地があろう。

高木の言葉は、当時はもとより、現在においても、本作品についての適切な評言になっているように思われる。それに付け加えるなら、例えば本書に登場する白嶺《しらね》恭二が、「二十世紀の怪談」において謎解き役を務めたキャラクターであること、同作品において失踪したまま姿を現わさなかった科学者・瀬木竜介の行方が、本作品において明らかとなること、であろうか（最も本作品のメイン・ストーリーは、白嶺の書いたフィクションという設定なので、瀬木の行方は分からないままだとも考えられるわけだが）。特に白嶺恭介は、このあとに発表された作品にもたびたび登場する、作者のお気に入りともいうべきキャラクターであった。

「**翡翠荘綺談**」は、『別冊宝石』一九四九年一二月号（二巻三号）に掲載された。後にミステリー文学資料館編『甦る推理雑誌⑨／「別冊宝石」傑作選』（光文社文庫、二〇〇三）に再録されている。

本作品は『宝石』が主催した「『百万円懸賞』探偵小説募集」の短編部門（C級）に投稿されたもので、そのため二次選考通過作品をまとめた『別冊宝石』の「宝石新鋭三十六人集」（実際に収録されているのは三十四編）に収録された。掲載誌については「雑誌が、枕ほどに厚かったので評判になった」というエピソードが伝わっている（引用は山村正夫『推理文壇戦後史』双葉社、七三から）。結果は翌五〇年の『宝石』本誌五月号に掲載され、宮原龍雄「三つの樽」、須田刀太郎「自殺殺人事件」と共に、三等に入選を果たしている。

この時の「銓衡所感」において江戸川乱歩は、「三十四篇のうち本格物が最多数を占めてゐた」といって、自分が推した作品（宮原の「三つの樽」を含む）と全体の印象を述べた後に、「次に空想科学小説（或は科学怪談）に優れたものが多かつた」と述べ「その中では先づ『翡翠荘』を」、そしてもう一編を採ると書いている。続いて「少年を取扱つた作」の中では、日影丈吉の「かむなぎうた」が「断然優れてゐた」といい、これら全七編中から第一位を選ぶとすれば「かむなぎうた」だと述べた上で、次のように書いている。

では第一位はと問はれると、これには大いに困つた。強ひて云へば「翡翠荘」であらうか。本格尊重の立場からすれば「三つの樽」であらうか。しかし、さう云ひ切ることもできない。色々な点を考慮すると、六篇ほとんど甲乙なしといふのが私の本音であつた。

乱歩はこういう心づもりで選考会に途中から臨んだわけだが、続いて抄録されている「銓衡委員会の経過について」を読むと、「三つの樽」が最高点を集め、それに続くのが「かむなぎうた」、土屋隆夫「『罪ふかき死』の構図」という結果となった。「翡翠荘綺談」は、川島郁夫（藤村正太）「接吻物語」と同点四位だった。その上で、点数だけで決めるのではなく、討議をしなければ集まった意味がないという同義が起こって、検討の結果、「『罪ふかき死』の構図」が一等、「かむなぎうた」と川島郁夫の別の作品「黄色の輪」が二等、そして先にあげた「翡翠荘綺談」を含む三作品が三等という結果になった。

ちなみに、その選考会における二回目の投票で「翡翠荘綺談」に投じたのは、十二人の選考委員中、池田太郎（二位）、木村登（二位）、大下宇陀児（二位）、江戸川乱歩（二位）の四名であった。

「二十世紀の怪談」および「勝部良平のメモ」は、『別冊宝石』一九五〇年二月号（三巻一号）に掲載された。いずれも単行本に収録されるのは今回が初めてである。

両作品とも、やはり『宝石』が主催した『百万円懸賞』探偵小説募集」の中編部門（B級）に投じられたもので、二次選考通過作品をまとめた『別冊宝石』の「読切十六人選」に収録された（「二十世紀の怪談」は六編目、「勝部良平のメモ」は巻末であった）。結果は、同年の本誌九月号で発表されており、「勝部良平のメモ」が、高林清治「市議殺人事件」と共に、二等に選ばれた。ちなみに一等は角田実（左右田謙）の「山荘殺人事件」で、三等に選ばれた三編の中には坪田宏「非情線の女」が含まれている。

右の九月号には、選考経過を示す「B級作品の入選が決定する迄」が抄録されている。それによると、最初の葉書投票では「勝部良平のメモ」が最高の12点、「二十世紀の怪談」が5点という結果だったが、例によって審議の結果、右のように覆ったものである。

以下に「B級作品の入選が決定する迄」から、丘美丈二郎に関する言及部分を引いておく（引用文中の「渡邊」は渡邊伸一郎、「木村」は木村登、「白石」は白石潔である）。

大下　「勝部良平」が高点なんだね。
木々　こんな高点をとつているのは僕には判らないね。
大下　力を入れていることはたしかだが。
渡邊　何か社会時評めいている、御説教みたいで嫌だね。
城　作者そのものの力量を買えば買えるという所ですかね。
木村　「二十世紀」よりは「勝部」の方がいゝ。
江戸川　この作者はC級の選に入つた人ですね。
（略）
城　「勝部」の場合、死体を生き生きとさせて置く発明、あれをどう思いますか。
木々　それがいかんね。
大下　僕はそれはいゝと思う。
木々　何か現実の上で手がかりのある薬ならいゝが、全く予想もしない薬を発明してそれが、小説のトリックになつているのはまずい。
白石　「勝部」は重量的な本格物には違いないが、こういう甘つちよろけた現実にないような薬は僕もどうかと思う。（略）

こうした検討を経て、もう一度順位を決めることとなり、乱歩が「『二十世紀』はつまらない。まあ選の中には入れてもいい気持はある」といい、さらに審議を重ねた上で、最終的には水谷準、城昌幸、橋本乾三が「勝部良平のメモ」に投票した他、大下宇陀児が「丘美丈二郎、作品にではないよ。努力賞だ」と述べて、二等という結果になったようだ。

なお、同じ号には、木村登の「B級入選作品の感想」という選評が別に掲載されており、丘美の候補作については次のように述べられていた。

「勝部良平のメモ」――丘美丈二郎――前回この作者の「翡翠荘綺談」をかつた僕は、こんどの投票が最初十二点という最高点を与えたのに驚いた。こんどは僕は一票も入れなかつたから。この前「翡翠荘」をとつたのは、あゝいう心霊現象などという変つたものと取つ組めば、素材自体で無気味な雰囲気が出てくる（昭和十三年ころ「十三番目の椅子」という霊媒に犯人を指名さしているうちに殺人事件の起こるアメリカの本格探偵映画が上映されたことを御記憶の方はありませんか？）ことなど言いたかつたからである。

その節、僕は法医学や哲学関係の論文はいやだと申し上げたが、こんどのはこのいやな方である。皆さんの中には初めに社会時評的な論文を読まされ、気分を悪くしていた方もあつたが、僕は頭脳が悪いので、気分の方を悪くするほど感じなかつた代り、全然感心しなかつた。これが一等になれば、こんご世の新人諸氏がごぞつて《ママ》こういう超ニュールックの法医学的知識を考案して書かれる心配があるという声もあつたが、僕も同感。

なお、丘美丈二郎は、その創作においてしばしば、社会批評や哲学的議論をテクストに織り込む傾向があり、それは探偵小説観についても例外ではない。しばしば参照されるのが「勝部良平のメモ」の第一章で語られる「勝部良平の探偵小説観」だが、そこで展開されている「所謂文芸的探偵小説」と「本格探偵小説」間の対立は、本書の評論・随筆篇に収録された探偵小説論でも通奏低音のように流れているものだといって良いだろう。ただ興味深いのは、「勝部良平のメモ」において「探偵小説の本当の興味はむしろ文学を解脱した論理性乃至は科学的合理性にあるとさへ感じてゐる」と書きながら、それは当時、世間一般でいうところの本格探偵小説という概念と、必ずしも一致するものではなかった、ということである。「此の事件には普通の本格探偵小説にお定りのメロドラマ張りの華々しい舞台転換もなければトリックのヴアライエティーもない。性懲りもなく同一舞台に拗つこい程に繰返して起る似た様な事件の記録に過ぎないのだ」といい、「文芸的探偵小説に見る様な豊かな情緒やヒユーマニズムは薬にしたくとも見出されないだらう」と述べ、そのような「文学を解脱した論理性乃至は科学的合理性」の興味を追求したものが探偵小説だというのに対し、「そんなものを探偵小説とは呼べぬとならば推理小説と呼ばう。推理小説とすら呼べぬとならば推理文とでも推理論説とでも適当な名前を付ければよい。それでいゝではないか?」と語り手が述べる部分は、木々高太郎の提唱する「推理小説」とは違う意味での推理小説論として注目に価する。

また、この第一章の記述を踏まえるなら、現実には存在しない薬物を用いたトリックやプロットは、本作品の傷になるはずもない、ということになるだろう。当時はまだSFミステリという言葉はなかったが、海野十三や小栗虫太郎の作品を通して、SFミステリ的なテイストは受容されていたはずである。にもかかわらず、現実には存在しない薬物を用いているという一点をもって本作品を否定し去るのは、あまりにも常識的な本格観に寄り添いすぎる評価だといわざるを得ない。そうした評価軸に接したことが、「探偵小説の立場と討論・評論・所感」（五一）や「探偵小説の鑑賞方法に就いて」（五二）などの探偵小説論を書かせていくことになったのではないかと思われる。

「**三角粉**」は、『宝石』一九五一年二月号（六巻二号）に掲載された。単行本に収録されるのは今回が初めてである。

白嶺恭二と並ぶ丘美作品の代表的シリーズ・キャラクター、私立探偵の神志山直が初登場する一編。「神志山」とは珍しい苗字で、実在するのかどうかは不詳だが、JR東海の紀勢本線に「神志山《こうしやま》」という駅があり、おそらくはそこから採られたものであろうか。

結核で死んだ少女の幽霊が現れるという怪奇譚を最後に合理的に解きあかすという、後の「佐門谷」（五一）や「汽車を招く少女」（五二）にも通ずる趣向の作品である。

「**ヴァイラス**」は、『宝石』一九五一年一〇月号（六巻一〇号）に掲載された。単行本に収録されるのは今回が初めてである。

私立探偵の神志山直が登場するシリーズの第二弾。進化ヴァイラスという超微小生物の結晶体は、ここでは霊魂やエクトプラズムのようなものとして説明されているが、その進化ヴァイラスが連続殺人を犯すという顛末を記した手記の存在から、一挙に合理的な解決へと展開してみせるあたりのプロットは、高木彬光「鼠の贄」（五〇）を連想させる。また、連続殺人が実は……という真相は、ウィリアム・L・デアンドリア William L. DeAndrea（一九五二〜九六、米）の有名な長編を思い出させずにはいられまい。

合理的な解決をする前に「筆者註」として

> 此の一篇は茲で結びとしても充分の意味を有ち、或る種の読者にはその方が魅力が多いのでせうが、筆者は敢てそれを採らず、短かいけれども重要な結尾を続けます。
>
> 普遍化されてゐない特殊知識に解決を託することを極度に忌み嫌ふ常識的な読者層の絶対多数に敬意を表して、此の事件を平凡穏健な常識で納得出来る範囲内

で解決せんが為に——

と挑発的に書いているのが、「勝部良平のメモ」に対する選評を皮肉っているように感じられるのと同時に、SF的な作風がいまだ受け入れられがたい状況を示しているかのようで、興味深い。

そして合理的解決そのものが面白いのではなく、「自ら起した事件を題材に一つの芝居気を盛つてヴァイラスの化物にことよせ、自分の犯罪を（略）美化し神秘化しようと試みた」「その心理が非常に面白いのであつて此の作為の意味をどう解釈するかが此の事件の中心の興味だと思ふ」という具合に、謎解きの興味を中心とする本格もののスタンスをずらそうとするかのような発言を神志山にさせているのが、新鮮である。惜しむらくは、その「作為の意味」の「解釈」にまで筆が及んでいない点であろうか。

「佐門谷」は、『別冊宝石』一九五一年一二月号（四巻二号）に掲載された。後に、鮎川哲也・大内茂男・城昌幸・高木彬光・中島河太郎・星新一・山村正夫・横溝正史編『宝石推理小説傑作選1』（いんなあとりっぷ社、七四）、中島河太郎編『血染めの怨霊』（ベストブック社・ビッグバードノベルス、七六）、鮎川哲也・芦辺拓編『妖異百物語　第二夜』（出版芸術社、九七）に再録されている。

本作品は、『宝石』が主催した「二〇万円懸賞短篇募集」に投じられたもので、二次選考通過作品をまとめた「新人競作二十五篇集」に収録された。結果は『宝石』五二年三月号で発表されたが、選外佳作中の一編にとどまった。同号には「20万円懸賞短篇コンクール詮衡座談会」が掲載されており、以下に丘美の作品についてふれた箇所を引いておくことにする。選考委員は江戸川乱歩、水谷準、城昌幸の三名である。

城　次の**丘美丈二郎**氏の「**佐門谷**」、これは僕は案外面白いと思うんですがね。怪談をちゃんと理窟立てちやったところが……。

江戸川　だけれども一向こわくないんだ。そしてあとの種あかしがそれほど独創的なものでない。全体に平凡な感じをうける。

城　今までの丘美丈二郎氏のエラク頭が痛くなるものから比べるとこれはひどく……。

水谷　大分サラリとしてきたね。

江戸川　まあ、しかし古風だね、これは。
水谷　こうした作は、もう少し文章を凝りたい。
城　もう少しキチッと引きしめるところがあつていいと思うな。

ちなみにこの時は一等・二等・三等の該当作はなく、優秀作五編、佳作三編、選外佳作七編という結果になったわけだが、その優秀作中には狩久「落石」や宮原龍雄「新納《にいろ》の棺」が含まれている。

本作品を『血染めの怨霊』に採録した中島河太郎は、「解説」で以下のように述べている。

幽霊出現までの道具立ては上出来である。山間の小駅に迎えに来た馬車に乗ったまではよかったが、乗りこんできた女性客も、馭者も正体をあらわすシーンは無気味である。だが、その妖異譚に説明を与えなければならぬところに、《ママ》探偵作家の業《ごう》であった。

やはり本作品を採録した『妖異百物語』の解説で、鮎川哲也は以下のように述べている。

この「佐門谷」は怪談として類を見ないほどの出色の作品で、多くの怪奇作家がピントをぼかしておぼろな空想小説として書いているのに反して、丘美氏はすべてをリアルに雑草の一本一本にいたるまでハッキリと描いている。読者諸氏は（略）まずはトイレに行った後でじっくりと恐怖の世界に入ってゆかれるようおすすめしたい。

〈評論・随筆篇〉

以下に収録したエッセイはすべて、単行本に収録されるのは今回が初めてである。

「**探偵小説の立場と討論・評論・所感**」は、『宝石』一九五一年二月号～三月号（六巻二号～三号）の「宝石クラブ」欄に掲載された。「宝石クラブ」欄は『宝石』愛読者の投稿欄で、戦前の『ぷろふいる』に設けられていた「PROFILE OF PROFILE」を思わせるような雰囲気を持っていた。

「**ディクソン・カーに対する不満**」は、『宝石』一九五一年六月号（六巻六号）の「宝石クラブ」欄に掲載された。

「**論文派の誕生**」は、『宝石』一九五二年一月号（七巻一号）の「宝石クラブ」欄に掲載された。

木々高太郎の「わが女学生時代の犯罪」は『宝石』の一九四九年三月号から連載が始まり、何度か中断しながら、五一年の一二月号で完結したばかりだった。丘美丈二郎にとっては、自分が書いた「翡翠荘綺談」や「勝部良平のメモ」なども、論文派の文脈で書かれたものという認識だったのかもしれない。あるいは、このエッセイの後に書かれる「鉛の小函」こそ、論文派的な作品そのものであったのかもしれない。

「**探偵小説の鑑賞方法に就いて**」は、『宝石』一九五二年五月号（七巻五号）の「宝石クラブ」欄に掲載された。

「**私の好きな探偵小説**」は、『別冊宝石』一九五二年七月号（五巻七号）に掲載された。

「**或る新人の弁**」は、『宝石』一九五二年一二月号（七巻一二号）の「宝石クラブ」欄に掲載された。

「**謎解き興味の解剖**」は、『宝石』一九五三年四月号（八巻三号）の「宝石クラブ」欄に掲載された。

「**授賞の感想**」は、『探偵作家クラブ会報』一九五四年三月号（通巻八二号）に掲載された。

「**奨励賞受賞の感想**」は、『宝石』一九五四年五月号（九巻六号）に掲載された。

「**S・Fと宝石**」は、『宝石』一九五五年五月号（一〇巻七号）に掲載された。

SFは当時「S・F」と表記された。その「S・F」を「空想科学小説」と「科学論文小説」の二種類に分け、自身の作風を後者のものとして位置づけている点が注目される。丘美のSFを考える上での必読文献といえよう。

「**作家の希望する評論のあり方**」は、『宝石』一九五五年八月号（一〇巻一一号）の「宝石クラブ」欄に掲載された。

「探偵小説ですら、本格あり、変格あり、倒叙あり、スリラーあり、怪談あり、怪奇あり、ハード・ボイルド《ママ》あり、S・Fあり」という一文が、当時のジャンルの圏域をうかがわせる。「S・F」はまだ探偵小説の一ジャンルであった。ただ、こうしたジャンルを越境する要素が丘美の一部の作品にはあり、「評論するつもりなら、浅くてもいいから広く知つた上で、ポイントを外さぬ有益なアドヴァイスを行うべき」という言葉をなし崩しにするようなところがある点が興味深いのだが。

「**S・Fの二つの行き方**」は、『宝石』一九五六年六月号（一一巻八号）の「宝石クラブ」欄に掲載された。

先の「S・Fと宝石」で試みた分類の内、「空想科学小説」を「第一種空想科学小説（或は幻想科学小説）」、「科学論文小説」を「第二種空想科学小説（或は科学予想小説）」と規定し直している点が注目される。

「探小の読み方」は、『宝石』一九五六年一〇月号（一一巻一四号）の「宝石クラブ」欄に掲載された。

「探小」は探偵小説の略で、当時よく使われた。自分の「好み」で読み、評価するのではなく、テクストに寄り添ってその性格を見据えた上で評価すべきだという、これまでにも主張されてきたことが改めていわれている。

「批判の批判」は、『宝石』一九五七年五月号（一二巻七号）の「宝石クラブ」欄に掲載された。

先の「探小の読み方」と同じ主旨の評論。何度も同じことを繰り返さねばならないくらい、探偵小説の読み方に対するありようは変化しなかったことをうかがわせる。

「『鉛の小函』の頃」は、『幻影城』一九七八年三月号（四巻四号）に掲載された。

「アンケート」は、『宝石』一九五二年一月号（七巻一号）に掲載されたものである。

[解題] 横井 司(よこい つかさ)
1962年、石川県金沢市に生まれる。大東文化大学文学部日本文学科卒業。専修大学大学院文学研究科博士後期課程修了。95年、戦前の探偵小説に関する論考で、博士(文学)学位取得。共著に『本格ミステリ・ベスト100』(東京創元社、1997)、『日本ミステリー事典』(新潮社、2000)、『本格ミステリ・フラッシュバック』(東京創元社、2008)、『本格ミステリ・ディケイド300』(原書房、2012)など。現在、専修大学人文科学研究所特別研究員。日本推理作家協会・本格ミステリ作家クラブ会員。

丘美丈二郎探偵小説選《おかみじょうじろうたんていしょうせつせん》Ⅰ 〔論創ミステリ叢書69〕

2013年11月15日 初版第1刷印刷
2013年11月20日 初版第1刷発行

著 者 丘美丈二郎
監 修 横井 司
装 訂 栗原裕孝
発行人 森下紀夫
発行所 論 創 社
〒101-0051 東京都千代田区神田神保町2-23 北井ビル
電話 03-3264-5254 振替口座 00160-1-155266
http://www.ronso.co.jp/

印刷・製本 中央精版印刷

Printed in Japan ISBN978-4-8460-1283-0